KB083098

만력야획편(상) 1

萬曆野獲編(上)

Wanliyehuobian Vol. I.

옮긴이

이승신 李承信, Lee Seung-shin
현 한국공학대학 지식융합학부 외래교수. 이화여자대학교 중문과를 졸업하고 고려대학교에서 문학박사 학위를 취득했다. 상하이 푸단대학 방문학자, University of British Columbia visiting scholar, 고려대학교 중국학연구소 연구교수 등을 역임했다. 저역서로 『首屆宋代文學』(공저), 『취옹문선역(醉翁文選譯)』, 『이백시전집(李白詩全集)』(공역) 등이 있으며, 대표 논문으로 「중국고전산문연구의 시각과 방법론 모색」, 「구양수 『귀전록(歸田錄)』의 체재와 서술 방식 연구」 등이 있다.

채수민 蔡守民, Chae Su-min
현 고려대학교 세종캠퍼스 글로벌비즈니스대학 외래교수. 고려대학교 중문과를 졸업하고 중국 난징대학에서 문학박사 학위를 취득했다. 상하이 푸단대학 방문학자, 고려대 세종캠퍼스 인문대학 교양교직 조교수, 충북대학교 중국학연구소 객원연구원 등을 역임했다. 저역서로 『중국 전통극의 공연과 문화』(공저), 『봉신연의』, 『이백시전집(李白詩全集)』(공역) 등이 있으며, 대표 논문으로 「청 중엽 희곡 활동의 변화 양상」, 「경극 연기 도구 챠오[蹺]에 관한 소고」 등이 있다.

만력야획편(상) 1

초판인쇄 2023년 4월 20일 **초판발행** 2023년 4월 28일
지은이 심덕부 **옮긴이** 이승신 · 채수민 **펴낸이** 박성모 **펴낸곳** 소명출판 **출판등록** 제1998-000017호
주소 서울시 서초구 사임당로14길 15 서광빌딩 2층
전화 02-585-7840 **팩스** 02-585-7848
전자우편 somyungbooks@daum.net **홈페이지** www.somyong.co.kr

값 44,000원
ISBN 979-11-5905-780-9 94820
ISBN 979-11-5905-779-3 (전4권)

이 저서는 2018년 대한민국 교육부와 한국연구재단의 지원을 받아 수행된 연구임(NRF-2018S1A5A7037302)

한 국 연 구 재 단
학술명저번역총서

만력야획편(상) 1

萬曆野獲編(上)

Wanliyehuobian Vol. I.

심덕부 저
이승신 · 채수민 역

일러두기

1. 본 번역서는 『만력야획편』 상·중·하(심덕부 저, 북경 : 중화서국, 2015)를 저본으로 하고, 『만력야획편』 3책(심덕부 저, 양만리楊萬里 교점, 상해 : 상해고적출판사, 2012) 외 기타 판본을 참고했다.
2. 인명, 지명, 서명 등과 그 외 한자어의 경우 본문과 각주에서 각각 처음 나올 때만 한글과 한자를 병기하고 그다음부터는 한글만을 표기하는 것을 원칙으로 했다.
3. 각주는 모두 원문에 있는 것이므로, 각주의 표제어에는 한자의 한글음을 병기하지 않았다.
4. 인명 표기에 있어 『만력야획편萬曆野獲編』의 작자 심덕부는 동일인에 대해 여러 가지 호칭을 사용하고 있다. 직접 이름을 부르기도 하고, 자나 호를 부르기도 하고 때로는 출신지나 시호를 부르기도 한다. 호칭은 당시의 관례 또는 저자의 의도가 반영된 것이므로 최대한 원문에 충실하게 번역했다. 다만 하나의 문장 안에서 여러 호칭을 혼용할 경우에는 내용의 통일성을 위해 가장 많이 사용되는 호칭으로 통일했다.
5. 황제에 대한 명칭도 묘호廟號, 시호諡號, 연호年號를 이용한 호칭까지도 사용하고 있는데 모두 묘호로 통일해 번역했다. 다만, 2대 황제인 혜종惠宗 건문제建文帝의 경우는 남명南明 홍광弘光 원년 1645이 돼서야 '혜종'이라는 묘호를 받으며 황제의 지위를 되찾았고, 『만력야획편』이 완성될 때까지는 묘호가 없었다. 따라서 저자 심덕부沈德符가 '건문군建文君'으로 명명하고 있다. 그러므로 책의 완성 시기를 감안해 특수한 경우를 제외하고는 본문 번역에서 '건문군'으로 통일해 번역하고, 원문에 단 각주脚註에서는 '건문제'라는 용어를 사용했다.
6. 문단은 기본적으로는 원문과 동일하게 '○' 표기를 하며, 역자의 판단에 의해 필요한 경우 별도의 표기 없이 문단을 구성한다.
7. 모든 교주校註는 각주 처리한다. 중화서국본 『만력야획편』의 원 교주는 【교주】로 표기하고, 판본 비교 및 검증을 통한 역자의 교주는 〖역자 교주〗로 표기한다.
8. 번역문과 원문에서 '□'로 표기된 것은 누락된 글자로 미상未詳이다.

1. 개요

심덕부沈德符, 1578~1642의 『만력야획편(상)萬曆野獲編(上)』은 보사적補史的 · 야사적野史的 성격이 강한 명대明代 필기筆記이다. 명대 초기부터 만력萬曆 말기까지의 전장제도典章制度, 인물과 사건, 전고典故와 일화逸話, 통치 계급 내부의 분쟁, 민족 관계, 대외 관계, 산천지리와 풍물, 경사자집經史子集, 불교와 도교, 신선과 귀신 등에 대해 다방면으로 기술하고 있다. 특히, 세종世宗과 신종神宗 두 조대의 전장제도 및 전고와 일화를 자세하게 기록하고 있어 당시 중국의 정치, 사회, 역사, 문화, 문학, 지리 등 다양한 학문 영역에서 그 학술적 가치와 의의가 매우 중시된다.

『만력야획편萬曆野獲編』(상上 · 중中 · 하下)은 총 30권으로 구성되며, 그 중 『만력야획편(상)』은 제1권부터 제12권에 해당한다. 먼저, 본서 서두의 「서序」, 「속편소인續編小引」, 「보유서補遺序」, 「보유발補遺跋」에서 구양수歐陽修가 쓴 『귀전록歸田錄』의 체례를 따른다는 저술 동기와 편찬 과정 등을 서술하고 있다. 제1권과 제2권의 「열조列朝」 109편, 제3권 「궁위宮闈」 43편, 제4권 「종번宗藩」 40편, 제5권의 「공주公主」 10편과 「훈척勳戚」 27편, 제6권 「내감內監」 36편, 제7권과 제8권, 제9권의 「내각內閣」 107편, 제10권 「사림詞林」 47편, 제11권 「이부吏部」 67편, 제12권의 「호부戶部」 7편과 「하조河漕」 13편 등 총 506편으로 구성되어 있다.

2. 저자

작자 심덕부의 자는 경천景倩 혹은 호신虎臣이며 호는 타자他子로, 수수秀水 : 지금의 절강 가흥 사람이다. 그의 증조부, 조부, 부친이 대대로 벼슬을 했던 관계로 어려서부터 자연스럽게 명대의 정치와 법률, 일문逸聞과 일사逸事 등 다방면의 지식과 소식을 접할 기회가 많았고, 이러한 박학다식한 견문과 학식은 저술의 충분한 자양분이 되었다.

『절강통지浙江通志』의 기록에 의하면 심덕부의 증조부와 조부, 부친은 모두 진사 출신이었다. 증조부인 심밀沈謐은 수수사람으로, 자가 정부靖夫이고 호는 석운石雲이며 석호선생石湖先生으로 불리기도 했다. 심밀은 가정嘉靖 7년에 무자과戊子科에 급제한 뒤 가정 8년에 진사에 합격해서 산동山東지역의 첨사僉事를 지냈다. 『수수현지秀水縣志』에 따르면 심밀은 일찍이 서원을 세워 왕양명王陽明을 받들었고, 조부인 심계원沈啓原은 가정 38년1559에 진사가 되어 섬서의 안찰부사를 지냈다. 부친 심자빈沈自邠은 자가 무인茂仁이고 호는 기헌幾軒이며 만력 5년1577에 진사로 합격해 수찬修撰이 되었고, 후에 『대명회전大明會典』을 편찬했다.

심덕부는 명 신종 만력 6년1578에 태어났으며, 어렸을 때 조부와 부친을 따라서 북경北京에서 살았다. 경제적으로 윤택한 삶과 책을 좋아하는 명문가의 면학 분위기는 어린 시절부터 그의 학문적인 성향에 깊은 영향을 주었다. 또 심덕부가 생활했던 북경은 명대 정치의 중심지로, 다양한 경로를 통해서 그는 당시의 황실과 관련된 일들을 들을 수가 있었다. 또한, 조부와 부친의 영향으로 공경대신과 사대부 등 유력 인사들과 교류했으며, 학식 있는 집안 어른들로부터 전대前代의 사건들과 법률, 제도 등에 대해 자세히 들을 기회가 많았다. 이러한 과정을 통해서 저술에 도움이 될 만한 풍부한 자료들을 자연스럽게 축적했고 광범위하고도 탄탄한 지식의 기초를 다질 수 있었다. 그는 만력 46년1618에 거인擧人이 되어 국자감에서 학업에 열중했으며, 저서 『만력야획편』 외 『청권당집淸權堂集』, 『폐추헌잉어敝帚軒剩語』, 『고곡잡언顧曲雜言』, 『비부어략飛鳧語略』, 『진새시말秦璽始末』 등을 남겼다.

3. 서지사항

본 번역서 『만력야획편(상)』은 표점본만 현존하고, 중국에서조차 아직까지 번역 및 주석본이 거의 전무하다. 현재 『만력야획편(상)』은 중화서국中華書局과 상해고적출판사上海古籍出版社에서 출간된 두 종류의 판본이 통용되고 있다. 두 판본 모두 속편을 포함해 총 30권으로 전해지는데, 원본을 먼저 정리하고 추후에 속편을 정리한 것으로 기록되어 있다. 최초의 『만력야획편(상)』은 심덕부가 과거에 낙방한 후 만력 34년1606에서 만력 35년1607 사이에 정리해두고, 이로부터 상당한 기간이 지난 후 집중적으로 집필했다. 이때 속편을 더해 만력 47년1619에 완성했으며, 총 30편이었는지는 분명하지 않다. 그리고 이후 10여 년간 심덕부가 다시 집필한 기록은 달리 보이지 않기 때문에 그가 「속편소인續編小引」에서 『만력야획편』을 총 30권이라고 말한 데에는 크게 이견은 없어 보인다. 다만, 명·청 교체기에 산일된 부분이 많아 원본의 절반 정도만이 전해진 것으로 알려져 있고, 『명사明史·예문지藝文志』에는 8편으로 기록되어 있다. 전방錢枋의 「서序」에 의하면, 위로는 조종 백관, 예문제도, 인재 등용, 치란의 득실을 다루고, 아래로는 경사자집, 산천풍물, 불교와 도교, 쇄문, 잡다한 소설 등에 이르기까지 광범위한 내용을 포함하며, 고증을 거친 사실만을 수록하고 있다. 현재는 청 도광道光 7년의 요씨각본동치보수본姚氏刻本同治补修本이 통행되며, 이는 총 30권과 보유 4권으로 구성되어 있다. 심덕부의 5대손 심진沈振의 「보유서補遺序」에는 전방이 주이존朱彛尊에게서 얻은 판본들을 가지고 문門과 부部를 나눠 목차를 정했고, 원래 목록과 대조해보면 열 개 중에 예닐곱 개만 복원해 원본의 모습과는 다르다고 기록되어 있다. 따라서, 전방이 주이존의 구초본旧抄本에 근거해 30권으로 기록했지만, 주이존의 초본은 30권에 미치지 못한다. 이는 전하는 과정 중에 순서가 혼동되고 새로운 권질이 더해진 것으로 이해할 수 있다. 후에 심덕부의 5세손 심진이 전방의 판본을 위주로 여러 사람들이 소장한 것을 수집하고, 빠진 부분을 보충해 230여 조條 8권으로 만들어 전한 것이다.

따라서, 『만력야획편(상)』의 중요한 초본鈔本은 명말대자본明末大字本『분류야획편적록分類野獲編摘錄』 초본 5책, 청 강희康熙 초년 심과정沈過庭 등이 편교編校한 상上·중中·하下 3편 6책, 청 강희 31년1692 주이존 가장본家藏本, 전방 가장본 30권, 강희 52년1713 심진집보본 보유補遺 8권 130여 조가 있다. 각본刻本으로는 명말대자본 『분류야획편적록』 44류 466조와 청 강희 39년1700 전방활자인본錢坊活字印本 48문이 있는데, 모두 전하지 않는다. 또, 청 도광 7년1827 전당요조은부려산방각본錢塘姚祖恩扶荔山房刻本 24책冊 1협夾으로, 제목을 '야획편삼십권보유사권野獲編三十卷補遺四卷'이라 붙인 것이 있고, 청 동치同治 8년1869 요덕항중교간보부려산방각본姚德恒重校刊補扶荔山房刻本이 있다. 현재 전해지고 있는 『만력야획편』은 다음과 같다.

1. 심덕부 찬撰, 『만력야획편상중하』, 북경 : 중화서국, 2015.
2. 심덕부 찬, 양만리楊萬里 교점校點, 『만력야획편』 3책, 상해 : 상해고적출판사, 2012.
3. 심덕부 찬, 손광헌孫光憲 외편, 『만력야획편』, 학원출판사學苑出版社, 2002.
4. 심덕부 찬, 『만력야획편』, 대만사어소부사년도서관臺灣史語所傅斯年圖書館 소장초본영인본.
5. 심덕부 찬, 『만력야획편』, 요조은부려산방각본.
6. 심덕부 찬, 『역대필기영화—만력야획편』, 북경 : 연산출판사燕山出版社, 1998.
7. 심덕부 찬, 『만력야획편』(상 · 하), 북경 : 문화예술출판사文化藝術出版社, 1998.

8. 심덕부 찬, 사고전서총목편위회 편, 『전세장서傳世藏書 자고子庫 잡기雜記 2－만력야획편』, 해남 : 해남국제신문출판중심海南國際新聞出版中心, 1996.

9. 심덕부 찬, 『만력야획편』 전오책, 대북臺北 : 위문도서偉文圖書, 1976.

4. 내용

『만력야획편(상)』은 황실과 고위 관료 사회를 중심으로 한 전장 제도 및 다양한 인물들의 사적과 일화 등을 기술하고 있으며, 감찰과 조세 및 부역, 수리 정책 등에 관한 내용이 포함되어 있다. 본 연구서의 첫머리에 심덕부가 쓴 「자서」와 「속편소인」, 심진의 「보유서」와 「보유발」에서 저서의 동기와 저술 과정, 편찬 과정 등에 관해 상세하게 서술하고 있다. 심덕부는 박식한 견문과 풍부한 사료를 근거로, 구양수가 쓴 『귀전록』의 체례를 따라 보사적 · 야사적 특징을 지닌 필기 『만력야획편(상)』을 저술했다. 『만력야획편(상)』은 총 12권 506편으로 구성되는데, 「열조」, 「궁위」, 「종번」에서는 황실의 예법과 그에 관한 평가, 궁중 제도와 법규, 종묘사직의 제도, 숨겨지거나 잘못된 역사적 진실, 황후와 비빈들의 일화 등에 관해 고증을 통한 정확한 기술과 평가를 내리고 있다. 「공주」와 「훈척」, 「내감」에서는 공주들의 인생 경로와 활약상에 따른 행 · 불행, 공훈에 따른 훈척들의 관직의 이동異同, 환관들의 권세와 횡포 등으로 인한 부작용 등에 관해 기술하고 있다. 「내각」과 「사림」에서는 고위 관료들의 정치 상황과 권력 다툼을 위한 내부 분쟁, 서길사와 한림원 출신 관료들의 실상과 연관 관계 등을 매우 상세하게 서술하고 있다. 「이부」, 「호부」, 「하조」에서는 감찰제도의 운용과 그에 따른 허점, 부역과 조세 제도의 관리와 운용, 운하의 건설에 따른 비용 절감, 효용 가치 등을 중심으로 한 여러 가지 사례들을 제시하고 수리 사업 등에 관해 기술하고 있다.

5. 가치와 영향

『만력야획편(상)』은 야사류로 분류되는 12권의 필기로, 명대 역사를 살피는 데 기본서로 꼽힐 만큼 치밀한 고증과 정확한 사료를 담고 있다. 중국 고대의 역사가들이 전통적으로 정사正史를 우수한 전통으로 여겼기 때문에 역사 기록 중의 많은 오류가 집적돼 왔음에도 불구하고 이러한 폐단을 오랜 시간 방치해 왔다. 심덕부는 이러한 오류를 바로잡고 누락한 역사적 사실을 보완하고자 본서를 집필했다. 우선 『만력야획편(상)』은 제재와 구성 면에서 일반적인 필기와는 큰 차이가 있다. 당시 일반적인 필기는 문인들에게 일종의 소일하는 방식으로 여겨졌고, 기록한 내용들도 일상의 잡다한 일이나 알려지지 않은 흥미위주의 소재였다. 물론 『만력야획편(상)』도 기타 필기들과 마찬가지로 민간의 풍속이나 기이한 사건들, 불교와 도교의 귀신 이야기도 다루고 있지만, 국가의 법률, 제도, 정치, 역사 등에 관련된 분량이 전체의 70%에 달한다. 『만력야획편(상)』에서 언급한 자료들의 내원과 참고 자료들을 살펴보면 왕세정王世貞의 『엄주산인론고弇州山人論稿』, 각 조대의 『실록實錄』, 『입재한록立齋閒錄』 등의 기록들, 개인 묘지명, 『호광통지湖廣通志』 와 같은 각지의 통지류의 문장들이다. 또한, 심덕부가 자서自序에서 구양수의 『귀전록』의 체례를 따랐다고 밝힌 바, 정사의 누적된 폐단을 비판하고 역사를 책임지고 편찬하려 했음을 알 수 있다. 구양수의 『귀전록』은 사마천司馬遷이 기전체紀傳體 사서史書에서 시도한 인물과 제재의 선택과 집중, 호견법互見法의 사용, 생동감 있는 구어로 된 대화체의 다용, 해학성과 풍자성 등이 선명하게 표출되어 있다. 따라서, 심덕부 스스로 『귀전록』의 체례를 따랐다고 한 것은 사마천과 구양수의 저술 동기와 목적을 염두에 둔 것이다. 이러한 점에서 『만력야획편(상)』의 가치와 의의를 평가할 수 있다.

만력 연간 중심의 시기는 명나라뿐만 아니라, 당시의 조선朝鮮과도 매우 밀접한 연관성을 지니므로, 본서에 기록된 관련 자료는 국학 연구에도 크게 일조할 것으로 기대된다. 또한, 조선 이외의 외국에 대한 입장과 정치적 관계를 비롯한 다양한 외교 관계 등을 조명해 볼 수 있는 사료가 풍부하게 내포되어 있다. 그러므로, 본서에 대한 연구는 과거사의 조명을 통해 현재의 중국에 대한 전략적 이해와 대응책을 마련할 수 있는 계기가 되는 점에서 또한 그 가치와 의의가 매우 크다.

6. 참고사항

1) 명언

• 지금 일에 통달한 것이 옛 일에 밝은 것을 이길 수 없음을 알 수 있다可見通今之難勝於博古. 「선조의 유훈을 인용하다引祖訓」

• 길흉화복은 변화가 무상하여 인력으로 다툴 수 없음을 알겠다乃知禍福吉凶, 倚伏無常, 非人力可爭矣. 「황제 옹립 후의 대우가 판이하다定策拜罷迥異」

• 부귀는 이미 정해진 것이고, 성명한 군주의 기쁨과 노여움은 우연히 만나는 것이니 기쁜 얼굴로 아첨하는 것이 하등에 도움이 되지 않는다는 것을 이제야 알았다乃知富貴前定, 聖主喜怒偶然值之, 容悅無益也. 「시를 바치고 아첨하여 미움을 받다進詩獻諛得罪」

• 또 조선朝鮮의 부녀자들을 선덕 초부터 데려왔는데, 황상께서 고향과 부모를 그리는 마음을 불쌍히 여기셔서, 환관宦官에게 명해 김흑金黑 등 53명을 조선으로 돌려보내고 조선 국왕에게 그들을 집으로 돌려보내되 의지할 곳을 잃지 않게 하라고 하셨다. 선종께서는 혼신을 다해 나라를 다스렸어도 이처럼 음악과 여색女色을 즐기는 걸 피하지 못했지만, 영종 초에는 어진 정치가 온 나라와 이민족에게 두루 미쳤다又朝鮮國婦女, 自宣德初年取來, 上憫其有鄉土父母之思, 命中官遣回金黑等五十三人還其國, 令國王遣還家, 勿令失所. 以宣宗勵精爲治, 而不免聲色之奉如此, 英宗初政, 仁浹華夷矣. 「악공樂工과 이국夷國 여인들을 풀어주다釋樂工夷婦」

만력야획편(상) 전체 차례

만력야획편서萬曆野獲編序

나는 북경北京에서 나고 자라 어려서부터 조정의 일들을 들었는데, 집안에서도 부친과 조부가 꺼내는 말을 옆에서 듣고 그 이야기들을 외워 말하기를 좋아했다. 열두 살 때 아버지가 돌아가신 후에도 덕행과 학문이 뛰어난 마을 어른들을 따르며 한두 마디 미담들을 얻어들었다. 혹은 논밭에서 일하던 나이 든 농부들과 함께 선인들의 대표적인 일들이나 잡담, 전인前人들이 남긴 한두 마디 말들을 이야기했는데, 흥미진진해 피곤한 줄도 몰랐지만, 시간이 오래되자 점차 그것을 잊어버렸다. 과거시험에서 어려움을 겪으면서도 꿈속에서조차 북경을 잊지 못했다. 올해 성균관에 합격해 다니게 되니, 정령위丁令威가 학이 되어 돌아오는 듯한 의기양양한 감정을 이기지 못하였다. 문무文武의 관직을 염두에 두면서도 두보杜甫가 머물렀던 기부夔府를 얼마나 여러 번 생각했던가. 뜻을 잃고는 낙담하고 실망한 채 남쪽으로 돌아와 배와 수레에서 한가로운 시간을 보냈다. 한창 나이가 다 되었는데도 머뭇거리고 배회하느라 이룬 바가 없고, 또 저술로도 세상에 이름을 떨칠 수 없다는 생각이 들었다. 그래서 곧 다시 옛 기억들을 찾아내고 간간히 대수롭지 않은 우스운 일을 다루면서 구양수歐陽修가 쓴 『귀전록歸田錄』의 체례에 따라 모두 기록해서 낡은 상자 안에 두었는데, 그렇게 얻은 것이 옛날 일의 백가지 중 한 가지뿐이다. 보고 들은 것 중에 우연히 새로운 것이 있으면 첨가했으며 견강부회한 것은 감히 싣지 않았다. 무릇 소설가들이 당대唐代에 번성해 송대宋代에 넘쳐났다. 그 시초를 거슬러 올라가면 남조南朝시대 양梁나라의 은운殷芸에 이르러서야 비로소 처음으로 『소설小說』이 세상에 유행하게 되었다. 은운의 자字는 관소灌蔬인데, 벼슬에서 물러나 농사를 짓는다는 의미에서 그 뜻을 따온 것이다. 생각해보면 이런 일은 조정이나 저자거리에 있는 일반 사람들은 함께 할 수가 없는 일이다. 나도 이제 관직에서 물러나 저자거리에서 담소나 하는 신세가 되었는데, 이는 함부로 물정에 어두워서 벌인 일이 아니라 야담을 얻으려고 꾀한 일이다. 이 때문에 옛 사람이 얻었던 민간의 좋은 일화들을 내 저서에 적어 넣었다. 이 책이 야인野人이 바친 것이라고 해서 『미근십론美芹十論』이 그 당시에 이미 거의 읽히지 않았던 것처럼 된다면, 이런 것은 내가 원하는 바가 아니다. 책 내용 중 반 이상은 근래에 벌어진 일들을 서술했으므로 '만력萬曆'이라는 두 글자를 서명 앞에 덧붙였다.

만력 34년 병오丙午년 한겨울에 심덕부가 옹급헌甕汲軒에서 쓴다.

萬曆野獲編序

余生長京[1]邸, 孩時卽聞朝家事, 家庭間又竊聆父祖緖言, 因喜誦說之. 比成童[2], 適先人棄養, 復從鄕邦先達, 剽竊一二雅談, 或與隴畝老農, 談說前輩典型, 及瑣言剩語, 娓娓忘倦, 久而漸忘之矣. 困阨名場, 夢寐京國. 今年鼓篋[3]游成均, 不勝令威化鶴[4]歸来之感. 卽文武衣冠, 亦幾作杜陵[5]夔府[6]想矣. 垂翅[7]

1 京 : 당시 수도인 북경北京을 말한다. 명明 왕조는 태조太祖 주원장朱元璋이 남경南京을 수도로 삼고 나라를 세웠지만 성조成祖 때 북경으로 수도를 옮겼다. 심덕부沈德符가 『만력야획편萬曆野獲編』을 쓴 만력萬曆 연간은 성조 이후이므로 이때의 수도는 북경이다.

2 成童 : 연령이 조금 있는 아동을 말하는데, 혹자는 8세 이상이라 하고 혹자는 15세 이상이라 한다. 『곡량전穀梁傳 · 소공십구년昭公十九年』에서는 "머리에 상투를 튼 아이가 사부에게 나가지 않으면 이는 아비의 죄다羈貫成童, 不就師傅, 父之罪也"라고 했다. 이에 대해 범녕范寧은 "성동은 8세 이상이다成童, 八歲以上"라고 주注를 달고 있다. 또 『예기禮記 · 내칙內則』에서 "성동에는 무무武舞를 배우고 활쏘기와 말타기를 배운다成童, 舞象, 學射御"라고 했는데, 이에 대해 정현鄭玄이 "성동은 15세 이상이다成童, 十五以上"라고 주를 달았다. 『후한서後漢書 · 이고전李固傳』에서는 "나이가 막 성동이 되니 낙양洛陽으로 가서 배웠다年始成童, 游學洛陽"라고 했는데, 이현李賢이 "성동은 나이가 15세다成童, 年十五"라고 주를 달았다. 이러한 기록들을 볼 때 성동은 8~15세 정도의 아이로 보는 것이 좋다고 생각된다. 심덕부의 부친은 그가 12세 때 돌아가셨으므로, 여기서는 12세라고 구체적인 나이를 명시하겠다.

3 鼓篋 : 북을 두드리며 책상자를 연다는 의미로, 옛날 입학할 때 행하는 일종의 의식이다. 『예기禮記 · 학기學記』에 "입학할 때 책 상자를 두드리며 학업을 따른다入學鼓篋, 孫其業也"라고 기록되어 있다.

4 令威化鶴 : '령위令威'는 정령위丁令威를 말하며 전설에 나오는 신선神仙이다. 진晋나라 도잠陶潛의 『수신후기搜神後記 · 정령위丁令威』에 다음과 같이 기술되어 있다. "정령위는 본래 요동遼東 사람으로 영허산靈虛山에서 도道를 배웠다. 나중에 학이 되어 요동으로 돌아와 성문 무덤 앞쪽에 세워 둔 한 쌍의 돌기둥에 이르렀다. 그때 어떤

南還, 舟車多暇, 念年將及壯, 邅迴無成, 又無能著述以名世, 輒復紬繹故所記憶, 間及戲笑不急之事, 如歐陽[8]『歸田錄』[9]例, 幷錄置敗簏中, 所得僅往日百之一耳. 其聞見偶新者, 亦附及焉, 若郢書燕說[10], 則不敢存也. 夫小說家盛於

소년이 활을 들고 쏘려고 했다. (이에) 학이 날아가 공중을 배회하며 '새가 된 새가 된 정령위, 집 떠난 지 천년 만에 이제야 돌아왔네. 성곽은 옛날 그대로인데 사람들은 그렇지 않구나, 어찌 배우지 않는가. 겹겹이 쌓인 신선 무덤을'이라고 말하고는 마침내 높이 올라 충천했다令威, 本遼東人, 學道于靈虛山. 後化鶴歸遼, 集城門華表柱. 時有少年, 擧弓欲射之. 鶴乃飛, 徘徊空中而言曰, '有鳥有鳥丁令威, 去家千年今始歸. 城郭如故人民非, 何不學仙冢壘壘', 遂高上沖天."

5 杜陵 : 당唐나라의 시인 두보杜甫, 712~770를 말한다. 하남 공현鞏縣 사람으로, 자는 자미子美다. 두보가 소릉야로少陵野老라고 자호했기 때문에, 두릉杜陵이라고도 불린다. 위대한 시인이라는 의미에서 시성詩聖이라 불린다. 중국문학사에서 시선詩仙 이백李白과 함께 '대이두大李杜'로 칭송된다.

6 夔府 : 당나라 때 기주夔州에 둔 부서府署를 가리킨다. 기주의 최고행정관청은 봉절奉節에 있었으므로, 기부는 봉절을 가리킨다고 볼 수 있다. 두보가 대력大歷 원년766에 기부로 와서 2년 가까이 머물렀다. 이때가 두보 시작詩作의 절정기로, 2년이 안 되는 기간 동안 현존하는 두보 시의 30%에 달하는 430여 수를 기부에서 지었다고 한다.

7 垂翅 : 날개를 늘어뜨린다는 의미인데, 뜻을 잃어 낙담하고 실망하는 것을 비유한 것이다. 『동관한기東觀漢記 · 풍이전馮異傳』에 "날개를 늘어뜨리고 계곡으로 돌아오고 날개를 떨치며 민지澠池로 오네. 동쪽에서 잃고 뽕나무와 버드나무에서 거두네垂翅回谿, 奮翼澠池, 失之東隅, 收之桑榆"라고 되어있다.

8 歐陽 : 송宋나라의 학자 구양수歐陽修, 1007~1072를 말한다. 그의 자는 영숙永叔이고, 호는 취옹醉翁이며 육일거사六一居士로 불린다. 그는 정치가 겸 문인으로 한림원학사翰林院學士 등의 관직을 거쳐 태자소사太子少師가 되었다. 송나라 초기의 미문조美文調 시문인 서곤체西崑體를 개혁하고, 당대의 한유韓愈를 모범으로 하는 시문을 지었다. 당송팔대가唐宋八大家의 한 사람이며, 후배들에게 많은 영향을 주었다. 주요 저서로 『구양문충공집歐陽文忠公集』이 있다.

9 『歸田錄』 : 송나라 구양수가 만년에 관직을 그만두고 영주潁州에 머물면서 지은 것으로 대부분 자신의 경험과 견문을 바탕으로 조정과 사대부에 관한 일을 주로 기록했다.

10 郢書燕說 : '영郢'은 춘추전국春秋戰國시대 초楚나라의 도성이 있던 곳이고 '서書'는 서신이다. '연燕'은 제후국인 연나라이고 '설說'은 해석을 의미한다. 옛날 초나라의 영 땅에서 온 사람이 연나라의 재상에게 편지를 쓰는데 방이 어두워 잘 보이지 않자 불을 밝히라고 하인에게 말하면서 편지에 '거촉擧燭'으로 잘못 썼다. 이 편지를

唐而濫於宋, 溯其初, 則蕭梁殷芸[11], 始有『小說』[12]行世. 芸字灌蔬, 蓋有取於退耕之義, 諒非朝市人所能參也. 余以退耕而談朝市, 非僭則迂. 然謀野則獲, 古人已有之, 因以署吾錄. 若比於野人之獻[13], 則『美芹十論』[14], 當時已置高閣, 非吾所甘矣. 編中強半述事, 故以萬曆[15]冠之.

받은 연나라 재상은 '거촉'의 의미를 밝은 정치를 펴라는 뜻으로 오해해 연왕燕王에게 밝은 정치를 펴기 위해 인재를 등용하라고 말하는데 왕이 기뻐하며 그대로 행하자 나라가 잘 다스려졌다. 잘못 쓴 편지를 읽고 그 의미를 오해해 발생한 일을 두고 원래 의미를 곡해한다는 의미로 인용한 것이다.

11 殷芸 : 은운殷芸, 471~529은 남조 양梁나라의 관리이자 문학가다. 그의 자는 관소灌蔬이며, 하남河南 진군陳郡 장평長平 사람이다. 제齊 무제武帝 영명永明 연간483~493에 의도왕宜都王 소갱蕭鏗의 행참군行參軍을 지냈으며, 양 무제 천감天監 초년502에는 서중랑주부西中郎主簿가 되었다. 천감 13년에서 천감 15년 사이에 양 무제의 명으로 『소설小說』을 지었다.

12 『小說』 : 은운이 양 무제의 칙명으로 지은 지인소설志人小說로, 사관이 기록하기엔 위험부담이 큰 소설 같은 이야기들과 고대 중국 명사들의 풍모와 언행이 드러난 일화들을 전한다. 이 책은 본래 총 30권으로 구성되어 있는데, 그중 10권만이 전해진다. 세칭 『은운소설殷芸小說』이라 불리며 중국고전소설을 연구하는 데 있어서 중요한 자료가 된다.

13 野人之獻 : 비싸지 않은 미나리를 좋은 물건으로 여겨 다른 사람에게 준다는 '야인헌근野人獻芹' 고사에서 유래한 것이다. 『열자양주列子楊朱』에 "옛날에 어떤 사람이 콩이 맛있고, 모시풀, 미나리, 부평초를 달다고 여겨, 마을 호족에게 좋다고 말했다. 호족이 그것을 맛보니 입은 쓰라리고 배가 아팠다. 많은 사람들이 그를 비웃고 원망하니, 그가 크게 부끄러워했다昔人有美戎菽, 甘枲莖芹萍子者, 對鄉豪稱之. 鄉豪取而嘗之, 蜇於口, 慘於腹, 眾哂而怨之, 其人大慚"는 기록이 있다.

14 『美芹十論』 : 남송南宋의 애국 시인 신기질辛棄疾, 1140~1207이 지은 것으로, '제일론第一論'부터 '제십론第十論'까지로 구성되어 있다. 송宋과 금金의 형세를 분석하고 실지失地 수복 전략을 논하고 있다. 여기서는 읽는 이가 드문 책을 의미한다.

15 萬曆 : 명나라 제13대 황제 신종神宗 주익균朱翊鈞, 1563~1620이 사용한 연호이며, 사용 기간은 1573년부터 1620년까지다.

萬曆三十四年丙午仲冬[16]日, 沈德符[17]題於甕汲軒.

---

16 仲冬 : 일반적으로 한겨울을 의미하며, 음력 11월에 해당한다.

17 沈德符 : 『만력야획편』의 저자. 심덕부沈德符, 1578~1642의 자는 경천景倩 또는 호신虎臣이고, 호는 타자他子다. 명나라 절강浙江 수수秀水 사람이다. 북경에서 태어나 자라다가 12세 때 부친이 세상을 떠나자 어머니를 따라 고향인 수수로 돌아갔다. 만력 46년1618 거인擧人이 되었지만, 그 이후 벼슬길에 오르지는 못했다. 박학다식했고 음률에도 정통해 여러 저서를 남겼다. 저서에는 『만력야획편』, 『청권당집淸權堂集』, 『고곡잡언顧曲雜言』 등이 있다.

속편소인續編小引

금상今上께서 등극하신 지 이미 50년이 다 되었다. 나는 다행히 요순堯舜 시기와 같은 태평성대에 태어나 비록 민간에서 곤궁하게 살고 있긴 해도 지금의 태평함을 노래하니, 이 시대의 미담이 아닌 것이 없다. 간간이 시사에 관한 것이 있는데 그 경위가 분명하다.

나는 평범한 사람이라 그저 대략적인 내용만을 기억할 뿐이다. 풍조가 변하고 유행이 바뀌어 점차 예전과 다소 달라지게 된 것은, 대개 병오丙午년과 정미丁未년부터다. 『만력야획편萬曆野獲編』 총 30권을 헌 상자에 던져둔 채 붓을 놓은 지 이미 십여 년이 지났다.

한창 때가 이미 지나 기억력이 날로 떨어져서 보고 들은 것들도 잘 기억이 나질 않는다. 마음 속에 오랫동안 쌓아 두었지만 아직 다 잊어버리지는 않았다. 시간이 오래되어 그나마 기억하고 있는 것마저도 잊게 될까 두려워, 마침내 새로운 것과 옛 것을 불문하고, 즉시 내키는 대로 기록해서 다시 책을 만들었다. 예전의 글을 이어 완성하니 『속편續編』이라 명명하고 '만력'이라는 글자를 앞에 덧붙였다. 그 일들이 모두 만력 연간의 것은 아니지만, 귀로 듣고 눈으로 본 것들이 모두 내가 태어나서 직접 얻은 것들이다.

옛날 우리 집안의 심괄沈括이라는 분은 학사원學士院에서 기거하셨는데, 학문의 정통함이 따를 자가 없어 그의 『몽계필담夢溪筆談』은 지금까지도 전해져 칭송되고 있다. 우리 집안의 심주沈周께서는 비록 심괄보다 뛰어나셨지만, 끝내 평민으로 오吳 지역에서 늙어 돌아가셨기 때문에, 그의 『객좌신문客座新聞』에 대해 당시에 서로 상반된 의견이 있었다. 나는 어려서 북경에서 자라고, 장성해서야 대학에서 지냈으니 심괄에 비하면 학식과 견문이 많이 부족하다. 하지만 교유한 사대부들과 각지의 유명 인사들이 내가 있던 북경에 모인 것이 어쩌면 심주보다 좀 나을 수도 있기에 망령되이 글을 쓴다. 아무튼 내 말에 부족하고 잘못된 곳이 적지 않지만, 우선 남겨 두고 후손들이 바로잡기를 기대한다. 만약 『현괴록玄怪錄』과 『소상록瀟湘錄』 등의 저록에 비교한다면, 차이점은 황당하지 않다는 것이다. 지금 금상의 어진 은혜가 '만력'이라는 연호가 말해주듯 수만이나 되어 하늘과 더불어 무한하니, 민간에서 얻은 바라도 올바르기에 쓰지 않을 수가 없다.

만력 47년 을미己未년 초가을에 폐추재敝帚齋에서 쓴다.

續編小引

今上[18]御極已垂五十年. 德符幸生堯舜之世, 雖困處菰蘆, 然詠歌太平, 無非聖朝佳話. 間有稍關時事者, 其涇渭自明.

藿食者, 但能粗憶梗概而已. 至於風氣之轉移, 俗尙之改革, 又漸與往年稍不同, 蓋自丙午丁未間.[19] 有『萬曆野獲編』共卅卷, 棄置廢簏中, 且輟筆已十餘年而往矣.

壯歲已去, 記性日頹, 諸所見聞, 又有出往事外者. 胸臆舊貯, 遺忘未盡. 恐久而幷未盡者失之, 遂不問新舊, 輒隨意錄寫, 亦復成帙, 緖成前稿, 名曰『續編』, 仍冠以萬曆. 其事亦有不盡屬今上時者, 然耳剽目覩, 皆德符有生來所親得也.

昔吾家存中[20], 身處北扉[21], 淹該絶世, 故『筆談』[22]一書, 傳誦至今. 吾家石

---

18 今上 : 명나라 제13대 황제 신종 주익균을 가리킨다. 재위기간은 1573년부터 1620년까지로 명나라의 황제 중 재위기간이 가장 길었다. 연호는 만력萬曆이다.

19 丙午, 丁未間 : 여기서 말하는 병오년과 정미년은 심덕부가 살아 있을 때일 가능성이 많으므로, 만력 34년과 35년1606~1607을 가리킨다고 볼 수 있다.

20 存中 : 북송北宋 시기의 학자이자 정치가인 심괄沈括, 1031~1095을 말한다. 심괄은 항주杭州 전당錢塘사람으로, 자는 存中이고 호는 몽계옹夢溪翁이다. 대단히 박학다식했고, 특히 천문과 수학, 지리, 본초本草 등 과학 분야에 해박했다. 저서의 대부분은 없어졌지만, 현존하는 『몽계필담夢溪筆談』 26권과 『보필담補筆談』 3권에는 풍부한 과학적 기사가 실려있다.

21 北扉 : 원래 북쪽으로 난 문을 말하지만, 북송 시기의 심괄이 『몽계필담 · 고사일故事一』에서 "또 학사원의 북향 문은 목욕탕의 남쪽에 있어서 부름에 응하기 편했다又學士院北扉者, 爲其在浴堂之南, 便於應召"라고 쓴 뒤로 학사원을 가리키는 말이 되었다.

田[23], 雖高逸出存中上, 終以布衣老死吳下, 故所著『客座新聞』[24], 時有牴牾. 德符少生京國, 長游辟雍[25], 較存中甚賤. 而所交士大夫, 及四方名流, 聚輦下[26]者, 或稍過石田, 因妄爲泚筆. 總之, 書生語言, 疵誤不少, 姑存之以待後人之斥正. 或比於『玄怪』[27]『瀟湘』[28]諸錄, 差爲不妄. 今聖人在宥, 當如紀年所稱萬數,[29] 與天罔極, 野之所獲, 正不勝書也.

萬曆四十七年己未歲新秋題於敝帚齋.

---

22 『筆談』 : 북송의 학자였던 심괄이 평생 동안 보고 듣고 알게 된 것을 저술한 수필 형식의 저작물인 『몽계필담』을 가리킨다. 대략 1086년에서 1093년 사이에 완성되었다. 현존하는 『몽계필담』은 총 26권으로 되어 있는데, 내용은 천문학, 수학, 지리, 지질, 물리, 생물, 의학, 약학, 군사, 문학, 역사학, 고고학, 음악 등에 관한 것으로, 중국 과학사에 있어 중요한 문헌이다.

23 石田 : 명나라 화가인 심주沈周, 1427~1509를 말한다. 석전石田은 그의 호이고, 그의 자는 계남啓南이다. 오파吳派로 알려진 문인화파의 대표 인물이다. 저서에는 『석전집石田集』, 『객좌신문客座新聞』 등이 있다.

24 『客座新聞』 : 명나라 심주가 쓴 필기소설筆記小說로 현재 필사본 5종이 전한다.

25 璧雍 : 본래 주周 천자가 세운 대학으로 부지는 원형이고, 주위는 물로 둘러싸여 있었다. 서한西漢 이후로 매 조대마다 벽옹璧雍을 두었다. 벽옹은 당시 천자가 관할하는 곳의 학교를 가리키는 것으로 지금의 국립대학에 해당한다. 북송 때는 태학太學의 예비학교였지만, 다른 조대에는 모두 향음鄕飮, 대사大射 또는 제사祭祀를 행하던 곳으로 사용되었다.

26 輦下 : '연곡하輦轂下'의 줄인 말인데, 황제의 수레 아래라는 말로 수도를 가리킨다.

27 『玄怪』 : 당나라의 우승유牛僧孺가 쓴 전기소설집傳奇小說集인 『현괴록玄怪錄』을 가리킨다. 원래 10권이었지만 지금은 한 권이 남아있다. 송대宋代에는 조광윤趙匡胤의 시조始祖인 현랑玄朗을 피휘避諱해 『유괴록幽怪錄』으로 명칭을 바꿨다.

28 『瀟湘』 : 만당晩唐 시기의 지괴소설집志怪小說集인 『소상록瀟湘錄』을 가리킨다. 이 책에 기록된 내용은 대부분 황당무계하지만, 이를 통해 작가의 사상 관점을 표현하고 있어 사회 풍자의 색채가 농후하다.

29 如紀年所稱萬數 : 중국 고대에는 연호기년법을 사용했다. 이것은 한대漢代부터 시작된 것으로, 각 황제마다 자신의 연호를 사용해 연도를 표기했다. 심덕부가 『만력야획편』을 썼던 시기는 명대明代 만력 연간이었으므로 만력 ○년으로 표시했는데, 기년에 만萬이 들어가므로 이렇게 표현한 것으로 보인다.

보유서補遺序

선대 어르신인 효렴공孝廉公 심덕부께서 『만력야획편』 20권과 『속편』 12권을 펴내셨는데 그 내용이 자세하고 핵심을 파헤쳤으며 광범위하다. 조정의 규율과 국가의 법도法道, 산천山川과 인물에 관한 크고 작은 일들이 총망라되어 있는데, 아쉽게도 인쇄되지 못했다. 숭정崇禎 말에 이르러 연못에 잡초가 무성해지듯 세상이 혼란해지면서 이리저리 떠돌다가 대대로 소중히 여겨 온 책이 모두 사라져서 『만력야획편』 중 열 중 네다섯만이 보존되었다. 내가 15세에 학문을 시작한 이래로 책을 탐독하고 의미를 찾아왔는데, 문득 사라진 것들을 생각하니 분하고 애통하며 남은 편들을 지키지 못했음이 한탄스럽다. 다행히 운 좋게도 원래의 목록은 모두 남아있어서, 이것으로 나머지 빠진 부분을 알 수 있어 찾아서 바로잡았다. 신묘辛卯년과 임진壬辰년 동안 화성禾城에 머물며 두루 수집하고 인증하는 과정에서 본 것이 수십여 책 이상이 된다. 그러나, 유감스럽게도 베껴 쓴 것이 서로 달라서 전편이 갖춰지지 않은 상태에 이르렀다. 동천桐川의 전방錢枋이 소장한 것은 매리梅

里의 주이존朱彛尊에게서 얻은 것으로 다른 판본들보다 비교적 많은 편이지만 원래 목록에 대조해보면 열 개 중에 예닐곱 개뿐이다. 전방 선생은 문門을 열거하고 부部를 나눴으며 사건에 따라서 순서를 정했는데, 순서는 본래 모습을 복원하지는 않았지만 보기에 편해서 전본錢本을 위주로 여러 사람들이 소장한 것을 수집하고, 전본 중에 빠진 부분이 보이면 보충해 넣으니 모두 230여 조條 8권이 되었다. 원래 목록을 다시 검토하니 하나도 빠진 것이 없었다. 생각해보면 이 책이 온전해진 것이 다행이다. 감히 내가 수집하고 편집한 덕분이라고 말할 수는 없으니, 풍성豐城의 검이 합쳐진 것처럼 『만력야획편』이 온전해진 것은 선대 어르신의 영靈이 깃들었기 때문이다.

강희康熙 계사癸巳년 윤閏 5월 5대 손인 심진沈振이 삼가 아룁니다.

補遺序

先高祖孝廉[30]公, 撰『萬曆野獲編』二十卷, 又『續編』十二卷, 精核該博. 凡朝常國典, 山川人物, 鉅細畢擧[31], 惜未及梓. 至崇禎[32]末, 長溪爲萑苻之藪[33], 流離播遷, 累世琬琰[34]具已澌滅, 是編所存, 僅十之四五. 振[35]自束髮[36]受書以來, 撫卷尋繹, 輒爲扼腕[37]痛悼, 歎遺編之失守也. 猶幸天假之緣[38], 原目俱在, 得以知其殘缺, 藉以搜訂. 辛卯壬辰間館禾城[39], 旁徵博詢, 所見不下數十餘

---

30 孝廉 : 명明 · 청清 시기 향시鄕試에 합격한 사람인 거인擧人의 별칭이다.

31 鉅細畢擧 : 거세鉅細는 큰 것과 작은 것을 말하므로, 거세필거鉅細畢擧는 작은 일에서부터 큰일에 이르기까지 모두 기록했다는 의미다.

32 崇禎 : 명나라 사종思宗 주유검朱由檢의 연호로 1628년부터 1644년까지 사용되었다.

33 萑苻之藪 : 추萑는 물억새이고, 부苻는 귀목풀이며, 수藪는 호수 또는 늪이다. 여기서는 물억새나 귀목풀 같은 잡초가 무성한 호수로 해석했다.

34 琬琰 : 완琬과 염琰은 모두 아름다운 옥돌을 말하는데, 여기서는 『만력야획편』을 비유한다.

35 振 : 『만력야획편』의 저자 심덕부의 5대 손인 심진沈振, 생졸년 미상을 말한다. 청대淸代 강희康熙 연간에 심덕부의 『만력야획편』을 수집하고 이에 대한 「보유서補遺序」와 「보유발補遺跋」을 써서 『만력야획편』의 현재 판본을 완성하는 데 공헌했다.

36 束髮 : 고대에 남자 아이가 청소년이 되는 시기를 말한다. 이때 머리를 묶어서 쪽을 지는데 이것을 속발束髮이라고 말한다. 청대 이전에 한족漢族 남자아이는 15세가 되면 머리를 쪽을 지고 20세가 되면 관례冠禮를 치렀다. 그러므로 '속발'이라고 하면 일반적으로 15세에서 20세까지의 나이를 말한다.

37 扼腕 : '액완扼腕'은 한 손으로 다른 손의 손목을 붙잡는 모습을 형용하는데, 분노와 애석함을 표현한다. 『한비자韓非子 · 수도守道』에서 "제가 금성에 들어가 공수했는데, 손목을 붙잡고 입술을 깨물어야 하는 화는 없었습니다人臣垂拱於金城之內, 而無扼腕聚脣嗟唶之禍"라고 했다.

38 天假之緣 : 하늘이 내려주신 좋은 인연이라는 뜻으로, 얻기 힘든 좋은 기회를 말한다.

39 禾城 : 화성禾城의 '화禾'는 가흥嘉興의 약칭이다. 보통 가흥을 '화성' 또는 '자성子城'

冊. 無如傳鈔互異, 訖無全編. 惟桐川錢氏[40]所藏, 得自梅里朱氏[41], 較多於他本, 而質之原目, 亦止十之六七耳. 爾載[42]先生更爲列門分部, 事以類序, 惟次第非復本來, 然頗便於展覽, 因以錢本爲主, 而彙集諸家所藏, 視錢本之所缺者而抄附之, 又共得二百三十餘條, 作爲八卷. 覆校原目, 一無所遺. 振竊大幸是書之得全. 不敢謂小子搜緝之力, 而豐城劍合[43], 先高祖之靈, 實憑式[44]之也.

이라고 부른다. '화'는 벼를 가리키는데, 가흥은 강남江南의 수향水鄕이고, 벼가 주요 작물이므로, 벼 화자를 사용해 사람들이 이 도시를 친근하게 기억하도록 한 것이다.

40 錢氏 : 전방錢枋, 생졸년 미상을 말한다. 전방의 자는 이재爾載다. 청나라 동향桐鄕 사람으로, 나중에 가흥嘉興으로 이주했다. 『만력야획편』의 '보유補遺' 부분은 주이존朱彛尊의 초본抄本에 근거해서 청대 전방이 네 권으로 펴냈다.

41 朱氏 : 명말明末 청초淸初 시기의 관리이자 학자인 주이존朱彛尊, 1629~1709을 말한다. 절강 수수秀水 사람으로 자는 석창錫鬯이고 호는 죽택竹垞, 구방驅舫, 소장려조어사小長蘆釣魚師, 금풍정장金風亭長이다. 절서사파浙西詞派의 창시자로 박학다식하고 시사詩詞에 능했으며 금석고증학金石考證學에 정통했다. 왕사정王士禎과 함께 시에서 명성을 떨쳤다. 벼슬은 한림원검토翰林院檢討를 지냈고 직남서방直南書房에 들어가 『명사明史』 편찬에 참여했다. 저서로는 『일하구문日下舊聞』, 『경의고經義考』, 『명시종明詩綜』, 『사종詞綜』, 『폭서정집曝書亭集』 등이 있다.

42 爾載 : 전방錢枋을 말한다. 이재爾載는 전방의 자다.

43 豐城劍合 : 풍성검豐城劍은 고대의 명검으로 용천검龍泉劍과 태아검太阿劍을 말한다. 『진서晉書 · 장화전張華傳』에 다음과 같은 풍성검의 일화가 기록되어 있다. 오吳가 멸망하고 진晉이 일어났을 때 하늘의 북두칠성 사이에 자줏빛 기운이 자주 서려 있었다. 장화張華는 뇌환雷煥이 참위讖緯의 상象을 잘 본다는 말을 듣고서 그와 함께 천문天文을 봤다. 뇌환은 북두칠성에 기이한 기운이 서려 있는데, 이것은 보검寶劍의 정기이며 검은 예장豫章의 풍성豐城에 있다고 했다. 뇌환은 장화의 도움으로 풍성의 현령縣令이 되었다. 어느 날 뇌환은 풍성의 땅을 4장 쯤 파 들어가다가 돌 상자를 하나 발견했다. 그 상자는 빛이 특이하고 안에는 두 개의 검이 들어있었는데 바로 용천검과 태아검이었다. 그 뒤로 북두칠성에는 자줏빛 기운이 더 이상 나타나지 않았다고 한다. 여기서는 『만력야획편』을 풍성검에 비유한 것으로 보인다.

44 憑式 : 빙식憑式은 식빙式憑이라고도 쓰는데, 의지하고 따르는 것을 말한다. 『명사明史 · 이현전李賢傳』에서는 "이 사람은 요순의 마음씀씀이를 지녔으므로, 천지 조종이 모두 그를 따른다此堯舜用心也, 天地祖宗實式憑之"라고 했다.

康熙[45]癸巳閏五月五世孫振謹識.[46]

45 康熙 : 청나라의 4번째 황제인 강희제康熙帝 애신각라 현엽愛新覺羅 玄燁, 1654~1722의 연호다. 1662년부터 1722년까지 총 61년간 사용되었다.

46 康熙~謹識 : 강희 연간 필사본筆寫本에 의거해 보충했다據康熙寫本補. 【교주】

보유발補遺跋

전겸익錢謙益 선생은 "왕세정王世貞과 이반룡李攀龍의 학문이 강서江西와 절강浙江 지역에서 성행한 이후 학자들은 왕세정과 이반룡이 남긴 자취를 따라 당唐나라 이후의 책은 읽지 말라고 서로 경계했다. 그러나, 심덕부만은 최근의 것을 수집하고 두루 읽고서, 송대 이후 정사正史와 시문집 그리고 오래된 가문의 옛 이야기들을 종종 상세히 서술하며 그 일의 윤곽을 설명했다. 집안 대대로 벼슬을 지내 나라의 옛 일을 늘 들었고 또 가정嘉靖 연간 이후의 유명인들과 존경받는 어른들을 만나 일화를 청해 듣고 산실散失된 것들을 모두 모아서 일가지언一家之言을 이루어 사관史館에 바쳤다. 심덕부가 뜻은 있었지만 이를 이루지 못한 것이 애석하다"고 했다. 주이존의 『명시종明詩綜』에서도 이 문장을 모두 기록하고 있지만 '일가지언을 이루었다.[勒成一家之言]' 아래에 '사관에 바쳤다.[以上史館]'라는 네 글자를 생략했다. 또한 다음 구절을 '그가 이루지 못한 것이 애석하다.[惜其未就也]'로 바꾸었다.

나는 이렇게 생각한다. 전겸익 선생이 '뜻이 있지만 이루지 못했다'

고 한 말은 사관에 바친 것을 말한 것이다. 그런데, 지금 『명시종』에서 이 말을 생략하고 말을 바꾼 것은 이 책을 미완성의 책으로 본 것이다. 안타깝게도 내가 태어난 것이 늦은데다가 철인께서는 이미 돌아가셔서, 이 책 전체를 바치지 못하게 되었다. 그러니 전겸익 선생의 말은 나를 속인 것이 아니다.

심진이 쓴다.

補遺跋

錢牧齋[47]云, 自王李之學[48]盛行, 吳越[49]間學者拾其殘瀋, 相戒不讀唐以後書, 而景倩[50]獨近搜博覽, 其於兩宋以來, 史乘別集[51], 故家舊事, 往往能數陳其本末, 疏通其端緖. 家世仕宦, 習聞國家故事, 且及見嘉靖[52]以來名人獻老,

47 錢牧齋 : 명말 청초의 시인 전겸익錢謙益, 1582~1664을 말한다. 전겸익의 자는 수지受之이고, 호는 목재牧齋다. 우산선생虞山先生이라고도 불렸다. 청나라 초기 시단의 지도자 중 한 사람으로 소주부蘇州府 상숙현常熟縣출신이다. 명나라 만력 38년1610 진사進士가 되어 예부시랑禮部侍郎을 지냈으며 동림당의 지도자 중 하나였다. 명나라가 망한 후 남명南明에 참여해 예부상서禮部尙書를 지냈고, 나중에 청나라에 항복해 예부시랑을 지냈다. 저서로 『목재시초牧齋詩抄』, 『유학집有學集』, 『초학집初學集』 등이 있다.

48 王李之學 : '왕王'은 왕세정王世貞, '이李'는 이반룡李攀龍을 말한다. 왕세정1526~1590의 자는 원미元美이고, 호는 봉주鳳洲 또는 엄주산인弇州山人이며 소주부 태창주太倉州 출신이다. 18세에 거인이 되고 22세에 진사가 되었다. 호광관찰사湖廣觀察使, 광서우포정사廣西右布政使 등의 관직을 지냈다. 장거정張居正에 의해 파직되어 고향으로 돌아갔다가 다시 복귀해 남경南京 형부상서刑部尙書까지 지낸다. 그는 이반룡, 서중행徐中行 등과 함께 '후칠자後七子'로 불리며 문단을 주도한다. 특히 이반룡 사후에 20년간 문단의 지도자로 군림한다. 저서로 『엄주산인사부고弇州山人四部稿』, 『엄산당별집弇山堂別集』, 『가정이래수보전嘉靖以來首輔傳』 등이 있다. 이반룡1514~1570의 자는 우린于鱗이고, 호는 창명滄溟이며, 지금의 산둥[山東] 지난[濟南]인 역성歷城 출신이다. '전칠자前七子'의 뒤를 이어 왕세정, 사진謝榛 등과 함께 문학 복고운동을 이끌며 '후칠자'의 지도자가 되었고 '종공거장宗工巨匠'으로 불린다. 20여 년간 문단을 주도했고 청대 초기까지 그의 영향이 미친다. 『고금시산古今詩刪』에서 각 시대의 시를 선정해 영향력이 상당히 컸다.

49 吳越 : 춘추春秋 시대에 오吳나라와 월越나라가 있던 땅으로 현재의 장쑤성[江蘇省]과 저장성[浙江省] 일대를 말한다.

50 景倩 : 심덕부를 말한다. 경천景倩은 심덕부의 자다.

51 史乘別集 : 사승史乘은 정사正史를 의미하고 별집別集은 개인 시문집을 의미한다.

52 嘉靖 : 명나라 제11대 황제 세종世宗 주후총朱厚熜의 연호로, 1522년부터 1566년까

講求掌故, 網羅放失, 勒成一家之言[53], 以上史館[54], 惜其有志而未逮也. 朱竹垞[55]『詩綜』[56], 亦全錄此文, 但於勒成一家之言下, 節去以上史館四字, 幷易下句爲惜其未就也.

謹按牧齋先生有志未逮之語, 謂上史館也. 今『詩綜』所易, 則直視此編爲未就之書矣. 恨振生也晩, 哲人已逝, 不獲以此全帙奉正, 而受之[57]先生之言不我欺也.[58]

沈振撰.[59]

지 총 45년 동안 사용되었다. 48년 동안 사용된 신종의 연호 만력에 이어 명대에서 두 번째로 오랜 기간 사용된 연호다.

53 一家之言 : 일가一家의 말. 학문이나 예술 등의 분야에서 독자적인 경지에 이른 상태를 가리킨다.

54 史館 : 옛날의 국사 편찬 기구.

55 朱竹垞 : 주이존1629~1709을 말한다. 죽택竹垞은 주이존의 호다.

56 詩綜 : 『명시종明詩綜』을 말한다. 명나라 시인들의 시총집詩總集으로 총 100권이다. 주이존이 편집했고 그의 친구인 왕삼汪森, 주단朱端, 장대수張大受 등이 비평을 했다. 명나라 초기부터 명말明末 숭정崇禎 연간까지의 시인과 명나라가 망한 이후의 유민 및 순절한 대신 등 3400명의 작품을 수록했다.

57 受之 : 전겸익을 말한다. 수지受之는 점겸익의 자다.

58 而受之~欺也 : 이 구절은 정이程頤가 한 "고인이 한 말이 진정으로 나를 속이지 않았구나古人誠不我欺"에서 온 것으로 보인다.

59 沈振撰 : 강희 연간 필사본에 의거해 보충했다據康熙寫本補. 【교주】

만력야획편 萬曆野獲編

上

권1

수수秀水 경천景倩 심덕부沈德符 저

동향桐鄉 이재爾載 전방錢枋 편집

번역 하늘에 즉위를 고하다

태조太祖께서 보위에 오르려 하실 때, 먼저 그 이전 해 12월에 백관百官들이 등극 시기時期를 하늘에 아뢰기를 권해 황상께서 새 궁에 드시어 하늘에 절하며 고했다. 그 내용은 대략 다음과 같다. "우리 중국은 송나라의 운이 다하면서부터 천제天帝께서 사막의 진인眞人에게 명해 중국에 들어와 원나라를 세워 천하의 주인이 되게 한 지 100여 년이 지났으며 이제 그 운 또한 다했습니다. 이에 천하의 백성과 땅을 호걸들이 나누어 다투었습니다. 다만 신에게는 천제께서 뛰어난 인재인 이선장李善長과 서달徐達 등을 신의 보좌로 내려주셔서 군웅의 할거를 평정하고 농사짓는 백성들을 편안케 했습니다. 신하들이 모두 백성에게 주인이 없는 것이 걱정이라고 말하며, 기어코 저를 군주로 추대하고자 하기에 신이 감히 사양하지 못했습니다. 이에 내년 정월 4일 종산鍾山의 남쪽에 제단을 쌓고 의식을 갖추어 천제와 지신地神께 밝혀 고하겠습니다. 만약 신이 백성의 주인이 될 만 하다면 제祭를 올리는 날에 천제와 지신께서 강림하시어 하늘이 맑고 기운이 청명하며 부드럽고 따뜻한 바람이 불게 해주시기를 엎드려 바랍니다. 만약 신이 그럴 만하지 않다면 그 날 세찬 바람이 불고 기이한 광경이 나타나게 해 신이 그것을 알게 해 주십시오."

이때 날씨가 계속 흐리다가 다음 해 정월 초하루가 되자 맑아졌다.

그날에 태양이 밝게 빛나서 하늘과 땅에 함께 제를 올리고 주상께서 남교에서 즉위하셨다. 이 글에 따르면 먼저 천제께 고해 감히 서둘러 황제의 자리에 오르지 않는다는 것을 보여주고 세찬 바람과 기이한 광경으로 불가함을 알려주시기를 청했다. 이로 인해 천하가 공인했으니, 일찍이 부명符命을 거짓으로 꾸며서 세상의 이목을 가린 적이 없으니 진실로 태평성세를 이룬 요왕堯王, 순왕舜王, 탕왕湯王, 무왕武王의 마음씀에 부합된다. 천고의 세월을 넘어 만세에 이어짐이 마땅하다.

원문 告天卽位

高皇帝[1]將登寶位, 先於前一年之十二月百官勸進時, 上御新宮, 拜詞於天. 其略曰, "惟我中國自宋運告終, 帝命眞人[2]于沙漠, 入中國爲天下

---

1 高皇帝 : 개국開國 황제의 시호로 '고제高帝'라고 약칭하기도 한다. 여기서는 명조明朝의 개국황제를 말하므로 명 태조 주원장1328~1398을 가리킨다. 주원장의 자는 국서國瑞이고 원래 이름은 중팔重八인데, 후에 흥종興宗으로 바꿨다. 호주濠洲 종리鐘離 사람이다. 주원장은 어렸을 때 가난해서 먹고 살기 위해 출가出家도 했었다. 25세 때 곽자흥郭子興이 이끄는 홍건군紅巾軍을 따라 원나라에 대한 항쟁에 참가했다. 1356년에 오국공吳國公으로 추대되었고 서달과 상우춘常遇春에게 명해 중원을 북벌하고 몽고족의 원나라 통치를 무너뜨렸다. 그는 1368년 응천부應天府 : 지금의 난징[南京]에서 황제로 등극하고 국호를 대명大明으로 삼았으며 연호를 홍무洪武로 정했다. 그 뒤 서남, 서북, 동북 등을 평정해 중국을 통일하고 각 분야에서 개혁을 시행했다. 향년 71세의 나이로 병사했고 묘호는 태조, 시호諡號는 고황제古皇帝이며 효릉孝陵에 묻혔다.

2 眞人 : 참된 도道를 깨달은 사람, 특히 도교道敎의 깊은 진리眞理를 깨달은 사람을 이른다. 『장자莊子』에서는 근원적인 도의 체득자를 의미하며 '신인神人', '지인至人'과 거의 동의어로 사용되고 있다. 그 후 종교적 개념으로 변해서 천상의 신선세계에

主, 百有餘年, 今運亦終. 其於天下人民土地, 豪傑分爭. 惟臣帝賜英賢李善長[3]徐達[4]等爲臣之輔, 戡定羣雄, 息民於田野. 臣下皆曰, 恐民無主, 必欲推尊. 臣不敢辭. 是用明年正月四日, 於鍾山[5]之陽, 設壇備儀, 昭告上帝皇祇[6]. 如臣可爲民主, 告祭之日, 伏望帝祇來臨, 天朗氣淸, 惠風和暢, 如臣不可, 至日當烈風異景, 使臣知之."

是時連陰, 入明年元旦卽晴. 至日, 日光皎潔, 合祭天地. 上卽位於南郊[7]. 按是詞, 先告上帝, 以見未敢遽登至尊, 且請烈風異景以示不可. 是

상정된 관부의 고급관료, 천상의 신의 명령을 받은 지상의 지배자, 선도 수행자 등을 의미하게 되었다. 여기서는 1271년 수도를 대도大都 : 지금의 베이징[北京]으로 옮기고 원元나라를 개국한 뒤, 1279년 남송을 멸망시키며 전 중국을 지배하게 된 원 세조世祖 쿠빌라이 칸1215~1294을 가리키는 것으로 보인다. 명대 제왕묘帝王廟에서 제사 지내는 중국 역대 제왕 중 원나라의 개국황제로 원 세조를 모셨기 때문이다. 〖역자 교주〗

3 李善長 : 이선장李善長, 1314~1390은 명나라의 개국공신으로, 호주濠州 정원定遠 사람이며 자는 백실百室이다. 주원장의 참모가 되어 명나라를 개국하는 데 큰 공을 세웠다. 벼슬은 참의參議, 우상국右相國, 광록대부光祿大夫, 좌주국左柱國, 태사太師, 중서좌승상中書左丞相 등을 역임하고, 선국공宣國公, 한국공韓國公으로 봉해졌다. 『원사元史』 편찬을 감수했고, 『조훈록祖訓錄』과 『대명집례大明集禮』 등을 편찬했다. 홍무 23년1390 호유용胡惟庸의 모반 사건에 연루되어 처자식 및 조카 등 70여 명과 함께 처형되었다.

4 徐達 : 서달徐達, 1332~1385은 명나라의 개국공신이다. 그의 자는 천덕天德이고, 호주濠州 종리현鐘離縣 사람이다. 명 태조 주원장을 도와서 장사성張士誠과 진유량陳友諒 등의 군대를 격파하고, 지정至正 27년1367에는 정로대장군征虜大將軍이 되어 25만 대군을 이끌고 북벌에 나섰다. 홍무 원년1368 대도를 공격해 원나라를 멸망시키고 우승상右丞相이 되었으며 위국공魏國公에 봉해졌다. 홍무 18년1385 세상을 떠난 뒤 중산왕中山王에 봉해졌으며 시호는 무녕武寧이다.

5 鍾山 : 종산鍾山은 남경南京의 성지로, 현재 난징시 쉬안우[玄武]구 즈진산[紫金山]에 위치해 있다. 중국에서 손꼽히는 명승지다.

6 皇祇 : 지신地神만을 가리키거나 지신과 천신天神을 합해 부르기도 한다. 여기서는 지신을 가리킨다.

7 南郊 : 고대의 천자가 수도의 남쪽 교외에 제단을 세우고 하늘에 제사를 지내던 곳

以天下爲公, 未嘗矯飾符命, 塗世耳目, 眞合堯舜[8]湯[9]武[10]爲心也. 超千古而延萬世, 宜哉.

을 말한다.

8 堯舜 : 당우唐虞의 요왕堯王과 순왕舜王을 말하며 태평성세를 이룬 대표적인 왕으로 칭송된다. 요왕은 중국 고대 전설상의 성제聖帝로 오제五帝의 한사람이다. 백성이 요왕을 잘 따라 세상이 평화로웠다고 한다. 순왕 역시 요왕의 뒤를 이어 선정善政을 베푼 왕이다. 요왕과 순왕은 서로 제왕의 자리를 사양했지만 일단 왕위에 오른 뒤에는 태평성대를 이루어, 제왕의 모범으로 받들어지고 있다.

9 湯 : 상商나라의 탕왕湯王을 가리킨다. 탕왕은 B.C. 18세기경에 활동한 중국의 황제이며 성탕成湯 혹은 태을太乙이라고도 한다. 하夏나라를 멸망시키고 상나라, 즉 은殷나라를 세웠다. 전설에 의하면 신화 인물인 황제黃帝의 후예라고 한다. 탕왕은 거북의 등딱지에 쓰인 예언대로 하나라의 포악한 군주 걸桀에 대항해 군대를 일으켰다. 온후하고 관대한 왕으로 칭송받는 그는 가뭄이 들자 자신을 희생제물로 바치는 제사를 올렸는데, 제사가 끝나기도 전에 비가 내려 목숨을 건졌다. 그의 모습은 9척 장신에, 얼굴은 희고 구레나룻을 길렀으며, 뾰족한 머리와 6마디로 된 팔을 가지고 있었고, 몸의 한쪽이 다른 쪽보다 훨씬 컸다고 한다.

10 武 : 주周의 무왕武王을 가리킨다. 무왕은 B.C. 12세기 주나라의 창건자이자 제1대 황제로, 이름은 희발姬發이다. 후대의 유학자들은 그를 현군賢君으로 평가한다. 아버지 문왕文王의 뒤를 이어 서쪽 변경에 있던 도시국가인 주나라의 왕이 되었다. 그는 서백西伯이라는 칭호를 사용했던 문왕 때부터 은나라를 무너뜨릴 계획을 세웠다. 무왕은 아버지의 뒤를 잇고 나서 다른 8개의 변경국가들과 연합해 은의 마지막 황제이며 폭군이던 주왕紂王을 몰아냈다. 은과의 마지막 전투는 대단히 치열했다. 은의 생존자들은 한반도 같은 먼 지역으로 달아나 이들 지역에 중국문화를 전파했다. 무왕은 주를 세우고 나서 동생 주공周公의 도움을 받아 봉건적인 통치제도를 수립함으로써 통치권을 강화했다. 이 제도는 주의 종주권을 인정한다는 전제하에서 왕실 친척들과 가신家臣들에게 영토를 나누어주는 것이었다. 싸움에서 패한 은조차도 속죄의 대가로 이전의 지배영역 가운데 작은 지역을 나누어 받았다.

봉선전奉先殿은 태조가 세운 것으로 선영을 받드는 곳이다. 무릇 절후節候, 삭망朔望, 천신薦新 및 기일忌日에는 모두 황궁皇宮에서 우러러 절을 하고 제를 올려 고했다. 백관들이 모두 미리 줄을 서지는 않고 차례대로 역대 제왕들의 신주神主 앞에 이르러 전대의 황제와 황후들까지도 합사合祀했는데, 법도에 따라 예를 행했다. 또 숭선전崇先殿은 세종世宗이 처음 세운 것으로 흥헌제興獻帝를 봉양했는데, 봉선전을 본떠 예를 행했다. 그 후에 '제帝'에서 '종宗'으로 올려 칭하고 또 봉선전에서 합사하게 되자 숭선전을 쓰지 않게 되었다.

봉자전奉慈殿은 효종孝宗이 세운 것으로 생모인 효목기후孝穆紀后의 신주를 받들어 모셨으며 그 후에 조모 효숙주후孝肅周后의 신주를 그 안에 봉안奉安했다. 가정 연간에 또 조모 효혜소후孝惠邵后의 신주를 그 안에 봉안했다. 이것은 천자가 낳아주고 길러준 은혜에 보답하고자 한 것으로, 사가私家의 제사 같은 것이었는데, 가정 29년에 이르러 모두 그만두었다. 또 목종穆宗이 등극해서는 세종의 첫 황후 효결진후孝潔陳后의 신주를 옮겨 태묘太廟에 합사했다. 그리고 효열방후孝烈方后의 신주를 굉효전宏孝殿으로 옮겼는데, 이곳은 옛 경운전이다. 또 생모 효각두후孝恪杜后의 신주를 신소전神霄殿에 모시고 목종의 첫 황후 효의황후孝懿皇后의 신주를 그 뒤에 올려 합사했다. 금상께서 또 세 황후의 신주를 봉선전으로 옮기고 나서는 이 두 전殿에서의 제사가 더 이상 거행되지 않았다. 지금 세시歲時와 기일에 제사 지내며 고하는 것이 처음과 같은 것은 오직 봉선전 하나뿐이라서 궁정에서는 그것을 소태묘小太廟로 본다.

주상께서는 매번 봉천전奉天殿에 올라 대조회大朝會를 받을 때마다 반드시 먼저 봉선전을 알현하고 그 다음으로 양궁兩宮의 모후를 찾아뵌 연후 외전外殿으로 나가신다고 들었다. 대체로 대조회를 받을 때에는 초저녁에 일어나 목욕을 하니 평소의 아침 조회처럼 간단하고 편하지는 않다. 상공相公 장태악張太岳이 이 일을 기록할 때도 봉선전이 홍무 35년 10월에 지어져 오묘五廟의 태황태후를 제사 지냈다고 했다. 그렇다면 또 건문建文 말년이자 성조成祖 초기에 속한 일이니 태조 때의 일은 아닌 것이다. 상공 장태악이 어쩌면 따로 근거를 가지고 있었을지 모른다.

원문 奉先殿

奉先殿[11]者, 太祖[12]所建, 以奉先靈. 凡節候朔望薦新[13]以及忌日, 俱于大內瞻拜祭告. 百官皆不得預列. 循至列聖, 追祔先朝帝后, 行禮如儀. 又崇先殿, 則世宗[14]初建, 以奉興獻帝[15], 效奉先爲之. 其後進稱'宗', 亦

---

11 奉先殿 : 봉선전은 중국 고대 궁전으로 북경의 자금성紫禁城 내정內廷 동쪽에 위치한다. 명나라와 청나라 황실에서 선조에게 제사를 지내던 가묘家廟다.

12 太祖 : 명 태조 주원장을 가리킨다. 태조는 주원장의 묘호다.

13 薦新 : 철에 따라 새로 난 과실이나 농산물을 신에게 먼저 올리는 일을 말한다.

14 世宗 : 명대 제11대 황제인 주후총朱厚熜, 1507~1567의 묘호다. 세종은 헌종憲宗의 손자이고, 효종孝宗의 조카이며, 무종武宗의 사촌동생이다. 헌종의 아들인 흥헌왕興獻王

祔於奉先殿, 而崇先廢.

奉慈殿[16]者, 孝宗[17]所建, 以奉生母孝穆紀后[18], 其後以祖母孝肅周后[19]

주우원朱祐杬의 둘째 아들로, 1521년 호광포정사湖廣布政司 안륙주安陸州에 있던 흥왕부興王府에서 태어났다. 정덕 16년1521 무종이 후사後嗣 없이 죽자 황제로 추대되어 제위에 올랐고 45년간 재위에 있었다. 황제가 된 뒤 친부인 흥헌왕을 예종睿宗으로 추존했다. 연호는 가정이고, 시호는 흠천리도영의신성선문광무홍인대효숙황제欽天履道英毅神聖宣文廣武洪仁大孝肅皇帝다. 명대 황제 중에서 재위기간1521~1566이 신종 만력제 다음으로 길다.

15 興獻帝 : 명 세종의 부친인 주우원朱祐杬, 1476~1519을 가리킨다. 헌종의 넷째 아들이자, 세종의 부친이고, 효종의 이복동생이다. 모친은 소신비邵宸妃이고, 처는 장씨蔣氏다. 성화 23년1487에 흥왕興王으로 봉해졌고, 정덕正德 14년1519에 죽자 무종이 헌獻의 시호를 내렸으므로 흥헌왕興獻王이라고 부른다. 정덕 15년1520에 현릉顯陵에 묻혔다. 세종이 즉위한 뒤 그를 황제로 추존해 흥헌제興獻帝라 칭하고, 다시 지천수도홍덕연인관목순성공검경문헌황제知天守道洪德淵仁寬穆純聖恭儉敬文獻皇帝라는 시호를 내렸으며, 묘호는 예종睿宗이다.

16 奉慈殿 : 봉자전은 명나라 자금성 내 봉선전의 서쪽에 위치해 있고 성화 23년1487에 축조되었다. 자금성 안에서 조상에게 제사를 지내는 궁전으로 봉선전 다음가는 중요한 건축물이었지만 가정 15년1536에 폐지되었다.

17 孝宗 : 명나라 제9대 황제 주우탱朱祐樘, 1470~1505의 묘호다. 효종의 재위기간은 1487년부터 1505년까지이고, 연호는 홍치弘治다. 헌종 주견심朱見深의 셋째 아들로 생모는 효목기태후孝穆紀太后다. 그는 어려서부터 인품이 너그러웠으며, 근검勤儉을 몸소 실천하고 정사政事에 매진했다. 이에 대신들은 '홍치중흥弘治中興'이라고 칭송하였고, 만력 연간의 내각수보內閣首輔인 주국정朱國楨은 그를 한漢 문제文帝, 송 인종仁宗과 함께 성군으로 평가했다. 홍치 18년1505 건청궁乾淸宮에서 향년 36세의 나이로 생을 마쳤고 태릉泰陵에 묻혔다. 시호는 건천명도성순중정성문신무지인대덕경황제建天明道誠純中正聖文神武至仁大德敬皇帝다.

18 孝穆紀后 : 명나라 헌종의 후비이자 효종의 생모인 효목황후孝穆皇后, 1451~1475 기씨紀氏를 말한다. 기씨는 광서廣西 하현賀縣의 이민족인 요족瑤族 출신으로, 헌종이 요족 정벌을 하면서 공녀로 바쳐져서 후궁이 되었다가 헌종의 눈에 들어 임신한 뒤 성화 6년1470 훗날 효종이 되는 주우탱을 낳았다. 기씨는 사후에 숙비淑妃로 추봉追封되었다. 시호는 공각장희숙비恭恪莊僖淑妃인데, 효종이 즉위한 뒤 효목자혜공각장희숭천승성순황후孝穆慈慧恭恪莊僖崇天承聖純皇后로 추시追諡하고, 헌종의 능인 무릉茂陵으로 옮겨 합장했으며 봉자전奉慈殿에서 따로 제사를 드렸다.

奉安其中. 嘉靖中, 又安祖母孝惠邵后[20]於中. 此天子所以報誕育之恩, 若私祭然. 至嘉靖二十九年而罷之. 又穆宗[21]登極, 遷世宗元配[22]孝潔陳

19 孝肅周后 : 명나라 영종英宗의 귀비貴妃이자, 헌종의 생모인 효숙황후孝肅皇后, 1430~1504 주씨周氏를 말한다. 창평昌平 : 지금 베이징의 서북부 사람이다. 헌종 주견심朱見深과 숭간왕崇簡王 주견택朱見澤 그리고 중경공주重慶公主를 낳았다. 정통正統 12년1447 아들 주견심을 낳고, 천순天順 원년1457 귀비에 봉해졌다. 그 뒤 천순 8년1464 헌종이 황위에 오르자 황태후에 책봉되었고, 성화 23년1487 헌종은 생모인 주황후에게 '성자인수황태후聖慈仁壽皇太后'라는 휘호를 바쳤다. 그후 손자인 효종 주우탱이 황위에 오르면서 태황태후에 책봉되었다. 그의 부친 주능周能은 영국공寧國公으로 추증되었고, 동생 주수周壽와 주욱周彧은 각각 경운후慶雲候와 장영백長寧伯으로 봉해졌다. 시호는 효숙정순강의광렬보천승성황후孝肅貞順康懿光烈輔天承聖皇后이고, 영종, 전황후와 함께 유릉裕陵에 합장되었다.

20 孝惠邵后 : 명 헌종 주견심의 귀비이며 세종 주후총의 조모인 효혜황후孝惠皇后, 1435~1522 소씨邵氏를 말한다. 항주杭州 창화昌化 사람이다. 오랫동안 궁녀 생활을 하다가 헌종의 눈에 들어 성화 11년1476 흥헌왕 주우원을 낳은 뒤 성화 12년1477 신비宸妃에 봉해졌으며 나중에 귀비로 봉해졌다. 흥헌왕 주우원의 아들인 주후총이 황위에 오른 뒤, 대례의 논쟁을 통해 친부인 흥헌왕을 흥헌제興獻帝로 추존했다. 이와 함께 생모 장씨蔣氏도 황태후로 격상시켰고, 할머니인 황태비 소씨도 수안황태후壽安皇太后로 격상시켰다. 그 해 11월, 수안황태후가 붕어하자 시호를 효혜강숙온인의순협성우성황태후孝惠康肅溫仁懿順協性天祐聖皇太后라 하고 봉자전奉慈殿에서 따로 제사를 받들었다. 가정 7년1528 황태후에서 태황태후로 명칭을 바꾸었고, 가정 15년1536 신주를 능전陵殿으로 옮기면서 시호를 다시 효혜강숙온인의순협성우성황후孝惠康肅溫仁懿順協性天祐聖皇后로 바꾸었다.

21 穆宗 : 명나라 제12대 황제 주재후朱載垕, 1537~1572의 묘호를 말한다. 목종의 재위기간은 1566년부터 1572년까지이며, 연호가 융경隆慶이라 융경제隆慶帝라고도 부른다. 주재후는 세종의 셋째 아들로, 가정 18년1539 유왕裕王에 봉해졌고, 가정 28년1549 태자였던 주재예朱載壡가 죽자 태자로 책봉되었다. 가정 45년1567 세종이 승하하면서 유왕 주재후가 황제에 즉위했지만, 재위 6년 만에 36세의 나이로 병사했다. 생모 두강비杜康妃의 사랑을 받지 못하고 16세부터 독립생활을 했기 때문에, 명나라 황실의 폐단과 모순을 이해했고 내우외환으로 시달리는 백성들의 고충에 관심을 기울였다. 재위 중에 고공高拱, 진이근陳以勤, 장거정 등 대신들의 보좌를 받아 개혁을 실행했다. 시호는 계천융도연의관인현문광무순덕홍효장황제契天隆道淵懿寬仁顯文光武純德弘孝莊皇帝이다.

后[23]祔廟[24], 而徙孝烈方后[25]於宏孝殿[26], 故景雲殿也. 又奉生母孝恪杜

22 元配 : 이별하거나 사별한 첫 부인을 말한다.

23 孝潔陳后 : 명나라 세종의 첫 황후인 효결숙황후孝潔肅皇后, 1508~1528 진씨陳氏를 말한다. 지금의 허베이성[河北省] 다밍[大名]현인 원성元城 사람이다. 가정 원년1522 진씨가 입궁해서 황후가 되었다. 가정 7년1528 봄에 황후 진씨가 동석한 자리에서 세종이 다른 후비后妃들에게 관심을 보이고 그녀에게는 냉정하게 대하자 화를 내며 술잔을 엎고 일어났다. 이 일로 세종이 대노했고 당시 임신 중이던 황후 진씨는 그 충격으로 유산을 했으며 그 뒤 우울증에 걸려 그해 10월 21세의 나이로 죽었다. 황후 진씨 사후에 처음에는 시호를 도령황후悼靈皇后라고 했다가, 예부상서 하언夏言의 제의로 다시 개칭해 효결황후라는 시호를 추증받았다. 정식 시호는 효결공의자예안장상천익성숙황후孝潔恭懿慈睿安莊相天翊聖肅皇后다.

24 祔廟 : 신주를 조상의 묘에 모시고 합사合祀한다는 의미이다.

25 孝烈方后 : 명나라 세종의 세 번째 황후인 효열황후孝烈皇后, 1516~1547 방씨方氏를 말한다. 강녕江寧 사람이다. 가정 10년1531 덕빈德嬪으로 책봉되었다가 덕비德妃로 승격되었다. 가정 13년1534 세종의 두번째 황후 장씨張氏가 폐위되면서 방씨가 황후에 책봉되었다. 가정 21년1542 궁녀 양금영楊金英 등이 세종을 암살하려는 시도가 있었는데, 황후 방씨가 미리 알아채고 양금영 등을 처형하고 그 암살시도의 원인이 된 단비端妃 조씨曹氏도 함께 처형했다. 황후 방씨 덕분에 목숨을 구하긴 했지만 세종은 단비를 무척 총애했기 때문에 방씨가 단비를 처형했다는 사실에 진노했다. 야사에서는 가정 26년1547에 일어난 화재 때 방씨를 구하라는 어명을 내리지 않아 방씨가 불에 타 죽었다고 하지만 사실은 병사病死했다. 사후 시호는 효열황후이고, 구천금궐옥당보성천후장선묘화원군九天金闕玉堂輔聖天后掌仙妙化元君라는 도호道號도 내렸다. 목종이 즉위한 뒤 다시 효열단순민혜공성지천위성황후孝烈端順敏惠恭誠祗天衛聖皇后라는 존호尊號를 내렸다. 신주는 홍효전弘孝殿에 모셨다가, 만력萬曆 연간에 봉선전奉先殿으로 옮겼다.

26 宏孝殿 : 홍효전弘孝殿이라고도 쓴다. 홍효전은 지금의 고궁故宮 봉선전구의 재궁齋宮과 육경궁毓慶宮 일대에 있었지만 지금은 남아있지 않다. 원래 명칭은 경운전景雲殿이었지만 융경 원년1567에 홍효전으로 명칭을 바꿨다. 명·청대 문헌에 홍효전과 굉효전이 모두 사용되고 있다. 『명사明史』, 『명실록목종실록明實錄穆宗實錄』, 『명실록신종실록明實錄神宗實錄』과 명 이동양李東陽의 『대명회전大明會典』에서는 홍효전이라 쓰고 있고, 명 유약우劉若愚의 『작중지酌中志』 권십칠卷十七 「대내규제기략大內規制紀略」과 청 혜황嵇璜의 『흠정속통지欽定續通志』 권일백십오卷一百十五에서는 굉효전이라 쓰고 있다.

后[27]於神霄殿, 而以上元配孝懿皇后[28]祔享其後. 今上又遷三后主于奉先, 而此二殿之祭, 亦輟不擧. 今歲時及忌日祭告如初者, 唯奉先一殿耳, 內廷因目之爲小太廟[29].

聞主上每遇升殿[30]受大朝[31], 必先謁奉先殿, 次及兩宮母后[32], 然後出御外殿. 蓋甲夜[33]卽起盥沐, 非如常朝御門[34]之簡便云. 張太岳相公[35]紀

27 孝恪杜后 : 명나라 세종의 비빈妃嬪이자 목종의 생모인 효각황후孝恪皇后, ?~1554 두씨杜氏를 말한다. 가정 9년1530에 정식으로 입궁해서 강빈康嬪으로 책봉되었고, 가정 15년1536에는 강비康妃로 책봉되었다. 효열황후, 정현비鄭賢妃, 왕귀비王貴妃, 염귀비閻貴妃, 위혜빈韋惠嬪, 심안비沈安妃, 노정비盧靖妃, 심귀비沈貴妃와 같은 시기에 입궁한 것으로 미루어 보아 당시 나이는 14~18세 전후로 추정된다. 가정 16년1537 세종의 셋째 아들 주재후를 낳았는데, 이 사람이 바로 목종이다. 가정 33년1554 향년 40세 전후의 나이로 죽었다. 사후에 시호를 영숙강비榮淑康妃로 추숭했고, 아들인 주재후가 황제로 즉위함에 따라 효각연순자의공순찬천개성황태후孝恪淵純慈懿恭順贊天開聖皇太后로 추존되었으며, 신주를 신소전神霄殿에 모셨다.

28 孝懿皇后 : 명나라 목종 주재후의 본처인 효의장황후孝懿莊皇后, ?~1558 이씨李氏를 말한다. 창평 사람이고, 부친은 이명李銘이다. 가정 32년1553에 주재후와 혼인해 유왕비裕王妃에 봉해졌고, 아들 주익익朱翊釴과 딸 하나를 낳았지만 모두 요절했다. 가정 37년1558에 죽었는데, 주재후가 즉위한 후 이씨를 효의황후孝懿皇后로, 아들 주익익을 헌회태자憲懷太子로, 딸을 봉래공주蓬萊公主로, 이씨의 부친을 덕평백德平伯으로 봉했다. 신종이 즉위한 후에 효의정혜순철공인려천양성장황후孝懿貞惠順哲恭仁儷天襄聖莊皇后로 추존했다.

29 太廟 : 중국 고대 황제의 종묘를 말한다.

30 殿 : 명·청대에 황제 즉위, 황제나 황후의 생일 축하, 원단元旦이나 동지冬至 축하 및 대조회大朝會, 연회, 출정식出征式 등 중요한 의식을 거행하던 곳은 봉천전奉天殿이었으므로, 여기서 말하는 전은 봉천전을 가리키는 것으로 보인다. 봉천전은 청 순치順治 2년에 태화전太和殿으로 명칭이 바뀌었다.

31 大朝 : 원단이나 동지 등에 거행하던 규모가 큰 조회朝會를 말한다.

32 兩宮母后 : 명나라 신종의 생모이자 목종의 황귀비였던 자성황태후慈聖皇太后, 1546~1614 이씨李氏와 목종의 황후 효안황후孝安皇后, ?~1596 진씨陳氏를 가리킨다.

33 甲夜 : 갑야는 초경初更으로 저녁 7~9시에 해당한다. 옛날에는 해질녘인 저녁 7시부터 이튿날 동트기 전 5시까지의 시간을 갑야甲夜, 을야乙夜, 병야丙夜, 정야丁夜, 무

事, 又云奉先殿爲洪武三十五年[36]十月所作, 以祀五廟[37]太皇太后. 則又屬之革除[38]末年文皇[39]鼎建[40], 非太祖矣. 此公或別有據.

야戊夜의 오야五夜로 나누었다.

34 御門 : 명 · 청대에 황제들은 황궁의 봉천문奉天門에서 조정의 회의를 주관하고 내각과 각부 대신들의 보고를 받았으며 정사를 논의했다. 이것을 '어문청정御門聽政'이라 하는데, 제왕들이 정사를 처리하는 일종의 형식으로, 이른 아침에 행해 '조조早朝'라고도 한다. 명대에는 문무백관들이 매일 아침 봉천문에서 조회를 보았다.

35 張太岳相公 : 명나라 후기의 정치가 장거정張居正, 1525~1582을 말한다. 그의 자는 숙대叔大이고, 호는 태악太岳이며, 시호는 문충文忠이다. 지금의 후베이[湖北] 지역인 호광湖廣 강릉江陵 사람이라서, 장강릉張江陵이라고도 부른다. 가정 26년1547에 진사가 되었다. 융경 원년1567에 예부우시랑禮部右侍郞 겸 한림원학사를 거쳐 이부좌시랑吏部左侍郞 겸 동각대학사東閣大學士가 되어 『세종실록世宗實錄』의 총재總裁를 맡았다. 그 후 예부상서 겸 무영전대학사武英殿大學士로 승진했고 소보少保 겸 태자태보太子太保가 되었다. 목종이 죽고 신종이 즉위하자, 그가 환관 풍보馮保와 모사해 고공을 몰아내고 수보首輔를 대신했다. 만력 초에 신종이 아직 어렸기 때문에 10여년을 장거정이 실권을 행사하며 명나라의 세력을 만회했다. 대외적으로는 육상 무역을 재개해 몽골인의 남침을 막았고, 이성량李成梁에게 동북지방 건주위建州衛를 토벌하게 했으며, 서남지방 광서廣西의 요족과 장족壯族을 평정했다. 대내적으로는 대규모의 행정 정비를 단행하고, 궁정의 낭비를 억제했으며, 황하黃河의 대대적인 치수治水 공사를 완성했다. 또 전국적인 호구조사와 토지측량을 단행하고, 지주의 부정을 막아 농민의 부담을 줄이는 데 성과를 거두었지만, 이 사업이 완료되기 전에 죽었다. 그의 치정治政이 지나치게 가혹해 반감을 품은 자도 많았다. 저서에 『서경직해書經直解』 8권과 『장태악집張太岳集』 47권 등이 있다.

36 洪武三十五年 : 홍무는 명 태조 주원장의 연호로 1368년부터 1398년까지의 기간에 해당한다. 실제로 홍무의 연호를 사용한 것은 총 31년이다. 1399년 태조 주원장의 뒤를 이어 손자인 건문제建文帝 주윤문朱允炆이 즉위하면서 연호를 건문建文으로 바꿨다. 건문이라는 연호는 1402년 건문제가 정난靖難의 변으로 숙부인 주체朱棣에게 황위를 빼앗길 때까지 사용되었다. 성조成祖 주체는 황제가 된 뒤 건문이라는 연호를 폐지하고, 1403년 영락永樂이라는 연호를 사용하기 전까지 태조의 연호였던 홍무를 계속 사용했다. 건문이라는 연호는 명 신종 23년1595에 회복되었다. 여기서 말하는 홍무 35년은 실제로는 건문 4년인 1402년을 가리킨다.

37 五廟 : 부친, 조부, 증조부, 고조부와 시조始祖의 묘를 가리킨다.

38 革除 : 명 성조가 건문제의 제위를 빼앗은 후 건문제의 연호를 없애고 '홍무'라고

태조 홍무 6년에 금릉金陵에 제왕묘帝王廟를 짓고, 7년에 비로소 상像을 세웠는데, 얼마 되지 않아 화재를 당해서 계명산雞鳴山의 남쪽에 다시 지었다. 성조께서 연경燕京을 도읍으로 삼았을 때 제왕묘를 미처 갖추지 못했으므로, 교단郊壇에서 제사를 함께 지낼 수밖에 없었다. 가정 10년에 이르러 비로소 문화전文華殿에 위패를 두어 제사를 지냈다.

그해 중윤中允 요도남廖道南이 영제궁靈濟宮의 이서진군二徐眞君 서지증徐知證과 서지악徐知諤의 신위를 치우고 역대 제왕의 신위와 역대 명신들의 신위로 바꾸어 둘 것을 청했다. 주상께서 예부에서 그것을 의논하도록 하명하셨다. 그때 이임구李任邱가 춘경春卿이었는데, 서지증과 서지악이 명교名教를 어겨 죄를 얻었으니 본래 신위를 철거해야 하나 자리가 협소해 침묘를 바꾸어 두기에 부족하므로 좋은 장소를 택해야 한다고 말했다. 주상께서 그렇다고 여기시고, 공부工部에 명을 내려 땅의

칭했는데, 신하들이 그대로 기록하는 것을 꺼려서 건문제의 재위기간을 '혁제革除'라고 칭했다.

39 文皇 : 명나라 성조 주체1360~1424의 시호로, 전체 명칭은 계천홍도고명조운성무신공순인지효문황제啓天弘道高明肇運聖武神功純仁至孝文皇帝이다. 주체는 명 태조 주원장의 넷째 아들로, 홍무 3년1370에 연왕에 봉해졌다. 1399년에 정난의 변을 일으켜 조카 건문제 주윤문에게서 황위를 빼앗아 1402년 명나라의 제3대 황제가 되었다. 그 이듬해에 연호를 영락이라고 했으며, 1403년부터 1424년까지 사용했다. 1421년 수도를 남경에서 북경으로 옮겼다. 묘호廟號는 태종太宗이었으나, 세종 17년1538 묘호가 태종에서 성조成祖로 바뀌었다.

40 鼎建 : 영건營建한다는 뜻으로 스스로 기반을 세우는 시기를 말한다. 여기서는 초기를 의미한다.

지세地勢를 자세히 살피라 하셨다. 부성문阜成門 안 보안사保安寺의 옛터가 정결하고 서단西壇에도 통해 있어 여기에 묘를 두기 적당했다. 주상께서 그 말을 따르셨다. 다음 해 여름 공사가 끝나자, 주상께서 친히 제사에 임하시니 지금의 제왕묘가 이것이다. 같은 해에 수찬修撰 요래姚淶가 바로 원 세조의 제사를 폐할 것을 의론했지만 이임구는 또 그래서는 안 된다고 상주해 없던 일이 되었다. 가정 24년에 이르러 마침내 없애 버렸는데, 식자識者들이 그것을 비난하자 비채費寀가 동의했다. 요도남이 상소를 올려서, 대자은사大慈恩寺와 영제궁靈濟宮을 병칭하면서 대자은사를 폐해 벽옹으로 바꾸고 양로養老의 예를 행하려 했다. 예부의 신하들은 기존의 국자감을 황제께서 행차하시는 곳이라 여겨서 다른 곳으로 바꿀 필요가 없었던 것 같다.

다만 절 안의 환희불歡喜佛은 옛 원나라의 추악한 풍속으로 응당 퇴출되어야 했다. 주상께서 그것을 옳다 하시며, 오랑캐의 귀신과 음란한 상을 바로 없애야 한다고 말씀하셨다. 몇 년 안 되어 이 절은 땅이 평평하게 깎이어 축국장蹴鞠場이 되었다. 소원절邵元節과 도중문陶仲文 두 방사가 영제궁 등을 관리 감독하고 천하 도교의 여덟 직함을 이끌었다. 이임구가 먼저 이미 주상의 뜻을 헤아려서 이 궁을 보존했으니 지혜롭다.

원문 京師帝王廟

太祖洪武六年建帝王廟[41]於金陵[42], 七年始設塑像, 未幾遇火, 又建于雞鳴山[43]之陽. 及文皇都燕[44], 未遑設帝王廟, 僅于郊壇[45]附祭. 至嘉靖十年, 始爲位於文華殿[46]而祭之.

其年中允[47]廖道南[48], 請撤靈濟宮[49]二徐眞君[50], 改設歷代帝王神位及

---

41 帝王廟 : 제왕묘帝王廟는 복희伏羲와 헌원軒轅을 비롯한 선조부터 명·청대에 이르는 역대 제왕 및 명신들을 모시고 제사 지내는 곳이다. 명 가정 10년1531 보안사保安寺 옛터에 처음 세웠는데, 오늘날의 북경 서성구西城區 부성문阜成門 내대가內大街 북쪽에 위치한다.

42 金陵 : 춘추 시대 이후 사용된 남경의 옛 이름으로, 강소성江蘇省의 성도省都이다. 삼국시대 오나라와 남북조南北朝 시기의 동진東晉, 송, 제齊, 양梁, 진陳의 수도였으며, 명대 이전까지 줄곧 중국 동남지역의 경제문화 중심지였다. 주원장이 명나라를 개국한 1368년부터 1421년 명 성조가 북경으로 천도할 때까지 명나라의 수도였다.

43 雞鳴山 : 계명산雞鳴山은 남경 성안에 있는 언덕의 옛 이름으로, 북극각北極閣 또는 흠천산欽天山이라고도 한다. 닭장 모양으로 생겨서 '계롱산雞籠山'이라고도 부르며, 고루鼓樓의 동쪽에 있다.

44 燕 : 영락제가 연왕이던 시절에 거했던 연경燕京 : 지금의 베이징을 가리킨다. 원래 연燕은 지금의 하북성河北省 북부와 요녕성遼寧省 서쪽에 있던 주대周代 제후국의 이름인데, 주대 이후로는 이 지역을 가리키는 말이 되었다.

45 郊壇 : 고대에 제사를 위해 흙으로 쌓은 단으로, 주로 수도의 남쪽 지역에 세웠다.

46 文華殿 : 문화전文華殿은 명나라 영락 18년1420에 세워졌다. 명대에는 황태자의 동궁東宮이었고, 청대淸代에는 경연經筵을 거행하던 곳이었다. 처음에는 황제의 편전便殿이었다가 나중에 경연을 행하는 곳이 되었다. 가정 17년1538에 문화전 뒤쪽에 성제전聖濟殿을 지었지만, 명말明末 이자성李自成이 자금성에 쳐들어가면서 문화전 건축물이 대부분 훼손되었다. 청 강희 22년1683 중건重建했으며, 건륭乾隆 연간에 성제전 옛터에 문연각文淵閣을 지었다. 문화전 뒤쪽의 문연각은 장서루藏書樓인데, 『사고전서四庫全書』 49,000여 권이 이곳에 보관돼 있다.

47 中允 : 관직명이다. 한대에 설치한 벼슬로 태자의 속관이다. 중순中盾이라고도 했으며, 그 지위가 중서자中庶子보다는 낮고 세마洗馬보다는 높았다. 남조의 송나라와 제나라에서는 중사인中舍人이라고 불렀다. 당나라 정관貞觀 시기에 다시 중윤中允으로 바꾸고 첨사부詹事府 아래에 두었으며, 주로 시종侍從과 예절의식을 관장하고, 상

歷代名臣. 上下其議於禮部. 時李任邱[51]爲春卿[52], 謂徐知證知諤[53], 得罪

주上奏 내용의 잘못을 바로잡는 일을 했다. 중윤은 문하시랑門下侍郎에 해당되고, 중사인은 중서시랑中書侍郎과 같다. 원대에도 이 직책이 있었고, 명대에는 좌춘방左春坊과 우춘방右春坊을 모두 중윤이라고 불렀으며, 좌중윤左中允과 우중윤右中允의 구별이 있었다. 청대에는 만주족과 한족 각 1명씩을 중윤으로 두었고 모두 정육품正六品에 해당됐다.

48 廖道南 : 요도남廖道南, ?~1547의 자는 명오鳴吾이고 포은蒲圻 : 지금의 후베이성 동남부 사람이다. 정덕 16년1521 진사이며, 한림원편수翰林院編修에 제수되었다. 가정 4년1525에 『명륜대전明倫大典』을 편찬하고, 중윤에 발탁되어 일강관日講官을 맡았으며, 관직은 시강학사侍講學士까지 지냈다. 저서에 『초기楚紀』 60권과 『전각사림기殿閣詞林記』가 있다.

49 靈濟宮 : 북경의 홍은영제궁洪恩靈濟宮을 가리킨다. 영제궁은 도교 사당으로, 현재 푸젠성[福建省] 푸저우[福州]시 민허우[閩侯]현 칭푸샹[靑圃鄕]에 있다. 오대五代 때에 처음 세워졌고 처음에는 대왕묘大王廟라고 명명했지만, 명 성조 영락 15년1417에 중건重建한 뒤 영제궁이라는 이름을 하사받았다. 영락 15년1417에 성조는 또 조서詔書를 내려 북경 황성皇城 서편에 복건 청포영제궁靑圃靈濟宮의 양식을 본떠 홍은영제궁을 짓게 했다.

50 二徐眞君 : 이서진군二徐眞君은 민간에서 숭배하는 도교의 신이다. 이서진군 중의 하나는 서지증徐知證이고 다른 하나는 서지악徐知諤으로, 오대 때 남오南吳의 권신權臣인 서온徐溫의 다섯째와 여섯째 아들이다. 서온이 죽은 뒤 그의 양자養子인 서지고徐知誥가 양楊씨를 대신해 황제라 칭하고 남당南唐을 세웠다. 그 후 서지증은 강왕江王에 봉해졌고, 서지악은 요왕饒王에 봉해졌다. 이 두 사람은 송대에 복건 지역 백성들이 모시는 민간 신앙의 진인이 되었다. 송원대에는 복건 지역의 지방신地方神이었지만, 명대에 이서二徐 : 서지증과 서지악의 명의名義로 증갑曾甲이라는 사람이 성조의 병을 고친 뒤, 성조가 영락 16년1418 이서를 진군眞君에 봉했다.

51 李任邱 : 명나라 중기의 대신 이시李時, 1471~1538를 말한다. 그의 자는 종역宗易이고, 호는 서암序庵이며, 시호는 문강文康이다. 북직례 하간부河間府 임구任丘 사람이다. 출신 지역이 임구이기 때문에 이임구李任邱라고도 부르고, 시호가 문강이라서 이문강으로도 부른다. 홍치 15년1502 진사이며, 편수編修, 예부우시랑禮部右侍郎, 예부상서 등의 벼슬을 거쳐 내각수보까지 지냈다. 가정 9년1530부터 가정 10년1531까지 북경의 동서남북 사교四郊에 천단天壇, 지단地壇, 일단日壇, 월단月壇의 사단四壇을 건설했다. 저서에 『남성소대록南城召對錄』, 『일하구문日下舊聞』, 『열경기列卿記』 등이 있다.

52 春卿 : 춘경春卿은 예부상서를 말한다. 주대에 춘관春官은 육경六卿 중 하나였고 예치禮治를 관장했으므로, 그 뒤 예부상서를 춘경이라고 불렀다.

名教[54], 固宜撤去, 但所在窄隘, 不足改設寢廟[55], 宜擇善地. 上以爲然, 令工部相地[56]. 以阜成門[57]內保安寺[58]故址整潔, 且通西壇[59], 可於此置廟. 上從其言. 次年夏竣役, 上親臨祭, 今帝王廟是也. 是年修撰[60]姚淶[61], 卽議黜元世祖[62]祀, 李任邱亦執奏以爲不可而止. 至二十四年竟斥去, 識者非之, 則費文通[63]迎合也. 廖中允疏, 以大慈恩寺[64]與靈濟並稱, 欲廢慈

53 徐知證知諤 : 이서진군인 서지증徐知證과 서지악徐知諤을 말한다. 명나라 성조 때 '이서진군二徐眞君'으로 봉해졌다.

54 名教 : 명분을 바로잡는 것을 중심으로 하는 봉건예교를 말하는데, 봉건제도를 유지하고 강화하기 위해 사람들의 사상과 행위를 규제하던 규범이다.

55 寢廟 : 고대에 종묘宗廟의 정전正殿은 묘廟라 하고, 후전後殿은 침寢이라 했으며, 이 둘을 합쳐 침묘寢廟라고 했다.

56 相地 : 주택이나 묘지의 지형과 풍수風水를 살펴서 길흉吉凶을 정하는 것이다.

57 阜成門 : 부성문阜成门은 오늘날의 베이징 시청[西城]구 중부에 있다. 원대元代에는 평칙문平則門이라고 했고, 명나라 정통 4년1439에 재건한 뒤 부성문이라고 불렀다.

58 保安寺 : 보안사는 명나라 정통 연간에 황제의 명으로 지어졌고 가정 26년1547에 재건했으며, 선무문宣武門 밖 보안사가保安寺街에 있었다.

59 西壇 : 제사를 지내기 위해 세운 제단으로 서쪽에 위치한다.

60 修撰 : 관직명이다. 당대에는 사관史館에 수찬修撰이 있었는데, 국사를 편찬하는 일을 관장했다. 송대에는 집영전集英殿과 우문전右文殿 등에 수찬이 있었고, 원대에 이르러 비로소 한림원에 수찬을 두었다. 명·청대에는 원대를 따라 일반적으로 전시殿試 발표가 난 뒤, 장원壯元에게 한림원수찬翰林院修撰을 제수했다.

61 姚淶 : 요래姚淶, ?~1537의 자는 유동維東이고, 호는 명산明山이며, 절강 자계현慈溪縣 사람이다. 명 세종 가정 2년1523에 장원으로 급제해 한림원수찬에 제수되었다.

62 元世祖 : 몽고제국의 5대 칸이자 원나라의 개국開國 황제인 쿠빌라이 칸1215~1294을 말한다. 원 세조는 1271년 수도를 대도大都, 지금의 북경로 옮기고 원나라를 개국한 뒤, 1279년 남송을 멸망시키며 전 중국을 지배하게 되었다.

63 費文通 : 명나라 중기의 관리 비채費寀, 1483~1548를 말한다. 비채의 자는 자화子和이고, 호는 종석鍾石이며, 시호는 문통文通이다. 강서 연산현鉛山縣 횡림橫林 사람이다. 명 가정 연간에 내각수보를 지낸 비굉費宏의 사촌동생이다. 정덕 6년 진사가 되어 한림원편수에 제수되었다. 정덕 27년1548에 소보의 관직을 더했지만 그해 겨울 병에 걸려 죽었다. 저서에 『소보문통공적고少保文通公摘稿』, 『종석집鍾石集』, 『예부집禮部集』, 『비문통선요집費文通選要集』 등이 있다.

恩改辟雍，行養老之禮[65]. 禮臣以旣有國學[66]爲至尊臨幸之地，似不必更葺別所.

唯寺內歡喜佛[67]，爲故元醜俗，相應毁棄. 上是之，謂夷鬼淫像可便毁之. 不數年而此寺鏟爲鞠場[68]矣. 邵陶兩方士[69]，以提督靈濟等宮，領天下道教八衙矣. 任邱先已測上意，故存此宮，智哉.

---

64 大慈恩寺 : 명나라 초기 북경에 있던 대표적인 불교 사찰 중의 하나다. 대자은사는 원래 금대와 원대의 고찰로, 북경 십찰해什刹海 서북쪽에 위치해 있었다. 명초에는 해인사海印寺라는 이름으로 불렸다. 선덕宣德 4년에 중건하면서 이름을 대자은사로 바꿨다. 이 대자은사는 대륭선호국사大隆善護國寺, 대능인사大能仁寺와 함께 명대의 유명한 북경 내 티베트 불교 사찰로, 북경에 머물던 티베트 승려들이 수행하던 곳이었다. 명 세종 가정 연간에 불교 배척 활동의 일환으로 대자은사를 허물었다.

65 養老之禮 : 고대에 훌륭한 미덕을 지닌 노인에게 때에 맞춰 술과 음식으로 공경하는 예를 행하던 것을 말한다.

66 國學 : 국자감을 대표로 하는 고대의 국립학교를 가리킨다.

67 歡喜佛 : 환희불은 티베트에서 전해진 불교의 본존신本尊神으로, 불교의 욕천欲天과 애신愛神이다. 그 중의 남체男體는 법法을 대표하고 여체女體는 지혜를 대표하는데, 남체와 여체가 서로 꽉 끌어안고 있어 법과 지혜가 함께 이루어지고 서로 일치해 한 사람이 된다는 것을 나타낸다. 불교의 각 파에 모두 불상이 있지만, 환희불은 밀종에만 있어, 티베트 불교 사원에만 모셔져 있다.

68 鞠場 : 고대에 축국蹴鞠을 하던 장소를 말한다. 평평한 광장에 삼면을 낮은 담으로 두르고, 한쪽에는 관람석을 두었다. 축국은 오늘날의 축구와 비슷한 고대의 공차기 놀이다. 쌀겨를 넣은 가죽 주머니 공을 땅에 떨어뜨리지 않고 차던 놀이이다.

69 邵陶兩方士 : 도가道家의 방사方士 소원절邵元節, 1459~1539과 도중문陶仲文, 1475~1560을 가리킨다. 소원절은 용호산龍虎山 청궁달관원淸宮達觀院의 도사로, 자는 중강仲康이고 호는 설애雪崖이며 귀계貴溪 사람이다. 가정 3년1524에 북경에 온 뒤 가정 18년1539 죽을 때까지 명 세종의 총애를 받았다. 가정 5년1526에는 북경에 있는 조천궁朝天宮, 현령궁顯靈宮, 영제궁靈濟宮을 관리하면서 도교를 총괄해 이끌었다. 저서에 『태화문집太和文集』이 있다. 도중문의 원명原名은 전진典眞이고, 호북성 황강黃岡 사람이다. 소원절의 친구이며, 소원절의 추천으로 입궁한 뒤 역시 죽을 때까지 세종의 총애를 받았다.

번역 제왕帝王의 배향配享

태조께서는 옛것을 본떠 역대 제왕을 제사 지내면서 공신들을 함께 배향配享했다. 다만 송나라 태조의 옆에는 조보趙普가 비록 개국공신이긴 하지만 태조에게 불충했기 때문에 제외하고 함께 두지 않았다. 태조의 말씀이 엄정하고 뜻이 올바른 것이 마치 앞으로 건의蹇義와 하원길夏原吉 등 여러 신하들이 옛 주인인 건문군建文君을 배신하고 의로운 군대인 연왕燕王 주체朱棣에게 넘어갈 것을 예견豫見한 것 같으니, 태조께서는 진실로 성인이시다. 원 세조의 배향이라면 안동安童과 아출阿朮 두 사람을 빼고 목화려木華黎와 백안伯顔을 넣었는데, 이것은 태조의 남다른 견해를 따른 것이다. 세종 때에 이르러서는 원나라의 군신들을 모두 다 없애버렸는데, 그 당시 몽고족이 침범해 오는 것을 원통해 하며, 한漢 무제武帝가 흉노匈奴를 저주한 옛이야기를 인용했다.

원문 帝王配享

太祖倣古，祀歷代帝王，俱以功臣配，唯宋太祖[70]之側，以趙普[71]雖開

---

70 宋太祖 : 송나라의 개국황제 조광윤趙匡胤, 927~976을 말한다. 태조는 조광윤의 묘호다. 탁주涿州 사람으로 낙양洛陽에서 태어났다. 후주後周의 세종 밑에서 벼슬하면서 거란과 남당南唐과의 싸움에서 공을 세워 금군총사령禁軍總司領이 되었다. 세종이 죽은 뒤 북한北漢이 침입하는 위기를 당하자 공제恭帝 현덕顯德 7년960 휘하의 금군禁軍들에게 옹립되어 제위에 올랐다. 나라 이름을 송, 연호를 건륭建隆이라 했으며, 재위기간은 960년부터 976년까지다.

國功臣, 然不忠於太祖, 擯不得預. 詞嚴義正, 似預知他日蹇夏[72]諸臣背故主投義師[73]者, 眞聖人也. 若元世祖之侑食[74], 則罷安童[75]阿朮[76]二人, 而進木華黎[77]與伯顔[78], 尤太祖獨見. 至世宗幷元君臣俱去之, 時恨虜寇

71 趙普 : 조보趙普, 922~992는 북송 초의 정치가이자 개국공신이다. 조보의 자는 칙평則平이고 유주幽州 계현薊縣 사람이다. 후주 현덕顯德 7년960 조광윤과 함께 진교陳橋의 변을 일으켜 송나라 개국을 도왔다. 건덕乾德 2년964 재상이 되어 관제官制를 개혁하고 중앙과 지방의 군사제도를 정비하는 등 많은 중요 정책을 실시했다. 순화淳化 3년992 71세의 나이로 병사하자, 한왕韓王에 봉해지고 충헌忠獻이라는 시호를 받았으며, 태조의 묘당에 배향되었다.

72 蹇夏 : 건蹇은 건의蹇義, 1363~1435를 말하고, 하夏는 하원길夏原吉, 1367~1430을 가리킨다. 건의는 명 태조, 건문제, 성조, 인종, 선종宣宗, 영종 등 여섯 임금을 모신 명대의 대신이다. 그의 자는 의지宜之이고, 원래 이름은 용瑢이며, 파현巴縣 사람이다. 홍무 18년1385 진사로 중서사인中書舍人에 제수되었는데 태조의 뜻에 맞게 일을 해, 태조가 그를 신임하며 의義라는 이름을 하사했다. 정난의 변이 일어나자 자발적으로 연왕 주체에게 귀순했고, 이후 이부상서吏部尙書, 소사少師, 태사太師 등을 역임했다. 하원길은 명초明初의 중신重臣으로, 자는 유철維喆이고, 호남성湖南省 상음湘陰 사람이다. 건의와 마찬가지로 태조의 신임을 받았다. 정난의 변을 통해 성조가 즉위한 뒤 계속해서 중임重任을 맡으면서 건의와 함께 세상에 널리 알려졌다.

73 義師 : 정의를 위해 일어난 군대라는 뜻으로, 여기서는 정난의 변을 일으킨 명 성조 주체가 일으킨 군대를 가리킨다.

74 侑食 : 배향配享하는 것을 말한다. 임금의 생전에 공로가 특히 많은 신하가 임금보다 뒤에 죽으면 선왕의 묘정廟庭에 그 신주를 모시던 것을 말한다.

75 安童 : 안동安童, 1248~1293은 몽고蒙古 찰랄역아부札剌亦兒部 사람으로, 목화려木華黎의 4대 손이다. 원 세조 쿠빌라이 시절에 두 차례나 재상을 지냈다.

76 阿朮 : 아출阿朮, 1227~1281은 원나라 초기의 장군으로, 올량부兀良部 사람이다. 속부대速不臺의 손자이자, 올량합대兀良合臺의 아들이다. 원 세조 때 송을 멸망시키는 데 큰 공헌을 했다.

77 木華黎 : 목화려木華黎, 1170~1223는 목합리木合里, 마화뢰摩和賚, 목호리穆呼哩라고도 쓴다. 몽고제국의 칭기즈칸 테무진 수하의 맹장猛將이자 개국공신이다.

78 伯顔 : 백안伯顔, 1236~1295은 몽고 팔린부八鄰部 사람으로, 원대의 대장이다. 지원至元 11년1274 아출과 함께 군대를 이끌고 남송 정벌에 나서, 지원 13년1276에 남송을 멸망시킨다.

入犯, 用漢武帝[79]詛匈奴故事也.

79 漢武帝 : 서한西漢의 제7대 황제 유철劉徹, B.C.156~B.C.87을 말한다. 무제는 유철의 묘호다. 16세에 황제가 되어 유학을 바탕으로 국가를 다스렸으며, 흉노, 남만, 위만조선 등의 정벌을 통해 영토를 확장했고, 실크로드를 개척했다.

번역 『효자록孝慈錄』

대대로 부모의 상喪 중에는 자식을 낳아 키우는 것을 기피했다. 사대부는 특히 소문내고 싶지 않아 했으니, 불효로 여겨질까 걱정해서였다. 그러나 태조께서는 「효자록서孝慈錄序」에서 이미 대代를 잇는 큰일을 한 것이니 불쌍히 여겨 너그러이 용서를 베풀라고 쓰셨다. 목종이 유왕부裕王府에서 맏아들을 낳았는데, 이가 헌회태자憲懷太子이다. 이때가 모비母妃 두씨杜氏의 상이 끝난 지 갓 1년이 될 때라서 세종이 탐탁지 않아 했다. 소첨사少詹事 윤대尹臺가 「효자록서」를 인용해 해명하자 주상께서 비로소 마음을 푸셨다. 남조의 송 문제文帝가 상중喪中에 아들을 얻었는데, 그것을 비밀로 하다가 3년이 되자 비로소 조서詔書를 내렸다. 그 유래가 오래되었다.

원문 『孝慈錄』[80]

世以父母憂制[81]中舉子[82]爲諱. 士大夫尤不欲彰聞, 慮涉不孝. 然太祖作「孝慈錄序」[83]中, 已爲嗣續大事, 曲賜矜貸矣. 穆宗在裕邸[84]生長子, 是

---

80 『孝慈錄』: 명 태조 주원장이 송렴宋濂에게 명해 편찬하게 한 상례喪禮에 관한 책이다. 고대의 상복 제도를 참고해 신분과 관계에 따라 구분해 상복을 입도록 제정했다. 홍무 7년1374 11월 책이 완성되자 태조가 직접 서序를 쓰고 반포해 시행했다.

81 憂制 : 상제喪制, 즉 부모나 조부모가 세상을 떠나서 상중에 있는 사람.

82 舉子 : 아이를 낳아 키우는 것.

83 「孝慈錄序」: 명 태조 주원장이 쓴 「어제효자록서御製孝慈錄序」를 가리킨다.

爲憲懷太子[85], 時去母妃杜氏喪方朞, 世宗不悅. 得少詹事[86]尹臺[87], 引「孝慈錄序」爲解, 上始釋然. 南朝宋文帝[88]諒陰[89]中生子, 祕之至三年始下詔. 其來久矣.

84 裕邸 : 유저裕邸는 목종이 유왕裕王 시절에 살던 유왕부裕王府를 말한다. 명 목종 주재후朱載垕는 세종의 셋째 아들로 가정 18년1539 유왕에 봉해진 뒤, 만 16세가 되면서 황궁을 나가 유왕부에서 13년 동안 살다가, 가정 45년1566년 세종이 붕어崩御하면서 황제의 자리에 올랐다.

85 憲懷太子 : 명 목종의 맏아들인 주익익朱翊釴, 1555~1559을 가리킨다. 가정 34년1555 당시 유왕이던 주재후와 효의장황후孝懿庄皇后 이씨李氏 사이에 태어나 가정 38년1559에 4세의 나이로 세상을 떠났다. 목종이 즉위한 융경 원년1567에 헌회태자로 추서追敍되었다.

86 少詹事 : 역대로 태자궁 즉 동궁의 살림과 사무를 총괄하던 관서인 첨사부詹事府의 관리다. 첨사부의 수장인 첨사詹事를 보좌하는 역할을 했으며, 명대에 소첨사少詹事의 품계는 정4품이었다.

87 尹臺 : 윤대尹臺, 1506~1579의 자는 숭기崇基이고 호는 동산洞山이며 강서 영신현永新縣 사람이다. 가정 14년1535 진사로 편수에 제수되었고, 관직은 남경예부상서에 이르렀다. 저서에 『동려당집洞麗堂集』과 『사보헌고思補軒稿』가 있다.

88 宋文帝 : 남북조 시기 유송劉宋 왕조의 세 번째 황제 유의륭劉義隆, 407~453을 말한다. 문제文帝는 유의륭의 묘호다. 송 무제 유유劉裕의 셋째 아들이다. 424년에 즉위했고, 재위기간은 30년이며, 연호는 원가元嘉이다.

89 諒陰 : 상중喪中에 있는 것을 말하는데, 주로 황제의 경우에 사용한다.

황제의 문집은 송대보다 더 존중된 적이 없다. 조대마다 하나의 각閣을 두어 그것을 보존했는데, 용도각龍圖閣과 천장각天章閣 이후로는 모두 비각祕閣에 거두어 보관하고, 학사學士, 직학사直學士, 대제待制, 직각直閣 등의 여러 관리를 두었으니 만약 이 조대에 문집이 없다고 한다면 그것은 문집을 빠뜨린 것이다. 그래서 휘종徽宗이 변방으로 피란해 남쪽으로 가서도 오히려 유문遺文들을 두루 찾아서 부문각敷文閣을 세울 수 있었던 것은 이 때문이다. 현 왕조에서는 유일하게 태조 고황제와 선종宣宗 장황제章皇帝만이 문집을 모아 판각해 궁중에 귀중히 보관했다. 또한 마땅히 하나의 각을 특별히 마련해서 황제의 훌륭한 문장을 받들고 지속적으로 문장을 관장하는 신하들이 부족한 부분을 채워서 후대의 훌륭한 전장제도에 담긴 유의遺意를 기탁하는 것이 또 현 왕조의 훌륭한 업적이라고 나는 생각한다. 역대로 여러 제왕들이 모두 문필에 관심을 기울여서, 세종 때에는 예악禮樂을 제정하고 제사의 법도를 바꾸기에 이르렀고 당시의 훌륭한 문장들이 세상에 널리 퍼져 아래로는 사곡詞曲에까지 영향을 미쳤다. 대대로 무종武宗 때까지 전해진 여러 제왕들의 작품이라면 모두 하늘이 내려준 뛰어난 능력을 발휘한 것이다. 흩어져 빠진 부분이 있더라도 다방면으로 수집해서 각각 하나의 문집으로 엮어낼 수 있으니 각과 관官을 두어 문관들이 그 안에서 머물며 지키도록 해야 한다. 이렇게 한다면 예악이 분명히 갖춰진 조대에 가까워지는 것이니 전장典章을 제대로 갖추지 못하는 원통함은 없을 것이다. 생각해보면 송나라는 용도각을 가장 중시해서 학사를 노룡老龍으로, 직학을 대룡大龍으로, 대제待制를 소룡小龍으로, 직각을 가룡假龍으로 불렀다. 지금은 오직 예부禮部의 의제사儀制司에만 또 대의大儀, 중의中儀, 소의小儀라는 호칭이 있는데 여기서 비롯된 것 같다. 당나라 사람들은 또 간의대부諫議大夫를 대파大坡로, 습유拾遺를 소파小坡로, 산기상대散騎常侍를 대초大貂로, 보궐補闕을 소초小貂로 부르고, 또 이부상서吏部尙書를 대천大天으로, 낭중郞中을 소천小天이라 했다. 참 기이하다.

원문 御製文集

帝王御集, 莫尊崇于趙宋[90]. 每一朝則建一閣[91]庋之, 如龍圖天章[92]而下, 俱爲收貯祕閣[93], 置學士直學士待制直閣[94]諸官, 若此朝無集則闕之.

---

90 趙宋 : 송나라 황실의 성姓이 조趙이므로 송나라를 조송趙宋이라 칭한다.

91 閣 : 송대에 문헌을 보관하고 정리 및 연구한 곳으로, 선제의 유지가 담긴 문물을 받들기 위해 황제가 서거할 때마다 하나의 '각閣'을 설치했다.

92 龍圖天章 : '용도龍圖'는 '용도각龍圖閣'을 말한다. 송 진종眞宗 함평咸平, 998~1003 시기에 회경전會慶殿 서쪽에 지어, 송 태종의 어서御書와 문집文集, 서적, 그림, 종정사宗正寺에서 바친 종실 명부와 세보世譜 등을 보관했다. 대제, 직학사, 직각 등의 관직을 두었다. '천장天章'은 '천장각天章閣'을 말한다. 송 진종 천희天禧 5년1021에 완공되어, 진종의 어서와 문집을 보관했다. 송 인종 천성天聖 8년1030에 천장각대제天章閣待制를 두고, 경우景祐 4년1037에 천장각시강天章閣侍講을, 경력慶曆 7년1047에 천장각학사天章閣學士와 직학사를, 송 휘종徽宗 정화政和 6년1116에 직천장각直天章閣을 두었다.

93 祕閣 : 비각祕閣은 중국 궁궐 안에 있는 책을 소장해두는 곳이다. 진晉, 남조의 송, 수隋, 당, 송대까지 모두 비각을 두고 이곳에 책을 소장했다. 송 태종 태평흥국太平興國 연간에 소문관昭文館, 집현원集賢院, 사관史館 등 세 관館을 새로 지어 글과 그림을

卽徽宗[95]播遷[96]裔土, 南渡尙能博訪遺文, 以建敷文閣[97]是矣. 本朝唯太祖高皇帝[98], 宣宗章皇帝[99], 御集裒刻, 尊藏禁中. 竊謂亦宜特設一閣, 以

소장했는데, 이 세 관을 합쳐 숭문원崇文院이라고 했다. 단공端拱 원년988 또 숭문원의 중당中堂에 비각을 두고, 세 관에 있던 선본도서善本圖書와 서화 등을 뽑아서 소장했다. 순화淳化 원년990 비각을 증축해 순화 3년992에 완성되자, 송 태종이 '비각'이라는 편액을 직접 썼으며, 직비각直祕閣과 비각교리祕閣校理 등의 관직을 두어 비각의 사무를 관장하게 했다. 진종 때에 궁중에 화재가 났는데 숭문원과 비각에까지 불이 번져 그 안의 장서가 많이 불탔다. 그 후 여러 차례 보완해서 인종 때에는 비각의 장서가 이미 15,785권에 이르렀다.

94 學士直學士待制直閣 : 송대에 특수하게 '각학사閣學士'라는 관직을 두었는데, 간략하게 '각직閣職'이라 칭하고, 학사, 직학사, 대제, 직각의 네 급수로 구분했다. 학사는 정삼품正三品, 직학사는 종삼품從三品, 대제는 정사품正四品, 직각은 정오품正五品에 해당한다.

95 徽宗 : 북송의 제8대 황제 조길趙佶, 1082~1135의 묘호다. 휘종은 북송 신종神宗의 아들이자 철종哲宗의 동생으로 소성紹聖 3년1096 단왕端王에 봉해졌다. 원부元符 3년1100 철종이 후사가 없이 병사하자 태후의 추대를 받아 즉위했다. 정치는 채경蔡京 등 총신寵臣들에게 맡기고, 자신은 태평하게 궁정과 정원 등을 조성해 호사스러운 생활을 했다. 또 도교를 숭상해 도교 사원을 짓고 자칭 교주도군황제敎主道君皇帝라 칭하면서 도사들을 자주 불러 관상을 보고 점을 쳤다. 휘종은 금金나라와 동맹해 요遼나라로부터 연운십육주燕雲十六州를 수복하려 했다. 하지만 오히려 선화 7년1125 금나라 군대가 쳐들어오자 아들 흠종欽宗에게 양위하고 도군황제가 되어 책임을 모면하려 했다. 그러나 재차 침입한 금나라 군대에 의해 수도 개봉開封이 함락되고, 흠종, 흠종의 황후와 비, 그리고 다른 황족들과 함께 금나라 군대에 잡혀 북쪽으로 끌려가 북송의 멸망을 가져왔다. 이것이 정강靖康의 변變이다.

96 播遷 : 임금이 도성을 떠나 딴 곳으로 피란하는 것을 말한다.

97 敷文閣 : 송 휘종이 문학과 예술 작품을 보관하기 위해 세운 곳. 소흥紹興 8년1138 남송이 도읍을 임안臨安으로 정한 후 황궁을 건설하고, 황제의 어제御製와 어서를 보관하던 북송 때의 제도를 회복시켰다. 이를 위해서 휘종의 어서와 서찰 등을 포함한 전대의 『실록實錄』, 『회요會要』, 『국사國史』 및 기타 도서들을 수집했다. 소흥 10년1140 휘종의 어제와 문집의 편집이 완성되자, 부문각을 세우고 학사 이하의 관리를 두어 관리하게 했다.

98 太祖高皇帝 : 명 태조 주원장을 가리킨다.

99 宣宗章皇帝 : 명 제5대 황제인 선종 주첨기朱瞻基, 1398~1435를 말한다. 인종의 장남으

奉雲漢之章[100], 令詞臣[101]久待次者充之, 以寓後聖憲章[102]遺意, 亦聖朝[103]盛學也. 至若累朝列聖, 俱留神翰墨[104], 以至世宗之制禮樂更祀典[105], 其時高文大冊, 布在人間, 卽下而詩餘小技[106]. 如世傳武宗[107]諸帝聖製, 莫

로 어려서부터 조부인 성조와 부친의 사랑을 받았다. 영락 9년1411 황태손皇太孫에 책봉되었고, 홍희 원년1425 인종이 죽은 뒤 황위에 올라, 그 다음해인 1426년에 연호를 선덕으로 바꿨다. 재위기간은 1425년부터 1435년까지다. 재위기간 동안 양사기楊士奇, 양영, 양부楊溥, 건의, 하원길, 우겸于謙 등의 인재들을 발탁해 정치를 안정시키고 경제를 발전시켰다. 선덕 10년1435 향년 38세로 붕어했으며, 경릉景陵에 묻혔다. 묘호는 선종이고, 시호는 장황제다.

100 雲漢之章 : 훌륭한 글을 의미하는데, 특히 제왕帝王의 문장을 가리키기도 한다.

101 詞臣 : 조정의 문서를 저술하거나, 국사를 편찬하고 황제의 언행을 기록하는 등의 일을 담당하며 황제의 고문顧問 역을 맡은 박학다식한 신하를 말한다. 당대唐代에는 중서사인이나 한림학사翰林學士와 같은 문학시종文學侍從을 말했고, 명·청대에는 내각의 학사나 대학사들이 사신의 임무를 맡았다.

102 憲章 : 전장典章 제도를 가리킨다.

103 聖朝 : 백성들이 당시의 현 왕조를 높여 이르는 말이다.

104 翰墨 : 문한文翰과 필묵筆墨이라는 뜻으로, 글씨를 쓰거나 글을 짓는 것 또는 문장이나 서화를 말한다.

105 祀典 : 제사 의례儀禮 또는 제사 의례를 기록한 책을 말한다.

106 詩餘小技 : 시사詩詞 중 사詞의 별칭으로 시가발전 과정에서 시詩보다 낮은 격식의 문학형식이라는 의미로 칭한 말이다.

107 武宗 : 명나라 제10대 황제인 주후조朱厚照, 1491~1521의 묘호다. 무종의 재위기간은 1505년부터 1521년까지이며, 연호가 정덕正德이라 정덕제正德帝라고도 부른다. 효종孝宗의 맏아들로, 홍치弘治 18년1505 효종이 죽자 15세의 나이로 황제가 되었다. 어렸을 때부터 똑똑해 학문을 즐기고 불교와 산스크리스트어에도 능통했으며 사냥을 좋아했다. 하지만 황제가 된 뒤에는 국정을 돌보기보다는 환관에게 둘러싸여 하고 싶은 대로 하고 살면서 기행奇行을 일삼았으며, 라마교를 광신하고 유희를 즐기느라 국가 재산을 낭비했다. 그 때문에 산동山東, 사천四川, 강서江西 등지에서 굶주린 백성들의 민란이 자주 일어났고, 황족 안화왕安化王의 난과 영왕寧王의 난이 일어났다. 정덕 14년1519 영왕의 난을 진압한다는 명목으로 남유南遊에 나섰다. 정덕 15년1520 북경으로 돌아오는 길에 청강포淸江浦에서 배를 띄우고 물고기를 잡다가 물에 빠져 병을 얻었다. 북경으로 돌아온 뒤 정덕 16년1521 3월 향년 31세의 나이로 후사 없이 세상을 떠났다. 시호는 승천달도영숙예철소덕현공홍문사효의

不天縱多能, 卽有散佚, 亦可多方蒐輯, 各成一集, 建閣備官, 以待文學近臣寓直[108]其中. 庶乎禮樂明備之朝, 無缺典之恨耳. 按宋最重龍圖, 呼學士爲老龍[109], 直學爲大龍, 待制爲小龍, 直閣爲假龍. 今世唯禮部儀制一司[110], 亦有大儀中儀小儀之稱, 蓋昉于此. 然唐人又呼諫議大夫[111]爲大坡, 拾遺[112]爲小坡, 散騎常侍[113]爲大貂, 補闕[114]爲小貂, 又以吏部尙書[115]爲大天, 郎中[116]爲小天. 尤奇.

황제承天達道英肅睿哲昭德顯功弘文思孝毅皇帝이며, 강릉康陵에 묻혔다.

108 寓直 : 관아에 기숙하며 당직을 선다는 뜻으로 머물며 지킨다는 의미이다.

109 老龍 : 용도각학사의 별칭. 송나라 방작方勺의 『박택편泊宅編』 권상卷上에 "옛 제도에 직룡도각直龍圖閣을 '가룡假龍'이라 하고, 용도각대제龍圖閣待制를 '소룡小龍'이라 하며, 용도각직학사龍圖閣直學士를 '대룡大龍'이라 하고, 용도각학사龍圖閣學士를 '노룡老龍'이라 했다舊制, 直龍圖閣謂之假龍, 龍圖閣待制謂之小龍, 龍圖閣直學士謂之大龍, 龍圖閣學士謂之老龍"라는 기록이 있다.

110 儀制一司 : 명·청대의 관서명이다. 예부에 속한 사사四司 중 의제청리사儀制淸吏司의 약칭으로, 홍무 6년1373에는 총부總部, 홍무 22년1389에는 의부儀部였다가 홍무 29년1396에 개칭되었다. 예부에서 예문禮文, 과거科擧, 학교學校 관련 사무 등을 관장하며 가장 중요한 역할을 했다.

111 諫議大夫 : 황제에게 간하고 정치의 득실을 논하는 일을 맡은 관직.

112 拾遺 : 간관諫官의 하나로, 황제의 언행과 잘못 등을 수습하고 바로잡는 일을 맡은 관직.

113 散騎常侍 : 황제의 측근에서 모시며 간언하는 일을 맡은 관직.

114 補闕 : 군주의 과실을 바로잡는 일을 맡은 관직.

115 吏部尙書 : 육부六部 중 이부吏部의 최고 지위에 있는 장관. 전국 관리들의 임명과 면직, 시험과 과업, 승진과 탈락, 봉훈封勳 등의 일을 관리했다. 명대에는 정이품正二品이었으며, 통상적으로 천관天官, 총재冢宰, 태재太宰라고도 불렀다.

116 郎中 : 제왕의 시종관을 통칭하며 원외급員外級에 속한다. 상서尙書, 시랑侍郎, 승상丞相 다음으로 높은 관직이다.

국초 원나라에 승리를 거두고서 태조께서는 대장군 서달에게 명을 내려 비각秘閣에 소장된 도서와 전적을 거두어 금릉으로 모두 보내게 하고, 또 조서를 내려 민간의 일서逸書를 구하셨다. 당시 송 판각본板刻本은 책 하나당 십여 부나 되는 것들이 있었다. 태종太宗께서 도읍을 연경燕京으로 옮기고 나서 남경에 보관한 책들을 매 책마다 한 부씩 북쪽으로 가져오도록 처음으로 명하셨다. 이때가 영락永樂 19년이다. 처음에는 좌순문左順門 북쪽의 별궁에 두었다가 정통 6년에 문연각文淵閣 안으로 옮겨 왔다. 문연각은 궁궐 깊숙한 곳에 위치했으며 하는 일은 전대前代와 같았다. 정통 14년에 영종英宗이 북방으로 끌려갔고 남경에 보관돼 있던 서적들이 모두 큰 화재를 당해, 송·원 이래의 비서秘書들이 하루아침에 모두 사라졌다. 그 뒤 북경에 모아 둔 서적은 고각高閣에 방치되어 좀이 슬긴 했지만 책은 오히려 예전 그대로 보존되었다. 홍치 연간과 정덕 연간 이후부터 대학사와 한림학사 중 아무도 묻는 이가 없게 되자 점차 산실散失되었다.

가정 중엽에 이르러 어사御史 서구고徐九皐가 의론을 올려서 역대 예문지藝文志의 서목을 찾아 대조해 완비되지 않은 경서와 전적들은 민가를 다니며 관리를 보내 서적을 빌려 베껴 쓴 뒤 원본은 돌려주고 상을 주자고 했다. 또 황제께 편전便殿으로 가 상주上奏된 글을 살펴 읽고 정사를 처리하며 강독관들을 만나 경전의 의미를 정확히 이해하기를 간

청했다. 당시 하귀계夏貴谿가 예부상서였는데, 그의 의론에 회답하며 어사 서구고의 말이 진실로 옳다고 했다. 그리고 그가 말한 대로 서목을 갖추어 만들고 서적들을 수집해서 보관해야 한다고 했다. 서구고가 시종과 강독관을 불러 접견하길 청한 것도 황상의 훌륭한 학문을 살펴 자문관을 두라는 의미라고 했다. 황상께서는 "서적들이 서고에 가득한데도 학자들이 관심을 두지 않으니, 이 또한 그저 허명일 뿐이다. 만약 경서대로 몸소 행해 실천할 수 있다면 다스림에 여유가 있겠지만, 이 마음을 바르게 기르지 않으면 불러서 접견하더라도 역시 헛된 응대일 뿐이다"라고 하셨다. 그리고는 명을 내려 그것을 모두 그만두게 하셨다. 황상께서 이미 도교에 심취했기 때문에 조정의 강론이 점차 드물어졌으니 수시로 시종관들을 접견하려 했다 해도 이미 황상의 뜻과는 맞지 않았을 것이다. 그래서 유서들을 찾는 일을 모두 그만두었다. 애석하다!

생각건대 옛날부터 책을 구하는 일에 있어서는 송나라 때만큼 간절한 적이 없었으니, 책을 많이 바친 자들에게는 진사출신進士出身의 칭호를 내리기까지 했다. 원나라는 사막에서 세워진 나라인데도, 오히려 경적소經籍所를 세우고 또 흥문서興文署를 설치해 경사를 편집하고 판각본을 모아 소장했다. 지금은 전성시대를 맞았는데도 오히려 이런 일을 게을리하며 급하지 않은 일로 여긴다. 가정 연간에서부터 지금까지 70~80년이 더 흘렀는데, 보관된 서적 중에 썩은 것이 열에 둘이요, 도둑맞은 것이 열에 다섯이다. 양사기楊士奇가 정통 연간에 보존한 『문연각서목文淵閣書目』은 이름만 남아 있을 뿐이다. 서구고의 말대로 시행되었다 해도 그저 고스란히 빼앗겼을 것이다.

원문 訪求遺書

國初克故元時, 太祖[117]命大將軍徐達, 收其祕閣所藏圖書典籍, 盡解金陵, 又詔求民間遺書. 時宋刻板本, 有一書至十餘部者. 太宗[118]移都燕山[119], 始命取南京所貯書, 每本以一部入北, 時永樂[120]十九年也. 初貯在左順門[121]北廊, 至正統[122]六年而移入文淵閣[123]中, 則地邃禁嚴[124], 事同

117 太祖 : 명대 국초國初 때의 일을 얘기하고 있으므로, 여기서 태조는 명대의 개국황제인 주원장1328~1398을 가리킨다.

118 太宗 : 명나라의 제3대 황제인 주체朱棣 : 1360~1424의 묘호다. 태종의 연호가 영락1403~1424이므로 그를 영락대제永樂大帝라고도 부른다. 처음 묘호廟號는 태종이었으나, 세종 17년1538 묘호가 태종에서 성조成祖로 바뀌었다.

119 燕山 : 지금의 베이징. 베이징은 현재 중국의 수도일 뿐만 아니라, 역사적으로 요遼, 금金, 원, 명, 청, 중화민국中華民國의 북양정부北洋政府 시기에도 수도였는데, 각 시기마다 명칭이 조금씩 달랐다. 요에서는 연경燕京, 송에서는 연산燕山, 금에서는 중도中都, 원대에는 대도大都, 명대와 청대에는 북경이라고 불렀다. 연산이라는 명칭은 송대에 비롯되었는데, 송 선화宣和 4년1123 송과 금이 함께 요를 공격하고 연경을 되찾은 뒤 연산부燕山府를 설치했으므로, 연경을 연산이라고도 부르게 되었다.

120 永樂 : 명 제3대 황제 주체의 연호로 1403년부터 1424년까지 총 22년간 사용되었다.

121 左順門 : 명 영락 18년1420에 처음 세워졌으며 동쪽으로 동화문東華門과 마주보고 있었다. 명 가정 연간에 중건重建하면서 이름을 회극문會極門으로 바꿨고, 청 순치順治 연간에 지금의 명칭인 협화문協和門으로 바뀌었다. 명대에는 북경에 있는 문관들이 만나는 곳이었다.

122 正統 : 정통은 명대 제6대 황제인 영종 주기진朱祁鎭이 등극한 이후에 사용한 연호로, 1436년부터 1449년까지 14년간 사용되었다.

123 文淵閣 : 명대에 처음으로 궁중에 설치된 기구다. 황가의 서적을 보관하고 편찬하며, 황제가 책을 보고 신하들과 경사經史를 강론하던 곳이다. 명 태조 때 남경에

前代矣. 至正統十四年, 英宗[125]北狩[126], 而南京所存內署諸書, 悉遭大火, 凡宋元以來祕本, 一朝俱盡矣. 自後北京所收, 雖置高閣, 飽蠹魚[127], 卷帙尙如故也. 自弘正[128]以後, 閣臣[129]詞臣, 俱無人問及, 漸以散佚.

궁전을 지을 때 봉천문 동쪽에 문연각文淵閣을 지어 서적을 보관했고, 성조 때 북경으로 천도하면서 북경의 궁중에도 남경과 마찬가지로 문연각을 지었다. 정통 14년1449 남경 고궁故宮에 화재가 발생하면서 남경에 있는 문연각과 그 안에 소장된 책들이 모두 소실되었다. 북경 황궁 내의 문연각 또한 명 왕조가 멸망하면서 전란 중에 훼손되었다.

124 禁嚴 : 제왕의 궁전.

125 英宗 : 명나라의 제6대와 제8대 황제인 주기진朱祁鎭, 1427~1464의 묘호다. 영종은 선종 주첨기의 장자이자 대종代宗 주기옥朱祁鈺의 이복형이며 헌종 주견심의 부친이다. 9세에 황제가 되었고, 연호는 정통正統이다. 어린 나이에 황제가 되었으므로, 태황태후 장씨張氏가 수렴청정했다. 정통 14년1449에 토목보土木堡의 변이 일어나 영종이 몽골의 오이라트 부족에게 포로로 잡혀가자, 그 동생 성왕郕王 주기옥이 황제가 되었다. 영종은 나중에 석방된 뒤 다시 황제의 지위를 얻고는 대종을 남궁에 감금시키고 연호를 경태景泰에서 천순天順으로 바꿨다. 천순 8년1464에 병사했다. 시호가 '법천립도인명성경소문헌무지덕광효예황제法天立道仁明誠敬昭文憲武至德廣孝睿皇帝'라서 예황제睿皇帝라고도 한다. 명십삼릉의 유릉裕陵에 묻혔다.

126 北狩 : 황제가 포로가 되어 북방으로 잡혀갔다는 사실을 완곡하게 표현하는 말이다. 여기서는 명 영종이 토목보의 변 때 몽고 부족에게 포로로 잡혀간 사실을 가리킨다.

127 蠹魚 : 좀벌레.

128 弘正 : 홍치 연간과 정덕 연간을 가리키는 말이다. 홍치1487~1505는 명 효종의 연호이고, 정덕1506~1521은 무종의 연호다. 도광道光 7년 요씨부려산방각본姚氏扶荔山房刻本을 저본底本으로 2015년 중화서국中華書局에서 출판한 『만력야획편』에는 '굉정宏政'으로 되어 있고, 대만사어소부사년도서관臺灣史語所傅斯年圖書館에 소장된 초본鈔本을 저본으로 2012년 상해고적출판사上海古籍出版社에서 출판한 『만력야획편』에는 '홍정弘正'으로 되어 있다. 내용상 명 9대 황제인 효종과 10대 황제인 무종 연간을 가리키는 것으로 보이므로 상해고적출판사본을 따라 '홍정弘正'으로 고쳐 썼다. 앞으로 판본을 말할 때 도광 7년 요씨부려산방각본을 저본으로 중화서국에서 출판된 『만력야획편』은 중화서국본이라 하고, 대만사어소부사년도서관에 소장된 초본을 저본으로 상해고적출판사에서 출판된 『만력야획편』은 상해고적본이라 하겠다. 【역자 교주】

至嘉靖中葉, 御史[130]徐九皐[131]上議, 欲査歷代藝文志[132]書目參對, 凡經籍不備者, 行士民之家, 借本送官謄寫, 原本給還, 且加優賚. 又乞上御便殿, 省閱章奏, 處分政事, 賜見講讀諸臣, 辨析經旨. 時夏貴谿[133]爲禮卿[134], 議覆[135], 謂御史建白[136]良是, 宜如所言, 備開書目, 收采藏貯, 所請召見侍從[137]講官[138], 亦仰體皇上聖學備顧問之意. 上曰, "書籍充棟[139], 學者不用心, 亦徒虛名耳. 苟能以經書躬行實踐, 爲治有餘裕矣. 此心不

---

129 閣臣 : 명·청대에 대학사大學士를 부르던 별칭이다. 대학사가 내각에 들어가 일했기 때문에 생긴 명칭이다. 보신輔臣이라고도 하며, 재상에 해당하는 지위였다.

130 御史 : 진秦나라 때부터 시작된 감찰 전문 관직. 주로 조정, 제후, 관리를 감찰하는 일을 했다.

131 徐九皐 : 서구고徐九皐, 생졸년 미상의 자는 원경遠卿이고, 절강 여요현餘姚縣 사람이다. 가정 8년1529 진사로, 신양信陽 현령縣令, 호광도감찰어사湖廣道監察御史, 귀주안찰사첨사貴州按察司僉事 등을 지냈다. 가정 15년1536 호광도감찰어사였던 서구고가 역대 유서遺書의 수집 보관과 황제의 경사經史 강독을 청하는 상소를 올렸지만 시행되지 않았다.

132 藝文志 : 중국 역대 기전체 사서史書, 정서政書, 지방지 등에서 역대 도서나 그 당시 도서들을 모아 작성해 놓은 도서 목록을 말한다.

133 夏貴谿 : 명나라 중기의 정치가이자 문학가인 하언夏言, 1482~1548을 말한다. 하언의 자는 공근公謹이고 호는 계주桂洲이며 시호는 문민文愍이다. 강서 귀계貴溪 사람이다. 정덕 12년1517 진사에 급제한 뒤, 특히 세종의 총애를 받아 예부상서 겸 무영전대학사武英殿大學士를 거쳐 내각수보의 자리에까지 올랐다. 그 뒤 엄숭嚴嵩의 모함으로 저자거리에서 사형을 당했다. 목종 때 복관復官되고 '문민'이라는 시호를 추증받았다.

134 禮卿 : 예부상서의 별칭.

135 議覆 : 논의를 해서 해답을 얻는 것.

136 建白 : 건의를 하거나 주장을 진술하는 것.

137 侍從 : 송대에는 대학사, 급사중給事中, 육부의 상서尙書, 시랑侍郎 등을 시종관侍從官 또는 종관從官이라고 불렀는데, 이들이 황제의 측근에서 시중을 들었기 때문에 시종侍從이라고도 불렀다.

138 講官 : 황제나 태자를 위해 경서를 강의하던 관리.

139 充棟 : 서적을 보관하거나 저술을 많이 해서 집안 가득 채우는 것을 말한다.

養以正, 召見亦虛應也.” 因命俱已之. 蓋上已一心玄教[140], 朝講漸稀, 乃欲不時賜見侍臣, 已咈聖意, 故求訪遺書, 一幷寢罷. 惜哉!

按古來求書者, 無過趙宋之殷切, 所獻多者, 至賜進士出身. 卽故元起沙漠, 尙立經籍所, 又設興文署[141], 以編集經史, 收貯板刻. 當此全盛之世, 反視爲迂緩不急之事. 自嘉靖至今又七八十年, 其腐敗者十二, 盜竊者十五, 楊文貞[142]正統間所存『文淵書目』, 徒存其名耳. 卽使徐九皐之說得行, 亦祗供攘攫耳.

140 玄敎 : 도교의 한 지파로서 흔히 도교를 가리킨다. 명 세종은 특히 도교에 심취해 있었던 것으로 유명하다.

141 興文署 : 원나라 때 설치한 관서로 집현원에 속한다. 교육을 담당하고 서적을 출간하던 곳이다.

142 楊文貞 : 명나라의 대신이자 학자인 양우楊寓, 1366~1444를 말한다. 양우의 자는 사기士奇, 호는 동리東里이며, 시호는 문정文貞이다. 이름보다는 주로 양사기楊士奇라는 자로 불렸다. 강서 태화泰和 사람이다. 관직이 예부시랑 겸 화개전대학사華蓋殿大學士 겸 병부상서兵部尙書에 이르렀다. 건문제부터 성조, 인종, 선종, 영종에 이르기까지 5대를 거치며 40여 년 동안 내각에서 대신을 지내면서 21년간 재상을 지냈다. 『명태조실록明太祖實錄』, 『명인종실록明仁宗實錄』, 『명선종실록明宣宗實錄』의 편찬에 참여했다. 양영楊榮, 양부와 함께 황제를 보좌하였으며, 이 두 사람과 함께 '삼양三楊'으로 불린다.

번역 백관에게 먹을 것을 하사하다

태조 때에는 백관이 조회에서 퇴청할 때 반드시 조정에서 음식을 하사했다. 대체로 법을 운용할 때는 엄격했지만 신하를 다룰 때는 예를 갖췄다. 게다가 태조 때에는 매일 신하들을 만나 물음에 답하시면서 추위와 더위를 개의치 않으셨으니, 근심하고 애쓰심이 또한 이러했다.

말년에 이르자 음식을 하사하는 일이 또한 점차 드물어졌다. 매월 초하루와 보름날에만 각 관아의 높고 낮은 당상관들 모두에게 술과 음식을 대접했는데, 3대가 모두 그랬다는 것이 역대 문헌에 분명히 나타나 있다. 정통 7년에 와서야 광록경光祿卿 내형奈亨이 처음 그것을 그만두자고 상주上奏했다. 정월 초하루와 동지 이 두 큰 명절 연회는 예부가 주청해서 거행하도록 했다. 그밖에도 예를 들어 입춘에는 춘병春餅을 먹고, 정월대보름 저녁에는 새알심 떡을 먹으며, 사월 초파일에는 불락협不落夾을, 오월 단오에는 종자糉子를, 구월 중양절에는 중양절 떡을, 섣달 초파일에는 납팔면臘八麵을 먹는데, 모두 광록경이 사전에 보고했다.

조회에 참석한 관원들이 관례에 따라 천자가 하사하신 음식을 배불리 먹으니 태평 시절 연회의 광경이기도 하다. 천자의 생신이 되거나 교외에서의 제사가 끝나면 큰 연회를 베푼다. 태후의 탄신일, 황후의 생신, 태자의 생일마다 장수면을 하사하는 것은, 또한 이러한 관례에 포함되지 않는다. 최근 몇 년 동안 주상께서 조회에 나오시는 일이 이미 드물어져 연회가 갑자기 줄어들었다. 매번 명절이 되어도 번번이 주상의 뜻을 받들어 연회를 거행하지 않았다. 비록 불필요한 경비를 다소 아낄 수는 있지만, 선조께서 남긴 제도가 점점 사라지고 있다.

○ 사월 초파일은 석가탄신일로 밀가루 음식을 하사했는데, '불락협'이라고 이름 붙인 것은 석가의 이름에서 따온 것이다. 세종께서는 불교를 배척하시어 음식을 하사하는 시기를 4월 5일로 바꾸고, 그 음식도 신맥면新麥麵으로 바꿨다. 불가에 속한 것이라면 반드시 다 없애야 만족하신 듯하다. 예를 들어 대자은사大慈恩寺는 전대에 가장 번성했던 사찰인데, 헌종·효종·무종 대대로 법왕과 국사의 신분으로 머물렀던 자가 만 명이나 되었으며, 모두 천자의 주방인 어선방御膳房에서 음식을 제공했다. 가정 초에 음식 제공하는 일을 모두 없애고, 서역에서 온 승려들을 다른 곳으로 쫓아냈다. 가정 22년에 마침내 대자은사를 부숴 버리라고 명을 내리니, 서까래 한 조각, 기와 한 조각도 남지 않았다. 지금의 활터가 대자은사가 있던 곳이다.

원문 賜百官食

太祖時, 百官朝退, 必賜食[143]于廷. 蓋用法雖嚴, 而馭臣有禮. 且其時每日賜對[144]無間寒暑, 卽恤勞亦宜然.

至末年賜亦漸疎, 唯每月朔望日, 各衙門大小堂上官, 俱有支待酒饌,

143 賜食 : 주로 황제가 신하에게 주연을 베푸는 것을 가리킨다.
144 賜對 : 왕이 신하를 만나 질문에 대답하는 것을 말한다.

歷文昭章三朝[145]皆然. 直至正統七年, 光祿卿[146]奈亨[147]始奏罷之. 唯元旦冬至兩大節筵宴, 禮部奏請擧行. 其他如立春則吃春餠[148], 正月元夕吃元宵圓子[149], 四月八日吃不落夾[150], 五月端午吃糉子[151], 九月重陽吃

---

145 三朝 : 다음 문장에 나오는 정통正統은 명대 여섯 번째 왕인 영종의 연호이므로, 태조 이후의 성조, 인종, 선종 3대를 가리키는 것으로 보인다.

146 光祿卿 : 광록시光祿寺의 으뜸 벼슬로, 궁중의 음식을 관장하는 관직.

147 奈亨 : 내형奈亨, 생졸년 미상은 명나라 순천부順天府 향하香河 사람으로 자는 언통彦通이다. 연왕 주체가 기병起兵했을 때 북평北平 : 지금의 베이징을 지킨 공로를 인정받아 영락 2년 수무修武현의 현승縣丞에 제수되었다. 정통 초에 광록시경光祿寺卿이 되었고, 다시 호부좌시랑戶部左侍郎에 올라 광록시의 일을 관장했다.

148 春餠 : 춘병春餠은 입춘立春 때 고기와 야채를 싸서 먹는 얇은 밀가루 전병을 말한다. 춘병을 먹은 기록은 위진남북조 시대까지 거슬러 올라가는데, 이때에는 정월 초하루에 오신五辛 : 파, 부추, 달래, 마늘, 흥거을 춘병에 싸서 먹었다. 당송 이래로 춘병을 먹는 풍속이 입춘에 행해지고, 춘병에 싸먹는 재료도 각종 고기와 야채로 다양해진다. 명대 『연도유람지燕都游覽志』에 있는 "입춘날에는 오문午門에서 백관들에게 춘병을 하사하셨다凡立春日, 于午門賜百官春餠"는 기록에서 알 수 있듯이, 명대와 청대에 이르면 민간에서뿐만 아니라 황제와 대관들까지도 입춘 당일 춘병을 먹을 정도로 보편적인 풍속이 되었다.

149 元宵圓子 : 원소원자元宵圓子는 정월 대보름에 먹는 소가 들어 있는 찹쌀가루로 만든 새알심 모양의 떡을 말한다.

150 不落夾 : 불락협不落夾은 갈댓잎으로 찹쌀을 싸거나 오동나무 잎사귀에 밀가루를 얇게 펴 바른 뒤 말아 쪄서 만든 음식으로 사월 초파일에 불공을 드릴 때 썼으며, 조정에서도 백관에게 하사했다. 명대 유약우劉若愚의 『작중지酌中志 · 권이십음식호상기락卷二十飮食好尙紀略』에 불락협에 관한 기록이 있는데, "사월 초파일에는 불락협을 올렸다. 갈댓잎으로 찹쌀을 네모 모양으로 싸는데, 길이는 3~4촌, 넓이는 1촌 정도이며, 맛은 종지糉子와 같다四月初八日, 進不落夾, 用葦葉方包糯米, 長可三四寸, 闊一寸, 味與糉同也"고 했다. 또 청대 왕당王棠의 『연재합지신록燕在閣知新錄 · 불락협不落莢』에서는 "사월 팔일날 밀가루에 야채를 적당히 섞어 오동나무 잎 위에 얇게 펴 바르고 잎을 맞붙인 뒤 쪄서 먹는데 불락협이라고 한다四月八日用白麵調蔬品攤桐葉上, 合葉蒸食, 名不落莢"고 했다. 찹쌀을 넣은 불락협은 단오절에 먹는 종자와 맛은 비슷하지만 모양이 네모이고 또 안에 넣는 소를 찹쌀 외에 밀가루를 쓰기도 했다는 점이 다르다.

151 糉子 : 종지糉子는 단오절에 먹는 음식의 하나로, 찹쌀을 대나무 잎사귀나 갈댓잎에 싸서 삼각형으로 묶은 후 찐 것이다.

糕, 臘月八日吃臘麪[152], 俱光祿先期上聞[153].

凡朝參官, 例得饜飫天恩, 亦太平宴衎景象也. 至若萬壽聖節, 郊祀慶成[154], 則有大讌. 太后聖誕, 皇后令誕, 太子千秋, 俱賜壽麪, 又不在此例. 近年主上御朝旣稀, 筵宴頓減, 每遇令節, 輒奉旨免辦. 雖稍省浮費, 而祖制漸湮矣.

○ 四月八日爲釋迦生日, 所賜亦麪食, 名不落夾者, 從釋氏名也. 世宗闢佛, 改賜期於四月五日, 其食亦改新麥麪, 蓋凡屬釋氏必盡廢爲快. 如大慈恩寺先朝最盛梵刹, 憲[155]孝[156]武[157]歷朝, 法王國師居停者萬人, 皆仰給天庖[158]. 嘉靖初盡革去, 驅衆番僧[159]於他所. 至二十二年遂命毁之, 寸椽片瓦亦不存. 今射所是也.

---

152 臘麪 : 납면臘麪은 납팔면臘八麵이라고도 하며, 명대 궁중에서 12월 8일에 내린 국수다. 국수와 팥을 위주로 한 콩류를 원료로 한 것인데, 물에 담가 두었던 팥을 끓여 익으면 거기에 부추 두께의 국수를 넣어 끓인다.

153 上聞 : 문서의 형태로 조정에 보고하는 것을 말한다.

154 慶成 : 옛날에 천자가 지내던 일반 제사나 하늘과 산천에 지내는 제사의 의례를 마치는 것을 말한다.

155 憲 : 명 헌종 주견심1447~1487을 말한다. 명대 제 8대 황제로, 영종 주기진의 장자이다. 재위기간은 1464년부터 1487년까지이고, 연호는 성화다.

156 孝 : 명 효종 주우탱1470~1505을 가리킨다. 명대 제 9대 황제로, 헌종 주견심의 셋째 아들이다. 재위기간은 1487년부터 1505년까지이며, 연호는 홍치다.

157 武 : 명 무종 주후조朱厚照, 1491~1521을 가리킨다. 명대 제 10대 황제로, 효종 주우탱의 장자이며, 재위기간 동안의 연호는 정덕이다.

158 天庖 : 옛날 황제의 식사를 준비하던 주방, 즉 어선방御膳房을 말한다.

159 番僧 : 서역西域에서 온 승려, 즉 라마승喇嘛僧을 가리킨다. 명대 북경에 있던 서역 승려들은 직함에 따라 7등급으로 나누었는데, 제일 낮은 1등급은 라마喇嘛, 2등급은 도강都綱, 3등급은 선사禪師, 4등급은 국사國師, 5등급은 대국사大國師, 6등급은 서천불자西天佛子, 제일 높은 등급인 7등급은 대자법왕大慈法王이었다.

번역 국초國初의 실록實錄

실록이란 그렇게 흔히 볼 수 있는 것은 아니다. 다만 당 순종順宗의 실록은 한유韓愈가 초안한 것이라 지금까지 전해지긴 하지만 그리 상세하지는 않다. 송대에 오면 실록이 매우 상세해지고 잘 기록되어 있다. 『신종실록神宗實錄』은 처음에는 황정견黃庭堅과 장뢰張耒 등이 집필했다. 소성紹聖 연간에 이르러 장돈章惇과 채변蔡卞 등이 수정했는데, 초고를 다 수정본 안에 수록해 넣어서 그 흔적을 없앴으므로, 세상에 마침내 구판본이 없어졌다. 나중에 양사성梁師成이 비부祕府에 있던 것을 전하면서 비로소 세상에 퍼졌는데, 소위 주묵본朱墨本이라는 것이 이것이다. 남쪽으로 천도한 후에는 장돈과 채변 본本이 날조됐다고 여겨 다시 수정할 것을 명했으니, 『신종실록』은 모두 세 번에 걸쳐 편찬되었다.

현 왕조의 『태조실록太祖實錄』은 건문 연간에 편찬되었으며, 왕경王景 등이 총재總裁였다. 성조께서 정난靖難의 변을 일으킨 뒤 조국공曹國公 이경륭李景隆에게 다시 감수하도록 명했는데, 총재 해진解縉이 옛 초본을 모두 불태워버렸다. 그 뒤 영락 9년에 또 완정하지 않다고 여겨 요광효姚廣孝에게 감수하도록 다시 명했는데, 당시 총재는 양사기였다. 지금 전하는 판본이 이것이다. 그런데 예전에 두 차례 편찬한 것은 보이지 않는다. 개국開國 초기의 일은 변화가 많아서 송 신종 때와 전혀 다르지만, 그 사서史書를 세 번이나 고친 것은 역대로 이 두 시기에만 그렇게 했다. 이경륭 등이 쓴 「진실록표進實錄表」를 내가 우연히 다른 책에서 발견했는데, 지금은 『태조실록』 뒤에 기록해 첨부되어 있다. 첫 번째 편찬과 두 번째 편찬 때에 양사기가 모두 찬수관纂修官이 되어 전후로 세 번의 사서를 모두 집필했으니, 옳고 그름을 어찌 판단할 수 있었겠는가. 참으로 파렴치한 일이다.

원문 國初實錄

實錄不甚經見. 唯唐順宗[160]則韓昌黎[161]所草, 故至今傳世, 然亦不甚詳. 至宋則備甚矣. 『神宗實錄』, 初爲黃魯直[162]張文潛[163]輩所修, 至紹

---

160 唐順宗 : 당나라 제10대 황제인 이송李誦, 761~806을 말한다. 779년에 태자가 되어 805년 부친인 덕종德宗이 붕어하면서 황제의 자리에 오른다. 같은 해 8월에 태자 이순李純에게 선위하고 태상황太上皇이 되었다가 다음해인 806년에 붕어한다. 묘호는 순종이다. 순종과 그 시기에 관한 1차 기록으로 『순종실록順宗實錄』이 있다. 총 5권卷으로 되어 있으며, 작자는 대문호大文豪인 한유韓愈이고, 당대 실록 중 유일하게 산실散失되지 않았다.

161 韓昌黎 : 당나라의 대표적인 문장가이자 정치가 겸 사상가인 한유韓愈, 768~824를 말한다. 한유는 당송 8대가의 한 사람으로 자는 퇴지退之, 호는 창려昌黎이며, 시호는 문공文公이다. 하남河南 하양河陽 사람이다.

162 黃魯直 : 북송 시기의 저명한 문학가이자 서예가인 황정견黃庭堅, 1045~1105을 말한다. 황정견의 자는 노직魯直이고, 호는 산곡도인山谷道人이며, 만년晩年에는 부옹涪翁이라는 호를 사용했다. 강서 홍주洪州 분녕分寧 사람이다. 문학 방면에서는 강서시파江西詩派의 시조이고, 서예 방면에서도 일가一家를 이룬 송사가宋四家 중의 한 사람이다.

163 張文潛 : 북송 시기의 관리이자 문학가인 장뢰張耒, 1054~1114를 말한다. 장뢰의 자는 문잠文潛이고, 호는 가산柯山인데, 완구선생宛丘先生 또는 장우사張右史라고도 불린다. 신종 때의 진사로 벼슬은 임회주부臨淮主簿, 저작랑著作郎, 사관검토史館檢討, 직룡각지윤주直龍閣知潤州, 태상소경太常少卿 등을 역임했다. 진관秦觀, 황정견, 조보지晁補之 등과 함께 소문사학사蘇門四學士로 불린다. 저서에는 『가산집柯山集』, 『완구집宛邱集』 등이 있다.

聖[164]而章[165]蔡[166]輩改之, 盡收原稿入內, 以滅其跡, 世間遂無舊本. 後賴梁師成[167]從祕府[168]傳出, 始行人間, 所謂朱墨本者是也. 至南渡後, 以章蔡本爲誣罔, 命再修, 則『神宗實錄』凡三開局[169]矣.

本朝『太祖實錄』[170]修于建文[171]中, 王景[172]等爲總裁[173]. 後文皇靖難[174],

---

164 紹聖 : 소성紹聖, 1094~1098은 송 철종 조후趙煦의 두 번째 연호다.

165 章 : 북송 중기의 정치가인 장돈章惇, 1035~1106을 말한다. 장돈의 자는 자후子厚이고 호는 대척옹大滌翁이며, 복건 포성浦城 사람이다. 가우嘉祐 2년1057 진사가 되어, 채주지주蔡州知州, 참지정사參知政事, 지추밀원사知樞密院事, 상서좌복야尙書左僕射 겸 문하시랑 등의 벼슬을 지냈다. 사후에 관문전대학사觀文殿大學士 및 위국공魏國公에 봉해졌다. 북송 중기 신구당쟁新舊黨爭의 주요 인물이다.

166 蔡 : 북송의 정치가이자 서예가인 채변蔡卞, 1048~1117을 말한다. 채변의 자는 원도元度이고, 복건 선유仙游 사람이다. 북송의 재상을 지낸 채경蔡京의 동생이자, 개혁정치가 왕안석王安石의 사위다. 희녕熙寧 3년1070 형 채경과 함께 진사에 합격했다. 그 뒤 국자직강國子直講, 예부시랑, 성서좌승尙書左丞, 지추밀원사 등의 벼슬을 지냈다. 소성紹聖 연간에 돈과 함께 『신종실록』의 재편찬 작업에 참여했다. 사후에 문정文正이라는 시호를 받았다.

167 梁師成 : 양사성梁師成, ?~1126은 북송 말기의 환관이다. 그의 자는 수도守道이고, 출신지는 미상이다. 정화政和 연간에 휘종의 총애를 받아 진사의 명부에 이름을 올리게 된 뒤, 진주관찰사晉州觀察使, 흥덕군절도사興德軍節度使, 검교태부檢校太傅, 태위太尉, 회남절도사淮南節度使 등의 벼슬을 지냈다. 권세가 커지면서 뇌물 수수, 횡령, 매관매직 등 온갖 악행을 자행했다. 채경, 동관童貫 등과 함께 육적六賊으로 불린다.

168 祕府 : 궁중에 설치해 도서와 참위서 등을 보관하던 곳.

169 開局 : 옛날 관부에서 책을 편찬하기 위해 설치한 기구, 또는 편찬 기구를 설립하기 시작할 때 그 일을 주관한 사람.

170 『太祖實錄』 : 명대의 『태조실록』은 명 태조와 건문제 두 황제의 사적을 기록한 역사서다. 『명사明史 · 예문지藝文志』의 기록에 따르면 『명태조실록』은 총 257권으로 되어 있다. 이 책은 세 번 편찬되었는데, 첫 번째는 건문 원년1399에 동륜董倫과 왕경王景 등이 총재를 맡았고, 두 번째 편찬은 영락 초기에 이경륭李景隆과 여상茹瑺이 감수를 맡고 해진解縉이 총재를 맡았으며, 세 번째 편찬은 영락 9년1411에 요광효姚廣孝와 하원길이 감수를 맡고 양사기, 호광胡廣 등이 총재를 맡아 영락 16년1418에 완성했다. 성조는 『태조실록』을 두 차례 수정하면서, 태조의 과실과 자신에 대한 건문제 때 유신들의 비난을 삭제하고, 정난의 공을 칭송하도록 했다. 만력 연간에 과신

再命曹國公[175]李景隆[176]監修, 而總裁則解縉[177], 盡焚舊草. 其後永樂九

科臣 양천민楊天民의 청을 받아들여 건문 원년에서 3년까지의 사적事迹을 『태조실록』 뒤쪽에 덧붙였다.

171 建文 : 명나라 제2대 황제인 혜종惠宗 주윤문朱允炆, 1377~?의 연호로, 1399년부터 1402년까지 4년간 사용되었다. 연왕 주체가 정난의 변을 통해 황제로 등극하면서 건문이라는 연호를 없애고 건문제 재위기간을 태조의 연호인 홍무로 기록하도록 했다. 신종이 만력 23년1595에 건문이라는 연호를 회복시켰다.

172 王景 : 왕경王景, 1336~1408은 명나라 초기의 문사文士다. 그의 자는 경창景彰이고, 호는 상재常齋다. 절강 송양현松陽縣 사람이다. 홍무 4년1371 거인擧人이 되어 회원교유懷遠敎諭로 발탁되었고, 그 후 산서참정山西參政, 예부시랑, 한림원학사 등의 벼슬을 지냈다. 다방면으로 학문과 재주가 뛰어났으며 특히 고문古文으로 명성이 높았다. 『태조고황제실록太祖高皇帝實錄』 즉 『태조실록』과 『영락대전永樂大典』의 편찬 작업에 참여했다.

173 總裁 : 관직명으로, 명대와 청대 중앙편찬기구의 책임자를 말한다.

174 靖難 : '정난靖難의 변變'을 가리킨다. 건문제 원년1399 8월 6일에 발생해 4년간 지속되었다. 태조의 손자였던 건문제는 제위에 오른 뒤 대신인 제태齊泰, 황자징黃子澄 등과 함께 번왕藩王의 세력을 점차 약화시키기 시작했다. 이것에 불만을 품고서 명 태조의 네 번째 아들 연왕 주체가 병사를 이끌고 남경을 침공해 제위를 건문제로부터 빼앗은 사건이다.

175 曹國公 : 명 태조 주원장은 홍무 1년1369에 이문충李文忠을 조국공으로 봉했고, 후에 이문충의 아들인 이경륭이 아버지의 작위를 세습해 조국공이 되었다. 영락 2년1404에 성조가 작위를 없애면서 세습도 중단됐다.

176 李景隆 : 이경륭李景隆, 생졸년 미상은 명나라 초기의 무장이다. 그의 자는 구강九江이고, 남직례南直隸 우이盱眙 사람이다. 태조 주원장의 생질인 조국공曹國公 이문충李文忠의 아들로, 젊은 시절에 부친의 작위를 세습 받아 조국공이 되었다. 정난의 변 때는 건문제의 장군으로서 연왕 주체를 토벌하러 갔다가 연왕에게 연전연패를 당했다. 주체가 남하해 남경을 공격해오자 곡왕谷王 주혜朱橞와 함께 금천문金川門을 열고 주체에게 투항했다. 성조 즉위 후 광록대부光祿大夫, 좌주국左柱國, 태자태사太子太師에 올랐다. 영락 2년1404에 탄핵을 받아 삭탈관직 당하고 구금되었다가 영락 말년에 세상을 떠났다.

177 解縉 : 해진解縉, 1369~1415은 명나라 전기의 대신이자 서예가다. 그의 자는 대신大紳과 진신縉紳이고, 호는 춘우春雨와 희역喜易이다. 강서 길안부吉安府 길수吉水 사람으로, 홍무 21년1388 진사가 되었다. 이후 서길사庶吉士, 독중비서讀中秘書, 한림학사 겸 우춘방대학사右春坊大學士 등의 벼슬을 거쳐 내각수보에 이르렀다. 사후에 조의대부朝

年復以爲未善, 更命姚廣孝[178]監修, 總裁則楊士奇[179], 今所傳本是也. 然前兩番所修, 則不及見矣. 國初時事變革, 與宋神宗絕不同, 然三更其史, 則古來唯兩朝爲然. 李景隆等「進錄表」[180], 予偶從他書得之, 今錄附『太祖實錄』之後. 初修再修時, 楊文貞俱爲纂修官[181], 則前後三史, 皆曾握管, 是非何所取裁. 眞是厚顏.

議大夫로 추증되었고, 시호는 문의文毅다. 『태조실록太祖實錄』, 『고금열녀전古今列女傳』, 『영락대전永樂大全』 편찬을 주관했다.

178 姚廣孝 : 요광효姚廣孝, 1335~1418는 명대의 정치가이자 불교학자다. 그의 자는 사도斯道와 독암獨闇이고, 호는 독암노인獨庵老人과 도허자逃虛子이며, 법명은 도연道衍이다. 장주長洲 사람이다. 그는 젊어서 출가한 승려로, 유가儒家, 불가佛家, 도가道家와 병법에 정통해 명 태조 주원장에게 발탁되었다. 그 후 연왕 주체를 모시며 경수사慶壽寺의 주지住持로 있으면서, 주체의 주요 모사謀士가 되어 정난의 변을 성공으로 이끌었다. 주체가 황제로 등극한 뒤, 요광효는 승록사좌선세僧錄司左善世 겸 태자소사太子小師를 맡아 '흑의재상黑衣宰相'이라 불렸다. 영락 16년1418 경수사에서 병으로 죽자, 영국공榮國公으로 추서되었으며 공정恭靖이라는 시호를 받았다.

179 楊士奇 : 명대의 대신이자 학자인 양우楊寓, 1366~1444를 말한다. 사기士奇는 양우의 자다.

180 「進錄表」 : 「진실록표進實錄表」를 말한다. 실록이 정식으로 완성된 뒤, 책의 앞머리에 두어 편찬에 참여한 여러 신하들의 이름과 편찬 범례 등을 밝힌 것이다.

181 纂修官 : 사서 편찬 및 편집을 하는 사관.

번역 실록을 감수監修하다

실록 감수관監修官은 대대로 모두 훈신들로 채워졌다. 홍무 31년1398 8월에 건문군이 새로 즉위해서 강서의 처사處士 양사기를 불러 실록 찬수관纂修官에 임명했다. 건문 원년1399 정월에 처음 『태조실록』 편찬을 대대적으로 시작했을 때, 총재는 예부시랑禮部侍郎 동륜董倫과 왕경王景이었고, 부총재副總裁는 태상소경太常少卿 요승廖升과 시강학사侍講學士 고손지高遜志였으며, 찬수관은 국자박사國子博士 왕신王紳, 한중부漢中府 교수敎授 호자소胡子昭, 제부부리심齊府副理審 양사기, 숭인현崇仁縣 훈도訓導 나회羅恢, 마룡타랑전장관사馬龍他郎甸長官司의 이목吏目인 정본립程本立이었는데, 감수자는 아직 알려진 바가 없다.

홍무 35년 7월은 실제로는 건문 4년1402이다. 성조께서 새로 즉위하시자, 예전에 지부知府였던 섭혜중葉惠仲 등이 『태조실록』을 편찬할 때 정난의 변을 일으킨 군신들을 역모의 무리라고 지탄했다가 사형에 처해지고 재산을 몰수당했으며, 같은 해 12월에 비로소 다시 편찬하도록 명이 내려졌다. 그 때 감수자는 조국공 이경륭과 충성백忠誠伯 여상茹瑺으로, 문관文官과 무관武官이 각각 한 명씩이었는데 모두 훈신이었다. 영락 9년1411에 또 이경륭과 여상 등의 성품이 바르지 못하고 편집이 정교하지 않았기 때문에 요광효와 하원길을 감수관으로 바꿔 임명하고, 찬수관으로는 호광胡廣 등을 위촉했다. 그리고 양사기와 금유자金幼孜에게 그들을 보좌하도록 명하고, 총재로는 좨주祭酒 호엄胡儼, 학사 황회黃淮와 양영楊榮을 위촉했다. 이것은 국가의 초기에 아직 관례가 정해지지 않아서이다.

홍희洪熙 원년1425 5월에 『태조실록』을 편찬했는데 영국공英國公 장보張輔, 이부상서 건의, 호부상서戶部尙書 하원길이 감수관이 되었으니 무신 한 명에 문신 두 명이었고, 총재는 양사기 등이었다. 그 해 윤 7월에 또 『인종실록仁宗實錄』을 편찬했는데 여전히 영국공 장보, 성산후成山侯 왕통王通과 건의, 하원길 네 명이 모두 감수관이 되었다. 대체로 문신과 무신이 각 두 명씩이었고 찬수관은 여전히 양사기 등이었다.

선덕宣德 10년1435에 『선종실록宣宗實錄』을 편찬했는데 처음으로 영국공 장보 한 사람이 감수관을 맡도록 명했고 그 총재는 여전히 재상 양사기 등을 위촉했다. 이때부터 대대로 마침내 정해진 제도가 되어, 더 이상은 문신이 감수하는 일이 없었다. 다만 가정 연간에 『흥헌록興獻錄』을 편찬했는데 정국공定國公 서광조徐光祚, 이부상서 요기廖紀, 예부상서 석서席書가 감수관이 되었다. 대개 국초의 옛 일을 가지고 그 책을 다시 썼다. 책이 완성되자 각각 주상의 상을 받았다. 그런데, 실록은 이미 주제넘게 함부로 비교나 하는 부류로 전락해 역대 황제들을 더 미화시키고자 했으니 식자들의 비웃음거리가 될 뿐 중요하게 여기기에는 부족하다.

원문 監修實錄

實錄監修官[182], 累朝俱以勳臣[183]充之. 惟洪武三十一年八月建文君[184]

新卽位, 徵江西處士[185]楊士奇充實錄纂修官. 至建文元年正月始大開局, 修『太祖實錄』時, 總裁爲禮部侍郎[186]董倫[187]王景彰[188], 副總裁爲太常少卿[189]廖升[190]侍講學士[191]高遜志[192], 纂修官爲國子博士[193]王紳[194], 漢中府[195]

182 監修官 : 감수국사監修國史를 말한다. 조정의 사서 편찬기구를 주관하고, 사서 편찬 활동을 하는 관원이다.

183 勛臣 : 훈勛은 훈勳의 고자古字로, 공을 세운 신하를 말한다.

184 建文君 : 명대 제2대 황제인 혜종 주윤문1377~?을 말한다. 명 태조 주원장의 손자이고 의문태자懿文太子 주표朱標의 둘째 아들이다. 태조 사후에 1398년부터 1402년까지 4년간 제위에 있었으며 연호가 건문이라서 건문제라고도 한다. 태조의 넷째 아들인 연왕 주체가 일으킨 정난의 변 때 제위를 빼앗기고 폐위되었으므로, 이후 사서에서는 건문제라는 칭호는 물론 건문이라는 연호도 언급되지 못했다. 만력 23년1595에 신종이 건문이라는 연호를 회복시켰고, 남명南明 홍광弘光 원년1645 혜종惠宗이라는 묘호를 바치며 황제의 지위를 회복시켰다. 『만력야획편』은 만력 47년 1619에 완성되었다. 이때 건문이라는 연호는 사용할 수 있었으나 황제로 복위된 것은 아니었으므로, 건문제가 아닌 '건문군'이라는 칭호를 사용한 것이다.

185 處士 : 처사處士는 덕과 재주가 있지만 은거하면서 관직에 나서지 않는 사람을 말한다. 나중에는 관직을 한 적이 없는 지식인을 가리키는 말로 사용되었다.

186 禮部侍郎 : 예부는 육부의 하나로 나라의 전장제도나 전례, 제사, 학교, 과거, 빈객 접대 등을 담당한 기관이다. 예부의 장관은 예부상서이고, 예부시랑은 예부상서의 부관으로 예부의 차관이다. 명대에는 정삼품正三品이었다.

187 董倫 : 동륜董倫, 1323~1403은 명나라 초기의 대신이다. 그의 자는 안상安常이고, 명대 은현恩縣 동가당촌董家堂村 사람이다. 원 태정泰定 연간에 태어났고 어려서부터 시서를 매우 좋아해 경사자집經史子集을 두루 섭렵했다. 홍무 15년1383 장이녕張以寧의 추천으로 남경에 가 우찬선대부右贊善大夫로 임직했다. 건문제가 황위를 계승한 뒤, 동륜은 예부시랑 겸 한림학사가 되어 황제에게 경서와 사서를 강의하고 『태조실록』의 편찬을 주관했다.

188 王景彰 : 왕경王景을 말한다.

189 太常少卿 : 태상시소경太常寺少卿을 말한다. 북위北魏 때 처음으로 설치됐고, 북제北齊 때는 태상시소경太常寺少卿으로 불렀다. 태상시 내에서 장관인 태상시경太常寺卿 다음의 지위를 차지하는 관직이다. 태상시에는 소경少卿이 2명 있으며 품계는 정사품상正四品上이다. 종묘에 제사 지낼 때 태축太祝과 재랑齋郎을 거느리고서 향촉香燭을 배치하고 위패를 맞이하고 보내는 일을 한다. 또 제례를 행할 때 술을 따르는 일도 한다.

190 廖升 : 요승廖升, ?~1402은 명대의 관원이며, 양양襄陽 사람이다. 박학하고 사서 편찬의 능력이 뛰어났다. 당시 명사인 방효유方孝孺, 왕신王紳 등과 깊이 교류했다. 홍무 29년1396 6월에 태상소경이 되었고, 건문 원년1399에 칙명을 받아 『태조실록』 편찬에 참여했는데 고손지高遜志와 함께 부총재관副總裁官으로 임명되었다. 연왕 주체가 남하南下해 왕위를 빼앗자 자결했다고 전해진다.

191 侍講學士 : 황제나 태자에게 경학經學과 문사文史 등을 강의하거나 문사를 편찬하고 검토하는 일을 맡은 관직이다. 당대에 처음 설치되어 문사 강론講論과 경서의 교정 및 정리를 담당했다. 송대에는 다른 관직을 맡은 관원 중 문학적 소양이 있는 사람이 겸임했으며 한림학사원翰林學士院에 소속되었다. 원대, 명대, 청대에는 한림원翰林院에 소속되었으며, 주요 임무는 문사文史를 편찬하고 검토하는 일이었다. 1912년 청이 멸망한 뒤에 폐지됐다.

192 高遜志 : 중화서국본과 상해고적본에서 모두 고손지高巽志로 기록되어 있다. 하지만 『명사明史』와 『태조실록』에서는 고손지高遜志로 기록하고 『태조실록』을 편찬할 때 부총재관을 맡았다고 되어 있다. 따라서 『명사』와 『태조실록』에 따라 고손지高巽志를 고손지高遜志로 수정했다. 【역자 교주】 ◉ 고손지高遜志, 1342~1402의 자는 사민士敏이고, 호는 색암嗇庵이며, 서주徐州 소현蕭縣 사람이다. 태조 때에 원나라 역사를 편찬하도록 부름 받아 한림翰林에 들어갔으며, 이부시랑吏部侍郎을 지냈다. 건문 원년1399에는 부총재를 맡아 『태조실록』 편찬에 참여했고, 이후 태상소경에 임명되어 동륜과 함께 회시會試를 주관했다. 정난의 변 이후에 안탕산雁蕩山에 은둔해 살다가 죽었다.

193 國子博士 : 국가에서 설치한 최고 학부인 국자감國子監에서 교육을 전담한 관직의 명칭. 국자감박사國子監博士라고도 한다. 진晉 무제武帝 함녕咸寧 연간에 국자학國子學을 세우고 국자박사國子博士 1명을 두었던 것을 시작으로, 남조南朝의 송, 남제南齊, 수隋, 당, 송, 금, 원대까지 인원수와 품계의 차이는 있지만 이 관직이 계속 존재했다. 명 홍무 15년1382에는 수도 남경의 국자감에 국자박사 3명을 두었으며 종팔품從八品이었다. 홍무 24년1391에는 다섯 명으로 늘려 『시경詩經』, 『서경書經』, 『주역周易』, 『예기禮記』, 『춘추春秋』의 각각 전담하여 가르치게 했으므로, 오경박사五經博士라고 불렀다. 영락 연간에 북경으로 천도한 뒤에는 북경에 국자감을 설치해 국자박사 5명을 두고, 남경국자감에는 인원을 3명으로 줄였다.

194 王紳 : 중화서국본과 상해고적본에서 모두 '왕중한王仲漢'을 인명人名으로 간주하고 '중부교수호자소中府敎授胡子昭'로 교점하고 있다. 하지만, 명대 강청姜淸의 『강씨비사姜氏秘史』 권이卷二, 청대 장정옥張廷玉의 『명사明史 · 오십五十』, 청대 장정옥의 『어정자치통감강목삼편御定資治通鑑綱目三編』 권사卷四에 있는 건문 원년 『태조실록』 편찬에 관한 기록을 보면 다른 찬수관의 이름은 동일한데 세 책 모두 '왕중한'이라는

教授[196]胡子昭[197], 齊府副理審[198]楊士奇, 崇仁縣訓導[199]羅恢[200], 馬龍他郎甸長官司[201]吏目[202]程本立[203], 而監修者則未之聞.

인명 대신 왕신王紳이라는 인명이 등장한다. 『명사』는 정사正史이므로 인명의 오기誤記 가능성이 적고, 『만력야획편』보다 이른 시기의 책인 『강씨비사』에서도 왕신으로 적고 있으므로, 중仲과 신紳이 비슷하게 보여 심덕부가 잘못 쓴 것으로 보인다. 또 호자소胡子昭가 방효유를 스승으로 모시고 한중부漢中府에서 강학했던 사실을 미루어 보면 '한중부 교수 호자소'로 보는 것이 합당해 보인다. 따라서 중화서국본과 상해고적본의 글자와 교점에 따르지 않고 '왕중한, 중부교수호자소王仲漢, 中府教授胡子昭'를 '왕신, 한중부교수호자소王紳, 漢中府教授胡子昭'로 보고 번역했다. 【역자 교주】 ◉ 왕신王紳, 1360~1400은 명 태조와 건문제 때의 유명한 시인으로, 자는 중진仲縉이고 절강 의오義烏 사람이다. 홍무 24년 촉헌왕蜀獻王의 초빙을 받아 성도부成都府 문학文學이 되었다. 건문제 때 국자박사가 되어 『태조실록』 편찬에 참여했다.

195 漢中府 : 섬서성陝西省 서남부에 위치한다. 원대에는 이곳에 흥원로興元路를 설치했는데, 명 태조 홍무 3년1370에 한중부漢中府로 바꾸었다.

196 教授 : 명대에 주로 교육과 행정부문을 담당한 관직명.

197 胡子昭 : 호자소胡子昭, ?~1402의 자는 중상仲常이고, 초명初名은 지고志高이다. 사천四川 영현榮縣 사람이다. 촉헌왕의 추천으로 영현 훈도訓導가 되었으며, 방효유가 한중漢中 교수教授를 맡고 있을 때 한중부로 가 그를 스승으로 모시고 배우면서, 방효유를 따라 함께 한중부에서 강의했다. 건문 초에 『태조실록』의 편찬 작업에 참여했으며, 관직은 형부시랑刑部侍郎까지 지냈다.

198 理審 : 명대 친왕부親王府에서 법을 심리하고 형을 판단하던 심리관審理官.

199 訓導 : 명대에 부府 이하의 행정단위에 설치되어 그 지역 수재秀才의 학업과 성적을 고찰하던 교육 관리.

200 羅恢 : 나회羅恢, 생졸년 미상는 길안吉安 사람으로, 명 성조 때 국자감박사를 지냈다. 『태조실록』 편찬에 참여했다.

201 馬龍他郎甸長官司 : 마룽타랑전장관사馬龍他郎甸長官司는 오늘날의 윈난성[雲南省] 위시[玉溪]시 신핑[新平]현과 구신화[古新化]주에 있던 장관사長官司 기구機構로, 원강군민부元江軍民府 토사土司에 예속되어 있었다. 명대 홍무 연간에 운남 지역을 평정한 뒤 세워졌다. 장관사는 명대 지방정권기구의 명칭으로, 품계는 정육품正六品이다.

202 吏目 : 문관의 관직명. 원대의 많은 제거사提擧司와 명·청대 태의원太醫院, 오성병마사五城兵馬司 및 명대 태상시太常寺, 염과제거사鹽課提擧司, 시박제거사市舶提擧司, 경위지휘사사京衛指揮使司 등에서 이목을 두어 문서를 관장하게 했다.

203 程本立 : 정본립程本立, ?~1402의 자는 원도原道이고, 호는 손은巽隱이다. 명초 절강 숭덕崇德 사람이며, 송대 유생인 정이程頤의 후손이다. 홍무 20년 봄에 주왕부周王府의

至洪武三十五年七月，實建文四年也. 文皇新卽位，以前任知府[204]葉惠仲[205]等修『太祖錄』[206]指斥靖難君臣爲逆黨，論死籍沒，本年十二月始命重修. 其時監修者爲曹國公李景隆忠誠伯茹瑺[207]，雖文武各一人，皆

장사長史에 임명되었지만, 홍무 22년1389 주왕周王이 번국藩國을 버리고 봉양鳳陽으로 간 사건에 연루되어 운남 마룡타랑전장관사馬龍他郎甸長官司의 이목으로 폄적되었다.

204 知府 : 지방관의 명칭. 태수太守라고도 하며, 주부州府의 최고 행정관이다.

205 葉惠仲 : 중화서국본과 상해고적본에는 모두 섭중혜葉仲惠로 되어 있는데, 여러 사료에 근거해 섭혜중葉惠仲으로 수정했다. 청대 담영譚瑩의 『영남유서嶺南遺書』에 기록된 홍무 31년 1398 『태조실록』 편찬 참여자 명단에 섭중혜가 아닌 섭혜중로 기록되어 있다. 또 『명사 · 열전제삼십일列傳第三十一』에 "섭혜중은 임해 사람으로, 형 섭이중과 함께 글로써 명성이 자자했다. 지현의 신분으로 불려 와 『태조실록』을 편찬하고, 남창지부로 승진했다. 영락 원년 정난의 사건을 그대로 쓴 죄로 멸족되었다葉惠仲, 臨海人, 與兄夷仲並有文名. 以知縣徵修太祖實錄, 遷知南昌府. 永樂元年, 坐直書靖難事, 族誅"라고 되어 있으므로 섭혜중이 『태조실록』 편찬에 참여했음을 알 수 있다. 청대 장정옥의 『어정자치통감강목삼편』 권사卷四에도 "찬수관이었던 남창지부 섭혜중이 연왕이 기병한 일을 그대로 적었다가 멸족되었다纂修官南昌知府葉惠仲以直書燕起兵事族誅"라는 기록이 있다. 심덕부가 잘못 기록했거나 전해지는 과정에서 오류가 있었던 것으로 보인다. 〖역자 교주〗 ◉ 섭혜중葉惠仲, 생졸년 미상은 명초의 관리로, 이름은 견공見恭이다. 하지만 자를 이름처럼 사용해 섭견공이라는 이름보다는 섭혜중이라는 자로 더 알려졌다. 절강 대주부臺州府 임해현臨海縣 사람이다. 형인 섭이중葉夷仲과 함께 문장으로 명성을 날렸다. 광무위지사廣武衛知事에서 지현知縣으로 승진한 뒤, 사관으로 충원되어 『태조실록』 편찬에 참여했다. 그 후 남창지부南昌知府로 승진했지만, 『태조실록』을 편찬할 때 정난의 변을 사실 그대로 썼다는 죄명으로 영락 원년1403 멸족되었다.

206 『太祖錄』 : 『명태조실록』을 말한다.

207 忠誠伯茹瑺 : 여상茹瑺, 1358~1409은 명초의 대신이다. 그의 자는 양옥良玉이고, 호는 여암茹庵이다. 호광湖廣 형산衡山 조강藻江 사람이다. 명 홍무 17년1377 국자감에 들어가 공부를 시작했고, 우통정右通政, 우부도어사右副都御史를 거쳐, 홍무 23년에는 태자소보太子少保에 봉해졌다. 건문제가 즉위하면서 이부상서와 병부상서를 역임했다. 건문 4년1402에 연왕 주체가 남경에 쳐들어왔을 때 여상은 주체에게 왕위에 오를 것을 최초로 권유했다. 성조가 즉위한 뒤 병부상서 겸 태자소보에 제수되고 충성

勳臣也. 永樂九年, 又以景隆瑞等心術不正, 編輯不精, 改命姚廣孝夏原吉[208]爲監修, 其纂修則屬之胡廣[209]等. 又命楊士奇金幼孜[210]佐之, 而總裁則屬祭酒[211]胡儼[212]學士黃淮[213]楊榮[214]. 此國初未定例也.

백忠誠伯으로 책봉되었으며, 『태조실록』 편찬에 참여했다.

208 夏原吉 : 하원길夏原吉, 1367~1430은 명초의 중신이다. 그의 자는 유철維喆이고, 호남성 상음湘陰 사람이며 본적은 덕흥德興이다. 그는 건문 시기에 호부우시랑戶部右侍郎에 임명됐으며, 후에는 채방사采訪使에 위촉됐다. 청렴하게 정치해서 백성들의 신임을 두텁게 받았다. 명 성조가 즉위한 뒤 하원길을 중임해, 건의와 더불어 세상에서 칭송받았다.

209 胡廣 : 호광胡廣, 1370~1418은 명대의 대신이자 서예가다. 그의 자는 광대光大이고, 호는 황암晃庵이며, 강서江西 길수吉水 사람이다. 건문建文 2년1400 과거에서 장원급제를 하고, 영락 5년1407에 한림학사 겸 좌춘방대학사左春坊大學士를 지냈으며, 영락 14년1416에 문연각대학사文淵閣大學士로 들어갔다. 칙명을 받아 『오경사서대전五經四書大全』을 편찬했고, 『호문목집胡文穆集』도 지었다. 영락 16년1418 5월에 49세의 나이로 세상을 떠났다. 사후에 예부상서禮部尙書에 추증되었고, 시호는 문목文穆이다.

210 金幼孜 : 금유자金幼孜, 1368~1432는 명초의 관리다. 그의 이름은 선善이고, 자는 유자幼孜이며, 호는 퇴암退庵이다. 이름보다는 자인 유자로 더 알려져 있다. 강서 신감新淦 배산徘山 사람이다. 건문 2년에 진사가 되었고 호과급사중戶科給事中에 임명됐다. 성조가 즉위하고 나서는 한림검토翰林檢討를 맡아 해진 등과 함께 문연각에서 일하고 시강侍講이 되었다. 당시에 한림방국翰林坊局에서는 신하들이 동궁東宮에게 사서를 강의했는데, 해진은 『서경書經』을, 양사기는 『역경易經』을, 호광은 『시경詩經』을, 금유자는 『춘추春秋』를 강의했다. 선종 때 『성조실록成祖實錄』과 『인종실록仁宗實錄』 편찬을 맡았다. 선덕 6년1432 향년 64세로 세상을 떠났다. 시호는 문정文靖이다.

211 祭酒 : 관직명에 쓰이는 호칭으로 책임자, 주관자를 가리킨다. 관직명 뒤에 좨주祭酒를 붙이면 그 부문의 책임자를 뜻한다. 한대에는 박사좨주博士祭酒가 있었는데 박사들의 최고 책임자를 말했다. 서진西晉 시기의 국자좨주國子祭酒는 국자학國子學의 책임자였으며, 수당隋唐 이후로는 국자감좨주國子監祭酒라고 불렸는데 국자감의 책임자를 말했다. 청말淸末에 폐지됐다.

212 胡儼 : 호엄胡儼, 1361~1443은 명초의 관리이자 학자다. 호엄의 자는 약사若思이고, 호는 이암頤庵이며, 남창南昌 사람이다. 홍무 20년에 거인擧人이 되어 화정華亭 교유敎諭를 하사받고 이때부터 관직에 나갔다. 동성지현桐城知縣, 한림원검토, 시강, 좌서자左庶子, 국자감좨주 2등의 관직을 역임했다. 『태조실록』, 『영락대전永樂大典』, 『천하도지天下圖志』의 총재관總裁官을 지냈다. 『이암집頤庵集』 30권을 지었는데, 지금까지 전

洪熙[215]元年五月，修『太宗實錄』[216]，以英國公張輔[217]吏部尚書蹇義[218]

해지는 것은 『이암문선頤庵文選』 2권뿐이다.

213 黃淮 : 황회黃淮, 1367~1449는 명초 내각수보를 지낸 정치가다. 그의 자는 종예宗豫이고, 호는 개암介庵이며, 시호는 문간文簡이다. 절강 영가永嘉 사람이다. 홍무 30년1397 진사가 되어, 중서사인, 한림원시독翰林院侍讀, 우춘방대학사右春坊大學士, 무영전대학사武英殿大學士, 호부상서戶部尚書 등의 벼슬을 지냈다. 명대 내각 초창기의 중신으로 태조, 혜종, 성조, 인종, 선종 이렇게 다섯 황제를 모셨다. 『명태조실록』, 『명태종실록明太宗實錄』, 『명인종실록明仁宗實錄』의 총재관을 맡았다.

214 楊榮 : 양영楊榮, 1371~1440은 명대 전기의 정치가이자 문학가로, 복건 건안建安 사람이다. 초명은 자영子榮이고, 자는 면인勉仁이다. 건문 연간에 진사가 되어 편수에 임명되었다. 건문 4년1402 주체가 정난의 변에서 승리를 거두고 남경에 들어갈 때 양영이 그가 탄 말 앞까지 영접을 나간 일로 성조의 신임을 얻어 중용되었다. 인종이 즉위한 뒤 근신전대학사謹身殿大學士와 공부상서工部尚書를 지냈다. 정통 5년1440에 관직을 사임하고 고향으로 돌아가다 객사했다. 시호는 문민文敏이다. 그는 『명태조실록』의 수정, 『명태종실록』, 『명인종실록』, 『명선종실록』의 총재관을 맡았으며, 개인 저서에는 『후북정기後北征記』, 『양문민집楊文敏集』 등이 있다.

215 洪熙 : 명대 제4대 황제인 인종 주고치1378~1425의 연호다. 인종은 영락 22년1424 8월에 즉위한 뒤 다음 해1425를 홍희 원년으로 정했는데, 홍희 원년 5월에 병사病死해 재위기간은 채 1년이 안 된다. 따라서 홍희라는 연호는 1425년 한 해만 사용되었다.

216 『太宗實錄』 : 『명실록明實錄』의 일부인 『명태종실록明太宗實錄』을 말하며 총 130권으로 되어 있다. 『명실록』은 명대 조정에서 편찬한 편년체의 역사서로, 명 태조 주원장부터 명 희종熹宗 주대량朱大量까지의 자료를 기록하고 있다.

217 英國公張輔 : 장보張輔, 1375~1449는 명초의 명장名將으로, 하간왕河間王 장옥張玉의 장자다. 그의 자는 문필文弼이고, 하남河南 상부祥符 사람이다. 장보는 젊었을 때 부친을 따라 정난의 변에 참여했고, 그 뒤 안남安南을 평정했다. 안남 정벌의 공을 인정받아 영국공英國公에 봉해졌다. 또 명 성조의 북벌 전쟁에도 여러 차례 참여했다. 벼슬은 광록대부光祿大夫, 좌주국左柱國을 지냈다. 정통 14년1449 영종을 따라 북쪽으로 오이라트를 치러 갔다가 75세의 나이로 토목보에서 전사했다. 시호는 충렬忠烈이고, 정흥군왕定興郡王으로 추증되었다.

218 蹇義 : 건의蹇義, 1363~1435는 명 태조, 혜종, 성조, 인종, 선종, 영종 등 여섯 황제를 모신 명대 전기의 중신이다. 그의 자는 의지宜之이고, 원래 이름은 용瑢이며, 파현巴縣 사람이다. 홍무 18년1385 진사가 되어 중서사인에 제수되었는데 태조의 뜻에 맞게 일을 해, 태조가 그를 신임하며 의義라는 이름을 하사했다. 정난의 변이 일어나자

戶部尙書夏原吉爲監修，則武臣一人，文臣二人矣，而總裁則楊士奇等．本年閏七月，又修『仁宗實錄』[219]，仍以英國公張輔成山侯王通[220]及蹇[221]夏[222]共四人爲監修．蓋文武各二人，而纂修亦仍士奇等．

至宣德[223]十年修『宣宗實錄』[224]，始命以英國公張輔一人充監修官，其總裁仍屬輔臣[225]楊士奇等．自此累朝以來，遂爲定制，無復文臣監修事矣．唯嘉靖間修『興獻錄』[226]，以定國公徐光祚[227]吏部尙書廖紀[228]禮部尙

자발적으로 연왕 주체에게 귀순했고, 이후 이부상서, 소사少師, 태사 등의 벼슬을 역임했다.

219 『仁宗實錄』: 『명실록』의 일부인 『명인종실록』을 말하며 10권으로 되어 있다.

220 成山侯王通 : 중화서국본과 상해고적본에서는 모두 통산후왕도通山侯王道로 되어 있다. 『대명선종장황제실록大明宣宗章皇帝實錄』 권오卷五와 명대 황우직黃虞稷의 『천경당서목千頃堂書目』 권사卷四 「국사류國史類」의 기록에 따르면 『인종실록』 편찬 때의 감수관은 영국공 장보, 이부상서 건의, 소보 겸 태자소부太子少傅 호부상서 하원길, 태자태보 성산후成山侯 왕통王通 네 사람이다. 심덕부가 잘못 기록했거나 전해지는 과정에서 오류가 있었던 것으로 보인다. 따라서 원문의 통산후왕도通山侯王道를 성산후왕통成山侯王通으로 고쳤다. 【역자 교주】 ◉ 왕통王通, ?~1452은 명대 전기의 장군이다. 그의 자는 언형彦亨이고, 섬서陝西 서안부西安府 함녕현咸寧縣 사람으로, 명대의 장군이다. 정난의 변 때부터 성조를 도와 많은 공을 세워서 영락 11년 성산후에 봉해진다. 홍희 연간에 태자태보가 되고, 선덕 연간에 베트남 후레[後黎] 왕조의 초대 황제인 레러이[黎利]와의 전쟁에서 여러 차례 패하면서 작위가 박탈되고 평민으로 강등되었다. 대종 경태 초에 도독첨사都督僉事로 다시 기용되어 공을 세우면서 재산을 반환받고, 경태 3년1452에 사망했다.

221 蹇 : 건의를 말한다.

222 夏 : 하원길을 말한다.

223 宣德 : 명대 제5대 황제인 선종 주첨기朱瞻基, 1398~1435의 연호로, 1426년부터 1435년까지 총 10년간 사용되었다.

224 『宣宗實錄』: 『명실록』의 일부인 『명선종실록』을 말하며 총 115권으로 이루어져 있다.

225 輔臣 : 황제를 보필하는 신하를 말하는데, 특히 재상을 가리킨다.

226 『興獻錄』: 명 세종의 부친 홍헌왕에 대해 기록한 책으로, 원명은 『헌황제실록獻皇帝實錄』이다. 가정 연간에 편찬되었으나 지금은 소실되었다. 홍헌왕은 명 헌종의

書席書[229]爲監修官, 蓋用祖宗初年故事, 以重其典. 書成各受上賞. 然實錄已屬僭擬[230], 卽欲加隆于列聖之上, 徒爲識者所哂, 無足爲輕重也.

네 번째 아들인 주우원1476~1519으로, 세종의 부친이자 명 효종의 이복동생이다. 홍원왕의 모친은 소신비邵宸妃이고, 처는 장씨蔣氏다.

227 徐光祚 : 서광조徐光祚, ?~1526는 명대의 장군으로, 정국공 서영녕徐永寧의 손자다. 홍치 17년1504 정국공의 작위를 세습했다. 무종이 붕어한 뒤, 수녕후壽寧侯 장학령張鶴齡, 예부상서 모징毛澄 등과 함께 홍헌왕의 아들 주후총을 황제로 옹립했다. 가정 5년1526 5월 태사가 되었고, 8월에 세상을 떠났다. 시호는 영희榮僖다.

228 廖紀 : 요기廖紀, 1455~1532는 명대의 걸출한 정치가이자 유학자다. 그의 자는 시진時陳 또는 정진廷陳이고, 호는 용만龍灣이다. 민간에서는 요천관廖天官으로 불렀다. 북직례北直隸 하간부河間府 동광현東光縣 사람이다. 홍치 3년1490 진사가 되어, 문선랑중文選郎中, 공부우시랑工部右侍郎, 이부시랑, 남경이부상서南京吏部尙書, 소보, 이부상서 등의 벼슬을 지냈다. 가정 5년1526『헌황제실록』을 감수한 공로로 태자태보에 봉해졌다. 사후에 태보太保로 추증되었고, 시호는 희정僖靖이다.

229 席書 : 석서席書, 1461~1527는 명대의 학자이자 관리다. 그의 자는 문동文同이고, 호는 원산元山이다. 사천四川 동천주潼川州 수녕현遂寧縣 사람이다. 홍치 원년1488에 거인이 되고, 홍치 3년1490에 진사가 되어, 산동山東 담현郯縣의 지현으로 봉직했다. 정덕 연간에 하남안찰사첨사河南按察司僉事, 귀주제학부사貴州提學副使, 우부첨도어사右副僉都御史를 지내면서 호광湖廣 지역을 순수했다. 가정 초에 대례大禮 문제가 발생하자 황제의 의중에 맞는 상소를 올렸으며, 이 일로 병부우시랑兵部右侍郎에서 예부상서禮部尙書가 되었고 가정 6년1527 무영전대학사에 임명되었다. 일처리가 과감하고 세종에게 여러 번 충간忠諫을 올렸다. 성격이 편파적이고 괴팍해서 대례大禮의 일로 승진하자 시론時論이 그다지 호의적이지 않았다. 시호는 문양文襄이고, 저작으로는 『대례집의大禮集議』, 『조운록漕運錄』 등이 있다.

230 僭擬 : 분수에 넘치게 윗사람과 견주다.

번역 피휘避諱

예로부터 제왕의 피휘는 매우 엄격하게 이루어졌다. 예를 들어 당 현종玄宗 때는 '융隆'자와 '기基'자를 피휘해 유지기劉知幾가 이름을 바꿨다. 송 흠종欽宗 때는 '환桓'자를 피휘했는데 이름에 '환丸'자를 쓰는 것조차 싫어해 피했기 때문에 과거시험장에서 운각韻脚에 '환丸'자를 쓰면 모두 쫓겨나거나 떨어졌다. 고종高宗 때는 '구構'자를 피휘했는데, '구勾'자까지도 피휘해서 '구룡씨句龍氏'를 '구씨緱氏'로 고치게 되었다. 대체로 같은 음이면 모두 피해야 했고 신하들은 진심으로 그렇게 했다. 현 왕조에서는 이러한 금기가 조금 느슨해지긴 했지만 매우 특이한 경우도 있었다. 예를 들어 의문태자懿文太子라는 시호가 이미 있었는데도 왜 건문제는 이름을 여전히 윤문允炆이라 했을까. 당시에 이미 의문태자를 흥종興宗 강황제康皇帝라고 존칭했기 때문이라는 말이 일리가 있는 것 같다. 건문이라는 연호는 윤문允炆이라는 황제의 이름과 음이 같은데도 온 조정에서 그렇게 4년간 불렀다. 왜 조금도 피휘하지 않았는가. 건문제의 두 아들 중 첫째 이름이 '문규文奎'이고 둘째도 '문규文圭'인데, 그 음이 건문군 이름의 '문炆'자와 조금도 다르지 않으니 어째서인가. 어찌 태조가 정해놓은 황실의 계보에서 전해지는 스무 글자에 구애받았는가. 응당 바꿔 통용해야 했다. 당시에는 방효유方孝孺, 황자징黃子澄과 같은 대유학자들이 관직에 있으면서 부지런히 혼란한 국면을 수습하고 문치와 교화에 힘썼는데 어째서 이 일은 논의하지 않았을까. 나중에 '장章'자가 들어가는 시호는 태조의 어휘御諱를 범하기까지 했으니 더욱 기이하다.

원문 **避諱**

古來帝王避諱甚嚴. 如唐玄宗[231]諱隆基, 則劉知幾[232]改名. 宋欽宗諱桓, 則併嫌名丸字避之, 科場韻脚, 用丸字者, 皆黜落. 高宗[233]諱構, 則併

---

231 唐玄宗 : 중화서국본 『만력야획편』에는 원종元宗으로 되어 있으나, 상해고적본에는 현종玄宗으로 되어 있다. 당나라의 역대 황제 중에는 원종이 없으므로 상해고적본을 따라 현종으로 수정했다. 【역자 교주】 ◉ 唐玄宗 : 당나라의 제6대 황제 이융기李隆基, 685~762를 말하며, 현종은 묘호다. 재위기간은 712년부터 756년까지다. 그는 안으로 민생안정을 꾀하고 경제를 충실히 했으며 신병제를 정비했다. 또 밖으로는 국경지대의 방비를 튼튼히 해, 수십 년간 태평천하를 구가했다. 그러나 노후에 도교에 빠져 정사를 포기하다시피 했다.

232 劉知幾 : 유지기劉知幾, 661~721는 당나라 때의 사학자다. 그의 자는 자현子玄이고, 강소 팽성彭城 사람이다. 당 고종高宗 영륭永隆 원년680에 진사에 합격해, 무측천武則天 장안長安 2년702에 처음 사관史官으로 임명받았다. 저작좌랑著作佐郎, 좌사左史, 저작랑著作郎, 비서소감秘書少監, 태자좌서자太子左庶子, 좌산기상시左散騎常侍 등의 벼슬을 역임했다. 공저로 『당서唐書』 80권, 『씨족지氏族志』, 『성족계록姓族系錄』 200권, 『예종실록睿宗實錄』 20권, 『측천실록則天實錄』 30권, 『중종실록中宗實錄』 20권 등이 있다. 당륭唐隆 원년710 이융기가 태자가 되었는데, 유지기의 '기幾'자와 이융기의 '기基'자가 음이 같기 때문에, 유지기는 이때부터 태자의 이름자를 피휘해 자신의 이름을 쓰지 않고 자를 사용해 유자현劉子玄이라고 불렀다.

233 高宗 : 송나라의 제10대 황제이자 남송의 첫 황제인 조구趙構, 1107~1187의 묘호다. 조구의 자는 덕기德基이고 휘종의 아홉 번째 아들이다. 선화宣和 초에 강왕康王에 봉해졌다가, 흠종欽宗 정강靖康 2년1126 금나라가 휘종과 흠종을 포로로 잡아가자 남경南京의 응천부應天府에서 즉위해 연호를 건염建炎으로 삼고 송나라를 중건했다. 역사서에서는 이를 '남송'이라 일컫는다. 금나라 군대의 공격을 피해 각지를 전전하다가 소흥紹興 8년1138 임안臨安을 수도로 정했다. 주화파主和派인 진회秦檜를 중용해 주전파主戰派인 악비岳飛를 살해한 뒤 금나라에 영토를 떼어주고 신하라 칭하면서 세공을 바쳤다. 소흥 32년1162 황태자 조신趙眘에게 양위하고 태상황제太上皇帝가 되었

勾字諱之, 至改句龍氏爲緱氏, 蓋同音宜避, 亦臣子至情宜然. 唯本朝則此禁稍寬, 然有極異者. 如懿文太子[234]旣有謚號矣, 何以少帝[235]仍名允炆. 蓋當時已改尊稱爲興宗康皇帝, 猶爲有說. 而建文年號, 音同御名, 擧朝稱之凡四年. 何以不少諱也. 至建文二子, 長名文奎, 次曰文圭, 其音又與炆字無少異, 又何也. 豈拘於太祖所定帝系相傳之二十字[236]耶. 似亦宜變而通之. 當時方[237]黃[238]諸大儒在事, 紛紛偃武修文, 何以不議

으며, 순희淳熙 14년1187 향년 81세로 붕어했다. 묘호는 고종이고, 시호는 성신무문헌효황제聖神武文憲孝皇帝이다.

234 懿文太子 : 명 태조 주원장의 장남이자 명 혜종 주윤문의 부친인 주표朱標, 1355~1392다. 안휘安徽 봉양鳳陽사람이다. 주표는 홍무 원년1368 정월에 황태자가 되었지만 황위에 오르지 못하고 38세의 젊은 나이로 홍무 25년1392 병사했다. 태조가 비통해하며 '의문懿文'이라는 시호를 주었다. 건문 원년1399에 효강황제孝康皇帝로 추숭됐고, 묘호는 흥종興宗이다.

235 少帝 : 왕위에 새롭게 오른 어린 황제 또는 폐위되어 축출된 황제를 가리킨다. 여기서는 건문제를 말한다.

236 太祖所定帝系相傳之二十字 : 주원장은 자손이 번창함에 따라 이름이 중복될까 염려해서 자손들의 이름에 쓸 수 있는 글자들의 원칙과 방법을 직접 정했다. 이름의 앞 글자는 태조가 직접 고르고, 뒤 글자는 오행순서에 따라서 취했다. 예를 들어 화火, 토土, 금金, 수水, 목木의 오행의 순서 중 '화火'는 주원장의 손자 대에 사용한 편방이었다.

237 方 : 명초의 대신이자 학자인 방효유方孝孺, 1357~1402를 말한다. 방효유는 절강성 영해寧海 사람으로, 자는 희직希直 또는 희고希古이고, 호는 손지遜志다. 구성선생緱城先生 또는 정학선생正學先生으로 불리기도 한다. 건문제가 즉위한 뒤 방효유는 한림시강翰林侍講이 되었고, 다시 시강학사, 문학박사文學博士로 승진하면서 여러 차례 황제의 정치 자문에 응했다. 이때 『태조실록』을 편찬하기도 했다. 정난의 변을 일으킨 연왕 주체를 위한 즉위 조서詔書의 작성에 반대해서 주체에게 살해당했다. 남명南明 복왕福王 때 문정文正이라는 시호가 내려졌다. 『후성집侯城集』과 『손지재집遜志齋集』 등의 저서가 전해진다.

238 黃 : 명초의 관원으로 한림학사를 지낸 황자징黃子澄, 1350~1402을 말한다. 황자징은 강서 분의分宜현 사람으로, 이름은 식湜이고, 자징子澄은 자다. 명 태조 홍무 18년1385

及此. 至後章謚號, 又犯太祖御諱, 抑更異矣.

회시에 합격해, 한림편수翰林編修, 한림수찬翰林修撰, 태상시경 등의 관직을 지냈다. 건문 4년1402 연왕 주체가 황위를 찬탈하자 체포당해 죽었다. 시호는 충각忠慤이다. 저서로 『이경륭사패李景隆師敗』, 『환동정還洞庭』, 『수요육장酬姚六丈』 등이 있다.

진秦나라의 옥새에서 '수명어천, 기수영창[受命於天, 旣壽永昌 : 하늘로부터 명을 받았으니 천수를 누리고 길이 창성하리라]'이란 여덟 글자를 새긴 이후 후세에 이를 시조로 삼았다. 하지만 여덟 자를 사용한 경우는 매우 드물며 현 왕조의 여러 인장들은 모두 네 자를 사용한다. 그런데, 종묘宗廟에 제사 지낼 때는 '황제존친지보皇帝尊親之寶'라 썼고, 번왕藩王에게 문서를 내릴 때는 '황제친친지보皇帝親親之寶'를 사용했다. 지방관에게 문서를 내릴 때에는 '경천근민지보敬天勤民之寶'를 사용했고, 서적을 구할 때는 '표장경사지보表章經史之寶'를 사용했으며, 또 '단부출험사방丹符出驗四方'이라는 별도의 옥새도 있었다. 이상의 옥새는 모두 여섯 글자로 되어 있어서 특이한 것들이다. 다만, 건문 3년 정월 초하루에 받은 '응명신보凝命神寶'는 여섯 글자는 아니지만 대단히 특이하다. 예전에 건문제가 황태손이었을 때 신인神人이 상제의 명을 받고 와서 귀중한 옥새를 주는 꿈을 꾸었다. 건문제가 즉위하자마자 서쪽에서 한 사신이 돌아와 설산雪山의 푸른 옥玉을 얻었는데, 사방둘레가 2척尺이 넘고 옥돌의 결이 고우며 윤기가 흘렀다. 이듬해에 재궁齋宮에서 자다가 또 꿈에서 뭔가를 보고는 놀라서 깼다. 곧 장인에게 명해 이 옥을 다듬어 큰 옥새로 만들도록 명했다. 옥새가 완성되자 지금의 이름을 하사하고 천지와 조상에게 고하고는 온 세상에 알렸다. 백관들이 하례를 마치자 봉천문奉天門에서 문무 관리들과 사방의 오랑캐들에게 크게 연회를 베풀었다. 이 옥새의 문장에는 '천명명덕, 표정만방, 정일집중, 우주영창[天命明德, 表正萬方, 精一執中, 宇宙永昌 : 하늘이 내리신 밝은 덕으로 만방을 바로잡아 보이시니, 맑은 정신이 하나로 모여들어 우주는 영원히 번창하리]'이라고 새겨져 있었는데, 모두 열여섯 글자였다. 예로부터 옥새 중에 이처럼 번다한 명칭은 없었다. 다만, 송 휘종 정화政和 8년에는 사용하던 여덟 개 옥새 외에 또 옥새 하나를 만들었다. 거기에 '범위천지, 유찬신명, 보합태화, 만수무강[範圍天地, 幽贊神明, 保合太和, 萬壽無疆 : 천지를 아우르고 신명神明의 도움을 받아 크게 화한 기운을 보합하고 만수무강하리라]'이라는 문장을 새겼는데, 역시 열여섯 글자였다. 이를 '定命寶'라 했으니 이것과 딱 들어맞았다.

정강靖康의 난 때 옥새들을 모두 금나라가 가져갔는데 이것만 남았다. 고종이 이것을 가지고 강을 건넜는데, 이것이 아마 열 한 개의 옥새 중 열 번째였을 것이다. 아마도 채경蔡京이 새문璽文을 썼기 때문에 제외시킨 것 같다. 지금 건문 시기의 '응명보凝命寶'도 성조께서 배척하고 사용하지 않으셨다. 두 옥새 모두 상서롭지 못한 물건이 된 것이다. 다만 선화宣和 연간에 채경이 정권을 잡고는 틀림없이 이런 과장되고 황당한 행동을 했었을 것이다. 건문 연간에 방효유와 황자징 등 올바른 대신들이 일을 맡고 있었고, 또 연왕의 병사들이 날마다 남하해 나라가 누란의 위기에 처해 있었는데도 이처럼 황당하게 글을 꾸며냈으니 어째서인가.

생각해보면 자고로 인장에는 크기가 직경 1척에 달하는 것이 없는데, 이처럼 크고 우둔한 물건을 건문 연간 때 어디에 썼는지 모르겠다.

그리고 송대의 '정명보'가 가장 크다고는 하지만 역시 9촌寸이 안 된다. 이보다 앞서 북위의 문성제文成帝 화평和平 3년에 하내河內 사람 장초張超가 옛 절터의 허름한 누각에서 옥도장을 얻었는데, 새문에는 '부락일창, 영보무강, 복록일진, 장향만년[富樂日昌, 永保無疆, 福祿日臻, 長享萬年 : 부귀와 즐거움이 나날이 번창해 영원무궁토록 보존하고, 복록이 나날이 쌓이니 길이길이 만수를 누리네]'이라고 되어 있었다. 인장의 옥은 빛이 나고 윤기가 흘렀으며 대단히 정교하게 새겨져 있었다. 당시에 신명이 내려준 것으로 여겨 천하 사람들에게 사흘간 배불리 먹고 마시라 명했다. 고금을 통해 열여섯 글자로 된 옥새는 모두 세 가지가 있다. 하지만 북위 문성제가 얻은 것은 사방둘레가 겨우 3촌이고 모양이 가장 작아 건문제가 만든 것의 십분의 일에 불과하며 옛 방식을 여전히 보존하고 있다.

원문 璽文

自秦璽以'受命於天旣壽永昌'[239]八字爲文, 後世祖之. 然其八字甚少, 本朝諸寶皆四字. 若敬宗廟則以'皇帝尊親之寶', 賜親藩[240]則用'皇帝親親之寶'. 賜守令則用'敬天勤民之寶', 求經籍則用'表章經史之寶', 又有'丹符出驗四方', 另爲一璽. 以上俱六字爲異. 惟建文三年正月朔所受'凝

239 受命於天旣壽永昌 : 진시황 때부터 옥새를 만들어 썼는데, 당시 재상이었던 이사李斯가 '수명어천기수영창受命於天旣壽永昌'이라는 여덟 글자를 옥새에 새겨 넣었다. 후대의 옥새에 새겨 넣은 새문들은 모두 여기에서 유래한다.

240 親藩 : 제왕과 왕실의 친족으로 분봉分封된 번왕藩王.

命神寶'[241], 則大異矣. 先是建文皇帝爲太孫時, 夢神人致上命, 授以重寶. 甫即位, 有使者還自西方, 得青玉雪山[242], 方踰二尺, 質理溫栗[243]. 二年宿齋宮[244]又夢若有所睹, 驚寤, 遂命匠琢此玉爲大璽. 至是功成, 賜今名, 告天地祖宗, 宣示遠邇, 百官畢賀, 大宴文武四夷於奉天門[245]. 璽文

---

241 凝命神寶 : 건문제의 옥새다. 『명사 · 권사卷四 · 본기本紀』에 "3년 봄 정월 신유辛酉 초하루에 응명신보凝命神寶가 완성되자 천지와 조상에게 고하고, 황제가 봉천문에서 조정의 하례를 받았다三年春正月辛酉朔, 凝命神寶成, 告天地宗廟, 御奉天殿受朝賀"라는 기록이 있는데, 이에 따르면 응명신보는 건문 3년1401에 완성되었다.

242 青玉雪山 : 명 주국정朱國禎의 『용당소품湧幢小品 · 권삼卷三 · 국보國寶』에 다음과 같은 기록이 있다. "건문제가 태자 때에 신인이 상제의 명을 전하면서 귀한 보물을 주는 꿈을 꾸었다. 건문 원년에 사신이 서쪽에서 돌아와 설산의 청옥青玉을 얻었는데, 사방둘레가 두 척이 넘고 옥의 결이 곱고 윤기가 흘렀다. 건문 2년 정월에 건문제께서 교외에서 제사를 올리기 위해 재궁에 묵었는데, 저녁에 본 적 있는 것 같은 꿈을 꾸고는 깜짝 놀라 깨어났다. 옥을 다듬는 사람에게 큰 옥새를 만들도록 명하고 '천명天命의 밝은 덕이 만방에 드러나고 정일精一하게 중용의 도를 지키니 우주만방에 영원히 번창하리라'라고 문구를 직접 쓰고는 이것을 '응명신보'라고 명명했는데, 사방 둘레가 1척 6촌 9분分이었다. 건문 3년에 천지와 조상에게 고하고 그 글귀를 세상에 널리 알리니 백관들이 칭송하며 하례해 봉천문에서 크게 연회를 베풀었다建文皇帝在儲位, 夢神人致上帝命, 授以重寶. 元年使者還自西方, 得青玉於雪山, 方踰二尺, 質理溫栗. 二年正月, 帝郊祀, 宿齋宮, 夕夢若有睹, 遂驚寤. 命玉人琢爲大璽成, 親製其文曰, 天命名德, 表正萬方, 精一執中, 宇宙永昌, 命曰凝命神寶, 方一尺六寸九分. 三年, 告天地祖宗, 爲文宣示遠近, 百官稱賀, 大宴於奉天門." 원문을 비교해보면 내용이 상당히 유사한데, 여기에서 '청옥설산青玉雪山'은 '청옥어설산青玉於雪山'으로 되어 있다. 따라서 본고에서는 '청옥어설산青玉於雪山'에서 '어於'자가 빠진 것으로 추정해 설산에서 얻은 청옥으로 해석한다. 여기에서 설산은 지금의 산동성 기수沂水현 설산을 가리킨다. 해발 371미터로 서쪽으로 흰 색의 땅이 펼쳐 있어 멀리서 보면 마치 눈과 같다고 해 '설산'으로 불렸다. 또 산 속에 여우와 이리가 많고 전설에 의하면 신선이 사는 곳이라 해서 '대선산大仙山'으로도 불린다.

243 溫栗 : 도장의 석질이 윤기가 나고 매우 섬세한 것을 말한다.

244 齋宮 : 재궁齋宮은 자금성 동육궁東六宮의 남쪽, 육경궁毓慶宮의 서쪽에 위치해 있다. 황제가 제사를 올리거나 전례典禮를 거행하기 전에 목욕재계를 하던 곳이다.

245 奉天門 : 봉천문은 1366년에 건립되었는데, 오문으로 들어와서 오룡교五龍橋를 지나면 바로 봉천문이다. 그 안쪽에는 봉천전奉天殿이 있고 유적지의 규모는 동서 58

曰, ‘天命明德, 表正萬方, 精一執中, 宇宙永昌’, 凡十六字. 古來印璽, 未有此繁稱. 唯宋徽宗政和八年于所用八寶[246]之外, 又作一璽, 其文曰, ‘範圍天地, 幽贊神明, 保合太和, 萬壽無疆’, 亦十六字, 命名‘定名寶’[247], 與此正脗合.

靖康之禍[248], 諸寶俱爲金所取, 唯此獨留. 高宗攜以渡江抑爲十一寶之第十, 蓋以蔡京[249]所書, 故詘之也. 今建文之‘凝命寶’, 亦爲文皇所斥不用矣. 而兩重器俱爲不祥物也. 但宣和[250]間, 京[251]甫用事, 宜有此夸誕之舉. 革除時方黃諸正人在事, 又燕兵日南, 國如累卵, 乃亦粉飾虛文如此. 何耶.

按自古印章, 無大至徑尺者, 似此笨物, 未知建文朝施用於何所. 且宋‘定命寶’號最大, 亦不及九寸. 又前此, 元魏[252]文成帝[253]和平[254]三年, 河

미터, 남북 40미터이다. 명 성조 주체가 나라의 연회를 거행할 때 직접 발니국왕渤泥国王을 접견한 곳으로도 유명하다.

246 八寶 : 천자가 가지는 여덟 종류의 옥새를 총칭한 말.

247 定名寶 : 당 태종 이세민李世民은 전수 받은 옥새가 없어서 ‘수명보受命寶’, ‘정명보定命寶’ 등의 옥새를 만들었다고 전해진다.

248 靖康之禍 : ‘정강지치靖康之耻’ 또는 ‘정강지란靖康之亂’이라고도 한다. 북송 정강 연간1126~1127에 흠종이 부친 휘종 외 황족, 후비, 신하 등 3천여 명과 함께 수도 개봉에서 금나라에 포로로 끌려가면서 송이 멸망에 이르게 한 사건이다.

249 蔡京 : 채경蔡京, 1047~1126은 북송 말기의 권신權臣이자 서예가다. 그의 자는 원장元長이고, 홍화군興化軍 선유현仙游縣 사람이다. 희녕熙寧 3년1070 진사에 급제해, 전당위錢塘尉, 서주추관舒州推官, 중서사인, 용도각대제, 개봉지부開封知府, 우복야右僕射, 문하시랑, 태사太師 등을 역임했다. 송 흠종 즉위 후 영남嶺南으로 유배 가는 도중에 담주潭州에서 죽었다.

250 宣和 : 송 휘종 조길의 연호로 1119년부터 1125년까지의 기간에 해당한다.

251 京 : 채경을 가리킨다.

252 元魏 : 남북조南北朝 시기 선비족鮮卑族의 탁발규拓跋珪가 세운 북조 최초의 왕조인 북

內人張超[255], 得玉印于壞樓故佛圖, 其文曰, '富樂日昌, 永保無疆, 福祿日臻, 長享萬年'. 其玉光潤, 其刻精巧, 時以爲神明所授, 詔天下大酺三日. 古今十六字印, 凡三見, 然元魏所得, 祇方三寸, 形模最小, 僅建文所作十之一耳, 尙存古式.

위北魏, 386~534를 말한다. 황실의 성씨인 탁발을 나중에 원元으로 바꿨기 때문에, 원위元魏라고도 한다.

253 文成帝 : 북조北朝 시기 북위의 제5대 황제인 문성제文成帝 탁발준拓跋濬, 440~465을 말한다. 대군代郡 평성平城 사람이며, 태무제太武帝 탁발도拓跋燾의 손자다. 정평正平 2년452 중상시中常侍 종애宗愛가 태무제 탁발도를 시해하고, 남안왕南安王 탁발여拓跋余를 황제로 옹립했다. 그뒤 같은 해 10월 탁발여와 상서尙書 육려陸麗 등을 시해하고 탁발준을 옹립해 즉위시켰는데, 이가 바로 문성제다. 문성제는 즉위 후 종애를 주살했다. 재위기간 동안 불교 회복에 힘썼다. 화평 6년465에 26세의 나이로 병사했다. 시호는 문성황제文成皇帝이고 묘호는 고종으로 금릉에 묻혔다.

254 和平 : 북위 고종의 연호로 460년부터 465년에 해당하는 시기이다.

255 張超 : 장초張超, 생졸년 미상의 자는 자병子竝이고 하간국河間國 막현鄚縣 사람이다. 『위서魏書 · 영정지靈征志』에 "고종 화평 3년 4월 하내 사람 장초가 성곽 북쪽 불탑이 있던 자리의 허름한 누각에서 옥인장을 얻어 바쳤다高宗和平三年四月, 河內人張超于壞樓所城北故佛圖處獲玉印以獻"고 기록되어 있다.

번역 침원寢園의 전례典禮에 부족함이 있다

의문태자의 침원寢園은 남경에 있는데, 매년 기일忌日, 사맹四孟, 청명淸明, 중원中元, 동지冬至, 세모歲暮 때 마다 관리를 보내 제사를 지냈다. 그리고 제문에는 또 어명御名을 써 넣고, 관례대로 남태상시南太常寺 소속 도관道官을 제사 모시는 사람으로 보내 예를 행하게 했다. 애충哀沖과 장경莊敬 두 태자太子의 침원은 북경에 있기 때문에 도독都督과 가까운 신하를 보내 제사를 지냈다. 예전부터 이에 대해 사람들이 좀 불만스러운 마음은 있어도 감히 언급하는 자가 없었다.

만력 18년 5월 태상소경 사걸謝杰이 비로소 상소를 올려 의문태자릉 제사에 남태상시 소속 도관을 파견하는 것은 예가 아니라고 주장했다. 그러자 모든 신하들이 상세하게 논의해, 마침내 남경 오부五府의 첨서관僉書官으로 바꿔 파견해 예를 행하도록 하니 다소 융숭하게 제례祭禮를 거행하게 된 듯하다. 하지만 제례 의식 중 미비한 부분은 여전히 더 의론해야 한다. 홍치 연간에 태주台州 사람 무공繆恭이 북경에 가서 글을 올려 여섯 가지 일을 말했는데, 그 중 하나가 건문군의 아들인 주문규朱文圭의 후손을 왕으로 봉해 의문태자의 제사를 모시게 하기를 청한 것이다. 그러자 통정사通政司에서 크게 노하여 무공이 죽음을 자초한다고 하면서 그를 병마사兵馬司에 가두고는 상소를 올렸지만, 황상께서는 그의 죄를 묻지 않으셨다. 열성조가 대대로 성조의 의중을 잘 받들어 행하니, 어쩔 수 없이 신하들도 그에 익숙해져 도리를 따를 수 없었다.

안타깝도다.

원문 園廟缺典

懿文太子寢園[256]在南京, 每年忌辰[257]四孟[258]淸明[259]中元[260]冬至[261]歲暮[262], 俱遣使往祭. 其祭文亦塡御名, 但例遣南太常寺[263]屬道官爲奉祀者行禮. 乃哀沖[264]莊敬[265]二太子之在北京者, 則遣都督[266]親臣往祀. 向

---

256 寢園 : 왕과 왕족의 무덤 및 그 부속 시설. 왕, 왕비, 왕세자, 왕세자비의 무덤을 아울러 이르는 말이다.

257 忌辰 : 기일忌日의 높임말.

258 四孟 : 음력 사계절의 첫 머리인 맹춘孟春, 1월, 맹하孟夏, 4월, 맹추孟秋, 7월, 맹동孟冬, 10월을 아울러 이르는 말.

259 淸明 : 24 절기의 하나. 춘분春分과 곡우穀雨의 사이로 양력 4월 5일 경이며, 예로부터 한 해의 농사를 시작하는 중요한 날로 여겼다.

260 中元 : 음력 칠월 보름날. 이날 승려들은 각 사원에서 불공을 드린다.

261 冬至 : 일 년 중 낮이 가장 짧고 밤이 가장 길다는 날. 24 절기의 하나로 대설大雪과 소한小寒 사이에 있으며 양력 12월 22일경이다.

262 歲暮 : 한 해가 저물어 설을 바로 앞둔 때. 세밑.

263 南太常寺 : 명대 중앙정부에는 태상시太常寺, 광록시光祿寺, 태복시太僕寺, 대리시大理寺, 홍려시鴻臚寺의 5시寺가 있었고, 각 시의 책임자를 경卿이라 했으며, 품계는 정삼품正三品이었다. 명대에는 성조 때 북경으로 천도한 뒤 기존의 수도였던 남경에도 중앙관리기구를 그대로 남겨두었는데, 북경에 있는 관제와 구별하기 위해 각 관직명 앞에 남경을 붙여 칭했다. 즉 남태상시는 남경에 있는 태상시를 말한다. 태상시는 사직社稷과 종묘宗廟의 제사, 조회朝會, 상례喪禮, 장례葬禮 등을 주관하고, 제사 때 황제의 보조를 맡았다.

264 哀沖 : 명 세종 주후총의 장자인 애충태자哀沖太子 주재기朱載基, 1533.9.7~1533.10.27.를 말한다. 세종과 귀비貴妃 염씨閻氏 사이에서 가정 12년1533 9월에 태어나 10월에 죽었다. 시호는 애충태자이고, 북경에 있는 명십삼릉明十三陵에 묻혔다.

265 莊敬 : 명 세종의 둘째 아들인 장경태자莊敬太子 주재예朱載壡, 1536~1549를 말한다. 모친은 왕귀비王貴妃이고, 가정 15년1536에 태어나 가정 18년1539 황태자로 책봉되었다.

來人心頗不愜, 而無敢言及者.

至萬曆十八年五月, 太常少卿謝杰[267], 始抗章議其非禮. 上下部詳議, 始改遣南京五府僉書官[268]行禮, 似於祀典稍加隆重. 而禮之未備者, 尙多可商. 按弘治[269]中台州[270]人繆恭[271]走京師, 上書言六事, 其一請封建

가정 28년1549 14세가 되자 궁을 나가 학문을 닦아야 할 때가 되었고, 이에 관례冠禮를 먼저 치르게 되었다. 그러나 관례를 치른 지 며칠 지나지 않아서 장경태자는 병이 들어 결국 강독講讀은 받아보지도 못한 채 세상을 떠났다. 시호는 장경태자이고 북경 금산金山에 묻혔다.

266 都督 : 군사 수장首長의 관직명. 도독은 삼국시대에 시작된 지방의 군사 수장이었는데, 명대에는 중앙군사 기관인 오군도독부五軍都督府에 두었던 군사 수장의 하나가 되었다. 명나라 초기에 주원장朱元璋은 추밀원樞密院을 대도독부大都督府로 바꾸고 대도독大都督을 두고서 중앙과 변경의 병마兵馬를 관할하게 했다. 그 뒤 홍무 13년1380 호유용胡惟庸을 죽이고는 군권軍權의 과도한 집중을 막기 위해 대도독부를 중·좌·우·전·후의 오군도독부로 바꾼 뒤 각 도독부에 좌도독左都督과 우도독右都督 1명씩을 두었다. 각 도독부는 도지휘사사都指揮使司를 통해 경위京衛와 외위外衛의 병사들을 통솔했다. 명 중엽 이후 도독은 실권이 없는 이름뿐인 직책이 되었다.

267 謝杰 : 사걸謝杰, 1535~1604은 명 만력 연간의 대신이다. 그의 자는 한보漢甫이고 복건성 장락長樂현 강전江田 사람이다. 만력 2년1574 진사 출신으로 광록시승光祿寺丞, 북경 태상소경, 남경 태상소경, 순천부윤順天府尹, 호부상서 등을 지냈다. 만력 18년1590 남경 태상소경으로 있을 때 의문태자릉 제사에 좀더 지위가 높은 관리를 파견해야한다는 의견을 냈다. 이 일 이후로 의문태자릉 제사에는 남경오부첨서관南京五府僉書官을 파견하는 것으로 바뀌었다.

268 五府僉書官 : 명대 오군도독부五軍都督府에서 병사의 훈련과 둔전屯田 관련 업무를 관장하는 관리. 오군도독부는 전국의 군대를 통솔하는 최고군사기구로, 중군中軍, 좌군左軍, 우군右軍, 전군前軍, 후군도독부後軍都督府를 말한다. 오군도독부의 첨서관은 모두 공작公爵, 후작侯爵, 백작伯爵이 맡았고, 남경 오군도독부의 첨서관은 훈직勳爵과 삼등도독三等都督이 맡았다.

269 弘治 : 중화서국본에는 '굉치宏治'로 되어 있고, 상해고적본에는 '홍치弘治'로 되어 있다. 여기서는 명 9대 황제인 효종의 연호를 가리킨 것으로 보이므로 '홍치弘治'로 고쳐 썼다. 『역자 교주』 ◉ 홍치 : 명대 9대 황제 효종 주우탱의 연호로 1488년부터 1505년까지 사용되었다.

270 台州 : 명대 절강승선포정사사浙江承宣布政使司에 속한 11개의 부府 중 하나다. 태주부

庶人[272]之後爲王, 以奉懿文祀. 通政司[273]大怒, 謂爲討死, 囚之兵馬司[274], 以其疏上, 上不罪也. 列聖相承, 善體文皇意中之事, 無奈臣下溺于習聞, 無能將順, 惜哉.

台州府는 임해현臨海縣, 황암현黃巖縣, 천대현天臺縣, 선거현仙居縣, 영해현寧海縣, 태평현太平縣의 6개 현을 관할했다.

271 繆恭 : 무공繆恭, 생졸년 미상은 명대 천대天臺현 사람이다. 홍치 원년1488 효종이 민간에서 직언을 구하고자 조서를 내렸을 때, 무공이 사람들이 감히 말하지 못하는 여섯 가지 일에 대해 글을 써서 올렸다. 그 여섯 가지 일은 신기神器를 보존하고, 정학正學을 숭상하며, 끊어진 후사를 이어주고, 옛 공신들을 보듬어주며, 언로言路를 확대하고, 남아도는 관원을 면직시키는 것이다.

272 建庶人 : 건문제의 둘째 아들인 주문규朱文圭, 1401~1457를 가리킨다. 주문규는 정난의 변 이후 봉양鳳陽에 유폐되면서 '건서인建庶人'이라고 칭해졌는데, 이때 나이가 겨우 2살이었다. 토목보의 변을 당해 유폐 생활을 경험한 영종은 자신의 처지와 비슷하게 유폐 생활을 하고 있는 '건서인' 주문규를 불쌍히 여겨, 그가 유폐된 집을 수리해주고 혼인해 자식을 나을 수 있도록 해주었으며 석방도 해주었다. 이때는 주문규가 유폐당한 지 이미 50여 년이 지나 자유를 얻어도 별 소용이 없었다. 그 후 얼마 안 되어 천순 원년1457에 세상을 떠났다. 주문규는 남명南明 홍광제弘光帝 때 윤왕潤王으로 복위되고 '회懷'라는 시호도 받았다.

273 通政司 : 명대의 관서명으로, 통정사사通政使司의 약칭이다. 통정사는 명대에 처음 설치했으며, 상소문과 관원 및 백성들의 비밀 제소 등에 관한 업무를 담당했다. 통정사의 장관은 통정사通政使다. 통정사에는 정삼품의 통정사 1명, 정사품正四品의 좌통정左通政과 우통정右通政 각 1인, 정오품正五品의 좌참의左參議와 우참의右參議 각 1인이 있었다.

274 兵馬司 : 수도의 치안 유지를 관장하던 오성병마지휘사五城兵馬指揮司의 약칭이다. 수도에 중中, 동東, 서西, 남南, 북北의 오성병마지휘사를 두고 구역을 나누어 관할했다.

열성조의 황릉은 모두 북경의 천수산天壽山에 있다. 그 중 금릉에 있는 것은 태조의 효릉孝陵과 의문태자의 침원뿐이다. 태조의 효릉에는 1년에 큰 제사를 세 번 드리고 의문태자의 침원에는 9번 큰 제사를 드리는데 어떤 이유인지 모르겠다. 아마도 건문 연간에 의문태자를 흥종興宗으로 추숭追崇할 때 건문군께서 부친의 묘소를 더 극진히 모시려 해서 이처럼 번거롭고 까다로운 의례가 생긴 것 같다. 그 후에도 이를 계속 따르며 고치지 않았고, 남쪽의 원로들도 대수롭지 않게 여겨 이에 대해 한마디도 말하지 않았다. 의문태자의 침원이 효릉의 동쪽에 있으므로 지금까지 '동릉東陵'이라 부른다. 생각해보면 당시 존호尊號를 추숭할 때 틀림없이 능명陵名도 추존했을 텐데, 이미 기록이 삭제되어 살펴볼 수가 없다. 하지만 사람들이 예전처럼 능이라 부르고 있으니, 건문제의 은택이 아직도 사람들의 마음에 남아있는 것 같다.

원문 陵寢之祭

列聖陵寢, 俱在京師天壽山[275]. 其在金陵, 唯太祖孝陵[276], 以及懿文太

---

275 天壽山 : 북경 창평昌平현에 있는 산으로, 명대 황제들의 무덤이 있다. 즉 명십삼릉明十三陵이 있는 곳이다.

276 孝陵 : 명 태조 주원장과 마황후馬皇后의 합장 능묘陵墓다. 지금의 난징시 쉬안우구 즈진산 남쪽 기슭의 완주펑[玩珠峰] 아래에 위치한다. 마황후의 시호가 '효자고황후孝慈高皇后'이고, 또 '효로써 천하를 다스린다'는 뜻을 따랐기 때문에, 능침의 명칭을

子寢園耳. 太祖一歲大祭者凡三, 而懿文園則九大祭, 不知何故. 意者[277]建文追謚[278]興宗[279]時, 加隆禰廟[280], 有此縟禮[281]. 其後因循不及改正, 而南中大老, 視爲尋常故事, 亦無一語及之. 按懿文園在孝陵之東, 至今稱爲東陵. 想當日追崇尊號, 必追上陵名, 旣經革除[282], 遂不可考. 而人之稱陵如故, 則建文之澤, 猶在人心也.

'효릉孝陵'이라고 했다.

277 意者 : 아마도. 대체로.

278 追謚 : 죽은 뒤에 시호를 추증追贈함.

279 興宗 : 명 태조 주원장의 장자이자 혜종 주윤문의 부친인 의문태자 주표1355~1392의 묘호다. 홍무 원년1368에 황태자로 책봉된 뒤 홍무 25년1392에 병사했으며, 시호는 의문懿文이다. 건문 원년 효강황제로 추존되었으며 묘호는 흥종이다. 연왕 주체가 정난의 변을 통해 황제가 된 뒤 다시 의문황태자라고 불렸다. 남명 홍광弘光 원년에 효강황제라는 칭호와 흥종이라는 묘호가 회복되었다.

280 禰廟 : 선친의 무덤.

281 縟禮 : 번거롭고 까다로운 예절.

282 革除 : 잘못된 것을 제거하거나 제도 따위를 고침.

번역 건문군建文君이 도망가다

건문군이 도망갔다가 다시 돌아왔다는데, 그에 관한 설은 여러 가지다. 육심陸深은 건문제가 운남雲南으로부터 궁궐에 도착하자 선왕을 모시던 태감인 오성吳誠이 그를 알아보고는 즉시 그를 궁궐 안에 머무르게 했고 천수를 다하자 금산에 묻었다고 말했다. 정효鄭曉의 설도 육심의 설과 같다. 오직 설응기薛應旂의 『헌장록憲章錄』에서만 "정통 12년, 광서廣西 사은주思恩州에서 기이한 승려 양응능楊應能을 사로잡아 사은주가 사은부로 격상되고, 토지주土知州 잠영岑瑛이 지부知府가 되었다. 기이한 승려가 바로 건문제였다"고 했다. 역시 오성이 증인이 되었는데 처음에는 그가 가짜임을 말하지 않았다.

『영종실록英宗實錄』에서는 "정통 5년에 90여 세인 승려가 운남에서 광서에 이르기까지 사람들에게 '나는 건문제다. 장천사張天師께서 나에게 40년간 고생하리라 하셨는데, 지금 기한이 다 찼으니 응당 명明으로 돌아가야 한다'고 했다. 그 승려가 사은주로 가서 직접 말하니 잠영은 그를 북경으로 보냈다. 관리들을 모아 그를 심문하니, 그의 성명은 양응상楊應祥이고 균주鈞州 사람으로 홍무 17년에 출가해 중이 되었으며, 북경과 남경, 운남과 귀주貴州를 돌아다니다 광서에 이른 것이었다. 황상께서 그를 금의위錦衣衛의 감옥에 가두어 죽이라고 명하셨다. 그리고 함께 공모한 승려 12명은 모두 수자리로 보내 변경을 지키도록 했다"고 했다. 대체로 세 가지 설이 모두 다르다. 엄주弇州 왕세정은 『실록』만을 사실로 받아들였는데, 설응기가 기록한 것이 이와 비슷하다. 또 "사은부가 어느 해에 주에서 부로 격상되었는지 아직 듣지 못했다"고 한 왕세정의 말은 전혀 사실이 아니다.

사은주는 본래 원대의 옹주邕州로, 전주부로田州府路에 속했다. 현 왕조 홍무 연간에 토관인 잠영창岑永昌이 귀화해 사은지주思恩知州에 제수되었는데 사은주는 여전히 전주부에 속했다. 사은주는 영락 초년에 포정사布政司 관할로 바뀌었으며, 잠영창이 죽자 아들인 잠영이 세습했다. 정통 4년에 이르러 잠영은 역적을 죽인 공로로 전주부 지부로 승진했지만 여전히 사은주를 관리했다. 잠영이 전주田州를 함께 관할하려 했기 때문에 전주지부였던 잠소岑紹와 사이가 나빴다. 총병관總兵官 유부柳溥가 사은주를 사은부로 승격시킬 것을 건의하고 이 지역 부락의 수령들이 의견을 더하자, 이를 따르라는 조서가 내려 얼마 안 되어 군민부軍民府로 고쳐 부르게 되었다. 잠영은 거듭 승진해 참정參政이 되고 도지휘사都指揮使까지 되었다. 손자인 잠준岑濬에 이르러서도 또 전주지부인 잠맹岑猛과 교전해 그를 쫓아냈다. 잠준이 나중에 반란을 꾀하다가 정부군에 패해, 그 첩이 관에 들어가 노비가 되었는데 바로 선대 재상 초방焦芳의 총애를 받은 여인이다. 이 일로 말미암아 정덕 7년에 이르러 비로소 세습하던 토관제土官制에서 조정에서 관리를 파견하는 유관제流官制로 바뀌어 지금에 이른다. 그러니 사은이 원래 주였다가 부로 바뀌었다는 사실은 매우 분명하다.

승려를 잡은 공으로 주에서 부로 바뀌었다고 설응기가 말한 것은 사실 잘못된 것이다. 왕세정은 부로 바뀐 일이 없다 여겼으니 더더욱 잘못된 것이다. 건문제께서 궁을 나온 뒤의 생사는 알 수 없으며, 그가 돌아온 것이 진실인지 거짓인지도 함부로 단정할 수 없다. 다만 건문군은 홍무 정사丁巳년에 태어나서 정통 초년에는 육십을 넘지 않았다. 양응상이 스스로 90여 세라고 했으니, 사칭했다는 것이 자명하므로 심문할 필요도 없이 이미 분명하다.

사관은 실록을 편찬할 때, 스스로 깊이 있고 의심의 여지없게 이야기를 엮어 내어 나라의 체제를 바로 잡아야 한다. 즉 정말로 육심과 정효가 말한 것과 같다 해도, 그저 건문군께서 천수를 누리게 만들었을 뿐이다. 영종께서는 성군이시고, 설선薛瑄과 이현李賢 등이 어진 재상들이어서 적절하게 이 일을 잘 처리한 듯하다. 다만 의문태자의 제사는 폐해지지 않았는데, 건문제의 제사는 폐해졌다. 약오若敖씨의 귀신이 의문태자의 자손에게 있었던가. 옛 주사主事 양순길楊循吉, 근래의 서자庶子 왕조적王祖嫡, 통정사通政司 심자목沈子木 등의 건의로 그 제사를 계속 이어가, 자산子産이 말한 것처럼 귀신이 돌아갈 곳이 생겼으니 이것이 옳은 일이다. 당나라 때의 은태자隱太子와 소자왕巢剌王에게 후사를 세워줬다는 이야기는 감히 가벼이라도 논하지 않는다. 근래에 진우폐陳于陛가 사서 편찬을 시작하자고 건의하자, 언관言官들이 이 기회에 '건문'이라는 연호를 회복해 기록할 것을 청했다. 그러자 황제께서 건문 시기의 일을 모두 태조본기 말미에 덧붙이되 그 연호는 없애지 말라고 명하셨다. 그런데 때마침 사서 편찬이 중단되어 제대로 실행되지 않았다.

○ 건문군께서 지하 통로로 나오시고 나서 종적이 매우 묘연했다. 성조께서 장삼봉張三丰을 방문한다는 명목을 구실로 삼아 호영胡濙을 파견했는데, 사실은 건문군이 다른 곳에 숨어 일을 벌일 것을 의심한 것이다. 태감 정화鄭和를 보내 바다를 항해하며 여러 나라를 두루 돌아보게 했는데도 결국 건문군의 동향을 파악하지 못했다. 황제의 지위는 비록 끝까지 유지하지 못했지만, 자신을 지키는 지혜는 충분한 자였다. 당시에 만약 옛 신하가 수행하게 했다면 틀림없이 바로 발각되었을 것이다. 근래에 건문군의 옛 신하 중에 『치신록致身錄』을 쓴 자가 있다. 그의 조상이 일찍이 건문 시기의 공신이어서, 건문군을 모시고 몰래 도망가 승려가 되어 사제 간이라고 하며 세상을 두루 돌아다니다가 또 자기 집을 여러 차례 들렀다고 했다. 이 당시 소주부蘇州府와 가흥부嘉興府는 금릉에 가까웠는데 어찌 왕래가 자유로웠겠는가. 또 시를 읊조리며 산수를 한가로이 거니는데 알아보는 사람이 하나도 없었겠는가. 더군다나 호형은 명을 받고 나가, 정해丁亥년부터 병신丙申년까지 천하를 돌아다니다가, 10년 만에야 처음으로 보고했었다. 『충안전忠安傳』을 보면 "산간벽촌까지 모두 가지 않은 곳이 없다"고 했다. 호형은 상주常州 사람이라, 『치신록』에서 말한 옛 신하의 집으로부터 겨우 90리 떨어져 있었으며 또 큰길로 왕래했다. 건문군과 신하들이 나공원羅公遠의 은둔술이라도 할 수 있었다는 말인가. 다행스럽게도 위작한 자가 본조대의 전장제도를 알지 못해, 호칭한 관직이 모두 건국 초기에는 없는 것들이다. 또한 멋대로 민간의 저속한 이야기를 지어내어 스스로

부족함을 드러냈다. 한때 책을 보지 않고 사리 분별을 하지 못하는 사람들은 간간히 미혹되는 바가 있고, 명사들도 또한 그것이 거짓임을 분명히 알면서도 동정을 구함을 불쌍히 여겨 그의 책에 서문을 써주니 정말 놀랍고도 원통하구나! 『치신록』에 나오는 이 부분은 매우 허황된데다 노승 양응상楊應祥이 사칭한 일에 덧붙여 만들어진 것이니 혹여라도 세상에 널리 퍼지면 후학들을 그르침이 심할 것이다. 또 『전신록傳信錄』에서 "선종 황제가 바로 건문군의 아들이며, 세종에 이르기까지 모두 건문군의 후손이다"라고 했는데, 이 말은 더욱 놀랄만하다. 대저 선대의 송 태조께서 시세종柴世宗의 두 아들을 남겼다는 것과 원말元末에 전해지는 순제順帝가 송 단왕端王 합존合尊 법사의 어린 아들이라는 두 이야기는 견강부회한 것일 뿐이다. 이에 스스로 헤아리지 않고 주제넘게 믿을만한 이야기라고 말하고 다니니, 이것은 근래에 『이릉신사二陵信史』를 만들어 낸 자와 무엇이 다르겠는가! 천박하고 제멋대로인 자가 스스로 진실이라 말했는데, 다른 사람들이 어찌 그것을 믿었단 말인가. 이 모두가 현 왕조의 사가史家들이 직무를 태만히 했기 때문에 이 지경에 이른 것이다.

○ 갑술년에 금상께서 강론에 참여하셔서 건문군이 도망한 일을 재상에게 물으셨다. 장거정은 다음과 같이 대답했다. "이 일은 사서에서 고증할 수는 없지만, 전하는 말에 따르면 정통 연간 운남의 역참 벽에다 쓴 시에 '강호를 떠돈 지 수십 년'이라는 구절이 있었다고 합니다. 한 어사가 이상히 여겨 그에게 물으니, 스스로 건문제라고 하며 고향

땅에 뼈를 묻고 싶다고 말했답니다. 마침내 역마로 불러 들여 그를 입궁시켜 부양하니, 이때 나이가 이미 칠, 팔십 세였고, 나중에 어떻게 죽었는지는 모릅니다. 『영종실록』에 이러한 일이 실려 있는지는 저도 기억이 나지 않습니다.”

원문 建文君出亡

建文君出亡再歸, 其說不一. 陸文裕[283]謂從雲南到闕, 有故臣太監吳誠識之, 遂留之內廷, 以壽終, 葬金山. 鄭端簡[284]之說亦如之. 獨薛方山[285]『憲章錄』[286]云, “正統十二年, 廣西思恩州[287]獲異僧楊應能, 升州爲

283 陸文裕 : 명대의 관리이자 문학가 겸 서예가인 육심陸深, 1477~1544을 말한다. 그의 자는 자연子淵이고, 호는 엄산儼山이며, 시호는 문유文裕다. 송강부松江府 : 지금의 상하이 사람이다. 홍치 18년1505의 진사 출신으로 벼슬은 편수, 남경주사南京主事, 사천좌포정사四川左布政使, 첨사부첨사詹事府詹事 등을 역임했다. 사후에 예부우시랑禮部右侍郞으로 추증되었다. 대표작품으로 「서맥부瑞麥賦」가 있다.

284 鄭端簡 : 명대의 대신이자 사학자인 정효鄭曉, 1499~1566를 말한다. 그의 자는 질보窒甫이고, 호는 담천淡泉이며, 시호는 단간端簡이다. 절강浙江 해염海鹽 무원진武原鎭 사람이다. 가정 2년1523 진사가 된 후, 직방주사職方主事, 병부우시랑兵部右侍郞 겸 부도어사副都御史, 남경이부상서, 형부상서 등의 벼슬을 지냈다. 조운漕運을 총괄했으며, 배를 건조하고 성을 쌓으면서 병사를 훈련시켜 통주通州와 해문海門 등지의 왜구를 제어하는 공을 세웠다. 엄숭과 여러 차례 정치적 마찰을 빚다가, 엄숭의 모함으로 가정 39년1560 파직되어 고향으로 돌아갔다. 가정 45년1566 향년 68세로 세상을 떠났고, 융경 초에 태자소보太子少保로 추증되었다. 경술經術에 밝고 사학史學에 뛰어났다. 저서에 『사서강의四書講義』, 『오학편吾學編』, 『고언古言』, 『금언今言』, 『징오록徵吾錄』 등이 있다.

285 薛方山 : 명대의 학자이자 장서가인 설응기薛應旂, 1500~1575를 말한다. 상주부常州府 무진武進 사람으로, 자는 중상仲常이고, 호는 방산方山이다. 가정 14년1535에 진사가 되어 자계지현慈溪知縣에 올랐으며, 남경고공랑중南京考功郞中, 섬서안찰사부사陝西按

府, 以土知州[288]岑瑛[289]爲知府. 異僧卽建文也." 亦以吳誠爲證, 初不言其僞.

『實錄』[290]則云, "正統五年, 有僧年九十餘, 自雲南至廣西, 語人曰, '我建文帝也. 張天師言我四十年苦, 今數滿宜返國.' 詣思恩自言, 岑瑛送之京師. 會官鞫之, 其姓名爲楊應祥, 鈞州人, 洪武十七年度爲僧, 游

察司副使, 절강제학부사浙江提學副使 등의 벼슬을 지냈다. 저서로는 『사서인물고四書人物考』, 『설방산기술薛方山記述』, 『헌장록憲章錄』, 『방산문록方山文錄』 등이 있다.

286 『憲章錄』: 『헌장록』은 설응기가 쓴 편년체編年體 사서다. 모두 46권으로 되어 있으며, 홍무 원년1368부터 정덕 16년1521까지 150여 년의 역사를 기록하고 있다. 기록된 사실史實은 모두 5,400여 가지로, 명대의 정치, 사회, 경제, 문화, 교육, 군사, 외교 등 여러 영역의 내용을 다루고 있으므로 사료로서의 가치가 높다.

287 思恩州: 사은주思恩州의 관부는 지금의 광시[廣西] 핑궈[平果]현의 옛 성 자리에 있었다. 당송대에는 옹주邕州에 속했고, 원대에는 전주로田州路에 속했으며, 명초에는 전주부田州府에 속했다. 영락 2년1404 광서포정사우강도廣西布政司右江道의 직속이 되었고, 정통 4년1439에 토관 잠영岑瑛이 여러 차례 공을 세워 주에서 사은토부思恩土府로 승격되었다. 그후 정통 11년1446에는 또 군사와 민정을 모두 관장할 수 있는 사은군민부思恩君民府가 되었다.

288 土知州: 소수민족 지역의 부족장이 대대로 세습하는 토관土官의 일종. 명대에는 서북쪽과 서남쪽의 소수민족 지역에 토사土司를 설치했는데 관할 지역의 크기에 따라 부府, 주州, 현縣으로 나누었다. 그리고 그 지역 부족장들에게 등급에 따라 선위사宣慰使, 선무사宣撫使, 안무사安撫使와 같은 무관직과 토지부土知府, 토지주土知州, 토지현土知縣 등의 문관직을 주었는데 후손에게 세습이 가능했다. 토지주는 소수민족 지역 중 주州 단위의 행정구역을 관할하는 문관직이다.

289 岑瑛: 잠영岑瑛, 1386~1455은 명대 광서 지역의 토사로, 자는 제부濟夫다. 영락 18년1420 사은주지주思恩州知州를 물려받은 뒤, 명조를 도와 많은 전공을 세웠다. 그 때문에 정통 3년1438에는 전주부지부田州府知府 겸 사은주지주에 임명되었고, 정통 4년에 사은주를 전주부에서 독립시켜 부로 승격시키면서 잠영은 사은부지부思恩府知府에 임명되었다. 그 뒤로도 잠영의 관직은 계속해서 높아져 정이품正二品의 도지휘사都指揮使까지 되었다.

290 『實錄』: 여기서 말한 실록은 『대명영종예황제실록』을 말한다. 위에서 말한 정통 5년의 내용은 권73에 나온다. 편의상 『영종실록』으로 줄여 말하겠다.

兩京雲貴, 以至廣西. 上命錮錦衣獄而死. 同謀僧十二人俱戍邊." 凡三說俱不同. 弇州[291]獨以『實錄』爲眞, 而薛所紀相近. 又云, "思恩故府, 未聞某年升州爲府",[292] 則大不然.

按思恩本元邕州, 屬田州府路. 本朝洪武間, 土官[293]岑永昌歸附, 授思恩知州, 仍屬田州府. 永樂初, 改屬布政司[294], 永昌死, 子瑛襲. 至正統四年, 瑛以弑賊功, 升田州府知府, 仍管思恩州.[295] 瑛欲併有田州, 與知府岑紹交惡. 總兵官柳溥議升思恩爲府, 益以諸峒, 詔從之, 尋改稱軍民府. 瑛累升參政, 改都指揮使. 傳至孫濬, 又與田州知府岑猛交兵逐之, 濬後

291 弇州 : 명대의 관리이자 문학가 겸 사학자인 왕세정王世貞, 1526~1590을 말한다. 그의 자는 원미元美이고, 호는 봉주鳳洲 또는 엄주산인弇州山人이다. 강소 태창太倉 사람이다. 가정 26년1547 진사가 되어, 벼슬은 형부주사刑部主事, 산서안찰사山西按察使, 광서우포정사廣西右布政使, 형부상서 등을 역임했다. 왕세정은 이반룡, 서중행徐中行 등과 함께 "후칠자後七子"로 일컬어졌다. 저서로 『엄산당별집弇山堂別集』, 『가정이래수보전嘉靖以來首輔傳』, 『엄주산인사부고弇州山人四部稿』 등이 있다.

292 思恩故府, 未聞某年升州爲府 : 왕세정의 이 말은 『엄산당별집』 권이십일卷二十一에 보인다.

293 土官 : 토사土司라고도 하는데, 원·명·청 시기에 서북과 서남 소수민족 지역에 설치해 현지 민족의 수장이 맡고 세습하던 관직이다.

294 布政司 : 포정사布政司는 명대의 성급행정구省級行政區인 승선포정사사承宣布政使司의 약칭이다. 명 태조 연간에는 전국에 1개 직례直隸, 남경 지역와 12개 승선포정사사를 두었다. 영락 연간에 수도를 남경에서 북쪽으로 옮기면서 북평승선포정사를 북경으로 바꾸고, 이와 함께 귀주포정사貴州布政司와 운남포정사雲南布政司를 더 설치했다. 영락 이후 명대 행정구역은 크게 북직례北直隸, 북경 지역, 남직례南直隸, 남경 지역, 13개의 승선포정사사로 구성되었으며, 이들이 전국의 부府, 주州, 현縣을 나누어 관할했다. 승선포정사사에는 좌승선포정사左承宣布政使와 우승선포정사右承宣布政使 각 1인이 있었는데, 이들이 성급행정구역의 최고행정관으로 품계는 종2품從二品이다.

295 升田州府知府仍管思恩州 : 지부로 승진한 일은 정통 4년 10월에 보이며, 『영종실록』에서 찾아볼 수 있다升府事, 見正統四年十月, 實錄內可查. 【교주】

敗, 其妾入官爲婢, 卽故相焦泌陽[296]所變者. 至正德七年, 始改流官[297], 以至於今. 然則思恩本以州改府甚明.

薛仲常謂爲獲僧而改固誤. 弇州以爲無改府事, 則又誤之誤矣. 大抵少帝之出, 存亡不可知, 其來歸也, 爲眞爲僞, 亦未可臆斷. 但建文帝以洪武丁巳年生, 至正統初不過六旬, 而楊應祥自稱九十餘, 則假托立見, 不待鞫已明矣.

史官撰實錄, 自宜用雋不疑縛成遂故事, 以正國體. 卽眞如陸文裕鄭端簡所言, 亦不過令終其天年. 英宗聖主, 薛文淸[298]李文達[299]輩賢相, 處分似亦宜然. 但懿文太子之祀不廢, 而少帝[300]猶然. 若敖之鬼,[301] 是在聖子

296 焦泌陽 : 명대의 대신인 초방焦芳, 1435~1517을 말한다. 초방은 필양泌陽 사람이고, 자는 맹양孟陽이다. 천순 8년1464에 진사가 되었으며, 벼슬은 편수, 곽주지부霍州知府, 사천제학부사四川提學副使, 예부우시랑, 이부상서, 문연각대학사, 태자태보, 화개전대학사 등을 역임했다.

297 流官 : 명대와 청대에 사천, 운남, 광서 등 소수민족이 모여 사는 지역에 임명된 지방관으로 일정한 임기가 있었다. 그 지역에서 대대로 세습되던 '토관'과 상대적인 위치에 있는 관직이다.

298 薛文淸 : 명대의 저명한 사상가이자 문학가인 설선薛瑄, 1389~1464을 말한다. 그의 자는 덕온德溫이고, 호는 경헌敬軒이며, 시호는 문청文淸이다. 산서성 하진현河津縣 사람이다. 하동학파河東學派의 창시자로 주희朱熹의 백록동서원白鹿洞書院에서 학생들을 가르쳤는데, 당시 사람들이 그를 존경해 설부자薛夫子라고 불렀다. 진사 출신으로 대리시정경大理寺正卿, 예부시랑, 한림원학사 등의 벼슬을 지냈다. 저서로는 『독서록讀書錄』, 『설문청공전집薛文淸公全集』 46권이 있다.

299 李文達 : 명대의 저명한 관리인 이현李賢, 1408~1466을 말한다. 이현은 등鄧 지역 사람으로, 자는 원덕原德이고, 시호는 문달文達이다. 선덕 8년1433 진사로, 소보少保, 이부상서, 대학사大學士 등의 벼슬을 역임했다. 청렴하고 정직했으며 정치적 업적이 탁월했다. 저서로는 『감고록鑒古錄』, 『체험록體驗錄』, 『천순일록天順日錄』 등이 있다.

300 少帝 : 여기서는 건문군을 가리킨다.

301 若敖之鬼 : 약오지귀若敖之鬼라는 말은 『좌전左傳 · 선공사년宣公四年』의 이야기에서

神孫[302]. 用故主事[303]楊循吉[304], 及近年庶子[305]王祖嫡[306], 通政司沈子

비롯된 것으로 후대가 없어 제사 지낼 사람이 없음을 비유하는 말이다. 약오若敖는 춘추전국 시대 초나라의 약오씨를 가리킨다. 약오씨의 후손인 초나라 영윤令尹 자문子文은 그의 조카 월초越椒가 장차 약오씨 문중을 멸할 것을 걱정해 임종 시에 "귀신조차도 먹을 것을 구하는데, 약오씨의 귀신은 굶주리지 않겠는가鬼猶求食, 若敖氏之鬼, 不其餒而"라고 울부짖었다. 나중에 실제로 월초로 인해 약오씨가 멸족되었다.

302 聖子神孫 : 황제의 자손을 가리킨다.

303 主事 : 일상적인 공문서 처리와 소식 전달을 담당한 품계가 비교적 낮은 사무관을 말한다. 기록상으로는 동한東漢 때에 처음 보이는데, 광록훈光祿勳에 소속된 관원 중 우수한 이들을 가리키는 말로 사용되었으며 이때는 정식 관직명이 아니었다. 이후 당·송 때까지도 정식 관직이 아니었다가, 금대에 사인士人을 육부의 주사主事로 기용하면서 종칠품從七品의 정식 관직이 되었다. 명대에도 육부에 주사를 두었는데, 품계가 종육품從六品으로 올라갔어도 각부의 사관司官 중 품계가 가장 낮았다. 청대에는 품계가 정육품으로 올라 육부의 사관 중 낭중郎中이나 원외랑員外郎과 동급이 되었다.

304 楊循吉 : 양순길楊循吉, 1456~1544은 명대의 관리이자 문학가이다. 소주부 오현吳縣 사람으로, 자는 군경君卿과 군겸君謙, 호는 남봉南峰과 안촌거사雁村居士다. 성화 20년 1484에 진사가 되어, 예부주사禮部主事를 지냈지만 병으로 그만두었다. 그후 소주 오현에 있는 형산硎山 아래에 초가집을 짓고 경사를 연구했다. 홍치 11년 청녕궁淸寧宮에 화재가 나자 효종이 직언을 구하는 조서를 내렸다. 이때 양순길이 건문제의 존호를 회복시키자고 상소를 올렸지만 시행되지 않았다. 저서로 『송주당집松籌堂集』이 있다.

305 庶子 : 태자의 속관屬官. 주대周代에 처음 설치되었는데 이때는 제후나 경대부卿大夫들의 서자庶子를 교육하는 일을 담당했다. 한대漢代 이후 송대宋代까지 태자의 속관이 되었으며, 태자좌서자太子左庶子와 태자우서자太子右庶子를 줄여 '서자庶子'라고 했다. 명대明代와 청대淸代에는 태자의 속관이 아니라 태자의 교육을 중심으로 하되 다른 황자들의 교육도 담당하던 첨사부詹事府소속의 첨사부좌춘방서자詹事府左春坊庶子와 첨사부우춘방서자詹事府右春坊庶子의 약칭이 되었다.

306 王祖嫡 : 왕조적王祖嫡, 1531~1590은 명대의 관리로, 하남河南 신양信陽 사람이다. 그의 자는 윤창胤昌이고, 호는 사죽師竹이다. 융경 5년1571의 진사로, 서길사로 뽑혔다가 검토檢討에 제수되었으며, 관직이 우서자右庶子 겸 시독侍讀에 이르렀다. 만력 16년 1588 왕조적이 건문제의 연호를 회복시킬 것을 주청했지만 윤허되지 않았다. 저서에 『사죽당집師竹堂集』 37권이 있다.

木[307]等之議, 續其烝嘗[308], 若子產所謂, 有以歸之斯可矣.[309] 至唐隱太子[310]巢剌王[311]立後故事, 未敢輕議也. 近年陳南充[312]議開局修史, 言官

307 沈子木 : 심자목沈子木, 1528~1609은 명대의 관리로, 절강 귀안歸安 사람이다. 그의 자는 여남汝南이고, 호는 옥양玉陽이다. 가정 38년1559의 진사로, 남경태상시경南京太常寺卿, 산서순무山西巡撫, 도찰원우도어사都察院右都御使 등의 벼슬을 지냈다. 사후에 병부상서로 추증되었으며, 시호는 공정恭靖이다. 저서에 『명만력태상황정내경옥경明萬曆太上黃庭內景玉經』 1권이 있다.

308 烝嘗 : 원래는 가을과 겨울에 지내는 두 제사를 말하지만, 나중에는 제사의 통칭이 되었다. 겨울 제사를 증烝이라 하고, 가을 제사를 상嘗이라 한다.

309 若子產所謂, 有以歸之斯可矣 : 이 말은 『춘추좌전春秋左傳·소공칠년昭公七年』의 이야기에서 나온 말이다. 자산子產, ?~B.C.522은 춘추 시대 정鄭나라의 걸출한 정치가이자 사상가로, 성은 희姬이고 이름은 교僑이며, 자는 자산 또는 자미子美다. 정나라의 귀족 출신으로 기원전 543년에 집정해 정간공鄭簡公과 정정공鄭定公을 20여 년 동안 보좌했다. 자산이 집정 당시 형서刑書를 주조했는데, 그때 정나라에서 양소良霄의 귀신 소동이 일어났다. 이에 자산은 공손설公孫洩을 자공子孔의 후계자로 삼고 양지良止를 양소의 후계자로 삼아 자공과 양소의 영혼을 위로해 귀신소동을 멈추게 했다. 이때 자대숙子大叔이 귀신 소동을 가라앉힌 일을 물으니 자산은 "귀신이란 돌아갈 곳이 있으면 사악한 짓을 못하기 때문에, 그들이 돌아갈 곳을 만들어준 것입니다鬼有所歸, 乃不爲厲, 吾爲之歸也"라고 말했다.

310 隱太子 : 당 고조 이연李淵의 맏아들인 이건성李建成, 589~626을 말한다. 수 양제煬帝의 폭정에 대해 수나라 타도를 주장하며 고조를 따라 거병해 많은 전공을 세웠다. 무덕武德 원년618 황태자에 책봉되었지만, 황위 쟁탈 과정에서 진왕秦王 이세민李世民에게 패해 살해당했다. 시호는 은隱이다. 나중에 이세민이 태종이 된 뒤, 이건성의 신분을 회복시켜 식은왕息隱王으로 추서했다가 또 다시 은태자隱太子로 추서했다.

311 巢剌王 : 당 고조 이연의 넷째 아들인 이원길李元吉, 603~626로, 이름은 할劼이고 자는 삼호三胡다. 당 태종 이세민이 일으켰던 현무문의 난 때 태자였던 이건성과 함께 피살되었다. 이세민이 즉위한 뒤 이원길을 해릉군왕海陵郡王으로 추서하고 시호를 자剌로 했다. 정관貞觀 16년642에 다시 소왕巢王으로 추서되었다.

312 陳南充 : 명대의 관리인 진우폐陳于陛, 1545~1596를 말한다. 그의 자는 원충元忠이고, 호는 옥루산인玉壘山人이며, 시호는 문헌文憲이다. 사천 남충南充 사람이다. 융경 2년1568의 진사로, 시강학사, 예부우시랑, 이부좌시랑吏部左侍郎, 예부상서, 동각대학사東閣大學士 등의 벼슬을 지냈다. 『세종실록』과 『목종실록穆宗實錄』 편찬에 참여했다. 만력 21년1593 진우폐가 사서 편찬을 건의하자, 신종은 만력 22년1594 진우폐와 심

因請復建文紀年, 上命建文朝事, 俱附太祖本紀之末, 而不沒其年號. 會修史中輟[313], 不果行.

○ 少帝自地道出也, 蹤跡甚秘, 以故文皇帝[314]遣胡濙[315]托訪張三丰[316]爲名, 實疑其匿他方起事. 至遣太監鄭和[317]浮海, 遍歷諸國, 而終不得影響. 則天位雖不終, 而自全之智有足多者. 當時倘令故臣隨行, 必立見敗露. 近日此中乃有刻『致身錄』[318]者, 謂其先世曾爲建文功臣, 因侍從潛

일관沈一貫 등을 부총재副總裁로 삼아 사서 편찬을 시작하도록 명했다.

313 修史中輟 : 만력 24년1596 사서 편찬의 책임자였던 진우폐가 병사하고, 만력 25년1597 황극전皇極殿, 중극전中極殿, 건극전建極殿에 화재가 나면서 사서 편찬이 중지되었다. 이 때문에 사서 편찬 시에 '건문제의 연호를 회복시킨다'는 신종의 조서는 내려졌지만 사서에 반영되지는 못했다.

314 文皇帝 : 명 성조 주체1360~1424를 말한다.

315 胡濙 : 호영胡濙, 1375~1463은 명나라 전기의 대신이다. 그의 자는 원결源潔이고, 호는 결암潔庵이며, 시호는 충안忠安이다. 상주부常州府 무진武進 사람이다. 건문 2년1400 진사가 되고, 병과급사중兵科給事中에 올랐다. 영락 원년1403 호과도급사중戶科都給事中이 되었다. 영락 5년1407 황명으로 신선을 찾는다는 명분 아래 17년 동안 건문제의 자취를 쫓느라 천하를 두루 다녔다. 선덕 연간에 예부상서가 되었고, 경태 초에 태자태부太子太傅가 되었다. 영종이 복벽復辟하자 노쇠함을 이유로 치사致仕했다. 진사에 합격한 이후 60여 년 동안 모두 6명의 황제를 모셨다.

316 張三丰 : 장삼봉張三丰, 생졸년 미상은 원말과 명초의 무술가이자 도교 사상가다. 이름은 군보君寶 또는 전일全一이며, 삼봉은 그의 호다. 도교의 사상을 발전시켜 무당파를 만들었다. 생졸년 모두 정확하게 밝혀지지 않았지만, 1247년생으로 추정되고 있다.

317 鄭和 : 정화鄭和, 1371~1433는 명대의 환관이자 항해가 겸 외교관이다. 원래의 성은 마馬이고, 이름은 화和이며, 운남 곤양昆陽 사람이다. 영락제를 위해 큰 공을 세워 영락제가 정鄭씨 성을 하사했으므로, 정화鄭和가 되었다. 아명兒名이 삼보三寶 또는 삼보三保이므로, 삼보태감三寶太監 또는 삼보태감三保太監이라고도 부른다. 거대한 남해원정단을 이끌고 동남아시아에서 아프리카 케냐에 이르는 30여 국을 원정했다.

318 『致身錄』 : 명나라 사중빈史仲彬이 쓴 필기소설筆記小說로, 건문제에 관한 이야기를 그 내용으로 하고 있다.

遁爲僧, 假稱師徒, 遍歷海內, 且幸其家數度. 此時蘇嘉二府偪近金陵, 何以往來自由. 又賡和篇什, 徜徉山水, 無一識察者. 況胡忠安公之出使也, 自丁亥至丙申, 遍行天下, 凡十年而始報命. 觀『忠安傳』中云, “窮鄉下邑. 無不畢至.” 胡爲常州人, 去此地僅三舍[319], 且往來孔道也, 豈建文君臣, 能羅公遠[320]隱身法耶. 所幸僞撰之人, 不曉本期典制, 所稱官秩, 皆國初所無. 且妄創俚談, 自呈敗缺. 一時不讀書不諳事之人, 間爲所惑, 卽名士輩, 亦有明知其僞, 而哀其乞憐, 爲之序論, 眞可駭恨! 蓋此段大謊, 又從老僧楊應祥假托之事, 敷演而成, 或流傳于世, 誤後學不小. 又『傳信錄』云, “宣宗皇帝, 乃建文君之子, 傳至世宗, 皆建文之後.” 此語尤可詫. 蓋祖宋太祖留柴世宗[321]二子, 及元末所傳順帝[322]爲宋端王合尊幼子[323]二事, 而附會之耳. 乃不自揆, 僭稱傳信, 此與近日造『二陵信

319 舍 : 거리를 나타내는 단위로, 1사는 30리를 말한다.

320 羅公遠 : 당대의 도사로 나사원羅思遠이라고도 한다. 팽주彭州 구롱산九隴山 : 지금의 쓰촨성[四川省] 펑[彭]현 사람인데, 악주鄂州 사람이라는 설도 있다. 은둔술에 능해, 당 현종玄宗이 그에게서 은둔술을 배우고 싶어 했다고 전해진다.

321 柴世宗 : 오대五代 시기 후주後周의 두 번째 황제로, 이름은 시영柴榮, 921~959이다. 형주邢州 용강龍岡 사람이다. 후주의 황제였던 곽위郭威의 외조카인데, 나중에 양자로 들어가 성을 곽씨로 바꾸었다. 곽위가 후주를 건국하자 진왕晋王에 봉해졌다가, 곽위가 죽자 현덕顯德 원년954 즉위해 통치에 전력을 쏟았다. 954년부터 959년까지 6년 동안 재위했다. 묘호는 세종이고, 시호는 예무효문황제睿武孝文皇帝이다. 성이 시씨이기 때문에 시세종으로도 불린다.

322 順帝 : 원나라의 제11대 칸으로, 원 혜종 토곤테무르[타환첩목이, 妥懽帖睦爾, 1320~1370]를 말한다. 재위기간은 1333년부터 1368년까지다. 순제順帝는 명나라가 그를 호칭할 때 사용하는 시호다. 정식 묘호는 혜종이고, 시호는 선인보효황제宣仁普孝皇帝이며, 몽골 대칸으로는 오하트 칸, 휘는 보르지긴 토곤 테무르다. 고려인 출신 공녀 기奇씨를 제2 황후로 책봉한 것으로 유명하다.

323 順帝爲宋恭宗合尊幼子 : 원 순제順帝에 관해 전해지는 야사 중에 순제가 남송 7대

史』[324]者何異！ 庸妄人自名爲信，他人何嘗信之. 此皆因本朝史氏失職，以至于此.

○ 甲戌年，今上御日講[325]，問輔臣以建文君出亡事. 張居正對曰，“此事國史無考，但相傳正統間，于雲南郵壁題詩，有‘流落江湖數十秋’之句. 一御史異而詢之，自言建文帝，欲歸骨故土. 遂驛召入宮養之，時年已七八十，後不知所終. 蓋江陵亦不曾記憶『英錄』中有此事也.”

황제인 공종恭宗의 아들이라는 설이 있다. 공종은 어린 나이에 원나라에 포로가 된 뒤 출가해 승려가 되었는데 그의 법명이 합존合尊이었다. 공종이 원에 투항하자 원나라에 항거하기 위해 남송의 대신들이 남쪽으로 도망해서, 공종의 서형庶兄을 남송 8대 황제로 추대하는데 그가 송 단종端宗이다. 원 순제와 송 공종에 관한 이야기는 원말 명초의 권형權衡이 쓴 『경신외사庚申外史』에 나온다. 중화서국본 『만력야획편』에는 ‘순제위송단왕합존유자順帝爲宋端王合尊幼子’로 되어 있다. 송대의 단왕은 북송의 8대 황제 휘종 조길1082~1135로 원 순제보다 200여 년 이상 전의 인물이라서 부자 관계가 성립되지 않는다. 또 만약 남송 8대 황제 단종을 잘못 쓴 것이라면 단종 조시趙昰, 1269~1278 역시 원 순제가 태어나기 42년 전에 죽었으므로 부자관계가 성립되지 않는다. 그러므로 법명과 생존연대 그리고 『경신외사庚申外史』의 기록을 근거로 ‘순제위송공종합존유자順帝爲宋恭宗合尊幼子’로 수정했다. 【역자 교주】

324 『二陵信史』: 가정과 융경 두 조대의 일을 쓴 글로, 작자 미상이다.

325 御日講 : 경연慶筵을 가리키는 것으로, 임금에게 유학의 경서를 강론하는 일을 말한다. 한나라 때 유학자들이 황제에게 오경을 강의한 데서 비롯되었다.

번역 황제의 잠저潛邸 시기 구택

송대에는 황제께서 제위에 오르기 전에는 왕에 봉해지고, 등극한 뒤에는 관례대로 그 잠저潛邸 시기 구택이 있던 지역을 부府로 승격시켰다. 우리 수주秀州가 가흥부嘉興府로 승격된 것도 그 한 예다. 성조께서 연燕 땅에서 기병하셔서 북평포정사北平布政司가 북경이 되었고, 세종께서 흥저興邸에서 들어가 황위를 이으시어 안륙주安陸州가 승천부承天府로 승격되었으니 옛 뜻에 가장 부합된 경우다. 헌종께서는 기왕沂王의 신분에서 다시 태자의 자리를 되찾으시고, 목종께서는 유왕裕王의 신분에서 비로소 천자의 자리에 오르셨다. 두 곳 중 하나는 산동山東에 있고, 하나는 하남에 있는데 모두 유명하고 중요한 곳이니, 역시 주를 부로 승격시켜서 헌종과 목종의 옛 봉지封地였음을 알리는 것이 마땅한 것 같다. 세상에는 이것을 고지식하다 보는 이도 있지만 이런 일이 나라의 체통과 관련된 것이다. 지금 세상의 큰 주州로는 중원中原에서 서주徐州만한 곳이 없는데, 사방에서 공격 받기 쉬운 곳이므로 반드시 부로 바꿔 잘 지켜야 한다. 그 외에 산서의 포주浦州와 택주澤州 같은 곳은 지세가 험하고 견고해 관할 읍들이 모두 규제를 받지 않으므로 부府의 관청 소재지로 삼아야 하며, 같은 산서성 내 분주汾州와 노주潞州의 사례를 따라야 한다. 사천四川의 동천주潼川州는 송대에는 이주로利州路에 속해 사촉四蜀 중의 하나로 향진鄕鎭인데도 군무軍務를 이끌며 가장 강성했고, 또 관할하는 열 개 현이 모두 매우 기름지고 좋은 땅이니, 더더욱 빨리 부로 승격시켜 자원을 통제해야 한다. 내가 지금 건의하는 것은 위청衛靑과 곽거병霍去病의 말처럼 영토 확장을 하자는 게 아니라, 상홍양桑弘羊과 공근孔僅의 말대로 재정 확충에 힘쓰자는 것인데, 이런 일은 모두 내쳐두고 묻지도 않는다. 일단 급해지고 나서야 바꾸자고 의론하면 늦다.

○ 또 사천의 미주眉州, 공주邛州, 가정주嘉定州, 아주雅州는 산천남도上川南道에 들어가는데 각각 큰 현들을 관할하면서도 행정 관청은 없다. 이 곳들은 당 중엽에 따로 하나의 진鎭을 세우고 절도사節度使를 두었으니 지금도 병합해 큰 부 하나로 만들고 여러 주들을 그 관할하에 두어야 한다. 그 중에서 가정주嘉定州가 가장 비옥하고 여섯 현을 관할하고 있으므로 두 개의 행정 관청을 설치하는 것도 괜찮다.

원문 龍潛舊邸

宋時人主龍潛[326]時封國[327], [328] 登極後, 例升爲府. 如吾秀州[329]之升嘉

326 龍潛 : 나라를 처음 이룩한 임금이나 종실에서 들어온 임금이 왕위에 오르기 전에 살던 집 또는 왕위에 오르긴 전의 상태를 말한다.

327 封國 : 왕족이나 건국에 공로가 있는 신하에게 토지를 나누어 주면서 그 지역의 왕으로서 그 작은 나라를 다스리게 한 제도. 당송대 이후로는 제후국의 의미는 없어졌지만 황제의 자손이 친왕親王이나 군왕郡王에 봉해져 각자의 봉지封地를 다스렸다. 그러므로 여기서는 그 의미를 살려 봉국을 '왕에 봉해졌다'로 번역하겠다. 송대의 봉작封爵제도는 엄격한 편이라 황자皇子도 바로 태자나 친왕에 봉해지지 않고, 보통 먼저 국공國公에 봉해지고 절도사節度使의 직위를 받아 능력을 보인 뒤에야 군왕郡王이나 친왕에 봉해졌다.

328 宋時人主龍潛時封國 : 이 책의 저본인 중화서국본에서는 구두점이 '송시인주룡잠

興府亦其一也. 文皇帝從燕起, 已改北平布政司[330]爲北京, 肅皇帝[331]從興邸[332]入纘, 已升安陸州爲承天府, 最合古義. 惟憲宗[333]以沂王[334]再正儲宮[335], 穆宗以裕王[336]肇登宸極[337], 二地一在山東, 一在河南, 俱名邦要

시宋時人主龍潛時, 봉국등극후封國登極後'로 되어 있는데, 상해고적본에서는 '송시인주룡잠시봉국宋時人主龍潛時封國, 등극후登極後'로 되어 있다. 문맥상 상해고적본의 구두점이 더 옳다고 판단되어 이 부분에서는 상해고적본의 구두점을 따랐다. 【역자교주】

329 秀州 : 지금의 자싱[嘉興] 지역과 상하이[上海]시의 우쑹장[吳淞江] 이남 지역을 말한다. 수주秀州는 당대에는 소주부에 속하는 작은 곳이었지만, 남조의 진 천복天福 4년에 읍邑에서 주州가 되면서 규모가 커져 가흥, 해염, 화정華亭, 숭덕崇德 네 현을 관할하게 되었다. 또 이곳에서 효종이 탄생했었기 때문에 송 영종寧宗 경원慶元 원년에 가흥부로 승격되었다.

330 北平布政司 : 북평포정사北平布政司는 북평승선포정사北平承宣布政司의 약칭이다. 지금의 베이징시, 톈진[天津]시, 허베이[河北]성 대부분과 허난[河南]성, 산둥[山東]성 일부에 해당하는 지역에 설치되었던 명대의 행정구역 명칭이다.

331 肅皇帝 : 명대 제 11대 황제인 세종 주후총1507~1567을 말한다.

332 興邸 : 호광포정사湖廣布政司 안륙주安陸州에 있던 흥헌왕興獻王 주우원朱祐杬의 집으로, 이곳에서 명 세종이 태어났다.

333 憲宗 : 명나라의 제8대 황제인 주견심朱見深, 1447년~1487의 묘호다. 헌종憲宗은 영종의 장남으로 정통正統 14년1449 황태자로 책봉되었고, 경태 3년1452에 폐위되어 기왕沂王이 되었다. 정통 14년1449 토목보土木堡의 변으로 몽골의 오이라트 부족에게 포로로 잡혀갔다가 풀려나 북경으로 돌아온 영종이 경태 8년1457에 다시 황위에 오르자, 주견심도 태자로 복위되었다. 천순 8년1464에 영종이 승하하면서 황위에 올랐으며, 연호는 성화이고, 재위기간은 1464년부터 1487년이다. 재위 중에 부세賦稅와 형벌刑罰을 줄이고, 형양荊襄의 유민流民 문제를 해결해 침체된 경제를 회복시켰다. 시호는 계천응도성명인경숭문숙무굉덕성효순황제繼天凝道誠明仁敬崇文肅武宏德聖孝純皇帝이다.

334 沂王 : 명나라 제 8대 황제인 헌종 주견심이 경태 3년 태자에서 폐위되면서 기왕沂王에 봉해졌다. 기왕의 봉지는 산동포정사山東布政司에 속하는 연주부兗州府 기주沂州 임기臨沂현에 있었다.

335 儲宮 : 태자가 거하는 곳 또는 태자.

336 裕王 : 태자로 책봉되기 전의 목종 주재후를 말한다.

337 宸極 : 천자의 지위.

郡, 似亦宜升州爲府, 以表兩朝潛藩[338]故地. 天下有視之若迂, 而於國體有關者, 此類是也. 今宇內大州, 在中原[339]無如徐州[340], 當四戰之地[341], 須改爲府. 他則如山西之蒲澤二州[342], 地險而固, 其屬邑俱不奉約束, 宜亦改爲府治, 從本省汾潞二州[343]事例. 又如四川之潼川州[344], 在宋爲利州路[345], 列四蜀[346]之一, 以鎭帥開閫, 最爲雄盛, 且所領十縣, 俱上腴善

---

338 潛藩 : 즉위 하기 전의 황제 또는 황제가 되기 전 받은 봉지.

339 中原 : 중원. 황하黃河의 중·하류에 걸친 땅으로 하남성 대부분, 산동성山東省 서부, 그리고 하북성河北省과 산서성山西省 남부를 포함하는 지역을 말한다.

340 徐州 : 강소성 서북부와 화북평원華北平原 동남부 및 장강長江 삼각주 북측에 위치해 있다. 서주의 옛 이름은 팽성彭城인데, 삼국 시기 조조曹操가 서주자사부徐州刺史部를 팽성으로 옮기면서 서주徐州라는 명칭으로 불리기 시작했다. 명나라 초기 서주는 봉양부鳳陽府에 속해 있었으나 나중에 남직례南直隸 관할로 바뀌었다. 서주는 예로부터 회해淮海 지역의 정치, 군사, 문화의 중심지로서 남북으로 통하는 군사와 경제의 요충지였다.

341 四戰之地 : 지세가 험하지 않아 방어할 만한 요새가 없어서 쉽게 공격을 받을 수 있는 곳.

342 蒲澤二州 : 포주蒲州와 택주澤州를 말한다. 포주는 지금의 산시성 서남쪽에 있는 융지[永濟]현의 옛 이름이고, 택주는 지금의 산시성 진청[晉城]시의 옛 이름이다. 택주는 명 홍무 2년 택주직예주澤州直隸州로 승격되어 산서포정사사山西布政使司 직속이 되었다.

343 汾潞二州 : 분주汾州와 노주潞州를 말한다. 분주는 지금의 산시성 서남부에 위치한다. 명 홍무 9년1376 분주를 분주직례주汾州直隸州로 승격시키고 산서포정사사에 직속시켰다. 그 뒤 만력 23년1595에는 분주를 분주부汾州府로 승격시키고, 분주부의 관아는 분양현汾陽縣에 두었다. 노주는 지금의 산시성 창즈[長治]시와 허베이성의 서[涉]현 지역에 있었다. 노주의 역사는 북주北周 선정宣政 원년578 상당군上黨郡에 노주를 두면서 시작된다. 명 가정 8년1529에는 노주를 노안부潞安府로 승격시키고 노안부의 관아는 상당현上黨縣에 두었다.

344 潼川州 : 사천 지역에 있던 명대의 행정구역이다. 명 홍무 9년1376 동천부潼川府를 동천주潼川州로 강등시키고 처현郪縣을 편입시켰다.

345 利州路 : 송·원대의 행정구역이다. 북송 함평咸平 4년1001 서천로西川路를 익주로益州路와 이주로利州路로 분리했는데, 이주로의 관아를 처음에는 이주에 두었다가 북송

地, 尤宜急升爲府, 以資彈壓. 今建議者, 非抵掌衞[347]霍[348], 卽抗顔桑[349]孔[350], 於此等事, 俱置不問. 一旦有急, 始議更張, 晩矣.

○ 又四川眉邛嘉雅四州[351], 列上川南道, 各統大縣而無府治. 此在唐

말년에 흥원부興元府로 옮겼다.

346 四蜀 : 사천 지역을 말한다. 사천은 선진先秦 시기 파국巴國과 촉국蜀國이 있던 지역이라서 파촉巴蜀이나 촉蜀이라고도 부른다. 옛날에는 성도成都, 기주夔州, 동천潼川, 이주利州의 네 부분으로 나뉘어 있었으므로, 이를 통틀어 사촉四蜀이라 했다.

347 衞 : 서한 시기의 명장名將인 위청衛青, ?~B.C.106을 말한다. 위청의 자는 중경仲卿이고, 하동河東 평양平陽 사람으로, 한 무제의 두 번째 황후인 위자부衛子夫의 동생이다. 흉노 정벌에 혁혁한 공을 세워 관직이 대사마大司馬에 이르렀고 장평후長平侯에 봉해졌다.

348 霍 : 서한 무제 때의 명장인 곽거병霍去病, B.C.140~B.C.117을 말한다. 곽거병은 하동 평양 사람으로, 명장 위청의 생질이다. 말을 잘 타고 활쏘기에 능해 18세 때 위청을 따라 흉노 정벌에 나섰다가 크게 공을 세웠다. 원수元狩 2년B.C.121에 표기장군驃騎將軍이 되고, 원수 4년B.C.119에 흉노의 본거지를 격파해 위청과 함께 대사마에 임명되었다. 원수 6년B.C.117에 불과 24세의 나이로 병사했다. 한 왕조의 변경을 공고히 하는 데 큰 공을 세워 위청과 함께 대표적인 한대의 명장으로 병칭竝稱된다.

349 桑 : 서한 시기 재정 전문가인 상홍양桑弘羊, B.C.155~B.C.80을 말한다. 하남 낙양洛陽 사람으로, 한 무제의 고명대신顧命大臣 중 하나이며 관직은 어사대부御史大夫에 이르렀다. 장사꾼 집안에서 태어난 상홍양은 어려서부터 셈이 뛰어났으며, 이 능력으로 13세 때 조정의 부름을 받아 시중侍中이 되었다. 이후 한 무제의 신임을 받아 소금, 철, 술의 전매, 균수법均輸法 실시, 화폐 개혁 등을 추진해 한나라 재정을 풍족하게 했지만, 이러한 상홍양의 정책에 반발하는 이들이 많았다. 한 소제昭帝 시원始元 7년 B.C.80 상관걸上官桀과 함께 연왕燕王 유단劉旦을 제위에 앉히려는 음모를 꾸미다가 발각되어 주살되었다.

350 孔 : 서한 시기 재정 전문가인 공근孔僅, 생졸년 미상을 말한다. 남양南陽 사람이다. 원래는 철을 파는 거상巨商이었다. 한 무제 원수 5년B.C.118에 동곽함양東郭咸陽과 함께 대농승大農丞에 임명되어 소금과 철의 전매를 주관했는데, 이를 통해 국가 재정에 막대한 이득을 안겨 주었다. 상홍양과 함께 한대의 대표적인 재정 전문가로 병칭된다.

351 眉邛嘉雅四州 : 미주眉州, 공주邛州, 가정주嘉定州, 아주雅州를 말한다. 미주는 미산眉山의 옛 명칭으로, 사천성 천서평원川西平原의 서남쪽에 위치한다. 공주는 지금의 사천성 공래邛崍다. 가정주는 남북조 시기에 설치된 주로, 위치는 사천성 악산樂山 지

中葉, 別建一鎭爲節度使[352], 今亦宜併爲一大府, 而以諸州屬之. 其中嘉定州最爲上腴, 且統六縣, 卽設兩府治亦可.

역 사천분지四川盆地 서남쪽에 있다. 이주는 장강 상류와 사천분지의 서쪽에 위치한다.

352 節度使 : 당대에 중요 지역에서 군사 업무를 담당하던 군관軍官의 관직명. 절도사는 당대에 시작되었으며 주로 변방의 중요 지역에서 방어와 군사 업무를 담당했다. 처음에는 총관總管이라고 하다가 나중에 도독都督으로 불렀다. 임명될 때 조정에서 정절旌節을 받았기 때문에 절도사라고 불렀다. 처음에는 변경 지역에만 절도사를 두었지만 안사安史의 난 이후 전국에 두루 두었다. 절도사는 보통 도道나 여러 주州를 관할하는데, 처음에는 군사 업무만 관장하다가 점차 군사, 민정, 재정 등을 모두 장악하게 되었다.

예로부터 연호에는 중복되는 것이 많았는데, 현 왕조에서도 이러한 경우가 있으니 영락, 천순, 정덕이 다 그런 예이다. 성조께서 일으킨 정난의 변 때 투항한 해진, 양영 등의 대신들이 '영락'이라는 연호를 사용하지 마시라 엎드려 애원했지만, 황제의 뜻이 유독 단호해 제대로 된 간언을 하지 못한 것으로 생각된다. 영종이 복위할 때 공을 세웠던 석형石亨의 무리는 모두 무인들이라 오로지 명예를 얻어서 황제의 총애를 뽐내기만 할 뿐이었으니 어찌 연호를 세세하게 살펴볼 수 있었겠는가. 효종의 승하가 갑작스러운 것도 아니었는데 어찌 이처럼 상세하게 살펴보지 않았을까.

금상의 '만력'이라는 연호는 그 의미가 가장 새로우면서도 확실하다. 금상께서 즉위하신 지 오래되니 냇물이 사방에서 모여들 듯 대업이 그에 걸맞게 이루어졌다. 아마 당시 고공高拱과 장거정 두 재상의 학문이 이전 사람들보다 뛰어났기 때문일 것이다. 선황제의 연호인 '융경隆慶'은 비록 예전에 연호로 사용된 적은 없지만 세종께서 즉위하기 전에 지내시던 흥저興邸에 이미 융경전隆慶殿이 있었고 그래서 그 전각의 이름을 경원전慶源殿으로 바꿨다. 선부宣府에도 융경위隆慶衛가 있어서 연경위延慶衛로 이름을 바꿨다. 양부襄府의 융경군왕隆慶郡王 주재정朱載墹은 운성군왕鄆城郡王이라 바뀌어 봉해지면서, 한 차례 더 바뀌는 걸 면치 못했다. 하지만 헌종의 여섯 번째 딸로 부마 유태游泰에게 시집간 공주는 또 융경공주隆慶公主라고 불렀으니 이는 윗대까지 소급해 바꾸지는 못해서다.

또 지금 사천의 검주劍州는 예전 송 효종의 잠저 시기 구택이 있던 곳이어서 융경부로 승격되었고, 금 장종章宗의 모후母后인 도단씨徒單氏의 궁 역시 이름이 융경이었다는 것은 모두 분명하게 알고 있는데 어찌 한번에 심의해서 정정하지 않았는가. 이전에 선종의 연호인 선덕은 그 전에 연호로 사용되지는 않았지만, 양梁 무제가 기병할 때 남제南齊 선덕태후宣德太后의 명의를 이용했고, 수隋의 관제官制에는 선덕랑宣德郎이 사십 명 있었다. 오대십국五代十國 시기 전류錢鏐가 세웠던 오월국吳越國에서는 일찍이 호주湖州를 선덕군宣德軍이라 했다. 송대에 황제가 신하들의 조례를 받던 곳이 선덕문宣德門이었고, 송 원풍元豐 연간의 관제에는 선덕랑이라는 것이 있었다. 현 왕조 홍무 연간에는 선덕후宣德侯가 있었고 금대에 흥원興元에는 선덕부宣德府가 있었으니 지금의 선부宣府가 그것이다. 이 역시 자세히 살피지 않은 듯하다.

세종께서 입궁해 황위를 계승할 때 처음에는 소치紹治를 연호로 사용하려 했지만 황상께서 사용하지 않았다. 이것은 꼭 홍치 연간이 보잘것 없어 계승하기 부족하다고 여겨서가 아니라 황통은 계승하지만 후사는 잇지 않겠다는 세종의 뜻이 숨어 있는 것인데, 신하들이 그 이유를 미처 살피지 못했을 따름이다. 하물며 '가정'이라는 두 글자는 왕양명王陽明이 새긴 글에서 이미 앞서 보여주고 있는데 모든 일은 예언대로 이루어진다는 참응설讖應說이 아주 거짓말은 아니다. 또 '가嘉'자는 옛날에 연호로 사용된 것이 적지 않은데, 다만 송 영종寧宗의 연호인 '가태嘉泰'에서 '가嘉'자를 당시에는 '력力'자와 '희喜'자로 나누어 '힘 있는 자가 좋아한다'는 의미로 보았다. 세종이 즉위했을 때 장총張璁과 계악桂萼이 의례議禮 논쟁을 통해 신속하게 정권을 장악하고서 원로들을 모두 내쫓았으니, 힘이 없었다면 어찌 할 수 있었겠는가.

원문 年號

古來紀年多有犯重複者. 卽本朝亦有之, 如永樂天順正德皆是也. 文皇靖難, 諸降附解[353]楊[354]諸公, 扶服乞哀, 聖意獨斷, 料無獻替. 英宗復辟, 石亨[355]輩俱武人, 第取美名以彰天眷, 豈能諦考. 若孝宗上賓, 曾無暴遽, 何不詳審乃爾.

惟今上所紀最新而確. 卽今御歷久長, 如川方至, 業已應之. 蓋時高[356]

353 解 : 명대의 정치가이자 학자인 해진1369~1415을 말한다.

354 楊 : 명대의 정치가이자 문학가인 양영1371~1440을 말한다.

355 石亨 : 석형石亨, ?~1460은 명대의 장수로, 섬서陝西 위남渭南 사람이다. 세직世職을 물려받아 관하위지휘첨사寬河衛指揮僉事가 되었고, 정통 초에 도지휘첨사都指揮僉事가 되었다가 도지휘사가 되었다. 토목보의 변 이후 우겸의 천거로 오군대영五軍大營을 관장하면서 우도독右都督으로 승진했다. 오이라트군을 방어하면서 여러 차례 전공戰功을 많이 세워 진삭대장군進朔大將軍이 되었고 무청후武淸侯에 봉해졌다. 경태 8년1457 석형은 조길상曹吉祥 등과 함께 영종의 복벽을 돕는데, 그 공으로 권력을 잡고 충국공忠國公에 봉해졌다. 자신의 눈 밖에 난 우겸, 범광 등을 모함해 죽였고, 영종이 자신의 뜻대로 움직이지 않자 병권을 장악하려는 시도를 하다 발각되어 투옥된 뒤 옥사獄死했다.

356 高 : 명대 가정, 융경 연간의 대신인 고공高拱, 1513~1578을 말한다. 고공의 자는 숙경肅卿이고 호는 중현中玄이며, 개봉開封 신정新鄭 사람이다. 가정 20년1541 진사로 목종이

張[357]二相, 學問自勝前人也. 至若先帝紀年, 雖前代所無, 然興邸已有隆慶殿, 改名慶源. 宣府[358]又有隆慶衞, 改名延慶. 襄府隆慶郡王載墹[359], 改封鄖城, 不免多一番紛更. 而憲宗第六女下嫁駙馬游泰[360]者, 亦號隆慶公主[361], 則不及追改矣.

又今四川劍州[362], 曾以宋孝宗[363]潛邸[364], 升爲隆慶府. 金章宗[365]徒單

유왕裕王이던 시절 시강학사를 맡았다. 가정 45년1566 서계徐階의 추천으로 문연각 대학사에 배수되었고, 융경 5년1571 내각수보를 맡았다. 신종神宗이 즉위한 뒤 장거정張居正과 태감 풍보馮保의 모략에 의해 내각수보의 자리에서 물러났다. 만력萬曆 6년1578 세상을 떠났으며, 시호는 문양文襄이다.

357 張 : 장거정을 말한다.

358 宣府 : 선부는 명초 변방에 설치한 9개의 중요 진鎭 중 하나인 선부진宣府鎭 : 지금의 허베이성 장자커우[張家口]시 쉬안화[宣化]구의 약칭이다. 영락 7년1409 선화부宣化府에 총병관總兵官을 두면서 선부진이라고 부르게 되었다.

359 隆慶郡王載墹 : 명나라 양장왕襄莊王 주후경朱厚熲, 1531~1566의 둘째 아들인 주재정朱載墹, 1555~1623을 말한다. 가정 44년1565 융경왕隆慶王에 봉해졌다가 목종의 연호와 봉호가 같아서 융경 3년1569 운성왕鄖城王으로 바꿔 봉해졌다.

360 游泰 : 유태游泰, 1459~1533는 명나라 영종의 부마도위駙馬都尉다. 그의 자는 중형仲亨이고 호는 동원東園이며 강소 염성鹽城 사람이다. 어전대도시위御前帶刀侍衛로서 금위군禁衛軍을 통솔해 헌종, 효종, 무종, 세종 네 황제의 안전을 책임졌다. 영종의 딸인 융경공주隆慶公主와 결혼해 부마도위가 되었다.

361 隆慶公主 : 융경공주隆慶公主, 1455~1480는 영종의 열한 번째 딸이다. 생모는 고숙비高淑妃다. 성화 9년1473 유태에게 시집가, 성화 15년1479 향년 25세의 나이로 죽었다. 유태와의 사이에 낳은 딸 유지游芝는 나중에 영국공 장륜張崙의 부인이 되었다.

362 劍州 : 검주劍州는 지금의 쓰촨성 북부 젠거[劍閣]현을 중심으로 한 지역에 존재했던 행정구역이다. 당 선천先天 2년713 검각劍閣이라는 이름에서 따와 명칭을 시주始州에서 검주로 바꾸고, 그 아래에 진안晉安, 재동梓潼 등 8개 현을 두었다. 송대에 들어오면서 검주는 그 소속이 차례로 서천로西川路, 천협로川峽路, 이주로 등으로 바뀌었다. 송 효종이 즉위하기 전 진안군왕晉安郡王에 봉해졌기 때문에 융흥隆興 2년1164 검주를 진안군절도晉安軍節度로 승격시켰고, 소희紹熙 원년1190에는 다시 융경부隆慶府로 승격시켰다. 원대에는 융경부에서 다시 검주로 바뀌었다.

363 宋孝宗 : 송나라 11대 황제이자 남송 2대 황제인 조신趙眘, 1127~1194을 말하며, 효종

后[366]宮, 亦名隆慶. 皆灼然耳目, 豈一時未遑審訂耶. 前此若宣宗宣德之號, 雖前所無, 但梁武[367]起兵, 用齊宣德太后[368]命令, 隋官有宣德郞[369]四

은 묘호다. 조신의 원래 이름은 백종伯琮이었는데, 신분이 바뀌면서 이름도 원瑗, 위瑋로 바뀌었고, 황태자에 책봉되면서 신昚으로 바뀌었다. 6세 때 후사가 없던 고종의 눈에 들어 황궁에서 자랐으며, 그 뒤로 보경군절도사保慶軍節度使, 건국공建國公, 진안군왕, 건왕建王이 되고, 소흥紹興 32년1162 황태자에 책봉되었다. 효종은 1162년부터 1189년까지 27년간 재위에 있었으며, 그동안 융흥隆興, 건도乾道, 순희淳熙 세 개의 연호를 사용했다. 순희 16년1189 아들인 조돈趙惇에게 양위한 뒤 태상황이 되었고, 소희 5년1194 붕어했다.

364 潛邸 : 처음으로 나라를 세운 왕이나 종실에서 들어온 왕이 왕위에 오르기 전에 살던 집이나 그 시기를 이르는 말.

365 金章宗 : 금나라의 제6대 황제인 완안영完顔璟, 1168~1208를 말하며, 장종은 묘호다. 완안영은 세종 완안옹完顔雍의 손자로 황태자였던 부친 완안윤공完顔允恭이 일찍 세상을 떠나자 황태손에 책봉되었고, 대정大定 29년1189 세종이 붕어하자 제위에 올랐다. 재위기간은 1189년부터 1208년까지이며, 재위기간 동안 명창明昌, 승안承安, 태화泰和 3개의 연호를 사용했다. 재위 중에 예악禮樂을 정하고 형법刑法을 정비했으며, 유서遺書를 수습하고 섬학양사贍學養士의 법을 제정했다. 태화 때 송나라 북벌군北伐軍을 격파했다. 태화 8년1208 병으로 세상을 떠났다.

366 徒單后 : 금 장종의 모친인 효의황후孝懿皇后, 1147~1191 도단씨徒單氏를 말한다. 황통皇統 7년1147 요양遼陽에서 태어났으며, 태자였던 완안윤공과 결혼해 훗날 장종인 완안영을 낳았다. 완안윤공이 세종보다 먼저 죽자 그의 아들인 완안영이 황태손에 책봉되었다. 세종이 붕어하면서 아들인 완안영이 제위에 오르자 도단씨는 황태후가 되었고, 그녀가 기거하던 인수궁仁壽宮은 융경궁隆慶宮으로 이름이 바뀌었다. 명창 2년1191 45세의 나이로 세상을 떠났다.

367 梁武 : 남북조 시기 양梁나라를 건국한 양 무제 소연蕭衍, 464~549을 말한다. 난릉군蘭陵郡 무진현武進縣 사람이다. 소연은 영원永元 3년501 남강왕南康王 소보융蕭寶融을 황제로 옹립했고, 중흥中興 2년502에는 소보융의 선위를 받아 남양南梁을 건국했다. 양 무제는 502년부터 549년까지 48년간 재위에 있으면서 송, 제 이래의 각종 폐단을 개혁하려 애썼다. 하지만 말년에는 불교에 심취해 태청太淸 2년548 '후경侯景의 난'이 일어나면서 향년 86세로 건강建康의 태성台城에 갇혀 죽었다. 시호는 무황제武皇帝이고 묘호는 고조다.

368 宣德太后 : 선덕태후宣德太后는 남제 문혜태자文惠太子 소장무蕭長懋의 아내이자 울릉왕鬱陵王 소소업蕭昭業의 생모인 왕보명王寶明, 455~512를 말한다. 왕보명은 아들 소소업

十人. 五代錢氏,[370] 曾號湖州[371]爲宣德軍. 宋正朝爲宣德門[372], 宋元豐[373]官制有宣德郞. 本朝洪武間有宣德侯[374], 金朝興元有宣德府, 卽今宣府是也, 似亦未能精考.

世宗入纘, 初擬紹治爲號, 而上不用. 此未必薄弘治爲不足紹, 而繼統不繼嗣之意已蓄于隱微, 特輔臣不及窺其端耳. 況嘉靖二字, 王守仁[375]

이 즉위하자 황태후가 되었고 그녀가 기거하는 궁전을 선덕궁宣德宮이라 했는데, 선덕태후라는 명칭은 여기서 비롯되었다. 융창隆昌 원년494 소란蕭鸞이 소소업과 소소문蕭昭文 두 황제를 폐위하고 선덕태후를 파양왕鄱陽王의 옛집으로 옮겨 기거하게 했다. 영원 3년 소연훗날 양 무제이 선덕태후의 명이라고 하면서 소보권蕭寶卷을 쫓아내고 소보융蕭寶融을 황제로 옹립한 뒤 선덕태후를 다시 선덕궁으로 모시고 섭정토록 했다. 선덕태후는 중흥 2년에 소연이 선양禪讓을 가장해 황위를 찬탈하자 궁 밖으로 나와 살다가 천감天監 11년512 향년 58세로 세상을 떠났다. 시호는 문안황후文安皇后다.

369 宣德郞 : 문관의 관직명으로, 수대에 처음 두어 청대까지 있었다. 당대와 송대에는 품계가 정칠품正七品이었다. 송 정화 4년에 선덕문宣德門과 이름이 같다고 해서 선교랑宣敎郞으로 호칭을 바꿨다. 명대와 청대에는 종육품이었다.

370 五代錢氏 : 오대십국 시기 907년에 전류錢鏐, 852~932가 세웠던 오월국吳越國을 말한다. 오월국은 978년 5대 왕인 전홍숙錢弘俶이 송에 영토를 받치며 귀순할 때까지 총 72년 동안 지속되었다. 오월국은 수도를 항주에 두었고, 영토는 지금의 저장성, 장쑤성 동남부, 상하이시와 푸젠성 동북부 일대에 걸쳐 있었다.

371 湖州 : 호주湖州는 오월국의 주요 지역이다. 후주 현덕 6년959 호주를 절진節鎭으로 승격시키고 선덕군宣德軍이라 불렀으며, 호주 자사刺史 전담錢偡을 절도사節度使로 삼았다.

372 宣德門 : 북송 시기 수도의 궁문 중 하나로, 황제가 신하들의 조례를 받던 곳이다.

373 元豐 : 송 신종 조욱趙頊의 연호로 1078년부터 1085년까지 8년간 사용되었다.

374 宣德侯 : 명나라의 개국공신인 김조흥金朝興, ?~1382를 말한다. 김조흥은 소巢 : 지금의 안후이성 차오후[巢湖] 사람이다. 원 지정 15년1355 주원장의 휘하에 들어가 진유량陳友諒과 장사성張士誠을 진압하고 원나라와의 전쟁에서 큰 공을 세웠다. 홍무 4년1371에는 또 부우덕傅友德을 따라 명하明夏를 정벌했다. 이러한 공로로 홍무 12년1379 선덕후宣德侯에 봉해졌다. 홍무 15년1382 운남을 진압하던 중 세상을 떠나 기국공沂國公에 봉해졌으며 시호는 무의武毅다.

已先示於所勒文矣, 讖應之說,[376] 良不可誣. 又嘉字古以紀年者不少, 惟宋寧宗之嘉泰[377], 當時離合之爲有力者喜[378]. 世宗甫卽位, 張[379]桂[380]輩

375 王守仁 : 왕수인王守仁, 1472~1529은 명대의 저명한 사상가다. 그의 자는 백안伯安이고 호는 양명陽明이며 시호는 문성文成이다. 절강浙江 소흥부紹興府 여요현餘姚縣 사람이다. 홍치 12년1499 진사로, 형부주사, 양광총독兩廣總督, 남경병부상서, 도찰원좌도어사都察院左都御史 등을 역임했다. 영왕 주신호의 반란을 진압한 공을 인정받아 정덕 16년1521 신건백新建伯에 봉해지고 작위의 세습이 허락되었다. 왕수인은 '양지良知가 천리天理'라고 주장하는 심학心學의 집대성자로 그의 학설인 양명학陽明學은 명대 사회에 큰 영향을 끼쳤다. 가정 7년1529 병사한 뒤, 융경 원년1567 신건후新建侯로 추증되었고 '문성'이라는 시호를 받았다. 만력 12년1584 공묘孔廟에 배향되었다. 저서로 『왕양명전집王陽明全集』, 『전습록傳習錄』, 『대학문大學問』 등이 있다.

376 讖應之說 : 모든 일은 미리 정해진 대로 나타난다는 설.

377 宋寧宗之嘉泰 : 『만력야획편』 중화서국본과 상해고적본에 모두 '송리종지가태宋理宗之嘉泰'라고 되어 있다. 그런데 가태嘉泰는 송 영종의 두 번째 연호로 1201년부터 1204년까지 총 4년간 사용되었다. 또 이어지는 문구 중 '유력자희有力者喜'는 심덕부가 『귀이집貴耳集』 권중卷中에 나오는 연호와 참위讖緯에 관한 내용을 근거로 했다고 생각되므로 '가태'라는 연호를 잘못 쓴 것은 아닐 것이다. 이종은 영종의 뒤를 이어 황제가 되었고 역시 '가嘉'자가 들어가는 '가희嘉熙'라는 연호를 사용했었기 때문에 심덕부가 잘못 적은 것으로 생각된다. 그러므로 '송리종지가태宋理宗之嘉泰'를 '송영종지가태宋寧宗之嘉泰'로 고쳐 썼다. 【역자 교주】 ◉ 영종寧宗 : 송나라의 제13대 황제이자 남송의 제4대 황제인 조확趙擴, 1168~1224의 묘호다. 영종寧宗은 광종光宗과 자의황후慈懿皇后 이씨李氏의 둘째 아들로, 영국공英國公, 평양군왕平陽郡王을 거쳐 순희淳熙 16년1189 가왕嘉王에 봉해졌다. 소희紹熙 5년1194 병약한 광종이 반 강제로 퇴위당하면서 황족인 조여우趙汝愚와 고종의 황후였던 오씨吳氏에 의해 황제로 옹립되었다. 영종의 치세 동안 사회는 안정되었고 백성들의 생활은 비교적 부유했으며 학문과 문화가 크게 발전했다. 특히 성리학자 주희朱熹가 유명한 저서들을 저술했다. 가태嘉泰 4년1204 억울하게 죽은 악비岳飛를 악왕鄂王으로 추봉하고 가태 6년1206에는 진회秦檜의 봉작封爵을 몰수해 투항파投降派에 타격을 주었다. 이에 권력의 위기를 느낀 한탁주韓侂冑가 충분한 준비도 없이 가태 6년 금나라에 대한 대규모의 북벌을 감행했다가 실패하자, 영종은 한탁주를 죽이고 그의 수급을 금에 보내 사죄하고 가정화의嘉定和議를 맺었다. 가정嘉定 17년1224 향년 57세로 붕어했다.

378 有力者喜 : '가嘉'라는 글자를 분해하면 '력力'과 '희喜'가 되므로, 분해한 글자를 가지고 뜻을 만들어 풀이하면 '힘 있는 자가 좋아한다有力者喜'가 된다. '유력자희有力

以廟議[381]驟得柄政, 盡逐故老, 非有力而何.

者喜'라는 구절은 송대 단평端平 연간에 장단의張端義가 쓴 『귀이집』의 내용 중 송대 연호와 참위에 관해 서술한 부분에 보인다. 그 구체적인 문장을 보면 "가태嘉泰는 '사대부는 모두 소인小人이며, 힘 있는 자가 기뻐한다'는 말이다[嘉泰, 曰士大夫皆小人, 有力者喜]"라고 되어 있다. 심덕부가 이 문장에 근거해 문장을 쓴 것으로 보인다.

379 張 : 명나라 가정 연간의 중신이자 '대례의大禮議 사건'의 주요 인물인 장총張璁, 1475~1539을 말한다. 장총의 자는 병용秉用이고 호는 나봉羅峰이며 시호는 문충文忠이다. 세종世宗의 이름과 음이 같아 피휘避諱해야 했기 때문에 세종이 부경孚敬이라는 이름을 하사해, 이후 장부경張孚敬으로 불렸다. 절강浙江 온주부溫州府 영가永嘉 사람이다. 가정 원년1522 진사 출신으로 한림학사, 병부시랑兵部侍郎, 화개전대학사, 문연각대학사를 거쳐 내각수보에까지 이르러 장각로張閣老라고도 불린다. 세종이 자신의 친아버지인 홍헌왕興獻王을 황제로 추존하려 해 대신들과 논쟁이 벌어진 '대례의 사건' 때 세종의 주장을 적극 지지해 세종의 총애를 받았다.

380 桂 : 명나라 가정 연간의 중신인 계악桂萼, ?~1531을 말한다. 계악의 자는 자실子實이고, 호는 견산見山이며, 시호는 문양文襄이다. 요주부饒州府 안인현安仁縣 사람이다. 정덕 6년1511 진사로 한림원학사, 예부시랑, 예부상서, 태자소보太子少保 겸 무영전대학사 등을 역임했다. 가정 초에 있었던 '대례의' 사건 때 장총과 함께 세종을 지지해 총애를 받았다. 저서에 『계문양공주의桂文襄公奏議』, 『역대지리지장歷代地理指掌』 등이 있다.

381 廟議 : 명나라 세종이 즉위하자마자 정덕 16년1521부터 가정 3년1524까지 3년에 걸쳐 벌어진 황통과 후사에 관계된 '대례의' 논쟁을 말한다. 세종은 홍헌왕의 아들이지만 백부인 효종의 계승인으로 제위에 올랐다. 그래서 태묘에 기록할 때 누구를 세종의 황고皇考로 할 것이냐의 문제와 생부 홍헌왕의 추존追尊 문제로 대학사 양정화楊廷和를 영수로 하는 원로대신들과 의례에 관한 논쟁이 발생했다. 양정화를 중심으로 하는 세력은 예법에 따라 효종을 황고로 하고 생부인 홍헌황은 황숙皇叔이 되어야 한다고 주장했다. 하지만 세종은 홍헌황이 황고가 되어야 한다고 생각했고, 세종의 이런 생각을 지지하는 장총과 계악 등은 '제위를 잇는 것이 후사를 잇는 것은 아니다[繼統不繼嗣]'라고 주장했다. 두 세력은 3년간 싸웠고 결국에는 세종을 등에 업은 장총 세력이 승리하면서 반대파 134명이 곤장을 맞고 하옥되었으며 그 중 17명이 죽고 일부는 파직되거나 귀향을 가는 것으로 마무리 되었다. '대례의' 논쟁에서 이긴 장총과 계악 등은 내각수보의 자리에까지 오르며 정권을 잡았고, 논쟁에서 진 양정화 등의 원로들은 세력이 크게 약화되었다.

예로부터 제왕들은 다 공신들의 신주神主를 배향했는데, 현 왕조에서는 중산왕中山王 서달 이하 열두 사람이 태조太祖께 배향되었다. 홍희 원년元年이 되면, 하간왕河間王 장옥張玉, 동평왕東平王 주능朱能, 영국공寧國公 왕진王眞, 영국공榮國公 요광효姚廣孝를 추가해 태종께 배향되었다. 그 뒤로는 열성조列聖朝의 신주를 태묘에 모실 때에 모두 옆에 배향된 신하가 없었으니, 이것은 현 왕조의 제례祭禮에 있어 가장 미비한 부분이지만 그것을 건의하는 이가 없었다. 다만 문민공文愍公 하언夏言이 예부상서로 있을 때 태조와 태종께 배향된 공신들이 다 무신武臣이라 적절치 않다고 건의하며 송대宋代처럼 문신文臣으로 바꾸기를 청했지만, 세종께서 따르지 않으시니 또 황제의 좌우에 배치하는 일을 요청할 겨를도 없었다. 세종께서 제사 의례를 정하실 때, 태조의 옆에 유기劉基를 올리고, 요광효를 빼 태종을 모시지 못하게 했는데, 이것은 세종의 뜻일 뿐만 아니라 온 나라의 공론公論이기도 했다. 다만 무리해서 무정후武定侯 곽영郭英을 배향 공신에 넣은 것은 곽영의 후손이 아첨해 이루어진 일이므로 호부좌시랑戶部左侍郞 당주唐冑가 곽영을 배향해서는 안 된다고 적극 반대했지만 황상께서 따르지 않으셨다. 이 일은 사람들이 흔쾌히 여기지 않았다. 내 생각에 태조와 태종께서 대신들을 배향하는데 누구를 마땅히 올리고 물려야 하는 지는 종묘에 관계된 것이라 오늘날 감히 함부로 의론할 만한 일은 아니다. 다만 인종부터 목종까지 묘당廟堂

이 총 여덟인데, 어찌 서한西漢의 병길丙吉과 위상魏相, 당대唐代의 요숭姚崇과 송경宋璟처럼 그 사람들을 소원함 없이 연이어 가까이 둔 것인지, 이것이 옳지 못한 전례典禮인데도 지금까지 거론하지 않았다는 것을 정말 이해하지 못하겠다.

내가 생각해보니 송의 열세 황제 중에 흠종欽宗만이 배향 공신이 없고, 다른 황제들은 모두 배향 공신이 있다. 송 태조께는 조보趙普와 조빈曹彬이 있고, 태종께는 설거정薛居正, 반미潘美, 석희재石熙載가 있으며, 진종眞宗께는 이항李沆, 왕단王旦, 이계륭李繼隆이 있다. 인종께는 왕증王曾, 여이간呂夷簡, 조위曹瑋가 있고, 영종께는 한기韓琦와 증공량曾公亮이 있으며, 신종神宗께는 부필富弼이 있었는데 나중에 부필을 빼고 왕안석王安石을 썼다가 결국에는 또 왕안석을 빼고 부필을 넣었다. 철종哲宗께는 채확蔡確이 있었는데 나중에 채확을 빼고 사마광司馬光으로 바꿨으며, 휘종께는 한충언韓忠彦이 있다. 이 중 조빈, 반미, 이계륭, 조위는 무신이고, 나머지 사람들은 모두 문신이다. 남쪽으로 옮긴 후, 고종께서는 조정趙鼎, 여이호呂頤浩 두 문신과 한세충韓世忠, 장준張浚 두 무신을 썼는데 아마도 재건再建이 개국開國과 마찬가지라고 여겨서인 것 같다. 효종孝宗께는 진강백陳康伯과 사호史浩가 있고, 광종光宗께는 갈필葛邲이 있으며, 영종寧宗께는 조여우趙汝愚가 있는데 다 순수한 문신들이다.

그러니 하언의 의론이 굳이 잘못됐다고 할 수는 없다. 내가 예전에 멋대로 생각해봤는데, 인종 때의 황회와 건의, 선종 때의 금유자와 양사기, 영종 때의 양부楊溥와 이현李賢, 경제景帝는 비록 태묘에 들어가지는 못했지만 그 시기에 역시 우겸于謙과 왕직王直 같은 사람들이 있었고, 헌종 때의 상로商輅와 팽시彭時, 효종 때의 유건劉健과 유대하劉大夏, 무종 때의 이동양李東陽과 양정화楊廷和, 세종 때의 장부경張孚敬과 서계徐階, 목종 때의 고공高拱과 양박楊博 등은 모두 뽑힐 만한 자들인데 초야草野의 견해가 채택될 수 있는지는 모르겠다.

○ 당주는 곽영을 배향하는 것에 반박하면서, 태조께서 배향할 공신을 손수 정하신 지 16년 뒤에야 곽영이 부장副將으로써 대장 부우덕傅友德을 따라 운남雲南을 평정하고 비로소 무정후에 봉해졌으니, 곽영이 무정후의 작위를 받게 된 것은 운남을 평정한 공로 때문이지 개국의 공로 때문이 아니라고 말했다. 그의 주장이 더 타당했지만 세종께서는 끝내 듣지 않으셨다.

원문 太廟功臣配享

古來帝王皆有功臣侑食, 本朝惟中山王徐達以下十二人, 配享太祖. 至洪熙元年, 又加河間王張玉[382], 東平王朱能[383], 寧國公王眞[384], 榮國公姚

382 河間王張玉 : 중화서국본 『만력야획편』에는 '청하왕장옥淸河王張玉'으로 되어 있는데, 『명사明史』와 『인종실록仁宗實錄』에서 장옥에 대해 언급되어 있는 부분에서는 모두 장옥이 하간왕에 봉해졌다고 기록되어 있다. 따라서 『명사』와 『인종실록』에 근거해 '하간왕河間王'으로 고쳤다. 〖역자 교주〗 ◉ 장옥張玉, 1343~1401은 명초明初의 장군으로, 자는 세미世美이고, 시호는 충무忠武다. 하남河南 상부祥符 사람이다. 장옥은 원래 원나라 조정에서 추밀지원樞密知院을 지내다가 명나라에 투항한 뒤 연왕燕王 주체朱棣의 휘하에 들어갔다. 정난의 변 때 연왕군의 선봉에 서 여러 차례 전공을 세웠다. 건문建文 2년1401 동창東昌에서 건문제의 군대와 싸울 때 주체를 구하기 위

廣孝, 陪祀太宗. 此後列聖祔廟, 俱無臣子侑食于旁, 此聖朝[385]祀典第一缺事[386], 而建白無及之者. 惟夏文愍言[387]爲禮卿時, 曾建論謂二祖[388]所配皆武臣, 未確, 請如宋世, 易以文臣, 而世宗不從, 然亦未暇以列帝左右爲請也. 世宗訂定祀典, 進劉基[389]于太祖之側, 而斥姚廣孝, 不使得侍

해 적진에 뛰어들었다가 전사했다. 영락 원년1402 영국공英國公으로 추증되었고 충현忠顯이라는 시호를 받았다. 홍희 원년1425 하간왕河間王으로 추증되고 시호도 '충무忠武'로 바뀌었으며, 주능朱能, 왕진王眞, 요광효姚廣孝와 함께 태묘에 배향되었다. 영국공의 작위는 장옥의 9대손에게까지 세습되었고, 특히 아들 장보張輔와 손자 장무張懋는 각각 정흥왕定興王과 영양왕寧陽王으로 추증되었다.

383 東平王朱能 : 주능朱能, 1370~1406은 명초의 명장이다. 그의 자는 사홍士弘이고, 안휘安徽 회원懷遠 사람이다. 정난의 변 때 장옥과 함께 북평北平의 구문九門을 빼앗고 10만 남군南軍을 항복시키는 등 큰 전공을 세워 성국공成國公에 봉해졌고 태자태부太子太傅에 제수되었다. 영락 4년1406 정이장군征夷將軍으로서 안남安南을 정벌하러 갔다가 병사했다. 사후에 동평왕東平王으로 추증되었고 시호는 무열武烈이다. 성국공의 작위는 명이 망할 때까지 주능의 후손에게 세습되었다.

384 寧國公王眞 : 왕진王眞, ?~1402은 명초의 장군으로, 섬서승선포정사사陝西承宣布政使司 서안부西安府 함녕현咸寧縣 사람이다. 연왕 주체가 정난의 변을 일으켰을 때, 장옥, 주능과 함께 북경의 아홉 문을 공격해 탈환하고 연이은 여러 전투에서 큰 공을 세웠다. 비하淝河 전투에서 원군援軍이 끊기고 중상을 입게 되자 적군의 손에 죽을 수 없다며 자살했다. 주체가 황제에 즉위한 뒤 그를 금향후金鄉侯에 봉하고 충장忠壯이라는 시호를 내렸다. 인종 때 다시 그를 영국공寧國公에 봉했다.

385 聖朝 : 백성들이 당대의 왕조를 높여 이르는 말.

386 缺事 : 유감스러움을 느끼는 일.

387 夏文愍言 : 명 중기의 정치가이자 문학가인 하언을 말한다.

388 二祖 : 여기서는 명 태조 주원장과 명 태종, 즉 성조 주체를 가리킨다.

389 劉基 : 유기劉基, 1311~1375는 명나라의 개국공신이다. 그의 자는 백온伯溫이며, 절강浙江 청전青田 사람이라서 유청전劉青田이라고도 부른다. 원나라 순제順帝 원통元統 원년1333에 진사가 되어, 고안현승高安縣丞과 강절유학부제거江浙儒學副提擧를 지냈으나 자신의 건의가 받아들여지지 않자 사직하고 고향에 은거했다. 지정至正 20년1360 주원장朱元璋의 모사謀士가 되어, 진우량陳友諒과 장사성張士誠에 대한 대응책을 제시하며 천하를 통일하고 명나라를 건국하는데 중요한 역할을 했다. 명나라가 건국된 뒤 어사중승御史中丞에 오르고 성의백誠意伯에 봉해졌다. 홍무洪武 4년1371 역법曆法 제

太宗, 此不特聖主獨見, 亦海內公論. 惟濫入武定侯郭英[390], 則以元孫[391]佞倖得之, 戶部左侍郎唐冑曾力爭以爲不可, 而上不從, 惟此未愜人心耳. 愚謂二祖陪祀大臣, 宜進宜退, 事關宗廟, 非今日所敢擅議, 惟自仁宗[392]以至穆宗, 凡八廟矣,[393] 豈少疏附後先如丙魏[394]姚宋[395]其人者, 乃

정과 군정체제 건립에 공헌한 뒤 홍문관학사弘文館學士로 관직에서 물러났다. 무종 정덕 9년1514 태사太師로 추서追敍되고, 문성文成이라는 시호를 받았다.

390 武定侯郭英 : 곽영郭英, 1335~1403은 명초의 장군으로, 호주濠州 사람이다. 형 곽흥郭興과 함께 주원장을 따라 기병起兵했다. 그 뒤 주원장, 서달, 상우춘常遇春과 함께 진우량陳友諒 및 장사성張士誠을 물리치고 중원中原과 운남雲南 등지를 평정했다. 홍무 17년1384에 무정후武定侯에 봉해졌다. 영락 원년1403 세상을 떠난 뒤 영국공營國公으로 추서되었고, 위양威襄이라는 시호를 받았다.

391 元孫 : 원손元孫에는 한 집안의 맏이인 손자 즉 장손長孫이라는 뜻과 4대 손인 현손玄孫의 뜻이 있다. 세종에게 곽영을 태묘에 배향하도록 주청하고 그 일이 성사되도록 힘쓴 것은 곽영의 6대 손인 곽훈郭勳이었으므로, 여기서는 후손이라 해석했다. 곽영의 신주를 태묘에 배향하게 된 사건의 기록은 『세종실록』 권 198에 보인다.

392 仁宗 : 명나라 제4대 황제 주고치朱高熾, 1378~1425의 묘호다. 재위기간은 1424년부터 1425년까지로 1년이 채 되지 않으며, 연호는 홍희다. 성조 영락제의 장자로 어릴 때부터 문무文武에 빼어났다. 영락제가 정난의 변을 일으켰을 때 북경을 지켰으며, 영락제 즉위 후 1404년 황태자로 책봉되었다. 몽고 원정에서 돌아오던 도중 영락제가 병으로 쓰러지자, 그의 뒤를 이어 황위에 올랐다. 1년의 짧은 재위기간이었지만 깨끗한 정치를 했다. 시호가 경천체도순성지덕홍문흠무장성달효소황제敬天體道純誠至德弘文欽武章聖達孝昭皇帝라서 소황제昭皇帝라고도 부른다. 명십삼릉 중의 헌릉獻陵에 묻혔다.

393 惟自仁宗以至穆宗, 凡八廟矣 : 명대에는 총 16명의 황제가 있었는데, 인종부터 목종까지는 인종, 선종, 영종, 대종, 헌종, 효종, 무종, 세종, 목종의 총 9명이다. 그 중 대종은 영종이 복위하며 폐위되어 태묘에 들어가지 못했으므로 총 8명이다. 따라서 묘실廟室 또한 8개라고 한 것이다.

394 丙魏 : 서한西漢 선제宣帝 때의 승상丞相이었던 병길丙吉, ?~B.C.55과 위상魏相, ?~B.C.59을 말한다. 병길의 자는 소경少卿이고 노국魯國 사람이다. 병길의 성은 '병邴'으로 쓰기도 한다. 선제의 옹립에 힘쓴 공로로 원강元康 3년B.C.63에 박양후博陽侯에 봉해지고, 신작神爵 3년B.C.59 승상이던 위상이 세상을 떠나면서 그의 뒤를 이어 승상이 되었다. 위상의 자는 약옹弱翁이고 제음군濟陰郡 정도현定陶縣 사람이다. 선제 즉위 후 대사농

曠典至今不擧, 眞不得其解.

竊嘗考宋十三帝, 惟欽宗[396]無配享, 其他帝皆有侍臣. 太祖[397]則趙普, 曹彬[398], 太宗[399]則薛居正[400], 潘美[401], 石熙載[402], 眞宗[403]則李沆[404], 王旦[405],

大司農, 어사대부御史大夫로 기용되었고 관직이 승상에까지 이르렀으며 고평후高平侯에 봉해졌다. 병길과 위상은 한 마음으로 선제를 도와 백성들이 안락한 삶을 살 수 있는 정치를 펼쳤다.

395 姚宋 : 당 현종玄宗 개원開元 연간에 승상을 지낸 요숭姚崇, 651~721과 송경宋璟, 663~737을 말한다. 요숭의 원래 이름은 원숭元崇이지만 나중에 현종의 연호인 개원의 원元자를 피휘해 이름을 숭崇으로 바꿨다. 그의 자는 원지元之이며 섬주陝州 협석硤石 사람이다. 요숭은 행정뿐만 아니라 군사 업무에도 능한 정치인으로, 무측천武則天, 중종中宗, 예종睿宗, 현종을 모셨는데, 그 사이에 두 번이나 재상宰相을 지냈다. 현종 때는 양국공梁國公에 봉해졌다. 송경은 형주邢州 남화南和 사람으로 박학다식하고 다재다능해, 무측천부터 현종에 이르기까지 다섯 황제를 모셨다. 개원 17년729에 상서우승상尙書右丞相에 제수되었고 광평군공廣平郡公에 봉해졌다. 요숭과 송경은 '개원성세開元盛世'를 이루는데 정치, 경제적 기반을 마련해 현상賢相으로 이름이 높았다.

396 欽宗 : 송나라 제9대 황제인 조환趙桓, 1100~1161의 묘호다. 흠종欽宗의 재위기간은 1126년부터 1127년까지이며, 연호는 정강靖康이다. 정강 2년 부친인 휘종과 함께 금나라의 포로가 되어 북쪽으로 끌려가면서 북송北宋의 마지막 황제가 되었다.

397 太祖 : 송의 개국황제인 태조 조광윤을 말한다.

398 曹彬 : 북송의 개국 명장이다. 조빈曹彬, 931~999의 자는 국화國華이고 진정眞定 영수靈壽 사람이다. 후주 태조 곽위郭威의 비妃 장씨張氏의 외손자로, 조광윤을 도와 송을 건국하고 북송 초기 통일 전쟁에서 큰 공을 세웠다. 함평 2년999 69세의 나이로 세상을 떠나자, 제양군왕濟陽郡王에 추서되었고 무혜武惠라는 시호를 받았다.

399 太宗 : 송나라 제2대 황제인 조광의趙光義, 939~997의 묘호다. 조광의의 본명은 광의匡義인데, 나중에 태조 조광윤趙匡胤의 이름을 피휘해 광의光義로 개명했고, 황제로 즉위한 뒤에는 다시 경炅으로 개명했다. 개보開寶 9년976 태조가 붕어한 뒤 황제로 등극했다. 재위기간은 976년부터 997년까지의 총 21년이다. 재위기간 동안 오월왕五越王 전숙錢俶에게 장주漳州와 천주泉州를 헌납 받고, 북한北漢을 멸망시켰다. 중앙집권을 강화하고, 당말唐末 이후로 무武를 중시하고 문文을 경시하던 관습을 개혁했다.

400 薛居正 : 설거정薛居正, 912~981은 북송의 대신이자 사학자다. 그의 자는 자평子平이고 개봉開封 준의浚儀 사람이다. 후당後唐 청태淸泰 2년935 진사 출신으로, 후주後周에서 간의대부諫議大夫, 형부랑중刑部郎中을 지내고, 송 초기에 호부시랑戶部侍郎, 참지정사

李繼隆[406], 仁宗[407]則王曾[408], 呂夷簡[409], 曹瑋[410], 英宗[411]則韓琦[412], 曾公

參知政事, 평장사平章事, 사공司空 등을 역임했다. 태평흥국太平興國 6년981 단사丹砂 중독으로 죽었다. 함평咸平 2년999 송 태종의 묘정廟庭에 배향되었다. 저서로 『구오대사舊五代史』가 있다.

401 潘美 : 반미潘美, 925~991는 북송의 개국 명장으로, 자는 중순仲詢이고 대명大名 사람이다. 송 태조 조광윤과 친분이 두터워 송이 개국한 뒤 중용되었다. 태조를 따라 이중진李重進의 반란을 평정했으며, 남한南漢, 남당南唐, 북한北漢 등을 멸망시켰다. 또 안문雁門 전투에서 공을 세워 대국공代國公에 이어 한국공韓國公에 봉해졌다. 그러나 옹희雍熙 3년986 요遼나라 정벌에 실패해 검교태보檢校太保로 강등되었으며, 순화淳化 2년991 향년 67세로 죽었다. 사후에 중서령中書令으로 추증되었으며 시호는 무혜武惠다. 함평 2년999 태종의 묘정에 배향되었다.

402 石熙載 : 석희재石熙載, 928~984는 북송의 관리로, 자는 응적凝績이고 하남河南 낙양洛陽 사람이다. 오대五代 후주 세종 현덕顯德 2년955 진사로, 북송 초에 장서기掌書記, 개봉부추관開封府推官, 형부시랑刑部侍郎, 호부상서戶部尙書, 추밀사樞密使 등을 지냈다. 태평흥국 9년984 57세의 나이로 세상을 떠났다. 시중侍中에 추증되었고, 시호는 원의元懿다. 함평 2년999 태종의 묘정에 배향되었다.

403 眞宗 : 북송의 제3대 황제인 조항趙恒, 968~1022의 묘호다. 진종眞宗은 송 태종의 셋째 아들로 본명은 조덕창趙德昌인데 나중에 조원휴趙元休와 조원간趙元侃으로 개명했다. 지도至道 원년995 태자에 책봉되면서 다시 이름을 항恒으로 바꿨다. 재위기간은 997년부터 1022년까지다. 경덕景德 원년1004 요나라와 화친을 맺고 매년 은 10만 냥과 비단 20만 필을 조공으로 바치기로 했다. 그 뒤 전쟁의 위협이 줄어들자 북송의 경제는 비약적으로 발전했다. 재위 25년이 되던 해인 건흥乾興 원년1022 55세의 나이로 붕어했다.

404 李沆 : 이항李沆, 947~1004은 북송 시기의 관리이자 문학가다. 자는 태초太初이고 명주洺州 비향肥鄕 사람이다. 태평흥국 5년980 진사로, 한림학사, 급사중給事中, 참지정사, 중서시랑中書侍郎, 문하시랑門下侍郎 등의 벼슬을 지냈다. 경덕 원년1004 향년 58세로 세상을 떠나자 중서령에 추증되었으며 시호는 문정文靖이다. 건흥 원년1022 진종의 묘정에 배향되었다.

405 王旦 : 왕단王旦, 957~1017은 북송 시기의 대신으로, 자는 자명子明이고 대명부大名府 신현莘縣 사람이다. 태평흥국太平興國 5년980에 진사가 되어, 저작랑著作郎, 동지추밀원사同知樞密院事, 참지정사參知政事, 재상 등의 벼슬을 지냈다. 저작랑으로 있을 때 『문원영화文苑英華』의 편찬에 참여했고, 경덕景德 3년1006 재상으로 있을 때 『양조국사兩朝國史』를 감수했다. 사후에 태사太師, 상서령尙書令 겸 중서령, 위국공魏國公으로 추증되었으며, 시호는 문정文正이다.

406 李繼隆 : 이계륭李繼隆, 950~1005의 자는 패도覇圖이고, 노주潞州 상당上黨 사람이다. 북송의 명장으로 소훈각이십사공신昭勳閣二十四功臣 중의 하나이다. 후촉後蜀, 남당, 북한 정벌에서 여러 차례 전공戰功을 세웠다. 경덕 2년1005 56세로 세상을 떠나자 중서령에 추증되었고, 시호는 충무忠武다. 건흥 원년1022 진종의 묘정에 배향되었다.

407 仁宗 : 북송의 제4대 황제인 조정趙禎, 1010~1063의 묘호다. 인종仁宗은 진종의 여섯 번째 아들로, 경국공慶國公, 수춘군왕壽春郡王, 승왕昇王을 거쳐, 천희 2년1018에 황태자에 봉해졌다. 원래 이름은 조수익趙受益이었는데, 황태자에 봉해지면서 '조정'이라는 이름을 하사받았다. 건흥 원년1022 13세의 나이로 제위에 오르자 장헌태후章獻太后가 수렴청정을 했고 명도明道 2년1033에 친정親政을 시작했다. 재위기간은 1022년부터 1063년까지다. 재위 중에 강대해진 서하西夏와의 전쟁에서 여러 차례 패하고 요나라 또한 관남關南 지역을 습격해 왔으므로, 굴욕적인 강화를 맺고 요나라에는 세폐歲幣를 늘려주고 서하에도 은, 비단, 차 등을 보내 화의和議를 요청했다. 날로 심각해지는 통치 위기로 인해 경력慶曆 3년1043 범중엄范仲淹을 참지정사로 기용해 '경력신정慶曆新政'을 단행했지만 반대 세력의 반발로 중지되었다. 가우嘉祐 8년1063 향년 54세로 붕어했는데, 재위기간이 송대 황제 중 가장 긴 42년이다.

408 王曾 : 왕증王曾, 978~1038의 자는 효선孝先이고 청주青州 익도益都 사람이다. 송 진종 함평 5년1002 진사로 이부시랑吏部侍郎, 중서시랑, 참지정사, 동중서문하평장사同中書門下平章事를 역임했다. 유태후劉太后의 친인척이 발호跋扈하는 것을 견제하다가 청주지주青州知州로 쫓겨났는데, 경우景祐 원년1034에 다시 중앙 정부에 들어와 추밀사가 되었다. 경우 2년 재상이 되고 기국공沂國公에 봉해졌다. 보원寶元 원년1038 향년 61세로 세상을 떠났으며, 시호는 문정文正이다.

409 呂夷簡 : 여이간呂夷簡, 979~1044은 북송의 정치가로, 자는 탄부坦夫이고 회남로淮南路 수주壽州 사람이다. 진종 함평 3년1000 진사에 합격한 뒤, 형부낭중刑部郎中, 우간의대부右諫議大夫, 참지정사, 동평장사同平章事 등을 역임했다. 경우 2년1035 신국공申國公에 봉해졌고, 경력 원년1041 허국공許國公에 봉해졌다. 경력 4년1044 향년 66세로 세상을 떠났으며, 시호는 문정文靖이다. 가우 8년1063 인종의 묘정에 배향되었다.

410 曹瑋 : 조위曹瑋, 973~1030는 북송의 명장으로, 자는 보신寶臣이고 진정眞定 영수靈壽 사람이다. 장군 가문 출신으로 19세에 부친 조빈曹彬의 추천으로 위주지주渭州知州를 지냈고, 그 뒤 선휘북원사宣徽北院使, 첨서추밀원사簽書樞密院事, 창무절도사彰武節度使 등을 역임했다. 천성天聖 8년1030 58세의 나이로 세상을 떠났으며 시호는 무목武穆이다. 가우 8년 인종의 묘정에 배향되었다.

411 英宗 : 북송의 제5대 황제인 조서趙曙, 1032~1067의 묘호다. 영종은 태종의 증손이자 복왕濮王 조윤양趙允讓의 13번째 아들이다. 원래 이름은 종실宗實이었는데, 인종 가우 7년1062 황태자로 책봉되면서 이름을 서曙로 바꾸었다. 1063년 인종이 죽자 황

亮[413], 神宗[414]則富弼[415], 後斥弼而用王安石[416], 最後又斥安石仍用弼, 哲

위에 올랐으며, 파탄된 재정을 재건하기 위해 개혁에 착수했다. 하지만 개혁에 반대하는 세력이 강했고 또 영종 자신도 병약해, 재위 4년 만인 1067년 향년 36세로 세상을 떠나면서 개혁은 실패로 돌아갔다.

412 韓琦 : 한기韓琦, 1008~1075는 북송의 대신이다. 그의 자는 치규稚圭이고, 호는 공수贛叟이며, 시호는 충헌忠獻이다. 상주相州 안양安陽 사람으로, 인종 천성天聖 5년1027 진사다. 장작감승將作監丞, 개봉부추관開封府推官, 태상박사太常博士, 우사간右司諫 등의 벼슬을 지냈다. 서하西夏와의 전쟁이 일어났을 때, 범중엄范仲淹과 함께 군대를 이끌고 서하를 정벌해 군중軍中에서 위엄과 덕망이 높았다. 인종, 영종, 신종神宗 이렇게 세 황제를 모셨으며, 10년간 재상을 지냈다. 영종의 묘정에 배향되었고, 휘종 때 위군왕魏郡王으로 추서追敍되었다.

413 曾公亮 : 증공량曾公亮, 999~1078은 북송의 관리이자 사상가다. 자는 명중明仲이고 호는 낙정樂正이며, 천주泉州 진강晉江 사람이다. 인종 천성 2년1024 진사로, 한림학사, 단명전학사端明殿學士, 참지정사, 추밀사, 동평장사同平章事 등을 역임했으며, 연국공兗國公과 노국공魯國公에 봉해졌다. 1078년 향년 80세로 세상을 떠났고, 시호는 선정宣靖이며, 영종의 묘정에 배향되었다.

414 神宗 : 북송의 제6대 황제인 조욱趙頊, 1048~1085의 묘호다. 신종神宗은 영종의 큰 아들로, 치평 3년1066 황태자로 책봉되고 그 다음해에 황위에 올랐다. 이때 서하와 요遼의 압박과 어려운 재정 상황을 타개하기 위해, 왕안석을 재상으로 기용해 신법新法으로 개혁을 도모했지만 성공하지 못했다. 재위기간은 1067년부터 1085년까지다.

415 富弼 : 부필富弼, 1004~1083은 북송 시대의 명재상이다. 그의 자는 언국彦國이고 낙양洛陽 사람이다. 천성天聖 8년1030 무재이등茂才異等에 합격해 장작감승將作監丞, 직집현원直集賢院, 지간원知諫院 등에 제수되었다. 경력慶曆 2년1042 요遼나라에 사신으로 가 공물을 늘이는 조건으로 협상하다가 영토를 할양하라는 요구를 거절했다. 추밀부사樞密副使로 있을 때 범중엄范仲淹과 함께 경력신정慶曆新政을 진행했다. 지화至和 2년1055 재상이 되었고, 영종이 즉위한 뒤 추밀사樞密使가 되었지만 병으로 사직하고 정국공鄭國公에 봉해졌다. 희녕熙寧 2년1069 다시 재상이 되어 왕안석의 변법變法에 반대했다. 원풍元豐 6년1083 80세로 세상을 떠났으며 '문충文忠'이라는 시호를 받았다. 원우元祐 원년1086 신종神宗의 신묘神廟에 배향되었다.

416 王安石 : 왕안석王安石, 1021~1086은 북송의 유명한 정치가이자 사상가다. 자는 개보介甫이고, 호는 반산半山이며, 임천臨川 사람이다. 경력 2년1042 진사 출신으로, 양주첨판揚州簽判, 서주통판舒州通判, 참지정사 등의 벼슬을 거쳐 희녕 3년1070에 재상이 되어 변법을 추진했다. 하지만 수구파守舊派의 반대로 개혁에 실패하고 벼슬에서 물

宗[417]則蔡確[418], 其後斥確改司馬光[419], 徽宗則韓忠彥[420], 以上惟彬美繼隆瑋武臣, 餘皆文臣也. 南渡, 高宗用趙鼎[421], 呂頤浩[422]二文臣, 韓世忠[423],

---

러나 강녕江寧에 은거했다. 원우 원년1086 66세로 세상을 떠났으며 시호는 문文이다. 경학經學에 정통했고 산문散文 방면에서 걸출한 성취를 이루어, 한유韓愈, 유종원柳宗元, 구양수歐陽修, 소식蘇軾 등과 함께 '당송팔대가唐宋八大家'로 일컬어진다.

417 哲宗 : 북송 제7대 황제인 조후趙煦, 1077~1100의 묘호다. 철종哲宗은 북송 제6대 황제인 신종神宗의 여섯 번째 아들로 균국공均國公, 연안군왕延安郡王을 거쳐 원풍 8년1085 태자에 책봉되었으며, 같은 해 9세의 나이로 제 7대 황제로 즉위했다. 어린 나이에 황제가 되었으므로 선인태후宣仁太后 고씨高氏가 15년간 수렴청정을 했고, 원우 8년1093 선인태후가 서거하면서 철종의 친정親政이 시작되었다. 철종은 선인태후 시절 시행되던 구법舊法을 버리고 신종 때 실시했던 신법新法을 채용했으며, 신법파 관료인 장돈章惇을 재상으로 삼고 『신종실록神宗實錄』을 중수重修했다. 원부元符 3년1100 24세의 나이로 서거했다. 재위기간은 16년이다.

418 蔡確 : 채확蔡確, 1037~1093은 북송의 대신이다. 그의 자는 지정持正이고, 천주泉州 진강晉江 사람이다. 인종 가우 4년1059 진사로 빈주邠州 사리참군司理參軍으로 부임했다. 신종 원풍 5년 상서우복야尙書右僕射가 되었고, 철종 즉위 후 좌복야左僕射가 되었다.

419 司馬光 : 사마광司馬光, 1019~1086은 북송 때의 정치가이자 학자다. 그의 자는 군실君實이고, 호는 우수迂叟이며, 시호는 문정文正이다. 섬주陝州 하현夏縣 속수涑水 사람이라 속수선생涑水先生이라고도 하며, 사후에 온국공溫國公에 봉해져 사마온공司馬溫公이라고도 부른다. 인종 보원寶元 원년1038 진사가 되어, 지간원知諫院, 한림학사, 권어사중승權御史中丞, 용도각도학사龍圖閣道學士 등을 역임했다. 왕안석이 시행한 신법新法에 극력 반대해 15년 동안 조정에서 물러나 낙양洛陽에 살면서 역사서 『자치통감資治通鑑』을 편찬했다. 철종이 어린 나이에 즉위해 태황태후太皇太后 고씨高氏가 수렴청정을 하게 되면서 문하시랑門下侍郞으로 기용되었다. 그후 상서좌복야尙書左僕射에 오르면서 조정을 장악했다. 이때 신법을 철폐하고 옛 제도를 다시 회복시켰다.

420 韓忠彥 : 한충언韓忠彥, 1038~1109은 북송 시기의 정치가다. 그의 자는 사박師朴이고, 시호는 문정文定이며, 상주相州 안양安陽 사람이다. 위군왕 한기의 장자長子다. 개봉부開封府 판관判官, 지영주知瀛州, 급사중, 예부상서 등을 역임했다. 철종 때 정치적 입장의 차이로 인해 정주定州 지주知州로 쫓겨 나갔다가, 휘종이 즉위하면서 문하시랑門下侍郞이 되어 조정으로 돌아왔다. 그 뒤 상서우복야尙書右僕射 겸 중서시랑이 되었다. 집정執政 기간 내내 우상右相 증포曾布와 마찰을 빚었으며, 결국 대명부大名府 지부地府로 쫓겨났다. 대관大觀 3년1109 선봉대부宣奉大夫로 사직하고, 같은 해 8월 72세의 나이로 세상을 떠났다.

張浚[424]二武臣, 蓋以再造與開國同也. 孝宗則陳康伯[425], 史浩[426], 光宗[427]

---

421 趙鼎 : 조정趙鼎, 1085~1147은 남송 초기의 정치가다. 그의 자는 원진元鎭이고 호는 득전거사得全居士이며 시호는 충간忠簡이다. 해주解州 문희聞喜 사람이다. 휘종 숭녕崇寧 5년1106 진사가 된 뒤, 우사간右司諫, 전중시어사殿中侍御史, 어사중승御史中丞, 참지정사參知政事, 우상右相, 좌상左相 등을 역임했다. 고종 소흥紹興 7년1137 좌상으로 있을 때 금나라와 화친하는 것을 반대하다가 진회秦檜의 미움을 사 조주潮州로 폄적되었고 다시 길양군吉陽軍으로 옮겼다. 진회가 자신을 죽이려는 것을 알고는 곡기를 끊고 굶어 죽었다. 순희淳熙 15년1188 고종의 묘정廟庭에 배향되었다.

422 呂頤浩 : 여이호呂頤浩, 1071~1139는 남송 초기의 명재상이다. 그의 자는 원직元直이고, 시호는 충목忠穆이며, 창주滄州 악릉樂陵 사람인데 나중에 제주齊州로 옮겼다. 철종 소성紹聖 원년1094에 진사가 되어 하북도전운사河北都轉運使, 강동안무제치사江東按撫制置使 겸 양주揚州 지주知州, 동중서문하평장사同中書門下平章事, 소부少傅, 예천관사醴泉觀使 등의 벼슬을 역임했다. 소흥 9년1139 세상을 떠난 뒤 진국공秦國公에 추증되었다. 순희 15년1188 고종의 묘정에 배향되었다.

423 韓世忠 : 한세충韓世忠, 1089~1151은 남송 시기의 명장이다. 그의 자는 양신良臣이고, 만년의 호는 청량거사淸凉居士이며, 시호는 충무忠武다. 연안延安 사람이다. 악비岳飛, 장준張浚, 유광세劉光世와 함께 '중흥사장中興四將'으로 불린다. 집안이 가난해 18세에 종군從軍한 뒤 방랍方臘의 난, 묘부苗傅와 유정언劉正彦의 난, 범여范汝의 난 등을 평정하며 큰 공을 세웠다. 화의和議에 반대하며 진회가 나라를 그르친다고 상소를 올렸다가 파직되어 예천관사醴泉觀使로 쫓겨났다. 악비가 억울하게 죽자 그 이유를 진회에게 따져 물은 일화는 유명하다. 소흥 21년1151 63세의 나이로 세상을 떠났다. 사후에 태사太師 겸 통의군왕通義郡王에 추증되었고 효종 때 기왕蘄王에 추봉追封되었다. 송 고종의 묘정에 배향되었다.

424 張浚 : 장준張浚, 1094~1164은 남송 시기의 명재상이자 명장이다. 자는 덕원德遠이고, 세칭 자암선생紫巖先生으로 불리며, 시호는 충헌忠獻이다. 한주漢州 면죽綿竹 사람이다. 휘종 정화政和 8년1118에 진사가 되어 시어사侍御史, 예부시랑, 지추밀원사知樞密院事, 상서우복야尙書右僕射 등의 벼슬을 지냈다. 여러 차례 금나라를 물리치며 금나라와의 화친和親에 반대해, 진회가 정권을 잡자 20년 가까이 배척당했다. 융흥隆興 2년1164에 병사했다.

425 陳康伯 : 진강백陳康伯, 1097~1165은 남송 시기의 명신名臣이다. 자는 장경長卿 또는 안후安侯이고, 신주信州 익양弋陽 사람이다. 휘종 선화 3년1121에 진사가 되어 태상박사太常博士, 참지정사參知政事, 상서우복야, 상서좌복야尙書左僕射, 동평장사同平章事 등의 벼슬을 역임했으며, 노국공魯國公에 봉해졌다. 건도乾道 원년1165 69세의 나이로 병사했다. 사후에 태사太師로 추증되었고, 문공文恭이라는 시호를 받았다. 영종寧宗 때 효

則葛邲[428], 寧宗則趙汝愚[429], 俱純爲文臣矣.

然則夏貴谿之議, 固未可非也. 嘗妄臆之, 仁宗朝如黃淮, 蹇義等, 宣

종의 묘정에 배향되면서 시호가 문정文正으로 바뀌었다.

426 史浩 : 사호史浩, 1106~1194는 남송 때의 정치가다. 그의 자는 직옹直翁이고, 호는 진은眞隱이며, 명주明州 은현鄞縣 사람이다. 고종 소흥 15년1145의 진사로, 태자우서자, 국자박사國子博士, 참지정사, 상서우복야, 동중서문하평장사 겸 추밀사樞密使, 우승상右丞相 등의 벼슬을 지냈다. 순희 10년1183 사직했으며 위국공魏國公에 봉해졌다. 소희 5년1194 89세의 나이로 세상을 떠난 뒤 회계군왕會稽郡王으로 추봉되었다. 영종寧宗 때 문혜文惠라는 시호가 하사되었다. 가정嘉定 14년1221 월왕越王으로 추봉되면서 시호도 충정忠定으로 바뀌었으며, 효종의 묘정에 배향되었다.

427 光宗 : 송나라의 제12대 황제인 조돈趙惇, 1147~1200의 묘호다. 광종光宗은 효종의 셋째 아들로 공왕恭王에 봉해졌다가 건도乾道 7년1171 황태자가 되었다. 순희 16년1189 효종의 선위를 받아 즉위하고 다음해 연호를 소희로 바꿨다. 즉위 후 유정留正을 재상에 임명하고 금나라와 우호 관계를 유지하면서 군비軍備에 소홀해졌다. 황후 이씨李氏의 요청에 따라 가왕嘉王 조확趙擴을 태자로 세우려 했지만 효종이 불허하자 사이가 나빠졌다. 소희 5년1194 효종이 붕어했지만 병을 핑계로 상례를 주관하지 않았다. 같은 해 조여우趙汝愚 등의 강요에 못 이겨 가왕 조확에게 황위를 선위하고 태상황이 되었다. 경원慶元 6년1200 54세의 나이로 붕어했다.

428 葛邲 : 갈필葛邲, 1131~1196은 남송의 대신이다. 그의 자는 초보楚輔이고, 시호는 문정文定이며, 강음江陰 청양靑陽 사람이다. 효종 융흥 원년1163에 진사가 되어 국자박사國子博士, 우정언右正言, 형부상서刑部尙書, 참지정사, 지추밀원사, 좌승상左丞相 등의 벼슬을 역임했다. 영종寧宗 때 병이 들어 태자소보太子少保 시절 사직했고, 경원 2년1196 병으로 세상을 떠났다. 나중에 태사太師로 추증되었고 광종의 묘정에 배향되었다.

429 趙汝愚 : 조여우趙汝愚, 1140~1196는 송나라의 종실宗室 출신 대신이다. 그의 자는 자직子直이고, 시호는 충정忠定이며, 요주饒州 여간餘幹 사람이다. 송 태종 조광의趙光義의 8대손이다. 효종 건도乾道 2년1166 장원급제로 진사가 되어, 비서성정자祕書省正字, 집영전수찬集英殿修撰, 이부시랑, 이부상서 등의 벼슬을 지냈다. 효종이 붕어했을 때 광종이 병을 앓아 상례를 주관하지 못하자, 반 강제로 광종을 퇴위시키고 가왕 조확을 옹립했다. 그 공으로 우승상右丞相에 올라 유정留正과 함께 영종을 보좌했다. 경원 원년1195 한탁주韓侂冑의 모함으로 재상직에서 파직되어 복주福州 지주知州로 쫓겨났다. 경원 2년1196 형주衡州에서 급사했다. 이종理宗 때 영종의 묘정에 배향되었고, 복왕福王으로 추봉되었다.

宗朝如金幼孜, 楊士奇等, 英宗朝如楊溥[430], 李賢[431]等, 景帝[432]雖不入廟, 其時亦有于謙[433]王直[434]諸人, 憲宗朝如商輅[435], 彭時[436]等, 孝宗朝如

430 楊溥 : 양부楊溥, 1372~1446는 명대의 저명한 정치가이자 시인이다. 그의 자는 홍제弘濟이고, 호는 담암澹庵이며, 시호는 문정文定이다. 호광湖廣 석수石首 사람이다. 건문建文 2년1400에 진사가 되어 한림편수翰林編修에 제수되었다가, 영락 연간 초기에 태자세마太子洗馬가 되어 훗날의 인종인 태자 주고치朱高熾를 모셨다. 영락 12년1414 한왕漢王 주고후朱高煦의 모함으로 감옥에 갇힌 채 10년을 보내게 된다. 영락 22년1424 성조가 죽고 인종이 즉위해서야 마침내 석방되어 한림학사에 제수되었다. 그 뒤 태상시경太常寺卿, 예부상서, 태자소보太子少保 겸 무영전대학사武英殿大學士 등을 거쳐 정통正統 9년1444에서 11년1446까지 내각수보를 지냈다. 양사기, 양영과 함께 '삼양三楊'으로 불린다. 정통 11년1446 75세의 나이로 세상을 떠났다.

431 李賢 : 이현李賢, 1408~1466은 명대의 저명한 관리다.

432 景帝 : 명나라의 제7대 황제인 주기옥朱祁鈺, 1428~1457년을 말한다. 재위기간은 1449년부터 1457년까지이고, 연호는 경태景泰이며, 시호는 경제景帝, 묘호는 대종代宗이다. 선덕 3년1428 성왕郕王에 봉해졌다. 영종이 정통 14년1449 군대를 이끌고 몽고의 야선也先을 평정하러 갔다가 토목보土木堡 싸움에서 패해 포로가 되자, 영종을 태상황제太上皇帝로 추존하고서 황제로 즉위했다. 경제는 다음 해인 경태 원년1450 야선이 영종을 석방하자 돌아온 영종을 태상황제로 남궁南宮에 유폐시키고 계속 통치를 했다. 경태 8년1457 그가 병을 얻자, 영종이 환관들의 도움을 받아 복위에 성공했다. 이로 인해 경제는 폐위되어 성왕郕王으로 강등되었고, 서원에 연금되었다가 한 달 뒤 향년 30세로 사망했다. 사후에 려戾라는 시호가 내려졌으므로, 성려왕郕戾王이라고도 부른다. 헌종 성화 연간에 황제의 지위를 회복시키고 공인강정경황제恭仁康定景皇帝라는 시호를 추증했다. 또 남명南明 홍광弘光 원년에는 묘호를 대종代宗으로 추존했다.

433 于謙 : 우겸于謙, 1398~1457은 명나라 전기의 명신이다. 그의 자는 정익廷益이고, 호는 절암節庵이며, 항주부杭州府 전당錢塘 사람이다. 영락 19년1421 진사로, 선덕 연간에 하남河南과 산서山西 등지에서 순무巡撫를 지냈다. 정통 14년1449 토목보에서 영종이 몽골 오이라트부의 에센에게 포로가 되자, 영종의 동생인 성왕郕王이 황위에 올라 경제가 되었다. 에센에게서 풀려나 명으로 돌아온 영종은 석형石亨과 서유정徐有貞의 도움으로 복벽復辟에 성공한다. 천순 원년1457 석형 등의 모함을 받아 죽었다. 헌종 때 복권되었고, 홍치 2년1489 숙민肅愍이라는 시호를 받았다. 만력 연간에 시호가 충숙忠肅으로 바뀌었다.

434 王直 : 왕직王直, 1379~1462은 명대의 대신이다. 그의 자는 행검行儉이고, 호는 억암抑庵

劉健[437], 劉大夏[438]等, 武宗朝如李東陽[439]楊廷和[440]等, 世宗朝如張孚

이며, 시호는 문단文端이다. 강서江西 태화泰和 사람이다. 강서 금계金溪 출신의 왕영王英과 함께 '이왕二王'으로 일컬어졌으며, 거주지가 동쪽이라 '동왕東王'이라 불렸다. 영락 2년1404 진사가 되어, 수찬修撰, 소첨사 겸 시독학사侍讀學士, 예부시랑, 이부상서 등의 벼슬을 지냈다. 토목보의 변으로 영종이 금나라에 포로로 잡혀가자 성왕을 황제로 옹립하는데 앞장섰다. 경태 8년1457 영종이 복위한 뒤 사직하고 귀향했다. 천순 6년1462 세상을 떠났고, 사후에 태보太保로 추증되었다.

435 商輅 : 상로商輅, 1414~1486는 명나라 성화 연간에 내각수보를 지낸 명신이다. 그의 자는 홍재弘載이고, 호는 소암素庵이며, 시호는 문의文毅다. 절강浙江 순안淳安 사람이다. 선덕 10년1435 향시鄕試, 정통正統 10년1445 회시會試와 전시殿試에서 모두 1등을 차지해 명대 300년 가까운 기간 동안 과거시험에서 '삼원급제三元及第'를 한두 번째 인물이다. 벼슬은 병부상서兵部尙書, 태자소보太子少保, 이부상서, 근신전대학사 등을 지냈다. 성화 23년1486 향년 73세로 세상을 떠났다.

436 彭時 : 팽시彭時, 1416~1475는 명 헌종 때 내각수보內閣首輔를 지낸 명신이다. 그의 자는 순도純道와 굉도宏道이고, 호는 가재可齋이며, 시호는 문헌文憲이다. 강서江西 안복安福 사람이다. 영종 정통正統 13년1448 진사가 되어, 한림원수찬翰林院修撰, 태상시소경太常寺少卿, 이부우시랑吏部右侍郞, 병부상서, 태자소보太子少保, 문연각대학사를 거쳐 내각수보까지 지냈다. 30년 가까이 공평하고 이치에 맞게 국정을 보좌했다. 성화 11년1475 향년 60세로 병사했다.

437 劉健 : 유건劉健, 1433~1526은 내각수보를 지낸 명 중기의 명신이다. 그의 자는 희현希賢이고, 호는 회암晦庵이며, 시호는 문정文靖이다. 하남河南 낙양洛陽 사람이다. 영종 천순 4년1460 진사가 되어 한림편수翰林編修, 소첨사, 예부우시랑禮部右侍郞, 예부상서 겸 문연각대학사, 태자태보 등의 관직을 거쳐 내각수보까지 지냈다. 『대명회전』의 편찬에 참여해 홍치 15년1502 완성했다. 영종, 헌종, 효종, 무종 이렇게 네 황제를 모신 원로대신으로, 재직 중에 재초齋醮, 불필요한 관원, 과도한 궁궐 증축에 따른 낭비가 재정 곤란의 원인임을 역설했다. 무종이 즉위한 뒤 환관 유근劉瑾 등을 주살할 것을 주청했지만 받아들여지지 않자 사직하고 귀향했다. 얼마 후 간당奸黨의 영수로 지목되어 삭탈관직당하고 평민이 되었지만, 유근이 주살된 뒤에 복직되었다. 가정 5년1526 향년 94세로 세상을 떠났다.

438 劉大夏 : 유대하劉大夏, 1436~1516는 명대의 대신이다. 그의 자는 시옹時雍이고, 호는 동산東山이며, 시호는 충선忠宣이다. 호광湖廣 화용華容 사람이다. 천순 8년1464 진사가 되어, 한림원서길사翰林院庶吉士, 광동우포정사廣東右布政使, 우도어사右都御史, 병부상서 등의 벼슬을 역임했다. 효종의 총애를 받아 '홍치중흥弘治中興'을 실현하도록 보좌했으므로, 왕서王恕, 마문승馬文升과 함께 '홍치삼군자弘治三君子'라 불렸다. 정덕

敬[441]徐階[442]等, 穆宗朝如高拱[443]楊博[444]等, 皆其選也, 草野之見, 不知可

11년1516 81세의 나이로 세상을 떠났고, 사후에 태보太保로 추증되었다.

439 李東陽 : 이동양李東陽, 1447~1516은 명대의 대신이자 유명한 문학가 겸 서예가다. 이동양의 자는 빈지賓之이고, 호는 서애西涯이며, 시호는 문정文正이다. 호광湖廣 장사부長沙府 다릉茶陵 사람이다. 천순 8년1464 진사가 되어, 편수編修, 시강학사, 동궁강관東宮講官, 광록대부光祿大夫, 좌주국左柱國, 이부상서, 화개전대학사 등을 역임했다. 다릉시파茶陵詩派의 대표 인물이다.

440 楊廷和 : 양정화楊廷和, 1459~1529는 명대의 저명한 정치개혁가다. 그의 자는 개부介夫이고, 호는 석재石齋이며, 시호는 문충文忠이다. 사천四川 성도부成都府 신도新都 사람이다. 12세에 향시에 합격하고 헌종 성화 14년1478 19세의 나이로 진사가 된 뒤 한림검토翰林檢討, 소부 겸 태자태부太子太傅, 호부상서戶部尙書, 문연각대학사 등을 거쳐 정덕 7년1512에 내각수보가 되었다. 무종이 후사 없이 죽자 무종의 사촌동생인 주후총朱厚熜을 옹립했는데 그가 세종이다. 가정 3년1524 세종이 자신의 친아버지인 홍헌왕興獻王을 황제로 추존하려 하자 대부분의 신하들이 이에 반대해 논쟁을 벌인 대례의大禮議 사건이 일어났는데, 양정화는 세종의 의견에 반대하는 대표적 인물이었다. 이 사건으로 양정화는 벼슬에서 물러났고, 가정 7년1528에는 관작을 삭탈당하고 평민이 되었다. 목종 융경 초에 복직되었고, 태보太保로 추증되었다. 양정화는 헌종, 효종, 무종, 세종 네 명의 황제를 모시면서 『명헌종실록明憲宗實錄』, 『명효종실록明孝宗實錄』, 『명무종실록明武宗實錄』, 『대명회전大明會典』 등의 편찬에 참여했다.

441 張孚敬 : 명대 가정 연간의 중신이자 대례의大禮議 사건의 주요 인물인 장총을 말한다.

442 徐階 : 서계徐階, 1503~1583는 명대 가정 연간에 내각수보를 지낸 대신이다. 그의 자는 자승子升이고, 호는 존재存齋와 소호少湖이며, 시호는 문정文貞이다. 송강부松江府 화정華亭 사람이다. 가정 2년1523 진사가 되어, 편수編修, 국자좨주, 예부시랑, 예부상서, 문연각대학사, 이부상서 등의 관직을 거쳐 내각수보까지 지냈다. 가정 41년1562 어사 추응룡鄒應龍을 시켜 엄숭의 아들 엄세번嚴世蕃을 탄핵해서 당시 내각수보였던 엄숭을 파면시켰다. 서계는 내각수보로 재직 중에 재초齋醮와 토목 공사 등 폐정弊政을 없애고 언사言事로 죄를 진 신하들을 복직시켰다. 나중에 고공과 뜻이 맞지 않아 융경 2년1568에 사직하고 귀향했다.

443 高拱 : 고공高拱, 1513~1578은 명대 융경 연간에 내각수보를 지낸 대신이다. 그의 자는 숙경肅卿이고, 호는 중현中玄이며, 시호는 문양文襄이다. 개봉開封 신정新鄭 사람이다. 가정 20년1541 진사로 목종이 유왕裕王이던 시절 시강학사를 맡았었다. 가정 45년1566 서계의 추천으로 문연각대학사에 배수되었고, 융경 5년1571 내각수보를 맡았다. 신종이 즉위한 뒤 장거정과 태감 풍보의 모략에 의해 내각수보의 자리에서 물

備采擇否.

○ 唐胄之駁郭英也, 謂太祖手定配享功臣之後, 又十六年郭英始以偏裨[445]從大將傅友德[446]平雲南, 始封武定, 則英之得侯, 乃雲南之功, 而非開國之功也. 其他說更辨, 而世宗終不聽.

러났다. 만력 6년1578 세상을 떠났다.

444 楊博 : 중화서국본『만력야획편』에는 양부楊溥로 되어 있으나 '박博'을 '부溥'로 잘못 기록한 것으로 보여 수정했다.『목종실록』을 찾아보면 '양부楊溥'라는 이름은 나오지 않고, '양박楊博'이라는 이름은『목종실록』총 70권 중 24권에 걸쳐 나온다. 또『명사』에도 융경 연간의 인물로 '양부'는 없고 이부상서 '양박'의 이름이 여러 차례 나온다. 목종을 배향할 정도의 인물로 고공과 함께 언급된 것을 보면 사서에서 언급되지 않을 정도의 인물은 아닐 것이다. '부溥'와 '박博'은 글자가 비슷해서 심덕부가 잘못 쓴 것으로 의심되어 양박楊博으로 수정했다. 【역자 교주】 ◉ 양박楊博, 1509~1574은 가정, 융경 연간의 대신이다. 그의 자는 유약惟約이고, 호는 우파虞坡이며, 시호는 양의襄毅다. 산서山西 포주蒲州 사람이다. 가정 8년1529 진사가 되어 우첨도어사右僉都御史, 병부좌시랑兵部左侍郎, 병부상서, 태자소보太子少保, 계료총독薊遼總督, 이부상서 등을 역임했다. 만력 원년1573 병으로 사직하고 귀향한 뒤 만력 2년1574 향년 66세로 세상을 떠났다.

445 偏裨 : 각 군영에서 장수를 보좌하는 부장副將.

446 傅友德 : 부우덕傅友德, ?~1394은 명대의 개국공신으로, 봉양부鳳陽府 숙주宿州 사람이다. 그는 명 태조 주원장이 명을 개국하기 전 경쟁자였던 진우량陳友諒과 장사성張士誠 등을 제거하는 데 공이 컸다. 또 개국 초기에는 촉蜀, 대막大漠, 운남雲南과 귀주貴州 등지를 정벌해 국가의 기반을 다지는데도 크게 기여했다. 태조는 그의 공로를 인정해 영국공潁國公에 봉하고 태자태사太子太師로 삼았지만, 그의 공이 커지자 이를 시기했다. 홍무 27년1394 문무백관이 모인 연회에서 태조가 부우덕의 아들이 불손하다고 불만을 표시하자, 그는 아들의 머리를 베고 자신도 태조의 앞에서 자결했다. 사후死後에 여강왕麗江王으로 추서되었고, 무정武靖이라는 시호를 받았다.

번역 외국에 하사한 시

영락永樂 3년 만랄가국滿剌加國의 왕이 사신을 보내 북경에 들어와 산을 한 나라의 진鎭으로 봉할 것을 청했다. 황상께서는 그것을 기쁘게 여기시고 그 나라의 서산西山을 진국산鎭國山으로 봉할 것을 명하셨다. 황상께서 비문碑文을 지으시고 새겨 넣을 시를 하사하셨는데 그 내용은 다음과 같다. "서산西山이 큰 바다를 두고 중국中國과 통해 있고, 천지신에 제사를 드리길 수억 년 동안 한결같이 했네. 목욕한 해와 달의 광경이 어우러지고, 양쪽 언덕에 드러난 해에 초목이 짙어가네. 금꽃 장식에 붉고 푸른 빛 피어나고, 이런 즐거움과 온화함 속에 나라가 있구나. 왕이 선의善義를 좋아하고 천자를 생각하니, 그 나라보다 중화 풍속에 의지하기 원하네. 드나드는 행렬에 덮개를 성대하게 펼치고, 의식과 예복으로 삼가 예를 행하네. 천자의 글이 새겨진 비석이 그대의 충심을 나타내니, 그대 나라의 서산은 길이 진으로 봉해지리라. 산과 바다가 함께 어가를 쫓고, 황고께서 저 하늘 오가며 굽어 살피시리. 후대에 하늘에서 지켜보시면 더욱 융성할 것이며, 그대 자손들에게 만복이 가득하리라."

영락 4년 일본국왕 원도의源道義가 해적을 사로잡는 데 공을 세우니 백금 천 냥, 금빛 비단 200필, 수놓은 비단 옷 60벌, 은으로 만든 차 주전자 3개, 은 쟁반 4개, 비단 휘장 요이불과 베개, 자리 등 침구류, 해선海船 두 척을 하사하시고, 그 나라의 산을 수안진국산壽安鎭國山으로 봉했다. 황제께서 친히 비문을 지어 새겨 넣을 시를 하사하셨는데 그 내용은 다음과 같다. "일본국은 큰 바다 동쪽에 있어 배를 타면 가까이 중국과 통하네. 의관과 예악은 중화의 풍속을 띠고, 수놓은 비단 옷과 수레를 타고 북과 종을 울리네. 솥과 도마를 써 음식 하고 궁에 살며, 언어와 문자 모두 따라 쓰네. 좋은 풍속은 오랑캐들과 매우 다르고, 오랫동안 상서로운 기운으로 화평했네. 하늘에 계신 황고께서 신령이 통하시어, 온 땅을 굽어보시니 공경하지 않음이 없네. 그대 원도의가 공을 세울 수 있으니, 먼 섬 하찮은 적들이 감히 흉악함을 심문하겠는가. 쥐와 파리처럼 훔치고 탐한 뒤 그 자취를 감춰도, 그대가 짐의 명을 받들어 모조리 찾아 잡네. 천둥 번개처럼 빠른 몽충선蒙衝船을 타고, 뱃길 끊긴 잔당들을 불로써 공격하네. 그을린 물결 위에 종횡으로 열 지어, 십십오오 간흉들을 사로잡네. 팔을 굽힌 채 칼을 쓴 자를 호위하고, 포로를 조정에 바치니 소리 내어 화답하네. 붉은 칠 황궁의 좌우에서 충정을 칭찬하고, 태사에게 자문해 공훈에 보답하네. 나라의 진산은 마땅히 봉해야 하니, 오직 그대는 기꺼이 산을 더욱 숭상하네. 나의 총애로 단단한 돌에 시를 새기니, 영원토록 일본국을 붉게 비추리."

영락 6년 발니국浡泥國을 계승한 왕 하왕遐旺이 환국할 때, 금테 두른 옥대玉帶 한 개, 금으로 된 허리띠 한 개, 금 백 냥, 은 삼천 냥, 지전, 비단 옷, 비단금침과 휘장, 그릇을 하사하셨다. 왕모王母와 왕숙王叔 이하는 차등을 두어 하사하셨다. 선왕先王인 하왕의 부친이 "은혜를 입어 작위를 하사 받고 우리의 영토가 모두 명나라의 변경 지역으로 귀속되었으며 나라의 뒷산이 한 나라의 진鎭으로 봉해졌다"고 말했다. 이때 그 아들이 또 명을 내려 장군진국산長軍鎭國山으로 봉하기를 황상께 청했다. 황상께서 비문을 직접 지으셨는데, 새겨 넣은 시는 다음과 같다. "무더운 남해의 폐허에 발니국이 있네. 은혜롭고 인자해 의로움에 물들어 순종하고 거스르지 않네. 공손하고도 현명한 왕이라서 그저 교화를 흠모하네. 통역을 통해 말하며 황급히 건너왔네. 부인과 자식을 대동하고 형제와 신하들을 데리고 왔네. 이마가 땅에 닿도록 절을 하며 소상히 아뢰네. 군주는 하늘과 같다 말하며 예악을 전해주리. 모두를 똑같이 인자하게 대하니 후함도 박함도 따로 없네. 다만 이 부덕함으로는 말한 것을 감당하지 못하리라. 풍랑에 돛단배로 오니, 정말 간절하고도 열심이구나. 옛 일을 살피는 먼 곳의 신하는 순종하며 와 반역에 노하네. 몸소 하는 것도 어려운데 하물며 집안이야 어떠하겠나. 왕의 심성이 도타우며 충실해 견고함이 금석과 같네. 서남쪽 번장番長들 중 누가 왕의 현명함을 함께 하겠는가. 우뚝 솟은 높은 산이 왕국을 지키기에, 돌에 글을 새겨 왕의 덕을 성대하게 밝히네. 왕의 덕은 밝게 빛나고 왕의 나라는 평안해, 아! 만년토록 우리 대명大明을 우러르리라." 이에 앞선 발니국 왕 마나야가야내麻那惹加耶乃가 자신의 왕비, 형제자매와 신하들을 거느리고 조정에 왔다. 황제께서 환관을 보내 연회를 베풀어 위로하셨는데, 그들이 거쳐 온 여러 군에서 다 연회를 베풀었다. 그들이 도착하자 황상께서 친히 연회를 함께 하시고, 그 왕비에게는 삼공부에서 연회를 베풀어 주셨다. 얼마 지나지 않아 발니국왕이 회동관에서 죽자, 황상께서 예를 갖추어 제사를 지내고 안덕문安德門 밖에 안장하게 하시고 '공순恭順'이라는 시호를 하사하셨다. 그의 아들 하왕에게 왕위를 세습하도록 명을 내리셨고, 그의 청이 있었기 때문에 또 관리를 보내 그 나라로 돌아가는 것을 전송했다.

영락 9년에 만랄가국滿剌加國 왕 배리미소랄拜里迷蘇剌이 그 처자와 신하 540여 명을 거느리고 조정에 들어오자, 황상께서 관리를 보내 위로하게 하시니 담당 관리들이 회동관에 장막을 치며 준비했다. 황상께서 납시어 발니국의 왕에게 했던 것처럼 왕비와 신하들에게 연회를 베풀어 위로하고 똑같이 하사품을 내리셨으며 왕비에게는 더 후하게 하사하셨다. 이후에 또 산을 봉하고 비문을 하사하셨을 것이다.

영락 14년에는 가기국柯枝國 왕 가적리可赤里를 국왕으로 봉하시고 아울러 그 나라 안의 산을 진국산으로 봉하셨다. 황상께서 친히 비문을 쓰시어 궁중에 걸어두셨는데 거기에 새겨 넣은 시는 다음과 같다. "우뚝 높은 산을 진으로 봉하고 바다의 나라로 삼았네. 안개 낀 구름에 모습을 드러내니 크고 넓은 나라가 되었구나. 때에 맞춰 비가 오고 화창하니 이 나라의 번영함에 숙연해지네. 풍년이 들고 곡식이 잘 여물도록 하며 요망한 기운을 없애리. 백성들에게는 재난도 홍수도 없으리. 집집마다 복을 누리고 편안히 지내며 수레로 해마다 수확을 거두리. 산은 우뚝하고 바다는 깊네. 이 묘지명 시를 새겨 영원히 함께 하리." 대개 외국의 산을 봉한 경우는 네 번 보이는데 모두 황자皇子나 친왕親王이 쓴 시문에 나오며, 오랑캐들을 빛나게 드러내셨다. 또 글에 담긴 뜻이 빼어나고 아름다워 결코 해진과 양사기 등이 쓸 수 있는 공문의 수준이 아니었다. 당唐 문황文皇의 병력은 겨우 막북漠北까지만 발전하고 요해 지역의 오랑캐에게는 무릎을 꿇었지만, 문황제의 성덕은 동남쪽 나라에까지 미쳤다. 이들은 예전에는 손님대접을 받지 못했는데, 비석에 새긴 훌륭한 글은 밝게 빛나며 도는 은하수와 같았다. 이러한 성대함은 어쩌면 영원히 없을 것 같다.

원문 賜外國詩

永樂三年, 滿剌加國[447]王遣使入京, 求封其山爲一國之鎭. 上嘉之, 命封其國之西山爲鎭國山. 上御製碑文, 賜以銘詩曰, "西山鉅海中國通, 輸天灌地億載同. 沐日浴月光景融, 雨崖露日草木濃. 金花寶鈿生靑紅, 有國於茲樂雍容. 王好善義思朝宗[448], 願比內郡依華風. 出入導從張蓋重, 儀文[449]裼襲禮虔恭[450]. 天書貞石表爾忠, 爾國西山永鎭封. 山君海伯翕扈從[451], 皇考陟降[452]在彼穹. 後天監視久益隆, 爾衆子孫萬福崇."

---

447 满剌加国 : 1402년부터 1511년까지 말레이반도 서남단의 말라카를 중심으로 번영을 누린 이슬람 왕국. 만랄가满剌加는 말라카의 음역이다. 말라카 왕국은 동서양 교역의 요충지에 위치해, 교역으로 부를 축적하면서 강성해졌다. 전성기에는 국토가 태국 남부에서 수마트라 서남부에 이르렀다. 1511년 포르투갈의 침략을 받아, 1528년 그 식민지로 합병되었다.

448 朝宗 : 제후諸侯가 봄과 여름에 천자天子를 알현하는 것.

449 儀文 : 의식儀式의 표標.

450 虔恭 : 삼가서 경솔하게 행동하지 않는 모양.

451 扈從 : 임금이 탄 수레인 거가車駕를 모시어 좇음.

452 陟降 : 오르락내리락함, 또는 그 오르내림.

四年, 又以日本國王源道義[453]捕海寇有功, 賜白金千兩, 織金彩色幣二百, 綺繡衣六十件, 銀茶壺三, 銀盆四, 及綺繡紗帳衾褥枕席諸物, 海船二隻, 封其國山曰壽安鎭國之山. 上親製碑文, 賜以銘詩曰, "日本有國鉅海東, 舟航密邇華夏通. 衣冠禮樂昭華風, 服御綺繡考鼓鐘. 食有鼎俎居有宮, 語言文字皆順從. 善俗殊異羯與戎, 萬年景運[454]當時雍[455]. 皇考在天靈感通, 監觀海宇罔不恭. 爾源道義能廸功, 遠島微寇敢鞫凶. 鼠竊蠅嘬潛其蹤, 爾奉朕命搜捕窮. 如雷如電飛艨衝, 絶港餘孽以火攻. 焦流水上橫復縱, 什什伍伍禽奸凶. 荷校屈肘衛以從, 獻俘[456]來庭口喁喁. 彤庭左右誇精忠, 顧咨太史疇勳庸. 有國鎭山宜錫封, 惟爾善與山增崇. 寵以銘詩貞石礱, 萬世照耀扶桑紅."

六年, 嗣浡泥國[457]王遐旺[458]還國, 賜金鑲玉帶一, 金帶一, 金百兩, 銀

---

453 源道義 : 원도의源道義, 1358~1408는 일본 무로마치 막부[室町幕府]의 제3대 장군인 족리의만足利義滿의 별칭이다. 족리의만은 남북조 시대를 마감하고 명과의 책봉관계를 수립했다. 족리의만은 1401년 명나라에 조공 사절을 파견했고, 1402년 명나라의 건문제가 그를 '일본국왕'에 봉한다는 조서를 받았다. 영락제 때는 족리의만을 일본국왕에 책봉하고 금인金印을 하사했다.

454 景運 : 매우 상서로운 운수.

455 時雍 : 세상을 화평하게 다스리는 정치.

456 獻俘 : 전쟁에 이기고 돌아와서 포로를 바치며 조상의 영묘靈廟에 성공을 고하는 것.

457 浡泥國 : 지금의 아시아 가리만단도加里曼丹島 북부 문래文萊 일대에 있었던 고대의 왕국. 파리婆利, 불니佛泥, 파라婆羅 등으로도 불렸다. 중국 남조 양梁나라 때부터 중국과 교류하기 시작했다. 명나라 성조 영락 3년1405에는 발니국의 국왕 마나야가나내麻那惹加那乃가 명나라로 사신을 보내 특산품을 진상했고, 성조는 그 답례로 관리를 파견해 그를 왕으로 봉했다. 또 영락 6년1408에는 발니국의 국왕이 아내와 자녀 및 대신들을 이끌고 명나라를 방문했다가 병으로 죽었다. 성조가 왕의 예로 장례를 지내 주고 공순왕恭順王이라는 시호를 내렸다.

458 遐旺 : 발니국 국왕 마나야가나의 아들. 부친을 따라 명나라 성조를 방문했다가 부

三千兩, 錢鈔錦綺紗羅衾褥帳幔器皿, 及王母王叔以下有差. 先遐旺父言, "蒙恩賜爵, 國之境土, 皆屬職方, 而國有後山, 封爲一國鎭." 至是其子又請上命, 封長軍鎭國之山, 御製碑文, 其銘詩曰, "炎海[459]之墟, 浡泥所處. 煦仁漸義, 有順無迕. 慺慺賢王, 惟化之慕. 道以象譯[460], 遹來奔赴. 同其婦子, 兄弟陪臣. 稽顙[461]闕下, 有言以陳. 謂君猶天, 遺其禮樂. 一視同仁[462], 匪厚偏薄. 顧茲鮮德, 弗稱所云. 浪舶風檣, 實勞懇勤. 稽古遠臣, 順來怒逆. 以躬或難, 矧曰家室. 王心亶誠, 金石其堅. 西南番長[463], 疇與王賢. 矗矗[464]高山, 以鎭王國. 鑱文于石, 懋昭王德. 王德克昭, 王國攸寧. 於萬斯年, 仰我大明." 先是浡泥國王麻那惹加耶乃[465]率其妃弟妹男女陪臣來朝, 上遣中官[466]宴勞, 所過諸郡設宴. 比至, 上親享之, 宴其妃于三公府. 未幾卒于會同館[467], 上致祭以禮, 葬安德門外, 賜

친이 남경에서 병사하자, 4세에 발니국 국왕이 되었다.

459 炎海 : 남해南海의 몹시 더운 지역.

460 象譯 : 서로 다른 언어를 쓰는 사람들 사이에서, 상대방의 말을 번역해 그 뜻을 알게 해 주는 것 또는 그런 역할을 하는 사람. 즉 통역 또는 통역관.

461 稽顙 : 극진히 존경해 이마가 땅에 닿도록 몸을 굽혀 절함.

462 一視同仁 : 모두를 평등하게 보아 똑같이 사랑함.

463 番長 : 번을 든 군정들 가운데의 우두머리.

464 矗矗 : '촉촉'은 원래 '직직'으로 되어 있었으나, 강희사본이하 사본으로 약칭함에 근거해 고쳤다矗矗原作直直, 據康熙寫本(以下簡稱寫本)改. 【교주】 ◉ 촉촉矗矗 : 산봉우리 따위가 높이 솟아 삐죽삐죽함.

465 麻那惹加那乃 : 마나야가나내麻那惹加那乃, ?~1408는 옛날 발니국의 국왕으로 정화鄭和와 함께 처음으로 서양으로 건너간 역사 인물이며, 중국 역사상 처음으로 중국을 방문한 번국蕃國의 국왕이다.

466 中官 : 환관.

467 會同館 : 회동관會同館은 명나라 초기 남경南京에 설치된 관원 접대 장소 겸 역참驛站으로, 성조 영락제 때 북경에도 설치되었다. 이후 세종 23년1441에 남관南館, 3개소과

謚曰恭順. 命其子遐旺襲封, 因有是請. 又遣官行人送歸其國.

至九年, 滿剌加國王拜里迷蘇剌, 率其妻子陪臣五百四十餘人入朝, 上遣官往勞, 有司供帳會同館. 上御門宴勞王妃陪臣如浡泥國王, 賜與亦如之, 而妃賜加厚. 蓋又封山賜碑以後事也.

十四年封柯枝國王可赤里爲國王, 幷封其國中之山爲鎭國山. 上親製碑文, 內系[468]以銘曰, "截彼高山, 作鎭海邦. 吐烟出雲, 爲下[469]國洪龐. 時其雨暘, 肅其煩熇. 作彼豐穰[470], 袪彼妖氛. 庇於斯民, 靡災靡沴. 室家胥慶, 優游[471]卒歲. 山之嶄矣, 海之深矣. 勒此銘詩, 相爲終始." 蓋封外國山者凡四見, 皆出睿製[472]詩文, 以炳耀[473]夷裔. 且詞旨雋蔚, 斷非視草解[474]楊[475]諸公所能辦. 因思唐文皇[476]兵力僅伸於漠北[477], 而屈于遼水一海夷[478]. 如文皇帝威德, 直被東南. 古所未賓之國, 贔屓[479]宏文, 昭回雲

북관北館, 6개소으로 분리되었고, 대사大使와 부사副使 등의 관원을 두었다. 청나라 초기에는 홍려시鴻臚寺와 마관馬館이 회동관과 유사한 기능을 수행했고, 영조 24년1748에는 조공 사신의 문서관리를 담당하던 사역관四譯館과 통합되어 '회동사역관會同四譯館'이라 칭했다.

468 內繫 : 궁중 안에 걸어두는 것을 말함.
469 下 : '하下'자는 쓸데없이 더 들어간 글자다下字衍文. 【교주】
470 豊穰 : 풍년이 들어 곡식이 잘 여묾.
471 優游 : 하는 일 없이 편안하고 한가롭게 잘 지냄.
472 睿製 : 황제가 쓴 시문을 '어제御製'라 하고, 황족이나 황자皇子, 친왕親王 등이 쓴 시문을 '예제睿製'라 한다.
473 炳燿 : 밝게 드러나 빛남.
474 解 : 명나라 전기의 관리이자 서예가인 해진을 말한다.
475 楊 : 명나라 초기의 대신이자 학자인 양사기를 말한다.
476 唐文皇 : 당나라의 제2대 황제인 태종 이세민을 말한다.
477 漠北 : 몽고蒙古 고원지대로 대사막의 북부지역에 해당한다.
478 遼水一海夷 : 요수遼水는 지금 요하遼河의 옛 명칭이다. 요수는 중국 고대 6대 하천 중의 하나인데, 흔히 요遼 지역을 흐르는 물을 의미하며 요동遼東과 함께 역사성을

漢. 其盛恐萬禩未有也.

지닌 대표적인 지명으로 통한다. 요해遼海는 요녕遼寧의 대부분 지역을 포함하므로 중국 동북지역을 대표하는 것으로 이해한다. 여기서 말하는 동북지역의 오랑캐는 고구려를 가리키는 것으로 생각된다.

479 贔屭 : 옛 전설에 나오는 거북과 비슷한 동물로, 비석碑石의 대좌臺座에 많이 조각했다.

번역 악공樂工과 이국夷國 여인들을 풀어주다

선덕 10년 영종이 즉위하면서 교방敎坊의 악공樂工 수가 많으니 쓸만한 자를 골라 그 수만큼 남기고 나머지는 모두 내보내 평민으로 삼으라고 예부에 뜻을 밝히셨다. 풀어준 교방의 악공이 대략 3,800여 명이었다. 또 조선朝鮮의 부녀자들을 선덕 초부터 데려왔는데, 황상께서 고향과 부모를 그리는 마음을 불쌍히 여기셔서, 환관宦官에게 명해 김흑金黑 등 53명을 조선으로 돌려보내고 조선 국왕에게 그들을 집으로 돌려보내되 의지할 곳을 잃지 않게 하라고 하셨다. 선종께서는 혼신을 다해 나라를 다스렸어도 이처럼 음악과 여색女色을 즐기는 걸 피하지 못했지만, 영종 초에는 어진 정치가 온 나라와 이민족에게 두루 미쳤다.

○ 이때 각 사원의 법왕法王, 국사國師, 라마喇嘛 등이 690여 명도 그 인원을 줄여 남기고 나머지는 원래 사원으로 돌아가 거주하게 했다. 재물 창고를 채우는 인부 2,640여 명도 놓아주고, 또 돼지, 양, 닭, 거위 27,000여 마리와 새끼 거위 2,000마리, 양 3,000마리, 소 3,000마리를 줄였으며, 주방 인원도 6,400여 명 줄이고, 가축 사료도 조 40,000석을 감했다. 선덕 연간은 때마침 최고의 전성기라 할 만하지만 개국한 지 얼마 안 됐는데도 또 지나친 허세가 이 지경이었으니, 하물며 성화成化와 정덕正德 연간 이후는 어떠했겠는가?

원문 **釋樂工夷婦**

宣德十年, 英宗卽位, 諭禮部曰, 敎坊[480]樂工數多, 其擇堪用者量留, 餘悉發爲民. 凡釋敎坊樂工三千八百餘人. 又朝鮮國婦女, 自宣德初年取來, 上憫其有鄕土父母之思, 命中官遣回金黑[481]等五十三人還其國, 令國王遣還家, 勿令失所. 以宣宗勵精爲治, 而不免聲色之奉如此, 英宗初政, 仁浹華夷矣.

○ 是時各寺法王[482]國師[483]剌麻[484]等, 六百九十餘名, 亦減數存留, 餘者令回原寺居住. 又放添財庫夫役二千六百四十餘人, 又省猪羊雞鵝二萬七千餘, 子鵝二千, 羊三千, 牛三千, 又減廚役六千四百餘名, 至牲口料糧, 亦減粟四萬石. 蓋宣德正値全盛之極, 然去開創未遠, 尙冗濫破冒至此, 況成正[485]以後乎?

---

480 敎坊 : 고대에 궁중의 음악, 무용, 희곡 등을 관리하던 관서.

481 金黑 : 김흑金黑, 생졸년 미상은 성조成祖의 조선인朝鮮人 후궁 여비麗妃 한씨韓氏를 따라 조선에서 온 궁녀로 실명實名과 생졸년은 알 수 없다. 영락 22년1424 성조가 승하하자, 당시 장례 풍습에 따라 여비 한씨를 비롯한 30명이 순장殉葬되었는데, 금흑은 다행히 살아남았다. 영종 시기 책봉冊封되지 않은 조선 여인들을 조선으로 돌려보낼 때 김흑도 함께 조선으로 돌아왔다.

482 法王 : 원, 명, 청 시기에 조정에서 라마교의 영수領袖에게 수여한 봉호封號.

483 國師 : 원, 명, 청 시기에 라마교의 상급 승려에게 수여한 봉호.

484 剌麻 : 라마교 승려에 대한 존칭으로, '랄마剌馬' 또는 '라마喇嘛'로도 쓴다.

485 成正 : 성화成化와 정덕正德 연간을 말하는 것으로 보인다. 이 문장의 전체적인 내용은 영종이 즉위하면서 선덕 연간에 있었던 여러 폐단을 바로 잡은 내용이다. 여기서 '성成'과 '정正'은 문맥상 시기를 나타내는 것으로 보이는데, 선덕 연간과 영종 이후에 '성'과 '정'이라는 글자가 들어가는 연호는 헌종의 재위기간인 '성화'와 무종의 재위기간인 '정덕'뿐이다.

번역 관인官印을 하사하다

황상께서 신하에게 인장을 하사하는 것은 문황제文皇帝께서 정천井泉과 장비張泌와 같은 신하들에게 하사하신 데서 비롯되었다. 인종仁宗 때에 이르면 건의, 하원길, 양영, 양사기, 양부, 금유자, 황회 등이 모두 인장을 받았다. 계속해서 선종은 건의, 하원길, 양영, 양사기, 양부 및 호영胡濙과 오중吳中에게 하사했다. 그 후 경제는 호영, 왕문王文, 공굉서孔宏緖에게 하사했다. 그런 뒤 헌종이 인장을 하사한 이자성 같은 이들은 아첨꾼일 뿐이었다. 세종에 이르면 양일청楊一淸, 장총, 계악, 이시李時, 비굉費宏, 하언, 고정신顧鼎臣, 적란翟鑾, 방헌부方獻夫, 엄숭嚴嵩 등에게 하사하셨고, 곽훈郭勛과 구란仇鸞의 무리까지도 모두 인장을 얻었다. 나중에 방헌부가 재상의 지위를 사직하고 남해로 돌아갔는데, 그 나이가 겨우 50세였으니 예제禮制를 논했던 고관 중에서 가장 일찍 직위를 내려놓은 것이다. 떠나기 직전 황상께 인장을 돌려 드리려했는데, 황상께서 하사하셨던 은제銀製 인장에 새겨진 것은 '충성스럽고 올바르며 성실하다'는 것이었다. 유윤劉鈗이 우연히 그것을 보고는 "선대의 세 양공楊公들이 모두 인장을 가져가서 반납하지 않아서 세 분의 상소를 읽을 수 있었던 것입니다"라고 말했다. 방헌부가 그의 말을 따라 마침내 인장을 가지고 돌아갔다. 유윤은 또 "퇴임하고서 아뢸 일이 있으면 바로 인장을 사용해 황상께 알려 드리십시오"라고 당부했다. 방헌부가 탄식하며 "계악도 이 말을 들었다면 인장을 반납하지 않았을 겁니다"

라고 말했다. 아마도 당시 재상을 지낸 사람들 중에 인장을 반납하지 않은 사람이 없고, 방헌부만이 집에 남겨둔 것 같다. 금상께서는 오직 장거정에게만 '황제가 충신에게 하사한다'고 새겨진 은제 인장 하나를 하사했다. 이 일은 무인戊寅년 장거정이 고향으로 안장安葬하러 돌아간 해에 있었던 일로, 그가 고향으로 돌아가고 돌아오는 도중에 그리고 고향집에서 인장을 사용해 상소를 올릴 수 있도록 했다. 그런데 조정으로 돌아온 뒤에 상주上奏해 반납했다는 말이 들리지 않고 나중에 재산을 몰수당하고 처벌을 받았을 때도 이 인장이 내탕고內帑庫에 반환되었다는 말이 들리지 않으므로, 장거정의 아들들이 지금까지도 소중히 보관하고 있다고 생각된다. 정천과 장비는 모두 관직이 광록경光祿卿에 그쳤고, 정천은 거기다 주방의 잡역부 출신이었는데도, 두 사람 모두 죽을 죄를 면제해주는 조서詔書를 받았다는 것이 더욱 기이하다.

원문 賜圖記[486]

人主賜臣下印記[487], 始于文皇帝賜井泉[488]張泌[489]諸臣. 至仁宗朝, 蹇[490]

486 圖記 : 관인官印의 일종.

487 印記 : 예전에 개인 또는 단체가 소장품의 증거를 나타내기 위해 성명, 호, 당호 따위를 찍은 도장.

488 井泉 : 정천井泉, 생졸년 미상은 『명사』와 『태종실록』의 기록에 따르면, 홍무 연간에 연왕부燕王府에서 음식에 관한 일을 맡았다. 그 후 성조 때 광록시경光祿寺卿이 되어 인종 초까지 광록시경으로 있었다. 『태종실록』 권 60과 『명사 · 지제오십팔志第五十八 · 식화육食貨六』 참조.

489 張泌 : 장비張泌, ?~1416는 명나라 초기에 광록시경을 지낸 관리다. 그의 자는 숙청淑淸

夏[491]三楊[492]金[493]黃[494]諸公皆得之. 繼而宣宗賜蹇夏三楊以及胡濙吳中[495].
此後, 則景帝賜胡濙王文[496]孔弘緒[497]. 若憲廟[498]之賜李孜省[499]等佞幸耳.

이고, 봉양부鳳陽府 영주潁州 사람이다. 홍무 연간에 태학생太學生으로 병과급사중兵科給事中을 맡았으며, 이후 도급사중都給事中을 거쳐 광록시경이 되었다. 20여 년간 광록시경으로 있으면서, 어선御膳을 친히 감독하고 궁중의 크고 작은 제사와 연회를 항상 성공적으로 해냈다. 그가 세상을 떠났을 때 성조의 명으로 특별히 그의 상례에 사람을 파견했다.

490 蹇 : 명대의 전기의 중신인 건의를 말한다.

491 夏 : 명초의 중신인 하원길을 말한다.

492 三楊 : 명초의 대신인 양영楊榮, 1371~1440, 양사기楊士奇, 1366~1444, 양부楊溥, 1372~1446의 세 양楊씨를 말한다.

493 金 : 명초의 대신 금유자를 말한다.

494 黃 : 명대 내각 초창기의 중신인 황회를 말한다.

495 吳中 : 오중吳中, 1372~1442은 명초의 관료이자 토목건축가다. 그의 자는 사정思正인데, 사정司正이라고도 쓴다. 산동 무성武城 사람이다. 영락, 홍희, 선덕, 정통 연간동안 공부상서工部尙書로 있으면서 북경 성의 여러 궁전과 장릉長陵, 헌릉獻陵, 경릉景陵의 조영을 주도했다.

496 王文 : 왕문王文, 1393~1457은 명나라 전기의 대신이다. 그의 자는 천지千之이고, 호는 간재簡齋이며, 시호는 의민毅愍이다. 초명은 강强이며, 보정부保定府 속록束鹿 사람이다. 영락 19년1421 진사가 되고, 감찰어사監察御史에 올라 청렴하게 법을 지켰다. 영종이 즉위한 뒤 섬서안찰사陝西按察使가 되고, 대리시경大理寺卿을 거쳐 우도어사右都御史로 옮겼다. 섬서를 진수鎭守하다가 좌도어사左都御史에 올랐다. 경태제景泰帝 때 이부상서와 근신전대학사를 지냈다. 영종이 복벽했을 때 언관言官이 그와 우겸이 외번外藩에서 다른 황제를 세우려고 모의했다며 탄핵해 결국 시장에서 참수당했다.

497 孔弘緖 : 공홍서孔弘緖, 1448~1503는 공자의 60대손으로, 명나라 산동 곡부曲阜 사람이다. 청나라 때 청 고종 애신각라愛新覺羅 · 홍력弘曆의 이름자를 피휘해 공굉서孔宏緖로 이름을 바꿨다. 그의 자는 이경以敬이고, 호는 남계南溪다. 경태 6년1455 조부 공언진孔彦縉이 세상을 떠나자 당시 8세 였던 공홍서가 연성공衍聖公의 작위를 계승했다. 어려서부터 후대를 받다보니 함부로 행동하고 법도를 어기는 일이 많았다. 성화 5년1469 탄핵을 받아 작위를 빼앗기고 평민이 되었으며, 연성공의 작위는 그의 동생이 세습했다. ◉ 중화서국본『만력야획편』에는 '공굉서孔宏緖'로 되어 있고, 상해고적본에는 '공홍서孔弘緖'로 되어 있다. 이름을 공굉서로 바꾼 것은 청 고종 때이고, 만력야획편은 명나라 만력 연간에 쓴 것이라 아직 바꾸기 전이므로, 상해고적

至世廟賜楊丹徒[500]，張永嘉[501]，桂安仁[502]，李任邱，費鉛山[503]，夏貴谿，顧崑山[504]，翟諸城[505]，方南海[506]，嚴分宜[507]諸公，乃至郭勛[508]仇鸞[509]之

본을 따라 '공홍서'로 고쳤다. 같은 이유로, 이후의 '공굉서'도 모두 '공홍서'로 수정한다. 【역자 교주】

498 憲廟 : 명나라의 제8대 황제인 헌종 주견심을 말한다.

499 李孜省 : 이자성李孜省, ?~1487은 명나라 헌종 시기의 대표적인 아첨꾼으로 남창南昌사람이다. 방사술方士術을 배워 환관들과 친하게 지내며 헌종의 환심을 샀다. 성화 15년1479 상림원감승上林苑監丞이 되어 음란한 방술을 바치면서 점차 정사政事에 관여했다. 관직이 좌통정左通政을 거쳐 예부좌시랑禮部左侍郎에 이르렀다.

500 楊丹徒 : 명대의 대신이자 문학가인 양일청楊一淸, 1454~1530을 말한다. 그의 자는 응녕應寧이고, 호는 수암邃庵이며, 별호는 석종石淙이다. 진강鎭江 단도丹徒 사람이다. 성화成化 8년1472의 진사로, 중서사인, 섬서순무陝西巡撫, 삼변총제군무三邊總制軍務, 이부상서, 무영전대학사, 병부상서 등의 벼슬을 역임했다. 성화, 홍치, 정덕, 가정의 4대 50여 년 동안 관직에 있으면서, 가정 5년1526과 가정 6년1527부터 가정 8년1529까지 내각수보를 지냈다. 시호는 문양文襄이다.

501 張永嘉 : 명나라 가정 연간의 중신이자 '대례의 사건'의 주요 인물인 장총을 말한다. 출신지가 절강 온주부溫州府 영가永嘉이기 때문에 장영가張永嘉라고도 부른다.

502 桂安仁 : 명나라 가정 연간의 중신 계악을 말한다.

503 費鉛山 : 명나라 가정 연간에 내각수보를 지낸 비굉費宏, 1468~1535을 말한다. 그는 강서성江西省 연산현鉛山縣 사람으로, 자는 자충子充이고, 호는 건재健齋 또는 호동야노인湖東野老人이다. 13세에 신주부信州府 동자시童子試에서 문원文元이 되고, 16세에 강서 향시鄕試에서 해원解元이 되었으며 성화 23년1487 20세에 전시展試에서 장원狀元으로 급제했다. 헌종, 효종, 무종, 세종 네 황제를 모시며, 한림원수찬, 태상시소경太常寺少卿, 문연각대학사, 태자태보, 무영전대학사, 이부상서, 내각수보 등의 벼슬을 지냈다. 헌종 사후에 『헌종실록憲宗實錄』 편찬에 참여했고, 효종 사후 무종 즉위 후에는 『효종실록孝宗實錄』 편찬에도 참여했다. 가정 14년1535 향년 68세로 세상을 떠난 뒤, 태보太保로 추증되었고 시호는 문헌文憲이다.

504 顧崑山 : 명대의 대신으로 내각수보를 지낸 고정신顧鼎臣, 1473년~1540을 말한다. 소주부蘇州府 곤산崑山 사람으로, 어릴 때 이름은 동소이다. 그의 자는 구화九和이고, 호는 미재未齋이며, 시호는 문강文康이다. 홍치 18년1505 진사 출신으로, 수찬修撰, 예부우시랑, 예부상서 겸 문연각대학사, 소보少保, 태자태부, 내각수보 등의 벼슬을 지냈다. 저서에 『미재집未齋集』이 있다.

505 翟諸城 : 명나라 가정 연간에 내각수보를 지낸 적란翟鑾, 1478~1547을 말한다. 그의 자

屬, 亦俱得之. 後方西樵[510]辭相位歸南海, 其年僅五十, 於議禮諸公去位

는 중명仲鳴이고, 시호는 문의文懿다. 청주부靑州府 제성諸城 사람이다. 홍치 18년1505 진사 출신으로, 정덕 초에 편수編修로 제수되었고, 가정 연간에 예부우시랑, 내각대학사, 병부상서 겸 우도어사를 거쳐 내각수보에 올랐다. 가정 26년1547에 자택에서 세상을 떠났다.

506 方南海 : 명나라 가정 연간에 내각수보를 지낸 방헌부方獻夫, 1485~1544를 말한다. 광동廣東 남해南海 사람으로, 어릴 때 이름은 헌과獻科다. 그의 자는 숙현叔賢이고, 호는 서초西樵이며, 시호는 문양文襄이다. 홍치 18년1505 진사로, 정덕 연간에 예부주사로 제수되었다. 병을 이유로 사직하고 10여 년간 서초산西樵山에서 책을 읽으며 은거하다가, 가정 초에 조정으로 돌아와 대례大禮를 논의한 것이 세종의 마음에 들어 소첨사가 되었다. 그 뒤 이부상서, 무영전대학사를 거치며 세종을 보좌했다. 세종의 만류에도 병을 이유로 세 번이나 상소를 올려 사직하고, 귀향한 뒤 10년 뒤에 세상을 떠났다. 저서로 『주역전의약설周易傳義約說』, 『서초유고西樵遺稿』 등이 있다.

507 嚴分宜 : 명대의 대표적인 권신權臣이자 간신奸臣인 엄숭嚴嵩, 1480~1567을 말한다. 엄숭의 자는 유중惟中이고 호는 면암勉庵 또는 개계介溪다. 강서江西 분의分宜 사람이기 때문에 엄분의嚴分宜라고도 한다. 홍치弘治 18년1505 진사 출신으로 예부상서, 무영전대학사, 내각수보內閣首輔 등을 지냈다. 가정嘉靖 연간의 권신權臣으로 20여 년간 권력을 휘둘렀다. 그는 자기와 의견이 다른 사람을 배척하고, 뇌물을 받고 관직을 팔았으며, 군인들에게 지급되는 급료나 지급품을 착복했다. 이러한 일들로 인해 만년에 결국 세종世宗에 의해 면직되고 가산은 몰수당했으며, 2년 뒤 병으로 죽었다. 저서에 『검산당집鈐山堂集』 40권이 있다.

508 郭勛 : 곽훈郭勛, 1475~1542은 명초 개국공신 무정후武定侯 곽영郭英의 6대손이다. 곽훈郭勳으로도 쓴다. 정덕 3년1508 무정후의 작위를 세습 받았다. 세종이 즉위하고 대례의 논쟁이 벌어졌을 때, 세종의 마음을 읽고 장총을 도와 크게 황상의 총애를 얻었다. 가정 18년1539 익국공翼國公으로 승격되었다. 황상의 총애를 믿고 횡포를 부리며 멋대로 백성을 괴롭히면서 이익을 독점했다. 언관의 잇따라 탄핵하고 대신들이 그의 죄상을 폭로해서 결국 금의위에 하옥되었고, 옥중에서 죽었다.

509 仇鸞 : 구란仇鸞, ?~1552은 명나라 중기의 장수다. 그의 자는 백상伯翔이고, 섬서陝西 진원鎭原 사람이다. 구월仇鉞의 손자로 함녕후咸寧侯를 세습 받았다. 가정嘉靖 27년1548 엄숭嚴嵩의 사주를 받아 총독섬서삼변總督陝西三邊 증선曾銑을 모함해 중용되었다. 가정 29년1550 평로대장군平虜大將軍이 되어 타타르의 엄답한俺答汗을 저지하다가 대패했지만 나중에 전과를 거짓으로 보고해 태보太保에 오르고 총독경영융정總督京營戎政을 맡았다. 엄숭과 황제의 총애를 다투었는데, 사후에 엄숭 쪽 사람인 육병陸炳이 그의 죄상을 폭로해 관작이 추탈追奪되고 부관참시剖棺斬屍를 당했다.

最早. 臨行繳上, 上所賜銀記, 所謂'忠誠直諒'者. 劉鈗[511]適見之云, "先朝三楊相公俱帶回不繳, 因口誦三公疏." 方從之, 遂攜之歸. 鈗且囑曰, "林下[512]有所見, 可卽用印記上聞[513]". 方歎曰, "使桂見山[514]聞此語, 亦不繳上矣". 蓋當時揆地諸公無有不繳還者, 僅西樵留之家耳. 今上惟賜張江陵[515]一銀記曰, '帝賚忠良'. 其事在戊寅張歸葬之年, 令其在途在家俱得用以入奏. 然還朝以後, 不聞奏繳, 後遭籍沒[516], 亦不聞此記仍還內帑[517], 想張氏諸嗣君[518]至今猶寶藏也. 按井泉, 張泌, 俱官止光祿卿, 泉又廚役出身, 二人俱被免死詔, 尤奇.

510 方西樵 : 방헌부를 말한다.

511 劉鈗 : 유윤劉鈗, 1476~1541은 명나라 중기의 관리다. 그의 자는 여중汝中이고, 호는 서교西橋다. 산동山東 수광壽光 사람이다. 유후劉珝의 아들로, 8세 때 그의 총명함이 헌종의 마음에 들어 바로 중서사인에 제수되었다. 하지만 어린아이가 넘기에는 궁궐의 문턱이 높아서 이때 같은 중서사인으로 있던 양일청이 종종 그를 안고 궁을 드나들었다. 50여 년 동안 관직 생활을 했으며, 가정 연간에 태상경太常卿 겸 오경박사五經博士가 되었다.

512 林下 : 숲속이라는 뜻으로, 그윽하고 고요한 곳, 즉 벼슬을 그만두고 은퇴한 곳을 비유적으로 이르는 말.

513 上聞 : 어떤 사실이나 이야기를 임금에게 들려 드림.

514 桂見山 : 명나라 가정 연간의 중신 계악桂萼을 말한다.

515 張江陵 : 명나라 만력 연간에 내각수보를 지낸 장거정張居正을 말한다.

516 籍沒 : 예전에 중죄인의 재산을 모두 몰수하고 가족까지 처벌했던 일.

517 內帑 : 황제나 황실의 개인적인 물건을 넣어두던 창고.

518 嗣君 : 왕위를 이은 임금, 황태자, 다른 사람의 아들이라는 세 가지 의미가 있는데, 여기서는 다른 사람의 아들이라는 뜻으로 보인다.

번역 명절 휴가

영락 연간에 문황제께서 원소절元宵節 휴가로 열흘을 내리셨다. 아마 음력 정월 대보름날 밤 즐기며 노는 것을 태평시대에 있는 좋은 일이라 여기셨기 때문에 휴가 기간을 오히려 원단元旦보다 길게 주었던 듯한데, 지금까지 이를 따라 행해 관례가 되었다. 다만 지방관들의 심사가 있는 해에는 이부吏部와 도찰원都察院 및 이과吏科 담당자들은 휴가를 얻지 못한다. 지방관들이 심사받는 시기가 마침 꽃등을 밝히는 시기지만 공무公務에 지장을 주어서는 안 되기 때문일 것이다. 최근 몇 년 간 건의를 올려 마침내 등을 달고 즐기게 되었는데, 신하들이 업무를 게을리하고 백성들이 노래와 술에 빠지는 원인이 되자 그것을 금지할 것을 논의했다. 체제를 너무나 몰랐구나.

또 중앙 관원이 외출했다가 밤에 돌아올 때는 반드시 황성皇城의 수포군守鋪軍을 불러서 등을 밝혀 바래다주는데, 이 일은 홍치弘治 연간에 시작되었다. 효종께서 하루는 밤에 앉아 있다가 너무나 춥자 시종侍從에게 "이 시간에 백관들 또한 연회에 모였다가 돌아가는 이가 있는가?"라고 물었다. 시종이 있다고 말했다. 황상께서 또 "이처럼 살을 엘 듯이 춥고 어두운데, 만약 청빈한 관원이라 돌아가는 길에 길을 이끌어 줄 등불도 없다면 어찌하는가?"라고 물어보셨다. 시종이 역시 있다고 말했다. 그러자 황상께서 "앞으로 중앙 관원이 밤에 돌아올 때는 그의 지위地位 고하高下를 막론하고 수포군이 등불을 들고서 바래다주도록 하라"는 유지諭旨를 전하셨다. 효종께서 신하들을 굽어 살피심이 이와 같았다.

근래에 언관言官들이 상소를 올려 연회를 줄이고 동료와 친척들에게까지 술과 음식으로 왕래하는 것을 일체 금하려 했는데, 이것은 인정에 맞지 않는 것 같다. 그래서 오원제吳元濟가 회주淮州와 채주蔡州 등 세 주의 백성들을 막은 것은 일찍이 전성기全盛期에 의당 보여야 하는 것이었다. 또 을유乙酉년과 병술丙戌년 사이에 심귀덕沈歸德이 대종백大宗伯으로 있으면서 사치를 금禁하고 절약을 숭상할 것을 의론했는데, 그 주장이 매우 옳고 견해가 아주 상세했다. 성지聖旨를 받들어 세상에 널리 알리면서 기녀와 악공들까지도 금지하려 했는데, 의견이 달라 그만두었다. 선조들이 설치한 북경과 남경의 교방敎坊은 물론이고, 번왕藩王의 저택이나 봉지封地에도 반드시 음악원音樂院을 설치해 종묘 제사에 사용했는데 어찌 다 폐지할 수 있겠는가. 황후와 왕비의 결혼 및 황궁 안의 경사에도 다 가기歌妓들이 일을 맡았는데 한번에 바꾸면 이런 축하 의식은 앞으로 어찌되겠는가. 또 외국 사신이 조공朝貢할 때 베푸는 연회, 조정의 원회元會와 각종 대례大禮 때마다 악관樂官들이 길게 늘어서 공연하는데 어찌 다 폐지할 수 있겠는가. 이것은 다 말할 필요가 없다. 사방의 예인들 중에 북경에 모인 이들은 또 공훈 있는 귀족들과 벼슬아치들을 위해 사적 공적 여가 때에 연회의 여흥을 돋우어주고, 향시鄕試가 있는 해에 주主·부副 시험관에게 연회를 베풀어 새 합격자를 축하하는 것은 정리情理 상 없어서는 안 되는 것인데, 어찌 모두 금하려 했단 말인가. 융경隆慶 연간에 산동山東의 갈단숙葛端肅이 서대西臺의 수장首長으로 있을 때 이런 의론을 제기해 목종께서 시행토록 윤허했지만 결국은 바꿀 수 없었고, 심귀덕은 여러 사람의 이견異見에 저지당했다. 두 분 모두 청렴하고 올바른 명신名臣이었지만, 이런 의견을 제기한 것을 보면 중요한 이치를 몰랐던 것 같다.

원문 節假

永樂間, 文皇帝賜燈節[519]假十日. 蓋以上元[520]遊樂, 爲太平盛事, 故假期反優于元旦[521], 至今循以爲例. 惟遇外吏[522]考察之年, 則吏部都察院[523], 及吏科[524]當事者, 不得休暇. 蓋外僚過堂[525], 正值放燈[526]之時, 不可妨公

519 燈節 : 중국의 전통 명절 중 하나로 원소절元宵節이라고도 부른다. 즉 정월보름을 말한다. 음력 1월 13일부터 17일까지 등을 걸어놓고 즐기며 놀았다.

520 上元 : 음력 정월 대보름날 밤.

521 元旦 : 설날 아침.

522 外吏 : 지방관.

523 都察院 : 명 · 청 시기의 관서명. 홍무 15년1382에 설치된 기관으로, 명대 이전의 어사대御史臺에서 발전되었으며 감찰과 탄핵 등을 담당하는 최고 감찰기관監察機關이다. 좌도어사와 우도어사를 장관으로 두고, 그 아래에 부도어사副都御史와 첨도어사僉都御史를 두었다.

524 吏科 : 명대 급사중 중 이부를 담당하던 급사중을 말한다. 명대의 급사중은 하나의 단독 기관으로, 이과吏科, 호과戶科, 예과禮科, 병과兵科, 형과刑科, 공과工科의 6과 급사중을 두어 각각 이부, 호부戶部, 예부禮部, 병부兵部, 형부刑部, 공부工部를 담당했다. 6과 급사중은 6부 관리들에 대한 보조, 권고, 결원 보충, 기록, 조사 등의 일을 했다. 명초明初에는 통정사通政司에 속해 있었지만 청대淸代에는 도찰원으로 소속이 바뀌었다.

525 過堂 : 검사대상자를 하나씩 심사하다.

526 放燈 : 음력 정월 대보름에 꽃등에 불을 밝혀 백성들이 다니며 감상할 수 있게 하던

務耳. 近年建白, 遂有爲燈事嬉娛, 爲臣子墮職業, 士民溺聲酒張本, 議禁絶之. 其不知體制甚矣.

又京師百寮出外夜還, 必傳呼紅鋪[527]以燈傳送, 此起於弘治間. 孝宗一日夜坐甚寒, 問左右, "此時百官亦有宴集而歸者否". 左右曰有之. 上又問曰, "如此凜冽且昏黑, 倘廉貧之吏, 歸途無燈火爲導, 奈何". 左右曰亦有之. 上因傳旨[528], 此後遇京官[529]夜還, 無問崇卑, 令鋪軍[530]執燈傳送. 孝宗之曲體臣下如此.

近日言官[531]上奏, 欲裁省宴會, 至於僚宋親屬幷禁其酒食過從, 似此不近人情, 乃吳元濟[532]所以防淮蔡三州民者, 曾是全盛之世所宜見也. 又乙酉丙戌[533]間, 沈歸德[534]爲大宗伯[535], 立議禁奢崇儉, 其議甚正, 其說甚

풍속. 꽃등에 불을 밝히는 시기는 시대마다 조금씩 달랐지만 대체적으로 정월 11일부터 20일 사이에 행해졌다.

527 紅鋪 : 명대에 황궁을 경비하는 초소.

528 傳旨 : 상과 벌에 관한 임금의 뜻을 해당 관청이나 관리에게 전해 알리는 일.

529 京官 : 중앙 관청의 관리.

530 鋪軍 : 밤에 궁궐 문을 지키는 군사를 이르던 말. 수포군守鋪軍이라고도 한다.

531 言官 : 감독과 간언諫言을 주요 임무로 하는 관리. 언관의 권력은 비교적 센 편이었으며, 특히 명대에는 황제조차도 함부로 할 수 없을 정도였다.

532 吳元濟 : 오원제吳元濟, 783~817는 당나라 헌종 때 반란을 도모한 번진藩鎭의 우두머리다. 창주滄州 청지淸池 사람이다. 오원제의 부친인 오소양吳少陽은 회서절도사淮西節度使로 채주蔡州를 다스렸다. 오원제는 부친이 세상을 떠난 뒤 그 지위를 세습하고자 했지만 조정에서 허락하지 않자 반란을 도모했다.

533 乙酉丙戌 : 심리沈鯉가 예부상서로 있을 때의 을유乙酉년과 병술丙戌년을 말하므로, 만력 13년1585과 만력 14년1586이다.

534 沈歸德 : 명나라 만력 연간의 대신 심리沈鯉, 1531~1615를 말한다. 그의 자는 중화仲化고, 호는 용강龍江이며, 시호는 문단文端이다. 하남河南 귀덕歸德 사람이라서 심귀덕沈歸德이라고도 부른다. 가정 44년1565 진사로 검토檢討에 제수되었다. 신종 즉위 후 이부좌시랑吏部左侍郎이 되었고, 만력 12년1584에 예부상서가 되었으며, 만력 29년

詳. 奉旨頒示天下, 至欲幷禁娼優, 則以議者不同而止. 無論兩京教坊爲祖宗所設, 卽藩邸分封, 亦必設一樂院, 以供侑食享廟之用, 安得盡廢之. 至於中宮[536]王妃合巹, 及內庭[537]慶賀, 俱用樂婦供事, 一革, 則此諸慶典將奈何. 又如外夷朝貢賜宴, 大廷元會[538], 及諸大禮[539], 俱伶官排長承應[540], 豈可盡廢. 此俱不必言. 卽四方優人集都下者, 亦爲勳貴[541]縉紳[542]自公之暇, 借以宴衎, 卽遇大比[543]之歲, 宴大小座師[544], 賀新進郎君, 亦情禮之不可缺者, 何以幷欲禁之. 隆慶[545]間, 山東葛端肅[546]長西臺[547], 曾

1601에 동각대학사가 되었다. 예부상서로 있을 때 건문제의 연호를 복권復權시킬 것을 주장하고 『景帝實錄』을 수정했다. 만력 43년1615 향년 85세로 고향에서 세상을 떠났다.

535 大宗伯 : 예부상서를 말한다. 대종백大宗伯은 원래 주대周代에 제사와 전례典禮를 맡아 보던 관직이었는데, 명대에는 비슷한 일을 맡았던 예부상서의 별칭으로 사용되었다.

536 中宮 : 황후 또는 황후가 기거하는 궁전을 높여 이르는 말.

537 內庭 : 황궁 안.

538 元會 : 설날 아침 모든 관리가 정전에 모여 임금에게 문안을 드리고 정치에 관계된 일을 아뢰던 일.

539 大禮 : 궁중에서 임금이 몸소 주관하는 모든 의식을 이르던 말.

540 承應 : 기녀妓女나 예인藝人이 궁정이나 관부의 부름을 받아 공연하고 받드는 것.

541 勳貴 : 사업이나 나라를 위해 훈공을 세운 귀족.

542 縉紳 : 벼슬아치의 총칭. 진縉은 꽂는다는 뜻이고 신紳은 관복을 입을 때 매는 큰 띠를 말하므로, 백관百官들의 관복官服과 제복祭服에 갖추는 홀笏을 허리에 맨 띠에 끼운다는 의미에서 모든 벼슬아치들을 가리키는 말로 쓰인다.

543 大比 : 명대의 향시鄕試를 말한다.

544 座師 : 명청 시기 향시에 합격한 거인擧人과 회시에 합격한 진사進士가 자신이 합격한 과거시험의 시험관을 부르는 존칭.

545 隆慶 : 융경隆慶은 명대 제12대 황제인 목종 주재후朱載垕, 1537~1572의 연호로 1567년부터 1572년까지 총 6년간 사용되었다.

546 葛端肅 : 명 중기의 대신인 갈수례葛守禮, 1502~1578를 말한다. 그의 자는 여립與立이고, 시호는 단숙端肅이며, 산동山東 덕평德平 사람이다. 가정 7년1528 산동 향시에서 거인

建此議, 穆宗允行, 而終不能革, 沈則以衆咻而阻. 兩公俱淸正名臣, 而建白及此, 似未爲知體.

이 되고, 가정 8년1529 진사가 되어 팽덕추관彭德推官에 제수되었다. 병부주사兵部主事, 예부낭중禮部郎中, 하남제학부사河南提學副使 등을 거쳐 융경 원년1561에 호부상서戶部尙書가 되었다. 그 뒤 형부상서刑部尙書와 좌도어사까지 지냈다. 세종, 목종, 신종의 3대 47년 동안 관리 생활을 했다. 만력 3년1575 사직하고 고향에 돌아가 만력 6년1578에 세상을 떠났다.

547 西臺 : 도찰원의 별칭.

번역 시 「중추절에 달이 없네[中秋無月]」

세간에 「중추절에 달이 없네[中秋無月]」라는 사詞가 전해진다. 영락永樂 연간에 황상께서 연회를 열었는데, 달이 구름에 가리워지자 학사 해진에게 시를 짓도록 명하셨다. 이에 즉석에서 「낙매풍落梅風」을 지어 바쳤다. 그 내용은 다음과 같다. "상아嫦娥의 얼굴이 오늘밤 둥그런데, 구름 주렴이 드리워 보이질 않네. 오늘 밤 내내 난간에 기대어 잠들지 않고 누가 광한전廣寒殿을 지나는지 지켜보리라." 황상께서 크게 기뻐하시며 이런 의미를 살려 장가長歌를 지으라 다시 명하셨다. 한밤중에 달이 다시 밝아지자 황상께서 크게 기뻐하시며 "천하를 뺏을 만한 재주를 지녔구나"라고 하셨다. 이 사詞가 비록 아름답긴 하나 금金나라 해릉海陵 양왕煬王이 변경汴京에서 지은 사 「작교선鵲橋仙」만은 못하다. 「작교선」은 다음과 같다. "술잔을 멈춘 채 들지 않고, 노래를 그친 채 부르지 않으며, 은 두꺼비 바다로 나오길 기다리네. 누가 수정궁을 꼭꼭 숨기어 이처럼 크고 대단하게 가로막았는가? 규룡의 수염 끊어질 듯 꼬고 별 같은 눈동자 찢어질 듯 부릅뜨나 오히려 칼날이 무딘 것이 한스럽네. 휘두르고 휘둘러 채색 구름 끊어내어 상아의 자태를 보려하네." 이 사가 더 호쾌하고 시원시원해 좋아할 만한 것 같다. 또 돌아가신 조부께서는 일찍이 "홍치 연간 계축癸丑년 서길사庶吉士 설격薛格이 각시閣試에서 「중추절에 달이 보이지 않네[中秋不見月]」란 시를 써서 일등을 했다. 그 시 가운데 '한스러운 관산關山에 부질없이 피리 소리 들리고, 소리

없는 까막까치는 지친 듯 누대에 기대어 있네'라는 구는 당시 사람들이 앞 다투어 외워 전했지만 시 전체를 말하지 않는 것이 애석할 뿐이다"라고 하셨다.

○ 해진이 바친 시는 해릉 양왕의 사의 빼어남에는 크게 미치지 못했는데, 문황文皇께서 왜 그것을 칭찬하셨는지 모르겠다.

원문 中秋無月詩

世傳「中秋無月」詞, 如永樂中, 上開宴, 月爲雲掩, 命學士解縉賦詩. 因口占[548]落梅風以進云, "嫦娥面, 今夜圓, 下雲簾, 不著臣見. 拚今宵倚闌不去眠, 看誰過廣寒宮殿". 上大喜, 復命以此意賦長歌. 半夜月復明, 上大喜曰, "才子可謂奪天手段也". 按此詞雖佳, 不如金海陵煬王[549]在汴京[550]作「鵲橋仙」詞云, "停盃不擧, 停歌不發, 等候銀蟾[551]出海. 是誰遮

548 口占 : 즉석에서 시를 읊는 것을 말함.

549 金海陵煬王 : 금나라의 제4대 황제 완안량完顔亮, 1122~1161을 말한다. 그의 본명은 완안적고내完顔迪古乃이고, 자는 원공元功이다. 여진女眞 완안부完顔部 사람으로, 금 태조 완안아골타完顔阿骨打의 손자이고, 요왕遼王 완안종간完顔宗幹의 둘째 아들이다. 황통皇統 9년1149 희종熙宗을 죽이고 황위에 올랐으며, 그 해 천덕天德으로 연호를 고쳤다. 그 뒤 1153년에 연호를 정원貞元으로 바꿨다가 1156년에 정륭正隆으로 바꾸었으며, 총 12년 동안 재위했다. 도읍을 연燕으로 옮기고 중도中都라 불렀으며, 변량汴梁을 남경南京으로 고쳐 불렀다. 정륭 말에 남송 정벌에 나섰다가 채석采石에서 패하고, 병변兵變으로 피살되었다. 금 세종世宗 때 해릉군왕海陵郡王으로 강등되었고, 그 후 다시 폐위되어 평민이 되었다. 시호는 탕煬이다.

550 汴京 : 지금의 허난성[河南省] 카이펑[開封]으로, 변경汴京은 금나라의 수도였을 때 명칭이다. 북송 시기에는 동경東京이라 불렀고, 금나라가 북송을 멸한 뒤 변경으로 이름을 바꿨다. 완안량이 중도로 천도한 뒤에는 남경개봉부南京開封府로 명칭이 바

定水晶宮, 作許大, 通天障礙? 虬髭[552]撚斷, 星眸睜裂, 猶恨劍鋒不快. 一揮揮斷彩雲根, 要看嫦娥體態". 似更雄快可喜. 又先大父曾云, 弘治癸丑庶吉士[553]薛格, 閣試[554]「中秋不見月」詩, 考第一, 中一聯云, '關山有恨空聞笛, 烏鵲無聲倦倚樓.' 當時爭傳誦之, 惜其全首不稱耳."

○ 解所進歌行, 遠不及詞之俊, 不知文皇何以賞之.

꿔었다.

551 銀蟾 : '달'을 달리 이르는 말.

552 虬髭 : 뿔 없는 규룡의 턱밑 수염.

553 庶吉士 : 명대와 청대 한림원翰林院의 단기 직위로, 진사에 합격한 사람 가운데 문학이나 서예 방면에서 우수한 사람을 골라 임명했다. 황제 조서詔書의 초안을 작성하거나 황제를 위해 경서를 강독하는 등의 일을 맡았다. 명대 내각의 재상 중에는 서길사를 거친 사람이 많았다.

554 閣詩 : 명대 한림원翰林院 서길사庶吉士를 대상으로 한 시험.

번역 선대의 네 마리 준마

금상께서 병자丙子년에 오랫동안 궁중에 보관해 온 사준도四駿圖, 즉 정난의 변 때 문황이 탔던 네 마리의 준마를 그린 그림을 꺼내어 재상 장거정 등에게 제목을 지으라 명했다. 첫 번째 말은 용구龍駒라 하는데, 정촌패鄭邨壩 대전에서 가슴에 화살을 맞자 도지휘사 축축丑丑이 화살을 뽑아냈다. 두 번째 말은 적토赤兔인데, 백구하白溝河 대전에서 가슴에 화살을 맞자 도지휘사 아실첩목亞失帖木이 화살을 뽑았다. 세 번째 말은 조류棗騮인데, 소하小河 대전에서 가슴과 양 뒷무릎 안쪽에 화살을 맞자 안순후安順侯 탈화적脫火赤이 화살을 뽑았다. 네 번째 말은 황마黃馬로 영벽현靈璧縣 대전에서 뒷무릎 안쪽에 화살을 맞았는데, 지휘 계아雞兒가 화살을 뽑았다. 이상 화살을 뽑은 네 사람이 모두 오랑캐로, 문황제께서 사로잡은 포로 중에서 돌격하는 데 기용한 용맹한 병사인데, 성용盛庸과 평안平安 등도 당연히 적수가 되지 못했으니 하물며 이경륭李景隆이야 말할 필요도 없다. 정촌패는 북평北平에서 겨우 오십 리 거리인데, 여기서부터 남쪽으로 매일 말을 달려 하루 만에 영벽靈璧에 도착해 남경에 한층 더 가까워졌다. 그 때 대학사들이 바친 시문은 모두 그들의 뛰어난 공적을 충분히 나타내기에는 부족했고, 또 재주에도 한계가 있었다. 예부터 무기를 들고 세상을 평정함으로써 문황에 필적할 만한 자는 당唐 태종太宗 한 사람뿐인데, 그 당시에도 여섯 필의 말이 있었다. 첫째 말은 권모과拳毛騧라 하는데, 입 부분이 검은 누런 말로 유흑달劉黑

闥을 평정할 때 탔으며 앞쪽에 화살 여섯 발, 등에 세 발을 맞았다. 두 번째 말은 십벌적什伐赤이라 하는데, 몸 전체가 붉은 말로 왕세충王世充과 두건덕竇建德을 평정할 때 탔으며 앞쪽에 화살 네 발, 등에 한발을 맞았다. 세 번째 말은 백제오白蹄烏라 하는데, 네 발굽이 희고 몸 전체가 검은 말로 설인고薛仁杲를 평정할 때 탔다. 네 번째 말은 특륵표特勒驃라 하는데, 입이 약간 검고 흰색인 누런 말로 송금강宋金剛을 평정할 때 탔다. 다섯째 말은 삽로자자연류颯路紫紫燕騮라 하는데, 동도東都를 평정할 때 탔으며, 앞쪽에 화살 한 발을 맞았다. 여섯째 말은 청추靑騅라 하는데, 흰색과 푸른색이 섞인 말로 두건덕竇建德을 평정할 때 탔으며 앞쪽에 화살 다섯 발을 맞았다.

당시 은중용殷仲容이 찬문을 짓고 구양순歐陽詢이 그것을 기록했는데, 찬문贊文은 칭송할만하지 않지만 서법은 매우 뛰어나다. 문황과 당 태종 모두 수많은 전쟁을 치르고 나서야 태평성세를 누렸다. 당 태종은 7년간 전쟁을 했는데도 자택에서 지내는 날이 많았지만 우리 태종께서는 겨우 4년밖에 안 되는데도 막사에서 지내지 않은 날이 없으셨고 위기에 닥쳐 구해낸 일이 여러 번이어서 금천문金川門에 들어간 뒤 효릉孝陵에서 통곡하시고서야 대위에 오르셨으니 그 고초를 가히 알 만하다.

이 네 마리의 준마와 여섯 필의 말은 진정한 총애를 입고 전쟁에 참가해서 필묵으로 그려졌으니 기린각麒麟閣과 능연각淩練閣에 오르는 것과 뭐가 다르겠는가. 그러므로 소릉昭陵에서 제왕이 서거하면 돌에 여섯 필의 말을 새겨 그리고 백성柏城에 열 지어 두었으니, 마치 생전의 천자의 마구간과 같은 형태이다. 후대에 천보天寶 연간에 병란이 일어나 한쪽 부분이 물에 젖어 두보杜甫가 "옥으로 된 어의를 입고 새벽에 일어나 거동하지 않을지, 철마는 땀 흘리며 변함없이 힘차게 달리지 않을지"라고 했는데, 아마 사실일 것이다. 가정 연간의 네 준마는 대대로 자손들이 밝히지 않아 거의 소멸되어 전해지는 기록이 없다. 아마도 선조께서 나라의 기강을 세우실 때 적들과 함께 술병을 채워 술 마시는 것과는 크게 같지 않으므로, 후대에 훌륭한 준마의 뛰어남을 칭송하지 말라 한 것 같은데, 그럴 수 있는 일이다.

○ 생각건대 성화成化 연간에 유문劉文 안정安定이 문황의 전투마에 대해 시로 읊었는데, 원래는 여덟 마리의 준마가 있었다. 정촌패와 백하구의 전투 후에 오토烏兔라는 말이 또 있었는데, 동창부현東昌府縣의 큰 전투에서 화살에 맞아 도독都督 동신童信이 화살을 뽑았다. 비토飛兔라는 말은 협하夾河의 큰 전투에서 화살에 맞아 도지휘 묘이貓兒가 화살을 뽑았다. 비황飛黃이라는 말은 난성현欒城縣의 큰 전투에서 화살에 맞아 도독 마자첩목아麻子帖木兒가 화살을 뽑았다. 은갈銀褐이라는 말은 숙주宿州의 큰 전투에서 화살에 맞아 도독 역뢰랭만亦賴冷蠻이 화살을 뽑았고, 이후에 마침내 영벽현靈璧縣에서 싸웠다. 대개 문황의 가정 연간 때 매번의 전투에서 반드시 병사보다 먼저 몸을 날려 싸웠으니 황제의 말이 모두 상처를 입은 것이다. 당시에 이미 이런 그림이 있었는데, 지금의 황상께서 왜 그 반 정도만을 꺼내셨는지는 모른다. 내부에 소장된 진귀한 것들이 결코 유실될 리가 없지만 혹은 중간에 변고가 있었는지도

알 수가 없다. 당 태종의 여섯 필의 말 가운데 두보가 권모왜拳毛騧만을 말한 것이 그 일례이다.

원문 先祖四駿

今上丙子, 出內府舊藏文皇靖難時所乘四駿圖, 命輔臣張居正等恭題. 其一曰龍駒, 鄭邨壩大戰[555], 胸膛着一箭, 都指揮丑丑拔箭, 其二曰赤兎, 白溝河大戰[556], 胸膛着一箭, 都指揮亞失帖木拔箭. 三曰棗騮, 小河大戰[557], 胸膛一箭, 後兩曲池一箭, 安順侯脫火赤拔箭, 四曰黃馬, 靈璧縣大戰, 後曲池着一箭, 指揮雞兒拔箭. 以上拔箭四人俱夷名, 文皇所收虜中號驍卒, 用以衝鋒者, 宜非盛庸平安輩所敵, 況李景隆乎. 鄭邨壩距北平止五十里, 自是馬首日南. 一日至靈璧, 而漸逼京畿矣. 時閣臣所上詩章, 俱不足發揮神功聖烈, 亦才限之也. 古來以干戈手定宇內, 堪匹我文

---

555 鄭邨壩大戰 : 명나라 건문 원년1399 정난의 변 때 발발한 전쟁으로, 건문제의 군대와 연왕燕王의 군대가 교전했다. 연왕 주체가 팔만의 군대로 건문제의 50만 대군에 대항해 승리를 거두었지만, 쌍방 모두 손실이 막대했다. 정촌패鄭邨壩는 지금의 베이징 동쪽 20리 떨어진 곳에 있었다.

556 白溝河大戰 : 명나라 건문 2년1400, 연왕 주체의 10만 군대와 건문제의 60만 군대가 백구하白溝河에서 벌인 전투다. 건문제의 군대는 이 전투에서 참패한 뒤 더 이상 대규모 정벌을 벌이지 못했다. 백구하는 지금의 허베이[河北]성 슝[雄]현, 룽청[容城], 딩싱[定興] 일대를 말한다.

557 小河大戰 : 명나라 건문 4년1402, 연왕의 군대와 건문제 군대가 휴수睢水의 소하小河 양쪽에서 대치하며 벌인 전투다. 일진일퇴를 거듭하며 공방을 벌였으나, 연왕군이 건문제 군대의 군량미 보급을 차단하면서 승리했다. 이 전투에서 승리한 뒤로 연왕군의 기세가 더욱 거세졌다. 소하는 지금의 안후이[安徽]성 쑤첸[宿遷] 지역에 있다.

皇者，惟唐太宗一人，當時亦有六馬．其一曰拳毛騧，黃馬黑喙，平劉黑闥[558]時所乘，前中六箭，背三箭．其二曰什伐赤，純赤色，平王世充[559]竇建德[560]時所乘，前中四箭，背中一箭．其三曰白蹄烏，純黑色，四蹄俱白，平薛仁杲[561]時所乘．其四曰特勒驃，黃白色，喙微黑，平宋金剛[562]時所乘．其五曰颯路紫紫燕騮，平東都時所乘，前中一箭．其六曰青騅，蒼白雜色，

558 劉黑闥 : 유흑달劉黑闥, ?~623은 수나라 말기 당나라 초기의 군웅 세력이다. 패주貝州 장남현漳南縣 사람으로, 도적질을 하다가 두건덕竇建德의 휘하에 들어갔다. 두건덕의 기반을 이어 낙주洛州를 수도로 하여 나라를 세우고 스스로 한동왕漢東王이라 칭했다. 623년 당군唐軍에 패하여 참수당했다.

559 王世充 : 왕세충王世充, ?~621은 수나라 말기의 군웅이다. 신풍新豊 사람으로, 자는 행만行滿이다. 원래 지支씨였으나, 아버지가 왕씨 성을 가진 사람의 양자가 되어 왕씨가 되었다. 평소 흉계와 속임수를 좋아하고 병법兵法을 특히 좋아했다. 문제文帝 개황開皇 연간에 군공軍功으로 의동儀同에 임명되었고, 양제煬帝 때 강도군승江都郡丞에 올랐다. 여러 차례 농민의 반란을 진압하여 강도통수江都通守에 올랐다. 양제가 피살된 뒤, 월왕越王 양동楊侗을 제위에 앉히고 이부상서가 되었다. 다음 해 양동을 폐하고 스스로 황제라 칭하면서 정鄭나라를 세우고 연호를 개명開明이라 했다. 이세민이 이끄는 당군에 패하고 항복한 뒤, 장안長安에 왔다가 원수에게 피살되었다.

560 竇建德 : 두건덕竇建德, 573~621은 수나라 말기와 당나라 초기에 활약한 군웅이다. 농민군을 주력으로 617년 하북 지역에 하夏나라를 세우고 하왕夏王이라 자칭했다. 당 고종 무덕武德 3년620 이세민이 왕세충을 토벌할 때 군사를 이끌고 왕세충을 도왔으나 대패하고 포로가 되어 장안에서 참수되었다.

561 薛仁杲 : 설인고薛仁杲, ?~618는 수나라 말기 농서隴西 지역에 할거하던 군웅이다. 본명은 설명薛明이고, 자가 인고仁杲인데 자로 더 알려져 있다. 난주蘭州 금성金城 사람이다. 우람하고 건장한 체격에 용맹하고 싸움을 잘했다. 대업大業 13년617 부친 설거薛擧를 따라 수나라에 반대하여 기병한 뒤 농서 지역을 할거하고 제국공齊國公에 봉해졌다. 설거가 황제라 자칭하면서 태자로 책봉되었다. 무덕武德 원년618 정식으로 황위를 이은 뒤 당나라의 이세민에게 패해 장안에서 참수되었다.

562 宋金剛 : 송금강宋金剛, ?~620은 수나라 말기 농민 봉기군의 수령이다. 수 양제 말기에 상곡上谷 지역에서 반란을 일으켰다. 유무주劉武周를 따라 군사를 이끌고 남하했으나 여러 차례 당나라 군대에 패했다. 무덕 3년620 당나라의 이세민에게 패해 돌궐突厥로 도망갔다가 나중에 피살되었다.

平竇建德時所乘, 前中五箭.

時殷仲容爲贊, 歐陽詢書之, 贊文亦不甚稱, 而書法則佳甚矣. 二太宗俱從百戰之餘享有太平. 唐宗用兵七年, 然在邸之日居多. 我太宗雖僅四年, 然無日不在師中, 瀕危而後濟者數次, 以故入金川門之後, 慟哭於孝陵, 始登大位, 其艱苦可知矣.

此四駿六馬者, 載負眞龍, 出入矛戟, 圖形翰墨, 與登麟閣凌烟何異. 然昭陵晏駕後, 琢石爲六馬, 列置栢城, 如生前天廐之狀. 後來天寶兵亂, 遍體沾濕, 杜甫所云, "玉衣晨自擧, 石馬汗常趨", 蓋紀實也. 靖難四駿, 非神孫表彰, 幾泯無傳. 蓋祖宗締搆, 與倒戈壺漿者大不同, 後世勿徒賞其神駿權奇可也.

○ 按成化間, 劉文安定之[563], 所咏文皇戰馬, 本有八駿. 自鄭邨壩白河溝之後, 又有馬曰烏兎, 東昌府大戰中箭, 都督童信拔箭. 曰飛兎, 夾河大戰中箭, 都指揮貓兒拔箭. 曰飛黃, 欒城縣大戰中箭, 都督麻子帖木兒拔箭. 曰銀褐, 宿州大戰中箭, 都督亦賴冷蠻拔箭. 此後遂戰於靈壁縣矣. 蓋文皇靖難, 每戰必身先士卒, 御馬皆傷. 當時旣有此圖, 不知今上何以

563 劉文安定之 : 명나라 초기의 관리인 유정지劉定之, 1409~1469를 말한다. 그의 자는 주정主靜이고, 호는 태재呆齋며, 시호는 문안文安이다. 강서江西 영신永新 사람이다. 정통 원년1436 회시會試에 장원급제해 한림원편수에 임명되었다. 경제가 즉위하자 군사상 형세에 대해 글을 올렸다. 얼마 뒤 세마로 옮겼다. 성화 2년1466 문연각에 입직入直해 공부우시랑工部右侍郞 겸 한림학사가 되어 지나친 세금 과세를 중지할 것을 주청했다. 2년 뒤 예부좌시랑禮部左侍郞으로 옮겼고, 재직 중에 죽었다. 학문이 연박淵博했고, 시문도 뛰어났다. 저서에 『역경도해易經圖解』, 『비태록否泰錄』, 『태재집呆齋集』 등이 있다.

僅出其半. 內府所珍, 斷無遺失之理, 或中有別故, 亦未可知. 如唐太宗六馬, 而杜甫僅擧一拳毛騧, 卽其例也.

번역 제왕을 모신 이에 대한 상과 벌이 판이하게 다르다

황제가 되기 전 제왕을 모신 이에게 상을 내리는 일은 선종 이후 경제에까지 이어졌는데, 옛 신하들이 모두 황제의 은혜로운 명命을 받았지만 동일한 시기에 받은 상의 후박厚薄함과 후일의 성쇠盛衰가 결국 크게 달라진 것은 선덕 연간만 했던 적이 없다. 서자庶子 장영張瑛과 진산陳山이 재상에 임명되어 내각에 들어간 것은 상이 후하다 할 수 있다. 그런데 태자세마太子洗馬 대륜戴綸은 병부시랑兵部侍郎의 관직으로 교지交趾를 지키고, 중윤中允 임장무林長懋는 울림주鬱林州 지주知州가 되었다. 한 사람은 오랑캐 땅을 지키고 다른 한 사람은 풍토병이 심한 땅으로 쫓겨났으니, 이때의 소원함과 박정薄情함은 이미 극極에 달했다. 그 후 대륜은 옥에서 죽고, 임장무는 오랫동안 갇혀 있다가 영종 연간에 이르러 사면되어 나와 겨우 예전처럼 울림주를 지킬 수 있었다. 임장무는 황상을 모실 때 황상께서 북경으로 돌아오는데 수로水路를 택했다가 황상의 노여움을 샀다고 알려져 있지만, 대륜이 죄를 지은 것에 대해서는 아직까지 알려진 바가 없다. 지금 『입재한록立齋閒錄』에 서술된 내용을 보면, 임장무와 대륜이 태자궁의 관리로 있을 때 태자가 싫어하는데도 거듭해서 간곡하게 간언諫言을 했다. 선종이 약간의 잘못이라도 저지르게 되면 이 일이 바로 문황께 알려졌기 때문에 원망의 마음을 품은 것이 이미 하루 이틀이 아니었다. 임장무가 외지로 부임해 나가자 다시 그를 원망하는 말이 많아져 마침내 금의위錦衣衛의 감옥에 갇혔고, 아울러 그의 동생 형부주사刑部主事 임준절林遵節은 경원부慶遠府 통판通判으로 나가게 되었다. 또 억지로 임장무에게 대륜의 죄가 연루되도록 자백하게 해 마침내 대륜을 북경으로 체포해 왔고, 대륜의 숙부인 하남태수河南太守 대현戴賢과 태복시경太僕寺卿 대희문戴希文 등 온 식구 다 재산이 몰수되고 처벌을 받았으며 대희문의 어린 아들 대회은戴懷恩은 궁형宮刑을 당해 성화成化 연간에 사례태감司禮太監이 되었으니, 모두 다 통상적이지 않은 처분이다. 선종께서는 성군이시라 옛 일을 가지고 이렇게까지 해서는 안 되었지만, 그 의도는 대륜의 일을 가지고 경계하고 바로잡으려던 것이었으니, 어찌 환관 강보江保와 황엄黃儼 같은 무리가 인종仁宗을 위협한 것과 같겠는가. 경제의 장사長史 의명儀銘은 병부상서兵部尙書에 이르고, 심리審理 유강兪綱과 반독伴讀 유산兪山은 모두 태자소보太子少保에 이르렀는데, 영종이 복위한 천순天順 연간에도 무사하고 은혜와 예우가 바뀌지 않았으니 선덕 연간의 대륜과 임장무에 비하면 천양지차가 아닌가!

○ 대회은은 성화 연간에 막강한 권력을 쥐고 큰 공을 세워 뛰어난 환관이 되었는데 그 스스로 오吳 지역 사람이라고 했다. 그런데, 대륜은 산동山東 고밀高密 사람이었으니, 대회은이 당시에 그를 꺼려 피한 것인가? 아니면 또 다른 대회은인가?

원문 從龍誅賞迥異

潛邸從龍之賞, 宣宗之後, 卽接景帝, 凡舊臣俱沾恩命[564], 而其一時之厚薄, 後日之榮枯, 竟成兩截, 則莫如宣德一朝. 如兩庶子張瑛[565]陳山[566], 卽大拜[567]入閣[568], 可云厚矣. 而洗馬[569]戴綸[570], 以兵部侍郎出鎭交趾[571],

564 恩命 : 임금이 내리는 명령. 주로 관직 임용이나 죄를 사한다는 명령을 칭할 때 사용됨.

565 張瑛 : 중화서국본과 상해고적본 『만력야획편』에 모두 진영陳瑛으로 되어 있으나, 『명선종실록明宣宗實錄』과 『명사』에 근거해 장영張瑛으로 수정했다. 본문에 따르면 이 인물은 선덕 연간에 서자庶子에서 내각대신이 된 인물이다. 선덕 연간 10년 동안 내각대신이었던 사람은 모두 7명으로, 양사기楊士奇, 양영楊榮, 황회黃淮, 금유자金幼子, 양부楊溥, 장영張瑛, 진산陳山이다. 이중 선덕 연간에 처음으로 내각대신이 된 사람은 장영과 진산이다. 선덕 연간 내각대신 중에 '진영'이라는 사람은 없다. 이에 근거해 진영陳瑛을 장영張瑛으로 수정했다. 【역자 교주】 ◉ 장영張瑛, 생졸년 미상은 명나라 선종 시기의 내각대신이다. 그의 자는 자옥子玉이고, 형대邢臺 사람이다. 홍무 29년1396 거인으로 관계에 들어가 선종이 황태자일 때 동궁시강東宮侍講이었다. 그 인연으로 선종이 황위에 오르자, 선덕 원년1426 예부좌시랑 겸 화개전대학사로 내각에 들어갔다. 선덕 2년1427 예부상서 겸 화개전대학사가 되었으며, 4년간 내각대신으로 있었다. 『명태종실록』 편찬에 참여했다.

566 陳山 : 중화서국본과 상해고적본 『만력야획편』에 모두 장산張山으로 되어 있으나, 『명선종실록明宣宗實錄』과 『명사』에 근거해 진산陳山으로 수정했다. 본문에 따르면 이 인물은 선덕 연간에 서자에서 내각대신이 된 인물이다. 선덕 연간 10년 동안 내각대신이었던 사람은 모두 7명으로, 양사기楊士奇, 양영楊榮, 황회黃淮, 금유자金幼子, 양부楊溥, 장영張瑛, 진산陳山이다. 이중 선덕 연간에 처음으로 내각대신이 된 사람은 장영과 진산이다. 선덕 연간 내각대신 중에 '장산'이라는 사람은 없다. 이에 근거해 장산張山을 진산陳山으로 수정했다. 【역자 교주】 ◉ 진산陳山, 1364~1434은 명나라 선종 시기의 내각대신이다. 그의 자는 여정汝靜 또는 백고伯高이고, 복건 연평부延平府 사현沙縣 사람이다. 홍무 26년1393 거인擧人으로, 영락 원년1403 봉화교유奉化敎諭에 임명되면서 관계에 들어섰다. 그 후 여러 관직을 거쳐, 선덕 2년1427 호부상서 겸 근신전대학사로 내각에 들어갔다. 『영락대전永樂大典』 편찬에 참여했다.

567 大拜 : 재상宰相에 임명되다.

568 入閣 : 재상이 되는 것을 말한다. 명대와 청대에 전각대학사殿閣大學士의 신분으로 내각에 들어가면 재상이라는 명칭을 사용하지는 않지만 재상이 지니는 실권을 갖

中允林長懋[572], 爲鬱林州[573]知州. 一守夷方, 一斥瘴鄕[574], 此際之疏薄已

고 있었기 때문이다.

569 洗馬 : 태자세마太子洗馬를 말하며, 태자를 보좌하고 태자에게 정사政事와 문리文理를 가르치는 관리다. 진秦나라 때 처음 설치되었으며 한漢나라 때는 선마先馬라고 불렀다.

570 戴綸 : 대륜戴綸, ?~1425은 명나라 초기의 관리로, 산동 고밀高密 사람이다. 영락 연간에 창읍昌邑 훈도訓導에서 예과급사중禮科給事中으로 발탁되어, 편수編修 임장무林長懋와 함께 당시 황태손이던 주첨기朱瞻基, 훗날의 선종를 가르쳤다. 인종 때 세마洗馬가 되어 태자가 된 주첨기의 시독으로 있었다. 사냥을 좋아하는 태자에게 사냥을 자제할 것을 간하고, 또 사냥할 때마다 황제께 그 사실을 알려 태자의 미움을 샀다. 선종이 즉위한 뒤 병부시랑兵部侍郞이 되었지만 다시 사냥에 대해 간했다가 교지交趾로 나가 군무軍務를 도우라는 명을 받았다. 얼마 후 원망하는 마음을 품었다는 죄로 북경으로 끌려와 금의위錦衣衛의 감옥에 갇혀 심문을 받았다. 그때 선종을 더 화나게 해 몽둥이에 맞아 죽었으며 그의 재산도 몰수되었다. 또 대윤의 숙부인 하남지부河南知府 대현戴賢과 태복시경太僕寺卿 대희문戴希文까지도 가산家産을 몰수당하고 하옥되었다.

571 交趾 : 지금의 베트남 북부 통킹 및 하노이 지방의 옛 이름. 전한前漢의 무제武帝가 남월南越을 멸망시키고 교지군交趾郡을 설치했다.

572 林長懋 : 임장무林長懋, 생졸년 미상는 명나라 초기의 관리다. 그의 자는 경시景時이고, 복건福建 포전莆田 사람이다. 영락 3년1405 향시鄕試에 합격한 뒤 남창南昌 교유敎諭와 청주부靑州府 교수敎授를 지냈다. 영락 18년1420 한림편수翰林編修가 되어 황태손으로 있던 선종의 시독侍讀을 맡았다. 사냥을 좋아하던 황태손에게 사냥을 자제하고 학업에 정진할 것을 계속해서 권하다가 결국 미움을 받았다. 인종 연간에 중윤이 되었고, 선종이 즉위한 뒤 울림주鬱林州 지주知州로 나갔다가 권세가들의 미움을 사서 10년간 감옥에 갇혀있었다. 임장무는 영종이 즉위하면서 사면되어 다시 울림주로 돌아가 관리 생활을 하다가 60세에 세상을 떠났다.

573 鬱林州 : 지금의 광서廣西 옥림시玉林市다. 한 무제武帝가 원정元鼎 6년B.C.111 월남越南을 정벌하고 그 땅에 남해南海, 창오蒼梧, 울림鬱林 등 영남嶺南 9 군郡을 설치하면서 울림이라는 이름이 시작되었다. 한대 이후 중화민국 시기까지 존재했으며 광서廣西 지역에서 경제와 문화가 발달했을 뿐만 아니라 경치가 아름다운 지역으로 손꼽힌다.

574 瘴鄕 : 땅이 축축하고 습기가 있으며 더운 땅에서 생기는 독기毒氣인 장기瘴氣가 있는 지역, 즉 풍토병이 있는 지역을 말한다. 이런 곳은 주로 유배지로 정해졌다.

極矣. 其後綸死于獄, 長懋久錮, 至英宗朝赦出, 僅得仍守鬱林. 曾聞長懋因侍上, 上還北京, 取道水路, 致觸聖怒, 而綸之得罪則未詳. 今觀『立齋閒錄』[575]所述, 則長懋及綸爲宮僚[576]時, 多苦口犯顔[577]. 遇宣宗稍有愆違, 卽以聞於文皇, 銜之已非一日. 長懋之出守, 復多怨望語, 遂下錦衣獄, 幷其弟刑部主事遵節[578], 亦出爲慶遠[579]通判[580]. 又勒懋攀指綸罪, 遂逮至京, 綸叔河南守賢太僕寺卿希文, 百口俱籍沒, 希文幼子懷恩腐刑[581], 至成化間爲司禮太監, 皆非常處分也. 宣宗仁聖, 不宜修故卻至此, 意者以戴綸規切, 將如內臣江保[582]黃儼[583]輩之危仁宗耶. 若景帝之長

---

575 立齋閒錄 : 명나라 송단의宋端儀, 1447~1501가 쓴 4권으로 된 책이다. 송단의의 자는 공시 孔時이고, 복건 포전 사람이다. 성화 17년1481 진사로 관직은 광동제학첨사廣東提學僉事에 이르렀다. 『입재한록立齋閒錄』은 명대 관부官府의 공문서, 지방지地方志, 명대 인물들의 문집文集, 비문碑文, 『성유록聖諭錄』, 『수동일기水東日記』, 『천순일록天順日錄』 등에서 다양한 내용을 뽑아 완성한 책으로, 명 태조부터 헌종 성화 연간까지의 인물과 이야기를 기록하고 있다. 그 중 건문建文 연간의 인물과 사건에 대한 기록은 사료史料 가치가 높다.

576 宮僚 : 태자에 소속된 관리.

577 犯顔 : 임금이 싫은 안색을 하는데도 마음에 두지 않고 바른말로 간함.

578 遵節 : 명나라 초기의 관리 임준절林遵節, 생졸년 미상을 말한다. 임장무의 동생으로 형부주사를 지냈다.

579 慶遠 : 지금의 광서廣西 장족壯族 자치구 중부 지역을 말한다.

580 通判 : 주州와 부府에서 세금으로 걷은 양곡을 운반하거나 농사일, 수리水利, 소송訴訟 등의 사무를 담당했다. 지위는 주와 부의 수령인 지주知州와 지부知府 다음이지만, 주와 부의 관리를 감찰하는 권한을 가지고 있었다.

581 腐刑 : 궁형宮刑이라고도 한다. 예전에 중국에서 행했던 오형五刑 가운데 하나로, 죄인의 생식기를 없애는 형벌이다.

582 江保 : 강보江保, 생졸년 미상는 명 성조成祖 때의 환관이다. 환관 황엄黃儼과 함께 끊임없이 성조에게 황태자 주고치朱高熾를 모함하는 말을 해 부자간을 이간질하려 했다.

583 黃儼 : 황엄黃儼, 생졸년 미상은 명 성조 때의 환관이다. 아직 연왕燕王이던 시절부터 성조 주체朱棣를 모시던 연왕부燕王府 소속 환관으로 성조의 총애를 받았다. 훗날 인종

史[584]儀銘[585]，至兵部尙書[586]，審理[587]兪綱[588]，伴讀[589]兪山[590]，俱至太子

이 되는 황태자 주고치朱高熾와 사이가 나쁘고 조왕趙王 주고수朱高燧와 친했다. 성조에게 황태자를 모함하고 부자 사이를 계속해서 이간질하면서 자신과 친한 조왕 주고수가 황위를 찬탈하려는 음모를 암암리에 도왔다. 영락永樂 22년1424 주고치가 황위에 오른 이후 황엄의 행적이 묘연해 사형당했다는 말이 있지만 확실치 않다. 황엄은 성조의 총애를 받아 사례감司禮監 태감까지 지냈고 11차례나 조선朝鮮에 사신으로 나갔다.

584 長史 : 막료 또는 비서의 성격을 띠는 관리로 별가別駕라고 부르기도 한다. 장사는 진대秦代에 처음 설치되었다. 당시에는 승상丞相과 장군의 막부에 설치되었으며 현재의 비서와 같은 역할을 했다. 그 뒤 위진남북조魏晉南北朝 시기에는 주州와 군郡의 관리 아래에 장사를 두었고, 당대唐代에는 주자사州刺史 아래에 두었다. 명·청대에 오면 친왕부親王府나 공주부公主府에 두어 부府 내의 행정 업무를 담당하게 했다.

585 儀銘 : 의명儀銘, 1382~1454은 명대의 대신이다. 그의 자는 자신子新이고, 시호는 충양忠襄이며, 산동山東 고밀高密 사람이다. 선종이 즉위하자 시랑侍郎 대륜의 추천으로 행재예과급사중行在禮科給事中에 임명되었고, 이후 영종과 경제 때에 수찬修撰, 한림시강翰林侍講, 성왕부郕王府 장사, 예부우시랑, 병부상서 등을 역임했다. 소주蘇州, 회안淮安, 산동山東 등 여러 지역에서 재난이 이어지자 형벌을 줄이고 세금을 감할 것을 건의했다.

586 兵部尙書 : 병부상서兵部尙書는 육부六部 중 병부兵部의 우두머리로, 대사마大司馬라고도 한다. 전국의 군사 업무를 관장하는 행정장관으로 명대에는 정이품正二品이고 청대에는 종일품從一品이었다.

587 審理 : 명대에 친왕부親王府에서 형벌을 관장하던 관리.

588 兪綱 : 유강兪綱, ?~1478은 명나라 경태·천순 연간의 관리다. 그의 자는 종립宗立이고, 절강浙江 가흥부嘉興府 사람이다. 제생諸生으로 정통 연간에 성왕부郕王府의 심리審理가 되었다. 경태 3년1450 병부우시랑兵部右侍郎이 되어 내각에 들어가 일할 수 있었지만 굳이 사양했다. 영종이 황위를 되찾은 뒤 남경예부시랑南京禮部侍郎이 되었다. 헌종 성화 초기에 사직했다.

589 伴讀 : 송대부터 명대까지 왕실 자제의 독서를 지도하던 관직으로 명대에 품계는 종구품從九品이었다.

590 兪山 : 유산兪山, 1399~1457은 명나라 정통·경태 연간의 관리다. 그의 자는 적지積之이고, 호는 매장梅庄이다. 절강 수수秀水 사람이다. 영락 21년1423 거인擧人으로, 정통 5년1440 성왕부郕王府의 반독伴讀이 되었다. 토목보土木堡의 변 이후 성왕이 황위에 오르는데, 그가 바로 경제다. 유산은 경제 때 이부좌시랑吏部左侍郞이 된다. 경제가 영종의 아들인 기존의 황태자를 폐하고 자신의 아들을 황태자로 세우려하자, 유산이

少保, 且保全于天順鼎革之際, 恩禮不替, 較宣德戴林, 抑何霄壤也.

○ 懷恩在成化間執大權立大功, 爲本朝賢璫巨擘[591], 然恩自云吳人. 而戴綸則山東高密人, 豈當時有所諱避耶, 抑別一懷恩耶!

만류하지만 경제가 듣지 않자 사직하고 귀향한다.

591 巨擘 : 어떤 분야에서 그 기능이나 능력이 남달리 뛰어난 사람.

번역 강관講官에게 금전을 하사하시다

어전御前 팔국八局 가운데 소위 은작국銀作局에서 금은두金銀豆, 금은엽金銀葉 및 금은전金銀錢의 제조를 도맡았는데 그 무게에 차등을 두었으며, 이것들은 여러 조대 동안 궁녀와 내시들의 하사품으로 제공되었다. 금상께서는 어린 시절에 매번 금전이나 금두를 바닥에 마구 뿌려놓고 궁녀와 내시들이 멋대로 주워 갖게 했는데 그들이 엎어지며 서로 빼앗는 모습을 보면서 웃으며 즐거워했다. 그러나, 이와 달리 행동하는 사람도 있었다. 이고렴李古廉이 시강학사侍講學士로 있을 때, 선종께서 사관史館에 와 소매 속의 금전을 사신詞臣들에게 하사하자 모두 앞다투어 바닥에서 주웠지만 이고렴만은 서서 움직이지 않으니 황상께서 앞으로 불러 소매 속의 돈을 그에게 주셨다. 아마도 대신들을 유난히 총애해 어쩌다가 벌어진 상황일 뿐인 듯하다. 경제 초년 경연經筵을 열 때 영양후寧陽侯 진무陳懋, 각신閣臣 진순陳循과 지경연知經筵 고곡高穀, 강관講官인 각신 상로 등이 있었는데, 매번 경연이 끝나면 그때마다 바닥에 금전을 바닥에 뿌려 그들이 다투어 줍게 했다. 오직 고곡만은 연로해 허리를 구부릴 수가 없어서 결국 소득이 없자 동료들이 대신 그에게 주워 주었다. 내 생각에 경연은 재물을 다투는 자리도 아니고 재상은 금전을 움켜쥐는 사람도 아니었다. 경제도 영명英明한 군주였는데, 꼭 이럴 필요는 없었을 것 같다.

원문 賜講官金錢

御前八局[592]中, 有所謂銀作局[593]者, 專司製造金銀豆葉[594]以及金銀錢, 輕重不等, 累朝以供宮娃及內侍賞賜. 今上沖年[595], 每將錢豆亂撒於地, 任此輩拾取, 觀其傾跌攘奪, 以爲笑樂. 然有可異者. 李古廉[596]爲侍講學士, 宣宗至史館, 袖金錢賜諸詞臣, 俱爭從地上拾取, 李獨立不動, 上呼至前, 以袖中錢賚之. 蓋寵異儒臣[597]偶一戲劇耳. 景帝初年, 開經筵, 以

---

592 八局 : 팔국八局은 명대 환관이 관장하던 관서의 통칭이다. 구체적으로는 병장국兵仗局, 은작국銀作局, 완의국浣衣局, 건모국巾帽局, 침공국針工局, 내직염국內織染局, 주초면국酒醋麵局, 사원국司苑局을 말한다. 팔국에는 각각 장인태감掌印太監, 첨서僉書, 감공監工 등의 직책을 두었다.

593 銀作局 : 은작국銀作局은 명대에 환관이 관장하던 부서인 팔국八局의 하나로, 궁정에서 필요한 금은 제품과 장식물을 전담해 만들던 작업장이다. 홍무 30년1397에 설치되어 처음에는 대사大使와 부사副使를 각각 1명씩 두었지만, 나중에는 장인태감掌印太監 1명을 두는 것으로 바뀌었다. 은작국에서 만든 금전, 은전, 금두金豆, 은두銀豆, 금엽金葉, 은엽은葉, 금정金錠, 은정銀錠 등은 주로 하사품의 용도로 쓰였다. 작업자 수는 보통 200~300명 정도로 규모가 비교적 작았으며, 현재 고궁故宮 옆의 서화문대가西華門大街 일대에 위치해 있었다.

594 金銀豆葉 : 은작국銀作局에서 만든 금이나 은으로 된 콩알과 잎 모양의 물건이다. '두豆'는 콩알처럼 둥그런 모양이고 중량은 1전錢, 3분分, 5분 등으로 다양하다. '엽葉'은 얇고 편편하며 네모난 판 모양이고 무게가 각각 다르다.

595 沖年 : 열 살 안팎의 어린 나이. 주로 천자天子의 경우에 사용한다.

596 李古廉 : 명대의 관리이자 학자인 이시면李時勉, 1374~1450을 말한다. 이시면의 이름은 무懋이고, 시면時勉은 자인데 이름보다는 자로 알려져 있다. 호는 고렴古廉이고, 길안부吉安府 안복安福 사람이다. 영락 2년1404 진사가 되어 『태조실록太祖實錄』 편찬에 참여한 공로로 한림시독翰林侍讀이 되었다. 영락 19년1421 북경으로 천도하는 것에 반대하는 상소를 올렸다. 홍희 원년1425 상소를 잘못 올려 하옥되었다가 선덕 초에 복관復官되었으며, 관직이 국자좨주國子祭主에 이르렀다. 건문建文, 영락, 홍희, 선덕, 정통, 경태의 여섯 대에 걸쳐 관리를 지냈다. 경태 원년1450 세상을 떠났으며 시호는 문의文毅다. 성화成化 5년1469 시호가 충문忠文으로 바뀌었으며 예부시랑으로 추증되었다.

寧陽侯陳懋[598]閣臣陳循[599]高穀[600]知經筵[601], 閣臣商輅等爲講官, 每值講畢, 輒布金錢於地, 令諸臣競拾. 獨高文義[602]以老不能俯仰, 遂無所得, 同列代拾以貽之. 竊意講筵非爭財之所, 宰相非攫金之人. 景帝亦英主也, 似未必有此.

597 儒臣 : 학문에 조예가 깊은 신하로, 임금에게 경서를 강독하며 논평하고 사고하는 일을 주로 맡았다.

598 陳懋 : 진무陳懋, 1379~1463는 명초의 장수이자 공신이다. 그의 자는 순경舜卿이고, 시호는 무정武靖이다. 봉양부鳳陽府 수주壽州 사람이다. 어린 시절 아버지 진형陳亨을 따라 정난의 변에 참여해 공을 세워서 영락 원년1403 영양백寧陽伯에 봉해졌으며, 그 뒤 여러 차례 성조를 따라 북벌北伐에 참여했다. 정통 초에 탄핵을 당해 작위를 빼앗겼다. 정통 13년1448 복건福建 등무칠鄧茂七의 민란을 진압하면서 태자태보太子太保에 오르고, 중군도독부中軍都督府의 업무를 관장하게 되었다. 진무는 유일하게 정난의 변에 참여한 공로로 봉작을 받고서 천순天順 연간까지 살아남아 작위를 유지한 장군이다.

599 陳循 : 진순陳循, 1385~1462은 명나라 경태 연간에 내각수보를 지낸 대신이다. 그의 자는 덕준德遵이고, 호는 방주芳洲다. 강서江西 태화泰和 사람이다. 영락 13년1415 진사가 되어 한림수찬翰林修撰, 호부우시랑戶部右侍郎, 호부상서戶部尙書, 화개전대학사 등을 지냈고, 경태 원년1450 내각수보가 되었다. 오랫동안 정계에 있었기 때문에 정치 실무에 익숙했고 일 처리가 과단성 있어 진언하는 일이 채택되는 경우가 많았다. 경제의 뜻에 따라 경제의 아들을 태자로 세우려 한 일 때문에, 영종이 복벽復辟에 성공한 뒤 곤장 백 대를 맞고 철령위鐵嶺衛로 유배되어 수戍자리를 섰다. 석형 등이 실각하자 상소를 올려 자신의 죄를 자백한 뒤 석방되어 평민이 되었다.

600 高穀 : 고곡高穀, 1391~1460은 명나라 정통·경태 연간의 내각대신이다. 그의 자는 세용世用이고, 시호는 문의文義다. 양주부揚州府 흥화興化 사람이다. 영락 13년1415 진사로 한림시강翰林侍講, 시독학사, 공부상서工部尙書, 근신전대학사 등을 역임했다. 영락, 홍희, 선덕, 정통, 경태의 5대 동안 다섯 황제를 모신 원로대신이다.

601 知經筵 : 경연經筵을 주관하는 관직이다. 경연 강관講官은 지경연사知經筵事와 동지경연사同知經筵事로 나뉘는데, 일반적으로 한림시독과 시강학사가 맡았다.

602 高文義 : 명나라 정통·경태 연간의 내각대신 고곡高穀을 말한다. 문의文義는 고곡의 시호다.

황궁 북원北苑에 광한전廣寒殿이라는 곳이 있는데, 야율耶律 황제의 황후가 거처하던 곳으로 성조께서 그것을 남겨두어 후대의 경계警戒로 삼으라 명하셨다고 전해져 온다. 선종께서 일찍이 광한전에 대해 기록하셨는데, 아마도 당시에는 황상과 신하들이 아직 유람하는 장소로 이용했던 것 같다. 그 후에는 점점 무너져 다시 오르는 사람이 없었다. 그런데 옛 신하들이 이야기를 전하며 고관高官과 권세 있는 환관으로부터 노비에게까지 이르러 사람들이 광한전을 요遼나라 황후의 거처라고들 하니, 문황제와 장황제 두 분께서도 그것이 틀렸음을 알지는 못하셨던 것 같다. 광한전은 오래 전부터 무너져 왔는데, 금상 때 기묘己卯년 단오절 하루 전날 남은 재목材木마저 다 쓰러져 내려 대들보 위에서 금전 120문文이 발견되었는데 주술에 쓰인 것인 듯하다. 거기에 '지원통보至元通寶'라는 글자가 적혀 있었는데 이것은 원 세조의 연호이므로, 광한전은 거란이 세운 것이 아님이 분명함을 알 수 있다. 이때 각신 장강릉張江陵이 금전을 몹시 하사받고 싶어서 이 일을 상세히 기록했다. 장강릉의 문집이 늦게 나와 사람들이 보지 못한데다가 이 일이 황궁과 연관된 까닭에 세상 사람들이 더욱 이러쿵저러쿵 말하기 좋아했다. 지금 오월吳越 지역 영암산靈巖山에 있다는 서시西施의 발자국과 우리 고을의 소소소蘇小小의 무덤에 관한 것은 모두 광한전처럼 잘못 전해진 이야기일 뿐이다.

○ 또 금나라 장종章宗이 이비李妃와 이곳에 앉아서 '두 사람이 바닥에 앉아 있네[二人土上坐]'라는 대구對句를 제시하자, 이비가 '달 하나가 해 곁에서 밝게 빛나네[一月日邊明]'라고 답했었다고 전해지는데, 문득 그 절묘함에 놀라게 되니 현 왕조의 국호를 미리 알려준 것일지도 모르겠다.

원문 **廣寒殿**[603]

大內北苑[604]中, 有廣寒殿者, 舊聞爲耶律后[605]梳粧樓[606], 我朝成祖命留之, 爲後世鑒戒. 宣宗曾爲之記, 蓋當時上及羣臣, 尙用爲遊覽之所. 其後日就傾圮, 無人復登. 然故老相傳, 及貴臣大璫[607], 以至隸人, 則衆口云遼后粧臺, 想文[608]章[609]二聖亦未必知其誤也. 此殿雖久頹廢, 直至今上己卯歲[610]端陽[611]前一日, 遺材盡倒, 梁上得金錢百二十文, 蓋厭勝

603 廣寒殿 : 자금성紫禁城 서북쪽 북해北海 남단 근처에 있는 경도瓊島라는 섬의 정상에 있던 건물로 명나라 만력 7년1579에 무너졌다.
604 北苑 : 궁궐 북쪽에 있는 황실 원림園林.
605 耶律后 : 요遼나라의 황후皇后를 가리키는 것으로 보인다. 요나라 황족의 성씨는 야율耶律이고 황후는 모두 소蕭씨다. 여기서는 야율 성씨를 지닌 요나라 황제의 황후라는 의미로 야율후耶律后라고 한 것이라 생각된다.
606 梳粧樓 : 옛날 여자들이 기거하던 곳.
607 大璫 : 권세 있는 환관. 당璫은 한나라 때 무관직을 맡았던 환관의 관冠 장식인데, 후대에는 환관 특히 권세가 있는 환관의 별칭으로 사용되었다.
608 文 : 문황제, 즉 명나라 성조를 말한다. 문황제는 성조의 시호다.
609 章 : 장황제章皇帝 즉 명나라 선종을 말한다. 장황제는 선종의 시호다.
610 己卯歲 : 심덕부가 만력야획편을 지을 때는 만력 연간이었고, 만력 연간 중 기묘己卯년은 만력 7년1579이다.
611 端陽 : 단양절端陽節 즉 단오절端午節을 말한다.

之物[612]. 其文曰, '至元[613]通寶', 此號爲元世祖紀元, 可見非契丹[614]所建明甚. 是時閣臣張江陵[615]首叨金錢之賜, 備記其事. 張集晩出, 人不及覩, 且事涉宮掖[616], 世尤喜談也. 則今吳越間, 靈巖[617]之西施[618]脚跡, 吾邑之蘇小小[619]墓, 皆此類耳.

○ 又傳金章宗同李妃坐此臺出一對云, '二人土上坐', 妃對以'一月日邊明', 一時詫爲絶奇, 不知乃本朝國號之讖.

---

612 厭勝之物 : 염승전厭勝錢을 말한다. 염승전은 중국 한나라 때 이후에 사용한 주술용, 호부용 동전이다.

613 至元 : 원나라의 개국황제인 세조世祖 쿠빌라이의 연호다. 1264년부터 1294년까지 총 31년간 사용되었다.

614 契丹 : 요나라를 말한다. 거란은 퉁구스와 몽골의 혼혈족으로 알려진 동호계東胡系의 한 종족명이다. 거란족은 10세기 초 야율아보기耶律阿保機가 흩어져 있던 부족을 통일하고, 916년 거란국을 세웠다. 얼마 뒤에 요遼로 국호를 바꾸어 강국의 면모를 과시했다.

615 張江陵 : 명나라 만력 연간에 내각수보를 지낸 장거정張居正을 말한다. 장거정이 호광 강릉 사람이라서 장강릉이라고 한 것이다.

616 宮掖 : 왕이나 황제의 거처, 즉 황궁을 말한다.

617 靈巖 : 영암산靈巖山을 말한다. 영암산은 강소 소주蘇州 서남쪽에 있는데, 영암탑靈巖塔 앞에 있는 '영지석靈芝石'이 유명해서 '영암산'으로 불리게 되었다. 이 산은 원래 춘추 시대 오왕吳王 부차夫差가 서시西施를 위해 지었던 관왜궁館娃宮의 옛터로 월나라가 서시를 바쳤던 곳이다.

618 西施 : 춘추 말기 월나라 저라촌苧蘿村 사람이다. 원래 이름은 시이광施夷光이며, 이광夷光, 서자西子, 완사녀浣沙女라고도 부른다. 오왕 부차의 왕비다. 오나라에 패한 월왕 구천句踐이 문종文種의 미인계 책략에 따라 서시를 오왕 부차에게 바쳤다. 그 뒤 오왕은 서시의 미모에 사로잡혀 정사를 게을리하다가 결국에는 월나라에게 대패했다. 미인의 대명사로 불리며, 왕소군王昭君, 초선貂蟬, 양귀비楊貴妃를 포함하는 중국 4대 미녀 중 가장 오래된 인물이다.

619 蘇小小 : 소소소蘇小小, 479~502는 남조南朝 제齊나라의 유명한 기생인데, 상사병으로 19세에 죽었다. 항주杭州 서호西湖 옆에 그녀의 무덤이 있는데, 역대로 많은 시인들이 노래하는 대상이 되었다.

지금의 여러 재상들은 관복으로 망의蟒衣를 입는데, 그 중 가장 귀하게 은총을 입은 자는 대부분 좌망坐蟒을 입는다. 정면으로 전신이 드러난 것은 황상께서 입으시는 곤룡포다. 옛날엔 사례감司禮監의 수장이 항상 망포를 입었다. 지금 화정공華亭公과 강릉공江陵公 이후로는 이루 셀 수 없을 정도로 많이 입었다. 생각건대 정통正統 12년 봉천문奉天門에서 공부관工部官에게 명하시며 말씀하셨다. "관민官民의 복식에 모두 일정한 규범이 있다. 지금 전설 속의 이무기, 용, 비어飛魚, 두우斗牛, 국화의 문양을 수놓는 자가 있는데, 그 장인이 참수를 당하고 가솔들은 변방의 충군充軍으로 끌려갔다. 그가 수놓은 옷을 입는 사람들이 그의 중죄를 용서하지 않았다." 홍치洪治 원년에 도어사都御史 변용邊鏞이 망의를 금지하자는 상소를 올려 말하기를, "품계를 받은 벼슬아치들은 망의의 제도를 들어본 적이 없고 여러 글줄 하는 학자들은 모두 이무기는 큰 뱀이고 용의 종류가 아니라 합니다. 이무기는 발도 없고 뿔도 없는데, 용은 뿔과 발이 모두 있습니다. 지금 망의는 모두 용의 모양입니다. 마땅히 명을 내려 안팎의 관리 중에 하사받은 자를 모두 불러들이시고, 모든 공방에서 직조하는 것을 허락하지 마십시오. 그것을 어기는 자는 법에 따라 벌을 내리십시오"라고 했다. 효종이 그의 말이 옳다 하고 금지령을 내렸다. 황상이 망의를 금한 것은 매우 엄격한 것 같다. 다만 하사한 물품이 점차 증가해 조서를 내린 뜻과는 완전히 모순된다 할지

라도 또 어찌 금지할 수 있겠는가?

원문 蟒衣

今揆地[620]諸公多賜蟒衣[621], 而最貴蒙恩者, 多得坐蟒[622]. 則正面全身, 居然上所御衮龍. 往時惟司禮首璫[623]常得之, 今華亭[624]江陵[625]諸公而後, 不勝紀矣. 按正統十二年上御奉天門, 命工部官曰, "官民服式, 俱有定制. 今有織繡蟒龍飛魚[626]斗牛[627]違禁花樣者, 工匠處斬, 家口發邊衛充

---

620 揆地 : 재상의 지위.

621 蟒衣 : 망포蟒袍를 말하며, 명대의 관복 중 하나다. 용과 비슷하지만 발톱이 4개인 이무기를 수놓았다. 수놓은 이무기의 형상에 따라 좌망坐蟒과 행망行蟒의 구분이 있고, 숫자에 따라 단망單蟒과 쌍망雙蟒의 구분이 있다. 망포 이외에 관복의 종류로는 비어포飛漁袍, 두우포斗牛袍, 기린포麒麟袍 등이 있다.

622 坐蟒 : 명대 관복 망포 중에서 이무기가 정면을 바라보고 앉아 있는 모습을 수놓은 것이다. 망포는 주로 지위가 높은 고위 관리에게 하사하는 것으로, 좌망과 행망 중에서 좌망이 더 귀하게 여겨졌다.

623 司禮首璫 : 사례감司禮監의 수장을 말한다. 사례감은 명대에 환관과 궁 안의 사무를 관리하던 십이감十二監 중의 하나다. 명 태조 홍무 17년1384에 처음 설치되었고, 제독태감提督太監 1명, 장인태감掌印太監 1명, 병필태감秉笔太監 4~8명, 수당태감隨堂太監 4~8명을 두었다. 명목상으로는 제독태감이 사례감의 수장이지만 실권은 장인태감에게 있었으므로, 명나라 중기 이후에는 장인태감을 실질적인 사례감의 수장으로 보았다. 제독태감은 황궁내의 모든 예의와 형명刑名 등을 관장하고 공무公務에는 관여하지 않았지만, 장인태감은 황제를 대신해 상소에 비준을 표하는 비홍批紅을 대필하고 인장을 찍는 일을 담당해 공무에 관여했기 때문이다. 명나라의 유명한 환관인 왕진王振, 유근劉瑾, 풍보馮保 등은 모두 사례감을 관장한 장인태감이었다.

624 華亭 : 명나라 가정 연간에 내각수보를 지낸 서계徐階를 말한다.

625 江陵 : 명나라 만력 연간에 내각수보를 지낸 장거정을 말한다.

626 飛魚 : 물고기의 지느러미와 꼬리가 있는 뿔 달린 이무기 형상으로, 명대 황제가 신하에게 하사하던 관복의 문양으로 사용되었다.

軍[628]. 服用之人, 重罪不宥.” 弘治元年, 都御史邊鏞奏禁蟒衣云, “品官未聞蟒衣之制, 諸韻書皆云蟒者大蛇, 非龍類. 蟒無足無角, 龍則角足皆具. 今蟒衣皆龍形. 宜令內外官有賜者俱繳進, 內外機房不許織. 違者坐以法.” 孝宗是之, 著爲令. 蓋上禁之固嚴. 但賜賚屢加, 全與詔旨矛盾, 亦安能禁絕也?

627 斗牛 : 신화 전설 속의 규룡虯龍과 이룡螭龍으로, 재앙을 없애는 길한 존재로 여겨졌다. 또는 규룡과 이룡의 문양을 수놓은 옷을 가리킨다.
628 充軍 : 죄인들이 형벌로 국경지대에 주둔하며 군대에 복역하게 하는 것을 말한다. 사형에 비해서는 가볍지만, 중형에 해당한다.

번역 천순 연호

경태景泰 7년 가을 요적妖賊 이진李珍이란 자는 절강浙江의 전당錢塘 사람으로 화거도사火居道士인데, 묘적苗賊이 난을 일으켰다는 말을 듣고 난에 가담했다. 그는 무당산武當山의 도사道士 위현충魏玄沖을 길에서 우연히 만나 "나는 남다른 용모를 지니고 있으니, 네가 나를 따르면 부귀를 얻을 것이다"라고 말했다. 그리고 묘적들의 집은채執銀寨로 가서 다음과 같이 말했다. "나는 당 태종의 후예이고 태어날 때 제왕을 상징하는 보랏빛 기운이 삼 일 밤낮으로 있었다. 지금 하늘에서 내게 병사를 이끌고 천하를 정벌하라고 하는 명을 듣고 마침내 위원충과 함께 이곳에 왔다." 이에 묘적이 모두 그에게 순응했다. 그는 축대에서 거짓으로 황제라 칭하며 '천순天順'이라는 연호를 쓰고, 묘적의 우두머리 등을 제후諸侯와 도사都司 등의 관직에 봉하고 병사 이만을 이끌고 천주天柱로 갔는데, 도지휘都指揮 담청湛淸에게 사로잡혀 북경에서 무리가 해산되고 찢어 죽임을 당했다. 수개월이 안 되어 황상이 다시 황좌에 복귀해 바로 이 연호를 사용했다. 추부택萑符澤의 작은 도적이 군주와 같은 연호를 썼으니 이런 조짐이 아마도 또 우연은 아닌 듯하다. 하지만 '천순'이란 두 글자는 요遼나라 목종穆宗이 이미 휘호徽號로 자칭한 것이다. 금나라 선종 때 익도益都의 양안이楊安兒란 자가 '천순'이라는 자호를 분수에 맞지 않게 썼다. 원元나라 태정제泰定帝가 붕어하자 그 태자 아속길팔阿速吉八이 상도上都에서 즉위해 '천순'이라는 연호를 또 썼다. 모두 역사서에 기록되어 있는데, 당시 무인 석형石亨의 무리를 탓할 수 없었고 서무공徐武功도 학식이 깊지 못했기 때문이다.

원문 天順年號

景泰七年秋, 妖賊李珍者, 浙之錢塘人也, 爲火居道士[629], 聞苗賊作亂, 往投之. 遇武當山道士魏玄沖[630]於途, 與言"我有異相, 汝隨我當富貴". 因同往苗賊執銀寨中, 謂曰, "我唐太宗之後, 生時有紫氣三晝夜. 今聞空中人言, 命我率兵征討天下, 遂與元沖同至此". 苗賊俱順之. 築臺僞稱皇帝, 書天順年號, 封苗首等爲侯及都司等官, 率兵二萬至天柱, 爲都指揮湛淸擒獲, 解京磔之. 不數月而上皇復辟[631], 正用此紀年. 雈符小寇, 乃與聖主同號, 蓋機兆亦非偶然. 但天順二字, 在遼穆宗已自稱爲徽號. 金宣宗時, 益都楊安兒[632]者, 亦僭號[633]天順. 至故元泰定帝[634]崩, 其太子阿

629 火居道士 : 결혼하여 가정을 이루고 집에서 수행하는 도사.

630 魏玄沖 : 중화서국본 『만력야획편』에는 위원충魏元沖으로 되어 있으나, 상해고적본 『만력야획편』, 『명영종실록明英宗實錄』 267권과 268권, 『초태사편집국조헌징록焦太史編輯國朝獻征錄』 64권에는 모두 위현충魏玄沖으로 되어 있다. 이에 근거해 수정했다. 【역자 교주】 ◉ 위현충魏玄沖은 명나라 산동 즉흑현卽黑縣 사람으로 무당산武當山의 도사가 되었다. 경태 7년1456 전당錢塘 사람 이진李珍과 함께 호광 지역 묘족苗族의 기의起義에 참여했다.

631 復辟 : 뒤집혔던 왕조王朝를 다시 회복하거나 물러났던 임금이 다시 임금 자리에 오름.

632 楊安兒 : 양안아楊安兒, ?~1214는 금나라 말기 홍오군紅袄軍 봉기의 수령으로, 금산동동로金山東東路 익도부益都府 사람이다. 원래 이름은 안국安國인데, 말안장 매매를 업으로 해서 사람들이 안아安兒라고 불렀다.

633 僭號 : 제 분수分數에 넘치는 스스로의 칭호稱號.

速吉八[635], 卽位于上都, 亦以天順爲年號. 俱著之史冊. 時武人石亨輩不足責, 徐武功亦不學之甚矣.

634 泰定帝 : 패아지근·야손철목인孛兒只斤·也孫鐵木兒, 1293~1328, Yesün-Temür을 말한다. 원나라 제6대 황제로, 몽고제국 제10대 대한大汗이다.

635 阿速吉八 : 중화서국본『만력야획편』에는 '입入'자로 되어 있으나, 원나라 태정제의 아들이자 '천순'을 연호로 삼은 황제는 패아지근·아속길팔孛兒只斤·阿速吉八뿐이므로 '입入'을 '팔八'로 수정했다. 〖역자 교주〗 ◉ 패아지근·아속길팔孛兒只斤·阿速吉八, 1320~1328은 원나라 제7대 황제 천순제天順帝로, 몽고제국 제11대 대한이다.

번역 영종의 즉위일

영종이 재위한 시기는 정통正統 연간 14년 동안과 천순天順 연간 8년 동안이다. 먼저 정통 14년 8월 15일 임술壬戌년에 수레를 타고 행차해 북쪽으로 사냥을 나갔었다. 그 이듬해 8월 15일 병술丙戌년에 북경으로 돌아오니 난을 피해 도주한 지 딱 일 년만으로 단 하루도 차이가 나지 않는다. 이때부터 남궁南宮에서 지낸 지 7년 만인 천순 원년 정월正月 17일 임오壬午년에 황좌로 돌아와 등극했고, 천순 8년 정월 17일에 이미 붕어하셨는데, 앞뒤로 하루도 차이가 나지 않으니 아마도 운명이 우연히 그리된 게 아닌가, 아니면 과연 점술가들이 말한 대로 운명이 필연적으로 그렇게 된 것인가?

○ 오월국吳越國의 전숙錢俶이 8월 24일 사경四更에 태어나 만 육순에 생을 마감했는데, 바로 그 해 8월 24일 사경에 죽었다. 또 그 부친 원환元瓘이 같은 날 돌아가신 날이다. 남당南唐의 이욱李煜이 칠월칠석에 태어나고 또 칠석날 죽었는데, 두 사람이 모두 속여서 왕이라 칭했기 때문에 진짜 주군에는 비할 수 없었어도 또한 남다르긴 했다. 남제南濟 왕환王奐의 처 은씨殷氏가 쌍둥이로 아들 둘을 낳아서 각각 융融과 침琛으로 이름을 지었는데, 4월 2일생이며 같은 날 4월 2일에 저자 거리에서 형벌로 죽임을 당했다. 또, 당唐나라 재상 교림喬琳도 칠월칠석날에 태어나 나중에 복주소비伏朱小泚에게 항복해 주살을 당했는데, 역시 칠월칠석날이었다. 그 때 나이가 이미 칠십을 넘었었다. 송宋나라 채경蔡

京의 부친과 조부는 채경과 함께 7월 21일에 죽었고, 삼대가 제삿날이 같으니 더욱 기이하다.

원문 英宗卽位日期

英宗在位, 前十四年, 後八年. 先以正統十四年八月十五日壬戌車駕北狩, 至次年八月十五日丙戌還京, 凡蒙塵[636]恰一年, 不差一日. 自是居南宮者七年, 以天順元年正月十七日壬午復辟登極, 至天順八年正月十七日己巳晏駕[637], 前後不差一日, 豈運會偶爾相値, 抑果如術家所云, 星命必然之數耶?

○ 按吳越國錢俶, 以八月廿四日之四更生, 壽止滿六旬, 卽以其年八月廿四之四更[638]卒. 又與其父元瓘同一諱日[639]. 南唐國李煜[640]以七夕生, 亦以七夕卒. 二人皆偏霸降王, 非可比擬眞主, 然亦異矣. 至南濟王奐妻

---

636 蒙塵 : 머리에 티끌을 뒤집어쓴다는 뜻으로, 나라에 난리가 있어 임금이 나라 밖으로 도주하는 것을 말한다.

637 晏駕 : 붕어崩御해 세상을 떠남.

638 四更 : 하룻밤을 다섯으로 나눈 넷째 부분으로, 새벽 1시부터 3시까지의 시간을 말한다.

639 諱日 : 조상이 죽은 날.

640 李煜 : 이욱李煜, 937~978은 5대 10국 남당南唐의 마지막 왕이다. 그의 자는 중광重光이고, 호는 종은鍾隱과 연봉거사蓮峰居士다. 남당의 원종元宗 이경李璟의 여섯째 아들이다. 961년 왕위에 올랐다. 개보開寶 4년971에 송 태조가 남한南漢을 멸하자, 이욱은 당唐이라는 국호를 버리고 강남국주江南國主로 고쳤다. 975년에 송나라의 군대가 금릉金陵을 함락시키자, 이욱은 송나라에 투항한 뒤 변경汴京으로 끌려가 3년 동안 포로생활을 했다. 송나라에서 우천우위상장군右千牛衛上將軍으로 봉해졌다. 남당의 마지막 왕이라서 후주後主, 이후주李後主, 남당후주南唐後主 등으로 일컬어진다.

殷氏, 孿生二子, 曰融曰琛, 以四月二日生, 同以四月二日刑死於市. 又唐宰相喬琳亦生於七夕, 後以降伏朱泚伏誅, 亦七月七日也. 其年已七十餘矣. 宋蔡京父祖與京, 俱以七月廿一日卒, 三世同一忌辰[641], 尤奇.

---

641 忌辰 : 죽은 사람이나 또는 죽은 사람과 관련되는 사람을 높여서 그 제삿날을 이르는 말. '진辰'은 '신晨'으로도 쓴다.

번역 복벽復辟에 대한 상벌의 남발

천순天順 원년 정월正月 영종 복위의 공로에 대한 포상이 과도하게 남발되었음은 말할 필요도 없다. 이에 눈이 먼 유지劉智도 누각박사漏刻博士를 배수 받고, 교방사敎坊司의 악공이었던 고감高鑑이 사악司樂으로 승진하는 지경에 이른 것이 모두 황제의 뜻으로 보이니, 또한 성대한 복위를 매우 욕되게 하는 게 아니겠는가. 옛 조천궁朝天宮 도사 주가명朱可名과 대흥륭사大興隆寺의 승려 본금本金은 모두 경전 암송과 축원 기도로 관직을 구했고, 산서안찰사山西按察司 유본兪本도 일찍이 관우關羽의 묘廟에 황상이 북경으로 돌아오도록 도와달라고 빌고서, 신에게 고한 시문詩文을 기록해 바쳤다. 우겸이나 왕문 같은 대신들이 황상에게 죄를 지었다고 한다면 그들을 죽이고 그 자손에게 종신토록 수戍자리를 살게 하는 것으로 충분한데도, 어찌 그 집안 조상들의 가산을 몰수하고 처벌하기까지 한 것인가. 반역이 아니면 이런 법을 적용하지 않는데 당시의 처분은 지나치게 잔혹했다. 각신 악정岳正은 겨우 황상의 말씀을 누설한 죄로 수자리를 살았고 또 그의 집과 모든 가구를 다 달단韃靼 출신 통역관 계탁季鐸에게 하사했으니 더 심하지 않은가! 도독都督 범광范廣은 전공戰功이 석형과 비슷한데도 유독 우겸이 아끼는 장수將帥라는 이유로 조길상曹吉祥과 석형 무리에게 미움을 받아 극형極刑을 당했고, 또 그의 저택 및 처와 노비를 투항한 오랑캐 피르무함마드[皮兒馬黑麻]에게 하사했으니 지금의 조성에서는 더더욱 이해할 수 없는 일이다. 당시에 상벌을 줄 때 선조의 제도를 따르지 않고 인정에 맞지 않음이 줄곧 이 지경에 이르렀다. 성화成化 2년 범광의 아내인 숙씨宿氏가 억울함을 호소하자 헌종이 그것을 측은히 여기고 슬퍼하며 "범광의 날래고 용맹함이 당시 여러 장수들 중 으뜸이었기 때문에 나라 안팎의 간신들이 계책을 써 그를 죽였구나"라고 하셨다. 범광의 아들 범승范昇이 세직世職을 계승하도록 하고 몰수했던 가산을 돌려주라 명하셨다. 범광의 아내와 자식은 흉노에서 10년 동안 욕된 삶을 살았다. 훗날 충의忠義로써 나라에 보답하려는 사람들이 낙담하고 의기소침해지지 않을 수 있겠는가.

원문 復辟誅賞之濫

天順元年正月, 南內奪門[642]之功, 陞賞過濫, 不必言矣. 乃至無目人劉

---

642 南內奪門 : '탈문奪門의 변變' 또는 '남궁복벽南宮復辟'이라고 불리는 사건을 말한다. 천순 원년1457 태상황太上皇으로 물러나 있던 영종이 동생인 경태제景泰帝에게서 제위를 빼앗아 다시 황위에 오른 사건이다. 남내南內는 명대 황성皇城 내의 소남성小南城으로, 여기서는 영종이 유폐되어 있던 남궁南宮을 말한다. 영종이 토목보에서 몽골 오이라트부의 에센에게 포로가 되자 영종의 동생 경제가 즉위했다. 경제는 포로로서의 가치가 없어져 풀려난 영종이 귀국했을 때 그를 태상황으로 받든다고 하면서 남궁에 머물게 하고는 외출은 물론 조정의 신하들과 만나지도 못하게 했다. 그리고 황태자로 있던 영종의 아들 주견심朱見深을 폐위하고, 자신의 아들 주견제朱見濟를 황태자로 책봉하지만 주견제가 얼마 못 가 죽는다. 경태 8년1457 1월 석형, 서유정徐有貞, 조길상 등이 영종의 복위를 도모해, 경제의 와병臥病을 틈타 타타르가 내습한다는 허위 정보를 흘려 야간에 자금성의 문들을 제압했다. 영종이 복위하고 연호를 천순으로 바꿨다. 경제를 보좌했던 우겸, 왕문 등은 처형되고, 경제는 폐위되어 성왕郕王으로 강등되었으며 병세가 악화되어 죽었다.

智，亦拜漏刻博士[643]，以致教坊司[644]樂工高鑑陞司樂[645]，俱見之明旨[646]，不亦重辱此盛擧哉．以故朝天宮[647]道士朱可名，大興隆寺[648]僧本金，皆以誦經祈祝乞官，而山西按察司[649]僉本，亦以曾禱關羽廟[650]祐上還京，

643 漏刻博士 : 누각박사漏刻博士는 흠천감欽天監에 배치된 말단 관리로 보통 천문天文과 역법曆法의 환산 업무를 맡아 했다. 누각漏刻은 누호漏壺라고도 하는데 물 수위의 변화에 따라 시간을 측정하는 중국 고대의 물시계다. 즉 누각박사는 물시계로 시간을 측정하는 업무를 주로 하는 관리였다. 1910년 청나라가 망하면서 누각박사라는 관직도 폐지되었다.

644 教坊司 : 고대 궁정 음악 기구. 당대唐代에 처음 설치되었는데, 이때는 교방教坊이라 불렀으며, 주로 궁정에서 민간음악의 교습과 공연을 관리했다. 송대와 원대에도 여전히 교방이라는 명칭을 사용했지만, 명대에는 교방사教坊司로 명칭을 바꾸고 예부禮部 소속이 되었으며 춤, 음악, 희곡을 주관했다. 청대 옹정雍正 연간에 교방사의 명칭을 화성서和聲署로 바꿨다.

645 司樂 : 명청 시기 예부 교방사의 속관으로, 좌사악左司樂과 우사악右司樂 각 1명을 두었다. 음악과 춤 공연을 관장했으며, 대부분 악호樂戶가 맡았다. 명나라 때는 품계가 종구품從九品이었으나, 청나라 때에는 정구품正九品이었다.

646 明旨 : 제왕의 뜻이나 취지를 좋게 이르는 말.

647 朝天宮 : 명대 북경에서 규모가 가장 큰 도교 사원이다. 지금의 북경 서성구西城區 부성문阜成門 안에 위치했다. 명 선덕 8년1433에 남경南京에 있는 조천궁朝天宮을 본따 만들었다. 궁 안에는 삼청전三清殿, 통명전通明殿, 보제전普濟殿, 보장전寶藏殿 등 아홉 전각이 있고, 황제의 행차를 대비해 동서쪽에 구복전具服殿을 만들었다. 천계天啓 6년1626 화재로 소실되었다.

648 大興隆寺 : 지금의 북경 서장안가西長安街 28호에 있었던 절이다. 금 장종章宗 대정大定 26년1165 처음 지어졌는데, 절 서남쪽 구석에 전탑磚塔 두 개가 있어서 쌍탑사雙塔寺라고 했다. 원대에는 대경수사大慶壽寺라고 불렀다. 명 정통正統 연간에 중수重修하고 이름을 대흥륭사大興隆寺 또는 자은사慈恩寺라고 했으며, 티베트 승려들이 수행하는 곳으로 사용되었다.

649 按察司 : 원, 명, 청 3대 동안 성省에 설치되었던 최고 사법기구인데, 각 성의 사법, 재판, 감찰 업무를 주관했다. 조대별로 각각 명칭을 달리했는데, 원대에는 지원 28년 이후 숙정염방사肅政廉訪司, 명대에는 제형안찰사사提刑按察使司, 청대에는 안찰사사按察使司였다. 명대에 제형안찰사사는 안찰사按察司라고 약칭했으며, 장관인 안찰사按察使 아래에 부사副使, 첨사僉事를 두었다.

650 關羽廟 : 관우묘關羽廟는 관제묘關帝廟라고도 부른다. 중국의 주요 민간 신앙 대상 중

且錄告神詩文以獻矣. 若于謙王文諸大臣, 卽云得罪主上, 僇其身永戍其子孫足矣, 何至籍沒其家祖宗來. 非叛逆不用此法, 此時已過於慘烈. 至如閣臣岳正[651], 僅以漏泄聖語, 罪止戍邊, 亦以其室廬及所有家具, 盡賜通事[652]達官[653]季鐸[654], 無乃更甚耶. 乃至都督范廣[655], 戰功與石亨相亞,

---

하나로, 삼국시대 촉蜀나라의 장군 관우關羽를 모시는 사당이다. 관제묘는 중국 전통문화의 주요 구성 요소로서 중국인의 생활 속에 깊숙이 스며들어 있는 존재다.

651 岳正 : 악정岳正, 1418~1472은 명나라 영종 때의 관리다. 그의 자는 계방季方이고, 호는 몽천蒙泉이며, 시호는 문숙文肅이다. 순천부順天府 곽현漷縣 사람이다. 정통 13년1448 진사가 되어 편수에 임명되었다. 영종이 복벽한 뒤 천순 초에 수찬修撰이 되었다가 내각에 들어가 기무機務에 참여했다. 내각에 있은 지 28일 만에 석형과 조길상의 모함을 받아 흠주동지欽州同知로 폄적되고, 그 뒤 다시 숙주肅州로 수자리를 갔다. 헌종 초에 수찬에 복직되었다가 외직으로 나가 흥화지부興化知府를 지낸 뒤 사직하고 귀향했다.

652 通事 : 번역관. 역관.

653 達官 : 명나라 때 중국에서 관리를 하던 달단인韃靼人을 말한다. 달達은 달韃과 통하므로 달단韃靼은 달달達怛 또는 달달達達로도 써서, 달관達官이라고 한 것이다. '달단'은 몽고족을 달리 이르는 말이다.

654 季鐸 : 중화서국본과 상해고적본에 모두 이탁李鐸으로 되어 있는데, 『명사』와 『명영종실록』에 근거해 계탁季鐸으로 수정했다. 악정岳正의 재산 이동에 관한 이야기는 『명사·열전제육십사列傳第六十四』에 보이는데, 악정의 재산을 하사받았던 사람은 계탁으로 기록되어 있다. 또 『명영종예황제실록明英宗睿皇帝實錄』에도 이탁李鐸에 관한 언급은 없고, 계탁에 관련해 '달관부천호韃官副千戶'와 '통사도독동지'를 지냈다고 되어 있다. 【역자 교주】 ◉ 계탁季鐸, 생졸년 미상은 명나라의 군대에서 통역 업무를 맡았던 달단인韃靼人이다. 통사지휘通事指揮, 복건연평위부천호福建延平衛副千戶, 도지휘첨사都指揮僉事, 도지휘동지都指揮同知, 도지휘사都指揮使, 도독첨사都督僉事, 통사도독동지通事都督同知 등의 벼슬을 했다.

655 范廣 : 범광范廣, ?~1457은 명대의 장수로 요동遼東 사람이다. 정통 연간에 세직世職을 물려받아 영원위지휘첨사寧遠衛指揮僉事가 되었고, 정통 14년1449에는 요동도지휘첨사遼東都指揮僉事가 되었다. 토목보의 변으로 영종이 몽골 오이라트부 에센의 포로가 되자 동생인 성왕이 경제로 즉위하는데, 범광은 우겸의 추천으로 도독첨사都督僉事가 되어 석형의 부관副官이 되었다. 우겸을 도와 북경을 지키는 한편 오이라트군을 격퇴하고 추격해 자형관紫荊關에서 물리쳤는데 이 공로로 도독동지都督同知가 되었

特以于謙愛將，爲曹[656]石輩所惡，旣抵極法[657]，且以其第宅幷妻孥賜降虜皮兒馬黑麻[658]，則尤國朝怪事．一時誅賞不遵祖制，不厭人情，一至于此．成化二年，廣妻宿氏訴冤，憲宗惻然哀之曰，“范廣驍勇，爲一時諸將冠，中外奸臣以計殺之．”命其子昇仍襲世職[659]，仍還所沒家貲．則廣之妻小，辱于匈奴者十年矣．後來忠義報國者，能無喪氣自沮耶．

다. 우겸의 신임을 받았지만 석형과 장월張軏에게는 미움을 사, 영종이 복벽하자 석형 등의 모함을 받아 투옥된 뒤 죽었다.

656 曹 : 조길상曹吉祥, ?~1461을 말한다. 조길상은 환관宦官으로 영평부永平府 난주灤州 사람이다. 경태 8년1457 석형 등과 탈문의 변을 통해 영종의 복벽을 도왔다. 천순 원년1457 사례감司禮監 태감으로 승진해 삼대영三大營을 총괄했다. 나중에 석형이 파직당하고 하옥되어 죽자 불안감을 느끼다가 천순 5년1461 아들 조흠曹欽과 함께 병변兵變을 일으키려다 실패하고 죽었다.

657 極法 : 극형 즉 사형.

658 皮兒馬黑麻 : 피르 무함마드[皮兒馬黑麻, 생졸년 미상]는 회족回族으로, 중국어 이름은 마극순馬克順이다. 그는 오이라트에서는 평장정사平章政事, 명나라에서는 도독첨사都督僉事라는 특수한 이중 신분을 가지고 정통, 경태, 천순 연간에 여러 차례 오이라트와 명나라를 오가며 두 세력 사이의 정치, 경제 교류에 중요한 역할을 했다. 특히 정통 14년1449 영종이 토목보에서 오이라트 부족에게 포로로 잡혀갔다가 경태 원년1450 북경으로 다시 돌아오는 데 큰 활약을 했다. 이때 오이라트는 세력 다툼이 심해져 정세가 불안해졌다. 이에 회의를 느낀 피르 무함마드는 영종이 복벽에 성공한 천순 원년1457 오이라트 부족인 70여 명을 이끌고 명나라에 귀순했다. 영종은 크게 기뻐하며 피르 무함마드에게 '마극순'이라는 중국 이름을 하사하고 북경에 벼슬자리를 내렸으며, 도독都督 범광范廣의 아내와 노비를 비롯해 범광의 저택을 하사했다.

659 世職 : 대를 이어 물려받는 관직이나 직업.

번역 경태景泰 초 변경邊境의 신하에게 조서를 내리다

정통 기사己巳년 8월 15일 황상께서 북쪽으로 끌려가서는 돌아오지 못하셨다. 17일에 북경으로 보고되었고, 18일에 경제께서 태후의 명으로 섭정攝政을 시작했는데, 28일에 이르러서는 경제께서 거용관居庸關을 지키던 환관 반성潘成, 도지휘첨사都指揮僉事 손빈孫斌, 원외랑員外郞 나통羅通에게 다음과 같이 명을 내리셨다. "지금 대동大同 등을 지키는 관원들의 보고를 들었는데, 북방 오랑캐가 한 사람을 에워싸고 그 성 아래에 와 그를 지존이라 칭하니 모두 나가서 알현하고 은과 비단을 그 무리에게 상으로 줬다고 했다. 이 분별력 없고 무지한 이들이 그 거짓 꼬임에 넘어갔기 때문에, 이미 그를 책망하러 사람을 보내 이전의 실수를 되풀이하지 않도록 했다. 유지諭旨가 도착하더라도 그대들은 이전의 유지만을 따르고 저들처럼 가벼이 믿어서는 안 된다. 중국은 오로지 사직社稷이 중요하다는 것을 알고, 수비를 맡은 장수인 그대들은 나라를 위해 관문을 지키는 것이 중요하다는 점만 알아 두어, 앞으로 만약 이처럼 진위眞僞를 가리지 못하는 일이 있더라도 절대 오랑캐의 꼬임과 거짓에 따라서는 안 되니 신중에 신중을 기해야 한다. 이에 유시諭示하노라." 그리고 그 위에는 성왕郕王의 인장을 찍었다. 이때는 섭정한 지 겨우 십여 일밖에 안 됐는데 '앞의 유지만을 따르라'는 말이 있으니 유지를 보내 의중을 내보인 것이 한 번이 아니다. 또 '이전의 실수를 되풀이해서는 안 된다'고 하고, '진위를 가리지 못 한다'고 해, 영종이 다시 변경에 오더라도 반드시 명明으로 돌아오는 것을 막아야 함을 분명히 밝혔다. 그리고 '사직이 중요하다'는 말을 이미 변방의 장수들에게 알렸으니 섭정을 하던 성왕이 등극한 뒤 자연스럽게 이 말을 가지고 오랑캐의 음모를 완전히 차단했다. 그 뒤 우겸과 왕문에게만 죄를 덮어씌웠으니 또한 원통하지 않겠는가. 나통은 얼마 뒤 우부도어사右副都御史로 승진했고 군무軍務를 총괄하라는 칙서를 받아 마침내 환관 반성의 윗자리에 거하게 되었다. 나통의 첫 관직은 교지交趾 청화지부淸化知府였고 나중에 광서廣西 하박소관河泊所官으로 좌천되었는데, 길에서 만난 기인奇人이 병서兵書를 주며 "기사己巳년의 난難 때 공께서 크게 쓰일 겁니다"라고 말했었다. 그 말이 정말 들어맞았으니 또한 기이하다.

원문 景泰初賜邊臣敕

正統己巳八月十五日, 上北狩不返. 十七日報至京師, 十八日景帝以太后命監國[660], 至二十八日令旨[661]諭鎭守居庸關[662]內臣[663]潘成[664]都指揮[665]

660 監國 : 중국 고대 정치제도 중 하나다. 황제가 궁 밖으로 행차를 나갔을 때 태자와 같은 중요 인물이 궁궐에 남아 국사를 처리하거나, 황제가 친정親政할 수 없을 때 다른 사람이 대신 국정을 돌보는 것 또는 대신 국정을 처리하는 사람을 말한다.

661 令旨 : 각 조대마다 가리키는 바가 달랐는데, 명대에는 황태자나 친왕의 명을 영지令旨라 하고, 황후나 황태후의 명은 의지懿旨라고 했다. 송대에는 황태자의 명을, 금대와 원대에는 황태후의 명을 말했다.

662 居庸關 : 북경 장성長城에 있는 유명한 변경 요새다. 거용관은 자형관紫荊關, 도마관倒馬關, 고관固關과 함께 명대의 경서京西 4대 관문 중 하나다.

孫斌[666]員外郎[667]羅通[668]. "今得鎭守大同等官, 報虜寇圍擁一人, 到彼城下, 稱是至尊[669], 都出朝見, 及與銀兩緞疋賞衆等因[670]. 此等無謀無知之人, 聽其詐誘, 已令人去責他, 不許再蹈前失. 諭至, 爾等只依前諭, 不可

663 內臣 : 환관의 별칭. 내신內臣 외에도 환관의 별칭으로는 태감, 내관內官, 내시內侍, 내감內監, 시인寺人, 엄관閹官, 엄인奄人, 내신, 내수內豎, 중관, 환시宦寺, 환자宦者, 황문黃門 등이 있다. 『만력야획편』에서도 태감, 환관, 내관, 내감, 중관, 황문 등 여러 명칭을 사용하고 있다.

664 潘成 : 반성潘成, 생졸년 미상은 명나라 영종 때 거용관居庸關에 배치되어 있던 환관이다. 『명영종실록明英宗實錄』에 따르면 정통 14년1449 토목보의 변이 일어나던 당시 좌소감左少監이었다.

665 都指揮 : 일반적으로는 도지휘시都指揮使를 말하지만, 여기서는 도지휘첨사都指揮僉事를 줄여 쓴 것으로 보인다. 왜냐하면 토목보의 변이 일어났던 당시 손빈孫斌의 신분이 도지휘첨사였기 때문이다. 도지휘사는 명 태조가 실시한 지방 군사 제도인 도지휘사사都指揮使司의 우두머리고, 그 아래에 도지휘동지都指揮同知 2명과 도지휘첨사都指揮僉事 4명이 있었다. 명나라의 병제兵制는 중앙의 오군도독부五軍都督府 밑에 지방 요지에 16개의 도지휘사사와 3개의 행도지휘사사行都指揮使司를 두었다.

666 孫斌 : 손빈孫斌, 생졸년 미상은 『명영종실록』에 따르면 정통 14년1449 영종이 토목보에서 오이라트 부족에게 포로로 잡혀가던 당시 거용관을 지키던 장수다. 당시 그의 직위는 도지휘첨사였다.

667 員外郎 : 원래는 정원 이외에 둔 낭관郎官을 말했는데, 점차 정원 안에 포함된 정상적인 관직명이 되었다. 원외랑은 수나라 때 상서성尙書省의 이십사사二十四司에 각기 원외랑을 한 명씩 두어서 각 사司의 차관次官으로서 업무를 담당하게 하면서 시작되었다. 그 뒤 당나라 이후 청나라 때까지 이어져 낭중과 원외랑이 육부六部의 각 부서에서 장관과 차관의 직책을 맡게 되었다.

668 羅通 : 나통羅通, 1389~1469은 명나라 전기의 관리다. 그의 자는 학고學古이고, 강서江西 길수吉水 사람이다. 영락 10년1412 진사가 되어, 어사와 사천순안四川巡按을 했다. 정통 14년1449 경제가 즉위한 뒤 거용관을 지켰고, 우부도어사右副都御史에 올랐다. 물을 길어 성에 부어서 얼게 만드는 계책을 사용해 침략해 온 야선也先의 군대를 격퇴했다. 천순 3년1459 사직했다.

669 至尊 : 지극히 존귀하다는 뜻으로, '임금'을 공경해 이르는 말.

670 等因 : 상급 관청에 보내는 공문에 그 상급 관청으로부터 온 공문 내용을 인용해 기술할 경우 그 말미에 쓰는 옛날 공문 용어.

如彼輕信. 中國惟知社稷爲重, 爾守將等只知爲國守關爲重, 今後若有此等不分眞僞, 切不可聽虜誘詐, 愼之愼之. 故諭.[671]" 上鈐郕王之寶. 此時監國纔十許日, 而有'只依前諭'之語, 則所遣示意, 非一次矣. 又云, '不許再蹈前失', 又云, '不分眞僞', 明示以睿皇[672]再臨邊, 必當拒回明矣. 而'社稷爲重'一語, 早已布告邊將, 則監國登極以後, 自然全以此言折虜謀. 乃其後獨歸罪于肅愍[673]王毅愍[674], 不亦冤哉. 羅通尋陞右副都御史, 總督軍務賜敕, 遂居內官潘成之前矣. 通筮仕[675]爲交趾淸化知府, 後謫廣西河泊所官, 路遇異人授以兵書曰, 己巳之難, 需公大用. 其言果驗, 亦異矣.

671 故諭 : 중화서국본 『만력야획편』에서는 '고유故諭'의 뒤에 구두점 없이 다음의 '상검성왕지보上鈐郕王之寶'와 이어서 '고유상검성왕지보故諭上鈐郕王之寶'로 적고 있다. '고유'는 보통 칙서의 끝에 쓰여 마무리하는 말로 사용된다. 상해고적본 『만력야획편』에서는 '고유' 뒤에 구두점을 찍어 칙서의 마무리 부분으로 보았다. 명대의 칙서를 분석한 진시룡陳時龍의 「명대적칙화칙유明代的敕和敕諭」 『고궁학간故宮學刊』 2015년 제2기와 양염평梁艶萍의 「명대이'칙'위명적조령문서변석明代以"敕"爲名的詔令文書辨析」 『당안학연구檔案學研究』 2020년 제1기에 있는 칙서들의 예와 분석 내용에 따르면 명대 칙서는 보통 '황제칙유皇帝敕諭'나 '칙유敕諭'로 시작해 '고자칙유故玆敕諭'나 '고유故諭'로 마무리하는 격식으로 되어 있다고 한다. 이에 근거해 '고유' 뒤에 구두점을 두는 것으로 수정했다. 〖역자 교주〗

672 睿皇 : 명나라의 제6대와 제8대 황제인 영종 주기진朱祁鎭을 말한다.

673 于肅愍 : 명나라 전기의 명신 우겸于謙을 말한다. 숙민肅愍은 우겸의 시호다.

674 王毅愍 : 명나라 전기의 대신 왕문王文을 말한다. 의민毅愍은 왕문의 시호다.

675 筮仕 : 처음으로 벼슬함.

번역 헌묘憲廟와 효묘孝廟의 성덕盛德

헌종이 동궁일 때 경제가 그를 폐위해 기왕沂王이 되었다. 그가 등극하자 훈도訓導 고요高瑤란 자가 건의해 성왕郕王의 존호를 추증해 회복하자는 청을 올렸다. 문희공文僖公 여순黎淳은 당시 서자로서, 고요를 탄핵하며 그에게 두 가지 죽을 죄가 있다고 했다. 황상께서 비답批答을 내리시며 "경태제景泰帝의 지난 과실을 짐은 개의치 않는다. 이는 아첨하며 총애를 구하는 것이 분명하니, 모두 꼭 행할 필요는 없다"라고 말씀하셨다. 몇 년 뒤 경황제景皇帝가 추숭되었다. 여순은 황상의 교지에 의해 스스로 마땅히 물러나야 했지만, 그 후 시종侍從으로 성화 20여 년을 보냈고 효종 홍치 4년에 남대종백南大宗伯으로 사직했다. 이 얼마나 얼굴이 두꺼운가! 효종 원년 신하들이 이전 금의도지휘사錦衣都指揮使 만희萬喜 등의 죄를 다스리고 그 가산을 몰수하려 했지만 황상께서 허락하지 않으셨다. 그러나 만귀비萬貴妃가 당시에 만약 기귀비紀貴妃에게 독주를 정말 먹였다면, 하늘의 이치와 인정을 살펴 지극한 원한을 푼 것이니 또한 잘못은 아니다. 그런데 효종은 일의 정황이 분명하지 않고 하늘에 계신 선제의 마음을 상하게 할까 봐 결국 신하들의 뜻을 따르지 않은 것이다. 이것이 비록 지극한 효성이 고금을 초월한 것이기도 하지만 또한 재상 유박야劉博野 등이 감싸며 지켜준 덕분이다. 효종이 외가에 마음을 써서 그들을 부귀하게 하려 했지만 그렇게 할 수 없었고 효목기황후孝穆紀皇后의 부친 복빈福斌을 도독都督으로 추존했을 뿐이다.

나중에 스스로 큰 외숙이라 하는 두 사람과 태감 육개陸愷란 자까지도 가당치도 않게 황제의 친족이라며 모두 금군禁軍의 관직을 지내고 하사품을 후하게 받았다. 또한 효목기황후의 원적에 있는 조상묘에 순검사巡檢司 하나를 두어 지키게 했다. 나중에는 거짓으로 속이려던 일이 실패하자 모두 법으로 다스렸다. 황상께서 월서粵西로 관리를 보내 진짜 외가를 찾을 것을 명했는데, 끝내 찾을 수 없자 설치한 순검사巡檢司를 바꾸도록 명하고 그 일도 마침내 그만두었다. 아마도 애당초 기씨가 이씨李氏로 잘못 알려져 사칭하는 자들이 계속해서 나왔을 것이다.

효목기황후가 붕어한 때가 불분명하고 친족들도 성은을 입지 못했으니 얼마나 박명한가! 생각해보면 그녀가 광서廣西의 계림桂林 사람이라고들 전하는데 실은 평락부平樂府 하현賀縣 사람이다. 또, 『쌍괴세초雙槐歲抄』에서 "효종은 효목기황후의 부친 이공李公을 경원백慶元伯으로 추증했다"고 되어있다. 그 성씨가 이미 잘못 기록되었고 이름도 없어서 정확하지 않은 것 같다. 또, 육개가 효목기황후의 친 오빠라 자칭하는데, 효목기황후의 원적에는 주소현州巢縣 사람이 없고 또 주소현은 광서와 만 리나 떨어져 있어, 무슨 근거인지 알 수가 없다.

원문 憲孝二廟盛德

憲宗在東朝, 景帝廢之爲沂王. 及登極, 而訓導[676]高瑤者建言, 請追復

676 訓導 : 훈육하고 가르치다.

郕王尊號. 黎文僖淳時爲庶子疏劾之, 謂瑤有死罪二. 上批曰, "景泰[677]已往過失, 朕不介意. 顯是獻諂希恩, 俱不必行." 數年而景皇帝得追崇矣. 黎旣被此旨, 自宜引退, 乃此後在侍從, 歷成化二十餘年, 至孝宗弘治四年, 始以南大宗伯休致. 抑何厚顔耶! 孝廟初元, 臣下欲治故錦衣都指揮使萬喜[678]等罪, 且藉其家, 上不許. 然萬妃[679]當日若果進酖于紀妃[680], 揆之天理人情, 卽追雪[681]怨毒[682], 亦未爲過. 而孝宗以事狀未明, 且恐傷先帝在天之心, 迄不見從. 此雖聖孝超越古昔, 亦揆地劉博野諸公調護之力也. 孝宗注意外家, 思富貴之而不能得, 僅追爵孝穆之父福斌爲都督而已. 後有自言爲元舅者二人, 又太監陸愷者, 亦附會爲皇親, 俱官金吾[683],

---

677 景泰 : 명나라의 제7대 황제인 주기옥朱祁鈺이 사용한 연호다. 그의 재위기간인 1449년부터 1457년까지 경태景泰라는 연호를 사용했다.

678 萬喜 : 만희萬喜, 생졸년 미상는 명 헌종의 황비인 만귀비萬貴妃의 아우이며, 부친은 만귀萬貴다. 아래로 만달萬達과 만통萬通 두 아우가 있다. 만희는 원래 금의위지휘사錦衣衛指揮使였다가 나중에 도지휘사都指揮使로 승진했다.

679 萬妃 : 명 헌종이 가장 총애하던 후비인 황귀비皇貴妃 만정아萬貞兒, 1430~1487를 말한다. 만귀비萬貴妃가 거처하던 침궁의 이름이 소덕궁昭德宮이어서 소덕귀비昭德貴妃라고도 한다. 만귀비는 청주靑州 제성諸城 사람이다. 4세에 입궁해 손태후孫太后를 모시다가 동궁으로 가 황태자 시절의 헌종을 2세때부터 모셨다. 헌종이 즉위한 뒤 자신보다 17세가 더 많은 만씨를 재인才人에 봉했다. 성화 2년1466 만씨가 첫 황자皇子를 낳자 크게 기뻐하며 귀비에 봉했다. 하지만 황자는 1년이 채 못 되어 요절한다. 성화 12년1476 황귀비에 봉해졌다. 성화 23년1487 병으로 갑자기 세상을 떠나자, 헌종은 만귀비의 죽음을 슬퍼하며 황후와 같은 예우로 장례를 치르게 하고 '공숙단신영정황귀비恭肅端愼榮靖皇貴妃'라는 시호를 내렸다.

680 紀妃 : 명나라 헌종의 후비이자 효종의 생모인 효목황후孝穆皇后 기씨紀氏를 말한다.

681 追雪 : 지난날의 치욕이나 원한을 나중에 풀어 없애는 것.

682 怨毒 : 원망이 지극해 생긴 독기.

683 金吾 : 황제와 대신들의 호위와 의장儀仗 및 수도의 치안을 맡았던 무관으로, 금군禁軍을 말한다.

受厚賚. 幷於孝穆原籍祖塋設一巡檢司, 以司守護. 後詐冒事敗, 俱置之法. 上仍命遣官往粵西尋訪眞外家, 究不能得, 因命革所設巡檢司, 訪求事亦遂罷. 蓋初時訛報紀爲李, 故假托者紛紛起.

孝穆之崩逝旣不顯明, 而宗族又不及承恩澤, 何薄命也. 按孝穆相傳爲廣西桂林人, 實平樂府賀縣人. 又『雙槐歲抄』云, "孝宗曾贈后父李公爲慶元伯". 旣訛其姓, 又無其名, 似未確. 又陸愷自云孝穆親兄, 其籍乃無爲州巢縣人, 又與廣西遠萬里, 不知何據.

번역 군주와 재상의 남다른 자질

헌종 황제는 말을 더듬었지만 조회에 나가 조서를 선포할 때는 구슬을 꿰는 듯 또박 또박 말했다. 근래에 신안新安의 문목공文穆公 허국許國은 머리를 크게 흔드는 버릇이 있었지만, 강학을 하거나 황상의 뜻을 받들 때는 꼿꼿하게 움직이지 않았는데, 그 자리를 나오면 다시 원래대로 흔들었다. 이에 군주와 재상의 천부적 자질은 본래 보통 사람과 비할 수 없고 일반적인 이치로 헤아릴 수 없음을 알 수 있다. 또 병술丙戌년 진사 중에 절강 사람 나응두羅應斗란 자는 평소 건강해서 병이 없었지만 매번 관아의 대청에 앉을 때마다 번번이 죽을 만큼 어지러웠다. 그는 처음에 육부의 낭군으로 기용되었다가 태수로 승진했지만 일을 그만두고 귀향했다. 나중에 다시 기용되었지만 병이 예전과 같아서 막 부임하자마자 바로 떠났다. 이런 일은 아마도 박복해서 그런 것 같다.

원문 君相異稟

憲宗皇帝玉音微吃[684], 而臨朝宣旨, 則琅琅如貫珠. 近年新安許文穆公頭岑岑搖, 遇進講取旨, 則屹然[685]不動, 出卽復然. 乃知君相天賦, 本

684 玉音微吃 : '옥음玉音'은 황제의 목소리를 말하고 '미흘微吃'는 말을 약간 더듬는 것을 이르는 말로, 여기서는 헌종이 말을 더듬었음을 가리킨다.
685 屹然 : 위엄스레 우뚝 솟은 모양.

非常人可比, 常理可測. 又有丙戌進士, 浙人羅應斗者, 素強壯無疾, 但每坐堂皇[686], 輒眩暈[687]欲死. 初起部郎[688]陞郡守, 謝事歸. 後再起, 病如前, 甫抵任卽去. 此蓋福薄使然.

686 堂皇 : 관리가 일을 처리하는 대청.
687 眩暈 : 정신이 어질어질 어지러움. 현기증.
688 部郎 : 이부, 호부, 예부, 병부, 형부, 공부의 6부에 속하는 하급 관리인 낭관郞官.

번역 젓갈과 차를 바치다

초楚 땅에서 젓갈을 공물로 바친 것은 성화 초년부터인데, 대개 진수내신鎭守內臣이 개인적으로 바쳤을 뿐이다. 그 양이 천 근에 불과했다가 나중에 점차 늘어나 수만 근에 이르게 되자 포정사布政司 관할로 바꾸었고, 공물을 실어 나르는 배가 열두 척에 달했다. 효종은 성품이 어질고 너그러워서 명을 내려 중사中使가 관할하게 하고 배 열 척을 줄이셨는데 대대로 그것을 따랐다. 금상께서는 임진壬辰년에 초 땅의 공물이 형편없다고 여기셔서 좌방백左方伯의 관직을 삭탈해 평민이 되게 하셨다. 또다시 포정사가 관할하게 하셨는데, 다만 어느 해에 바뀌었는지는 알 수 없을 뿐이다. 이러한 일들은 모두 세금으로 공물을 바치는 전례인데, 나쁜 관습이 이미 생겨 그 끝없는 폐해가 이 정도까지 이르렀다. 선덕 6년에 상주지부常州知府 막우莫愚가 다음과 같이 상주했었다. "저희 상주부 의흥현宜興縣에서는 이전에 공물로 바친 차茶의 수량이 백 근 밖에 안 되었는데, 점차 늘어나 오백 근이 되었고, 근년에는 이십구만 근에 이릅니다. 공물을 감면해도 여전히 구만 근이 모자라니 은혜를 베푸시어 관대히 다스려주십시오." 황상께서는 "차를 공물로 바치는 데 따른 폐해가 이 지경에 이를 줄은 생각지도 못했다"라고 하셨다. 체납자들이 공물을 바치는 것을 면해 주시니 이십구만 근 중에서 그 절반만이 공물로 바쳐졌다. 당시는 헌종과 효종 때로부터 시간상으로 멀지 않고, 선종이 성덕聖德을 베푸셨는데도 아직도 이전에 바치던 공물 양의 수십

배에 달하니 반으로 줄였다고는 하나 그 양이 또한 적지 않다. 하물며 후대에는 공물 양을 늘릴 줄만 알고 줄일 줄은 모르니 어째서인가!

원문 貢鮓貢茶

楚中魚鮓[689]之貢, 始自成化初年, 蓋鎭守內臣[690]私獻耳. 爲數不過千斤, 後漸增至數萬, 改屬布政司, 貢船至十二號. 孝宗仁恕, 仍命屬中使[691], 減去船十隻, 累朝因之. 今上壬辰, 以楚貢粗惡, 至褫左方伯官爲編氓. 蓋又屬藩司, 但不知改於何年耳. 此等事皆職貢[692]成例, 敝規旣立, 貽累無窮至此. 因見宣德六年, 常州知府莫愚[693]奏, "本府宜興縣舊貢茶額止一百斤, 漸增至五百斤, 近年乃至二十九萬斤. 除納過尙少九萬, 乞恩貸之." 上曰, "不意茶害乃至此." 令逋者免進, 仍于廿九萬斤中止貢其半. 時去二祖廟未遠, 且宣宗聖德, 尙不免加舊額至數十倍. 卽云減半, 爲數亦不少矣. 況後世但知增, 不知減耶!

---

689 魚鮓 : 물고기와 소금에 절인 어물.
690 鎭守內臣 : 진수중관鎭守中官이라고도 하며, 변방에 주둔하는 환관을 말함.
691 中使 : 황명을 받아 파견되는 궁중의 환관.
692 職貢 : 지방의 백성이 궁중이나 중앙관서에 공물로 바치는 특산물.
693 莫愚 : 막우莫愚, 생졸년 미상는 명나라의 관원이다. 임계臨桂 사람으로, 낭중일 때 상주지부常州知府로 나가 정통 6년에 유임되었다.

번역 대신을 대면해 정사政事에 대한 의견을 나누다

효종께서는 정사에 마음을 두시어 대신을 우대하셨다. 매번 대면해 정사에 대한 의견을 나누시며 예전과 거의 똑같이 낮에 세 번 접견하셨으니, 이때가 현 왕조가 가장 번성했던 시기다. 이보다 앞서 헌종께서는 말을 약간 더듬으셔서 대면해 정사에 대해 얘기하시는 일이 매우 드물었다. 헌종께서 하루는 각신 만미주萬眉州, 유박야劉博野, 유수광劉壽光 등을 불러 들여 시정時政을 물었는데, 신하들이 모두 제대로 대답할 수가 없어서 머리를 조아리고 만세를 불렀기 때문에 당시에 '만세 상공相公'이라고 비웃음을 당했다. 금상께서는 잠잠하게 지내신 지가 여러 해가 지났다. 경인庚寅년 원단元旦 때부터 오문吳門 신시행申時行, 신안新安 허국許國, 태창太倉 왕석작王錫爵, 산음山陰 왕가병王家屛을 대면하시고 정사에 대한 의견을 나누셨다. 그 후 25년이 지난 을묘乙卯년 4월에 장차張差가 자경궁慈慶宮에 난입한 사건 때문에 방덕청方德淸과 오숭인吳崇仁 두 재상을 궁으로 불러 들여 상의했는데, 방덕청은 머리를 조아리며 '예예'만 할 뿐 다른 말은 하지 않았고, 오숭인은 입을 다물고 더 이상 아무 말도 하지 않으니 황상께서 노하셨다. 어사 유광복劉光復이 차례를 건너뛰어 진언하자 노기 어린 목소리로 끌어내라 명하시니 환관들이 우르르 몰려들어 그를 두들겨 팼다. 일이 순식간에 일어나자 오숭인이 놀라고 두려워 몸을 이리저리 뒤틀며 쓰러져 뻣뻣하게 누워서는 똥오줌을 싸는 지경에 이르렀다. 황상께서 궁으로 돌아가시자 여러 노복들이 그를 부축해 나갔는데 뻣뻣한 나무인형 같았으며 며칠이 지나서야 보고 듣는 게 비로소 회복되었다. 이것은 그야말로 '하늘같은 위엄이 용안에 서리자 온교溫嶠가 용서를 빌지 못한' 격이다. 하물며 오숭인은 과거에 급제한 후에도 여지껏 온화한 용안을 뵙지 못하다가 하루아침에 상서尙書 자리를 차지해서 자신도 모르는 새 이런 실수를 저질렀으니, 헌종 때의 만미주 같은 대신들보다 더 심한 격이다.

원문 召對[694]

孝宗留心政事, 優禮大臣. 每賜召對, 幾如古之晝日三接, 此本朝極盛際也. 先是憲宗以天語微吃, 以故賜對甚稀. 一日召閣臣萬眉州[695]劉博野[696]劉壽光[697]等入, 訪及時政, 俱不能置對, 即叩頭呼萬歲, 當時有'萬

---

694 召對 : 왕명으로 임금과 대면해 정사에 대한 의견을 상주하던 일.

695 萬眉州 : 명 헌종 때의 내각수보인 만안萬安, ?~1489을 말한다. 그의 자는 순길循吉이고, 시호는 문강文康이다. 사천四川 미주眉州 사람이다. 정통 13년1448 진사로 예부좌시랑禮部左侍郎, 예부상서, 이부상서, 화개전대학사 등을 지냈다. 헌종의 총애를 받던 만귀비를 등에 업고 내각수보의 자리에까지 올랐다. 헌종이 오랫동안 조회를 보지 않자 대신들이 알현하기를 청했는데, 헌종을 뵙고 정사政事를 다 논하지도 않았는데 만안이 머리를 조아리며 만세를 외쳐 신하들이 할 수 없이 모두 물러났다. 이 일로 만안은 '만세각로萬歲閣老'라는 별칭을 얻게 되었다. 효종이 즉위한 뒤 탄핵을 받아 사직했다.

696 劉博野 : 명나라 중기에 내각수보를 지낸 유길劉吉, 1427~1493을 말한다. 그의 자는 우지祐之이고, 호는 약암約庵이며, 보정부保定府 박야博野 사람이다. 정통 13년1448 진사로 성화 11년1475에 내각의 구성원이 되었다. 성화 23년1487부터 홍치 5년1492까지 내각수보를 지냈다. 유길은 제대로 일은 하지 않고 벼슬자리만 차지하고 있었기 때문에, 만안, 유후劉珝와 함께 '종이호랑이 세 각로紙糊三閣老'라고 희화戱畫되었다. 사후에 태사太師로 추증되었고, 시호는 문목文穆이다.

歲相公'之誰. 今上淵默歲久. 自庚寅[698]元旦, 召吳門[699]新安[700]太倉[701]山陰[702]入對. 以後又廿五年而爲乙卯[703]之四月, 以張差闖宮一事,[704] 召方

697 劉壽光 : 명나라 중기에 내각대신이었던 유후劉珝, 1426~1490를 말한다. 그의 자는 숙온叔溫이고, 호는 고직古直이며, 시호는 문화文和다. 산동 수광壽光 사람이다. 영종 정통 13년1448 진사로, 편수編修, 이부좌시랑吏部左侍郞, 이부상서, 문연각대학사, 근신전대학사 등을 지냈다. 홍치 3년1490 병으로 세상을 떠났다.

698 庚寅 : 만력 18년1590이다.

699 吳門 : 명대 만력 연간에 내각수보를 지낸 신시행申時行, 1535~1614을 말한다. 그의 자는 여묵汝默이고, 호는 요천瑤泉이며 만년에는 휴휴거사休休居士라 불렀다. 소주부蘇州府 장주長洲 사람이다. 소주는 명대에 오문吳門이라고 불렸는데, 당시 소주부가 관할하는 태창太倉, 상숙常熟, 오강吳江, 오현吳縣과 곤산崑山 등지를 다 포함하는 명칭이었다. 신시행이 오문 지역 출신이기에 사람들이 신오문申吳門이라고도 불렀다. 신시행은 가정 41년1562 장원급제한 뒤, 한림원수찬翰林院修撰, 예부우시랑, 이부우시랑吏部右侍郞 겸 동각대학사, 내각수보, 중극전대학사中極殿大學士 등을 지냈다. 만력 19년1591 사직하고 고향으로 돌아가 지내다가, 만력 42년1614 향년 80세로 세상을 떠났다. 사후에 태자태사太子太師로 추증되었고, 시호는 문정文定이다.

700 新安 : 명대 가정, 융경, 만력 3대 동안 대신을 지낸 허국許國, 1527~1596을 말한다. 그의 자는 유정維楨이고, 시호는 문목文穆이다. 휘주부徽州府 흡현歙縣 사람이다. 휘주는 예로부터 신안新安이라고도 불렸고, 그 중 흡현은 역대로 휘주의 정치, 경제, 문화의 중심지였으므로, 흡현을 신안이라 부르기도 했다. 허국은 가정 44년1565 진사로, 가정, 융경, 만력 3대 동안 검토檢討, 국자감좨주國子監祭酒, 태상시경太常寺卿, 예부시랑, 예부상서, 동각대학사, 태자태보, 무연전대학사 등의 벼슬을 역임했다. 조선朝鮮에 사신으로 다녀간 적도 있다. 사후에 소보少保 겸 태자태보太子太保로 추증되었다.

701 太倉 : 명대 만력 연간에 내각수보를 지낸 왕석작王錫爵, 1534~1611을 말한다. 그의 자는 원어元馭이고, 호는 형석荊石이며, 시호는 문숙文肅이다. 소주부 태창太倉 사람이다. 가정 41년1562 2등 방안榜眼으로 진사에 급제한 뒤, 편수, 국자감좨주, 문연각대학사, 이부상서, 건극전대학사建極殿大學士 등을 지냈다. 만력 21년1593 내각수보가 되었다. 만력 22년 사직한 뒤, 만력 38년 고향집에서 세상을 떠났다. 사후에 태보太保로 추증되었다. 저서에 『왕문숙공전집王文肅公全集』 55권이 있다.

702 山陰 : 명 만력 연간에 내각수보를 지낸 왕가병王家屛, 1536~1604을 말한다. 그의 자는 충백忠伯이고, 호는 대남對南이며, 산서山西 대동大同 산음山陰 사람이다. 융경 2년1568 진사로, 만력 초에 수찬修撰이 되고, 만력 12년1584 이부좌시랑 겸 동각대학사, 만력

德淸[705]吳崇仁[706]二相入內商搉, 方惟叩首'唯唯', 不能措他語, 吳則口噤不復出聲, 及上怒. 御史劉光復[707]越次進言, 厲聲命拏下, 羣閹閧聚毆之.

19년1591 내각수보가 되었다. 그는 일 처리에 있어 정도와 원칙을 고수하면서 편파적이지 않았다.

703 乙卯 : 만력 43년1615이다.

704 張差闖宮一事 : 심덕부는 앞에서 이 사건이 만력 43년1615 4월에 발생했다고 했지만 『명사』에는 만력 43년 5월에 발생했다고 기록되어 있다. 이 사건의 대략적인 개요는 다음과 같다. 명 신종 만력 43년1615 5월, 장차張差라는 남자가 몽둥이를 들고 황태자皇太子 주상락朱常洛이 거주하던 자경궁慈慶宮에 난입해 수문태감守門太監에게 상해를 입히는 사건이 발생했는데, 이를 정격안梃擊案이라고 한다. 장차가 자경궁으로 뛰어들어 몽둥이를 휘두르며 보이는 대로 사람을 때리자 황태자를 보위하던 한본용韓本用이 다른 태감들과 함께 그를 사로잡았다. 장차는 심문을 받을 때 자신의 이름만 밝히고 미친 사람처럼 횡설수설해 단순히 광증狂症에서 비롯된 사건으로 마무리 되는 듯했했다. 하지만 추후에 장차가 정귀비鄭貴妃의 측근인 환관 방보龐保와 유성劉成의 사주를 받아 일을 저지르게 되었다는 자백을 하게 된다. 이 때문에 조정은 정쟁에 휩싸였다. 정귀비가 자신의 아들인 주상순朱常洵을 황태자로 세우기 위해 장차를 시켜 주상락을 해치려 했으니 이들 모두를 처벌해야 한다는 동림당東林黨과 이것이 단순히 장차의 광증에서 비롯된 사건이라고 주장하는 비동림파非東林派의 정쟁이 격화되었다. 신종은 장차, 방보, 유성을 처형하는 것으로 사건을 마무리 짓고 더 이상 확대하지 말라는 명을 내렸다. 정귀비와 그의 일가는 처벌은 면했지만 세력이 크게 약화되었다. 또 정귀비의 아들 주상순을 황태자로 삼으려던 신종은 계획을 포기할 수밖에 없었고, 불안하던 주상락의 황태자 지위는 탄탄해졌다.

705 方德淸 : 명대 만력 연간에 내각수보를 지낸 방종철方從哲, ?~1628을 말한다. 그의 자는 중함中涵이고, 절강浙江 덕청德淸 사람이다. 만력 11년1583 진사로, 국자좨주, 예부상서, 동각대학사 등의 벼슬을 지냈다. 만력 42년1614부터 만력 48년1620까지 7년간 내각수보를 맡았다.

706 吳崇仁 : 명말의 시인이자 정치가인 오도남吳道南, 1550~1623을 말한다. 그의 자는 회보會甫이고, 호는 서곡曙谷이며, 강서江西 숭인崇仁 사람이다. 만력 17년1589 진사로, 편수, 예부우시랑, 동각대학사, 예부상서 등의 벼슬을 지냈다. 『하거지河渠志』의 주찬主纂을 맡았다.

707 劉光復 : 유광복劉光復, 1566~1623은 명대 만력 연간의 관리다. 그의 자는 돈보敦甫이고, 호는 정일貞一이며 만년에는 견초見初라는 호를 사용했다. 지주부池州府 청양靑陽 사

事出倉卒, 崇仁驚怖, 宛轉僵臥, 乃至便液並下. 上回宮, 數隷扶之出, 如一土木偶, 數日而視聽始復. 眞所謂'天威在顔, 使溫嶠[708]不容得謝[709]'者. 況崇仁自登第後, 尙未覲穆若之容, 一旦備位政本[710], 不覺失措至此, 以視憲宗朝萬眉州諸公又不逮矣.

람이다. 만력 26년1598 진사로, 제기지현諸暨知縣, 하남도감찰어사河南道監察御史를 지냈다. 만력 43년1615 장차의 정격안梃擊案이 발생했을 때 신종이 신하들을 불러 이 일에 대해 상의했는데, 이때 신종의 노여움을 사 곤장을 맞고 하옥되었다가 만력 48년1620에야 사면되었다. 광종이 즉위하면서 그를 광록시승光祿寺丞으로 다시 기용했지만 부임하지도 못하고 죽었다.

708 溫嶠 : 온교溫嶠, 288~329는 동진東晉의 명장이다. 그의 자는 태진泰眞 또는 태진太眞이고, 태원太原 기현祁縣 사람이다. 17세에 출사해 사예도관종사司隷都官從事를 제수받았고, 그 뒤 유곤劉琨의 참군參軍이 되어 공을 세워서 사공좌장사司空左長史가 되었다. 왕돈王敦과 소준蘇峻의 반란을 평정하는데 참여했다. 관직이 단양윤丹陽尹, 표기장군驃騎將軍, 강주자사江州刺史, 개부의동삼사開府儀同三司에 이르렀으며, 시안군공始安郡公에 봉해졌다. 함화咸和 4년329 42세의 나이로 병사했다. 사후에 시중侍中, 대장군大將軍으로 추증되었고, 시호는 충무忠武다.

709 天威在顔, 使溫嶠不容得謝 : 『세설신어世說新語 · 첩오제십일捷悟第十一』에 나오는 말이다. 이 문구가 나오는 부분의 내용을 살펴보면 다음과 같다. 왕돈이 군사를 이끌고 주작교朱雀橋에 이르렀을 때, 진 명제가 친히 중당中堂을 나섰다. 이때 온교가 단양윤으로 있었는데, 명제가 다리를 끊으라고 명했지만 온교가 끊지 않았다. 명제가 크게 노해 눈을 부릅뜨니 좌우에서 두려워하지 않는 이가 없었다. 명제가 대신들을 부르니, 온교도 왔지만 사죄하지 않고 술과 고기를 달라고 했다. 왕도王導가 곧 도착해서 맨발로 땅에 내려 "하늘같은 위엄이 용안에 나타나서 결국 온교가 용서를 빌지 못한 것입니다"라고 사죄했다. 온교가 이에 물러나 사죄하니, 명제가 그제서야 마음을 풀었다. 여러 대신들이 모두 왕도의 기지 넘치는 명언에 감탄했다王敦引軍垂至大桁, 明帝自出中堂. 溫嶠爲丹陽尹, 帝令斷大桁, 故未斷, 帝大怒瞋目, 左右莫不悚懼. 召諸公來, 嶠至, 不謝, 但求酒炙. 王導須臾至, 徒跣下地, 謝曰, "天威在顔, 遂使溫嶠不容得謝." 嶠于是下謝, 帝乃釋然. 諸公共歎王機悟名言.

710 政本 : 상서尙書를 가리킨다.

번역 회전會典을 중수重修하다

『회전會典』은 『당육전唐六典』의 체례를 본 따 상세함을 더한 것이다. 태조 초에 『제사직장諸司職掌』을 저술했었는데, 영종께서 황제로 복위하시면서 사신詞臣들에게 『제사직장』의 후속으로 법규를 정리 편찬하라 다시 명하셨다. 대체로 『회전會典』이 이때에 이미 집필되기 시작했지만 책으로 완성되지는 못했다. 홍치 10년 정사丁巳년에 비로소 편찬 기구를 세워 이 책이 홍치 15년에 완성되자 『대명회전大明會典』이라는 이름을 하사하셨다. 『회전』을 바치는 날 황상께서 봉천전奉天殿에 납시어 받으시고, 총재總裁 유건 등에게 예부에서 연회를 베풀어 영국공英國公 장보張輔가 자리를 함께 하도록 하셨는데 그 의식이 매우 성대했다. 바로 그날 효종께서 손수 서문序文을 써서 책의 첫머리에 두었지만 간행되지 않았다. 정덕 4년에 내용을 가감해 간행했고, 또 가정 8년에 세종께서 사신들에게 그것을 다시 편찬하도록 명하셨으니 이미 중수重修 작업이 진행되었던 것이다. 가정 24년 봄에 각신 엄숭 등이 또 새로운 조례를 계속해 추가해서 완정한 책을 만들기를 청했고, 황상께서 윤허하시어 가정 28년에 비로소 완성되었다. 처음에 장영가張永嘉, 계안인桂安仁, 하귀계夏貴谿 등이 일을 맡았는데, 헌왕獻王을 예종睿宗으로 추존하는 일, 교사郊祀를 네 곳에서 나누어 행하는 일, 네 종류의 체제禘祭를 지내는 일, 관복冠服을 개조하는 일과 같은 새로운 제도는 모두 상세히 기재하고 옛 의례는 오히려 간소화했다. 또 예부의사禮部儀司에 배열된 대행황태후大行皇太后의 상례喪禮 항목에서는 흥헌왕興獻王의 비인 자효헌황후慈孝獻皇后를 오히려 태조의 효자황후孝慈皇后 마씨馬氏 앞에 두었다. 그 후로는 또 모두 엄숭이 총재를 맡았는데 황상에게 아첨할 줄만 알아 예절을 어지럽히고 법도를 뛰어넘는 일이 심했다. 헌정된 『회전』을 살펴보신 뒤, 세종께서는 그것을 궁중에 남겨두시고 서를 쓰지도 간행하지도 않으셨으니 그 뜻이 깊으셨다. 금상 4년에 또 재상 장강릉 등에게 사신史臣들과 함께 중수重修하도록 명하시어 15년에 이르러서야 비로소 완성했는데, 지금 간행되어 있는 것이 이것이다. 이 책은 4번이나 편찬되었지만, 민간에 전해진 판본은 정덕 연간 판본과 만력 연간 판본뿐이다.

원문 重修會典

『會典』[711]一書, 蓋昉『唐六典』[712]而加詳焉. 太祖初著『諸司職掌』[713],

---

711 『會典』: 정식 명칭은 『대명회전大明會典』으로 간단히 『명회전明會典』이라고도 한다. 명나라의 행정 법규를 위주로 한 전장제도典章制度를 기록한 책이다. 영종 때에 편찬을 시작했는데 큰 성과가 없었다. 홍치 10년1497 서부徐溥, 유건 등이 효종의 칙명을 받아 새로이 편찬기구를 만들어서 편찬을 계속했으며, 홍치 15년1502 180권으로 완성되어 『대명회전』이라는 이름을 하사받았다. 효종이 붕어할 때까지 간행되지 못하다가, 무종 6년1510에 수정을 거쳐 간행되었다. 또 가정 연간에 두 차례, 만력 연간에 한 차례 수정을 거쳐 『중수대명회전重修大明會典』 228권으로 완성되었다. 『대명회전』은 조정에서 편찬한 『제사직장』, 『황명조훈皇明祖訓』, 『대명집례大明集禮』, 『대명률大明律』 등의 책과 대신들의 저서를 근거로 전장제도를 매우 완벽하게 기록하고 있다.

712 『唐六典』: 『당육전唐六典』의 원명은 『대당육전大唐六典』으로 현존 최고最古의 행정

至英宗復辟, 復命詞臣纂修條格, 以續『職掌』之後. 蓋『會典』已權輿[714]于此, 但未及成帙耳. 至弘治十年丁巳[715]始創立, 此書成於弘治十五年, 賜名『大明會典』. 進呈之日, 上御奉天殿受之, 宴總裁劉健等於禮部, 命英國公張輔侍宴, 典極隆重. 卽日孝宗御製序序之, 但未及刊行. 至正德四年, 刪潤而登之板, 又至嘉靖八年, 世宗再命諸詞臣重修之, 已有緖矣. 二十四年春, 閣臣嚴嵩等, 又請續添新例, 以成全書, 上允之, 至嘉靖二十八年而始成. 初則張永嘉桂安仁夏貴谿等爲政, 以故如宗獻王, 如分郊[716], 如四禘[717], 如改製冠服, 俱詳載新製, 而舊儀反略焉. 又禮部儀司所列大行皇太后[718]喪禮一款, 則興獻王[719]之章聖蔣后[720], 反居太祖孝慈

법전이다. 당 현종의 칙명으로 장열張說, 장구령張九齡 등이 편찬에 참여해 개원開元 26년738에 완성되었으며 총 30권으로 되어 있다. 이 책은 당나라의 삼사三師, 삼공三公, 삼성三省, 구시九寺, 오감五監, 십이위十二衛로 나뉘는 육직六職의 관제官制와 그 업무 및 품질品秩 등을 기록하고 있다.

713 『諸司職掌』 : 명 태조 주원장이 『당육전唐六典』을 모방해 칙명으로 편찬한 책이다. 홍무 26년1393 3월 내부內府에서 간행했다. 『제사직장諸司職掌』은 명대의 관제를 이부, 호부, 예부, 병부, 형부, 공부의 6부와 도찰원, 통정사通政司, 대리시大理寺, 오군도독부五軍都督府의 10개 분야로 나누고, 각각 그 관제와 업무를 상세히 규정하고 있다.

714 權輿 : 저울대와 수레의 받침이라는 뜻으로, 사물의 처음을 이르는 말.

715 弘治十年丁巳 : 홍치 10년1497을 육십갑자六十甲子를 이용해 표기하면 정사丁巳년이다.

716 分郊 : 천자가 도성 밖의 교외에서 하늘과 땅에 제사를 지내던 것을 교제郊祭라 한다. 홍무洪武 10년1377부터 세종 이전까지는 남교南郊에서 하늘과 땅에 대해 합사合祀했다. 그러나 명 세종은 『주례周禮』에 근거해 도성의 동서남북에 각각 제단을 만들어 하늘과 땅에 대한 제사는 각각 남교와 북교北郊에서 나누어 지내고, 동교東郊와 서교西郊에서는 각각 해와 달에 대한 제사를 지내도록 했다.

717 禘 : 천자가 거행하는 각종 대제大祭의 총칭이다.

718 大行皇太后 : 붕어해 아직 시호를 올리지 못한 황태후.

719 興獻王 : 명 세종의 부친인 주우원朱祐杬, 1476~1519을 가리킨다.

720 章聖蔣后 : 흥헌왕興獻王의 부인이자 명 세종의 생모生母인 자효헌황후慈孝獻皇后, ?~1538

馬后[721]之前. 至其後又皆嚴分宜[722]總裁, 徒知取媚主上, 而紊禮踰法則極矣. 進呈御覽之後, 世宗留之禁中, 不製序, 不發刊, 聖意深矣. 至今上四年, 又命輔臣張江陵[723]等偕史臣[724]重修, 至十五年始竣事, 今刊行者是也. 蓋此書雖四修, 而人間傳行板本, 止正德與萬曆兩部而已.

장씨蔣氏를 말한다. 자효헌황후는 순천부 대흥大興 출신으로 부친은 옥전백玉田伯 장효蔣斅다. 홍치 5년1492 홍왕興王 주우원과 혼인해 홍왕비興王妃로 책봉되었다. 정덕 16년1521 무종이 후사 없이 붕어하자 홍왕의 아들인 주후총朱厚熜을 황위에 오르는데 그가 세종이다. 세종이 대례의를 통해 친부인 홍헌왕을 홍헌제로 추존하면서 모친 장씨의 신분도 황태후로 격상되었다. 가정 3년1524 황태후가 된 장씨는 존호가 본생모장성황태후本生母章聖皇太后, 성모장성황태후聖母章聖皇太后, 장성자인황태후章聖慈仁皇太后, 장성자인강정정수황태후章聖慈仁康靜貞壽皇太后 등으로 바뀐다. 가정 17년1538 세상을 떠났으며, 시호가 자효정순인경성일안천탄성헌황후慈孝貞順仁敬誠一安天誕聖獻皇后이므로 줄여서 보통 자효헌황후라고 부른다.

721 孝慈馬后 : 명 태조의 조강지처인 효자황후孝慈皇后, 1332~1382 마씨馬氏를 말한다. 마씨는 안휘 숙주宿州 사람으로, 저양왕滁陽王 곽자흥郭子興의 양녀다. 원 지정至正 12년1352 주원장에게 시집을 가, 주원장이 명을 개국하고 황위에 오르면서 황후에 책봉되었다. 홍무 15년1382 향년 51세로 세상을 떠나 효릉孝陵에 묻혔으며, 시호는 효자황후다.

722 嚴分宜 : 명대의 대표적인 권신이자 간신인 엄숭嚴嵩을 말한다.

723 張江陵 : 명대 만력 연간에 내각수보를 지낸 장거정을 말한다.

724 史臣 : 옛날 사초史草를 쓰던 신하.

서역의 승려 상사尙師 차파견참箚巴堅參이 '만행장엄공덕최승지혜원명능인감응현국광교 굉묘대호법왕서천지선금강보제대지혜불萬行莊嚴功德最勝智慧圓明能仁感應顯國光教宏妙大護法王西天至善金剛普濟大智慧佛'에 봉해진 것은 성화成化 연간의 일인데, 효종께서 등극하실 때에는 이미 봉호를 없앴다. 홍치 9년1496에는 또 조서를 내려 관정대국사灌頂大國師 차파견참을 서천불자西天佛子로 올리고, 도록사道錄司 좌정일左正一인 왕응기王應琦 등 세 사람도 원래 직분인 진인眞人과 고사高士로 되돌렸다. 홍치 10년1497에 다시 진인 왕응기와 진응순陳應循 등에게 진인의 인장을 하사하시고 작위를 내리셨는데, 언관 중에 이를 바로 잡을 수 있는 자가 없었다. 이에 앞서 성화 연간에 승려 계효繼曉와 이자성李孜省이 사교邪教로 벼슬자리에 올랐지만, 나중에 모두 형벌을 받아 죽었다. 이때는 태감 이광李廣 또한 단약丹藥을 복용하는 연단술로 효종을 미혹시켰다. 홍치 10년 대학사大學士 서부徐溥가 올린 상소문을 살펴보면 "어떤 금단을 만든 것입니까? 어떤 약을 정련한 것입니까?"라고 했다. 그리고 급사중給事中 섭신葉紳이 이광을 탄핵하며 "첫째는 금단을 연마한다는 명목으로 황상을 속여 불경한 약을 바쳤고, 둘째는 황태자를 위해 기단寄壇을 세운다는 명목으로 상소 전달을 게을리 했다는 말이 있습니다"라고 말했다. 대개 그가 사교로 속인 것이 또한 계효 등과 비슷한 수준이다.

홍치 11년1498 청녕궁淸寧宮에 화재가 나자 이부원외吏部員外 장채張綵

가 또 상소를 올려 간언해 다음과 같이 말했다. "태감 왕직汪直과 양방梁芳이 나라의 법을 어지럽혔는데도 만 번 죽어 마땅한 벌을 모면한 것은 요행입니다. 폐하께서는 어찌 다시 그들을 불러들이십니까?" 이광은 비록 죽었지만, 왕직과 양방은 다시 등용된 것 같다. 홍치 12년1499 5월 오부五府와 육부六部에서 혜성이 나타났다고 아뢰며 "근래에 황제가 특별히 직접 임명하는 전승傳陞과 요청을 통해 승진하는 걸승乞陞으로 승진한 문관이 840여 명이고 무관이 260여 명에 이르는데, 이는 성화 연간 말년에 비해 배나 증가한 것입니다. 또, 창고에 들이는 은냥은 모두 정해진 수량이 있는데, 근래에 그 액수가 세 차례나 초과되어 태창太倉으로 들어간 관은이 130만 냥이나 됩니다"라고 말했다. 홍치 14년1501에 어용태감 왕단王端에게 현무신상玄武神像을 무당산武當山으로 보내도록 명했는데, 황금 두른 쾌선 80여 척을 썼다. 과도관科道官, 이부상서 예악倪岳, 병부상서 마문승馬文升 등이 모두 애써 간언했지만 듣지 않으셨다. 또, 태감 손진孫振의 조카 손한孫漢이 황상께 국자감독서國子監讀書로 보내줄 것을 간청하자 윤허해주셨는데, 대대로 이런 일은 드물었다. 또, 상선감의 봉어尙膳監奉御 조선趙瑄이 웅현雄縣 등의 유휴지를 동궁의 관장官莊으로 바치니 황상께서 관리에게 실사하도록 명하셨다. 호부戶部에서 그것이 불가함을 강력히 말하자 황상께서 "일단 관리를 보냈으니 잠시 기다려라"라고 하셨다. 당시 패주霸州 등지에 인수궁仁壽宮의 황장皇莊이 있었는데, 인수궁은 인수효숙황후仁壽孝肅皇后께서 거처하신 곳으로, 이때는 황상의 조모가 되시어 태황태후太皇太后로 칭해지실 때였다. 급사중 주선周旋 등에 의해 비난을 받자 황상께서 쫓아내어 목마牧馬하도록 명하셨다. 동궁을 위해 바쳐진 땅만 간청을 받아들이셨는데, 어째서인가? 나중에 무종께서 등극하신 후 황장이 북경 외곽에 두루 퍼진 것은 여기에서 시작되지 않았겠는가. 이상의 여러 일들은 모두 태감들이 황상께 아첨해 행한 것이다. 비록 효종께서 성덕을 지니시고 옥에 티 하나 없으셨더라도 홍치 연간 초기 정치에 비하면 좀 못한 것 같다. 환관이 치도治道에 관여한 바가 이와 같았다.

○ 생각건대 장채가 이부의 관리로서 상소를 올렸으니 직언을 하는 신하가 아니라고 말할 수 없는데도 나중에는 역당으로 몰렸다. 가정 연간의 조문화趙文華도 마찬가지다.

원문 弘治中年之政

番僧尙師箚巴堅參[725], 封'萬行[726]莊嚴[727], 功德最勝, 智慧圓明[728], 能仁[729]感應, 顯國光敎, 宏妙大護法王, 西天[730]至善金剛[731]普濟大智慧佛',

---

725 箚巴堅參 : 차파견참箚巴堅參, 1147~1216은 살가파薩迦派의 고승으로, 살흠공갈녕파薩欽貢噶寧波의 셋째 아들이다. 26세의 나이에 살가파의 법위를 계승했고, 살가파 오조五祖 중 삼조三祖이다.

726 萬行 : 여러 곳으로 두루 돌아다니면서 닦는 온갖 수행이라는 의미의 불교 용어.

727 莊嚴 : 불교 용어로 도덕적이라는 수식어를 대신해 쓰이는 말.

728 圓明 : 철저한 깨달음을 의미하는 불교 용어.

729 能仁 : 능력과 인의의 지혜로움을 갖춘 자라는 의미의 불교 용어로, 석가모니를 가리키는 경우가 많다.

730 西天 : 옛 인도印度를 일컫는 말.

731 金剛 : 대일여래大日如來의 지덕智德이 견고堅固해 일체一切의 번뇌煩惱를 깨뜨릴 수 있

此成化[732]間事也，至孝宗登極已革去矣．弘治九年，又下詔陞灌頂大國師箚巴堅參爲西天佛子，而道錄司[733]左正一[734]王應琦等三人[735]，亦復眞人高士原職，至十年復賜眞人王應琦陳應循等眞人印幷誥命[736]，而言官無能救正之者．先是成化間僧繼曉李孜省以左道進，後俱伏法[737]．至是太監[738]李廣[739]，又以燒煉服食[740]蠱惑孝宗．觀弘治十年大學士徐溥[741]所

음을 표현表現한 말이다.

732 成化 : 명나라의 제8대 황제인 헌종 주견심의 연호로, 1465년부터 1487년까지 23년 동안 사용되었다.

733 道錄司 : 명대 도록원道錄院에서 도교의 사무를 관장하는 관리다. 이 외에 각 성에 도기사道纪司, 각 주에 도정사道正司, 각 현에 도회사道会司를 두었으며, 청대에도 이를 그대로 따랐다.

734 左正一 : 도록사에 속하는 정6품에 해당하는 관직명으로 명대에는 1인을 두었다.

735 王應琦等三人 : 『명효종경황제실록明孝宗敬皇帝實錄』에 따르면, 대국사大國師 차파견참札巴堅參과 국사國師 석가아釋迦啞, 도록사 좌정일 왕응기王應琦 세 사람이 진인고사의 원래 직분을 회복했다고 기록되어 있다.

736 誥命 : 황제가 관원에게 수여하는 증서다. 명대의 경우, 오품 이상에게는 고명誥命을 주고, 6품 이하에게는 칙명敕命을 주었다.

737 伏法 : 형벌刑罰을 받아 죽임을 당함.

738 太監 : 환관 중 고급 관료에 해당하며 엄인閹人, 사인寺人, 환자宦者, 중관中官, 내관內官, 내신內臣, 내시內侍, 내감內監 등의 호칭으로 불린다. 명대에는 나이가 많은 태감이 매우 많았다고 한다.

739 李廣 : 이광李廣, 생졸년 미상은 명나라 효종 때의 환관이다. 효종을 속이고 그에게 아첨한 간악한 환관으로, 탐욕스런 정치를 행하며 문무의 신하들을 휘두르는 권세를 부리다가 자살했다.

740 燒煉服食 : 불로 녹여 정제한 후 복용하는 연단법을 말한다. 불로장생을 꿈꾸는 것은 도교의 목표이자 모든 인간의 꿈이다. 도교의 초창기 불사약은 주로 동식물의 추출물로 만들어 졌지만, 한나라 때 만들어진 「황제구정신단경黃帝九鼎神丹經」에서는 "초목으로 만든 약은 당에 묻으면 썩고, 삶으면 문드러지며, 태우면 재가 되어 자생력이 없는데, 어떻게 사람들의 불로장생에 큰 영향을 미칠 수 있겠는가"라며 기존의 불사약 제조 방법에 회의를 가졌다. 그 후 사람들은 오래되어도 변하지 않는 광물질인 운모, 석영, 옥석, 황금들에 관심을 가지게 되었고, 이를 여러 차례 불에 녹여 정제한 후 복용하는 연단법에 관심을 가지게 되었다. 즉 광물질과 같이

上諫疏云, "所成何丹? 所煉何藥?". 而給事中葉紳[742]之劾李廣也, 謂"一誑陛下以燒煉之名, 而進不經之藥. 二爲皇太子立寄壇之名", 而有緩疏之說. 蓋其左道欺誕, 亦不下繼曉等矣.

十一年淸寧宮災, 吏部員外張綵又疏諫, 謂"太監汪直[743]梁芳[744]撓亂國

변하지 않는 것을 먹어서 변하지 않는 몸, 불사의 몸을 얻기를 원했다. 이렇게 외부 요인의 도움을 받아 불사의 몸인 신선이 되는 방법이 외단外丹이다. 외단은 금단金丹으로도 불리는데, 진·한 시대부터 시작되어 위백양魏伯陽이 체계적으로 이론화해서 천하에 크게 행해졌다. 하지만 오대五代에 들어와서 점차 쇠퇴해 신선이 되기 위한 방법은 수련법인 내단술內丹術로 대체되었다.

741 徐溥 : 서부徐溥, 1428~1499는 명나라 홍치 연간에 내각수보를 지낸 대신이다. 그의 자는 시용時用이고, 호는 겸재謙齋이며, 시호는 문정文靖이다. 남직례南直隷 의흥현宜興縣 보계洑溪 사람이다. 경태 5년1454 진사가 되어, 편수, 이부시랑, 문연각대학사, 예부상서, 화개전대학사 등의 벼슬을 지냈다. 홍치 5년1492 내각수보가 되어, 유건劉健, 이동양李東陽, 사천謝遷 등과 합심해 효종을 보좌했다. 저서로는 『겸재문록謙齋文錄』 4권이 있다.

742 葉紳 : 섭신葉紳, 생졸년 미상은 명나라 홍치 연간의 관리다. 자는 정진廷縉이고, 오강吳江 사람이다. 성화 23년1487 진사가 되어, 호과급사중戶科給事中, 이과급사중吏科給事中, 예과좌급사중禮科左給事中, 상보소경尙寶少卿 등의 벼슬을 지냈다. 홍치 10년1497 태자의 교육을 위해 강관講官을 발탁할 것을 건의했고, 또 환관 이광의 8가지 죄상을 폭로하며 그를 탄핵했다.

743 汪直 : 중화서국본에는 왕진汪眞으로 되어 있지만, 『명효종실록明孝宗實錄』과 상해고적본 『만력야획편』에는 왕직汪直으로 되어 있다. 이에 근거해 수정했다. 〖역자 교주〗 ◉ 왕직汪直, 생졸년 미상은 광서廣西 대등협大藤峽 요족瑤族 출신의 명대 환관宦官이다. 어려서 입궁한 뒤 헌종의 총애를 받아 어마감御馬監 장인태감, 서광제독西廣提督 등을 지냈다. 또 성화 13년1477 정보기관인 서창西廠이 신설된 뒤 제독태감이 되어 감찰과 형옥刑獄의 임무를 관장했다. 헌종의 총애를 믿고 무고한 사람을 투옥시키는 등 방자한 행위가 늘어 비난의 소리가 높아지면서 결국 총애를 잃고 실각했다.

744 梁芳 : 양방梁芳, 생졸년 미상은 명나라 헌종 때 어마감 태감을 지냈다. 광동廣東 신회新會 사람이다. 헌종 때 내시가 되었으며, 탐욕과 아첨으로 만귀비를 모함했다. 전능錢能, 위권韋眷, 왕경王敬 등과 일당을 이루었고, 이자성과 계효 등을 등용한 간악한 환관이다.

典, 脫萬死之誅, 幸矣. 陛下何以復召還之?". 蓋李廣雖死, 而直芳再進矣. 十二年五月五府六部[745]奏彗星見, 云"近年傳陞[746]乞陞[747]文職至八百四十餘員, 武職至二百六十餘員, 比成化末年增一倍. 又進入內庫銀兩俱有定數, 近者額外三次, 取入太倉官銀至一百三十萬兩." 十四年命御用太監王端, 齎玄武神[748]像至武當山[749], 用黃圍快船至八十餘. 科道及吏書[750]倪岳[751]兵書[752]馬文升[753], 俱力諫不聽. 又太監孫振姪漢, 乞恩送國

745 五府六部 : 오부五府는 중中, 좌左, 우右, 전前, 후後의 오군도독부五軍都督府를 말하며 오군부五軍府로도 불린다. 육부는 이부吏部, 호부户部, 예부禮部, 병부兵部, 형부刑部, 공부工部를 말한다.

746 傳陞 : 명나라 성화 연간에 시작된 관리 임명 제도. 이부의 인사 전형을 거치지 않고 황제가 특별히 직접 관리 임명을 비준한 것으로, 이렇게 임명된 관리를 전봉관傳奉官이라고 한다. 전승傳陞을 통해 관직을 얻은 문관, 무관, 승려, 도사 등이 수천 명에 달했다.

747 乞陞 : 관리의 승진 요청을 황제가 비준하는 형식으로 이루어지는 관리 임명 제도.

748 玄武神 : 현무玄武는 중국 고대 신화에 등장하는 사령四靈의 하나로, 별자리를 숭배하는 데에서 유래했다. 북방의 신이며 팔괘八卦로는 감坎, 오행五行으로는 물, 사상四象 중 음陰, 사계四季 중 겨울에 해당한다.

749 武當山 : 중국 도교의 성지로, 지금의 호북湖北 서북부 지역 십언시十堰市 단강구시丹江口市에 위치한다. 태화산太和山, 사라산謝羅山, 삼상산參上山, 선실산仙室山으로도 불린다. 옛날에는 태악太岳, 현악玄岳, 대악大岳이라 칭했다.

750 吏書 : 이부상서를 말한다.

751 倪岳 : 예악倪岳, 1444~1501은 명대의 대신이다. 자는 순자舜咨이며, 시호는 문의文毅다. 응천부應天府 상원上元, 지금의 장쑤성 난징 사람이다. 원적은 절강 전당錢塘이다. 예렴倪濂의 아들로, 학문에 능하고 경세의 이치에 밝았다. 천순 8년1464에 진사가 되어, 편수, 예부우시랑, 예부상서, 남경이부상서, 남경병부상서, 이부상서 등의 벼슬을 역임했다. 홍치 14년1501 향년 58세로 세상을 떠났다. 사후에 소보少保로 추증되었다. 저서로는 『청계만고靑溪漫稿』가 있다.

752 兵書 : 병부상서의 간칭.

753 馬文升 : 마문승馬文升, 1426~1510은 명나라 중기의 대신이다. 그의 자는 부도負圖고, 호는 약재約齋, 삼봉거사三峰居士, 우송도인友松道人 등이며, 시호는 단숙端肅이다. 하남河南 균주鈞州 사람이다. 경태 2년1451 진사가 되어, 어사, 복건안찰사福建按察使, 좌부도

子監讀書, 允之, 更累朝僅有之事. 又尙膳監奉御趙瑄獻雄縣等處閒地爲東宮官莊[754], 上命官踏勘. 戶部力言其不可, 上云"業已差官姑俟之." 其時霸州[755]等處有仁壽宮[756]皇莊[757], 仁壽孝肅后[758]所居, 時稱太皇太后, 上祖母也. 爲給事中[759]周旋等所糾, 上命退出牧馬矣. 獨東宮之獻地得請, 何耶. 異日武宗登極後, 皇莊遍於畿甸[760], 得無權輿於此歟. 以上數事, 皆內璫輩媚上爲之. 雖於孝宗聖德無纖芥之玷, 較之宏治初政. 則似稍不牟矣. 宦官之關係治道如此.

○ 按張綵以曹郎[761]抗疏, 不可謂非直臣, 其後至列逆黨. 嘉靖間趙文華[762]亦然.

어사左副都御史, 병부우시랑兵部右侍郎, 요동순무遼東巡撫, 우도어사右都御史, 총독조운總督漕運, 병부상서, 이부상서, 태사太師 등의 벼슬을 역임했다. 대종, 영종, 헌종, 효종, 무종의 다섯 황제를 모셨다.

754 官莊 : 국가나 지방 행정기관이 장원莊園으로써 경영하던 관전官田. 명·청 시기에는 특히 황족이나 공신에게 광대한 장원을 분여分與했다. 황장皇莊과 관장은 관가에서 직접 경영하는 경우도 있지만, 호민을 전호로 해 경영시키는 경우도 많았다.

755 霸州 : 패주霸州는 지금의 하북성河北省 기중평원冀中平原 동부 일대다.

756 仁壽宮 : 명나라 영종의 귀비이자 헌종 주견심의 생모인 효숙황후孝肅皇后 주씨周氏가 기거하던 궁.

757 皇莊 : 황실에서 점거하고 경영하던 장전莊田.

758 孝肅后 : 명나라 영종의 귀비이자 헌종 주견심의 생모인 효숙황후孝肅皇后 주씨周氏를 말한다.

759 給事中 : 명대의 급사중은 독립된 기구를 형성해 이부, 호부, 예부, 병부, 형부, 공부의 육부를 나누어 관장했다. 그 주요 업무는 황제를 도와서 정무를 처리하고 육부의 업무와 관리를 감찰하는 일이었다.

760 畿甸 : 기畿는 수도 부근을 말하며, 기전畿甸은 북경 외곽으로, 직례성直隸省: 지금의 하북성이다.

761 曹郞 : 각사各司의 부속 관리.

762 趙文華 : 조문화趙文華, ?~1557는 명나라 가정 연간의 대신이다. 그의 자는 원질元質이고, 호는 매촌梅村이다. 자계현성慈溪县城 총마교남總馬橋南 사람이다. 가정 8년1529 진

번역 옥새를 진상하다

내가 『진새시말秦璽始末』에서 먼저 감히 글로써 밝힌 바가 있다. 명조明朝 초기에는 진나라의 물건에 관심이 없었는데, 홍치 13년에 순무섬서도어사巡撫陝西都御史 웅충熊翀이 다음과 같이 상주했다. "호현鄠縣의 백성 모지학毛志學이 옥새 하나를 얻었는데, 너비가 1척尺 4촌寸이고 두께가 2촌이며, '하늘로부터 천명을 받아 영원토록 생을 누리네[受命於天, 既壽永昌]'라는 문구가 있습니다." 황상께서 그것을 예부禮部에 내리셨다. 당시 문목공文穆公 부한傅瀚이 상서였는데, 후대에 진나라의 옥새를 모방해 새긴 것으로 결코 진품은 아니므로 그것을 궁내에 소장해야 한다고 여겼다. 황상께서 그렇게 하는 것이 옳다 하시고 모지학에게 상으로 은 다섯 냥을 주시고 신하들을 위로하고 별도로 하사품을 내리지는 않으셨다. 생각해보면 진나라의 옥새는 4촌밖에 안 되고, 소위 남전옥藍田玉이라는 옹주새雍州璽도 6촌밖에 안 되며, 원나라 양환陽桓이 바친 것과 같은 것도 4촌밖에 안 된다. 지금 것은 그 크기가 1척 4촌이나 되니 그것이 가짜임은 판별할 필요도 없다. 성군의 현명한 살피심과 예신禮臣의 올곧음이 송·원 시대의 군주와 신하보다 훨씬 뛰어나다.

사가 되어, 형부주사, 공부시랑工部侍郎, 순시동남방위사의巡視东南防倭事宜, 공부상서, 태자태보太子太保, 우부도어사右副都御史 등의 벼슬을 지냈다. 엄숭의 수양아들로 잘 알려져 있다. 정양문루正陽門樓의 축조에 힘을 쏟지 않았다가 황제의 은총을 잃어 축출된 뒤 병사했다.

원문 進璽

『秦璽始末』[763], 予因也先嫚書[764]辨之矣. 本朝初無心于秦物, 而弘治十三年, 巡撫陝西都御史[765]熊翀[766]奏, "鄠縣[767]民毛志學, 得一璽, 廣一尺四寸厚二寸, 其文曰'受命于天, 旣壽永昌'." 上下之禮部. 時傅文穆瀚[768]爲尙書, 以爲後世摹倣秦璽所刻, 斷非眞物, 姑宜藏之內府. 上是之, 僅賞志學銀五兩, 撫臣等別無加賚. 按秦璽止四寸, 卽雍州璽[769], 所謂藍田玉[770]者止六寸, 若元楊桓[771]所上亦止四寸耳. 今乃大至一尺四寸, 其

763 『秦璽始末』: 심덕부가 편찬한 1권짜리 책으로, 진나라 옥새의 전말에 대해 기록되어 있다.

764 嫚書 : 문사가 경박한 서신.

765 都御史 : 직권을 감독하는 전문 기관인 도찰원都察院의 장관.

766 熊翀 : 웅충熊翀, ?~1510은 명나라 중기의 관리다. 그의 자는 등소騰霄고, 호는 지암止庵이다. 하남河南 광주光州 사람이다. 성화 5년1469 진사가 되어, 무진지현武進知縣, 감찰어사監察御史, 산서안찰부사山西按察副使, 우부도어사右副都御史, 공부우시랑工部右侍郎, 남경호부상서南京戶部尙書 등의 벼슬을 지냈다. 홍치 18년1505에 사직했다.

767 鄠縣 : 호현鄠縣은 명대 섬서포정사사陝西布政使司 서안부西安府에 속했으며, 지금의 샤안시성[陝西省] 시안[西安]시 서남쪽에 있었다.

768 傅文穆瀚 : 명나라 홍치 연간에 예부상서를 지낸 부한傅瀚, 1435~1502을 말한다. 그의 자는 왈천曰川이고, 호는 체재體齋이며, 시호는 문목文穆이다. 강서江西 신유新喩 사람이다. 천순 8년1464 진사가 된 뒤, 서길사, 한림원검토, 태상소경, 예부시랑 등의 관직을 거쳐 홍치 13년1500 예부상서가 되었다. 사후에 태자태보로 추증되었다.

769 雍州璽 : 『태평어람太平御覽』의 기록에 따르면, 옹주새雍州璽는 진晉 태광泰光 19년 옹주자사雍州刺史 치회郗恢가 바친 것으로, 사방 6촌, 두께 7분分, 높이 4촌 6분이었다. 거북이 문양이 있었으며, 그 주위로 '수천지명황제수창受天之命皇帝壽昌'이란 여덟 글자가 정교하게 새겨져 있었다.

770 藍田玉 : 남전옥藍田玉은 중국 4대 옥의 하나로, 화전옥和田玉 즉 연옥軟玉, 수옥岫玉, 독산옥獨山玉과 함께 병칭된다.

771 楊桓 : 중화서국본과 상해고적본에는 모두 '양환陽桓'으로 되어 있으나 『원사元史』에 근거해 '양환楊桓'으로 수정했다. 『원사』「열전제구列傳第九」와 「원사열전제오십일元史列傳第五十一」에는 지원至元 31년1294 감찰어사가 '수명우천, 기수영창受命于

僞不待辨. 聖主之明察, 禮臣之持正, 勝宋元符君臣萬萬矣.

天, 旣壽永昌'이라는 글이 새겨진 옥새를 발견하고 그 경위를 적어 휘인유성황후徽仁裕聖皇后에게 바쳤다는 기록이 있다. 그 감찰어사의 이름은 '양환陽桓'이 아니라 '양환楊桓'으로 되어 있다. 〖역자 교주〗 ◉ 양환楊桓, 1234~1299은 원나라의 관리이자 작가다. 그의 자는 무자武子고, 연주兗州 사람이다. 제생諸生으로 제주교수濟州敎授가 된 뒤, 태사원太史院 교서랑校書郞, 비서감승秘書監丞, 감찰어사, 비서소감秘書少監 등의 벼슬을 지냈다. 『대원일통지大元一統志』의 편찬에 참여했다. 저서에 『육서통六書統』, 『육서소원六書溯源』, 『서학정운書學正韻』 등이 있다.

번역 황제의 음식

황제의 음식을 채식으로 하는 것은 효종 때에 심해 매달 꼭 열흘 이상 소찬素饌을 했는데, 모두 광록시光祿寺에서 옛 관례를 간소화해 올렸으며 내포內庖에서 직접 만들어 바쳤다. 또 급사중 서앙徐昂의 말에 따라 하던대로 음식 비용을 처리해 광록시에 주어서 공급의 부족함을 보충했다. 세종께서는 오랫동안 서궁西宮에 머물면서 도교를 섬겨 초제醮祭를 드리고 비린내 나는 육류를 먹지 않는 날이 많아서, 광록시의 진수성찬을 만드는 이들과는 거리가 멀고 갖춘 바도 정통하지 못해 음식을 모두 환관들에게 맡겼다. 채식을 하는 중에도 비린내 나는 육류의 맑은 즙을 섞어 올려야 황상께서 비로소 그것을 맛있다 하시니 비용이 수없이 많이 들었다고 한다. 거의 30년 동안 그렇게 행하면서 선제先帝에 이르렀고 금상에 와서는 모두 옛일이 되었으며 또 재계齋戒를 받드는 일이 날로 적어지고 진귀한 음식이 늘어나 사례감司禮監의 장인태감掌印太監 이하로 돌아가며 비용을 나누어 냈다. 환관 하나가 큰집 한 채를 팔아도 아침부터 저녁까지 하루에 필요한 음식을 황상께 겨우 바칠 수 있을 뿐이어서, 종종 눈살을 찌푸리고 눈물을 흘리면서도 감히 말하지 못한 일을 자주 볼 수 있다. 대개 선대에는 법도에 맞지 않게 특별히 상을 주어 하사받은 것이 또 많아 여력으로 이것을 행하는 것이 어렵지 않았다. 하지만 금상께서는 아랫사람을 가장 엄격하게 부리시면서 세시歲時에 관례대로 내리는 상도 줄이셨기 때문에, 근신近臣들이 평소 별 방법이 없어 그저 이부와 병부를 외부外府로 간주해 거기서 들어오는 수입의 반으로 진수성찬을 마련해 황상께 바쳤다. 이에 대신들이 법을 집행할 때 모두 따를 수가 없자 태감들이 크게 화를 내며 종종 황상의 뜻을 빌려 힐난했는데, 간혹 의견 충돌로 그 지위를 불안해 할 지경에 이르렀으니 진실로 개탄할 만하다.

원문 **御膳**

人主御膳用素，惟孝宗朝爲甚，每月必有十餘日齋，然皆光祿寺[772]節省舊例以進，而內庖[773]自行供給．又因給事中徐昂[774]言，仍發膳銀與光

---

772 光祿寺 : 광록시光祿寺는 명·청 시기에 제사 혹은 연회의 제수용품이나 음식을 담당하던 관청이다. 국가에 제사가 있을 때 희생 및 제수용품을 준비하거나, 원단元旦·만수萬壽·동지冬至 및 국혼國婚의 연회를 준비하는 관청이었다. 진·한대에 처음 설치되었는데, 이때는 낭중령郎中令이라고 불렸고, 북제北齊 때 광록시光祿寺라고 명칭을 바꾸었다. 명·청 시기 광록시에는 광록시경光祿寺卿·소경少卿·승丞·주부主簿를 각각 1명씩 두었고, 그 아래에 대관大官·진수珍羞·양온良醞·장해掌醢 네 부서를 두어 제사나 각종 연회에 필요한 제수용품이나 희생물 그리고 음식 등을 준비하고 분배하는 일을 했다. 광록시경은 제사·조회朝會·연향주례宴鄉酒醴의 음식 관련 일을 맡아 그 준비와 출납의 일을 맡았고, 소경은 그 일을 보좌했다. 광록시 아래의 각 부서 중 대관서大官署는 사당이나 연회에 제공할 음식을 담당했고, 진수서珍羞署는 제사·조회·빈객을 위한 여러 음식을 준비했다. 양온서良醞署는 태묘에 제사를 지낼 술을 담당했고, 장혜서掌醢署는 젓갈과 식초 절임 채소 등을 담당했다.

773 內庖 : 명나라 후기에 태감들이 황제의 음식을 맡아 만들던 곳을 말한다. 명 전기에는 황제께 올리는 음식을 광록시에서 맡아 했는데, 광록시에서 만든 음식은 고급 재료에 조미료만 많이 써 기름지고 맛이 없었다. 그래서 명 후기에 이르면 점차 황제를 친히 모시는 태감들이 황제의 음식을 책임지게 되었다.

774 徐昂 : 서앙徐昂, 생졸년 미상에 대한 기록은 거의 보이지 않는다. 청 곡응태谷應泰가 쓴 『명사기사본말明史紀事本末』 권 43에 따르면, 서앙은 무종 정덕 원년1506에 호과급사

祿, 以補上供之缺乏. 至世宗久居西內, 事玄[775]設醮[776], 不茹葷[777]之日居多, 光祿大烹之門旣遠, 且所具不精, 故以烹飪悉委之大璫輩. 聞茹蔬之中, 皆以葷血淸汁和劑以進, 上始甘之, 所費不貲. 行之凡三十年而至先帝以逮今上, 俱仍爲故事, 且奉齋[778]日少, 玉食加豐, 自司禮掌印大璫[779]以下, 輪日派直. 常見一中貴[780]賣一大第, 止供上饔飧一日之需, 往往攢眉隕泣而不敢言. 蓋先朝橫賜[781]無紀, 奉賜所得又多, 以餘力辦此不難, 而今上馭下最嚴, 凡歲時例賞亦行裁減, 暬御[782]輩平居無策, 惟以吏兵二部爲外府, 居間所入, 半充牙盤[783]進獻. 乃大臣執法不能盡從, 大璫恚怒, 往往借中旨詰責, 或至齟齬不安其位, 眞可慨也夫.

중戶科給事中이었다. 이때 가짜 은을 내고內庫에 바친 이가 생기자 그 책임을 호부상서戶部尙書인 한문韓文에게 물어 파직시키려 했는데 서앙이 한문을 위해 상소를 올렸다가 그와 연루되어 관직이 삭탈되고 평민이 되었다.

775 事玄 : 도교를 받드는 것을 말한다. 현玄은 도교를 말한다.

776 設醮 : 도교에서 성신星辰에게 초제醮祭를 지내는 것을 이르는 말.

777 茹葷 : 생선이나 육류 등 비린내 나는 것을 먹는다는 의미도 있고, 마늘 · 생강 · 파 등 냄새나는 채소류를 가리키기도 한다. 여기서는 문맥상 '육류를 먹는다'는 뜻으로 보았다.

778 奉齋 : 종교 계율을 지키면서 소찬素饌을 먹는 것.

779 司禮掌印大璫 : 사례장인대당은 사례감의 장인태감을 말한다. 사례감 장인태감은 명대 12감監 중 가장 권세 있는 태감으로, 신하들의 상소에 황제를 대신해 붉은색으로 회답하는 글을 쓰는 일을 했다. 사례감은 환관과 궁중의 일을 관리하는 '십이감十二監' 중의 하나로, 제독태감提督太監, 장인태감, 병필태감秉筆太監, 수당태감隨堂太監 등이 있었다.

780 中貴 : 총애 받는 내관.

781 橫賜 : 정례 이외의 특별한 하사.

782 暬御 : 임금을 가까이서 모시는 신하 즉 근신.

783 牙盤 : 원래는 정교하고 아름다운 조각 장식을 한 쟁반을 말하지만, 이런 쟁반에 담은 진수성찬을 가리키기도 한다.

태조 이래로 장서를 문연각에 두었는데 대체로 송대의 판본이 반을 차지했다. 그 곳은 깊숙한 곳에 있는데다 규모도 협소하고 창문이 어두컴컴해 백주대낮에도 꼭 불을 밝혀야 했으므로 책을 뽑아 읽기가 매우 어려웠다. 다만 책 관리는 모두 전적典籍에게 맡겼는데, 이들은 모두 돈으로 관직을 사 요행히 등용된 자들이다. 이런 자들이 무슨 책인지도 모르면서 책을 훔쳐 시장에 팔아 이득을 챙기며 무리지어 활보하니, 역대로 없어진 책이 이미 절반이 넘었다. 정덕 10년 을해년乙亥年에 또 장서를 마땅히 정리해야 한다고 공언公言한 자들이 있어, 이에 중서中書 호희胡熙, 전적典籍 유의劉禕, 그리고 원래 문연각을 관리하던 주사 이계선李繼先에게 명해 조사 대조해 교정하고 정리하게 했다. 이 일로 인해 이계선이 그중의 좋은 책들을 몰래 가져가면서 없어진 것이 더 많아졌다. 지금까지 전해오는 말로 아버지가 재상이라 양승암楊升庵이 몰래 문연각에 들어가 책을 훔쳤다고 모두들 말했고, 사람들이 다 그것을 믿었다. 하지만, 을해년에는 그의 부친 신도공新都公이 상을 당해 촉蜀 지방에 기거하고 있었는데, 양승암이 어찌 금지된 곳에 난입할 수 있었겠는가. 지금에 이르러서는 열에 여덟은 잃어버렸으니, 수십 년이 더 지나면, 문연각은 틀림없이 책이 거의 없는 곳이 될 것이다.

원문 **先朝藏書**

祖宗以來, 藏書在文淵閣, 大抵宋版居大半, 其地既居邃密, 又制度卑隘, 窗牖昏闇, 雖白晝亦須列炬, 故抽閱甚難. 但掌管俱屬之典籍[784], 此輩皆貲郞[785]倖進. 雖不知書, 而盜取以市利者實繁有徒, 歷朝所去已強半. 至正德十年乙亥, 亦有訟言當料理者, 乃命中書[786]胡熙[787]典籍劉褘原管主事李繼先[788]查對校理. 繇是爲繼先竊取其精者, 所亡益多. 向來傳聞, 俱云楊升庵[789]因乃父爲相, 潛入攘取, 人皆信之. 然乙亥年則新都

---

784 典籍 : 명대 한림원전적翰林院典籍의 약칭으로, 지금의 도서관 관장에 해당한다. 도적圖籍의 수장收藏, 출납出納, 관리管理 등의 일을 맡았으며, 품계가 명대에는 종팔품從八品이었지만 청대에는 정칠품正七品이었다.

785 貲郞 : 돈으로 관직을 산 사람.

786 中書 : 중서사인中書舍人의 약칭이다. 육부六部와 같은 중앙기구에서 법령 편찬, 기록, 번역, 필사筆寫 등의 업무를 맡은 관리다. 주로 거인擧人 중에 시험을 쳐 합격한 사람이나 황제가 특별히 임명한 사람이 맡았다. 진사 합격자 중 시험을 통해 내각內閣의 중서中書로 임명된 사람은 향시鄕試의 주시험관이 될 수 있었다.

787 胡熙 : 호희胡熙, 1437~?는 명나라 중기의 관리다. 그의 자는 종문宗文이고 직례直隸 상주부常州府 무진현武進縣 사람이다. 성화 2년1466에 진사가 되었고, 정덕 10년1515 문연각의 서적 정리 작업에 참여했다.

788 李繼先 : 이계선李繼先, 생졸년 미상은 정덕 10년 문연각 주사主事였다. 『명사』에 따르면 당시 대학사 양저梁儲 등이 황상께 내각內閣과 동각東閣의 장서 중 손상되거나 모자라는 것을 조사할 것을 청하자, 황상께서 문연각 주사 이계선 등에게 정리 작업을 명했다. 이계선은 서적 정리 대조 작업 중에 좋은 책이 있으면 그것을 몰래 가져가 사유화했다.

789 楊升庵 : 명 중기의 학자 겸 문학가인 양신楊愼, 1488~1559을 말한다. 그의 자는 용수用修이고, 호는 승암升庵이다. 사천 신도新都 사람으로, 동각대학사를 지낸 양정화의 아들이다. 정덕 6년1511 장원급제해 한림수찬翰林修撰에 임명되었다. 가정 3년1524 경연經筵의 강관講官이 되고 한림학사가 되었다. 대례의大禮議 사건 때 계악 등의 의견에 반대해 세종에게 직간하다가 곤장을 맞고 사형될 위기에 처했지만, 사면되어 운남雲南 영창위永昌衛로 유배되었다. 그 뒤 30여 년 동안 시와 술로 세월을 보내며 재능을 숨기고 살다가 가정 38년1559 유배지에서 죽었다. 목종 때 광록시소경光祿寺

公[790]方憂居在蜀, 升庵[791]安得闌入禁地. 至於今日則十失其八, 更數十年, 文淵閣當化爲結繩之世矣.

少卿으로 추증되었고, 희종 때 '문헌文憲'이라는 시호를 받았다.

790 新都公 : 명대의 저명한 정치개혁가인 양정화楊廷和를 말한다.

791 庵 : 중화서국본 『만력야획편』에는 '암菴'으로 되어 있으나, 문맥상 신도공 양정화의 아들 '양승암楊升庵'을 가리키는 것으로 보이고 또 상해고적본 『만력야획편』에도 '암庵'으로 되어 있으므로, '암庵'으로 수정했다. 〚역자 교주〛

번역 어가御駕

어가御駕의 의장儀仗으로 대조회를 위해 궁궐에 갖추어두는 것은 대량보련大涼步輦 하나, 보련步輦 하나, 대마련大馬輦 하나, 소마련小馬輦 하나, 옥로玉輅 하나, 대로大輅 하나, 판교板轎 하나다. 황상께서 근교에서 교사郊祀를 지내고 순행할 때에는 보련만 타시니 그 외에 준비해둔 것들은 보기만 좋을 뿐이었다. 옛 제도에 따르면 천자가 타는 수레에는 오로五輅가 있는데, 금로金輅, 혁로革輅, 상로象輅, 옥로玉輅, 목로木輅다. 금옥련대로金玉輦大輅는 코끼리 등에 지워 끈 것이고, 혁로와 목로라는 명칭은 잘 보이지 않지만 아마도 목로는 판여板輿이고 혁로는 정벌용征伐用일 것이다. 무종께서 정덕 14년 신호宸濠의 난을 친히 정벌할 때, 혁로를 타셨는데 옛 예법에 가장 잘 맞았다. 옥로는 황제의 적전籍田을 경작하는 데 썼으며, 다른 수레들을 선대에 일찍이 탔었는지의 여부는 알 수가 없다. 내가 어렸을 때 을유년乙酉年 5월에, 금상께서 가뭄 때문에 몸소 남교南郊에서 기도를 하셨는데 궁중으로부터 걸어서 천단天壇으로 들어가셨다. 내가 그 아름다운 위용을 직접 뵈었는데, 푸른 모시 두루마기를 입고 흑각대黑角帶를 두른 채 씩씩하고 힘차게 걸으시니 뭇 신하들이 그에 미치지 못했고 네 각신들은 모두 모시며 따랐다. 당시 산음山陰의 왕가병王家屛이 각신 중 제일 낮은 재상이었는데 도중에 더위를 먹어 부축되어 돌아왔고, 노왕潞王 또한 황상의 좌우를 호위했으며, 오후가 되어 황상께서 비로소 말을 타고 회궁하시고 보련은 오히려 타지 않으셨다.

황상께서 궁중에서 다니실 때는 종교椶轎만을 이용하시는데 그 모양이 날렵하고 또 보련보다 몇 배나 가벼웠다. 옛날의 오부거五副車, 금근거金根車, 표미거豹尾車, 운모련雲母輦 및 답저거踏猪車, 탑호거闒虎車 같은 것들은 그 양식이 전해지지 않은 지 오래되었다.

원문 御輅

大駕鹵簿[792], 爲大朝會[793]丹陛[794]所設者, 大涼步輦一, 步輦[795]一, 大馬輦一, 小馬輦一, 玉輅[796]一, 大輅一, 板轎一. 至於上郊祀[797]及巡幸[798]近地, 但乘步輦, 其他用備觀美而已. 按古有五輅[799], 曰金, 曰革, 曰象, 曰

---

792 鹵簿 : 노鹵는 방패, 부簿는 행렬의 차례를 장부에 적는다는 옛일에서 온 말로, 임금의 거둥 때의 의장儀仗, 또는 의장을 갖춘 거둥의 행렬을 말한다.

793 大朝會 : 매년 연초에 거행하는 규모가 큰 조회를 말한다. 서주西周 때에 시작되었으며, 예절과 의식의 규모가 가장 큰 조회로 이때에는 문무백관이 모두 입궐해 황제를 알현했다.

794 丹陛 : 붉은색으로 칠을 한 대궐의 섬돌, 또는 '대궐'이나 '궁궐'을 달리 이르는 말.

795 步輦 : 황제의 탈 것인데 '연輦'으로 통칭된다. 진秦나라 이후에는 제왕과 황후는 교자를 타지 않고 보련을 탔는데, 교자에 비해 우아하고 편안하다는 이유에서였다.

796 玉輅 : 주옥珠玉으로 꾸민 천자가 타는 수레.

797 郊祀 : 1년 중 중요한 날에 군왕이 여러 신하들을 이끌고 예법에 맞게 수도의 교외에서 천지신天地神을 비롯한 여러 자연신에게 지내던 제사.

798 巡幸 : 군왕이 나라 안을 살피며 돌아다니던 일.

799 五輅 : 천자가 타던 다섯 가지 수레. 오로五輅에는 금로金輅, 옥로玉輅, 상로象輅, 혁로革輅, 목로木輅가 있다. 장식 및 제작 방법이 각각 다르며, 의식의 종류에 따라 사용되는 수레가 결정되었다. 오로의 명칭은 말의 고삐를 장식하는 것에 따라 정해졌는데, 옥로는 옥으로 장식한 것이고, 금로는 금으로, 상로는 상아로 장식했으며, 혁로는 그냥 가죽으로만 말고삐를 만들고 아무 장식도 하지 않았다. 목로는 나무로 만들었다.

玉, 曰木. 金玉輦大輅以象負之, 而革木之名不顯, 意者木輅卽板輿[800], 惟革輅則征伐用之. 武宗以正德十四年親征宸濠[801], 曾乘革輅, 最合古禮. 玉輅則耕籍田[802]用之, 其他輅不知先朝亦曾御否. 予兒時, 値乙酉[803]之五月, 今上以旱, 躬禱南郊, 自宮中卽徒步入天壇, 親見穆若之容, 衣青苧布袍, 繫黑角帶[804], 天行矯健, 羣臣莫及, 四閣臣[805]俱侍從. 時山陰王家屛[806]爲末相, 中暍於途, 扶曳以歸, 潞王[807]亦扈從[808]上左右, 直至午後上始乘馬回宮, 并步輦却勿御也. 至主上禁中遊幸, 惟用椶轎[809], 其制輕捷, 又減步輦數倍. 若古時五副車[810]金根車[811]豹尾車[812]雲母輦[813], 以

800 板輿 : 사람을 태우고 인부가 들고 가게 만든 수레로, 주로 노인들이 많이 탔다.
801 宸濠 : 명 태조 주원장의 5세손이며, 영왕寧王 주권朱權의 제4대 계승자인 주신호朱宸濠, ?~1521를 말한다. 주신호는 홍치 12년1499에 영왕의 봉호封號를 세습 받은 뒤, 사병을 양성하고 도적을 키워 일반 백성들의 재물을 갈취했다. '천자의 기운이 도성의 동남방에 있다'는 술사術士들의 말에 혹해 조정의 일을 염탐했다. 이러한 사실을 정덕 14년1519 어사 소회蕭淮가 조정에 보고하자, 무종이 주신호의 사병을 회수하고 그가 강탈했던 관전官田과 민전民田을 주인에게 돌려주려 했다. 이에 주신호는 남창南昌에서 반란을 일으켰고, 무종은 그를 서인庶人으로 강등시키고 군사를 동원해 그의 반란을 진압한 뒤 통주通州에서 주살했다. 주신호가 영왕에서 서인으로 강등되었기 때문에 영서인寧庶人이라고 부르기도 한다.
802 籍田 : 예전에 천자나 제후가 몸소 농민을 두고 농사를 짓던 논밭.
803 乙酉 : 만력 13년1585을 말한다.
804 黑角帶 : 5품 이하의 관리들이 허리에 두르던 검은색 짐승 뿔로 장식한 허리띠.
805 四閣臣 : 만력 13년1585 당시의 네 내각대신은 내각수보 신시행, 허국, 왕석작 그리고 왕가병이다.
806 山陰王家屛 : 명 만력 연간에 내각수보를 지낸 왕가병王家屛을 말한다.
807 潞王 : 노왕潞王은 목종의 넷째 아들인 주익류朱翊鏐, 1568~1614를 말한다. 주익류는 융경 5년1571 노왕에 봉해졌다.
808 扈從 : 임금이 탄 수레를 호위해 따르는 일이나 그 일을 하는 사람.
809 椶轎 : 종려나무 덮개로 덮은 가마.
810 副車 : 제왕이 거동할 때 여벌로 따라가는 수레.
811 金根車 : 제왕이 타는 황금으로 장식한 수레.

至踏猪車[814]闒虎車[815]之屬, 其制蓋不傳久矣.

812 豹尾車 : 표범 꼬리로 장식한 수레.

813 雲母輦 : 규산염 광물의 하나인 운모를 가지고 꾸민 수레. 수레 창문에 다는 얇은 망사 대신 운모를 사용해 수레의 사방이 투명했다.

814 踏猪車 : 황제의 사냥용 수레. '답호거蹋虎車', '답저거踏猪車', '답수거蹋獸車'라고도 한다.

815 闒虎車 : 황제의 사냥용 수레. 한漢나라 때 '탑저거闒猪車'라고 부르던 것을, 위魏나라 때 '탑호거闒虎車'라고 명칭을 바꿨다.

번역 무종 행차行差의 시작

무종께서 여덟 마리의 준마를 타고 순유하신 일은 선부宣府에서 시작했으며, 정덕正德 12년 8월에 있었던 일이다. 그 한 해 전 병자년 원단부터 음력 11월 초하루까지는 미리 예를 갖추지 못했다. 원회元會가 파한 후에 어사 정기충程起充이 간언했다. "근자에 정월 초하룻날 문무백관과 사방 오랑캐들이 입궁 시간에 맞춰 들어와 하례를 올리는데, 유시酉時가 되어서야 의례가 비로소 끝나니 해산했을 때는 이미 초경初更이 된 지 오랩니다. 종일 굶은 이들이 급히 집으로 가느라 앞뒤로 넘어져 서로 밟히기도 합니다. 장군 중에 조랑趙朗이란 자는 결국 궁궐 문에서 죽었고, 다른 신료들은 관에 꽂는 비녀나 손에 드는 홀笏을 잃어버리고 갓이 망가져 겨우 목숨을 건진 것을 위로로 삼습니다. 오문午門의 좌우에서 관원들이 그 관리들을 찾고 자식이 아비를 부르며 노복이 주인을 찾아 저자 거리처럼 떠들썩하니 이 소리를 듣는 이들이 가엾고 딱하게 여깁니다. 만약 갑자기 변고라도 일어나면 어찌 막으시겠습니까?"라고 했다. 그러나, 황상께서는 이를 살피지 않으셨다. 이 해 음력 11월 황상께서 제사를 위한 희생을 살피시고 야밤이 되어서야 돌아오셨다. 주위의 병사들이 앞다투어 궁궐문을 들어가려다가 문지방에 걸려서 밟혀 죽은 자가 많았다. 이때 양신도楊新都가 부모상을 당해 떠나고 대신 수규首揆가 된 양남해梁南海가 응당 목숨을 걸고 애써 간언해야 했는데, 끝내 엎드려 간절히 고했다는 말은 들리지 않는다. 이듬해인

정축丁丑년 정월 하늘에 제사 지내는 대례大禮 때 황상께서 마침내 외부로 사냥을 나갔다가 또 한밤중이 되어서야 돌아왔다. 그리고, 3월에 진사 합격자를 호명할 때 장원을 한 서분舒芬 등이 명을 기다렸는데 오밤중이 되어 대전에 등불을 켜고 호명해서야 비로소 일을 마칠 수 있었다. 대개 밤에도 대낮처럼 일하는 것이 익숙하게 관례가 된 것이다. 이때부터 호위를 받으며 미행을 나서는 일에 대해서는 물을 수가 없었다. 가을이 되어 거용관居庸關으로 나가 상곡上谷을 순행하고 태원太原과 유림楡林에 이른 것은 모두 여기에서 시작된 것이다. 원단이 되면 조정 대신들이 궁궐 계단에서 목숨을 걸고 간언을 할 수 있는데도 꼭 이렇게까지 하지 않았다. 그리고 상투적으로 상소를 한두 개 올렸다가 고쳐지지 않으면 결국 봉록만 받고 잠자코 있었으니, 어찌 그런 재상들을 기용했는가. 지금 사람들이 『홍유록鴻猷錄』의 여러 기록을 잘못 믿고서 양문강梁文康을 사직의 신하로 늘 칭하는 것은 잘못이다. 그 후 오정거吳廷擧는 간언을 하지 않는다고 장전주蔣全州를 그저 책망만 했는데, 장전주는 정덕 연간에 세 번째 재상이었고 가정 연간 초에 비로소 정권을 잡게 되었다.

원문 武宗游幸[816]之始

武宗八駿之游[817]，始于宣府[818]，事在正德[819]十二年之八月。而先一年

816 遊幸 : 임금이 대궐 밖으로 거동하던 일.

丙子之元旦[820], 以及仲冬[821]之朔, 已先不成禮矣. 元會罷後, 御史程起充諫曰, "近者正旦令節, 文武百官, 四夷百蠻, 待漏入賀, 迨酉而禮始成, 比散已漏下久矣. 枵腹[822]之衆, 奔趨赴家, 前仆後躓, 互相蹂踐. 有將軍趙朗者竟死禁門, 而他臣僚失簪笏, 毁冠冕, 以得生相慰. 午門左右, 吏覓其官, 子呼其父, 僕求其主, 喧如市衢, 聞者寒心. 若倉卒[823]變起, 何以禦之?" 上不省也. 是年仲冬上視牲, 入夜始歸. 邊兵爭門, 塡塞闕內, 踐踏多死. 是時楊新都憂[824]去, 梁南海[825]代爲首揆, 當以死生力諍, 竟不聞

817 八駿之游 : 팔준은 주목왕周穆王이 타고 만리를 달렸다는 전설 속의 명마이다. 명 성조의 여덟 필의 준마를 가리키기도 하는데, 장릉長陵에 새겨져 있다.

818 宣府 : 선부진宣府鎭으로 명나라 초기 변방 진의 하나이며 '선진宣鎭'이라 간칭하기도 한다.

819 正德 : 명나라 제10대 황제 무종 주후조朱厚照의 연호로 16년간 사용되었으며, 정덕 16년 세종이 즉위한 후에도 연용되었다.

820 元旦; 설날 아침.

821 仲冬 : 음력 11월로 대설과 동지를 포함하는 시기로 한 겨울에 해당한다.

822 枵腹 : 공복 혹은 기아의 상태.

823 倉卒 : 미처 어찌할 사이 없이 급작스러움.

824 憂 : 중화서국본 『만력야획편』에는 '우尤'로 되어 있으나, 상해고적본 『만력야획편』과 『명무종의황제실록明武宗毅皇帝實錄』 권 122의 내용에 근거해 '우憂'로 수정했다. 『명무종의황제실록』에 따르면 정덕 10년 양정화가 부친상을 당한 사실이 나와 있고, 『만력야획편 · 선조장서先朝藏書』에서도 "을해년에는 양신도가 상을 당해 촉 지방에 머물고 있었다乙亥年則新都公方憂居在蜀"고 했다. '우尤'와 '우憂'의 발음이 같아 잘못 기록한 것으로 보인다. 【역자 교주】

825 梁南海 : 명나라 정덕 연간에 내각수보를 지낸 양저梁儲, 1451~1527를 말한다. 그의 자는 숙후叔厚고, 호는 후재厚齋 또는 울주거사鬱洲居士다. 광동廣東 광주부廣州府 순덕順德 사람이라 양남해梁南海라고도 부른다. 성화 14년1478 진사가 되어, 한림편수, 이부상서, 화개전대학사 등의 벼슬을 거쳐 내각수보의 자리에 올랐다. 성격이 강직하고 아첨을 싫어했으며, 환관들과 결탁하지 않았다. 가정 원년1521 사직하고 고향으로 돌아갔다. 가정 6년1527 세상을 떠나 태사로 추증되었으며, 시호는 문강文康이다.

伏闕苦口[826]也. 次年丁丑正月郊天大禮, 遂出獵于外, 又以夜半還. 而三月傳臚[827], 狀元舒芬[828]等待命直至夜分, 殿上燈火傳呼始克竣事. 蓋以宵易晝, 習爲故事. 自是期門微行[829]遂不可問. 至秋而出居庸, 巡上谷[830], 以至太原楡林[831], 皆發軔[832]于此. 當元旦時, 政地[833]卽能碎首玉階, 亦未必至此. 而衮疏一二, 不蒙悛改, 遂持祿默默矣, 焉用彼相哉. 今人悞信『鴻猷』[834]諸錄, 動稱梁文康[835]爲社稷臣悞矣. 其後吳廷擧[836]以不諫止

---

826 伏闕苦口 : 궁궐에 엎드려 절한다는 의미로 황상에게 일을 아뢸 때 입이 쓰도록 간절하게 여러 차례 고하는 모습을 형용한 말이다.

827 傳臚 : 과거시험의 마지막 단계인 전시殿試가 끝난 뒤, 황제가 시험 성적이 높은 순서에 따라 진사의 이름을 하나하나 부르며 만나는 일.

828 舒芬 : 서분舒芬, 1484~1527은 명나라 중기의 관리이자 경학가다. 그의 자는 국상國裳이고, 호는 재계선생梓溪先生이며, 시호는 문절文節이다. 강서 진현進賢 신계梓溪 사람이다. 정덕 12년1517에 장원급제하고 한림원수찬에 제수되었다. 무종의 남순南巡에 대해 간하다가 곤장을 맞고 복건福建 시박사부제거市舶司副提擧로폄적되었다. 세종이 즉위한 뒤에 복관되었으나, 대례를 논할 때 세종의 뜻에 반대해 투옥되었다. 모친상을 당해 귀향했다가 죽었다. 저서로는 『서문절공전집舒文節公全集』, 『주례정본周禮定本』, 『동관록東觀錄』, 『태극역의太極繹義』 등이 있다.

829 期門微行 : 기문期門은 서한西漢 때 호위병의 명칭이다. 한 무제武帝 3년B.C. 138부터 두었는데, 무기를 들고 황제를 수행하며 호위했다. 광록훈光祿勛에 예속되어 있었고, 평제平帝 때는 호분랑虎賁郎으로 개칭했다. 여기서는 황제가 미행할 때 호위한다는 의미로 쓰였다.

830 上谷 : 지금의 허베이성[河北省] 장자커우[張家口]시 화이라이[懷來]현에 해당하는 지역이다.

831 楡林 : 옛날에는 '상군上郡'이라 칭했으며, 지금의 샤안시성 최북단에 있었다.

832 發軔 : 수레바퀴를 지탱해주는 나무토막으로 수레가 전진하게 하는 용도이다. 여기서는 새로운 국면이 시작되는 것을 의미한다.

833 政地 : 정사를 처리하는 곳으로, 즉 조정을 말한다.

834 鴻猷 : 『홍유록鴻猷錄』을 말하며, 형부랑중刑部郞中 고대高岱가 홍무洪武 연간에서 가정 연간의 조정의 일을 수집해 기록 한 것으로 총 16권으로 되어 있다.

835 梁文康 : 명나라 정덕 연간에 내각수보를 지낸 양저梁儲를 말한다. 문강文康은 양저의 시호다.

責蔣全州[837], 蔣在正德爲三揆, 至嘉靖初始當國也.

836 吳廷擧 : 오정거吳廷擧, 1459~1528는 명나라 중기의 대신이다. 그의 자는 헌신獻臣이고, 호는 동호東湖이며, 시호는 청혜淸惠다. 오주梧州 봉황산鳳凰山에서 출생했다. 성화 23년1487 진사가 되어, 순덕지현順德知縣, 광동첨사廣東僉事, 강서우참정江西右參政, 공부우시랑, 우도어사, 남경공부상서 등의 벼슬을 지냈다. 가정 5년1526 사직했다.

837 蔣全州 : 명 중기 내각수보를 지낸 장면蔣冕, 1463~1532을 말한다. 그의 자는 경지敬之 또는 경소敬所이고, 호는 상고湘皐다. 광서 계림부桂林府 전주현全州縣 사람이라서 장전주蔣全州라고도 부른다. 성화 13년1477 향시에서 일등으로 급제하고, 성화 23년1487에 형 장승蔣昇과 함께 진사에 합격해 서길사로 뽑혔다. 그 후 사경국교서司經局校書, 이부좌시랑, 예부상서, 대학사, 태자태부太子太傅, 태자소부太子少傅, 호부상서 등의 관직을 거쳐, 가정 3년1524에 내각수보가 되었다. 정덕 16년 양정화를 도와 강빈江彬을 주살했다. 대례의 사건 때 세종의 생부 입묘 사건에 휘말려 삭탈관직을 당하고 집에서 생을 마감했다. 융경 원년1568 다시 관직이 회복되었고, 시호는 문정文定이다.

번역 무종이 이름을 가탁하다

무종이 남쪽을 평정할 때 위무대장군威武大將軍, 태사太師, 진국공鎭國公, 후군도독부後軍都督府라는 명의를 빌려 봉록을 받았다. 출정할 때는 칙서를 내리고 돌아와서는 깃발과 휘장을 하사했는데, 이것은 사람들이 모두 다 아는 일이다. 불교를 숭배해 자칭 대경법왕大慶法王이라 부르게 되자 번승들이 이 일로 인해 전답 백경을 요구하며 대경법왕의 사원을 만들 것을 상주했다. 당시 예부상서禮部尙書 부규傅珪가 모르는 체하고 상소를 올려 반박하며 "법왕이 어떤 사람입니까? 황상과 존호를 나란히 하는 지경에 이르니 도리에 크게 어긋나므로 마땅히 죽여야 합니다"라고 말했다. 조서를 내려 더 이상 이 일에 대해 묻지 않으시니 사원에 관한 설도 그치게 되었다. 생각건대 이것이 바로 가정嘉靖 연간에 도교를 신봉해 누차 진인眞人과 제군帝君의 봉호를 더하는 일의 시작이다.

정덕 5년 황상께서 스스로 대경법왕서천각도원명자재대정혜불大慶法王西天覺道圓明自在大定慧佛이라 부르시고 황금인장, 두루말이 서화와 책봉문서를 주셨는데, 이 일은 왕엄주선생이 이미 『황명이전술皇明異典述』에 기록한 것이다. 또 『실록』에서는 "대경법왕의 인장을 최고로 여기고, 진국공의 작호도 상아로 된 호패에 새기게 하여, 조회에 참석하는 대신들과 다르지 않았다"고 했으니, 더욱 기이한 일이다. 또 주신호朱宸濠가 모반할 때 격문檄文에 황상을 비난하며 "스스로 도태감都太監의 상아패를 찼다"고 했는데, 이는 믿을 만하지 못한 것 같다.

원문 武宗托名

武宗南征, 托名威武大將軍[838], 太師[839]鎭國公[840], 後軍都督府[841], 帶俸. 出有敕書之賜, 歸有旗帳[842]之賀, 此人所盡知. 至于崇奉佛教, 自稱大慶法王[843], 而番僧因之奏討田百頃. 爲大慶法王下院. 時禮部尙書傅珪[844]佯爲不知, 疏駁之曰, "法王何人? 至與上尊號並列, 當大不道, 宜誅." 有詔不問, 而下院之說亦止. 按此卽嘉靖間奉玄, 累加眞人帝君之權輿矣.

正德五年, 上自號大慶法王, 西天覺道圓明自在大定慧佛, 給金印玉軸誥命[845]. 此弇州[846]已紀之『異典』[847]者. 又『實錄』云, "以大慶法王印爲天

---

838 威武大將軍 : 총독군무위무대장군총병관總督軍武威武大將軍總兵官의 약칭으로, 명 무종 주후조가 자기 자신에게 봉한 관직이다.

839 太師 : 태사는 태부太傅, 태보太保와 함께 '삼사三師' 혹은 '삼공三公'으로 불리는 관직명으로, 높은 관직이긴 하나 실질적인 직권이 없다.

840 鎭國公 : 진국공鎭國公은 명나라 무종이 친정親征을 하기 위해 '주수朱壽'라는 가상의 인물을 만들고 부여한 작위다.

841 後軍都督府 : 관사의 명칭으로 명나라 때는 오군도독부五軍都督府의 하나였다.

842 旗帳 : 깃발과 휘장.

843 大慶法王 : 명 무종의 자호다. 평소 라마교에 빠져 지내던 명 무종은 정덕 5년1510 마침내 자신을 '대경법왕서천각도원명자재대정혜불大慶法王西天覺道圓明自在大定慧佛'이라고 부르면서 관련 기관에 법왕의 관인官印을 주조해 바칠 것을 명했다. 이때부터 황명을 내릴 때는 대경법왕大慶法王의 관인과 천자의 옥새를 둘 다 사용했다.

844 傅珪 : 부규傅珪, 1459~1515는 명 중기의 대신이다. 그의 자는 방서邦瑞이고, 호는 북담北潭이며, 시호는 문의文毅다. 보정保定 청원淸苑 사람이다. 성화 23년1487 진사에 급제해 한림원편수翰林院編修를 배수 받아 『회전會典』, 『효종실록孝宗實錄』 등을 편수했다. 좌중윤左中允 겸 편수編修, 좌유덕左諭德 겸 시강侍講, 교서길시敎庶吉士, 좌중윤左中允, 시강학사, 한림원학사翰林院學士, 이부시랑吏部侍郞 등의 벼슬을 거쳐, 정덕 6년1511 예부상서가 되었다. 57세의 나이로 죽은 뒤 태자태보太子少保로 추증되었다. 저서에는 『북담집北潭集』과 『부문의공집傅文毅公集』이 있다.

845 玉軸誥命 : 옥수玉軸는 진귀한 서화이고, 고명誥命은 황제가 내리는 명으로, 오품이

字第一號[848], 且鎭國公爵號, 亦命刻牙牌[849]與朝參[850]官無異", 尤爲奇事. 又宸濠反時檄文, 指斥上云, "自佩都太監牙牌", 則似未可信.

상에게 내리는 것을 말하며 고봉誥封이라 하기도 한다. 황제의 명에는 크게 칙명과 고명이 있는데, 칙명은 육품 이상에게 내리며 그림책 모양이다. 일품은 옥을 사용하고 이품은 물소를 사용하며 삼품과 사품은 금을, 오품 이하는 뿔을 사용한다.

846 弇州 : 명나라의 관리인 왕세정王世貞의 별호 엄주산인弇州山人의 약칭이다.

847 『異典』 : 『황명이전술皇明異典述』을 말하며, 왕세정이 명대 정치와 관련된 기이한 일들을 기록한 책으로 총 8권으로 되어 있다.

848 天字第一號 : 최우선, 최고수준의 의미로, 『천자문千字文』 첫 구 '천지현황天地玄黃'의 첫 글자에서 유래된 말이다.

849 牙牌 : 조정 대신들이 사용하던 상아로 만든 호패.

850 朝參 : 문무백관들이 정전正殿에 모여 왕에게 문안드리는 조회.

번역 무종이 작호를 다시 올리다

무종이 처음 출정할 때 위무대장군威武大將軍 총병관이라는 직함으로 병사를 끌고 나갔다. 그 후 친히 응주應州를 정벌하고 개선해서는 또 관직을 더했다. 그는 칙서에서 병부에 다음과 같이 알렸다. "총독군무위무대장군總督軍務威武大將軍 주수朱壽는 친히 육군六軍을 통솔해 오랑캐를 제거해 역겨운 냄새를 없애고 백성을 평안히 보호했다. 그의 빼어난 위엄이 멀리까지 전해져 변경이 잠잠해졌으니 뛰어난 공적과 훌륭한 무예에 마땅히 현달한 작위를 더해 그 노고에 보답해야 한다. 지금 특별히 위원대장군威遠大將軍에게 공작의 작위와 봉록을 더해주니 이부와 호부에서 이 일을 알도록 밝힌다." 아마도 이때 '위무대장군'의 호칭을 '위원대장군'으로 바꾸었던 것 같다. 이 해 9월에 마침내 그를 진국공鎭國公으로 승진시켜 후부後府에 봉록을 내렸는데 녹봉 오천 석을 주고, 진국공의 상아패를 만들어 책봉 문서와 함께 하사하셨다. 또, 무종께서 자칭 총독이라 했기 때문에 천하의 총독관을 모두 총제總制로 바꿔 불렀다. 이듬해 봄 태사太師라는 직함을 더하셨다. 얼마 안 되어 남쪽에서 영왕寧王을 토벌하실 때, 다시 이전의 직함인 위무대장군총병威武大將軍統兵으로 칭하고 남하하시니 안변백安邊伯 허태許泰가 선봉이 되어 위무부장군威武副將軍의 인장을 받았다. 이 때문에 허태가 사람들에게 황상이 동료라고 감히 말했다. 15년 12월경 개선해서 반사班師에서 북경으로 돌아오시니, 제독찬획군무평로백提督贊畫軍務平虜伯 주빈朱彬이 상소를 올려 "총독군무위무대장군진국공奉總督軍務威武大將軍鎭國公 주수가 지시와 책략을 받들어 주신호朱宸濠의 역당逆黨 신종원申宗遠 등 열다섯 명을 사로잡았습니다"라고 칭송했다. 황상께서 은혜로운 조서를 내려 이에 답하셨다. 이전에 상주할 때 비록 진국공이라 칭한 자가 있었지만 감히 이름을 칭한 적은 없었는데, 주빈이 이름을 거론해 직접 아뢰어서 마침내 바로 함께 나열하게 되었다고 한다. 위무라는 호칭은 예전에는 관직이 아니었고, 비록 송나라 장수 곡단曲端이 일찍이 위무대장군威武大將軍, 경주방어사涇州防禦使에 배수되었었지만 나중에 옥사했으니 좋은 명칭은 아니다.

원문 武宗再進爵號

武宗初出, 以威武大將軍總兵官[851]爲銜, 提兵以行. 其後親征應州凱旋[852], 則又加官號焉. 其敕諭兵部曰, "總督軍務, 威武大將軍朱壽[853], 親

851 威武大將軍總兵官 : 원래 명칭은 '총독군무위무대장군총병관總督軍武威武大將軍總兵官'으로, 명 무종 주후조가 자기 자신에게 제수한 관직이다.

852 應州凱旋 : 무종이 응주應州에서 달단의 왕자를 격퇴시키고 개선한 것을 말한다. 정덕 12년1517 10월 몽고 달단韃靼 부족의 왕자가 병사를 이끌고 여러 차례 명나라의 변경을 침범했다. 화가 난 무종이 친정親征하려고 했지만, 영종 때 있었던 '토목보의 변'을 기억하는 대신들이 반대했다. 이에 무종은 '주수朱壽'라는 가상의 인물을 만들어 '진국공鎭國公'이자 '위무대장군총병관威武大將軍總兵官'에 임명하고 자신이 직접 병사들을 이끌고 선부宣府로 출정했다. 무종은 응주應州에서 달단의 왕자를 격퇴시켰고, 북경 돌아와 전쟁의 공로에 대한 상으로 주수라는 이름의 자신에게 태사의 벼슬을 내렸다. 이 전쟁을 역사에서는 '응주대첩應州大捷' 또는 '응주대전應州大戰'이라고 한다.

統六師[854], 剿除虜寇, 汛掃腥羶[855], 安民保衆, 雄威遠播. 邊境肅清, 神功聖武, 宜加顯爵, 以報其勞. 今特加威遠大將軍[856]公爵俸祿, 仍諭吏戶二部知之." 蓋至是又易'威武'爲'威遠'之號. 至本年九月遂進爲鎭國公, 後府[857]帶俸, 支祿五千石, 造鎭國公牙牌, 幷賜誥劵. 又以自稱總督, 因改天下總督官俱爲總制[858]. 明年春又加太師. 未幾南討寧王[859], 復以前銜仍稱威武大將軍統兵而南, 安邊伯許泰[860]爲前鋒, 掛威武副將軍印. 泰因敢對人稱上爲僚友矣. 比十五年十二月班師[861]至京師, 提督贊畫軍務平虜伯朱彬[862]疏稱, "奉總督軍務威武大將軍鎭國公朱壽指授方略, 擒獲

---

853 朱壽 : 명 무종이 만들어낸 가상의 인물이자 무종 자신이다. 정덕 12년1517 10월 몽고 달단韃靼 부족의 왕자가 병사를 이끌고 여러 차례 명나라의 변경을 침범하자, 화가 난 무종이 친정하려고 했다. 하지만 영종 때 있었던 '토목보의 변'을 기억하는 대신들이 반대했다. 이에 무종은 '주수朱壽'라는 가상의 인물을 만들어 '진국공鎭國公'이자 '위무대장군총병관威武大將軍總兵官'에 임명하고 자신이 직접 병사들을 이끌고 선부宣府로 출정했다. 무종은 응주應州에서 달단의 왕자를 격퇴시켰다.

854 六師 : 천자가 거느리는 육군六軍으로 천자가 친정하는 것을 대칭해서 말한다.

855 腥羶 : 비린내와 노린내라는 뜻으로 침입한 외적을 경멸해 이르는 말.

856 威遠大將軍 : 명나라 병기 전문가를 의미한다.

857 後府 : 진국공鎭國公의 저택을 말한다.

858 總制 : 관직명으로 총독總督을 말한다. 명 무종이 자칭 '총독군무總督軍務'라고 말해서 신하들이 모두 피휘해 총독을 총제로 바꿔 불렀다.

859 寧王 : 명 태조 주원장의 5세손이며, 영왕 주권의 제4대 계승자인 주신호朱宸濠를 말한다.

860 安邊伯許泰 : 허태許泰, 생졸년 미상는 명 중기의 장수로, 강도江都 사람이다. 허영許寧의 아들로, 우림전위지휘사羽林前衛指揮使를 세습했다. 홍치 17년1504 무과에서 장원급제해, 부총병副總兵으로써 선부宣府를 수성해 안변백安邊伯에 봉해졌다. 무종이 그를 양자로 삼고 주씨朱氏 성을 하사했다. '유육유칠劉六劉七의 난'과 '영왕 주신호의 난'을 평정하는데 참여했다. 세종이 즉위한 뒤, 조정대신들의 탄핵을 받아 하옥되었다가 변방으로 수자리를 떠났다.

861 班師 : 출정한 군대가 승리하고 돌아오는 것을 의미한다.

宸濠逆黨中宗遠等十五人." 上優詔答之. 前此題奏, 雖有稱鎭國公者, 尙無敢稱名, 至彬乃斥名直奏, 遂直爲同列云. 威武之稱, 古無其官, 雖宋將曲端[863]曾拜威武大將軍涇州防禦使, 後死獄中. 非佳名也.

862 朱彬 : 주빈朱彬, ?~1521은 명나라 무종 때의 간신이다. 원래 성은 강씨江氏인데, 무종의 양자가 되면서 주씨朱氏 성을 하사받았다. 그의 자는 문의文宜고, 북직례北直隷 선부宣府 전위前衛 사람이다. '유육유칠劉六劉七의 난'을 평정할 때 공을 세웠다. 정덕 12년1517 9월 평로백平虜伯에 봉해졌다. 무종의 총애를 믿고 방자하게 굴며 횡령과 뇌물 수수를 일삼다가, 정덕 16년1521 무종이 승하한 뒤 탄핵을 받고 하옥되었다가 책형磔刑을 당했다.

863 曲端 : 곡단曲端, 1091~1131은 남송의 명장이다. 그의 자는 정보正甫 또는 사윤師尹이고, 시호는 장민壯愍이다. 진융군鎭戎軍 사람이다. 송 고종 건염建炎 원년1127 경원로경략사涇原路經略司 통제관統制官을 맡아서 경주涇州에 주둔해 여러 차례 금나라 군대를 물리쳤다. 그 뒤 연안부지부延安府地府, 강주방어사康州防禦使, 경원로경략안무사涇原路經略安撫使 등의 벼슬을 지냈다. 위무대장군에 제수되어 서군을 통솔하기도 했다. 소흥紹興 원년1131 모반의 누명을 쓰고 혹형을 당해 죽었다. 사후에 선주관찰사宣州觀察使로 추증되었다.

번역 제왕의 별호

예로부터 제왕은 별호가 알려지지 않았지만, 송 고종만은 그의 거처에 손재損齋라고 적었으니 바로 이것이 별호로 생각된다. 현 왕조에서는 무종만이 스스로 자신을 금당노인錦堂老人이라 불렀지만, 승하하신 나이가 갓 삼십을 넘었는데 어찌 서둘러 노인이라 칭한 것일까? 세종이 스스로 천지조수天池釣叟라 부르자 그 자리에 있던 사신詞臣들이 각각 시를 지었는데, 흥화興化 사람 이춘방李春芳이 쓴 시 한 수가 황상의 뜻에 가장 맞았다. 지금 전해지는 시 "북극성 둘러싼 뭇별 옥미끼 되고, 하늘에 걸린 초승달 은빛바늘 삼네"가 바로 이 시다. 또 가정 23년 궁정에서 외부로 베풀어 준 약에 '응도뇌헌凝道雷軒'이라는 인장이 있었는데, 전하는 말로는 뇌헌雷軒이 황상의 도호道號라고 한다. 또 세종이 요재堯齋라 부르자 그 뒤의 목종은 순재舜齋라 불렀고 금상도 이를 따라 우재禹齋라 불렀기 때문에, 기묘己卯년에 '응천명우應天命禹'라고 쓴 것은 두 조대를 넌지시 칭송한 것이지 장강릉에게 아첨한 것은 아니라고 말하는데 믿을 만한지는 잘 모르겠다.

원문 人主別號

古來帝王, 不聞別號, 惟宋高宗署其室曰損齋, 想卽別號矣. 本朝惟武宗自號錦堂老人, 但升遐聖壽, 甫踰三旬, 何以遽稱老? 世宗自號天池釣叟, 在直詞臣各賦詩, 惟興化李文定[864]一詩最當聖意. 卽今所傳, "拱極[865]衆星爲玉餌, 懸空新月作銀鈎"者是也. 又嘉靖二十三年, 內廷施藥于外, 其藥有'凝道雷軒'之印, 傳聞雷軒上道號[866]也. 又云, 世宗號堯齋, 其後穆宗號舜齋, 今上因之亦號禹齋, 以故己卯[867]'應天命禹'一題, 乃暗頌兩朝, 非諂江陵[868]也, 未知信否.

---

864 興化李文定 : 명대 가정 연간에 내각수보를 지낸 이춘방李春芳, 1510~1584을 가리킨다. 그의 자는 자실子實이고, 호는 석록石麓이며, 시호는 문정文定이다. 남직례南直隸 양주揚州 흥화興化 사람이다. 가정 26년1547 이춘방은 장원급제해 한림수찬이 된다. 그 뒤 소사少師 겸 태자태사太子太師, 이부상서, 무영전대학사에 오른다. 사직한 뒤 부모를 잘 봉양해 고향 사람들의 칭송을 들었다. 만력 13년1585에 사망하자 태사의 직위가 내려졌다. 재주가 뛰어나지는 않았지만 청렴했다. 당시에 엄눌嚴訥, 곽박郭樸, 원위袁煒 등과 함께 '청사재상靑詞宰相'으로 칭해졌다. 저서로는 『이인당집貽安堂集』 10권이 있다.

865 拱極 : 북극성을 호위한다는 뜻으로, 극極은 북극성을 말한다.

866 道號 : 도가 또는 불가 수도자의 별호.

867 己卯 : 만력 7년1579을 말한다. 가정 원년1522부터 만력 말년인 만력 48년1620까지 기묘년인 해는 만력 7년밖에 없다.

868 江陵 : 명대 중후기의 정치가이자 개혁가인 장거정을 말한다.

번역 황제와 황후의 별호

무종은 남정南征할 때 스스로 총병관總兵官 진국공鎭國公이라고 불렀는데, 지존至尊의 몸이지만 투구 쓴 장수로 몸을 낮추면서 오히려 주수朱壽라는 가명을 썼다. 불법佛法의 가르침을 받들면서는 스스로 대경법왕大慶法王이라 칭하니, 서역에서 공물을 바치러 온 승려에게 봉한 것과 같으므로 이것은 매우 괴이한 일이다. 세종께서 도교를 섬겨 도가의 명호를 더한 일은 대체로 선화제宣和帝와 비슷하다. 이에 효열황후孝烈皇后에게도 묘화원군妙化元君이라 추서追敍했다. 용호산龍虎山 장진인張眞人의 어머니와 부인도 관례에 따라 원군元君의 봉호를 얻었는데, 그 뒤에 일품부인一品夫人으로 바꿔 봉해지길 원했지만 황상께서 엄중한 교지로 윤허하지 않으셨다. 이에 천하의 어머니인 황후를 낮추어 이단의 배우자에 견주었으니 무엇을 후세에 보여주겠는가. 불교와 도교가 사람을 미혹시키니, 영명한 군주라도 벗어나지 못했다. 가정 연간의 진인眞人 소원절邵元節과 도중문陶仲文의 부인은 모두 일품부인에 봉해지고 원군이라 칭하지 않았다.

원문 帝后別號

武宗南征, 自號總兵官鎭國公,[869] 是以至尊而下夷于兜鍪將帥, 然猶

869 總兵官鎭國公 : 명 무종이 군대를 이끌고 출전하기 위해 '주수朱壽'라는 가상의 인

寓名朱壽也. 至於奉竺乾[870]教, 自稱大慶法王, 則同西番入貢僧所封, 斯已怪矣. 以至世宗事玄所加道家名號, 大抵與宣和帝[871]略同. 乃於孝烈皇后[872], 亦追封妙化元君[873]. 夫龍虎山[874]張眞人[875]母妻, 例得元君[876]封號, 其後欲改封一品夫人[877], 嚴旨不允. 乃天下之母, 下擬異端伉儷[878],

---

물을 만들고 그 가상의 인물에게 제수한 직위와 작위다.

870 竺乾 : 축건竺乾은 옛 인도의 별칭으로 불법佛法을 가리키기도 한다.

871 宣和帝 : 북송의 제8대 황제인 휘종 조길趙佶을 말한다. 선화宣和가 휘종의 6번째이자 마지막 연호이므로 선화제라고도 부른다.

872 孝烈皇后 : 명나라 세종의 세 번째 황후인 효열황후 방씨方氏를 말한다.

873 妙化元君 : 가정 35년1556 세종이 죽은 효열황후 방씨에게 내린 도호로, 전체 명칭은 '구천금궐옥당보성천후장선묘화원군九天金闕玉堂輔聖天后掌仙妙化元君'이다.

874 龍虎山 : 지금의 장시성[江西省] 잉탄[鷹潭]시의 서남쪽에 위치한 산. 중국 도교道敎의 발원지 중 하나로, 정일도正一道 천사파天師派의 본거지다. 한나라 시기에 장릉張陵이 용호산에서 수련하면서 도교의 기초를 마련했다. 한말漢末 제4대 천사天師인 장성張盛 이후 지금까지 1900여 년 동안 63대의 천사들이 대대로 용호산에 거주해왔다.

875 張眞人 : 용호산龍虎山을 본거지로 하는 도교 일파인 정일도正一道 천사파天師派의 역대 교주를 가리키는 말이다. 천사파는 한나라 때 장릉張陵이 기초를 마련했으며, 역대로 그의 후손이 교주를 지냈다. 송대에 장릉의 후손들이 점차 조정의 중시를 받기 시작하면서, 용호산 도교도 번성해 천사파 내에는 교주 이외에도 유명한 도사들이 많이 나왔다. 원대는 천사파가 가장 번성한 시기다. 역대 천사파 교주들이 원 왕실로부터 천사天師와 진인으로 봉해지면서 강남의 도교를 이끄는 위치에 올랐다. 또 38대 교주인 장여재張與材 때는 정일교주正一敎主에 봉해졌다. 명초에도 관례대로 천사파 교주를 '천사'에 봉했지만, 얼마 안 되어 '천사'라는 봉호를 취소하고 '대진인大眞人'이라고만 칭했다. 하지만 장진인이 이끄는 정일파는 가정 말까지도 명 왕실의 인정과 지지를 받았다.

876 元君 : 도가에서 여자 신선을 부르는 명칭.

877 一品夫人 : 왕이 고관高官의 어머니나 아내에게 내리는 봉호封號 중 가장 등급이 높은 봉호. 한대 이후로 왕공王公과 대신大臣의 아내를 부인夫人이라고 불렀고, 당, 송, 명, 청대에는 고관의 등급에 따라 그의 어머니나 아내에게 봉호를 내리면서 고명부인誥命夫人이라고 불렀다. 일품부인一品夫人은 일품一品 고명부인이라고도 하며, 그의 남편이 일품 고관인 사람이다.

何以示後世. 二教之惑人, 雖英主不免也. 嘉靖間眞人邵元節[879]陶仲文[880]妻, 俱封一品夫人, 不稱元君.

878 伉儷 : 부부 또는 부부 관계를 맺은 상대인 배우자.

879 邵元節 : 소원절邵元節, 1459~1539은 용호산 상청궁上淸宮 달관원達觀院의 정일도사正一道士다. 자는 중강仲康이고, 호는 설애雪崖이며, 강서江西 귀계貴溪 사람이다. 어려서 부모님이 모두 돌아가시자, 용호산 상청궁 달관원에서 출가해 도사가 되었다. 명 세종의 총애를 받아 가정 5년1526 치일진인致一眞人이라는 칭호를 받고 도교의 영수가 되었으며, 예부상서에 제수되고 일품문관복一品文官服을 하사받았다. 또 그의 덕으로 손자인 소계남邵啓南은 관직이 태상소경太常少卿에 이르렀고, 증손자인 소시옹邵時雍은 태상박사太常博士에 이르렀다. 가정 18년1539 병사하자, 세종은 그를 대종백으로 추서하고 '문강영정文康榮靖'이라는 시호를 내렸다.

880 陶仲文 : 도중문陶仲文, ?~1560은 황주부黃州府 황강黃岡 사람으로, 원래 이름은 전진典眞이다. 가정 연간 세종의 총애를 받던 방사方士 소원절의 친구다. 가정 연간에 황매현黃梅縣의 관리로 있다가 요동고대사遼東庫大使가 되었으며, 임기가 만료된 뒤 북경으로 돌아와 소원절의 집에 머물렀다. 소원절의 추천으로 입궁한 뒤 주술과 기도로 세종의 총애를 얻어 진인에 봉해졌다. 가정 19년1540 도중문의 기도로 세종의 병세에 차도가 있자, 그 공으로 도중문은 예부상서 겸 소보少保에 제수되고 그의 처는 일품부인에 봉해졌다. 그 뒤 도중문은 소부少傅와 소사少師도 겸했다. 가정 36년1557 병이 들자 자신이 있던 만옥산萬玉山으로 돌아가 지내다가, 가정 39년1560 80여 세로 세상을 떠났다. '영강혜숙榮康惠肅'이라는 시호를 받았다.

번역 황제가 옛 재상에게 내린 시

양문양楊文襄은 정덕 말년에 차규 겸 소부로 단양丹陽에서 지냈는데, 마침 무종께서 남쪽으로 순행하다 영서인寧庶人을 정벌한다는 명분으로 어가御駕를 머물고 그의 집에 행차한 적이 전후로 모두 세 차례 있었다. 황상께서는 절구 열두 수를 지어 양문양에게 하사하셨고, 양문양은 절구로써 황상의 용맹함을 기렸는데, 여러 차례 이렇게 했다. 또 응제시應制詩 여러 편을 지었는데, 두 권으로 엮어 『거가행제록車駕幸第錄』이라고 이름 붙였다. 오중吳中의 왕문각王文恪은 시 네 장章을 지어 그 일을 과장하며 시의 마지막 두 구에서 "만연어룡희漫衍魚龍戲는 봐도 봐도 끝이 없고, 이원梨園의 새 극단에선 『서상기西廂記』를 내놓았네"라고 했다. 그 당시 양문양이 남산에서 술잔을 올릴 때 최앵앵崔鶯鶯과 장생張生의 사랑 이야기를 공연하면서 배우들이 산해진미를 권하도록 했는데, 왕문각의 시는 대체로 그 사실을 기록한 것으로 생각된다. 양문양이 이때 황상의 총애를 각별히 받아 어가를 맞이하는 것을 영광으로 여길 뿐 어가를 돌리시도록 강력히 권할 수는 없었다. 다만 『책부원귀冊府元龜』 같은 책만 바쳐서 오랜 신하의 의리를 저버린 듯하지만, 강소江蘇와 절강浙江으로의 순유巡遊에 그치게 할 수 있었으니 그 공 역시 칭찬할 만하다. 지금 세종께서 등극하셔서 그를 다시 재상으로 기용하셨는데도 오히려 사신詞臣들이 윤색한 이야기를 사용하시고 마음을 바로잡았다는 말은 들리지 않는다. 아마도 양문공이 권모술수를 잡다하게 사용해서 아첨하는 일이 반이고 잘못을 바로잡는 일이 반이라, 장총과 계악 등에게 업신여김을 당할 만했다.

원문 御賜故相詩

楊文襄[881]在正德末年, 以次揆[882]少傅[883]居丹陽[884], 適武宗南巡, 以征寧庶人[885]爲名幸其第, 留車駕, 前後凡三至焉. 上賦絶句十二首賜之, 楊以絶句賀上聖武, 數亦如之. 又有應制律詩[886]諸篇, 刻爲二編, 名『車駕幸第錄』. 吳中[887]王文恪[888], 爲詩四章侈其事, 其最後一律云, "漫衍魚

881 楊文襄 : 명대의 대신이자 문학가인 양일청楊一淸을 말한다.

882 次揆 : 명대에는 내각에 많게는 6, 7명, 적게는 3, 4명의 내각대학사內閣大學士를 두었다. 그 중에서 내각의 수반首班을 수보首輔 또는 수규首揆라 하고, 나머지 내각대학사들을 차규次揆라 했다.

883 少傅 : 주周나라 때 처음 설치된 관직으로 천자를 보좌하는 역할을 했다. 나중에는 황제가 공이 있는 신하에게 표창의 의미로 내리는 실질적인 직무는 없이 이름만 남은 직함이 되었다. 소사少師, 소보少保와 함께 '삼고三孤'라 칭해지며, 품계는 종일품從一品이다.

884 丹陽 : 강소성江蘇省 남서부에 있으며 서쪽으로 진강鎭江 단도丹徒와 이웃해 있다. 오문화吳文化의 발원지 중 하나로, 진秦나라와 한나라 때는 곡아曲阿라고 불렸다.

885 寧庶人 : 명 태조 주원장의 5세손이며, 영왕 주권의 제4대 계승자인 주신호朱宸濠를 폄하해 부르는 말이다.

886 應制律詩 : 응제시應制詩를 말한다. 응제시란 황제의 명을 받아 짓거나 창화唱和한 시를 말하는데, 내용은 대부분 공적과 은덕을 찬양하는 것이고 형식은 5언 율시律詩나 7언 율시였다.

887 吳中 : 지금의 장쑤성[江蘇省] 우[吳]현 일대를 말하며, 일반적으로 오吳 지역 전체를 가리키기도 한다.

888 王文恪 : 명대의 명신이자 문학가인 왕오王鏊, 1450~1524를 말한다. 왕오의 자는 제지濟之 또는 수계守溪이고, 호는 졸수拙叟 또는 진택선생震澤先生이다. 강소 오현 사람이다. 성화 11년1474 진사로, 벼슬은 편수, 시강학사, 이부우시랑, 호부상서, 문연각

龍[889]看未了, 梨園[890]新部出『西廂』[891]". 想其時文襄上南山之觴, 以崔張傳奇[892], 命伶人侑玉食, 王詩蓋紀其實也. 楊是時特荷殊眷[893], 徒以邀致六飛[894]爲榮, 而不能力勸旋軫. 僅以『冊府元龜』[895]等書爲獻, 似乖舊弼

대학사 등을 역임했다. 사후에 태사로 추증되었고, 시호는 문각文恪이다.

889 漫衍魚龍 : '만연어룡지희蔓延魚龍之戱'라는 백희百戱를 말한다. 이것은 황금을 토한다고 해서 함리含利라고 불리던 상서로운 동물이 외눈박이 물고기인 비목어比目魚로 변신한 후, 비목어가 다시 용으로 변신하는 대형 환술이자 동물가장가면희다. 연희자演戱者들이 함리, 비목어, 용의 가면을 쓰고 가장하거나, 대나무로 틀을 만든 후 그 위에 종이, 흙, 천 등의 재료를 붙여 만든 모형을 이용했다. 또 이때 여러 가지 연희演戱들을 함께 공연했는데, 전체 공연을 아울러 만연어룡漫衍魚龍, 어룡만연지희魚龍蔓延之戱, 만연지희蔓延之戱, 어룡희魚龍戱 등 다양한 명칭으로 불렀다.

890 梨園 : 당 현종 때 궁궐에 설치해 악공과 궁녀들에게 음악과 무용을 가르치던 곳. 이후 뜻이 변해 연극계, 극단, 기방妓坊을 뜻하는 말이 되었다.

891 西廂 : 원대 왕실보王實甫가 쓴 희곡 작품인 『서상기』를 말한다. 이 작품은 당대 원진元稹이 쓴 전기傳奇 소설 『앵앵전鶯鶯傳』의 내용을 토대로, 12세기 말에 완성된 『서상기제궁조西廂記諸宮調』의 내용을 5본本 20절折의 잡극雜劇으로 각색한 것이다. 세상 물정을 모르고 순수하기만 한 장생張生과, 봉건예교封建禮敎의 가르침에 얽매여 자신의 마음에 충실할 수 없는 최앵앵, 예교의 화신이라고도 할 수 있는 옛 재상의 부인, 최앵앵과 장생 사이에서 적극적으로 그들을 격려하면서 과감히 노부인과 맞서는 시녀 홍낭紅娘 등 등장인물들의 성격이 선명하게 묘사되어 있다. 기지와 풍자를 알맞게 섞은 교묘한 연극적 구성, 문어와 구어가 자연스럽게 조화를 이룬 곡사曲詞로 중국 역대 희곡 작품 중의 대표작으로 꼽힌다.

892 崔張傳奇 : 『서상기』를 가리킨다. 최崔는 『서상기』의 여주인공 최앵앵을, 장張은 남주인공 장생을 말한다.

893 殊眷 : 특별한 은혜나 보살핌.

894 六飛 : 천자의 수레를 끄는 여섯 마리 말을 가리키는 말인데, 천자의 어가御駕를 이르는 말로 주로 사용된다.

895 『冊府元龜』 : 북송北宋의 왕흠약王欽若과 양억楊億 등이 1005년에 편집에 착수해 1013년에 완성한 백과사전류의 책이다. 『책부원구冊府元龜』는 『태평광기太平廣記』, 『태평어람太平御覽』, 『문원영화文苑英華』와 함께 '송사대서宋四大書'로 불리며, 원래 명칭은 『역대군신사적歷代君臣事蹟』이었다. 이 책은 고대로부터 오대五代까지의 역대 정치에 관한 사적을 당시 현존하던 각종서적에서 광범위하게 채집해, 제왕帝王, 윤위閏位, 열국군列國君, 종실宗室, 외척外戚, 장수將帥, 헌관憲官, 국사國史, 학교, 형법, 궁

之誼, 然能止蘇浙之行, 則功亦足稱. 今世宗登極, 召起再相, 尙用詞臣潤色故事, 而格心無聞焉. 蓋此公雜用權術, 逢迎與救正各居其半, 宜爲張[896]桂[897]輩所輕.

신宮臣, 막부幕府, 외신外臣 등 31부 1,000권으로 편집한 송대 최대의 저작이다.

896 張 : 명나라 가정 연간의 중신이자 '대례의大禮議 사건'의 주요 인물인 장총을 말한다.

897 桂 : 명나라 가정 연간의 중신인 계악을 말한다.

번역 흰옷의 금기

흰색으로 상복을 한 것은 예로부터 이미 그러했다. 한 고조의 군대가 흰 비단을 상복으로 만들었다. 진晉나라 때는 부인들이 한때 모두 흰 말리茉莉꽃을 꽂았는데, 천녀天女가 죽어서 그녀를 위해 상복을 입는 대신 말리꽃을 꽂은 것이라고 전해진다. 그런데 갑자기 태후께서 돌아가시니 재앙의 조짐이 아닌지 의심되었다. 하지만, 남조南朝의 천자들은 편안히 거할 때는 모두 흰색을 입었다. 남조南朝 송宋의 명제明帝는 오사모烏紗帽를 썼는데, 유휴인劉休仁이 황급히 백사모白紗帽로 바꿨다. 무종이 주신호朱宸濠를 토벌하고 북경으로 개선해 들어갈 때의 깃발 역시 흰색이었다. 반역에 가담한 강서江西의 번사藩司와 얼사臬司 등 크고 작은 여러 신하들부터 전 이부상서 육완陸完과 좌도독左都督 주녕朱寧에 이르기까지 모두 나체로 두 손을 뒤로 묶인 채 머리에 흰 깃발을 꽂았다. 역도 중에 이미 사형 집행을 받은 이들은 목을 베어 장대에 효수梟首하고 역시 흰 깃발에 그 성명을 표기했다. 그래서 동안문東安門에서부터 황궁을 거쳐 나오는 수십 리 길이 온통 흰 눈과 같이 펼쳐지니 식자識者들이 불길하다 여겼다. 이때는 이미 섣달그믐에 가까웠다. 이듬해 임오년壬午年 봄에 바로 황상께서 표방豹房에서 붕어하셨다. 그러니 국가와 군대의 의식과 제도에서 흰색을 없애는 일 또한 가능했고, 하물며 포로들이 조정에 바쳐질 때조차도 대부분 머리에 붉은 수건을 두르고 붉은 옷을 걸치게 되었다.

원문 白服之忌

白爲凶服, 古來已然. 漢高[898]三軍[899]縞素是矣. 晋世婦人, 一時俱簪白柰花[900], 相傳天女[901]死, 爲之服孝. 俄太后崩, 疑爲咎徵. 但南朝天子晏居皆戴白, 如宋明帝[902]着烏紗帽[903], 劉休仁[904]遽易白紗是也. 武宗征宸

---

898 漢高 : 한나라의 개국황제인 고조高祖 유방劉邦, B.C.256~B.C.195을 말한다. 그의 자는 계季이고, 묘호는 고조高祖며, 패沛 사람이다. 진이세秦二世 원년B.C.209 진승陳勝이 반란을 일으키자, 이에 호응해 거병하고 패공沛公으로 불렸다. 처음에는 항량項梁의 휘하에 있다가 항우項羽와 함께 반진反秦 세력의 주력이 되었다. 그 후 항우와 5년에 걸친 피나는 결전 끝에 승리를 거두고 황제로 즉위해서 한왕조漢王朝를 세우고, 8년 동안 재위에 있었다.

899 三軍 : 중국 주周나라 때 큰 제후국에서 출병시키던 상군上軍, 중군中軍, 하군下軍을 이르던 말. 중군이 주력 부대이고 상군이 그 다음, 하군이 상군 다음의 위치를 차지했다. 군대를 통칭하는 말로도 사용된다.

900 白柰花 : 말리茉莉꽃 즉 자스민꽃을 말한다. 말리꽃은 히말라야가 원산이며 흰꽃이 핀다. 또 향이 강해 꽃차와 향료의 원료로 사용된다.

901 天女 : 하늘의 딸.

902 宋明帝 : 남조南朝의 송나라 제6대 황제인 유욱劉彧, 439~472을 말한다. 유욱의 자는 휴병休炳이다. 제3대 황제인 문제文帝 유의륭劉義隆의 열한 번째 아들로, 5대 황제인 조카 유자업劉子業을 죽이고 경화景和 원년465년에 황제가 되었다. 즉위 후 독단적인 정치를 펼치고 사치와 미신을 좋아해 재정을 궁핍하게 만들었다. 태예泰豫 원년472 향년 34세로 붕어했으며, 시호는 명제明帝이고, 묘호는 태종이다.

903 烏紗帽 : '오사烏紗' 또는 '오사건烏紗巾'이라고도 부른다. 원래 민간에서 일상적으로 쓰던 일반적인 모자였지만, 동진東晋 성제成帝 때 궁정의 환관들이 검은색 모자를 쓰기 시작했고, 남조 송나라 명제 때 유휴인劉休仁이라는 사람이 모양을 제대로 갖춘 오사모를 처음 만들었다. 수나라 때부터 관료들의 복장으로 사용되기 시작해 당나라를 거쳐, 송나라 때는 모자 뒤쪽에 날개를 2개 달았는데 벼슬의 품계에 따라 그 재질과 모양새가 달랐다. 명나라 이후로 오사모는 관리를 지칭하는 대명사가 되었다.

904 劉休仁 : 중화서국본 『만력야획편』에는 유체인劉體仁으로 되어 있지만, 『송서宋書·오행지五行志』에 있는 오사모 관련 글에 근거해 유휴인劉休仁으로 수정했다. 〖역자교주〗 ◉ 유휴인劉休仁, 443~471은 남조 송 문제文帝의 열두 번째 아들이다. 원가元嘉 20년443 건안군왕建安郡王에 봉해졌고, 비서감秘書監, 시중侍中, 상주자사湘州刺史, 호군장

濠凱旋入京, 旗幟尙素. 凡江西從逆藩臬[905]大小諸臣, 以至前吏部尙書陸完[906]左都督[907]朱寧[908], 皆裸體反接[909], 首揷白旗. 其逆徒已伏法者, 則梟首于竿, 亦以白幟標其姓名. 自東安門[910]貫大內而出, 數十里間彌亘如雪, 識者以爲不祥. 時已逼除夕矣. 次年壬午之春, 上卽晏駕[911]於豹

군護軍將軍, 사도司徒, 상서령尙書令 등의 벼슬을 지냈다. 태시泰始 7년471 29세의 젊은 나이에 죄에 연루되어 죽었다.

905 藩臬 : 번사藩司와 얼사臬司를 말한다. '번사'는 포정사布政使의 별칭으로, 한 성省의 민정과 재무를 주관했다. '얼사'는 제형안찰사사提刑按察使司의 별칭으로, 한 성의 사법司法을 주관했다.

906 陸完 : 육완陸完, 1458~1526의 자는 전경全卿이고, 호는 수림水村이며, 소주부蘇州府 장주長洲 사람이다. 성화 23년1487 진사로 감찰어사監察御史에 제수되었다. 정덕 초에 강서안찰사江西按察使가 되어 강서江西 지역에 갔을 때, 영왕 주신호와 자주 왕래했다. 정덕 6년1511 우첨도어사右僉都御史가 되어 군무軍務를 맡으면서 유육劉六과 유칠劉七의 농민 반란을 진압했다. 그 뒤 관직이 병부상서와 이부상서에 이르렀다. 정덕 15년1520 영왕 주신호와 내통해 반란을 일으키는 것을 도왔다는 죄명으로 붙잡혀 하옥되었다가, 정덕 16년1521 복건福建 정해위靖海衛로 유배되었다. 가정 5년1526 향년 69세로 세상을 떠났다.

907 左都督 : 명대 중앙군사 기관인 오군도독부五軍都督府에 두었던 군사 수장首長의 하나. 명나라 초기에 주원장朱元璋은 추밀원樞密院을 대도독부大都督府로 바꾸고, 대도독大都督을 두고서 중앙과 변경의 병마兵馬를 관할하게 했다. 그 뒤 홍무 13년1380 호유용胡惟庸을 죽이고는 군권軍權의 과도한 집중을 막기 위해, 대도독부를 중·좌·우·전·후의 오군도독부로 바꾼 뒤 각 도독부에 좌도독左都督과 우도독右都督 1명씩을 두었다. 각 도독부는 도지휘사사都指揮使司를 통해 경위京衛와 외위外衛의 병사들을 통솔했다. 명 중엽 이후 도독은 실권이 없는 이름뿐인 직책이 되었다.

908 朱寧 : 주녕朱寧, 생졸년 미상은 무종 때 금의위지휘사錦衣衛指揮使, 도독첨사都督僉事, 도독동지都督同知, 좌도독左都督 등을 지냈다. 영왕 주신호의 반란을 도왔다.

909 反接 : 두 손을 등 뒤로 묶은 것.

910 東安門 : 동안문東安門은 명 영락 18년1420에 처음 지어졌고, 원래 위치는 성벽 바깥에 있는 옥하玉河의 서쪽에 있었다. 선덕 7년1423 동안문을 동쪽으로 옮기면서 옥하가 성벽 안에 포함되었고, 동안문은 자금성 동화문東華門의 맞은편에 위치하게 되었다. 조회에 참여하는 대부분의 대신들이 동안문을 통해 입궐했다.

911 晏駕 : 임금이 죽는 것을 말한다.

房[912]. 然則國容[913]軍容[914], 卽屛除白色亦可, 況俘囚廷獻, 例頂緋巾披紅衣乎.

912 豹房 : 명대 무종이 거주하며 국정을 처리하고 향락을 즐기던 장소. 무종은 정덕 2년1507 황성皇城의 서원西苑에 지었던 표방은 그 규모가 계속 커져 정덕 7년1512에는 방이 200여 칸으로 늘었다. 표방의 구조는 여러 층으로 되어 있고 밀실들이 미로처럼 연결되어 있었으며, 그 안에 연무장演武場과 절도 있었다. 무종은 천하의 미녀, 악사, 승려, 도사 등을 표방으로 불러들여 종일 즐기고 놀았으며, 변방을 지키는 부대를 표방으로 불러 군사훈련을 시키기도 했다.

913 國容 : 국가 평상시의 의식과 제도.

914 軍容 : 군대의 위용이나 장비.

번역 돼지 도축을 금하다

송 휘종 숭녕崇寧 연간에 범치허范致虛가 간관諫官이었는데, 황상이 임술壬戌년생 개띠이므로 세간에서 개를 죽여서는 안 된다고 했다. 휘종께서 이 의론을 윤허해 개를 도축하는 것을 엄금하도록 명했다. 이는 고금을 통틀어 가장 웃기는 일이지만 정덕 14년 12월에도 이런 일이 있었다. 당시 무종이 남쪽으로 행차해 양주揚州의 행재소行在所에 이르렀는데, 병부좌시랑兵部左侍郎 왕헌王憲이 총독군무위무대장군총병관후군도독부태사진국공總督軍務威武大將軍總兵官後軍都督府太師鎭國公 주수朱壽를 파견한다는 첩지를 적어 받들었다. "살펴보니 돼지를 기르고 도축하는 일은 본디 항상 있어 온 일이다. 다만 작위를 받은 주수가 태어난 해의 간지干支가 돼지이고, 또 그의 성씨 주朱와 돼지 저猪 자가 글자는 달라도 음이 같다. 더구나 돼지를 먹고 병이 나거나 심히 편치 않아 했다. 이 때문에 지방에 알려 소와 양 등을 잡는 것을 금할 뿐 아니라 희생에 쓰는 돼지를 먹여 기르는 것과 도축한 가축을 교환 매매하는 것을 허용하지 않는다. 만일 법을 고의로 어기면 범인과 그 집안 식솔들은 극한 변방으로 보내져 죽을 때까지 벌로 군역을 살 것이다." 그래서 범치허의 말이 현 왕조에서도 행해진 것이다. 예나 지금이나 괴이한 일들 중 이에 대적할 만한 것이 어찌 없겠는가. 시랑侍郎 왕헌王憲은 당시 황상이 친히 역당을 정벌하는 것을 따랐는데, 나중에는 세종에게 기용되어 태자태보 겸 병부상서의 벼슬에 이르렀으며, 시호는 강의康毅이다.

범치허도 송 고종을 따라 남하했다가 역시 재상에 배수되었다.

원문 禁宰猪

宋徽宗崇寧間, 范致虛爲諫官, 謂上爲壬戌生, 於生肖屬犬, 人間不宜殺犬. 徽宗允其議, 命屠狗者有厲禁. 此古今最可笑事, 而正德十四年十二月亦有之. 時武宗南幸, 至揚州行在, 兵部左侍郎王[915], 抄奉欽差總督軍務威武大將軍總兵官後軍都督府太師鎭國公朱鈞帖[916]. "照得養豖宰猪, 固尋常通事. 但當爵本命[917], 又姓字異音同. 況食之隨生瘡疾, 深爲未便. 爲此省諭地方, 除牛羊等不禁外, 卽將豖牲不許喂養, 及易賣宰殺. 如若故違, 本犯[918]幷當房家小, 發極邊永遠充軍[919]." 然則范致虛之說, 又行於本朝矣. 今古怪事堪作對者, 何所不有. 王侍郎爲王憲, 時扈上親征逆濠, 後見知世宗, 仕至太子太保兵部尙書, 謚康毅. 范致虛從宋高宗南渡, 亦拜宰相.

---

915 王 : 명나라의 정치가인 왕헌王憲, 1464~1537을 말한다. 그의 자는 계강繼綱이고, 산동승선포정사사山東承宣布政使司 연주부兗州府 동평주東平州 사람이다. 벼슬은 병부상서를 지냈다.

916 鈞帖 : 신분 있는 사람의 편지에 대한 존칭.

917 本命 : 사람이 태어난 해의 간지干支.

918 本犯 : 재물에 장물성을 부여하는 기본적인 재산 범죄.

919 充軍 : 죄인을 변방으로 보내서 군대를 충원하는 것으로, 사형이나 유형流刑보다는 가볍지만, 종신토록 하는 경우와 대물림하는 경우 두 가지로 나뉜다.

번역 살생을 금지하는 괴이한 일

예나 지금이나 소를 죽이는 것은 교외에서 제사 지낼 때 외에는 엄격히 금지되어왔다. 다만 변방 지역에서는 이런 일을 다 따르지는 않았는데 이 또한 이치상 그렇게 해야만 했다. 내지內地에서는 남경과 북경 두 곳 모두 매일 제물로 바친 소나 양, 돼지를 배불리 먹으니, 황상의 뜻으로도 이를 막을 수 없었다. 이에 죽이는 일을 금지한 것이 더욱 우습게 되는 일이 있었으니, 예를 들어 정덕 기묘己卯년에 무종이 남쪽으로 순행하며 돼지를 도축하는 일을 금지하자 민간에서는 크고 작은 가축을 가리지 않고 모두 죽여서 소금에 절여 감추었다. 경진庚辰년 봄에 공자묘에 제사드릴 때 돼지를 희생으로 써야 했는데, 의진儀真의 현학縣學에서는 결국 양을 희생으로 대신했다. 근래에 날이 가물어도 희생을 도축하는 일이 없었기 때문에 급사중 호여녕胡汝寧이 마침내 개구리를 잡는 것도 금하자고 청했다. 『주례周禮』에 의하면 괵씨蟈氏가 황제의 음식으로 바친 것이 바로 지금 말하는 개구리이다. 한漢나라의 곽광霍光도 승상이 종묘에 희생이 되는 개구리와 새끼 양을 제멋대로 감축했다고 아뢰었다. 군주가 살아 있을 때도 돌아가셨을 때도 다 개구리를 썼는데, 어찌 급사중의 산 것을 아끼는 마음이 물에 사는 것들에까지 이르렀는가. 이 일은 측천후則天后 때 이리가 물고기를 물어 죽였다고 한 일과 뭐가 다르겠는가. 성화 연간에 어사가 나귀와 노새가 끄는 수레를 함께 두지 말라 청한 일과 홍치 연간에 급사중이 말갈기를 도둑맞는 것을 방지하도록 청한 일에 비하면 오히려 봐줄 만하다.

원문 禁殺怪事

古今殺牛, 自郊祀外有厲禁. 唯邊塞則不盡遵, 此亦理勢宜然. 內地則兩京俱日日享飫太牢[920], 雖明旨不能遏也. 乃禁殺更有可笑者, 如正德己卯, 武宗南巡禁宰猪, 則民間將所畜, 無大小俱殺以醃藏. 至庚辰春祀孔廟, 當用豕牲, 儀眞縣學[921], 竟以羊代矣. 近年因天旱斷屠, 給事中胡汝寧[922], 遂請幷禁捕蛙. 按『周禮』蟈氏供御食, 卽今所謂蛙也. 漢霍光[923]亦奏丞相擅減宗廟鼃羔. 則人主存亡俱用之, 何給事好生, 幷及此水族耶. 此與則天后時, 狼咬殺魚何異耶. 較之成化間, 御史請禁驢騾同車, 弘治間, 給事請防馬鬃被偷者, 尙可恕也.

---

920 太牢 : 고대의 제사에서 소나 양, 돼지를 모두 갖추어 놓는 것을 말한다.

921 儀眞縣學 : 의진은 강소성에 위치하며, 현학은 생원生員들이 공부하는 학교다. 과거 시험을 보기 위해서 현학에 들어가 공부하는 것을 진학進學, 입학入學, 입반入泮이라 하고, 선비를 상생庠生, 생원生員, 수재秀才라 불렀다.

922 胡汝寧 : 호여녕胡汝寧, 생졸년 미상은 명나라 만력 연간의 관리다. 그의 호는 사산似山이고, 강서 남창南昌 사람이다. 만력 2년1574 진사가 되어, 조양지현潮陽知縣, 예과급사중禮科給事中, 예과도급사중禮科都給事中 등의 벼슬을 지냈다. 그가 개구리를 잡는 것도 금지하자는 청을 올렸던 것을 희화해 하마급사蝦蟆給事로 불린다.

923 霍光 : 곽광霍光, ?~B.C. 68은 서한西漢 시기의 권신이자 정치가다. 하동군河東郡 평양平陽縣 사람으로, 자는 자맹子孟이고, 시호는 선성宣成이다. 한 무제 때의 명장 곽거병의 이복동생이자, 한 소제昭帝의 황후 상관씨上官氏의 외조부다. 한 무제, 한 소제, 한 선제宣帝의 세 황제를 섬기면서 창읍왕昌邑王을 폐위시키는데 주도적인 역할을 했다. 기린각麒麟閣 십일공신十一功臣 중 우두머리이다.

번역 방죽 위의 마방

황궁 안팎의 크고 작은 제사 의례는 모두 사부祠部와 태상시太常寺가 주도한다. 다만 방죽의 마방은 어떤 것에도 예속되지 않아 제사 의례에는 해당되지 않는다. 제사 시기가 되면 광록시에서 희생을 준비해 환관을 보내 제사 지내게 한다. 어디에서 시작되었는지는 모르겠지만 틀림없이 후대에 이런 예가 더해진 것이지 선조들의 옛 방식은 아니다. 지금 마방의 말먹이와 군량 문제가 지극히 번거러워져 마방부의 관리 하나가 그것을 도맡고 있는데 비용이 헤아릴 수 없이 많이 든다. 이에 앞서 성화 18년에 내관 양방梁芳이 흰 물소 한 마리를 진상하는데 매해 천금 넘는 돈을 지불했고, 효종을 거쳐 무종 때까지 이 일이 이미 20년 넘게 행해지니 간관이 상소를 올려 다음과 같이 말했다. "방죽 여덟 곳에서 기르는 것 중에 소가 가장 낭비가 심합니다. 선대 황제 때 급사 허문석許文錫이 소를 희생소犧牲所와 광록시로 보내야 한다고 건의해 황상의 승낙을 이미 받았지만 환관 여춘黎春이 반대해 그만두었습니다. 지금 의론하는대로 행해 남용하는 것을 줄여야 합니다." 이에 무종이 이를 허락했다. 그러나, 방죽의 마방에서는 지금도 예전처럼 꼴을 먹여 키워서 바치고 있다. 나라에서 옳지 않게 쓰는 경비가 종종 이와 같다.

원문 塡上馬房

內外大小祀典, 俱領之祠部及太常. 惟有塡上[924]馬房[925]無所隸屬, 不列祀典. 若値祀期, 光祿[926]備牲羞, 遣中官往祭. 不知何所起意, 必後世添設, 非祖宗舊耳. 今本房芻粟至煩, 房部一郎官司之, 所費不貲. 先是成化十八年, 內官梁芳進白水牛一隻, 每歲支費千餘金, 歷孝宗至武宗已二十餘年, 至是言官疏言, "塡上八處, 所豢惟牛最浪費無算. 先帝朝給事許文錫建白, 謂宜送之犧牲所及光祿寺, 已得旨, 以內臣黎春言而沮. 今宜如議, 以省冒濫." 武宗允之. 然塡上馬房, 至今芻牧供應如故也. 國家不經之費, 往往如此.

---

924 霸上 : 초원이 고원 지대에 형성되어 있는 지리적 특성을 지닌 곳으로, 내몽고 고원 남쪽 지방을 가리킨다.

925 馬房 : 마구간의 설비를 갖추고 있는 주막집 혹은 절 안에 손님의 말을 매어 두는 곳.

926 光祿 : 광록시를 말한다. 명 · 청 시기에 제사 혹은 연회의 제수용품이나 음식을 담당하던 관청이다.

번역 관직을 받은 예인藝人이 정치에 관여하다

무종께서 예인을 총애하셔서 고제高齊와 주야朱耶가 말년에 비어飛魚 등의 문양이 있는 관복을 하사받는 처지에 이른 것처럼 예우하셨지만, 관리의 품계에는 여전히 절도가 있었다. 교방사 우사악右司樂 장현臧賢이 사직을 청하는 상소를 올리면서 병이 들어 좌우에서 황상을 모실 수가 없다고 했다. 황상께서는 포상의 조서를 내려 머물러 남기를 권하시고 교방사의 봉란奉鑾으로 승진시켜 봉직하게 하셨다. 이러한 예로 조정 관리를 대우해 관작을 더해준 것은 매우 특이한 일이다. 중서관中書官 겸 광록경 주혜주周惠疇가 탄핵받아 떠나도록 윤허되자, 다시 황상께 간청하도록 장현에게 부탁해 집이 멀어 돌아가기 어려우니 북경에 잠시 머물게 해달라고 했다. 이에 조서가 내려져 다시 복직되었으니 마찬가지로 특이한 경우다. 편수編修 손청孫清이란 자가 홍치 임술년 갑과에 2등으로 급제했는데, 자격미달이라는 여론 때문에 관직을 떠났다가 다시 장현의 추천으로 산서제학부사山西提學副使에 기용되었다. 당시 단도丹徒의 태재 양문상楊文襄이 사람들에게 "손청과 같은 자는 일개 관직으로 얽매어 두지 않는다면 장차 무엇인들 하지 않겠는가?"라고 말한 것은 일시적인 비방으로 그치기를 바란 것이다. 예인 장현의 방자함과 횡포가 문학 사신들의 진퇴를 조정하는 권력을 누리는 지경에까지 이르렀으니, 전녕과 더불어 주신호의 역모에 내통하는 일이 아니라도 마땅히 팔다리가 찢기는 혹형을 당해야 했다. 그런데도 겨우 장형杖刑을 받고 수자리로 보내졌고 끔찍하게 죽었는데, 세상에서는 그런 끔찍한 죽음마저도 그의 허물을 덮지는 못했다고 전한다.

○ 이전에 장현이 천자의 명을 받들어 벽하원군碧霞元君에게 제사를 지낼 때 지나는 고을마다 거만하게 앉아 알현을 받고 가마를 타고 호령하며 멈추면 관리들이 그 풍채를 우러러 보며 영접해 그에게 절을 올렸다. 제남濟南에 당도하니 삼사三司가 성의 근교까지 나와 그의 수고로움을 위로하고 모두 손님을 모시는 예를 갖추었다. 장현이 광서廣西 순상위馴象衛에서 수자리를 살게 되자 전녕이 연루되었음을 진술했는데, 전녕이 모의한 일이 누설될까 두려워 은밀히 사람을 보내 그를 장가만張家灣에서 죽였다.

원문 伶官[927]干政

武宗之寵優伶[928]，幾同高齊[929]及朱耶[930]之季，至賜飛魚等禁服[931]，然

927 伶官 : 관직을 수여받은 예인藝人.

928 優伶 : 춤 또는 연기에 뛰어난 남자배우를 '우優'라 하고, 여자배우를 '영伶'이라 하는데, 일반적으로 예인藝人을 통칭한다.

929 高齊 : 북제北齊, 550~577를 말한다. 남북조시기南北朝時期에 고양高洋이 세운 북조北朝의 한 나라로 업鄴에 도읍을 정했다. 남제南齊와 구별해 북제北齊라 하고 또 황실의 성이 고씨高氏기 때문에 고제高齊라고도 부른다.

930 朱耶 : 주사朱邪라고도 하며, 당나라 때 서돌궐의 부족명이다.

931 禁服 : 명대 복식에는 공복公服과 조복朝服 등이 있는데, 모두 관원들의 품계에 따라 달리 입었다. 문관과 무관은 가슴 쪽에 수놓은 문양으로 품계를 구분했다. 문관 일품은 선학仙鶴, 이품은 금계錦鷄, 삼품은 공작孔雀 문양을 수놓았고, 무관 일품과 이품은 사자獅子, 삼품과 사품은 호표虎豹 문양을 수놓았다. 금의위와 환관은 비어 문양의 관복을 입었다.

官秩猶爲有節. 惟臧賢[932]以教坊司右司樂[933], 請告疏云, 病不能侍左右. 上優詔[934]勉留, 仍陞本司奉鑾[935]供職. 其禮視朝士有加焉, 已爲異矣. 至中書官光祿卿周惠疇[936], 旣以聚劾允其去矣, 復托賢懇於上, 以家遠難歸, 乞暫留京師. 詔仍復職, 猶曰異途也. 編修孫淸[937]者, 登弘治壬戌一甲第二, 以士論不齒[938]去官, 復用賢薦, 起爲山西提學副使[939]. 時丹徒楊文襄[940]爲太宰[941], 謂人曰, "如淸者不以一官羈之, 將何所不爲?", 冀以弭一時之謗議也. 伶人恣橫, 至操文學詞臣進退之權, 不待與錢寧[942]通

---

932 臧賢 : 장현臧賢, 생졸년 미상은 명 무종의 총애를 받았던 교방사의 악관樂官으로, 자는 양지良之다.

933 右司樂 : 명청 시기 예부 교방사의 속관 중 하나다. 음악과 춤 공연을 관장했으며, 명나라 때는 품계가 종구품從九品이었으나, 청나라 때에는 정구품正九品이었다.

934 優詔 : 칭찬하고 포상하는 조서.

935 奉鑾 : 명청 시기 예부 교방사의 수장으로, 조정의 악률과 무의舞儀를 관장했다. 명대에는 1인을 두었고, 품계는 정구품正九品이었다.

936 周惠疇 : 주혜주周惠疇, 생졸년 미상은 명나라 무종의 총애를 받은 신하다. 문화전서판文華殿書辦, 상보사승尙寶司丞, 광록시경 등의 벼슬을 지냈다.

937 孫淸 : 손청孫淸, 1483~?은 명나라 중기의 관리다. 그의 자는 직경直卿이고, 호는 평천平泉이며, 절강 여요餘姚 사람이다. 재주가 뛰어났으며 특히 문학 방면에서 명성이 높았다. 홍치 11년1498 순천부順天府 향시에서 1등 해원解元을 차지하고, 홍치 15년1502 전시에서 2등 방안榜眼으로 진사에 합격했다. 한림원편수, 산서제학부사山西提學副使, 귀주참정貴州參政, 산서참정山西參政 등의 벼슬을 지냈다. 재주에 비해 크게 기용되지 못하고 이른 나이에 세상을 떠났다.

938 不齒 : 함께 논할 만한 자격이 없다는 의미로, 다른 사람을 멸시하거나 경시하는 것을 말함.

939 提學副使 : 관직명으로, '제학提學'이라고 약칭하기도 한다. 각 지역의 과거시험과 학교 일을 관장하기 위해 조정에서 파견한 관리.

940 丹徒楊文襄 : 명대의 대신이자 문학가인 양일청을 말한다.

941 太宰 : 나라의 전적典籍을 관장하는 관직명으로, 황실의 사무를 총관하며 황제의 치정을 보좌했다.

942 錢寧 : 전녕錢寧, ?~1521은 명나라 무종 때의 간신으로, 진안鎭安 사람이다. 원래는 전

逆濠, 已當寸磔[943]矣. 乃僅賜杖遣戍以終, 世謂尙未蔽辜[944]云.

○ 先是賢奉命祀碧霞元君[945], 所過州邑倨坐受謁, 肩輿呼殿, 官吏望風迎拜. 至濟南, 三司出城郊勞, 俱具賓主禮. 及賢戍廣西馴象衛[946], 因獄詞[947]連錢寧, 寧懼謀洩, 密使人殺之於張家灣[948].

씨錢氏가 아닌데, 어렸을 때 태감 전능錢能에게 팔려가 그의 총애를 받으면서 성을 전씨로 바꾸었다. 전능 사후에 금의백호錦衣百戶의 직위를 세습 받았고, 나중에 환관 유근劉瑾을 모시면서 무종의 총애를 받게 되었다. 정덕 8년1513 금의위를 관장하게 되었고, 무종의 양자가 되어 주씨朱氏 성을 하사받았다. 영왕 주신호와 사통한 죄로 체포되어 가산을 몰수당했다. 세종이 즉위하면서 책형磔刑에 처해졌다.

943 寸磔 : 팔다리가 찢기는 혹형酷刑.

944 蔽辜 : 죄의 경중에 따라 형벌을 받음.

945 碧霞元君 : 화북華北 지방을 중심으로 민간에서 믿는 도교의 산신山神으로, 전체 명칭은 '동악태산천선옥녀벽하원군東岳泰山天仙玉女碧霞元君'이다. 여신女神이며, 중국의 오악五岳 중 동악東岳, 즉 태산泰山의 산신이다.

946 馴象衛: 명대 광서도지휘사사廣西都指揮使司가 관할한 십위十衛 중의 하나.

947 獄詞 : 죄인이 자기의 범죄 사실을 진술하는 말.

948 張家灣 : 지금의 베이징 통저우通州 구 동남부에 위치하며, 화북華北, 동북東北, 천진天津 등지와 왕래하는 교통의 요지다.

만력야획편萬曆野獲編 上

권2

수수秀水 경천景倩 심덕부沈德符 저

동향桐鄕 이재爾載 전방錢枋 편집

번역 세종의 제위를 잇는 의례

세종께서 흥왕부興王府에서 북경으로 들어와 제위를 이으셨는데, 처음에는 경성 밖 행궁行宮에서 잠시 머무셨다. 예부에서 황태자의 즉위 의례로 의론을 모았는데, 황상께서 장사長史 원종고袁宗皐에게 "유언으로 나에게 황제의 지위를 이으라 하신 것이지 황자의 지위를 이으란 것은 아니니다"라고 말씀하셨다. 재상 양정화 등이 동안문東安門으로 들어와 문화전文華殿에 기거하면서 등극을 권하길 기다리시라 청했지만 황상께서 허락지 않으셨다. 이에 재상들이 어쩔 수 없이 자수황태후慈壽皇太后의 명으로 안팎의 신하와 백성들이 행궁에서 글을 올리고 등극을 권하는 예를 세 번 행했다. 아마 황상께서 황통을 이어야하며 단지 후사를 잇는 것은 안 된다는 생각이 이미 황상의 마음속에 자리 잡고 있었던 듯하니, 장총과 계악 등의 건의는 기회를 몰래 엿본 것에 불과할 뿐이다. 그해 9월 장성태후章聖太后께서 안륙安陸에서 북경으로 오셨는데, 숭문문崇文門으로부터 동화문東華門으로 들어가도록 예부에서 의론을 모았지만, 황상께서 윤허하지 않으시고 다시 의론하라 명하셨다. 정양좌문正陽左門에서 대명동문大明東門으로 들어가도록 했는데, 황상께서 또 따르지 않으시고 다시 의론하라 명하셨다. 그러나, 여러 신하들이 또 이전의 의견을 고집하자 황상께서 그 의례를 친히 정하셨는데, 정양중문正陽中門에서 바로 들어가 다른 문과 황궁 안까지도 모두 바로 들어가도록 하셨다. 이런 성지가 내려지자 대신들이 감히 그 뜻을 다시 거스르지 못하고, 예부에서 성모聖母의 가마를 맞이하는 의장儀仗을 갖추고 예전처럼 왕비의 의례를 행할 것을 청했는데, 성지로 답하시어 마침내 예전대로 모후의 가마 의례로 행하도록 명하셨다. 이 당시 의전 제도에 따라 이미 모두 성모라고 했으니, 가정 3년에 본생本生 황태후로 칭하고 가정 7년에 성모聖母 황태후라고 고쳐 칭하고 나서야 정해지게 될 줄을 어찌 생각이나 했겠는가. 여러 신하들 중 분분히 울며 엎드려 간한 자들은 공연히 나서서 모욕만 당했을 뿐이니, 군주를 섬긴다는 게 응당 이러한 것이다.

원문 世宗入紹[1]禮

世宗從興邸入纘, 初至京城外, 駐蹕[2]行殿[3]. 禮部具議如皇太子卽位禮, 上謂長史袁宗皋[4]曰, "遺詔[5]以吾嗣皇帝位, 非皇子也." 輔臣楊廷和等請

1 入紹 : 번왕藩王이 제위를 잇는 것.

2 駐蹕 : 임금이 행차하다가 잠시 어가를 멈추고 머무르거나 묵던 일.

3 行殿 : 예전에 임금이 거둥할 때 머물던 별궁인 행궁行宮.

4 袁宗皋 : 원종고袁宗皋, 1452~1522는 명나라 중기의 관리다. 그의 자는 중덕仲德이고, 석도石道 사람이다. 홍치 3년1490 진사가 된 뒤, 흥왕부興王府의 장사로 충원되어 흥왕興王: 세종의 부친의 총애를 받았다. 홍치 10년1497 흥왕의 상소로 정삼품正三品 통의대부通議大夫가 되었고, 정덕 10년1615에는 강서안찰사江西按察使가 되었다. 흥왕의 아들인 세종이 무종의 뒤를 이어 제위에 오른 뒤, 이부좌시랑吏部左侍郞 겸 한림원학사가 되었다. 이때 세종에게 상소를 올려 환관의 조정 참여와 병권兵權 장악에 제재를 가할 것을 청했다. 그 뒤 예부상서 겸 문연각대학사가 되어 내각에 들어갔는데, 채 4개월이 안 되어 병사했다.

5 遺詔 : 임금의 유언.

由東安門入居文華殿, 以待勸進[6], 上不許. 輔臣輩不得已, 乃以慈壽皇太后[7]令旨, 內外臣民卽於行殿上牋[8], 行三勸進禮. 蓋上繼統不繼嗣之說, 早已定於聖心, 張[9]桂[10]等建白, 不過黙窺其機耳. 是年九月, 章聖太后[11]自安陸[12]至京, 禮部具議從崇文門[13]進東華門[14], 上不允, 命再議. 由正陽

---

6 勸進 : 신하가 황제에 뜻이 있는 실권자에게 등극하도록 권하던 것.

7 慈壽皇太后 : 자수황태후慈壽皇太后, 1470~1541는 명 효종의 황후이자 무종의 모친 장씨張氏를 말한다. 북직례北直隸 흥제興濟 사람이다. 성화成化 23년1487 황태자인 주우탱朱祐樘의 태자비가 되었고, 주우탱이 효종으로 즉위하면서 효강경황후孝康敬皇后에 봉해졌다. 이와 함께 장황후의 부친 장만張巒은 창국공昌國公에, 동생 장학령張鶴齡은 수녕후壽寧侯, 장연령張延齡은 건창후建昌侯에 봉해졌다. 홍치 18년1505 효종이 붕어하고 무종이 황제가 되면서 황태후가 되었다. 정덕 5년1510 '자수황태후慈壽皇太后'라는 존호를 받았다. 정덕 26년1521 무종이 후사 없이 붕어하자, 당시 내각수보였던 양정화와 상의해 흥헌왕興獻王의 아들인 주후총朱厚熜을 황제로 옹립했다. 새로운 황제 세종이 즉위하면서 '소성자수황태후昭聖慈壽皇太后'라는 존호를 바쳤다. 하지만 세종은 '대례의大禮議 사건'을 일으켜 자신의 생모를 장성태후章聖太后에 봉하고, 자수황태후에 대한 호칭을 백모伯母로 바꿨다. 가정 20년1541에 붕어했고, 시호는 '효강정숙장자철의익천찬성경황후孝康靖肅莊慈哲懿翊天贊聖敬皇后'다. 나중에 남명南明 홍광弘光 원년1644 시호가 '효성정숙장자철의익천찬성경황후孝成靖肅莊慈哲懿翊天贊聖敬皇后'로 바뀌었다.

8 上牋 : 신하가 임금에게 글을 올리는 일.

9 張 : 명대 가정 연간의 중신인 장총을 말한다.

10 桂 : 명대 가정 연간의 중신인 계악을 말한다.

11 章聖太后 : 흥헌왕의 부인이자 명 세종의 생모인 자효헌황후慈孝獻皇后 장씨蔣氏를 말한다.

12 安陸 : 지금의 후베이성[湖北省] 중동부에 위치한 초문화楚文化의 발원지다. 전국시대戰國時代 말기에 이미 안륙安陸이라는 지명이 사용되었으며, 역대로 운자국鄖子國, 안륙군安陸郡, 덕안부德安府가 있던 곳이다. 명대 홍무 원년1368 안륙현은 덕안부에 속했었는데, 홍무 13년1380 호광포정사사湖廣布政使司 무창도武昌道 소속으로 바뀌었다. 만력 36년1608에는 형서도荊西道 소속이 되었다. 명 세종이 태어나 어린 시절을 보낸 흥헌왕저興獻王邸가 호광포정사 안륙주에 있었다.

13 崇文門 : 숭문문崇文門은 북경北京 9문門 중 남쪽에 있는 세 성문 중 하나였다. 정양문正陽門을 가운데 두고 왼쪽에는 숭무문 오른쪽에는 선무문宣武門이 있었다. 그 위치

左門[15]進大明東門[16], 上又不從, 令再議. 而諸臣又執前說, 上乃親定其儀, 從正陽中門[17]直入, 以至他門及大內皆然. 此旨已下, 大臣等不敢復

는 정양문正陽門에서 약 3km 떨어진 지금의 숭문문내대가崇文門內大街 남쪽 입구 부근이었다. 원, 명, 청 세 왕조 동안 존재했다. 원대에는 문명문文明門이라고 불렸는데, 명대 정통 4년1439에 성문을 개축하면서 문덕文德을 숭상하는 의미를 담아 '숭문문'으로 이름을 바꿨다.

14 東華門 : 동화문東華門은 자금성紫禁城의 동문으로, 명나라 영락 18년1420에 처음 만들었다. 동화문은 동향으로 서화문西華門과 대칭이다. 동화문 밖에는 말 타고 지나는 사람은 말에서 내리라고 쓴 비석이 있고, 문 안에는 금수하金水河가 남북으로 흐르며 그 위에는 돌다리가 있고 돌다리 북쪽에는 삼좌문三座門이 있다. 동화문 서쪽에는 문화전文華殿이 있고 남쪽에는 난의위鑾儀衛의 창고가 있었다. 동화문은 태자궁과 가까웠으므로 태자가 자금성을 출입할 때는 이 문을 이용했다. 그러므로 태자를 거치지 않고 바로 황제에 오른 명 세종은 동화문으로 입궁하게 하려는 예부의 배치를 거절하고 대명문大明門을 이용했다.

15 正陽左門 : 정양문正陽門은 전문前門이라고도 하며 원래 이름은 여정문麗正門이었다. 명대와 청대 북경北京 내성內城의 정남쪽에 있던 문으로, 북경성 남북 중심축의 최남단에 있다. 명 영락 17년1419에 짓기 시작해 영락 19년1421에 완공되었는데 이때는 여정문이라 불렸다. 정통 4년1439 대대적인 수축修築을 마친 뒤 명칭을 정양문으로 바꿨다. 정양문은 성루城樓와 전루箭樓, 옹성甕城으로 이루어졌으며, 출입구가 성루, 전루에 하나씩 옹성의 동서쪽 측면에 1개씩 해서 총 4개가 있었다. 정양문의 남문南門 즉 중문中門은 황제만이 출입할 수 있었고 다른 사람들은 옹성의 동서쪽에 난 측문側門을 이용해야 했다. 정양좌문正陽左門은 옹성의 좌측에 있는 문을 가리키는 것으로 보인다.

16 大明東門 : 대명문大明門은 지금의 중화문中華門으로 청대에는 대청문大淸門이라 불렸다. 자금성의 정남쪽에 있는 문으로 정양문正陽門의 북쪽에 있다. 영락 18년1420에 만들었다. 대명문은 가운데 있는 중문中門과 양쪽 측면에 측문側門이 하나씩 있는데, 평소에는 열지 않고 국가의 큰 행사가 있을 때만 열었다. 대명문의 중문은 태상황太上皇, 황태후, 황제, 황후만이 출입할 수 있고 그 이외의 사람은 모두 측문으로 다녀야 했다. 또 황제나 황후, 황태후를 제외한 다른 사람들은 대명문으로 들어가기 전 반드시 말이나 가마에서 내려 걸어서 통과해야 했다. 대명동문大明東門은 대명문의 동쪽에 둔 측문을 말하는 것으로 보인다.

17 正陽中門 : 북경성 남쪽에 있는 정양문正陽門의 가운데 있는 중문中門을 말한다.

違, 乃禮部具奉迎聖母[18]鳳轎[19]儀仗[20], 請用王妃禮如故事, 中旨批出, 竟命治母后駕儀以往. 此時儀注[21]已俱云聖母, 又何待嘉靖三年之稱本生[22]皇太后, 與夫七年之直稱聖母皇太后而始定耶. 諸臣紛紛哭諫伏闕[23]者, 徒自取僇譴耳, 然事君則當如此矣.

18 聖母 : 임금의 생모를 높여 부르는 말.

19 鳳轎 : 봉황 문양으로 전체를 화려하게 장식한 가마.

20 儀仗 : 제왕이나 관리 등이 의식을 갖추어 외출할 때에 쓰던 기旗, 큰 부채와 같은 선扇, 큰 양산과 같은 산傘, 각종 의장용 무기 따위를 말한다.

21 儀注 : 제도. 의전儀典.

22 本生 : 남의 집에 양자로 간 사람이 자신의 친부모를 자칭하는 말.

23 伏闕 : 임금에게 상소上訴를 하기 위해 대궐 앞에 엎드리던 일.

번역 선조의 유훈을 인용하다

세종께서 제위를 이으신 것은 무종의 유조遺詔로 말미암은 것이다. 유조에서는 "선친이신 효종의 친아우 흥헌왕興獻王의 장자長子는 총명하고도 어질고 효성스러워 서열상 황위를 계승하심이 마땅했다. 형이 죽으면 동생이 잇는다는 선조의 유훈이 있으니, 즉시 관리를 보내서 북경으로 맞이해 황위를 잇게 하라"고 했다. 생각건대 형이 죽으면 동생이 이어받는다는 선조의 유훈은 대개 한 아버지에게서 난 친형제를 가리키는데, 효종과 흥헌왕의 관계가 그러하다. 세종은 무종에게 있어 사촌 형제인데 어찌 친형제로 끌어다 쓸 수 있는가? 이때 이 유조를 작성한 자는 문충공文忠公 양정화로, 선조의 유훈을 망령되이 인용했는데 나중에 장총과 계악의 의론이 일어나자 다시 말을 바꿔 송대 복안의왕濮安懿王의 이야기를 끌어다가 그 의론에 맞섰다. 내세운 논지가 견고하지 못해 결국 이길 수 없었다.

금상 21년, 황태자를 세우는 일이 오랫동안 정해지지 않자 황상께서 돌연 친필 서신을 쓰셨는데 적자嫡子를 기다리자는 의론이 있었다. 이때 왕태창王太倉이 고향에서 돌아와 새로 국정을 맡아 다스리게 되면서 두 가지 유지諭旨의 초안을 써서 바쳤다. 하나는 황태자 책봉에 기한을 정하자는 것이고, 다른 하나는 황후의 나이가 젊으니 몇 년 기다린 뒤 적자가 있으면 적자를 세우고 적자가 없으면 장자를 세워 선조의 유훈을 따르되 지금은 우선 세 명의 왕을 함께 봉하고서 이를 기다리

자는 것이었다. 황상께서 결국 적자를 기다리자는 유지를 내보이시니 이에 온 조정이 떠들썩하게 말하기를 선조의 유훈에서 말하는 '적자가 있으면 적자를 세우고 적자가 없으면 장자를 세운다'는 것은 번왕藩王이 작위를 계승하는 경우이지 황가皇家의 일이 아니라고 했다. 황상께서 진노하셨지만 왕태창이 초안에서 뜻하지 않게 실수한 잘못을 스스로 인정하자, "경이 이미 죄를 인정했으니 짐이 어찌할지 모르겠구나"라고 말씀하셨다. 얼마 안 되어 세 명의 왕을 함께 봉하는 일 또한 중단되었다. 적자를 기다린다는 의견 또한 상구商邱의 심리沈鯉가 종백宗伯으로 있을 때 일찍이 사적으로 제기한 것인데, 왕태창이 선조의 유훈을 증거 삼아 그르다고 했었다. 왕태창이 순간적으로 잠시 이 의견이 옳다고 생각한 것 또한 일리가 있다.

양문충楊文忠이 유지를 쓸 때는 황상께서 몸이 불편하신 지 이미 오래되었기 때문에 수차례 고심하고 고쳤을 테니 마땅히 군더더기가 없어야 했는데도 이와 같은 잘못을 면치 못한 것은 어째서인가? 양문충과 왕태창 모두 한 시대의 명신名臣이므로, 처음에는 이로 인해 명성이 실추되지 않았지만 후대에 이야깃거리가 되어 혀를 놀려 조롱하기까지 했으니, 지금 일에 통달한 것이 옛 일에 밝은 것을 이길 수 없음을 알 수 있다.

원문 **引祖訓**

世宗之入紹也, 用武宗遺詔曰, "皇考孝宗親弟, 興獻王[24]長子, 聰明仁孝, 倫序當立, 遵奉祖訓. 兄終弟及之文, 卽日遣官迎取來京, 嗣皇帝位." 按兄終弟及祖訓, 蓋指同父弟兄, 如孝宗之於獻王是也. 若世宗之於武宗, 乃同堂[25]伯仲, 安得援爲親兄弟. 時草此詔者爲楊文忠廷和[26], 旣妄引祖訓, 後張[27]桂[28]議起, 復改口援宋濮安懿王[29]故事以拒之. 持論不堅, 遂終不能勝. 今上之二十一年, 建儲[30]事久不定, 上忽出御劄[31], 有待嫡之議. 時王太倉[32]新從里中起當國[33], 擬兩旨以進. 一爲冊立[34]定期, 一則云

24 興獻王 : 명 헌종의 넷째 아들이자 세종의 부친인 주우원朱祐杬을 말한다.
25 同堂 : 할아버지가 같은 친족 관계.
26 楊文忠廷和 : 명대의 저명한 정치개혁가인 양정화를 말한다.
27 張 : 명대 가정 연간의 중신인 장총을 말한다.
28 桂 : 명대 가정 연간의 중신인 계악을 말한다.
29 宋濮安懿王 : 북송 영종의 생부인 조윤양趙允讓, 995~1059을 말한다. 조윤양은 송나라의 황족이자 추존황제로, 자는 익지益之이고, 시호는 안의安懿이며 사후에 복왕濮王으로 추봉追封되었다. 경력慶曆 4년1044 여남군왕汝南郡王에 봉해졌고, 동평장사同平章事, 판대종정사判大宗正司 등을 지냈다. 가우嘉祐 4년1059 향년 65세로 세상을 떠나면서, 태위太尉 겸 중서령中書令에 추서追敍되고 '복왕'에 추봉되었으며 '안의'라는 시호를 받았다. 인종에게 아들이 없자 조윤양은 자신의 열세 번째 아들인 조종실趙宗實의 이름을 조서趙曙로 바꾸고 인종의 황자皇子로 보냈다. 인종이 붕어하자 조서가 황제로 즉위하니 그가 바로 영종이다. 영종이 즉위한 뒤 복왕을 황숙皇叔이라 할 것인지 황부皇父라고 할 것인지에 대한 논쟁이 벌어지는데 이것을 '복의濮議'라 한다. 그 결과 조윤양은 황제로 추존되었으므로 '복안의왕濮安懿王' 또는 '복안의황濮安懿皇'이라 불린다.
30 建儲 : 왕의 자리를 물려받을 왕세자나 황태자를 정하는 일.
31 御劄 : 황제의 서찰.
32 王太倉 : 명대 만력 연간에 내각수보를 지낸 왕석작을 말한다.
33 當國 : 국정을 맡아 다스리는 것을 말한다.
34 冊立 : 황제의 명령에 의해 황태자나 황후를 봉해 세우는 일.

中宮年少, 且待數年後, 有嫡立嫡, 無嫡立長, 以遵祖訓, 今且並封三王以俟之. 上竟出待嫡之旨, 於是擧朝譁然, 謂祖訓所云, '有嫡立嫡, 無嫡立長', 乃藩王嗣爵之例, 非天家也. 上雖震怒, 王自認條旨[35]偶誤之罪, 上曰, "卿旣認罪, 置朕何地." 未幾而並封事亦寢矣. 待嫡之說, 沈商邱鯉[36]爲宗伯[37]時, 亦曾私建此議, 但王以祖訓爲證則悞矣. 王出一時倉卒, 姑以臆對, 亦理勢所有.

楊文忠時, 上不豫[38]已久, 籌度推敲, 當無剩義, 猶不免舛謬如此, 何耶? 二公俱一代名臣, 初不以此貶望, 然授後生以話端, 致其彈舌相譏, 可見通今之難勝於博古.

35 條旨 : 상주문을 보고 황제가 내려야 할 결정에 관한 안案을 세워 각신이 상주문 말미에 첨부하던 의견서.

36 沈商邱鯉 : 명나라 만력 연간의 대신 심리沈鯉를 말한다.

37 宗伯 : 예부상서의 별칭으로, 대종백 또는 춘관春官이라고도 한다.

38 不豫 : 임금이나 왕비의 몸이 편치 않은 것, 즉 병이 난 것을 말한다.

세종께서 등극하신 뒤 장총과 계악이 흥헌왕의 존호를 바꿀 것을 의론했는데, 이때에는 이 의견에 따르는 자들이 아직 적었고 흥헌왕도 이미 관덕전觀德殿에 안치되어 제사 지냈다. 가정 원년 9월 임직을 기다리던 감생監生 하연何淵이 장총에 이어 상소해서 흥헌왕을 추증追贈해 황제의 존호를 더하고 북경에 종묘를 세워야 하며 멀리 안륙安陸에 두어서는 안 된다고 간곡히 청했다. 황상께서 그 말을 옳다 여기시고 모여서 의논하라고 명했지만 응하는 이가 한 사람도 없었다. 이때 조정 대신들이 그를 미워해 섬서陝西 평량현平涼縣 주부主簿로 뽑아 보냈는데, 여러 차례 상관에게 매질을 당하자 중앙 관직으로 바꿔달라고 애걸했다. 이에 광록시 진수서승珍羞署丞에 제수되었는데, 이때가 가정 4년 봄이니 헌황제獻皇帝를 황고皇考라 칭한 지 한참 지났을 때다.

하연은 북경에 와 또 상소를 올려서 태묘太廟에 종묘를 세우고 헌황제의 제사를 지내기를 청했다. 이 일을 예부로 내려 의론하게 했는데, 이때 예부상서 석서席書가 대례大禮를 바로잡았던 중요 인물인데도 그래서는 안 된다고 강력히 주장했지만 황상께서는 허락지 않으시고 여러 관원을 모아 상세히 의론해 보고하라고 명하셨다. 이때 장총과 계악이 모두 학사學士였는데 각자 상소를 올려 강력히 말리며 모여 의론하는 것을 그만둘 것을 청했지만 황상께서는 역시 따르지 않으셨다. 예부에서 다시 이 일을 논의했는데도 조정 대신들이 모두 다른 말을 하니 황상께서 또 명해 다시 의논하게 했는데, 장총과 계악 등이 또 그것을 쟁론하고 상소를 올려 간신히 비답批答을 받았다. 황상께서 석서에게 명해 또 문무 대신과 과도관을 모아 의론하라고 했는데 한 사람도 옳다고 하는 이가 없었다. 황상께서는 반드시 태묘에 모셔 제사 지내고야 말겠다는 뜻을 환관들에게 전해 알리게 하셨다. 석서가 비밀리에 상소를 올려 멈추기를 권하자 종묘에 대한 논의를 그만두게 하셨다.

이에 하연이 다시 「예묘정의禰廟正議」를 올리니, 황상께서 또 그것을 예부로 내려 보내셨다. 예부 신하들이 모여 북경에 헌황제의 묘를 세우되 따로 제사를 지낸다면 안 될 것도 없다고 의론하고 한나라와 송나라 때의 옛 일을 인용해 증거로 삼았다. 황상께서 친히 그 이름을 세묘世廟라 정하시고 태묘 부근에다 날을 택해 공사를 시작하라고 명하셨다. 당시 예부 대신의 상소문 중에는 헌왕을 위한 상복을 벗는 날 효종과 같이 태묘에 모신다고 했다. 황상께서 이에 또 환관을 보내 다시 논의하도록 유지를 내리시니, 예부의 보고에서는 이 일은 마땅히 백 년을 기다려야 하니 성명聖明한 군주와 어진 재상께서 결정하시라고 했다. 황상께서 또 불쾌해하시며 따로 의론하라고 명하자, 예부에서는 이에 논의해 세묘에 따로 내실을 하나 만들어 조묘祧廟로 삼기를 청했다. 황상께서 따르지 않으시고, 이미 묘를 따로 세웠으면 태묘와는 다른 것이니 앞으로 자손 대대로 신주를 옮기지 말고 제사를 받들어 모시라고 말씀하셨다. 일이 마침내 해결되었다. 황종명黃宗明이나 황관黃綰과 같이 예를 논한 신하들이 모두 하루속히 하연이 의론을 잘못한 죄를 다스리자고 상소를 올려 청했는데 황상의 답을 얻지 못해 그만두었다.

세묘 공사가 시작될 즈음, 하연은 또 상소를 올려 새 묘의 신로神路가 멀리 에둘러 있으니 따로 길을 내서 태묘와 같은 문을 써야 한다고 했다. 이에 여러 신하들이 길을 따로 내려면 담장을 허물고 나무를 베야 해서 종묘宗廟를 흔들어 놀라게 할 거라고 의론했다. 황상께서 크게 노해 책망하며 따져 묻자 이에 장총과 계악 등이 또 상소해 처음 논의대로 해야 한다고 간언했다. 황상께서 신궁감神宮監 맞은편 방을 허물어 길을 트라고 명하셨다. 하연이 이처럼 오만방자하게 영달榮達을 꾀하니 장총과 계악 등도 그를 미워했던 듯하다.

하연은 『대례집의大禮集議』가 완성되자 상림우감승上林右監丞으로 승진했다. 그해 12월, 하연이 또 상소해 석서가 종묘에 관한 여러 상소문을 방치해두었다고 아뢰고는 그간의 상소문을 더해 넣어 속편을 다시 편찬하자고 청했다. 황상께서 또 그 의견을 예부에 내려보내셨는데, 이때 석서가 눈병이 나서 나올 수 없자 상소를 올려 왕수인王守仁과 의례관議禮官 방헌부 등을 불러 증수增修하기를 청하면서 하연의 상소문은 잘못된 것이라 채용할 수 없다고 했다. 황상께서 또 석서에게 유지를 내려 그 사항을 이어 편찬하고 직접 대면해 보고하라고 했다. 석서가 어쩔 수 없어 세묘의 일을 순서대로 편집해 상권과 하권으로 만들겠다고 아뢰어 청하니, 황상께서 윤허하시며 장총과 계악 등을 찬수관纂修官으로 삼으라 명하셨다.

가정 6년 하연은 또 『대례속주大禮續奏』 한 부를 바치면서 세묘를 세우자고 제기한 공로에 대해 수천만 마디로 상소를 올렸고, 황상께서는 사관史官에게 주라고 명하셨다. 이윽고 『명륜대전明倫大典』이 완성되었을 때 하연은 이미 태복시승太僕寺丞으로 승진했는데도, 또 상소해 『명륜대전』에 기록된 수안황태후壽安皇太后가 지금은 태황태후가 되었으니 지난날의 잘못된 호칭을 고치기를 청했다. 예제禮制와 서적이 거의 완전해져서 이미 바친 것이기 때문에 황상께서 그 청을 허락하지 않고 더 이상 소란피우지 말라고 하셨으니, 황상께서도 그것을 싫어하신 것이다. 하연은 그래도 깨닫지 못하고 가정 8년 2월에 장총 등이 태묘와 종묘에 대한 의견을 숨겼다고 아뢰며 사사로이 그 상소문을 모아 다섯 권으로 만들어 바치면서 장총이 한漢 애제哀帝가 사당을 따로 세운 것을 인용한 과오를 들춰냈다. 황상께서 매우 노하시어 그를 호광湖廣 영주위永州衛 경력經歷으로 유배 보내셨다. 끊임없는 말로 분별없이 나대던 자가 8년 만에 쫓겨나니 천하가 기뻐했을 것이다.

원문 **世室**[39]

世宗登極後, 張桂議更興獻王尊號, 是時附和者尙少, 且興獻王亦旣安祀於觀德殿[40]矣. 嘉靖元年九月, 聽選[41]監生[42]何淵[43]繼璁上言, 力請追考

39 世室 : 대대로 지내는 제향祭享의 위패를 모시는 종묘의 신실神室.

40 觀德殿 : 명 세종 가정 3년1524 봉선전奉先殿 서쪽에 지은 건물이다. 가정 3년 헌황제獻皇帝의 신주神主를 호광 안륙에서 북경으로 모셔와 관덕전觀德殿에 봉안奉安했다. 관덕전은 가정 6년1527 봉선전의 동쪽으로 옮겨 숭선전崇先殿이라고 명칭을 바꿨다.

41 聽選 : 명대와 청대에 관직을 받고 임용되기를 기다리던 사람.

興獻王且加帝號, 立世室於京師, 不宜遠在安陸. 上是其言, 命會議, 無一人應者. 時廷臣[44]憎之, 選陝西平涼縣[45]主簿[46]以去, 屢爲上官笞撻, 自訴乞改京職. 乃拜光祿[47]珍羞署丞[48], 時嘉靖四年之春, 則獻皇帝稱考久矣.

淵至京又上疏, 請立世室祀獻考於太廟. 下禮部議, 時席書爲尙書正大禮貴人也, 力言其不可, 上不允, 令會多官詳議以聞. 時張桂並爲學士[49],

---

42 監生 : 명·청 시대 국가 최고 교육기관인 국자감國子監의 학생. 국자감생원國子監生員의 줄임말이다. 감생監生은 향시鄕試에 참가할 수 있었다. 감생 중에는 부친이나 조상의 벼슬 덕분에 국자감에 들어온 음생蔭生, 황제가 특별히 입학을 허락한 은감恩監, 재물을 기부하고 들어온 연감捐監 등도 있었다.

43 何淵 : 하연何淵, 생졸년 미상은 가정 초 '대례의大禮議 사건' 때 세종의 의견을 옹호한 대표적 인물 중 하나다. 가정 원년1522 이부吏部에 임용 대기 중이던 감생監生 신분으로 상소해 흥헌왕을 황제로 추존하고 북경에 흥헌왕의 종묘를 세울 것을 주장했다. 그 뒤 광록시서승光祿寺署丞, 상림원감좌감승上林苑監左監丞, 태복시시승太僕寺侍丞 등의 벼슬을 역임했다.

44 廷臣 : 조정에서 벼슬하는 신하.

45 平涼縣 : 평량현平涼縣은 지금의 간쑤성[甘肅省] 동부에 위치해 있었다. 명대에는 섬서포정사陝西布政司에 속했으며, 평량현 성내에 명초에 설치한 섬서행태복시陝西行太僕寺와 섬서원마시陝西苑馬寺가 있었으며, 한왕부韓王府도 있었다.

46 主簿 : 문서를 주관하고 사무를 처리하는 보좌관 성격의 관직이다. 한나라 때는 중앙과 군현郡縣에 두었고, 위魏나라와 진晉나라 때에는 점차 장수와 중신들의 주요 하급관리가 되면서 기밀업무에 참여하기도 했다. 명·청 시기에는 광록시, 태복시太僕寺 등 구시九寺의 수장 아래에 두었으며, 전부典簿라고도 불렀다. 외관外官의 경우는 지현知縣 아래에 두었다.

47 光祿 : 명·청 시기에 제사 혹은 연회의 제수용품이나 음식을 담당하던 관청인 광록시를 말한다.

48 珍羞署丞 : 명·청 시기 광록시 소속 기구인 진수서珍羞署의 차관이다. 수장인 진수서정珍羞署正을 도와 진수서의 업무를 관장했다. 명초에는 인원이 1명이었다가 나중에 4명으로 늘었으며 품계는 종칠품從七品이다. 진수서는 제사·조회·빈객을 위한 음식을 준비하는 일을 했다.

49 學士 : 원래는 문학저술을 담당하는 관리를 말했으나, 당대 이후로는 한림학사를 가리키는 말이 되었으며, 이들은 황제의 비서나 고문으로서 국가의 기밀 업무에

各抗章力阻, 乞罷會議, 亦不見從. 至禮部再議, 廷臣俱有異詞, 上又命復議, 張桂等又爭之, 疏僅報聞. 命席書又會文武大臣科道[50]議, 無一人以爲可者. 上命內臣傳示, 必欲祔廟[51]而後已. 席書上密疏勸止, 乃令止議世室.

于是何淵復上「禰廟[52]正議」, 上亦下之禮部. 禮臣乃會議立廟京師, 別爲祭享[53], 亦無不可, 且引漢宋故事爲證. 上親定其名爲世廟, 命於太廟左右, 擇日興工. 時禮臣疏中有云, 待獻王服盡之日與孝宗一同祔廟[54]. 上乃又遣內臣諭旨更議, 部覆[55]以爲此宜俟百年, 聖君賢相自定之. 上又不悅, 令別議, 部乃議請於世廟另建一室爲祧廟[56]. 上不從, 云旣別立廟, 則與太廟不同, 以後子孫世世奉祀不遷. 事遂定. 而議禮諸臣, 如黃宗明[57]黃綰[58], 皆疏乞速正何淵謬議之罪, 止報聞而已.

참여했다. 명대의 학사에는 한림원학사, 한림원시독翰林院侍讀, 시강학사, 홍문관학사弘文館學士, 전각대학사, 양춘방대학사兩春坊大學士 등이 있었다.

50 科道 : 과도관科道官을 말한다. 명대와 청대 이吏·호戶·예禮·병兵·형刑·공工 육과六科의 급사중과 도찰원의 각 도감찰어사道監察御史를 통칭하는 말로, 모든 관원의 잘잘못을 규찰하는 사찰 기관이다.

51 祔廟 : 삼년상이 지난 뒤에 그 신주를 종묘에 모심.

52 禰廟 : 선친의 무덤.

53 祭享 : 제사를 높여 부르는 말.

54 祔廟 : '부묘祔廟' 두 글자는 원래 빠졌는데, 『명사·세종기明史·世宗紀』에 근거해 보충했다祔廟二字原缺, 據明史世宗紀補. 【교주】

55 部覆 : 중앙 각부의 보고문.

56 祧廟 : 시조始祖나 5대조代祖부터 그 위 조상의 신주를 모신 곳.

57 黃宗明 : 황종명黃宗明, ?~1536은 명 중기의 관리다. 그의 자는 성보誠甫이고, 호는 치재致齋이며, 절강浙江 은현鄞縣 사람이다. 정덕 9년1514 진사가 되어, 남경병부주사南京兵部主事, 남경병부원외랑南京兵部員外郎, 남경형부낭중南京刑部郎中, 예부시랑禮部侍郎 등의 벼슬을 지냈다. 주신호가 반란을 일으켰을 때 방강삼책防江三策을 내놓았고, 무종이

比廟工興，何淵又疏以新廟神路[59]迂遠，宜別開路與太廟同門. 於是羣議謂改別路當壞垣伐木，震驚宗廟. 上大怒責對狀，於是張桂等又疏諍之，宜如初議. 上乃命拆神宮監[60]對房通路. 蓋淵之橫恣[61]求榮如此，張桂等亦厭恨之矣.

淵以『大禮集議』[62]書成，陞上林右監丞[63]. 其年十二月，淵又上疏，奏以席書格其世室諸疏，請將以前後疏，增入重修續編. 上又下之禮部，時

남정南征할 때는 상소로 간언諫言했다. '대례의大禮議 사건' 때 장총, 계악과 함께 상소를 올렸는데 그 내용이 세종의 뜻에 잘 맞았다.

58 黃綰 : 황관黃綰, 1477~1511은 명 중기의 대신이다. 그의 자는 종현宗賢 또는 숙현叔賢이고, 호는 구암久庵 또는 석룡石龍이다. 절강浙江 황암黃巖 사람이다. 조부의 음덕으로 벼슬을 시작해, 시강학사, 남경도찰원경력南京都察院經歷, 한림학사 겸 예부상서 등의 관직을 역임했다. '대례의大禮議 사건' 때 장총, 계악과 함께 세종의 뜻을 옹호했다. 왕수인王守仁에게 수학한 뒤 양명학陽明學이 공문孔門의 정전正傳이라며 찬양하다가, 만년에는 다시 양지설良知說의 공허한 폐단을 지적하면서 양명학을 비판했다. 저서에 『오경원고五經原古』, 『석룡집石龍集』 등이 있다.

59 神路 : 신령이 지나는 길.

60 神宮監 : 명대 환관의 관서인 12감 중의 하나로, 태묘와 각 묘의 청소와 등불을 관장했다.

61 橫恣 : 꺼리거나 어려워함이 없이 제멋대로이고 건방짐.

62 『大禮集議』 : 『대례집의大禮集議』는 '대례의大禮議 사건'의 내용과 경과에 관해 기술한 책으로, 명 세종 가정 4년에 석서席書가 편찬했다. 절강범무주가천일각장본浙江范懋柱家天一閣藏本 『대례집의』는 총 5권으로 되어 있는데, 「주의奏議」 1권, 「회의會議」 1권, 「속의續議」 1권, 「묘의廟議」 1권, 부록 「제신사의諸臣私議」 1권으로 구성되어 있다.

63 上林右監丞 : 명대 상림원감上林苑監 소속 관직이다. 상림원감은 영락 5년1407 처음 설치되었고, 선덕 10년1435에는 그 아래에 양목서良牧署, 번육서蕃育署, 임형서林衡署, 가소서嘉蔬署의 4개 서署를 두었다. 상림원감은 이 네 곳에서 나는 과실, 꽃나무, 야채, 축산물 등을 관리하고 황궁에 제공하는 일을 한다. 상림원감의 최고위직은 정오품正五品인 좌감정左監正과 우감정右監正이고, 그 아래로 정육품正六品인 좌감부左監副와 우감부右監副, 정칠품正七品인 좌감승左監丞과 우감승右監丞이 있으며, 그 외에 전부典簿, 전서典署, 서승署丞, 녹사錄事가 있다. 명대 후기로 갈수록 감정監正과 감부監副는 두지 않는 경우가 많아서, 감승監丞이 상림원감의 실질적인 일을 맡아 했다.

席書目疾不能出, 乃上疏乞召王守仁[64]及議禮臣方獻夫等增修[65], 其何淵章奏, 紕繆不可采. 上又諭席書, 將續修事理, 直對以聞. 書不得已, 奏請將世廟事編次爲上下二卷, 上允之, 命張桂諸人爲纂修官.

六年淵又進『大禮續奏』[66]一部, 幷疏已倡議立廟之功數千萬言, 上命付史官. 旣而『明倫大典』[67]成, 淵已陞太僕寺丞[68], 又上疏請大典中, 壽安皇太后[69]今進爲太皇太后矣, 請改在昔之誤稱. 庶爲全禮全書, 上以已經進呈不許, 且云毋得再擾, 上亦厭惡之矣. 淵猶不悟, 于八年二月[70], 上

---

64 王守仁 : 중화서국본과 상해고적본 『만력야획편』에 모두 왕수신王守臣으로 되어 있으나, 『명세종실록』에 근거해 왕수인王守仁으로 수정했다. 『대명세종숙황제실록大明世宗肅皇帝實錄』 권71에 따르면 『대례집의大禮集議』의 증수增修에 대한 명을 받았을 때 석서가 병을 앓고 있었으므로, 방헌부, 곽도霍韜, 황종명黃宗明 등의 의례관議禮官에게 증수를 맡기고 상서尙書 왕수인王守仁에게 자문을 구하라고 상소한 내용이 나온다. 【역자 교주】

65 增修 : 책의 내용을 더 늘려서 다듬거나 고침.

66 『大禮續奏』 : 하연何淵이 가정 6년1527 세종께 바친 책으로, 『대례집의大禮集議』에 빠진 세묘에 관한 상소문들의 내용을 보충해 넣은 책이다.

67 『明倫大典』 : 『명륜대전明倫大典』은 '대례의 사건'에 관한 모든 기록을 상세히 기록한 책으로, 가정 7년1528 정부에서 발간한 정치적 성질을 띤 사서史書다. 『명륜대전』은 4년에 걸쳐 편찬되어 세종이 직접 서序를 썼으며, 총 24권 8책冊으로 되어 있다. 현존하는 『명륜대전』에는 총 4개의 판본이 존재하는데, 구체적으로 가정 7년 내부각본內府刻本, 가정 시기 진강부각본鎭江府刻本, 가정 8년 호광간본湖廣刊本, 가정 경창본經廠本이다. 정덕 16년1521부터 가정 7년까지 벌어진 '대례의 사건'의 경과와 당시의 정치 배경을 상세히 기록하고 있다.

68 太僕寺丞 : 태복시승太僕寺丞은 태복시太僕寺에 소속된 관리다. 태복시는 고대 중국의 중앙기구 중 하나로, 황제의 수레와 말, 목장 등을 관리했다. 태복시의 관리로는 종삼품從三品 태복시경太僕寺卿 아래로, 종사품상從四品上인 태복시소경太僕寺少卿 2명, 종육품상從六品上인 태복시승太僕寺丞 4명, 종칠품상從七品上인 태복시주부太僕寺主簿 2명 등이 있었다.

69 壽安皇太后 : 명 헌종 주견심의 귀비이며 세종 주후총의 조모인 효혜황후孝惠皇后 소씨邵氏를 말한다.

言璁等沒其太廟世室之說，私彙其疏爲五卷進之，且訐璁引漢哀別廟之謬. 上怒甚，謫爲湖廣[71]永州衛[72]經歷[73]. 蓋嘵嘵狂瀆者凡八年而始逐，天下快之.

70 于八年二月 : 중화서국본『만력야획편』에는 '십팔년이월十八年二月'로 되어 있고, 상해고적본『만력야획편』에는 '우팔년이월于八年二月'로 되어있다.『대명세종숙황제실록大明世宗肅皇帝實錄』권106에 하연이 호광 영주위로 폄적된 것은 가정 8년의 일로 기록되어 있고, 본문 중 마지막 구에서도 '8년 만에 쫓겨나[凡八年而始逐]'라고 되어 있으므로, 상해고적본을 따라 '우팔년이월于八年二月'로 수정했다.【역자 교주】

71 湖廣 : 호광湖廣은 명·청대 이후의 호북湖北과 호남湖南 지역을 말하며, 명대 일급행정구역一級行政區域인 호광승선포정사사湖廣承宣布政使司의 약칭이다.

72 永州衛 : 지금의 후난성[湖南省] 남부에 위치하며, 명대 호광도지휘사사湖廣都指揮使司에 속하는 위소衛所 중 하나였다.

73 經歷 : 명·청대에 문서 출납을 담당한 관리로, 도지휘사사都指揮使司, 도찰원, 통정사사通政使司, 포정사사布政使司, 안찰사사按察使司, 종인부宗人府, 중서성中書省 등의 기관에 각각 1, 2명을 두었다. 명대 종인부의 경력은 정5품, 도찰원과 포정사사의 경력은 정6품, 통정사와 안찰사사의 경력은 정7품, 6부의 경력은 정8품이었다.

번역 황상께서 정월 대보름날 밤을 시로 읊다

세종 초에 정치를 하실 때 정사를 돌보는 틈틈이 시를 짓는 걸 좋아하셨는데, 때때로 대학사 비굉費宏과 양일청에게 명해 고쳐 쓰게 하시거나 혹은 황상께서 시를 완성하면 이 두 재상에게 화답해 올리도록 하시어 그 당시에 훈훈한 일로 전해졌다. 그러나, 장총 등이 집정할 때 시에 능하지 못함을 스스로 부끄러워하다가 마침내 상소를 올려 비홍을 공격하며 그가 작은 재주로 황상의 은혜를 구한다고 책망했다. 황상께서는 비록 힐책하지는 않으셨지만 직접 시를 지으시는 일이 점차 드물어졌다. 황상께서 예전에 양일청에게 명해 정월 대보름날 밤을 읊은 시를 지어 올리도록 했는데, '얼음 수레바퀴 거울처럼 맑으니 사랑스럽네'라는 구가 있었다. 황상께서 그 구절이 추석달과 비슷하다 여기시고 '황금빛 연꽃 달처럼 환하니 사랑스럽네'라고 고치셨다. 양일청이 소를 올려 감사드리며 감흥과 경치를 곡진히 묘사해 묻지 않아도 정월대보름날 밤임을 알 수 있다고 했다. 황상의 자질이 크게 빼어나셔서 대체로 신하들은 그에 미칠 수가 없었지만, 양일청이 황상의 자질에 미치지 못하다는 것을 믿을 수 있겠는가. 장총의 무리가 어지럽혀 양일청이 타고난 재능을 지니고도 신묘한 경지를 궁구히 해 사물의 변화를 미처 깨닫지 못한 것이 애석할 따름이다.

원문 御製元夕詩

世宗初政, 每於萬幾[74]之暇喜爲詩, 時命大學士費宏[75]楊一淸更定. 或御製詩成. 令二輔臣屬和以進, 一時傳爲盛事, 而張璁等用事, 自愧不能詩, 遂露章攻宏, 誚其以小技希恩. 上雖不詰責, 而所出聖製漸希矣. 上常命一淸擬賦上元詩進呈, 有'愛看冰輪淸似鏡'之句. 上以爲似中秋, 改云'愛看金蓮明似月'. 一淸疏謝, 以爲曲盡情景, 不問而知爲元宵矣. 聖資超悟, 殆非臣下所及. 信乎非一淸所及也. 惜爲璁輩所撓, 使天縱多能, 不遑窮神知化[76]耳.

---

74 萬幾 : 제왕이 일상적으로 처리하는 정사.

75 費宏 : 중화서국본 『만력야획편』에서 "'홍弘'은 원래 '굉宏'으로 되어 있는데, 『명과명록明科名錄』에 근거해 고쳤다弘原作宏, 據明科名錄改"라고 설명하고 있지만, 비굉費宏으로 보는 것이 타당하고 생각된다. 비홍費弘에 대한 사적은 보이지 않으며, 『명사』와 『명세종실록明世宗實錄』에 모두 비굉費宏으로 되어 있고, 상해고적본 『만력야획편』에도 비굉으로 되어 있으므로 '비굉費宏'으로 수정했다. 〖역자 교주〗 ◉ '홍弘'은 원래 '굉宏'으로 되어 있는데, 『명과명록明科名錄』에 근거해 고쳤다弘原作宏, 據明科名錄改. 【교주】

76 窮神知化 : 사물의 신묘한 이치를 깊이 연구해 사물의 변화를 터득한다는 의미.

번역 황제 옹립 후의 대우가 판이하다

세종께서 흥저興邸에서 북경으로 들어와 황위를 이으실 때 여러 재상들이 받들어 추대한 공로가 매우 컸으니, 양신도楊新都, 장전주蔣全州, 모동래毛東萊 등이 대대로 백작으로 봉해진 것은 진실로 마땅하다. 비연산費鉛山은 당시 벼슬을 그만두고 있었는데 황상께서 황위에 오르신 후 내각으로 불러들여졌고 또한 금의지휘사錦衣指揮使를 세습하게 되었다. 그런데, 양남해梁南海는 당시 차규次揆로 지위가 장전주蔣全州보다 높았지만, 결국 작은 상도 받지 못했으니 이상하게 여길 만하다. 부마 최원崔元의 경우 친히 금부金符를 받들어 자택에서 황제를 옹립했으므로, 마침내 금산후金山侯로 봉해져 세습하게 되었다. 그런데 양남해는 재상으로서 함께 금부를 받들고 갔는데, 유독 작은 보상조차도 못 받았으니 더 이상 무슨 말을 하겠는가. 양저梁儲가 무종을 따라 남방 정벌을 할 때 힘써 간언하지 못한 것이 죄가 되었다고 한다면 장면蔣冕도 사실 어가를 함께 모시고 돌아왔는데 어찌 양저에게만 많은 것을 요구할 수 있는가. 대개 이때 양신도는 유조를 받고서 세상 민심을 따랐다. 그런데, 양저는 본시 양신도에게 중용되지 못했기 때문에 세종께서 4월 22일 등극하신 후 5월 5일에 쫓겨났으니, 대개 조정이 새롭게 바뀐 지 겨우 십여 일만이었다. 그 후 대례의大禮議 때 주요 인물인 방헌부와 곽도霍韜, 팽택彭澤의 무리는 모두 남해南海 사람으로 오랫동안 불만이 쌓여 있었다. 기회를 틈타 이 일을 발설하며, 양신도를 가리켜 원흉이자 역신이니 반드시 관직을 삭탈하고 그 자식을 수자리로 보내야 한다고 단서丹書에 쓴 후에야 만족할 지경이었지만, 역시 양신도는 관직에 있으면서 이를 취했다. 마지막엔 고대高岱의 『홍유록鴻猷錄』에서 마침내 진국대장군鎭國大將軍 주수朱壽가 나오자 양저가 죽음을 무릅쓰고 조서를 올려 반대했다고 쓴 것과, 설응기薛應旂의 『헌장록憲章錄』에서도 칙서의 초안을 양신도가 썼다고 한 것은 모두 방헌부와 곽도가 내뱉은 말이다. 양정화가 관직을 떠난 이듬해 황상께서 양저가 정한 정책을 염두에 두시고 그 공을 맞이하시어 자식 하나를 선별해서 금의위지휘동지錦衣指揮同知를 세습하도록 하셨고, 특별히 태감 대영戴永에게 가서 그 뜻을 알리게 하셨다. 양저가 극구 사양하니 황상께서 그가 사양하는 것을 가상히 여기시어 그의 소청을 특별히 윤허하시고 그의 음덕으로 아들을 중서사인에서 새승으로 승진시키셨다. 당시에 대례가 이미 정해졌는데, 양정화는 의례 문제로 황상의 마음을 잃었고 모동래와 장전주 역시 양정화와 연루되어 연달아 사직했다. 황상께서는 애초에 양저의 옛 공로를 추가해 기록하시자 양저는 사양하며 상소를 올려 스스로 공이 없다고 진술했는데, 언사에 강약이 있어 조정을 떠난 이유를 은근히 드러내면서 두 재상 장전주와 모동래가 음서를 받지 못함을 인용해 견주었지만 양정화에 대해서는 한마디도 언급하지 않았으니 그의 불만스러움을 알만하다. 또 일 년 뒤 양저가 세상을 떠났는데 황상께서 그를 여전히 그리워하시어 장례 의식을 성대히 갖추도록 하셨다. 또 일 년이 지나 『명륜대전』이 완성되자 양신도가 '본래 마땅히 저자거리에서 죽여야 하지만 일단 용서하시어 평민으로 삼는다本當僇市, 姑宥爲民'는 뜻을 받들었고, 장전주와 모동래는 또한 파직 당했지만 양저는 이에 해당되지 않았다. 길흉화복은 변화가 무상해 인력으로 다툴 수 없음을 알겠다.

원문 定策拜罷迴異

世宗自興邸入紹, 諸宰輔翼戴之功, 良不可沒. 如楊新都[77]蔣全州毛東萊[78], 世封伯爵, 固其宜也. 費鉛山時在林下[79], 至上御極[80]後, 召還入閣, 亦得世襲錦衣指揮使. 而梁南海時爲次揆, 位在蔣上, 竟無寸賞, 已爲可異. 至如駙馬崔元以親奉金符[81], 迎立[82]於邸中, 遂進封金山侯世襲. 而梁以輔臣偕奉符以往, 獨無涓滴及之, 又何說耶. 若云梁儲[83]扈武宗南征, 不能力諫, 以是爲罪, 則蔣冕[84]固同侍六飛[85]往還, 何得獨求多於梁也. 蓋是時新都受遺, 爲物淸歸嚮. 而梁素不爲楊所重, 以故世宗以四月廿二日

77 楊新都 : 명 중기의 저명한 정치개혁가이자 내각수보를 지낸 양정화楊廷和를 말한다.

78 毛東萊 : 명 중기의 대신 모기毛紀, 1463~1545를 말한다. 그의 자는 유지維之고, 호는 오봉일수鰲峰逸叟다. 산동 액현掖縣 사람이다. 성화 23년1487 진사가 되어, 검토檢討, 수찬修撰, 경연강관經筵講官, 예부상서 겸 근신전대학사 등의 벼슬을 지냈다. 가정 초에 대례大禮에 관한 입장이 세종과 달라 사직하고 귀향했다. 저서에 『귀전잡지歸田雜識』, 『오봉류고鰲峰類稿』, 『밀물고密勿稿』 등이 있다.

79 林下 : 벼슬을 그만두고 은퇴한 것을 비유한 말.

80 御極 : 임금의 자리에 오름.

81 金符 : 제왕이 신하에게 준 증표.

82 迎立 : 받들어 임금으로 세움.

83 梁儲 : 양저梁儲, 1451~1527는 명 정덕 연간에 내각수보를 지낸 대신이다.

84 蔣冕 : 장면蔣冕, 1463~1532은 명 중기 내각수보를 지낸 대신이다.

85 六飛 : 육룡六龍을 말하며 황제의 어가를 가리킴.

登極, 梁卽以五月五日見逐, 蓋相新朝僅十餘日耳. 其後議禮貴人方獻夫霍韜[86]彭澤輩俱南海人也, 蓄不平久矣. 乘機而發, 至指新都爲元惡, 爲逆臣, 必削其籍, 戍其子, 著之丹書[87]而後快, 亦新都有以取之. 最後高岱著『鴻猷錄』, 遂謂鎭國朱壽之出, 梁以死捍詔, 而薛氏『憲章錄』, 又以草敕[88]屬之新都, 皆方霍餘唾也. 楊廷和去位次年, 上念梁儲定策迎駕功, 廕一子世襲錦衣指揮同知, 特命太監戴永往諭意. 儲力辭, 上嘉其讓, 特允所請, 加廕其子中書[89]爲璽丞. 時大禮已定, 楊以議禮失上意, 而毛蔣亦以傅會廷和, 相繼謝事. 上始追錄梁舊勞. 梁謝疏中, 自陳無功, 詞旨抑揚, 微露去國之由, 且引蔣毛二輔不受廕爲比, 而無一語及廷和, 其不愜可知矣. 又一年梁歿, 上眷之不衰, 飾終[90]之典大備. 又一年而『明倫大典』成, 新都奉'本當僇市姑宥爲民'之旨, 蔣毛亦閒住, 而梁不及也, 乃知禍福吉凶, 倚伏無常, 非人力可爭矣.

---

86 霍韜 : 곽도霍韜, 1487~1540는 명 가정 연간의 대신이다. 그의 자는 위선渭先이고, 호는 올애兀厓 또는 위애渭涯이며, 시호는 문민文敏이다. 광동廣東 남해南海 사람이다. 정덕 9년1514 진사가 되었지만 귀향해 서초산西樵山에서 학업에 정진했다. 세종 가정 연간에 병부주사兵部主事가 되어 대례의大禮議 논쟁 때 세종의 견해를 지지했다. 이부좌시랑吏部左侍郎, 남경예부상서南京禮部尙書 등을 거쳐 예부상서가 되어 첨사부詹事府를 관장했다.

87 丹書 : 범인의 죄상을 붉은 글씨로 적은 문서를 말함.

88 草敕 : 칙서의 초안. 무종이 스스로 진국대장군 주수라고 칭하고 정덕 14년 주신호의 반란을 평정하기 위한 칙서를 양정화에게 초안하라고 했다. 하지만 양정화가 이를 받아들이지 않아서, 실제로 칙서의 초안은 남경이부상서 유춘劉春이 썼다.

89 中書 : 중서사인.

90 飾終 : 죽은 자에 대해 영예롭고 존귀한 예를 올리는 것, 즉 장례 의식을 뜻한다.

번역 가정 초 대례大禮를 논하다

세종께서 흥헌제興獻帝를 선친으로 삼으려 하셨는데, 그 의론에 부합해 크게 기용된 자가 일곱이고 대례大禮에 찬성해 기용된 자가 다섯이며, 대례를 말해 기용되었지만 그 일을 끝까지 하지 못한 자가 넷이었다. 이는 왕엄주王弇州가 「장부경전張孚敬傳」 뒤편에 기록한 내용이다. 그러나, 기용되고도 일을 마무리하지 못한 자의 수가 오히려 더 많기 때문에 지금 간략히 기록해 후대에 전한다. 정덕 16년 11월 산동山東 역성현歷城縣 언두堰頭의 순검巡檢 방준方濬이 흥헌왕을 선친으로 삼자고 건의했는데, 그 의견이 장총과 같았다. 이 사람은 마땅히 장총, 계악과 함께 상賞을 받아야 했지만 결국은 승진하지 못했다. 이를 계속 주장한 자로 사직하고 훈도訓導를 하던 진운장陳雲章, 파직당한 유사儒士 장소련張少連, 교유敎諭 왕개王价 또한 승진했다는 말이 들리지 않는다. 이후에 진운장만이 곽도의 천거를 받아 국자박사國子博士의 자리에 올랐고 태복시승太僕寺丞으로 옮겼을 뿐이다. 이들은 모두 의론을 가장 먼저 올린 자들이다. 후에 남경통정사경력南京通政司經歷 김술金述이란 자는 관생官生으로 벼슬을 했는데, 황관黃綰과 함께 상소를 올려 장총의 말이 옳다고 해서 이부吏部에서 수주지주隨州知州로 승진시켰고, 벼슬에서 물러난 뒤 무창부동지武昌府同知로 기용되어 공부원외工部員外에 그쳤으니 그 지위가 황관과는 차이가 컸다. 가정 3년 원래 급사중이었다가 첨사로 승진한 진광陳洸이 대례大禮를 의론해 복직되었다가 얼마 안가서 다른 일로 인해 원적이 평민으로 바뀌었다. 가정 7년에 곽도가 그를 천거해 한 단계 승진되었다. 가정 12년에 남경에서 진광을 관찰해 탐욕스럽다고 배격했는데, 곽도는 상을 당해 떠나서 그를 구제해주지 못했다. 가정 3년 9월 금의위錦衣衛에서 파면된 백호百戶 수전隨全과 광록시光祿寺에서 파면된 녹사錄事 전여훈錢予勳이 상소를 올려 헌황제를 마땅히 북경北京의 천수산天壽山에 이장해야 한다고 해서 모여 의론했는데 의견이 달라 그만 두었고, 두 사람은 원래대로 파직되었다. 가정 5년 대례의 책이 완성되면서 왕개와 전여훈이 복직되자 급사중 해일관解一貫이 왕개와 전여훈 이 두 사람은 모두 감찰 후 파직된 것이므로 제도를 훼손해서는 안 된다고 하니 이에 따랐다. 가정 4년 현승縣丞으로 사직한 구양흠歐陽欽이란 자가 석서席書와 장총, 계악 등에게 마땅히 따로 고명誥命을 주어야 한다고 추천해서 황상께서 이를 허락하셨지만, 구양흠은 상을 받지 못했다. 가정 5년 11월 남녕백南寧伯 모량毛良과 백호百戶 진기陳紀가 예를 의론해 승진하고자 했는데, 교지가 내려와 진기는 한 단계 승진을 했고 모량은 승진하지 못했다. 가정 10년이 되어 광록시光錄寺 주역廚役 왕복王福과 금의위 천호千戶 진승陳昇이 또 수전의 의견을 따라 헌왕獻王의 관을 옮겨 북쪽에 매장할 것을 강력하게 청했다.

황상께서 다시 모여 의론하라 명하셨는데, 예부상서 이시와 공부상서工部尙書 조황趙璜 등이 그것이 불가하다고 끝까지 의론해 잠잠해졌다. 얼마 뒤 이 일과 연루되어 평민이 된 감생 첨계詹啓와 온주溫州 무거武擧 두승미杜承美, 병마兵馬 주밀周密과 호광湖廣의 생원生員 소시용蕭時用, 첨사

僉事로 사직한 영하甯河가 또 이 설을 본떠서 지리를 탁명해 현릉顯陵으로 옮길 것을 청했다. 상서尙書 왕횡汪鋐이 이를 반박하자 황상께서 윤허하지 않으시고 예부에 명을 내려 모여 의론하게 하셨다. 종백宗伯 하언이 이에 이 일을 이전 예부상서 석서와 지금의 대학사 이시에게 말하니 모두 이전보다 더 강력하게 반대했다. 또 상서 조황의 언사가 더욱 간절했으며, 황상의 밝은 지혜로 홀로 결단하시고 여러 의론에 미혹되지 마시기를 바랐다. 황상께서 크게 깨우치시고는 교지를 내려 "경의 말이 진실로 옳다. 짐이 능을 가벼이 움직여서는 안 된다는 모후의 가르침을 받들겠다. 상소를 올려 여러 사람을 혼란스럽게 하면 원래 끝까지 추궁해야 마땅하나 일단 용서하고 다시 범하는 자는 반드시 엄격한 법으로 다스리겠다"라고 하셨다. 이를 이어 호광湖廣 벽산현壁山縣의 청선관聽選官 황유신黃維臣 등이 또 수차례 상소를 올려 능을 옮기자고 하니 황상께서 그 망령된 자들에게 바라는 바가 있음을 간파하시고 금의위에 명해 체포해서 하옥시키고 죄를 다스리게 하시니, 이에 능을 옮긴다는 말을 다시 언급하는 자가 없었다. 이 해 귀주歸州의 남라구순검南邏口巡檢 서진徐震이 안륙주安陸州에 도성을 세우자고 청했다. 황상께서 예부로 내려 의론하게 하시니, "도성을 세우는 일은 황실의 법도에는 근거가 없으므로 의당 태조의 용이 호주濠州에서 일어나서 호주를 봉양부鳳陽府로 바꾼 고사에 따라 안륙주를 부府로 승격시켜야 한다"고 했다. 이에 이를 따르도록 조서를 내리시고 부로 바꿔 세우도록 명하셨으며, '승천承天'이란 이름을 하사하셨다. 그러나 서진에게는 작은 상조차도 없었다. 가정 11년 광평부교수廣平府教授 장시형張時亨이 상소를 올려 다음과 같이 말했다. "황고皇考께서는 마땅히 천하를 얻으셨으므로 묘호를 '종宗'으로 개정해 황상께서 탄생하신 해부터 추증해 상서로움을 부여하는 연호로 바꾸고 '정덕正德'이라는 연호를 쓰지 않아 황고께서 천명을 받으셨음을 밝히시기를 청합니다. 황상께서는 마땅히 고인들을 본받아 황고의 성상聖像을 각목하시어 새기시고 조석으로 모시며 정사를 결정하시옵소서. 이에 성모聖母께서도 의복을 바꾸시어 내정에 바로 서시기를 청하오니 황상께서는 태자의 예를 갖추시고, 정사를 결정하시옵소서"라 했다. 이에 예부에서 세 번 그 죄를 아뢰었다. 황상께서 이에 예부에서 세 번 그 죄를 아뢰었다. 황상께서 오랫동안 정해져 온 대례에 따라 장시형이 거짓으로 건의를 올리며 승진하기를 희망하며 남경에 숨어 지낸 것을 책하시어 법사法司에게 알려 심문토록 하셨다. 나중에 장시형은 심질환을 핑계로 잠시 그 직책을 그만두었다. 가정 12년 산서山西 포주蒲州의 유생 진종秦鍾이 궁문 밖에 엎드려 상주해 다음과 같이 말했다. "효종의 통치하심이 정덕 연간에 이미 다했으니 흥헌왕께서는 효종에게 있어서는 형이 죽고 동생이 잇는 격입니다. 폐하께서는 흥헌왕의 통치하심을 계승하시어 태묘를 받드심이 지당하실 것입니다. 지금 장부경이 별도로 세묘를 창건하는데, 영원히 소목昭穆의 다음일 수는 없사오니 이 점 유념해주옵소서." 황상께서 대노하시어 황제를 훼손하고 인군을 헐뜯으니 매우 방자하고 부도不道하다 하시고, 금의위에 명을 내려 주도한 사람들을 심문하게 하셨다. 진종이 망령되이 의론하며 은총을 바랐고 실제로는 주도한 이가 없었는데, 요망한 말을 가까이하면 법률로 다스려 죽이거나 하옥시키도록 명하셨다. 이때부터 예를 의론하는 자들은 아첨을 해도 상이 없음을 알게 되어 또한 점차 그만두게 되었다. 종묘를 세우자는 하연의 의견과 홍헌왕을 '종宗'으로 삼아야 한다는 풍방豐坊의 의견이 비록 받아들여지긴 했지만 모두 무뢰하기 짝이 없었으니 별도로 상세하게 그것을 기록한다.

원문 嘉靖初議大禮

世宗欲考興獻帝, 其議合, 得大用者七人, 以稱大禮用者五人, 言大禮用而不終者四人. 此王弇州[91]紀之「張孚敬傳」後者也. 然用而不終者其人尙多, 今略記於後. 正德十六年十一月, 山東歷城縣堰頭巡檢方濬, 建言欲考獻王, 其說與張璁同. 此宜與張桂[92]偕受賞, 竟不見登進. 繼之者爲致仕訓導陳雲章, 革退儒士張少連, 教諭[93]王价, 亦不聞優擢[94]. 後惟雲章爲霍韜所薦, 起陞國子博士, 轉太僕寺丞而已. 此皆進議最先者. 稍後有南京通政司經歷金述者, 以官生入仕與黃綰同, 亦疏稱張璁之言爲是, 吏部陞爲隨州知州, 致仕去後得起爲武昌府同知, 至工部員外而止, 其位去黃綰遠矣. 嘉靖三年, 原任給事中陞僉事陳洸[95], 以議大禮復職, 尋以

91 王弇州 : 명대의 관리이자 문학가, 사학자인 왕세정王世貞을 말한다.

92 張桂 : 명대 가정 연간의 중신이자 '대례의大禮議 사건'의 주요 인물인 장총과 계악을 말한다.

93 教諭 : 생원을 교육하는 정식 교사.

94 優擢 : 관직이 올라가는 것을 말함.

他事遞解原籍爲民. 七年, 霍韜薦起陞一級. 十二年, 南京考察, 以貪斥. 則韜以憂去, 不及救矣. 三年九月, 錦衣衛革職百戶[96]隨全, 光祿寺革職錄事[97]錢予[98]勳, 上言獻皇帝, 當改葬北京之天壽山, 以會議不同而止, 二人廢罷如故. 五年大禮書成, 王价錢予勳復職. 給事中解一貫[99], 謂二人皆考察斥官, 不可壞典制. 從之. 四年有致仁縣丞歐陽欽, 薦席書及張桂等宜另給誥命, 上允之, 而欽無所加賞. 五年十一月南寧伯毛良, 及百戶陳紀, 以議禮求陞, 旨陞紀一級, 良不陞[100]. 至嘉靖十年, 光錄寺廚役王福, 錦衣千戶陳昇, 又祖隨全之說, 力請遷獻王梓宮葬於北.

上又命會議. 禮部尙書李時工部尙書趙璜等, 極論其不可, 得寢. 未幾而緣事監生詹唘溫州武擧杜承美爲民, 兵馬周密湖廣生員蕭時用, 致仕僉事甯河, 又勳前說, 托名地理, 請遷顯陵. 尙書汪鋐駁之, 上不允, 命禮部會議. 宗伯夏言乃言此事前禮部尙書席書, 今大學士李時, 皆極言於昔, 又尙書趙璜言尤切至, 望聖明獨斷, 勿爲羣議所惑. 上大悟, 下旨曰,

95 陳洸 : 진광陳洸, 1478~1534은 명 중기의 관리다. 그의 자는 세걸世杰이고, 호는 동석東石이다. 조양현潮陽縣 귀서貴嶼 사람이다. 정덕 6년1511 진사가 되어, 호과급사중戶科給事中, 이과좌급사중吏科左給事中, 대리시소경大理寺少卿, 황문시랑黃門侍郎 등의 벼슬을 지냈다.

96 百戶 : 병졸 백 명을 거느린 무관.

97 錄事 : 조정에서 문서을 기록한 일을 맡은 관리.

98 予 : '여予'는 원래 '자子'로 되어 있는데, 『명사明史 206 · 열전列傳 제94』에 근거해서 고쳤다予原作子, 據明史二○六列傳第九十四改. 【교주】

99 一貫 : '일관一貫' 두 글자는 원래 빠져있는데, 『명사明史 206 · 열전列傳 제94』에 근거해서 고쳤다一貫二字原缺, 據明史二○六列傳第九十四改. 【교주】

100 陞 : '승陞'자는 원래 빠진 글자인데, 『명사明史 206 · 열전列傳 제94』에 근거해서 고쳤다陞字原缺, 據明史二○六列傳第九十四改. 【교주】

"卿言良是. 朕奉聖母慈訓, 謂陵不可輕動. 奏擾諸人, 本當拿究, 姑宥之, 再犯者必置重典." 繼而湖廣壁山縣聽選官黃維臣等, 又數奏遷陵寢, 上廉知其妄, 有希冀, 命錦衣衛逮下獄治罪. 於是遷陵一說, 無復及之者矣. 是年歸州南邏口巡檢徐震, 請於安陸州建立京師. 上下禮部議云, "京師之建, 於典禮無據. 當依太祖龍興濠州, 改州爲鳳陽府故事, 陞安陸州爲府." 詔從之, 命改建府, 賜名承天. 而徐震無寸賞也. 至十一年而廣平府教授張時亨上言, "皇考當有天下, 請更定廟號稱宗, 自皇上誕生之年, 追改鍾祥年號, 不用正德紀年, 以昭皇考受命之符. 皇上當效古人, 刻木爲皇考聖像, 朝夕侍立, 以決萬幾. 仍請聖母改衣帝服, 正位內廷, 上執太子禮, 關決政事." 於是禮部參奏其罪. 上責以大禮久定, 時亨假建言希進, 又潛住京師, 著法司訊問. 後以時亨有心疾, 姑褫其職. 十二年, 山西蒲州諸生秦鍾伏闕上言, "孝宗之統, 已訖於正德, 則獻皇於孝宗實爲兄終弟及. 陛下承獻皇之統, 當奉之太廟. 今張孚敬乃別創世廟, 永不得與昭穆之次, 是幽之也." 上大怒, 謂其毁上訕君, 大肆不道, 下錦衣拷訊主使之人. 鍾服妄議希恩, 實無主者, 乃命比妖言律坐死繫獄. 自是言禮者知獻諛無賞, 亦稍稍息矣. 至何淵之建世室, 豐坊之宗獻王, 雖其說得伸, 要俱無賴之尤, 別紀詳之.

번역 황제의 사직

가정 10년, 황상께서 서원西苑의 빈 터에 제사제직단帝社帝稷壇을 세우시고 음력 2월과 8월 두 번째 무일戊日에 친히 기원祈願과 보답報答의 예를 행하셨다. 첫 번째 무일을 조제祖制에서 사직社稷의 제사 기일로 삼았으므로 두 번째 무일을 제사일로 삼았으며, 안에 빈풍정豳風亭과 무일전無逸殿을 두고 그 뒤에 증설해 호부상서戶部尙書 또는 호부시랑戶部侍郎이 서원의 농사 업무를 전문적으로 감독했다. 또 항유창恒裕倉을 세워 서원에서 수확한 것을 모아서 내전內殿에 대비하고, 세묘世廟, 천신薦新, 선잠先蠶 등의 제사에 썼는데, 또 천자 개인의 사직이었던 듯하니, 이는 옛날 사서에도 없던 것이다. 서원이 일어나면서 곧 그 땅에 영수궁永壽宮을 지었고, 얼마 안 되어 현극전玄極殿과 대고현전大高玄殿 등이 연이어 생겨났다. 현극전을 하늘에 절 올리는 곳으로 삼으니 조정의 봉천전奉天殿에 해당되었고, 대고현전은 정무를 의논하는 곳으로 삼으니 조정의 문화전文華殿에 해당되었다. 또 청복전淸馥殿을 지어 분향하고 예배하는 곳으로 삼았는데, 매번 금록대초단金籙大醮壇을 만들 때마다 황상께서 반드시 날마다 친히 납시셨다. 당직을 서면서 현문玄文을 써 총애 받는 신하들이 그 옆에 딱 붙어 시중을 들었고, 내각의 신하들 또한 밤낮으로 일을 맡아 했으므로 더 이상 문연각에 납시지 않았다. 군신君臣 상하가 좌선坐禪 및 초두醮斗를 행한 지 거의 30년이 되었으니, 제사직帝社稷과 더불어 시작과 끝을 함께한 것이다.

목종께서 제위를 이으시고는 영수궁을 없애고 목장으로 만들었을 뿐만 아니라 서원에서 농사일을 감독하는 대신들도 즉각 감원했다. 서원의 농사일은 경작지가 5경頃이 넘고, 일꾼이 50명인데 노인이 네 명이고 노새를 부리는 자가 여덟 명으로 1인당 태창미太倉米 석 되를 매일 지불해 거듭 그 몸을 회복했으며, 농사에 쓰는 가축은 어마감御馬監에서 사료를 지불했다. 이에 앞서 공부工部에서 농가農家를 짓고 외양간을 만들고 곳간을 지었다. 순천부順天府에서 해마다 곡식 종자를 바치면 그 수확량을 비교해 호부戶部에서 올해 들어온 수량을 황상께 보고했다. 하언이 제기한 황후의 친잠親蠶 주장이 행해지면서 농사일과 누에치는 일이 함께 거행되어 고대 신농씨神農氏의 정책이 복원되었지만, 얼마 안 되어 친잠례親蠶禮가 폐지되면서 농사일은 세종 시대에 끝났다. 지금 서원의 궁전은 철거된 지 오래지만 무일전과 빈풍정은 아직 남아 있으며 여전히 황상께서 친히 농사짓는 곳이다.

원문 帝社稷

嘉靖十年，上於西苑[101]隙地，立帝社帝稷之壇[102]，用仲春[103]仲秋[104]次

---

101 西苑 : 서원西苑은 북경 자금성紫禁城 서쪽에 있었던 황가의 원림園林이다. 지금의 베이징시 시창안제[西長安街] 북쪽에 있는 중난하이[中南海]에 위치했었다. 명대 이전에는 태액지太液池, 서해자西海子, 서원西苑 등으로 불렸다. 서원은 요遼, 금金 시대에 처음 건설되어 청대에 이르기까지 수백 년간 황가의 원림으로서 끊임없이 그 규모가 확장되었으며, 지금 남아 있는 건축물은 대부분 청대의 것이다.

102 帝社帝稷之壇 : 제왕이 토지신과 곡신에게 제사드리기 위해 설치한 제단. 사社는

戊日，上躬行祈報禮．蓋以上戊爲祖制[105]，社稷祭期，故抑爲次戊，內設豳風亭[106]，無逸殿[107]，其後添設戶部尙書或侍郎專督西苑農務．又立恒裕倉[108]，收其所穫以備內殿[109]，及世廟薦新[110]先蠶[111]等祀，蓋又天子私

토지신土地神을 말하고 직稷은 곡신穀神을 말한다. 가정 9년1530 서원西苑 빈풍정豳風亭 서쪽에 토곡단土穀壇을 지었는데 동쪽은 제사이고 서쪽은 제직으로 모두 북쪽을 향했다. 이때는 이름을 서원토곡단西苑土穀壇이라고 했다가, 가정 10년에 명칭을 제사제직단帝社帝稷壇으로 바꿨다.

103 仲春 : 봄이 한창인 때라는 뜻으로, 음력 2월을 말함.

104 仲秋 : 가을이 한창인 때라는 뜻으로, 음력 8월을 말함.

105 祖制 : 제왕의 선조로부터 남겨 놓은 제도.

106 豳風亭 : 서원 내 무일전無逸殿의 남쪽에 있는 정자로, 『시경詩經』의 「빈풍豳風」 시에서 이름을 취해 농사일의 중요성을 나타냈다. 빈풍정의 정면에는 벽돌에 「빈풍」 시 한 수를 크게 새겨놓았고 왼쪽과 오른쪽 벽에는 「칠월七月」 시를 써놓았다.

107 無逸殿 : 가정 10년 친경례親耕禮와 가을에 수확을 살펴보기 위해 서원의 인수궁仁壽宮 부근에 세운 건물이다. 무일전은 총 다섯 칸으로 되어 있으며, 그 명칭은 주공周公이 성왕成王에게 백성들의 일상인 농상農桑의 어려움을 알고 안일에 빠지지 않도록 경계하라는 가르침을 준 글인 『상서尙書』의 「무일편無逸篇」에서 따왔다. 무일전 내 보좌寶座 뒤의 석벽에는 「농가망農家忙」이라는 시를 새긴 벽돌이 있고, 무일전 왼쪽 벽에는 『상서』의 「무일편」을 써놓았으며, 오른쪽에는 내각수보 장총이 지은 「무일전우벽기無逸殿右壁記」를 써놓았다. 무일전은 매년 제사제직帝社帝稷에 제사 지낸 뒤 함께한 관리들에게 연회를 베푸는 곳이었고, 가을에는 신하들과 함께 농부들이 곡식을 수확하는 것을 보는 곳이었다. 하지만 가정 21년1542 임인궁변壬寅宮變이 있은 뒤 세종이 서원의 인수궁으로 옮겨 지내게 되면서 무일전은 숙직하는 관원들의 숙소로 사용되었다.

108 恒裕倉 : 항유창恒裕倉은 무일전의 북쪽에 지은 창고로, 서원의 농지에서 수확한 곡식을 저장하는 곳이었다. 가정 연간에는 태묘太廟, 세묘世廟, 제사제식帝社帝稷, 선잠先蠶, 공묘孔廟의 제사 등에 주로 항유창에 저장해 둔 양식을 사용했다.

109 內殿 : 궁궐 안에 임금이 거처하는 전각.

110 薦新 : 새로 농사지은 과일이나 곡식을 먼저 사직이나 조상에게 감사하는 뜻으로 드리는 의식.

111 先蠶 : 처음으로 백성에게 양잠養蠶하는 법을 가르쳤다는 신神으로, 중국 고대 황제黃帝 헌원씨軒轅氏의 정비正妃 서릉씨西陵氏라는 말도 있다.

社稷也, 此亙古史冊所未有. 自西苑肇興, 尋營永壽宮於其地, 未幾而玄極高玄[112]等寶殿繼起. 以玄極爲拜天之所, 當正朝[113]之奉天殿[114], 以大高玄爲內朝[115]之所, 當正朝之文華殿. 又建淸馥殿爲行香[116]之所, 每建金籙大醮壇[117], 則上必日躬至焉. 凡入直撰玄[118]諸倖臣, 皆附麗[119]其旁,

---

112 玄極高玄 : 중화서국본 『만력야획편』에는 원극고원元極高元으로 되어 있으나, 상해고적본上海古籍本에는 현극고현玄極高玄으로 되어 있고, 또 『명세종실록』에도 현극보전玄極寶殿과 대고현전大高玄殿이라 기록하고 있으므로, 원元을 현玄으로 수정했다. 〖역자 교주〗

113 正朝 : 신하가 황제를 알현하고 정무를 처리하던 곳, 즉 조정을 말한다.

114 奉天殿 : 현재 베이징의 자금성에 있는 태화전太和殿의 전신으로, 명 정통 5년1440 남경 고궁에 있던 봉천전奉天殿을 본떠지었다. 봉천전은 황제의 즉위식, 결혼, 대조회 등 각종 의식을 진행하던 장소다. 가정 36년1557 벼락을 맞아 불타버리자, 가정 41년1562 중수重修한 뒤 이름을 황극전皇極殿으로 바꿨다. 그 뒤 만력 25년1597 또 화재를 당했고, 천계天啓 6년1626 복원했다. 숭정崇禎 말년에 이자성李自成이 청나라 군사에 쫓겨 북경에서 도망칠 때 화재를 당해 전각이 크게 손상되었다. 청 순치제順治帝가 이름을 황극전에서 태화전으로 바꾸었고, 강희康熙 34년1695 중건되었다.

115 內朝 : 천자나 제후가 정무를 처리하고 휴식을 취하는 장소.

116 行香 : 분향하고 예배하는 행위.

117 金籙大醮壇 : 금록대초단金籙大醮壇은 황실에서 마련한 도교 제례 의식을 행하기 위한 제단 중 하나다. 황실의 대초단大醮壇에는 금록金籙, 은록銀籙, 동록銅籙 등으로 차이가 있었는데, 금록대초단은 가장 높은 등급의 제단으로 황제가 가는 도교 제단이다. 도교의 제례에는 기원하는 내용의 길흉에 따라 흉사를 위한 것은 재齋라 하고 길사를 위한 것은 초醮라고 한다. 금록金籙에는 제도濟度 이외에 생명을 연장하고 생生을 부여받게 하는 내용을 담고 있었다.

118 撰玄 : 중화서국본 『만력야획편』에는 '찬원撰元'으로 되어 있으나, 상해고적본에는 '찬현撰玄'으로 되어 있다. 현존하는 『만력야획편』은 작자 심덕부의 5세손 심진이 전방의 판본을 위주로 여러 사람들이 소장한 것을 수집하고, 빠진 부분을 보충해 완성한 것이다. 때문에 중화서국본과 상해고적본에 판본상의 차이가 존재하는데, 특히 중화서국본에는 일부 문장에서 '현玄'을 '원元'으로 쓴 경우가 많다. 「제사직帝社稷」 문장의 앞부분에서 현극보전玄極寶殿과 대고현전大高玄殿을 원극元極殿과 대고원전大高元殿으로 적고 있어 수정한 바 있다. '찬원撰元'도 내용상 도교적 성격을 띠는 문장을 짓는 것으로 봐야하므로, 상해고적본에 따라 '찬현撰玄'으로 수정했다. 현玄

卽閣臣亦晝夜供事, 不復至文淵閣. 蓋君臣上下, 朝眞[120]醮斗幾三十年, 與帝社稷相終始.

至穆宗紹位, 不特永壽宮夷爲牧場, 幷西苑督農大臣, 亦立裁去矣. 西苑農務, 凡占地五頃有餘, 役農五十人, 老人四人, 騍夫八人, 每人日支太倉[121]米三升, 仍復其身, 耕畜則從御馬監[122]支糧草. 先是工部蓋農舍, 築牛宮, 造倉廒, 順天府[123]歲進穀種, 比其穫也, 戶部以本年所入之數上聞[124], 蓋自夏言皇后親蠶[125]之說行, 於是農桑並擧, 以復邃古神農[126]之政, 未幾親蠶禮卽廢, 而農務則終世宗之世焉. 今西苑宮殿久撤, 惟無逸豳風尙存, 仍爲至尊親稼之所.

은 현문玄文을 가리키는데, 이치나 아취雅趣가 알기 어려울 정도로 깊고 그윽하며 미묘한 문서를 말하며, 보통 도교적 성격을 띠는 문장이다. 【역자 교주】

119 附麗 : 딱 붙어서 떨어지지 않음.

120 朝眞 : 불가佛家의 좌선坐禪과 같은 도가道家의 정신수양법.

121 太倉 : 일반적으로 수도에 있는 곡식 창고를 가리키는 말로, 여기서는 명대의 수도인 북경에 있던 정부 관리 하의 곡식 창고를 말한다.

122 御馬監 : 어마감御馬監은 황실 내의 말, 코끼리, 소, 양 등에 대한 관리를 담당하던 환관의 관서다. 황실의 내무內務를 관리하는 환관들의 기구인 십이감十二監 중 하나로, 비교적 일찍 설치된 기구다. 어마감에는 장인태감掌印太監, 감독태감監督太監, 제독태감提督太監이 각각 한 명씩 있고, 그 아래에 감관監官, 장사掌司, 전부典簿, 사자寫字 등의 인원이 있었다. 청대 강희제康熙帝 즉위 후 폐지되었다.

123 順天府 : 명·청 시기에 북경 일대를 통치하기 위해 설치했던 관부.

124 上聞 : 어떤 사실이나 이야기를 문서의 형태로 조정에 보고하거나 임금에게 들려드리는 것을 말한다.

125 親蠶 : 양잠을 장려하기 위해 왕비가 직접 누에를 치던 일.

126 神農 : 농업과 의약을 맨 처음 만들었다고 전해지는 중국 전설 속의 인물로, 수인燧人, 복희伏羲와 함께 삼황三皇으로 일컬어진다.

번역 경령궁景靈宮

송대宋代 변경汴京에 경령궁景靈宮을 짓고, 역대 조상과 황제 그리고 황후의 초상화를 모두 그 안에 진열해 추모하는 마음을 나타냈는데, 옛 제도는 아니지만 또한 후대 황제의 효심이다. 본 왕조에서는 사전에 전장제도가 지극히 완비되었지만 유독 예의는 논하지 못했다. 가정 15년이 되어 태묘太廟의 동남쪽 구석에 헌황제묘獻皇帝廟를 지으니, 그 예전에 세묘世廟라 이름 붙여 지었던 곳이 마침내 텅 비고 적막하며 쓸모가 없어졌다. 이에 역대 황후와 제왕의 초상을 그 안으로 옮기고서 경신전景神殿이라고 이름을 바꿨으며, 그 뒤의 전각은 영효전永孝殿이라고 이름 붙여 공경과 숭배를 나타냈다. 이 전에는 비록 궁정에 보관하긴 했지만 고유 장소와 고유 명칭은 없었다. 18년에 또 황제와 황후의 기일마다 경신전과 영효전에서 제사 지내도록 명하시니, 송대에 행한 옛 전장典章에 가장 부합되었다. 24년에 그만 두고 그 제사를 봉선전에 돌려주니, 이 궁에 신어神御는 남아 있지만 명백히 금세 인적이 없어지게 되었다. 경령궁은 송대에는 황제가 계절마다 찾아가 배례拜禮할 뿐만 아니라 대신들도 관직에 임명될 때마다 알현하고 감사드렸다. 조정의 유감스러운 점을 다행히 세종께서 밀고 나가시어 예법이 간략해졌지만, 식자들은 여전히 유감스럽다 한다.

원문 景靈宮

宋世建景靈宮於汴京, 凡祖宗帝后御容[127], 俱陳設其中, 以表羹牆[128], 雖非古制, 亦後主孝思也. 本朝事先典制極備, 獨此禮未講, 直至嘉靖十五年, 造獻皇帝廟於太廟之巽隅, 其舊時營建名世廟者, 遂空寂無所用, 始移列后列帝神像於其中, 改名曰景神殿[129], 其後殿則曰永孝[130], 以示尊崇. 蓋前此雖藏之禁廷[131], 未有專地專名也. 至十八年, 又命帝后忌辰, 俱列祭於景神永孝二殿, 最合宋世所行舊典, 至二十四年而罷, 還其祭於奉先殿, 此宮神御[132]雖存, 而昭告駿奔絶迹矣. 按景靈宮在宋, 不特人主四時瞻禮[133], 卽大臣遇有除拜[134], 俱行謁謝. 聖朝缺事, 幸世宗修擧, 而禮數[135]簡略, 識者猶有遺恨云.

---

127 御容 : 황제의 초상화.
128 羹牆 : 죽은 사람을 잊지 못해 추모하는 마음.
129 景神殿 : 태묘太廟의 동북쪽에 있으며 열성조의 어용御容을 모셔 놓은 곳이다. 원래는 명 세종이 부친인 홍헌왕 주우원을 위해 세운 세묘世廟였지만, 가정 15년1536 세묘 정전正殿의 명칭을 경신전景神殿으로 바꾸었다. 가정 18년1539부터 가정 23년1544까지 고황제高皇帝 주원장朱元璋과 그 황후의 기제忌祭를 경신전에서 지냈다.
130 永孝 : 세묘의 침전寢殿이었던 곳으로, 가정 15년1536 세묘 정전의 명칭을 경신전으로 바꾸면서 침전의 명칭도 영효전永孝殿으로 바꾸었다. 가정 18년1539 문황제 주체와 그의 황후 이후 열성조의 기제사를 영효전에서 지냈다.
131 禁廷 : 궁정宮庭을 말함.
132 神御 : 임금의 초상이나 사진, 즉 어진御眞을 말한다.
133 瞻禮 : 선조의 묘소나 사당 또는 문묘文廟 등에 배례拜禮하는 일.
134 除拜 : 천거의 절차를 밟지 않고 임금이 직접 관리를 임명하는 일.
135 禮數 : 사회적 신분이나 지위에 상응하는 예의 또는 격식.

번역 하늘과 상제上帝에게 배향하다

세종께서 이미 남쪽과 북쪽 교외에서 하늘과 땅에 따로 제사를 지내시고, 그 뒤에 태조太祖와 태종을 함께 하늘에 배향配享하는 것은 예禮가 아니므로 마침내 태종의 제사를 없애니 은근슬쩍 헌황제의 땅이 되었다. 가정 17년 아첨하는 신하 풍방豐坊이 고대의 명당明堂 제도를 본떠 헌황제獻皇帝에게 '종宗'이라는 묘호를 더하고 상제上帝께 배향하기를 청하니, 황상의 뜻에 매우 흡족했다. 마침내 그해 9월 궁전에서 명당대향례明堂大享禮를 거행하면서 헌황제를 추존해 예종睿宗이라 칭하고, 호천상제昊天上帝의 칭호를 더 높여 황천상제皇天上帝로 하고서 예종을 배향했는데, 『주례周禮』의 이야기를 이용한 것이다. 생각해보면 상제上帝가 곧 하늘인데, 어찌 둘로 나누어 제사하는 예가 있단 말인가. 이 행위는 옛사람에게 있어서는 이미 지리멸렬한 것인데, 호천昊天을 황천皇天이라 명칭을 바꾼 것은 더더욱 쓸데없는 말이다. 세종께서 헌황제를 하늘에 배향할 수 없다는 것을 상세히 헤아려 보시고, 억지로 명당의 주장을 따른 것이다. 목종께서 등극하시면서 대향례를 그만두신 것은 정말 천고에 빛날 뛰어난 견해셨다. 송 휘종 정화 연간에 옥제玉帝의 존호를 높여 '태상개천집부어력함진체도호천옥황상제太上開天執符御歷含眞體道昊天玉皇上帝'라 했는데, 대체로 진종眞宗의 옛 칭호를 따르고 호천昊天이라는 글자를 덧붙인 것으로, 그 일이 가정 연간의 일과 비슷하다.

원문 **配天配上帝**

世宗旣分祀天地於南北郊矣, 其後以太祖太宗並配天爲非禮, 遂省去太宗之祀, 蓋陰爲獻皇地也. 至嘉靖十七年, 諛臣豐坊[136]言, 請仿古明堂[137]之制, 加獻皇宗號[138], 以配上帝, 上意甚愜. 遂以其年九月擧明堂大享禮於大內[139], 尊獻皇稱睿宗, 更上昊天上帝[140]號, 爲皇天上帝, 而以睿宗配享, 蓋用『周禮』[141]故事. 按上帝卽天, 豈有分祀爲二之禮. 此擧在古人已屬支離, 至於昊天皇天更易名號, 尤爲贅詞. 蓋世宗熟揣獻皇之不可配天, 故抑而從明堂之說. 至穆宗登極, 幷大享禮罷之, 眞千古卓見. 宋徽宗政和[142]間, 上玉帝[143]尊號, 曰'太上開天, 執符御歷, 含眞體道, 昊天玉皇上帝', 蓋循眞宗舊稱, 而益以昊天字也, 其事與嘉靖相似.

---

136 豐坊 : 풍방豐坊, 1492~1563은 명대의 유명한 서예가이자 장서가다. 그의 자는 원래 인숙人叔 또는 존례存禮였지만, 나중에 이름을 도생道生으로 바꾸고 자도 인옹人翁으로 바꿨다. 호는 남우외사南禺外史이며, 절강浙江 은현鄞縣 사람이다. 가정 2년1523 진사에 급제해 남경이부고공주사南京吏部考功主事, 예부주사禮部主事 등을 지냈다.

137 明堂 : 선조와 상제上帝께 제사하고, 제후의 조회朝會를 받으며, 정령政令을 반포하던 곳으로 고대 제왕의 건축물 중 가장 성대하고 장중한 곳이다. 시대에 따라 호칭이 달랐는데, 하夏나라에서는 세실世室, 은殷나라에서는 중옥重屋, 주周나라에서는 명당明堂이라고 했다.

138 宗號 : 임금의 묘호廟號에 '종宗'자를 붙인 칭호.

139 大內 : 임금이 거처하는 궁전.

140 昊天上帝 : 호천상제昊天上帝는 중국 신화 속 하늘에 대한 존칭으로, 지고무상至高無上한 신의 지위를 가진 하늘을 말한다. 호천상제라는 존칭은 주대周代에 정식으로 나타났으며, 황천상제皇天上帝, 상제上帝, 하느님 등으로도 불린다.

141 『周禮』 : 유교 경전의 하나로, 주나라 왕실의 관직 제도와 전국 시대戰國時代 각국의 제도를 기록한 책이다. 후대 중국과 우리나라 관직 제도의 기준이 되었다.

142 政和 : 북송 제8대 황제인 휘종 조길의 네 번째 연호로 1111년부터 1118년까지 8년간 사용되었다.

143 玉帝 : 도가에서 세상을 다스린다고 믿는 존재로, 옥황상제玉皇上帝의 줄임말이다.

번역 『회전會典』에 기재가 누락되다

가정 8년 개국開局하고 『회전會典』을 중수重修했는데, 이때 부총재副總裁인 첨사詹事 곽도 등이 상소를 올렸다. 그 대략적인 내용은 다음과 같다.

"신臣 등이 옛 문서를 살펴보니, 홍무洪武 초년 천하의 토지세액으로 홍치 15년까지 호광湖廣 토지세액이 220만이었는데, 지금 남아 있는 것은 23만으로 손실액이 197만이고, 하남河南의 토지세액은 144만이었는데 지금 남아 있는 것은 41만으로 손실액이 103만이라는 것을 알았습니다. 홍무 연간부터 지금까지 140년이 되었는데 천하의 토지세액이 이미 이렇게 감소했으니, 앞으로 몇백 년이 지나면 얼마나 감소할지 알 수 없으므로, 호부戶部에서 살피어 바로잡도록 조서를 내려주십시오. 또 천하의 호구戶口가 홍무 초에는 1,065만이었는데, 홍치 4년 태평성대가 오래되자 호구가 겨우 911만이 되었으니, 호부에서 실상을 조사하도록 조서를 내려주십시오.

천하 번부藩府의 경우, 홍무 초에 산서山西 진왕부晉王府의 연 지불 봉록이 1만 석이었는데 지금은 군작郡爵이 증가해 총 지출이 87만 석이 넘어 87배가 늘어났으니, 예부에서 조사하고 모아 사계司計에서 계산해 처리하도록 조서를 내려주십시오. 천하 무관武官의 벼슬은 홍무 초에 28,000여 명이었는데, 성화成化 5년에는 81,000여 명으로 늘었습니다. 금의관錦衣官은 홍무 초 222명이었다가 지금 1,700여 명으로 증가했습니다. 이것이 성화 이전일 뿐이며 만약 홍치 이후라면 아직 그에 이르지 않았을 테니, 병부에서 조사하고 모아 사계에서 어떻게 처리하도록 조서를 내려주십시오. 또 환관의 24아문衙門 관직에 대해서는 선조의 유훈 중 관직 배치에 관한 내용이 매우 상세한데, 홍치 연간에 유신儒臣들이 조사를 빠뜨려 기록하지 않아서 선조의 제도를 알 수 없습니다. 예부에서 사례감에 대해 상세한 조사를 행해, 홍무 연간 직무를 맡은 인원수, 역대 황제들의 흠치欽差 사례 및 현재 인원수를 사관史館에 보내 편찬하도록 조서를 내려주십시오. 저희 신하들이 『주례』를 자세히 보면 환관이 천관天官을 주관하는데, 지금 24아문의 사례는 대부분 예부에서 나오므로, 만약 선조의 유훈을 좇아 환관이 맡은 직무까지 더해 고치신다면 또한 조정이 예로써 통치한다는 의미가 될 것입니다.

형부刑部, 공부工部, 도찰원에 대해서는 매년 부역하는 장인匠人의 제도, 관부의 공급 방식, 천하 자재의 표준, 법률 차이의 적합성을 태조께서 모두 법전에 정해 놓으셨다. 다만 홍치 연간에 어리석은 신하들이 잔꾀를 부려서 새로운 조례를 만들어 기존 법률을 다 망쳐버렸으니, 조정 대신들이 오랫동안의 불합리함을 덜어내고 물리쳐 바로잡도록 조서를 내려주십시오. 성지를 받으면 각 아문衙門에서 변천해 온 동안의 정해진 수를 모두 조사해 사관으로 보내게 하겠습니다."

곽도의 상소에서 시대적 병폐를 매우 정확히 지적하고 있듯이 환관들의 쓸데없이 번잡한 규정을 조사해 살펴보는 일이 특히 중요한데, 세종께서 비록 엄격한 조사를 윤허해 마침내 책이 완성되기까지 했지만 여전히 홍치와 정덕 연간의 구습을 따르고 계셨다. 금상께서 중수重

修하실 때에는 강릉공江陵公이 집정執政하고 있었는데, 그는 환관과 사이가 좋아서 오직 그들의 환심을 조금이라도 잃을까 두려워했기 때문에 곽위애霍渭厓의 이치에 맞는 말대로 수정 보충하려 해도 하기 어려웠다. 애석하다.

원문 會典失載

嘉靖八年, 開局重修『會典』, 時副總裁詹事[144]霍韜等上疏, 其略云, "臣等將舊典繙閱, 見洪武初年, 天下田額[145], 以至弘治十五年, 如湖廣田額二百二十萬, 今存二十三萬, 失額一百九十七萬, 河南額田一百四十四萬, 今存四十一萬, 失額一百三萬. 自洪武至今百四十年矣, 天下田額已減如此, 再數百年, 減失不知如何, 乞敕戶部考訂[146]. 又天下戶口[147], 洪武初年一千六十五萬, 弘治四年承平已久, 戶僅九百一十一萬, 乞敕戶部覈實[148].

天下藩府[149], 洪武初年山西晉王府歲支祿一萬石, 今增郡爵[150]而下,

---

144 詹事 : 태자궁의 살림과 사무를 총괄하던 관서인 첨사부詹事府의 수장으로, 품계는 정3품이다. 진秦나라 때 처음 설치되어 동한東漢 때 폐지되었다가 위진魏晉 시기에 다시 설치되었다. 당나라 때는 첨사부詹事府, 요·금·원나라 때는 첨사원詹事院, 명나라와 청나라 때에는 첨사부에 속했다.

145 田額 : 토지세의 액수.

146 考訂 : 옛 책의 옳고 그름, 같음과 다름 등을 살피어 고침.

147 戶口 : 집의 수와 사람의 수.

148 覈實 : 어떤 일이나 사건 따위의 실제 상황을 자세히 살펴봄.

149 藩府 : 번왕藩王의 왕부王府.

150 郡爵 : 군왕郡王의 작위爵位. 명대의 작위 제도에 따르면, 황제의 아들 중 황태자를

共支八十七萬石有奇, 則加八十七倍矣, 乞敕禮部稽纂, 俾司計[151]者計之處之. 天下武職, 洪武初年二萬八千餘員, 成化五年增至八萬一千餘員. 錦衣官[152], 洪武初年二百一十一員, 今增一千七百餘員, 此成化已前耳, 若弘治已後, 尙未之及也, 乞敕兵部稽纂, 俾司計者何以處之. 再按內臣監局[153]官, 祖訓置職甚詳, 惟弘治年間, 儒臣失考, 不及纂述, 致皇祖聖制不得而知, 乞敕禮部行司禮監備査, 洪武年職掌員數, 列聖來欽差[154]事例, 及今日員數, 送館修纂. 臣等觀『周禮』內監統天官[155], 今監局事例多由禮部, 若遵祖訓添修內臣職掌, 亦聖朝禮以制治之意.

至刑工二部, 都察院累年匠役[156]之制, 官府供應之式, 四方物料之准, 律令異同之宜, 太祖俱有定典在, 惟弘治間庸臣舞智, 更爲新例, 盡壞成

제외한 다른 아들들을 친왕親王에 봉하고, 친왕의 장자는 친왕의 작위를 계승하며 그 외의 아들은 군왕에 봉했다. 황실의 종친 이외에 공신功臣의 경우 군왕에 봉해지는 경우도 있었다. 군왕의 연 봉록은 2000석인데, 장자로서 군왕의 작위를 계승한 두 번째 군왕부터는 봉록이 절반인 1000석으로 줄었다. 봉록의 압박이 증가하자, 가정 연간부터는 방계傍系 계승 친왕친왕에게 아들이 없어 동생이 작위를 계승한 경우의 아들에게는 군왕의 작위를 주지 않고, 친왕이 원래 받았던 봉호封號에 따라 강등해서 봉작封爵을 계승토록 했다.

151 司計 : 국가 재정의 출납 회계 업무를 맡아보던 관리.

152 錦衣官 : 명대에 황제의 호위를 담당하던 군사 기구인 금의위지휘사사錦衣衛指揮使司의 관원을 통칭해 이르는 말이다. 금의위지휘사사는 금의위錦衣衛라는 약칭을 주로 사용하며, 황제의 호위와 수도 보안, 죄인 체포 및 심문 등의 업무를 맡았다. 금의위지휘사사의 수장은 금의위지휘사錦衣衛指揮使로 정삼품正三品이며, 그 아래에 종삼품從三品 지휘동지指揮同知 2명, 정사품正四品 지휘첨사指揮僉事 4명 등이 있었다.

153 監局 : 명대 환관 기구인 12감監, 4사司, 8국局을 말하는데, 이를 다 합쳐 24아문衙門이라고 한다.

154 欽差 : 황제의 명령으로 파견된 사신使臣.

155 天官 : 주周 나라 육경六卿의 하나로, 후대의 이부吏部를 말한다.

156 匠役 : 관부官府나 관리의 집안에 부역하던 장인匠人.

憲[157], 乞敕廷臣削斥, 訂積年之陋. 得旨, 令各衙門備覈沿革定數送付文館."

按霍疏最切時弊, 至查考內官冗濫, 尤爲吃緊, 世宗雖兪允嚴稽, 迄至書成, 猶循弘正之舊. 至今上再修時, 則江陵公[158]爲政, 交懽璫寺, 惟恐稍失其歡, 欲如霍渭厓[159]昌言[160]刊補[161]難矣. 惜哉.

157 成憲 : 원래 있던 법률이나 규정 제도, 즉 기존 법률이나 제도를 말한다.
158 江陵公 : 명대 중후기의 정치가이자 개혁가인 장거정을 말한다.
159 霍渭厓 : 명나라 가정 연간의 대신 곽도霍韜, 1487~1540를 말한다. 위애渭厓는 곽도의 호다.
160 昌言 : 이치에 맞는 적절하고 훌륭한 말.
161 刊補 : 수정 보충하다.

번역 대례大禮의 잘못을 바로잡다

대례가 정해진 후 온 조정이 함구하니 변방의 하급 관리 중에 그것의 옳지 않음을 무릅쓰고 말하는 자가 두 사람이 있었다. 가정 9년 복건福建 평화지현平和知縣 왕록王祿이란 자가 상소를 올려 헌제獻帝의 묘를 안륙으로 옮기고 숭인왕崇仁王으로 봉한 뒤 제사를 주관해야 한다고 청하며 돌아가신 헌제와 백부 효종 두 국본이 존재하는 것은 수치스러운 일이며 부당하다고 했다. 황친의 자손 중에 어려서부터 재능이 뛰어난 이들은 마땅히 궁중에서 미리 양육해 태자의 자리를 준비해야 한다고 했다. 황상께서 이 말을 내치시고 순안어사巡按御史에게 그를 다스리도록 하명하셨다. 상소가 이르자 그의 봉록을 먼저 없애고 인장을 환수했다. 어사좌御史坐가 피난해 조진逃律에 있을 때 조서를 내려 왕록을 파직하고 사면하지 않았다. 안록이 말한 대로 봉록은 이전대로 하고 '숭인崇仁'으로 봉해야 한다는 설은 황상 초년 때 양정화의 의론이었고, 다음으로 미리 황가의 아들을 양육해야 한다는 설은 다른 날에 설간薛侃이 건의한 것이다. 양정화와 설간이 모두 심한 견책을 받았는데, 왕록은 말단 관리인데도 이 의론을 멋대로 일으켰던 것이다. 또 당시 『명륜대전』이 이미 반포되어 행해진 지 한 해가 지났고, 장총이 마침 수규首揆이고 계악이 차보次輔였는데도 일어나 왕록의 입바른 말을 떠들썩하게 질책했다는 말은 들리지 않으며, 왕록이 그저 작은 벌을 받는 것으로 그친 것은 또한 다행이었다. 가정 11년 원래 산서山西 곽주지주霍州知

州를 맡았던 진채陳采란 자가 또 상소를 올려 다음과 같이 말했다. "선조의 유훈에서 '형이 죽으면 동생이 이어 받는다'고 했는데, 같은 아버지인 경우에 해당하는 말일 따름입니다. 무종의 조서에서 폐하가 효종의 친아우 흥헌왕興獻王의 장자長子라서 순서에 따라 황제로 세워야 한다고 했습니다. 이것은 무종의 '형이 죽으면 동생이 이어 받는다'는 경우와 맞지 않습니다. 양정화는 복의濮議에 잘못 치중해 처음 조서와 서로 모순이 되었습니다. 장부경이 폐하께서 효종의 후사를 이어서는 안 되고 그저 무종의 계통을 이어야 한다고 한 것은 '형이 죽으면 동생이 이어 받는다'고 여겼기 때문이데, 이런 일은 모두 근거가 없으며 종묘에 시행되기 어려운 것입니다. 이미 그것이 그른 것임을 분명히 알고도 또 입으로 설간의 음모를 말하니 음으로 조종의 예법을 망치는 것입니다. 양정화가 비록 내쳐져 벌을 받았지만 내심으로는 명쾌히 여기지 않을 것입니다. 장부경은 의례의 단초를 연 우두머리인데 선조의 유훈을 옮겨 선제先帝를 망치고 황상을 의심케 하니 의당 먼저 예법에 따른 형벌을 내려야합니다. 『명륜대전』에 실린 일들의 경중을 각각 법대로 논의하시기 바랍니다." 이 상소가 올려지자 황상께서 크게 노하시어, "『명륜대전』은 짐이 제정한 것으로 천하에 시행된 지 오래되었는데 감히 망령되이 의론하니 금의위에 명해 체포해서 법사로 보내 심문하라"고 하셨다. 진채의 이 의론은 양신도와 장영가의 의론까지 모조리 뒤집은 것으로, 그 말이 분명하면서도 속뜻이 있어 그에 반박하는 자가 없었다. 당시 장영가는 설간을 모함했다가 조정을 떠났고, 계안인 또한 병으로 죽었다. 내각의 재상 중에 방남해方南海만이 대례의로 인해 귀인이 된 사람인데, 새로 들어온 데다 성품이 온화해 사람들과 다투기를 원하지 않았다. 대개 대례가 정해졌지만 계승되지 않고 의론이 분분한 것이 이와 같았으니, 하물며 후대에는 어떠하겠는가!

원문 **駁正大禮**

大禮定後, 擧朝緘口, 而遠外下吏, 及昌言以糾其非者, 又二人. 嘉靖九年, 福建平和知縣王祿[162]者, 疏請建獻帝廟於安陸, 封崇仁王以主其祀, 不當考獻帝, 伯孝宗, 以涉二本之嫌. 宗藩之子, 有幼而岐嶷者, 當預養宮中, 以備儲貳之位. 上斥其言, 下巡按御史逮治. 比疏下, 則祿已先解印歸矣. 御史坐以避難在逃律, 詔罷職不敍. 按祿前封崇仁之說, 卽上初年楊廷和議也. 次預養宗子之說, 卽他日薛侃[163]所建白也. 楊薛俱蒙

162 王祿 : 왕록王祿, 생졸년 미상은 명나라 가정 연간의 관리다. 절강 신성현新城縣 사람이다. 거인으로 복건福建 평화지현平和知縣을 맡았다. 가정 9년1496 상소를 올려, 안륙에 헌제묘獻帝廟를 세우고, 헌제를 황고皇考라 부르고 효종을 백부라 불러서는 안 된다고 말했다. 또 황실의 자제 중에서 똑똑한 아이를 궁중에서 양육해 태자 후보를 마련해야 한다고도 했다. 이 상소를 올리고는 곧장 사직하고 고향으로 돌아갔으나, 파직되어 평민이 되었다.

163 薛侃 : 설간薛侃, 1486~1546은 명나라 조주부潮州府 게양揭陽 사람으로, 자는 상겸尙謙이다. 부모상을 당했을 때 중리산中離山에 머물고 있었기 때문에 중리선생中離先生이라고도 불린다. 정덕 12년1517 진사가 되어 행인사행인行人司行人에 제수되었다. 황태자 책봉 문제로 세종의 노여움을 사 파면되고 평민이 되었다. 그 뒤 강서, 강절江浙, 나부羅浮, 혜주惠州 등을 다니며 강학과 학문 교류에 힘썼다. 사후인 융경 원년1567 복직되고, 승사랑承仕郞, 하남도감찰어사河南道監察御史로 추증되었다.

重譴, 而祿以小臣擅興此議. 且其時『明倫大典』已頒行踰年, 璁正位首揆, 萼爲次輔, 不聞起而囂誶昌言, 使祿僅以微罪行, 其人亦幸矣. 至十一年, 原任山西霍州知州陳采者, 又上言, "祖訓'兄終弟及', 指同父而言耳. 武宗遺詔, 謂陛下乃孝宗親弟興獻王之長子, 倫序當立. 非與武宗爲'兄終弟及'也. 楊廷和誤主濮議與初詔自相矛盾. 張孚敬謂陛下不當繼嗣孝宗, 止繼統於武宗, 因以爲'兄終弟及', 事皆無稽, 難以施諸宗廟. 旣明知其非, 又□成薛侃之謀, 以陰壞祖宗成法. 楊廷和雖蒙斥罰, 而心跡不明. 張孚敬首開議禮之端, 而乃那移祖訓, 誣罔先帝, 疑誤聖躬, 當先正典刑. 乞將『明倫大典』所載事情輕重, 各論如律." 疏上, 上大怒, 謂"大典朕所裁定, 行天下久矣, 乃輒敢妄議, 命錦衣衛逮送法司拷訊.". 陳采此論, 又幷新都永嘉議論一概掀翻, 其詞辨而譎, 乃亦無騣之者. 時永嘉以陷薛侃甫去國, 桂安仁又病死. 內閣輔臣, 唯方南海爲議禮貴人, 然而新入, 又性和易, 不願與人競也. 蓋大禮雖定, 不旋踵而卽紛紛若此, 況後世乎!

번역 헌황제獻皇帝를 헌종獻宗으로 칭하다

헌황제獻皇帝를 '종宗'으로 칭하는 것은 장총과 계악의 뜻이 아니고 하연의 종묘에 관한 간언에서 시작되었다. 가정 4년 하연이 다시 이전의 설들을 언급하니 황상께서 그것에 미혹되시어 그 일을 예부회의로 내려 논의하게 하셨다. 이때 석서가 새로이 의례를 논의해 황상의 총애를 얻고 종백宗伯에 제수되었는데, 이를 강력히 저지하며 다음과 같이 말했다. "옛날 헌황제 때 관덕전觀德殿이 완성되자 의사 유혜劉惠가 전의 이름을 바꾸려고 했는데, 이미 황상께서 결정하셔서 술변위戍邊衛를 보내셨습니다. 신하들이 상소를 올려 장총과 계악이 헌제를 태묘로 들이는 것이 가하다고 했는데, 여러 신하들이 그를 죽이려고 하지 않는다면 신이 마땅히 먼저 팔을 비틀어 그를 죽일 것입니다. 하연이 황상께서 정하신 전의 이름을 문무文武의 종묘와 같이 바꾸려하는데, 신은 죽기를 무릅쓰고 불가하다 생각합니다." 황상께서 윤허하지 않으셨다. 학사 장총과 계악, 태재太宰 요기廖紀가 모두 그것이 옳지 않음을 힘써 말했고, 함께 하연의 죄를 엄중히 다룰 것을 청했지만 여전히 불허하셨다. 병부상서 금헌민金獻民이 이를 중재해 남경에 별묘를 만들자는 말을 하자 황상께서 비로소 윤허해 행하도록 하셨다. 15년에 다시 명해 세묘世廟 헌황제묘로 바꾸고 구묘九廟와 나란히 두게 하셨다.

'종'으로 칭하고 신주를 사당으로 옮기는 것이 불가함을 황상께서 아시고 다시는 재론하지 않으셨다. 계속해서 그것을 청하는 자가 있으면 황상께서 사형으로 엄격히 다스리시니 이 일이 잠잠해진 지 오래다. 곧바로 17년 4월에 통주동지通州同知 풍방豐坊이 마침내 돌아가신 헌황제를 '종'으로 칭하고 황제에 걸맞게 명당明堂에서 제사 지내기를 청했다. 예부상서 엄숭이 다시 상주해 황제로 대우하는 것은 의당 상주한대로 따라야하며 '종'으로 칭하는 것은 아직 시행하면 안 된다고 했다. 황상께서는 풍방의 말대로 행하시려 했는데, 호부신시랑戶部臣侍郎 당주唐冑가 그것이 불가하다고 힘써 피력하니 황상께서 진노하시어 당주를 하옥시켜 심문으로 다스릴 것을 명하셨다. 이에 엄숭 등이 의견을 올려 명을 받들어 헌황제를 '종'으로 칭해 모두 풍방의 의론대로 따랐다. 풍방의 부친 풍희豐熙는 한림학사로 수찬修撰 양신楊愼 등 여러 사신詞臣들을 거느리고 있었는데, 가정 2년 궁궐 문 아래에서 통곡하고 문을 흔들며 장시간 무릎을 꿇고 돌아가신 흥헌왕에 대한 처우가 불가함을 힘써 변론했다가 관아에서 죽을 정도로 장형을 받고 하옥되어 변방으로 유배되었다. 가정 16년 황상께서 조서로 크게 은혜를 베푸시어 예부에서 의론해 사면했고, 황상께서 여러 신하들을 모두 돌아오게 하는 것을 허락하셨는데, 풍희와 양신 등은 사면 받지 못했다. 이 해 풍희는 수소戍所에서 죽었고 풍방이 도성으로 들어와 아첨하며 따랐는데, 그 부친이 죽은 때와 시간상 거리가 있어 오히려 자세한 것은 알려져 있지 않고 그가 불충하고 불효하며 악행에 과감하다는 평이 일치한다. 황상께서 이미 황명당皇明堂을 바치고 상제로 예우하며 '종'으로 칭하고 묘에 들이셨는데, 무종의 위에 기거하게 하시니 황상의 뜻대로 비로소 크게 만족해하시고 여한이 없으셨다. 그리고 풍방은 파직되어 전원으로 돌아가 늙어 죽었으니 다시 벼슬을 주어 기용하지 않으셨다.

풍방은 본래 문장에는 능했지만 실천을 하지 않아서 대대로 황상께서 그의 말은 사용했지만 그 사람에게는 박하게 대하셨으니 성스럽고 신묘하시다. 풍방이 사직하고 고향으로 돌아가서, 18년에 「경운아시慶雲雅詩」란 문장을 지어 바쳐서 부사관付史館으로 명했지만 풍방은 끝내 불러들여지지 않았다.

풍방의 자字는 존례存禮이,고 절浙 지역의 은鄞 땅 사람으로, 처음에 남고공랑南考功郎이 되었는데, 이 관직에서 폄적되어 돌아다니다가 파직되었다. 두 차례 아첨을 했지만 과거에 급제하지 못해서 집안은 더욱 궁핍해졌고 고향에서도 받아들여지지 않았는데, 오吳와 월越 땅 사이를 돌아다니며 훌륭한 글로 이름이 나면서 차츰 기용되어 스스로 생계를 꾸려나갔다. 그리고 사람들과도 교유가 많았는데, 어쩌다 뜻이 잘 안 맞으면 번번이 문장을 지어 저승에서 헐뜯는 것처럼 했다. 만년에는 더욱 심해져서 사람들이 모두 그를 싫어하고 증오했으니 곤경에 처해 죽었다. 융경 원년元年 예과급사중禮科給事中 왕치王治가 건의해 종묘로 예종睿宗을 돌아오게 받들었는데, 황상께서 허락하지 않으셨다. 금상께서 등극하시자 예과도급사중 육수덕陸樹德이 다시 상소를 올려 목종의 신주를 사당으로 모시면 선종은 조묘로 옮기는 것이 마땅하니, 차라리 세묘에서 예종을 제사 지내고 선종을 조묘로 옮기지 않는 것이 낫다고 했다. 그 일이 비록 행해지지는 않았지만, 식자들은 그것이 옳다 여긴다.

원문 獻帝稱宗

獻皇帝之稱宗也, 非張桂意也, 始於何淵之世室. 至四年淵復申前說, 上惑之, 下其事禮部會議. 時席書新以議禮得上眷, 拜宗伯[164], 力止, 且曰, "昔者獻考觀德殿成, 醫士劉惠, 欲更殿名, 已蒙聖斷, 發戍邊衞. 臣上議曰, 假使張璁桂萼謂獻帝可以入太廟, 非獨諸臣欲誅, 臣當先攘臂誅之. 今何淵欲以御定殿名改同文武世室, 臣昧死以爲不可." 上不允. 至學士璁萼及太宰廖紀咸力言其非, 且共請重治淵罪, 猶不許. 至兵部尙書金獻民, 乃調停爲別廟京師之說, 上始允行. 至十五年, 又命改世廟爲獻皇帝廟, 與九廟並列.

其稱宗祔廟, 上心知其不可, 亦不復再議. 繼而猶有請者, 上嚴治論死, 事寢久矣. 直至十七年四月, 原任通州同知豐坊, 遂請加尊皇考獻皇帝稱宗, 祀明堂以配上帝. 禮部尙書嚴嵩覆奏, 謂配帝當如所奏, 稱宗則未安. 上必欲行坊言. 戶部臣侍郎唐胄[165], 力持以爲不可, 上震怒, 下胄獄訊治.

164 宗伯 : 예부상서의 별칭. 대종백 또는 춘관春官이라고도 한다.

165 唐胄 : 당주唐胄, 1471~1539는 명나라 중기의 관리다. 그의 자는 평후平侯이고, 호는 서주西洲다. 광동 경주부瓊州府 경산현瓊山縣 사람이다. 홍치 15년1502 진사가 되어, 호부주사戶部主事, 호부시랑戶部侍郎, 운남제학雲南提學, 광서좌포정사廣西左布政使, 남경호부우시랑南京戶部右侍郎, 호부좌시랑戶部左侍郎 등의 벼슬을 지냈다. 가정 17년1538 세종이 생부인 헌황제의 묘호를 예종睿宗으로 하고 명당에서 제사 지내려 하자 이것을 강력히 반대하다가 하옥되고 삭탈관직되었다.

於是嚴嵩等改口奉命, 進獻皇爲宗, 一如坊議. 坊父豐熙, 以翰林學士率修撰楊愼等諸詞臣, 於嘉靖二年, 痛哭闕下, 撼門長跪, 力辨考興獻之非, 廷杖瀕死, 下獄遠戍. 至嘉靖十六年, 恩詔大霈[166], 部議赦還, 上許盡還諸臣, 獨豐熙楊愼等不宥. 是年熙卽卒於戍所. 坊之入都獻諛, 距其父歿時尙未小祥也, 不忠不孝, 勇於爲惡, 一至於此. 上旣以獻皇明堂配上帝, 稱宗入廟, 居武宗之上, 聖意始大愜, 無遺恨. 而坊仍罷歸田里, 老死不敍.

坊素有文無行, 以故世皇用其言, 薄其人. 聖哉神哉. 坊歸, 至十八年, 又上「慶雲雅詩」一章, 命付史館, 而坊終不召.

坊字存禮, 浙之鄞人, 擧解元高第, 初爲南考功郞, 謫是官, 旋以察罷. 旣兩獻諂不售, 居家益狠戾, 不爲鄕里所容. 出游吳越間, 以善書知名, 稍用自給. 而與人交多不終, 偶有不諧, 輒爲文詛之於九幽. 晩年尤甚. 人皆厭憎之, 困阨以死. 隆慶元年, 禮科給事中王治[167], 建議欲奉還睿宗於世室, 上不允. 至今上登極, 禮科都給事陸樹德[168], 又疏言穆宗祔廟, 則宣宗當祧, 不如仍以世廟祀睿宗, 而免祧宣宗. 事雖不行, 識者韙之.

---

166 大霈 : 임금이 죄를 지은 죄수에게 큰 은전恩典을 베풀어 용서하고 풀어주는 것, 즉 크게 사면赦免하는 것을 말한다.

167 王治 : 왕치王治, 생졸년 미상는 명 중기의 대신이다. 그의 자는 본도本道이고, 흔주忻州 사람이다. 가정 32년1553 진사가 되어, 행인行人, 이과급사중吏科給事中, 예과자급사중禮科左給事中, 태복소경太僕少卿, 태복경太僕卿 등의 벼슬을 지냈다. 부모상을 당해 고향으로 돌아갔다가 그 길로 세상을 떠났다.

168 陸樹德 : 육수덕陸樹德, 1522~1587은 명나라 융경 연간의 관리다. 그의 자는 여성與成이고, 호는 부남阜南이다. 가정 44년1565 진사가 되어, 엄주부嚴州府 추관推官, 예과급사중禮科給事中, 도급사중都給事中, 우첨도어사右僉都御史 등의 벼슬을 지냈다. 언관으로 지낸 3년 동안 수십 차례 직언하는 상소를 올렸다.

번역 소경방邵經邦이 의례를 비난하다

『명륜대전』이 시행된 후 장총이 탄핵당해 돌아왔는데, 얼마 뒤 바로 불려 돌아왔다. 형부원외刑部員外 소경방邵經邦이란 자가 일식 때 상소를 올려 다음과 같이 말했다. "의례議禮는 의당함을 귀히 여기고 인재 등용에는 공평을 귀히 여겨야합니다. 폐하께서 의례를 행하는 신하들을 사사로이 여기시니 이는 의례를 행하는 자들이 공적인 예를 행하는 것이라 여기지 않으시는 것이므로 굳건히 지켜야 하면서도 가변적인 것이며 이룰 만하고도 또한 훼손될 수도 있습니다. 폐하께서 과감히 예를 지극히 타당하게 행하시어 자손들이 대대로 지키도록 하시고자 하신다면 그 행함을 두터이 하시고 그 시종을 온전히 하시어 의례를 행한 공로에 답하시옵소서. 그런 연후에 오직 큰 덕을 갖춘 자를 선발하시어 좌우에 두시고 만년토록 이어지게 하시고 묘호를 '세종'으로 정하신다면 또한 훌륭하지 않겠습니까." 황상께서 대노하시어, "짐이 대례의 때의 여러 신하들을 사사롭게 여긴다는 것은 모초茅焦의 충간보다도 윗사람을 비웃는 무례한 일이니 붙잡아 금의위에 하옥하고 심문해 처벌하라"고 하셨다. 이미 법사에게 그의 죄를 물을 것을 청했는데, 황상께서 범법해도 반드시 의심하질 않으시고 결국 변위충군邊衛充軍으로 발령을 내셨다. 소경방의 상소는 말은 간략하지만 핵심을 꿰뚫고 있었다. 곧바로 장총과 계악이 그 일을 듣고서 변론을 사양하지 않았다. 다만 황상 생전에 아직 신하가 번번이 시호를 내리는 것에 대해 의문을 품은 자들이 없었던 터인데, 조曹와 위魏의 대신들이 미리 현명한 황제를 추대해 열조의 반열에 올리니 천고의 웃음거리가 된 것이다. 소경방이 감히 총명한 군주의 초년에 제멋대로 말을 해 이 지경에 이르니 모초가 말하지 않은 것이다. 그러나, 근근이 지키며 행하니 '세종' 두 글자로 성충聖衷을 묵계默契하고서 어찌 끝까지 이런 일이 덜할 수 있겠는가. 그 후에 황상께서 틈을 봐서 묘호로 '경부竟符 두 글자를 쓰셨다. 소경방 같은 자가 진실로 그러한 징후를 미리 알 수 있었던 게 아닌가.

원문 邵經邦[169]譏議禮

『明倫大典』行後, 張璁被劾遣歸, 尋卽召還. 刑部員外邵經邦者, 以陽月日食上言, "議禮貴當, 用人貴公. 陛下私議禮之臣, 是不以所議者爲公禮也. 夫禮惟當, 乃可萬世不易. 使所議非公禮, 則固可守也, 亦可變也. 可成也, 亦可毁也. 陛下果以禮爲至當, 欲子孫世守, 莫若厚其賚與, 全其終始, 以答議禮之功. 然後專選碩德, 置諸左右, 使萬年之後, 廟號世宗, 不亦美乎." 上大怒, 謂"朕私議禮諸臣, 自比茅焦之諫[170], 訕上無禮,

169 邵經邦 : 소경방邵經邦, ?~1558은 명나라 가정 연간의 관리다. 그의 자는 중덕仲德이고, 인화仁和 사람이다. 정덕 16년1521 진사가 되어, 공부주사工部主事, 공부원외랑工部員外郞, 형부원외랑刑部員外郎 등의 벼슬을 지냈다. 일식日食 때 장경과 계악을 탄핵했다가 폄적되어 진해위鎭海衛에서 수자리를 살았다.

170 茅焦之諫 : 충신이 죽음을 무릅쓰고 직간直諫하는 것을 말한다. 제齊나라 사람 모초茅焦, 생졸년 미상는 진시황 통치 시기에 간언을 잘하는 것으로 유명한 관리다. 『사기史記 · 진시황본기秦始皇本紀』에 따르면 진시황은 그의 모후가 노애嫪毐와 사통한 사실을 알고는 노애를 찢어 죽이고 모후를 부양궁萯陽宮으로 옮겨 거하게 했다. 그리고

逮下詔獄訊治." 已請付法司擬罪, 上以非常犯不必擬, 竟發邊衛充軍. 經邦之疏, 語簡而該. 卽張桂聞之, 亦無辭置辨. 但人主生前, 未有臣下輒擬謚號者, 惟曹魏大臣, 預尊明帝爲烈祖, 貽千古笑端. 經邦敢於英主初年, 肆言至此, 卽茅焦所不道也. 而僅以戍行, 豈'世宗'二字, 已默契聖衷, 遂從末減與. 其後上升遐, 廟號'竟符'二字. 若經邦者, 固得氣之先耶.

모후의 일을 간언하는 자는 모두 죽이라는 명을 내렸다. 이미 27명이나 죽은 상황인데도 모초는 죽음을 무릅쓰고 간언을 올렸고, 진시황은 마침내 깨달음을 얻고 그의 간언을 받아들였다. 이후로 '모초의 간언[茅焦之諫]'은 죽음을 무릅쓴 직간의 대명사처럼 사용되고 있다.

번역 전각의 명칭을 바꾸다

태조께서 처음에 대조회大朝會를 하는 정전正殿을 정하셨는데 이름이 봉천전奉天殿이었으며 문의 명칭도 이와 같았다. 그 뒤 문황제께서 북경으로 천도하시고도 마침내 그 이름을 그대로 사용했는데, 불에 타 소실되었다. 세종께서 그 이름을 황극전皇極殿으로 바꾸고, 화개전華蓋殿은 중극전中極殿으로, 근신전謹身殿은 건극전建極殿으로 했는데, 대체로 「홍범洪範」의 뜻을 취한 것이다. 「홍범」 중에는 육극六極도 있는데, 글자 수는 같지만 의미가 아름답지 않다고 말하는 사람도 있다. 황상께서 예악을 친히 막 정하시고는 왕들을 얕보시고 조금 거스르면 곧 바로 멸하셨지만, 도와주고 바로 잡는 이가 없었다.

융경 원년에 이르러 어사 장가張檟가 태조 때의 옛 명칭으로 바꾸어 따르자고 청했다. 이때 고의高儀가 대종백이었는데, 황고皇考께서 정하신 것이고 또 유조遺詔 중에 바로잡은 것이 많지만 유독 전각의 명칭은 언급하지 않으셨으니 그것을 보존하길 바란 것이라 생각해, 3년 동안 고치지 않는다는 뜻을 보존해 결국은 바꾸지 않았다. 태조가 정하신 '봉천奉天'이라는 두 글자는 정말 천고에 빛날 독특한 견해여서 만세토록 바꿔서는 안 된다. 이 때문에 황제가 쥐는 대규大圭는 위에 '봉천법조奉天法祖'라는 네 글자가 새겨져 있다. 친왕親王의 웃어른을 만나면 반드시 손에 이 규圭를 잡고서 처음에 그의 절을 받고는 신하가 명중을 경계하고 타이르게 되면 반드시 먼저 '천명을 받든 황제[奉天承運皇帝]'라고 말해야 한다고 선조의 유훈 중에서 이르고 있다. 태종께서 이를 이으셨으므로, 관작을 받은 모든 공신들은 반드시 '천명을 받든 정난의 역[奉天靖難]'이라 말하고, 그 다음으로 '천명을 받든 익위[奉天翊衛]'와 '천명을 받들어 국운을 호위한다[奉天翊運]'고 말해야 했다. 역대 황제들이 봉한 작위는 공훈功勳때문이든 은택恩澤 때문이든 문무文武 때문이든 반드시 봉천奉天을 호칭으로 삼았는데, 지금까지도 바뀌지 않았다. 황극皇極과 건극建極이 원래 하나의 뜻에 속하고 중극中極은 특출한 점이 없다. 목종 원년에 차마 바로 고치지 않은 것이라면 효심에서 마땅히 그렇게 한 것이다. 이제 전각과 문이 화재를 또 당해서 곧 다시 지어지는데, 태조의 첫 명칭을 그대로 사용한다면 이 또한 기회가 그렇게 된 것이니 학식 있는 대신이라면 틀림없이 분명한 의견을 제기하는 자가 있을 것이다. 완안씨完顔氏가 북경의 궁전에 올라 자신의 정침正寢을 건원전乾元殿이라 이름했는데, 이는 당대唐代의 옛 명칭을 계승한 듯하다. 천권天眷 원년에 이름을 황극전으로 바꿨는데, 멸망한 금金나라가 먼저 이미 쓴 명칭이므로 전례가 되지 못한다.

장시어張侍御가 상소한 후 원래 산동부사山東副使를 맡았던 왕세정 또한 전각의 이름을 회복시키자는 상소를 올렸지만 윤허되지 않았다. 그와 장시어가 동시에 상소했고, 태감 이방李芳이 건국 초기의 전제典制와 같이 남쪽과 북쪽 교외에서 천지께 합사하는 것으로 바꾸자고 청했다. 하지만, 예부상서가 끝까지 버티며 받아들이지 않았는데, 환관이 의견을 냈기 때문인 듯하다. 그 뒤, 금상의 갑신년에 진헌장陳獻章을 공묘孔廟

에 받들어 제사 지내자는 의론이 있었는데, 예신禮臣 심리가 환관 장굉張宏이 그것을 주재할 거라 의심하고는 가려하지 않았다. 하지만, 내각에서는 도리어 여러 관리를 보낼 의사를 보이고 회의해 제사를 허락했기 때문에 이 일로 정부와 사이가 안 좋아졌는데, 그 일이 융경 연간에 있었던 이방의 일과 유사하다. 이방은 글을 읽을 줄 알고 간쟁諫諍을 좋아했다. 목종이 유왕부裕王府에 있을 때 등상滕祥을 대신해 정무를 장악하고는, 더욱더 의견을 내세우고 여러 차례 황상의 지나친 행동을 지적했다. 쌓이고 싸여 진정할 수 없자 이에 곤장 100대를 때리고 사형을 논하도록 법사法司에 내려보냈는데, 형관 모개毛愷 등이 적극적으로 다투어 힘썼지만 어쩔 도리가 없었다. 그는 금영金英이나 담창覃昌과 같은 부류다. 장굉이 풍보를 이어 정무를 장악했는데, 그 역시 당시에는 칭송을 받았다.

원문 更正殿名

太祖初定大朝會正殿曰奉天殿[171], 門名亦如之. 其後文皇營北京, 遂仍其名, 燬於火. 世宗更其名曰皇極, 而華蓋殿[172]則曰中極, 謹身殿[173]曰

---

171 奉天殿 : 남경南京 고궁의 남북 주축선상에 있었다. 명초 홍무洪武, 건문建文, 영락永樂의 3대동안 중요 의식을 거행하고 백관百官의 조하朝賀를 받던 장소다. 봉천전의 왼쪽에는 중좌문中左門이 있고 오른쪽에는 중우문中右門이 있었다. 전각의 앞쪽은 넓은 뜰이었고, 동쪽은 문루文樓, 서쪽은 무루武樓였다. 정전正殿의 앞문은 봉천문奉天門이고, 왼쪽은 좌홍문左紅門이며 오른쪽은 우홍문右紅門이었다. 영락 19년1421 4월 벼락을 맞아 소실되었다.

建極, 蓋取「洪範」[174]之義. 而議者以爲「洪範」中更有六極, 字面相同, 意義不美. 然上方親定禮樂, 薄視百王, 少忤卽立糜, 無救正者.

至隆慶初元[175], 而御史張檟[176]請改仍太祖舊號. 時高儀[177]爲大宗伯, 以爲皇考[178]所定, 且遺詔中多所釐正, 獨不及殿名, 乞存之, 以存三年無

---

172 華蓋殿 : 명대 자금성의 궁전 중 하나로 지금의 고궁 중화전中和殿이다. 원래는 명 태조 주원장이 명나라를 개국했던 남경 고궁의 3대 궁전 중 하나다. 성조成祖가 북경으로 천도하면서 영락永樂 18년1420 남경의 황궁을 본떠 북경에 자금성을 지었다. 화개전華蓋殿의 남쪽에는 봉천전이 있고 북쪽에는 근신전謹身殿이 있는데 모두 황궁의 중심축 위에 있다. 화개전은 영락 19년1421 봉천전, 근신전과 함께 화재로 소실되었다. 정통 6년1441 중건重建되었지만 가정 36년1557 또다시 화재로 훼손되었다. 가정 41년1562 중건한 뒤 명칭을 중극전中極殿으로 바꾸었다.

173 謹身殿 : 명대 남경 고궁 및 북경 자금성의 3대 궁전 중 하나로, 황제가 조회 때 조복朝服을 갈아입거나 황화와 황태자를 책립冊立하던 곳이다. 성조가 영락 18년1420 북경으로 천도하면서 북경의 황궁에도 근신전을 두었다. 영락 19년1421 화재로 소실되었다가 정통 6년1441 중건되었으며 가정 36년1557 다시 화재로 훼손되었다. 가정 41년1562 중건한 뒤 건극전建極殿으로 명칭을 바꾸었다.

174 「洪範」 : 유교의 5대 경전 중 하나인 『상서尙書』의 편명으로, 유가의 세계관에 의거한 정치철학을 말하고 있다.

175 初元 : 연호를 정했을 때의 첫 해.

176 張檟 : 장가張檟, 생졸년 미상는 명나라 가정 · 융경 연간의 관리다. 그의 자는 숙양叔養이고, 호는 심오心吾이며, 강서江西 신성新城현 순계洵溪 사람이다. 가정 38년1559 진사로, 감찰어사監察御史, 남경공부우시랑南京工部右侍郎 등의 벼슬을 지냈다. 가정 41년1562 하동순염어사河東巡鹽御史로 있을 때 엄숭에 의해 파직된 간신諫臣들을 복직시키라는 상소를 올렸다가 세종의 심기를 건드려 파직되었다. 융경 원년1567 복직되자 전각殿閣의 명칭을 복원하자는 상소를 올리고 대학사인 고공을 탄핵하는 상소를 올렸다. 나중에 고공이 다시 내각에 들고 이부를 관장하게 되면서 사직하고 귀향했다. 만력 연간에 다시 복직되어 남경공부우시랑을 지냈다.

177 高儀 : 고의高儀, 1517~1572는 명나라 가정 · 융경 연간의 대신이다. 그의 자는 자상子象이고, 호는 남우南宇이며, 시호는 문서文端다. 절강浙江 전당錢塘 사람이다. 가정 20년1541 진사로, 서길사, 한림원편수, 시강학사 등의 벼슬을 거쳐 예부상서를 지냈다. 병을 핑계로 귀향했다가, 융경 6년1572 고공의 추천으로 조정에 돌아왔다. 목종이 병으로 위중할 때, 고공, 장거정과 함께 고명대신顧命大臣이 되었다.

改之義, 遂不果易. 按太祖'奉天'二字, 實千古獨見, 萬世不可易, 以故祖訓中云, 皇帝所執大圭[179], 上鏤'奉天法祖'四字. 遇親王尊行[180]者, 必手秉此圭, 始受其拜, 以至臣下誥敕命中, 必首云'奉天承運皇帝'. 太宗繼之, 一切封拜諸功臣, 必曰'奉天靖難', 其次曰'奉天翊衛''奉天翊運'[181]. 至列聖所封者, 無論爲功勳, 爲恩澤, 爲文武, 亦必奉天爲號, 至今不改. 若皇極建極本屬一義, 而中極尤爲無出. 穆宗初元, 未忍遽改, 於聖孝宜然. 今殿與門再罹祝融[182], 鼎建在邇, 仍用太祖初號, 亦是機會使然, 有識大臣, 必有起而建明者. 完顔氏上京宮殿, 其正寢[183]取名乾元殿, 蓋襲唐世舊號, 至天眷元年, 改名皇極殿, 則亡金先已稱之, 尤爲不典.

張侍御疏後, 原任山東副使王世貞[184], 亦有復殿名疏, 不允行. 其與張侍御同時, 則有太監李芳[185], 請改南北郊合祀天地如國初典制. 禮臣亦執不許, 蓋以議出中官. 其後, 今上甲申[186]議崇祀陳獻章[187]於孔廟, 禮臣

---

178 皇考 : 여기서는 세종을 말한다. 이것은 융경 연간에 벌어진 일인데, 융경은 목종의 연호이고 목종의 황고는 세종이기 때문이다.

179 大圭 : 황제가 쥐었던 옥으로 만든 홀로, 좁고 길쭉하게 생겼다.

180 尊行 : 높은 항렬. 부모의 항렬 이상에 해당하는 항렬을 이른다.

181 翊運 : 국운을 호위한다는 뜻이다.

182 祝融 : 중국 신화에 나오는 불의 신인데, 화재를 나타내는 말로도 쓰인다.

183 正寢 : 왕이나 제후가 사무를 보던 궁실.

184 王世貞 : 왕세정은 명대의 관리이자 문학가, 사학자다.

185 李芳 : 이방李芳, 생졸년 미상은 명 목종 때의 내관감 태감으로, 충성스런 마음으로 직언을 했다가 목종의 노여움을 사 하옥되었다.

186 甲申 : 만력 연간의 갑신甲申년은 만력 12년1584을 말한다.

187 陳獻章 : 진헌장陳獻章, 1428~1500은 명대의 저명한 사상가, 철학가, 교육가, 서법가, 시인 등으로 알려진 인물이다. 그의 자는 공보公甫이고, 별호는 석재石齋이며, 광동 신회현新會縣 사람이다. 백사선생白沙先生 혹은 진백사陳白沙로도 불린다. 명대에 공자묘에 제사를 올리는 4인 중의 1인으로 심학心學의 기틀을 세웠으며, 성대진유聖代眞

爲沈鯉, 亦疑大璫張宏主之, 不肯行, 而內閣竟票發多官, 會議允祀, 由是與政府不協, 其事與隆慶中李芳正相類. 李芳者能讀書, 喜諫諍, 穆宗於裕邸, 代滕祥柄事[188], 益發舒, 屢指上過擧, 積久不能平, 乃杖之百, 下法司[189]論斬, 刑官[190]毛愷等力爭之不能得. 其人亦金英覃昌之流亞[191]也. 張宏繼馮保柄事, 亦有稱於時.

儒, 성도남종聖道南宗, 영남일인嶺南一人 등으로 칭송된다.

188 柄事 : 정무政務를 장악하다.

189 法司 : 사법과 형벌을 담당하던 관서.

190 刑官 : 형벌을 관장하는 관리.

191 流亞 : 같은 부류의 인물이나 사람.

번역 옥지궁玉芝宮

애당초 세종께서 세묘世廟를 지을 때, 먼저 '세실世室'이라 이름하고서 황고 헌황제獻皇帝의 제사를 받들었다. '세世'자를 꺼려해 세상에서 '종宗'이라 칭하자 헌황제묘獻皇帝廟로 바뀌지었다. 헌황제를 태묘太廟에 모시고 예종睿宗이라 칭하게 되니 마침내 세묘를 폐하고 다시는 제사 지내지 않았다. 가정 44년 세묘의 기둥에 영지가 자라자 황상께서 크게 기뻐하며 옥지궁玉芝宮으로 이름을 바꿨다. 황명으로 제사 의식을 정해 내전內殿과 같이 매일 음식을 바치고, 사시四時와 섣달그믐 그리고 크고 작은 명절마다 쓰는 제례용 가축과 비단 등의 물품을 태묘 제사와 같게 했다. 목종이 즉위하자 예신이 다음과 같이 간했다. "헌황제는 이미 열성조와 함께 제사를 누리니, 옥지궁의 제사는 그만둬야 합니다. 하물며 사맹四孟과 대협大祫 같은 종묘의 상례常禮는 태묘에서만 행하고, 명절이나 기일忌日 제사는 내전에서만 행하며, 국가 대사는 태묘나 내전에만 고하지 두 곳에 다 고하는 경우는 아직 없었습니다. 지금은 제사 지내며 고하지 않는 것이 없으니 역대 제왕들께서 장차 어찌 처리하시겠습니까? 매일 바치는 음식은 남경南京 봉선전奉先殿 태조의 예를 따라 예전처럼 받들어 준비해서 행함이 있으면 폐하지 않는다는 뜻을 보존해야 합니다." 황상께서 간언한 대로 하도록 명하셨지만 사람들은 여전히 매일 음식을 드리는 것을 번거롭게 여긴다고 한다.

생각해보면 옥지궁의 제사는 세종께서 승천해 신선이 되시기 겨우

1년 전의 일이다. 사람들은 황상의 연세가 많기에 한漢나라 원묘原廟의 의관衣冠 이야기를 따라하려고, 이 세묘를 남겨 성대한 의식을 거행하기 시작해 선친의 무덤을 우러러 받들어서 자손에게 전해 한漢 광무제光武帝와 진晉 무제武帝의 만년을 가는 제사의 시작처럼 중흥의 원년으로 삼으려는 뜻을 후대에 은근히 나타낸 것이라고 말한다. 즉시 태종을 성조成祖로 바꾼 것 또한 황상의 뜻이 여기까지 미친 것인지는 알 수 없다.

원문 玉芝宮

初世宗之建世廟也, 先名世室, 以奉皇考獻皇之祀. 旣以世字礙後世稱宗, 改建獻皇帝廟. 旣而獻皇祔廟稱宗, 遂閉世廟不復祀. 至嘉靖四十四年, 舊廟柱産芝, 上大悅, 更名玉芝宮. 欽定祀儀, 日供膳如內殿, 四時歲暮, 大小節辰, 牲帛諸品如廟祀. 穆宗卽位, 禮臣以"獻皇已同列聖臨享, 則玉芝之祀可罷. 況宗廟常禮如四孟大祫[192], 止行於太廟, 節辰忌辰, 止行於內殿, 國有大事, 止告太廟或內殿, 未有幷告者. 今無所不祭告, 則列聖先帝, 將何以處之. 至於日供之膳, 宜仿南京奉先殿太祖例, 如舊奉設, 以存有擧莫廢之義." 上命如所議, 而議者猶以日膳爲瀆云.

按玉芝之祀, 去世宗上仙僅匝歲, 說者謂上春秋高, 欲仿漢原廟衣冠故事, 存此舊朝肇擧盛典, 默示意於後, 俾尊奉禰廟, 傳之子孫, 爲中興元

192 大祫 : 천자나 제후의 종묘 제례 중 하나로, 천묘遷廟한 선조나 현재 부묘祔廟하고 있는 선조를 불문하고 윗 선조들의 신주를 모두 태조묘太祖廟에 모아 합제合祭하는 제사를 말한다.

祀, 如漢光武[193]晉武帝[194]萬世烝嘗張本. 卽改太宗爲成祖, 亦聖意慮及此耳, 未知然否.

193 漢光武 : 후한後漢의 초대 황제인 광무제光武帝 유수劉秀, B.C.6~A.D.57를 말한다. 재위기간은 A.D.25년부터 A.D.57년까지다. 자는 문숙文叔. 묘호는 세조世祖이며, 시호는 광무光武다. 전한前漢의 고조高祖 유방劉邦의 9세손이다. 구휼 정책을 펴고, 중앙집권 체제를 공고히 했으며, 후한의 특색인 예교주의禮敎主義의 꽃을 피우는 등의 업적을 남겼다.

194 晉武帝 : 진나라의 황제인 사마염司馬炎, 236~290을 말한다. 사마염은 사마소司馬昭의 아들로 하내河內 온현溫縣 사람이고, 자는 안세安世다. 처음 위魏나라에서 벼슬해 북평정후北平亭侯에 봉해졌고, 그 뒤 급사중을 지냈다. 위魏나라 원제元帝 함희咸熙 2년265 아버지를 이어 상국相國과 진왕晉王이 되었다. 오래지 않아 위나라를 대신해 즉위하고 진왕조를 건립했다. 함녕咸寧 6년280 오吳나라를 멸하고 전국을 통일했다. 종실宗室 사람들을 두루 제후에 봉하고 사족士族 문벌제도를 강화시키는 한편, 새로 만든 율령律令을 반포하고 제도를 제정하면서 관품官品의 등급과 점전占田 수량 등을 정했다. 만년에는 일락佚樂에 빠져 멍청한 아들 사마충司馬衷을 태자로 삼는 등 죽은 뒤에 벌어질 화근을 양성했다. 묘호는 세조世祖다.

서원西苑의 궁전은 가정 10년 신묘辛卯년부터 점차적으로 건축되기 시작해 임술壬戌년까지 30여 년간 끊임없이 지어져 이미 이름을 다 기록할 수 없을 정도다. 임술년에 만수궁萬壽宮이 재건再建된 뒤로 그 사이에 기록할 만한 것으로는, 예를 들면 43년에 갑자甲子년 혜희전惠熙殿, 승화전承華殿, 보월정寶月亭 등의 중건重建이 완성되자 혜희전을 원희연년전元熙延年殿으로 바꾼 일이다. 또, 44년 정월에는 원도전元都殿에 금록대전金籙大典을 세우고, 또 태극전太極殿과 자황전紫皇殿에서 하늘에 감사하며 환약을 하사했는데, 이 세 전각은 또 기일을 앞당겨 지은 것들이다. 44년 만법보전萬法寶殿을 중건하고는 그 가운데를 수게壽憩, 왼쪽은 복사福舍, 오른쪽은 녹사祿舍라 이름했는데, 공사가 매우 커서 신하들이 모두 상을 받았다. 45년 정월에 또 진경전眞慶殿을 세웠다. 4월에는 자극전紫極殿의 수청궁壽淸宮이 완성되어 일을 맡은 이가 모두 상을 받았는데, 황상께서는 이미 몸이 불편하셨다. 9월에 또 건광전乾光殿을 세웠다. 윤시월에 자신궁紫宸宮이 완성되자 백관이 글을 올려 축하드렸는데, 이때 황상께서는 병이 이미 위중해 경하慶賀하긴 했지만 꼭 납시지는 않았다. 세종께서 승하昇遐하신지 한 달이 안 되어 먼저 각 궁전과 문에 걸린 편액을 철거해 차례대로 재목材木을 점차 뜯어내고, 목종께서 자극궁紫極宮의 재목을 가지고 상봉루翔鳳樓를 중건하려 하셨는데, 공과도급사중工科都給事中 풍성능馮成能이 적극 간언해 그만두었다. 몇 년 지나지 않아 무너진 담장과 부서진 주춧돌만 남았다. 이곳은 문황제 잠저潛邸의 옛 궁궐이었는데 문황제께서 북경으로 들어와 황위를 이었고 또 영락永樂 연간 이래로 승하하더라도 시첩侍妾 중에 여기서 죽은 이가 하나도 없었기 때문에, 황상께서 터가 좋다고 생각해 여기에 안주安住하신 것이다. 금원禁苑을 처음 세웠을 때는 인수전仁壽殿이라고 이름지었다. 그밖에 홍응뇌단洪應雷壇 같은 곳은 황상께서 기도할 일이 있을 때 마다 꼭 오시고 응도뇌헌凝道雷軒 같은 곳은 낮에 자주 오시던 곳인데, 모두 흔적도 없고 물어볼 곳도 없다. 다만, 청복전淸馥殿만 예전처럼 온전하게 아름다운데, 바깥문은 선방仙芳과 단형丹馨이라 하고 안쪽 정자는 금방錦芳과 취분翠芬이라 하며, 흐르는 샘물과 돌다리가 그윽하고 운치 있다. 또 소나무와 잣나무가 쭉 늘어서 빼곡하게 하늘을 가리고 온갖 초목들이 정원 사이사이에 널려 있어, 꽃이 필 때면 금상께서도 한 번씩 나들이 가신다. 아마도 그 나머지는 또 만수궁과 좀 떨어져 있어서 화를 면한 것 같다. 「연창궁사連昌宮詞」를 읽어보면, 몇 대가 지나도 노래하고 춤추던 곳은 여전히 남아 있는데, 눈 깜짝할 사이 벌써 덤불을 이루었으니 슬프구나!

○ 지금 서원의 재궁齋宮에서는 대고원전大高元殿에만 삼청상三淸像을 세워두어 지금까지 세 천존을 숭배해 받들고 있으며, 환관과 궁녀들 중 도교를 익히는 이들은 모두 그 안에서 노래하며 의식을 행한다. 또, 지난날 세종께서 도교를 수련하던 초상화가 거기에 있었는데, 없애지 않았다. 만력萬曆 경자庚子년 5월에 갑자기 어명을 내려 손질 보수하라

하셨는데, 자재비 은 20만과 인건비 은 10만을 들여 기름칠을 한 번 했을 뿐이다. 그러니 보수하려면 다시 얼마를 더 들여 써야만 하는 상황인데도, 당시에 서문정이 다 헐어야 한다고 강력히 주장하는 것을 알았기 때문이지, 이런 상황을 알지 못한 것은 아니다.

원문 齋宮

西苑宮殿, 自十年辛卯漸興, 以至壬戌[195]凡三十餘年, 其間創造不輟, 名號已不勝書. 至壬戌萬壽宮再建之後, 其間可紀者, 如四十三年甲子, 重建惠熙承華等殿, 寶月等亭, 旣成, 改惠熙爲元熙延年殿. 四十四年正月, 建金籙大典於元都殿, 又謝天賜丸藥於太極殿及紫皇殿, 此三殿又先期創者. 至四十四年重建萬法寶殿, 名其中曰壽憩, 左曰福舍, 右曰祿舍, 則工程甚大, 各臣俱沾賞. 至四十五年正月, 又建眞慶殿. 四月紫極殿之壽淸宮成, 在事者俱受賞, 則上已不豫矣. 九月又建乾光殿. 閏十月紫宸宮成, 百官上表[196]稱賀, 時上疾已亟, 雖賀而未必能御矣. 自世宗升遐未匝月, 先撤各宮殿及門所懸扁額, 以次漸拆材木, 穆宗欲以紫極宮材, 重建翔鳳樓, 因工科都給事中馮成能力諫而止. 未歷數年, 惟存壞垣斷礎而已. 蓋玆地爲文皇帝潛邸舊宮, 因而入紹大位, 且自永樂以來, 無論升遐, 卽嬪御[197]無一告殞於此者, 故上意爲吉地而安之. 禁籞[198]初起, 命名爲

195 壬戌 : 가정 41년1562을 말한다.

196 上表 : 신하가 임금에게 글을 올리는 일.

197 嬪御 : 고대 제왕이나 제후의 시첩侍妾이나 궁녀.

仁壽殿. 他如洪應雷壇, 上有禱必至, 如凝道雷軒, 上書日常御, 皆無跡可問. 惟清馥殿則整麗如故, 外門曰仙芳, 曰丹馨, 內亭曰錦芳, 曰翠芬, 流泉石梁, 頗甚幽致, 且松柏列植, 蒙密蔽空, 又百卉羅植於庭間, 花時則今上亦時一游幸[199]. 蓋其他又與萬壽宮稍隔, 故得免[200]焉. 讀「連昌宮詞」[201], 數世後舞榭[202]猶存, 轉眼已成蔓草, 悲夫!

○ 今西苑齋宮, 獨大高元殿以有三清像[203]設[204], 至今崇奉尊嚴, 內官宮婢習道教者, 俱於其中演唱科儀[205]. 且往歲世宗修玄御容在焉, 故亦不廢, 至萬曆庚子[206]五月, 忽下旨令見新[207], 凡費物料銀二十萬, 工匠[208]銀十萬, 不過油漆[209]一番而已. 然則修葺[210]更當費幾何, 乃知當時徐文

198 禁籞 : 궁궐 안에 있는 동산 즉 금원禁苑.
199 游幸 : 제왕이나 왕후가 여행하러 나가는 것.
200 得免 : 재앙이나 괴로운 일 따위를 잘 피해 벗어남.
201 「連昌宮詞」: 「연창궁사」는 당나라 시인 원진元稹이 쓴 장편 서사시다. 이 시는 한 노인의 입을 통해 연창궁連昌宮의 변천사를 서술하면서, 당 현종 시기부터 헌종 시기까지의 흥망성쇠興亡盛衰 과정을 반영했다. 구성이 치밀하고 묘사가 사실적이어서 백거이白居易의 '장한가長恨歌'와 비교되곤 한다.
202 舞榭 : 노래하고 춤추는 장소.
203 三清像 : 도교 3대 신의 형상을 말한다. 중앙에는 원시천존元始天尊, 왼쪽에는 도덕천존道德天尊, 오른쪽에는 영보천존靈寶天尊이 자리 잡고 있다. 도덕천존은 태상천존太上天尊 또는 태상노군太上老君이라고도 하며 노자老子의 모습을 하고 있고, 다른 두 천존은 허구의 존재다. 세 천존은 삼청경三清境이라는 곳에 사는데, 옥청玉清에는 원시천존, 상청上清에는 영보천존, 그리고 태청太清에는 태상천존이 산다고 한다.
204 設 : '설設'자는 사본에 근거해서 보충했다設字據寫本補. 【교주】
205 科儀 : 도교 용어. 도사道士를 중심으로 일정한 방법과 절차에 따라 양재기복禳災祈福을 위해 거행하는 의식.
206 庚子 : 만력萬曆 28년1600년을 말한다.
207 見新 : 옛 가옥이나 중고품을 손질해 새 것처럼 만들다.
208 工匠 : 수공업에 종사하던 사람.
209 油漆 : 들기름으로 만든 칠.

貞力主盡毁, 未爲無見.

210 修葺 : 집의 허름한 데를 고치고 지붕을 새로 잇는 것, 즉 건축물을 보수하는 것을 말한다.

세종께서 처음에 무일전無逸殿을 서원西苑에 세우시고, 빈풍정豳風亭으로 보조하셨다. 대개 시서詩書 안의 뜻을 취하고 농사일을 중히 여기셔서, 당시 대신들을 거느리고 그 안에서 연회를 즐기시며 각신 이시와 적란翟鑾 등에게 명해 『유풍豳風 · 칠월七月』의 시를 강좌하게 하시고 상을 하사하시며 관등을 올려주셨다. 호부당관戶部堂官을 더해 설치하시고 전령에게 일을 처리하도록 하셨다. 그 후에 매일 도를 닦는 것을 일삼으시니, 그 땅에 영수궁永壽宮을 만들어 예전처럼 관리를 두고 춘기春祈와 추보秋報 대전을 새로 만들어 올리는 일을 주로 했는데, 모두 관리를 보내 대행시켰다. 청사靑詞를 잘 짓는 여러 신하들을 선발해 무일전 옆의 처소에서 연일 숙박하며 수레가 줄을 이어도 발자취를 끊고 무일전에 더 이상 다시 오지 않았다. 내직공장內直工匠만이 숙소에서 거처하며 신상神像에 색을 칠하고 꾸미고 물들이는 여러 가지 잡다한 일을 할 뿐이었다. 황상 갑신년甲辰年에 적란의 두 아들이 과거에 급제한 일로 탄핵을 받자 적란이 변론의 상소를 올리고 무일전에서 일직日直을 서며 고했다. 당시 황상께서는 이미 도교를 독실하게 받들면서 그저 상원上元, 고원高元, 원위元威, 원공元功을 칭하고 있었는데, 적란이 아둔하게도 오히려 옛 일을 들추자, 황상께서 대노해 그를 쫓아내셨고 이후에는 전殿과 정亭의 옛 이름과 함께 언급하는 자가 없었다. 세종께서 승하하신 지 1년이 안 되어, 서원西苑의 궁宮과 전殿이 모두 훼손되었는데 무일전만이 지금까지 보존되어 있다. 지존께서 서쪽에서 대업을 이루실 때 간혹 행차하시면 내신들이 각기 그 무리를 이끌고 도리깨로 타작하는 놀이를 했는데, 파종과 수확 및 들밥, 농가農歌, 양식 징수 등의 일들을 모두 어람御覽하셨다. 대개 황상께서 신하를 거느리고 적전耤田을 갈던 때와 비교하면 더욱 상세하다고 한다. 지금 황상 때 갑신년과 을유년 사이 무일전이 불에 타버렸다. 재상 신오현申吳縣 등이 "황실의 조상이 이 전을 만드시어 후세에 곡식농사의 어려움을 알게 하시니, 지극히 원대하신 생각이 다른 것에 비할 수가 없으므로 마땅히 때에 맞춰 수복修復해야 합니다"라고 상주했다. 황상께서 매우 그렇다 여기셨다. 지금은 그 건물이 도리어 새로 지은 것처럼 웅장하고 아름답다.

원문 **無逸殿**

世宗初建無逸殿於西苑, 翼以豳風亭. 蓋取詩書中義, 以重農務. 而時率大臣游宴其中, 又命閣臣李時翟鑾輩, 坐講「豳風七月」之詩, 賞賚加等. 添設戶部堂官, 專領穡事. 其後日事玄修, 即於其地營永壽宮. 雖設官如故, 而主上所創春祈秋報大典, 悉遣官代行. 撰靑詞諸臣, 雖僕直於無逸之傍廬, 而屬車則絶跡不復至其殿. 惟內直工匠寓居, 彩畫神像, 幷裝潢渲染諸猥事而已. 至上甲辰年, 翟鑾坐二子中式被議, 鑾辨疏以日直無逸爲辭. 時上奉道已虔, 惟稱上元高元, 及元威元功, 而鑾椎朴尙擧故事, 上大怒褫逐之, 此後幷殿亭舊名無齒及者矣. 世宗上賓未期月, 西苑宮殿悉毁, 惟無逸則至今存. 至尊於西成時, 間亦御幸[211], 內臣各率其曹, 作打稻之戲, 凡播種收穫, 以及野饁農歌徵糧諸事, 無不入御覽. 蓋較上耕耤田時尤詳云. 今上甲申乙酉間, 無逸燼於火. 輔臣申吳縣[212]等, 奏"皇祖作此殿, 欲後世知稼穡艱難, 其慮甚遠, 非他游觀比, 宜以時修復". 上深然之. 今輪奐[213]尙如新也.

211 御幸 : 황제가 행차하는 것.
212 申吳縣 : 명대 만력 연간에 내각수보를 지낸 신시행申時行을 말한다.
213 輪奐 : 건축물이 장대하고 아름다운 모양.

세종께서 기해己亥년에 다행히 천명을 계승하신 후에 임인壬寅년에 궁비宮婢의 사변事變을 겪으시고 궁궐 안을 더욱 싫어하시어 거처하시지 않으려 하셨다. 혹자는 역모한 노비 양금영楊金英의 무리를 정법正法대로 처리해 원통하게 죽은 자가 적지 않아 화근이 되므로 황상께서 그들 무리의 처단을 더욱 결심하신 것이라 한다. 이와 관련된 일은 비밀로 해 진실 여부를 알지 못한다. 황상께서 서원西苑으로 거처를 옮기고 영수궁永壽宮이라 부르고 더 이상 조회를 보지 않으시고는 매일 저녁 제사만 지내셨다. 신유辛酉 년에 영수궁에 화재가 일어나서 잠시 옥희전玉熙殿으로 옮기셨다가 다시 원도전元都殿으로 옮기셨는데, 모두 협소해서 만승의 수레가 다닐 수가 없었다. 당시 수규 엄분의嚴分宜가 남성南城으로 이주할 것을 청했는데, 대개 옛 영종께서 상황上皇이었을 때 거처하던 곳으로, 천순天順 연간에 완정하게 보수하고 꾸며서 실제로는 영수궁보다 훨씬 좋았다. 황상께서 당시 몸을 낮추시어 거동이 자유롭지 못한 곳을 받아들이셨는데, 마음속으로는 그곳을 매우 싫어하셨다. 그리고 엄분의가 황상께서 크게 기뻐하지 않으신다고 말한 일이 알려졌다. 그러나, 이때 마침 세 개의 전殿이 모두 큰 공사를 하고 있어서 현의 관청이 매우 부족했고 달리 건축할 여유가 없어서 엄분의가 선의로 건의했고, 수하들이 이를 꺼려해도 피할 수 없었을 뿐이다. 당시 화정공華亭公 서계가 차규次揆였는데, 이에 "지금 전을 건축하는데 남은 자재가 매우 많으니 빠른 시간에 힘을 쏟을 수는 있습니다"라고 대답했다. 또한 사공司空 뇌례雷禮의 재주가 뛰어나 이 일을 맡을 만 하다고 추천했다. 황상께서 크게 기뻐하시며 화정공의 아들 서번徐璠을 상보사승尙寶司丞 겸 영선주사營繕主事로 명하시어 그 부역을 감독하게 하셨다. 3개월이 안 되어 궁이 완성되자 황상께서 크게 기뻐하시며 하루 만에 거처를 옮기시고 이름을 하사해 만수萬壽라 했다. 화정공은 소사음자少師蔭子로 승진하고 그 아들 서번 또한 태상소경太常少卿의 자리에 올랐다. 사공 뇌례는 태자태보太子太保의 지위를 더했고 대장大匠 서고徐杲란 자 역시 공부상서工部尙書에 배수되었는데, 엄분의는 겨우 봉록과 은, 비단의 하사품만 받았다. 그해 7월 어사御史 인응룡鄰應龍이 상소를 올려 엄분의는 쫓겨나고 대대로 그 자리를 지키게 되었다. 엄분의는 일생동안 황상의 뜻을 받들었는데, 홀로 지내며 늘그막에 약간의 반역적인 말들을 해서 관계에 금이 가서 황상의 총애를 잃었으니 어찌 하늘이 그의 혼백을 달랠 수 있겠는가.

○ 사공 뇌례[雷禮, 호는 고화古和]는 평소 이름이 널리 알려졌는데 관직에 있으면서도 열심히 공적을 쌓았다. 처음에는 엄분의와 동향 사람이라 돈독히 잘 지냈고 육경六卿의 관직을 얻었다. 당시 황상의 의중을 살펴보면 이미 화정공을 대우했지만 다시 엄격하게 떠나보내시고 서고에게 일을 주셨다. 서고는 만수궁을 건축하는 한 가지 일에 모두 우선해 성과가 있었고 엄분의는 황상의 마음을 잃었으니, 서고는 더욱 그 사이에서 굳건한 총애를 얻었다. 엄분의가 큰 한을 품고서 대면해 맹세

하니 뇌례가 그의 말이 심히 어그러져 치를 떨 지경이라 답하니 되니 서고가 이로써 더욱 후하게 대우받았다. 세종께서 손님의 예를 행하실 조짐이 없었으니, 만수궁전이 모두 철거되었고 계단 초석만 겨우 남았다. 여러 신하들이 곧은 생각을 해 초가삼간에 머물러 잡초가 우거져도 더 이상 다시 묻지 않으셨다. 그리고 남내南內가 완성되어 지금까지 예전과 같다. 아는 자들이 화정공이 천거될 만하다고 하는데, '삼년동안 고침이 없다'는 한 단계에서 조금도 흐트러짐이 없었다고 한다. 뇌례가 세종 말년에 또 소보少保로 승진하고 다시 소부少傅로 진급했다. 융경 2년 제악祭樂에 필요한 경비를 다스리고 태감 등상滕祥을 탄핵하라는 상주문이 올라왔는데, 그 언사가 매우 격렬해 사직하라 명을 내리셨다. 사람들은 선제에게 영합해 새 왕조를 거역했다고 의론하며, 그가 고의로 공정함과 충성함을 드러내 명성을 얻었다고 했다.

원문 **西內**

世宗自己亥幸承天後, 以至壬寅遭宮婢之變[214], 益厭大內, 不欲居. 或云逆婢楊金英輩正法後, 不無冤死者, 因而爲厲, 以故上益決計他徙. 宮

---

214 宮婢之變 : 가정 21년1542 임인년壬寅年 10여 명의 궁녀가 명 세종을 죽이려한 사건인 임인궁변壬寅宮變을 말한다. 가정 21년 10월 어느 날 세종이 단비端妃 조씨曹氏의 거처인 익곤궁翊坤宮에서 잠을 자는데 양금영楊金英 등 10여 명의 궁녀들이 잠든 세종을 목 졸라 죽이려 했다. 세종은 다행히 이 소식을 듣고 급히 달려온 황후 방씨方氏의 도움으로 목숨을 건지게 되는데, 이 사건으로 양금영 등의 궁녀는 능지처참을 당하고 단비 조씨와 영빈寧嬪 왕씨王氏 또한 이 일에 연루되어 주살되었다.

掖事祕, 莫知果否. 上旣遷西苑, 號永壽宮, 不復視朝, 惟日夕事齊醮. 辛酉歲永壽火後, 暫徙玉熙殿, 又徙元都殿, 俱湫隘不能容萬乘. 時分宜首揆, 請移駐南城, 蓋故英廟爲上皇時所居也, 天順間修飾完整, 實遠勝永壽. 上以當時遜位受錮之所, 意甚惡之, 聞分宜言大不懌. 然是時方興三殿大工, 縣官匱乏, 無暇他營, 分宜建議甚善, 但倉卒不及避忌諱耳. 時華亭公爲次揆, 卽對云, "今徵到建殿餘材尙多, 頃刻可辦." 且薦司空雷禮[215]材諝足任此役. 上大悅, 立命華亭子璠[216]以尙寶司丞, 兼營繕主事, 督其役. 不三月宮成, 上大悅, 卽日徙居, 賜名曰萬壽. 華亭進少師蔭子, 璠亦躐遷太常少卿. 雷司空禮加太子太保, 大匠徐杲者, 亦拜工部尙書, 分宜僅拜加祿銀幣之賜. 其年七月卽有御史鄒應龍之疏, 分宜逐而世蕃戍矣. 分宜一生以逢迎稱上旨, 獨晩途片言稍逆, 頓失權寵, 豈天奪其魄耶.

○ 雷司空古和, 素名博洽, 居官亦以勤勞著績, 初以分宜同里厚善, 得官六卿. 時窺知上意已嚮華亭, 復去嚴事徐. 其營萬壽一事, 俱先有成謀,

---

215 雷禮 : 뇌례雷禮, 1505~1581는 명대의 대신이다. 그의 자는 필진必進이고, 호는 고화古和이며, 강서江西 남창부南昌府 풍성豐城縣 사람이다. 가정 11년1532 진사가 되어, 흥화부興化府 추관推官, 이부험봉사주사吏部驗封司主事, 남선랑南膳郞, 태상시경太常寺卿, 순천부윤順天府尹, 공부상서工部尙書, 태자태보太子太保, 태자태부太子太傅 등의 벼슬을 역임했다. 융경 2년1568 사직하고 고향으로 돌아갔다. 저서에 『국조열경표國朝列卿表』, 『국조열경기國朝列卿紀』, 『대정기大政紀』 등이 있다.

216 璠 : 명나라 가정 연간에 내각수보를 지낸 서계의 장자 서번徐璠, 1529~1592을 말한다. 그의 자는 노경魯卿 또는 운암雲巖이고, 호는 앙재仰齋다. 두 살 때 모친을 잃고, 부친 역시 당시 내각수보였던 장총을 거역한 죄로 복건 연평延平으로 좌천되었기 때문에 어려서부터 고초를 겪었다. 음서로 우군도독부右軍都督府 도사都事에 제수된 뒤, 종인부宗人府 경력經歷, 상보승尙寶丞, 태상소경太常少卿 등의 벼슬을 지냈다. 융경 2년1568 부친 서계가 사직하자, 부친을 따라 귀향했다.

因分宜失旨, 愈得間之以固寵. 分宜恨甚, 面詈之, 雷答語甚誖, 幾至攘臂, 徐以此益厚之. 世宗上賓未幾, 萬壽宮殿悉已撤去, 僅存階礎. 若諸臣直廬, 更榛莽不可問矣. 而南內之完整, 則至今如故也. 識者謂華亭此舉, 於'三年無改'一段, 稍未諳解云. 雷在世宗末年, 又進少保, 再加少傅. 隆慶二年, 以上修祭樂器糜費, 劾太監滕祥[217]詞旨甚激, 上不悅, 令致仕. 人議其迎合於先帝, 而觸忤於新朝, 借題賣直[218]云.[219]

217 滕祥 : 등상滕祥, ?~1569은 명나라 융경 연간의 태감이다. 그의 자는 유선惟善이고, 별호는 양산两山이며, 하북 웅현 사람이다. 사례태감을 지냈으며 융경 연간 맹충孟冲, 진홍陳洪과 당파를 이루었다.

218 賣直 : 고의로 공정하고 충직함을 드러내 명성을 얻는 것을 말한다.

219 雷在~直云 : 뇌례는 강서江西 풍성豐城 사람이다雷, 江西豐城人. 【교주】

번역 대신 제사를 올리다

가정 11년 2월 경칩절驚蟄節은 마땅히 언덕에서 풍년을 기원해야 하는 날이라, 황상께서 무정후武定侯 곽훈郭勛에게 대행하도록 명을 내리셨다. 당시 장영가가 새로 수규로 거하도록 불려 돌아왔고, 하귀계夏貴溪가 새로 글을 써서 종백宗伯에 절을 하도록 명했는데, 일을 바로잡는 한마디의 말도 올리지 않았다고 한다. 다만 형부주사刑部主事 조문화趙文華만이 일을 바로잡고 보좌했다. 당시 조문화는 등제한 지 3년인데 그 언사가 엄격하고 정확하고 말로까지 점점 더 깨끗하고 청렴하게 유지했으니 진실로 엄연한 올곧은 신하였다. 이듬해 11월 남교에서 하늘에 큰 제사를 올릴 때, 또 곽훈에게 그것을 대행하도록 명하셨는데 대소 신하들 중에 마침내 한 사람도 감히 간언을 하는 자가 없었다. 당시 황상께서 사교례四郊禮를 크게 행하시고 친히 제사를 드리는 새로운 제도를 나누어 정하시니 마침내 수고로이 일하심이 이와 같았다. 가정 중엽에 황상께서 법관과 손을 잡으시어 신하들이 청광淸光을 바라볼 수 없었으니, 또 어찌 족히 다르리오.

대개 대대로 천지에 제사 지내는 것은 계사癸巳년에 시작되었고 갑오甲午년 이후에 마침내 조정에서 사라졌다. 기해己亥년에 황상께서 돌아오실 때, 도중에 화재가 일어나 간신히 몸을 피하셨던 까닭에 천지신명의 도움으로 공을 돌렸다. 임인壬寅년 궁비지변宮婢之變 때 더욱 하늘을 섬기는 효험이라 여기게 되어 도중문陶仲文을 날로 중히 여겼다. 그런데 소원절邵元節은 실제로는 가정 3년에 불러들여졌고, 5년에 마침내 청미묘제수정수진응지묵병성지일진인清微妙濟守靜修眞凝志默秉誠至一眞人으로 봉해 옥과 금은으로 장식한 상아 인장을 각각 하나씩 주고 언사를 밀봉한 것을 얻었다. 이때 연산鉛山 사람 비문헌費文憲이 수규였는데, 이미 잘못을 간하여 바로잡을 수가 없었다. 그 후에 소원절이 예부상서禮部尙書로 승진하고, 그의 부친 소수의邵守義가 태상시승太常寺丞으로 추대되는 일이 오히려 가능했다. 또 그 스승 범문태范文泰를 청미숭현수도응신담묵리소양화연법보교진인清微崇玄守道凝神湛默履素養和衍法輔教眞人으로 봉하니 기세가 극에 달했다. 도중문이 다시 황상께 퇴거해 천명을 기원할 비책을 권했으니, 어찌 교사郊祀를 논하겠는가!

원문 代祀

嘉靖十一年二月驚蟄節, 當祈穀於圜丘, 上命武定侯郭勛代行. 時張永嘉新召還居首揆, 夏貴溪新簡命拜宗伯, 不聞一言匡正. 獨刑部主事趙文華上言, 切責而宥之. 時文華登第甫三年, 其辭嚴而確, 使其末路稍修潔, 固儼然一直臣矣. 次年十一月大祀天於南郊, 又命郭勛代之, 大小臣遂無一人敢諫者. 時上四郊禮甫成, 且親定分祭新制, 遂已倦勤如此. 至中葉, 而高拱法官, 臣下不得望淸光, 又何足異.

蓋代祀天地自癸巳始, 至甲午後, 遂不視朝. 己亥幸承天還, 途中火災, 上僅以身免, 因歸功神佑. 壬寅宮婢之變, 益以爲事玄之效, 陶仲文日重矣. 然邵元節實以嘉靖三年召入, 五年遂封淸微妙濟守靜修眞凝元衍範志默秉誠至一眞人, 給玉金銀牙印章各一, 得密封言事. 是時鉛山費文憲[220]爲首揆, 已不能有所諫正矣. 至其後, 進禮部尙書, 贈其父守義爲太常寺丞, 猶之可也. 又封其師范文泰爲淸微崇玄守道凝神湛默履素養和衍法輔教眞人, 則濫極矣. 至陶仲文更勸上以退居爲祈天永命祕術, 何論郊祀哉!

220 鉛山費文憲 : 명나라 가정 연간에 내각수보를 지낸 비굉費宏을 말한다.

번역 탄신일과 기일이 같다

8월 초 10일은 효자고황후孝慈高皇后 제삿날인데, 이날은 세종 황제께서 탄생하신 날이었다. 세종께서 즉위하시자 예신 문간공文簡公 모징毛澄이 하루 전날 하례를 행하자고 청하고 의례를 연습하고 황제를 칭송하는 예만을 행하니 모두 죽였다. 이 일을 행한 지 2년이 지나 가정 3년에 다시 탄신일이 왔는데, 당시 예부상서 문장공文莊公 왕준汪俊이 이날 먼저 효자고황후의 제례를 받들고 연후에 세종의 탄신을 높이 칭송하자고 청했는데, 모든 것이 선대의 관례와 같았다. 황상께서 그것을 윤허하시고 40여 년간 다시는 이 일을 그만두지 않으셨으니, 비록 효자고황후는 나라를 연 성모이시고 황상께서는 번왕으로 황통을 이어 중흥을 이룬 성군이시지만 서로 거리낌이 없었던 것이다. 그때 의론하는 자들이 또 "정월 초삼일은 선장宣莊의 제삿날이지만 효종과 무종께서 제사 드리는 날 붉은 길복을 입은 것과 비교됩니다"라고 했다. 이는 또 그렇지 않으니 모두 하늘에 있는 영혼들이므로 피차 우열을 가려서는 안 된다. 황통을 계승한 군주라면 반드시 그 정성을 극진히 다해야 하는데, 모든 하늘의 신하들이 축복하는 공경함을 펼치려고 하니, 먼저 흉한 일을 위해 행하고 나중에 길한 일을 위해 행하는 것 역시 불가하지 않다. 송나라 조정에서 이러한 일을 맡고서 낙당洛黨과 촉당蜀黨이 곡을 하고 가송하지 않는 쟁론으로 하나의 큰 당론을 이룬 적이 있긴 하다.

원문 聖誕忌辰同日

八月初十日, 爲孝慈高皇后[221]忌辰, 而世宗皇帝以是日誕生. 及卽位, 禮臣毛文簡澄[222]請先一日稱賀, 但幷習儀及山呼[223]之禮, 俱殺之. 行之二年矣, 至嘉靖三年, 又遇聖誕, 時禮部爲汪文莊俊[224], 請卽以是日先行孝慈奉祭禮, 然後嵩呼大慶, 一切如先朝故事. 上允之, 四十餘年不復輟, 則以孝慈雖開天聖母, 而上則藩王入嗣, 又中興聖主, 自不相妨也. 其時議者又云, "正月初三日爲宣莊忌辰, 然孝武二廟, 凡遇祭祀, 得衣大紅吉服爲比." 是又不然, 均爲在天之靈, 自不宜軒此輊彼. 若嗣君必當自盡其誠, 但普天臣子又欲申祝釐之敬, 則先凶後吉, 亦無不可. 使其事在宋朝,

---

221 孝慈高皇后 : 효자고황후孝慈高皇后, 1332~1382는 명 태조太祖의 조강지처 마씨馬氏를 말한다. 마씨는 귀덕부歸德府 숙주宿州 사람으로, 저양왕滁陽王 곽자흥郭子興의 양녀養女다. 원 지정至正 12년1352 주원장朱元璋에게 시집을 가, 주원장이 명을 개국하고 황위에 오르면서 황후에 책봉되었다. 홍무 15년1382 향년 51세로 세상을 떠나 효릉孝陵에 묻혔으며, 시호는 '효자황후孝慈皇后'다. 영락 원년1403 시호를 '효자소헌지인문덕승천순성고황후孝慈昭憲至仁文德承天順聖高皇后'로 높였고, 가정 17년1538 다시 '효자정화철순인휘성천육성지덕고황후孝慈貞化哲順仁徽成天育聖至德高皇后'로 높였다. 그래서 보통 '효자고황후'라고 칭한다.

222 毛文簡澄 : 모징毛澄, 1461~1523은 명나라 중기의 대신이다. 그의 자는 헌청憲淸이고, 호는 백재白齋 또는 삼강三江이며, 시호는 문간文簡이다. 북직례 소주 곤산현 사람이다. 홍치 6년1493에 진사가 되어 한림수찬에 제수되었다. 태자태부, 예부상서를 지냈으며, 세종 즉위 후 흥헌왕을 추숭하는 데 반대해 세종의 미움을 샀다.

223 山呼 : 신하들이 황제를 칭송하며 '만세萬歲'를 세 번 큰 소리로 외치는 의례.

224 汪文莊俊 : 명나라 가정 연간에 예부상서를 지낸 왕준汪俊, 생졸년 미상을 말한다. 그의 자는 억지抑之이고, 시호는 문장文莊이며, 강서 익양현弋陽縣 사람이다. 홍치 6년1493 진사가 되어, 편수, 남경공부원외랑南京工部員外郎, 이부시랑, 예부상서 등의 벼슬을 지냈다. 정덕 연간에 『효종실록孝宗實錄』 편찬에 참여했다. 가정 3년1524 헌황제를 황고皇考로 삼으려는 일에 반대했다가 세종의 미움을 사 파면되었다. 융경 연간에 소보少保로 추증되었다.

又有洛蜀哭則不歌之爭, 成一大黨論矣.

번역 세종의 성스러운 효심

가정 병오丙午년 지방관 감찰 때 언관言官 습유拾遺가 상소를 올렸는데, 귀주貴州 심전지부尋甸知府 왕등汪登이 신중하지 못하니 문책해야 한다는 것이었다. 왕등은 어머니가 연로해서 임지로 가는 길이 뜻하지 않게 늦어진 것이니 직위를 강등하는 것으로 벌하는 것이 마땅하다고 이부상서吏部尚書 요기廖紀가 반박 상소를 올렸다. 황상께서 직위를 세 단계 낮추고 특별히 중앙관으로 바꿔 그 어머니가 봉록을 받기 편하게 하라 명하셨다. 황상의 거룩한 품성이 매우 효성스러워, 왕등이 어머니 때문에 문책 당하자 그의 관직을 낮추었지만 사실은 그를 우대한 것이다. 그 뒤, 섬서陝西 참의參議 우담于湛이라는 자는 직례直隸 금단金壇 사람인데 어머니가 연로해 남방으로 임지를 바꾸려고 했다. 이에 그가 어머니 핑계를 대고 피하려 하는 것이라 중징계를 내려야 한다고 언관이 규탄했지만, 황상께서는 또 그 어머니를 모시기 편하도록 강서江西로 임지를 바꾸라 명하셨다. 이부시랑吏部侍郎 동기董玘는 어머니가 돌아가셨음을 듣고도 오랫동안 가보지 않아 관직을 빼앗겼다. 선함이 주는 효성스러움이 이와 같았다.

가정 연간에 북경 사람 장복張福이 이웃 사람 장주張柱에게 죄를 덮어씌우려 했는데, 자신이 어머니를 죽이고는 장주가 죽였다고 말했다. 국문鞫問을 해서 정황을 파악했고 게다가 장복의 누나가 증인이 되었다. 황상께서는 절대 그럴 리가 없으니 거듭 조사하라 하셨다. 형관刑官

이 처음 심판한 대로 고집해도 황상께서는 끝내 믿지 않으셨는데, 결국 장주의 죄를 벌하게 되자, 황상께서 세상에 어미를 죽이는 사람은 없다고 말씀하셨다.

원문 世宗聖孝

嘉靖丙午[225]外計[226]言官拾遺疏, 有貴州尋甸知府汪登不謹, 當斥. 吏部尙書廖紀覆疏, 謂登以母老赴官偶遲, 宜鐫秩[227]示罰. 上命降職三級, 特改京官, 以便其母就祿. 蓋上聖性至孝, 以登爲母被議, 故左其官, 實優之也. 其後陝西參議于湛[228]者, 直隸金壇人, 以母老求改南方. 言官糾其詭避, 宜重懲, 上又命改江西, 便其迎養[229]. 吏部侍郞董玘以聞母喪久

---

225 丙午 : 가정 연간 중 병오丙午년은 가정 25년1546이다.

226 外計 : 지방관의 업무성적을 심사하는 것을 말한다. 3년에 한 번씩 관리의 업무 성적을 심사 평가하던 제도인 대계大計는 명대에 이르러 구체적으로 제도화되었다. 명대의 관리 평가는 북경에서 근무하는 중앙관을 평가하는 경찰京察과 북경 이외에서 근무하는 지방관을 평가하는 외찰外察로 나뉜다. 경찰은 6년에 한 번 진행되고, 외찰은 3년에 한 번 진행되었다. 경찰은 내계內計라고도 하고 외찰은 외계外計라고도 했다.

227 鐫秩 : 직급을 낮추거나 직위를 강등하는 것을 말한다.

228 于湛 : 우담于湛, 1480~1555은 명대의 치수治水 전문가다. 그의 자는 영중瑩中이고, 금단金壇 사람이다. 정덕 6년1511 진사가 되어, 병부주사兵部主事, 직방랑중職方郎中, 섬서참의陝西參議, 강서참의江西參議, 귀주참정貴州參政, 부도어사副都御史, 하도총독河道總督, 호부시랑戶部侍郞 등의 벼슬을 지냈다. 부도어사로 있을 때 섬서 지역의 방위를 강화하기 위해 '변계팔책邊計八策'을 올렸고, 하도총독으로 있을 때는 황하의 치수를 위한 7가지 안건을 상소로 올려 모두 실시되어 홍수를 막았다. 저서에 『소재정서素齋政書』 16권이 있다.

229 迎養 : 편안하게 봉양할 수 있도록 윗사람을 맞이해 함께 사는 것.

不奔赴褫職. 蓋錫類[230]之孝如此.

嘉靖間, 京師人張福欲圖賴[231]鄰人張柱, 自弑其母, 謂柱殺之. 旣鞫得情, 且有福姊爲證. 上謂必不然, 再三研審. 刑官執如初讞, 上終不信, 竟坐柱辟, 蓋上謂世間無弑母之人也.

230 錫類 : 선함을 사람들에게 베풀어 내려주는 일. 류類는 선善의 뜻으로서 좋은 복福을 의미한다. 효자는 효자를 낳는 등 계속 좋은 일을 내려준다는 뜻이 담겨 있다.
231 圖賴 : 자기의 허물을 남에게 덮어씌움.

번역 강학講學에 부족함이 드러나다

세종께서 임용한 사람은 모두 열성적으로 공명을 쫓는 사람들이었다. 스스로 자신의 주장을 높이 내세워서 크게 출세하려는 사람들은 자신의 군주가 형평을 따지는 일에 의심을 품었다. 예를 들어 가정 임진壬辰년 어사 풍은馮恩이 혜성彗星이 이부시랑吏部侍郎 담약수湛若水에 대해 평소 행동이 사람들 마음에 맞지 않으니 무용지물인 도학道學을 지녔다고 말했다. 풍은은 이 말 때문에 죄를 얻었지만 이 말이 틀렸다고 생각하지는 않는다. 정유년丁酉年에는 어사 유거경游居敬도 또 남태재南太宰 담약수의 학술이 비뚤어지고 지조와 행실이 사악하고 거짓되니 그를 물리치고 그가 만든 서원을 부수기를 청했다. 황상께서 담약수는 남겨두시긴 했지만 서원은 헐어버리라고 명을 내리셨다. 담약수가 죽을 때가 되어 불쌍히 여기기를 청했지만, 황상께서는 그가 위학僞學으로 명예를 탐했다고 노해 꾸짖으시고 허락지 않으셨다. 이로 인해 태재太宰 구양필진歐陽必進을 쫓아냈으니, 황상께서 그를 미워함이 이와 같았다. 신축년辛丑年 구묘九廟에 화재가 나자 급사給事 척현戚賢 등이 재해 때문에 진언하면서 낭중郎中 왕기를 급히 기용해야 한다고 추천했다. 황상께서 왕기는 위학을 하는 소인小人이라 멋대로 도당徒黨을 추천했다고 하시며 그를 외지로 귀양 보내라 명하셨다. 담약수와 왕기는 모두 당대의 유명인사들인데, 모두 위학 때문에 배척당했다. 쌍강雙江 섭표聶豹는 도학道學으로 명망이 높았는데, 서문정徐文貞이 병부상서로 적극 추천하자 황상께서 겁이 많아 일을 망칠거라고 쫓아내셨지만, 서문정이 감히 구하지 못했다. 세종께서 돌아가실 때 서문정이 재상이었는데, 담약수와 섭표 모두 은혜를 입어 등급이 높아졌다. 담약수는 문간文簡이라는 시호를 더해주고, 섭표는 정양貞襄이라는 시호를 더해주었다. 두 분 모두 서문정이 가르침을 받은 스승이라 서로 의기투합하는 것이 당연한데도 식자들은 지나치게 칭찬하는데, 세종의 뜻은 아니다. 왕문성王文成의 죽음은 가정 초의 일인데, 휼전恤典을 내리는데도 인색한데다 그의 세습 작위도 다시 빼앗았다. 서문정이 봉작을 이어줄 것을 강력히 주장했는데, 준비가 너무나 뛰어나 여론이 일치해 칭찬하고 감탄하니, 인정이 그렇게 먼 것은 아닌 것 같다. 왕용계王龍溪의 벼슬이 낭서郎署에 그치고 업적 평가 때문에 배척되어 더 이상 벼슬을 못하게 되었기 때문에 서문정은 그의 힘이 될 수 없었다. 융경 원년 다시 기용할 수 있는 기회에도 또 감히 그에게 미치지 못하니, 그저 그의 영예로운 몸값만 널리 알릴 뿐이었다.

○ 담문간湛文簡의 학문은 어디서든 천리天理를 납득하는 것을 종지宗旨로 삼으므로 진부함에 빠지지 않을 수가 없다. 예를 들어 세종께 후사를 두라고 권하는 경우에도 반드시 정신을 집중해야 한다고 했다. 황상께서 "짐이 집중하길 바란다면 이렇게 귀찮게 굴지 마시오"라고 하셨다. 그때 이미 그것을 싫어하신 것이다. 섭정양聶貞襄이 병부상서를 맡았을 때 엄분의嚴分宜의 손자 엄곡嚴鵠이 공로를 가로챈 것을 비호해 당시에 업신여김을 받았다. 그가 파직되어 남쪽으로 돌아오다가 왜란

倭亂을 만나 잠시 오문吳門에 머물렀는데, 누군가가 어떻게 왜구倭寇를 막을 것인지를 묻자, "젊은이가 여유 있을 때 효제충신孝弟忠信을 수양하면 되오"라고 말했다. 이를 들은 이가 몰래 웃었다. 이렇게 나라를 다스리고 백성을 구제해서 어떻게 엄답俺答을 버텨냈단 말인가. 왕용계만이 총명하고 기민해 재능을 변별하는데 무리가 없고, 그가 말하는 것을 들으면 크게 웃으며 진심으로 경탄하게 되니, 왕문성王文成도 당시에 탄복하면서 문하생 중 제일이라 여겼다. 서화정徐華亭에게 있어서는 또 마음을 같이 하는 친한 친구여서 받들어 칭찬하고 경탄했는데, 사마공司馬公과 소요부邵堯夫의 관계와 같았다. 왕용계는 성품이 떠돌아다니기를 좋아해서 그가 이르는 곳이면 사방에서 전부 왕용계를 찾아갔다. 같은 시기 같은 고향 사람 전서산錢緖山과 당일암唐一庵 같은 이들은 모두 그러지 않았다.

원문 講學見絀

世宗所任用者, 皆銳意[232]功名之士. 而高自標榜[233], 互樹聲援者, 卽疑其人主爭衡. 如嘉靖壬辰[234]年御史馮恩[235]論彗星, 而及吏部侍郎湛若水[236], 謂

232 銳意 : 어떤 일을 열심히 잘하려고 굳게 먹은 마음, 또는 그런 마음을 갖는 것을 말한다.

233 標榜 : 자기의 주의나 주장, 처지를 어떤 명목을 붙여 앞에 내세움.

234 壬辰 : 가정 11년1532을 말한다.

235 馮恩 : 풍은馮恩, 1496~1576은 가정 연간의 관리다. 그의 자는 자인子仁이고, 호는 남강南江이며, 송강부松江府 화정현華亭縣 사람이다. 가정 5년1526 진사 출신으로, 행인行人, 남경어사南京御史, 대리시승大理寺丞 등의 벼슬을 지냈다. 가정 11년1532에 장부경, 방

素行不合人心, 乃無用道學. 恩雖用他語得罪, 而此言則不以爲非. 至丁酉[237]年御史游居敬, 又論南太宰湛若水學術偏陂, 志行邪僞, 乞斥之, 幷毁所創書院. 上雖留若水, 而書院則立命拆去矣. 比湛歿請邺, 上怒叱其僞學[238]盜名, 不許. 因以逐太宰歐陽必進[239], 其憎之如此. 至辛丑[240]年九廟焚, 給事[241]戚賢等因災陳言, 且薦郎中王畿[242]當亟用. 上曰, 畿僞學小

헌부, 왕횡汪鋐을 탄핵하다가 황제의 뜻을 거슬러 하옥되었다. 이때 각종 고문에도 뜻을 굽히지 않아서 '사철어사四鐵御史'로 일컬어졌다. 나중에 뇌주雷州로 유배되었다가, 목종이 등극하면서 대리시승으로 복직되었다.

236 湛若水 : 담약수湛若水, 1466~1560는 명대의 철학자이자 교육자다. 그의 자는 원명元明 또는 원역元易이고, 호는 감천甘泉이며, 시호는 문간文簡이다. 광동廣東 증성增城 사람이다. 홍치 18년1505 진사 출신으로, 서길사, 편수, 남경좨주南京祭酒, 예부시랑禮部侍郎, 남경예부상서南京禮部尚書, 남경이부상서, 남경병부상서南京兵部尚書 등을 역임했다. 어려서 진헌장陳獻章에게 배웠고, 왕수인과 함께 강학했다. 왕수인은 치양지致良知를 종지宗旨로 삼았고, 담약수는 수처체인천리隨處體認天理를 종지로 삼아 각각의 학파를 세웠다.

237 丁酉 : 가정 16년1537을 말한다.

238 僞學 : 정도正道에 어긋난 학문 또는 정통正統이 아닌 학문이나 학파學派.

239 歐陽必進 : 구양필진歐陽必進, 1491~1567은 명대의 대신이자 과학자로, 강서 안복安福 사람이다. 그의 자는 임부任夫고, 호는 약암約庵이다. 정덕 12년1517 진사에 합격한 뒤, 예부주사, 절강포정사浙江布政使, 운양순무鄖陽巡撫, 양광총독兩廣總督, 형부상서, 이부상서, 공부상서 등의 벼슬을 역임했다. 그가 공부상서로 있을 때, 지금 남아 있는 황궁의 오문午門, 천안문天安門, 태화전太和殿, 중화전中和殿, 보화전保和殿 등을 중수했다.

240 辛丑 : 상해고적본과 중화서국본 모두 '신미辛未'로 기록되어 있지만, 역사적 사실에 근거해 신축辛丑으로 수정했다. 『명세종실록』 권248과 『명사·본기 제17·세종 1』 가정 연간에 구묘九廟에 화재가 난 것은 가정 20년1541인데, 이 해는 '신축년辛丑年'이었다. 〖역자 교주〗

241 給事 : 급사중給事中의 약칭이다.

242 王畿 : 왕기王畿, 1498~1583는 명 중기의 사상가다. 그의 자는 여중汝中이고, 호는 용계龍溪이며, 절강浙江 산음山陰 사람이다. 가정 5년1526 회시에 합격했지만 전시를 보지 않고 고향으로 돌아가서, 왕수인을 도와 후학 양성에 힘썼다. 그는 왕수인이 가장

人, 乃擅薦植黨[243], 命謫之外. 湛王俱當世名流, 乃皆以僞學見斥. 至於聶雙江豹[244]道學重望, 徐文貞[245]力薦居本兵[246], 上以巽懦僨事逐之, 徐不敢救. 比世宗上賓[247], 文貞柄國, 湛聶俱得恩贈加等. 湛補謚文簡, 聶補謚貞襄, 蓋二公俱徐受業師, 在沆瀣一脈[248]宜然, 而識者以爲溢美, 非

아끼는 제자 중의 하나로, 왕수인이 죽자 3년 동안 심상心喪했다. 가정 11년1532 다시 진사가 되어 남경병부주사南京兵部主事, 병부낭중兵部郎中, 무선낭중武選郎中을 지냈다. 하언이 위학僞學을 한다며 배척하자 병을 핑계로 사직하고 강학에만 전념했다. '대철대오大徹大悟'와 '이무념위종以無念爲宗'을 주장하며 왕수인의 양지설良知說을 선학禪學으로 발전시켰다.

243 植黨 : 도당徒黨을 만듦.

244 聶雙江豹 : 섭표聶豹, 1487~1563는 명 가정 연간의 유명한 청백리淸白吏다. 그의 자는 문위文蔚고, 호는 쌍강雙江이며, 시호는 정양貞襄이다. 강서江西 길안吉安 사람이다. 정덕 12년1517 진사가 되어, 화정지현華亭知縣이 되었다. 이후 어사, 소주지부, 평양지부, 섬서부사, 복건도감찰어사, 복건순안, 병부우시랑, 병부좌시랑 등의 벼슬을 역임했다. 가정 31년 병부상서가 되었고 태자태보에 올랐으며, 청렴한 관리로 탐관오리를 탄핵하고 백성을 위한 정치와 서원 교육에 힘쓰는 등 공헌이 많아 존경받았다. 가정 26년1547 모함에 빠져 사직하고 귀향했으며, 가정 34년1555에 조문화에 반대하는 상소를 올려 황제의 뜻을 거역했다는 명분으로 파직당했다. 왕수인의 양지설良知說을 좋아해 제자를 자처했다. 나중에 송유宋儒의 주정설主靜說로 기울어 왕수인과 많은 차이를 보였다. 주돈이周敦頤의 정靜과 정이程頤의 경敬은 다름이 없다고 긍정했으며, 왕기王畿의 설법에 반대했다.

245 徐文貞 : 명대 가정 연간에 내각수보를 지낸 서계를 말한다.

246 本兵 : 병부상서의 별칭.

247 上賓 : 제왕의 죽음.

248 沆瀣一脈 : 항해일기沆瀣一氣를 말하는 것으로 보인다. '항해일기'는 (나쁜 짓에) 서로 의기투합한다는 뜻이다. 이 말은 당나라 때의 최항崔沆과 최해崔瀣의 이야기에서 유래한 것이다. 최항은 당나라 희종僖宗 때 과거시험의 책임 시험관이었는데, 그 시험에서 공교롭게도 최해라는 사람이 급제를 했다. 최항과 최해는 성이 같을 뿐 아니라, 두 사람의 이름을 합친 '항해沆瀣'는 한밤중의 이슬 기운을 뜻하는 말이기도 하다. 그래서 그 당시 전희백錢希白이라는 사람이 이것을 가지고 글을 지어 "시험관座主과 응시생門生이 의기투합하니, 밤이슬 기운이 엉겨 물방울이 되는 것 같구나座主門生, 沆瀣一氣"라고 했다. 당시에는 시험관과 응시생이 아주 교묘하게 일치한 것

世宗意矣. 若王文成[249]之歿, 在嘉靖初年, 旣靳其卹典[250], 復奪其世爵, 亦文貞力主續封, 備極優[251]異, 而物論[252]翕然推服, 蓋人情不甚相遠也. 王龍溪[253]位止郎署, 且坐考察斥不得復官, 故文貞不能爲之地, 卽隆慶初元起廢[254], 亦不敢及之, 第爲廣揚其光價耳.

○ 湛文簡[255]之學, 以隨處體認天理爲宗, 而不免失之迂腐. 如勸世宗求嗣, 必收斂精神. 上曰, "旣欲朕收斂, 則不必如此煩瀆." 其時卽已厭之矣. 聶貞襄[256]任本兵, 曲庇[257]分宜[258]孫嚴鵠[259]冒功[260]. 爲時所薄, 及罷官南還, 遇倭亂暫留吳門[261], 人問何以禦倭, 則曰"壯者以暇日修其孝弟忠

을 문학적으로 표현해 어떤 비난이나 폄하하는 뜻이 담겨 있는 것은 아니었다. 하지만 후세 사람들이 이 이야기를 차용해 사용하면서, 나쁜 사람들이 서로 결탁해 불법한 일을 꾸미는 것을 비유하는 고사성어로 쓰이게 되었다.

249 王文成 : 명대의 저명한 사상가인 왕수인王守仁을 말한다. 문성文成은 왕수인의 시호다.

250 卹典 : 나라에서 세상을 떠난 관리에게 주는 특전. 시행 방법에는 여러 가지가 있는데, 조회朝會를 중지해 애도를 표하는 것, 장례 비용의 일부를 대주는 것, 제사를 내리는 것, 배향配享, 추봉追封, 수비樹碑, 건사建祠 등이 있다.

251 優 : 우優자는 원래 치齒로 되어 있는데, 사본寫本에 근거해 고쳤다優原作齒, 據寫本改. 【교주】

252 物論 : 어떤 사람의 좋지 않은 행동에 대해 많은 사람이 수군거리는 상태.

253 王龍溪 : 명 중기의 사상가 왕기王畿를 말한다.

254 起廢 : 파면되거나 해임되었던 관리를 다시 기용하는 것.

255 湛文簡 : 명대의 철학자이자 교육가인 담약수湛若水를 말한다.

256 聶貞襄 : 명 가정 연간의 유명한 청백리 섭표聶豹를 말한다.

257 曲庇 : 도리를 어기면서 남을 감싸고 보호해 줌.

258 分宜 : 명대의 대표적인 권신이자 간신인 엄숭嚴嵩을 말한다.

259 嚴鵠 : 엄곡嚴鵠, 생졸년 미상은 엄숭의 둘째 손자다. 엄숭의 장손인 엄효충嚴效忠이 양광兩廣의 공을 가로채 금의소진무錦衣所鎭撫를 제수받았지만 병으로 죽었고, 엄곡이 형의 직위를 세습받았다.

260 冒功 : 남의 공로功勞를 제 것으로 가로채는 것.

261 吳門 : 강소성江蘇省 소주蘇州 또는 소주 일대를 말하는데, 춘추春秋 시대에 오吳나라

信[262]." 聞者竊笑. 如此經濟[263], 何以支俺答[264]哉. 惟王龍溪聰明機警, 辨材無礙, 聞其說者解頤[265]心折[266], 卽王文成當時亦歎服, 以爲門牆第一人. 至徐華亭[267]又爲同心至友, 推奬贊歎, 如司馬公[268]之與邵堯夫[269]. 又龍溪性好游, 以故安樂行窩[270]所至, 四方共重踰於王公. 同時同鄕錢緖

가 있던 지역이기 때문에 오吳라고도 부른다.

262 孝弟忠信 : 효제충신孝弟忠信은 '사덕四德'이라고도 하며, 유가儒家의 기본 윤리 관념이다. 구체적인 뜻은 부모에게 효도하는 것, 형제간에 우애 있는 것, 임금에게 충성하는 것, 벗 사이에 믿음 있는 것이다.

263 經濟 : 나라를 다스리고 백성을 구제한다는 뜻으로 '경세제민經世濟民'의 줄임말이다.

264 俺答 : 엄답俺答, 1507~1582은 '알탄 칸[Altan Khan]'을 말하며, 중국어로는 '阿勒坦汗아륵탄한'이라고도 한다. 몽골 타타르족의 수장으로 내몽골의 인산[陰山]산맥 근처를 영유했다. 명나라에 자주 통상을 요구했지만 받아들여지지 않자, 명 가정 연간인 1530년 무렵부터 10여 년에 걸쳐 해마다 명나라의 북쪽 국경에 침입했다. 이때 명나라의 장수 섭표가 번번히 이를 물리쳤다. 1550년 경술庚戌의 변變 때는 수도 북경까지 포위하고 위협하기도 했다. 1570년 그의 손자 바간나기가 명나라에 투항한 것을 기회로 명나라와의 화의가 성립되고 통상허락을 받았다. 다음해 명나라로부터 순의왕順義王에 봉해졌다. 만년에 라마교를 숭상했으며, 라마교를 몽골에 보급시키는 데 노력했다.

265 解頤 : 입을 크게 벌리고 웃는 것을 말한다.

266 心折 : 마음속으로 기뻐하며 성심을 다해 순종하는 것, 즉 진심으로 경탄하는 것을 말한다.

267 徐華亭 : 명대 가정 연간에 내각수보를 지낸 서계를 말한다.

268 司馬公 : 북송의 정치가이자 학자인 사마광을 말한다.

269 邵堯夫 : 북송시대 철학자인 소옹邵雍, 1011~1077을 말한다. 소옹의 자는 요부堯夫고, 호는 안락선생安樂先生 또는 이천옹伊川翁이며, 시호가 강절康節이라 소강절邵康節로 주로 불린다. 범양范陽 사람인데, 나중에 하남河南으로 옮겼다. 북해北海 이지재李之才에게 『하도河圖』와 『낙서洛書』, 천문, 역수易數를 배웠다. 인종 가우嘉祐 년간과 신종神宗 희녕熙寧 년간에 장작감주부將作監主簿 등에 임명받았지만, 모두 사양하고 일생을 낙양洛陽에서 지냈다. 부필, 여공저呂公著, 사마광 등 구법당舊法黨과 사귀면서 시정의 학자로 평생을 마쳤다. 선천학先天學을 창시하고 만물은 모두 태극太極에서 말미암아 변화 생성된다고 주장했다. 『황극경세서皇極經世書』 62편, 『어초문답漁樵問答』 1권, 『박물편觀物篇』, 『선천도先天圖』 등의 저서가 있다.

山[271]唐一庵[272]諸公, 俱不爾也.

270 安樂行窩 : 송대 소옹은 직접 농사 지어 자급자족하면서 안락하게 생활했는데, 그 뜻을 살려 자신의 집을 '안락와安樂窩'라고 이름 짓고 자신의 호도 안락선생安樂先生이라 했다. 당시 일부 호사가들은 소옹의 거처인 안락와安樂窩를 모방해 집을 지어 놓고는 그가 오기를 기다렸다. 사람들은 이런 집을 소옹이 오면 잠시 머무는 임시 거처라는 의미에서 '행와行窩'라고 불렀다. 여기서는 소옹邵雍에 견주어 말한 인물인 왕기王畿를 말하는 것으로 보인다.

271 錢緒山 : 명대 중후기의 철학가인 전덕홍錢德洪, 1496~1574을 말한다. 전덕홍의 본명은 관寬이고, 자는 덕홍德洪 또는 홍보洪甫이며, 호는 서산緒山이다. 피휘 문제로 이름보다는 자를 주로 사용했다. 절강浙江 여요餘饒 사람이다. 같은 고향 사람인 왕수인의 수제자이자 정통 계승자였다. 왕수인이 강의를 하면 왕기王畿와 함께 학자들에게 먼저 대의를 설명했다. 가정 11년1806 진사가 되어 형부시중刑部侍中에 이르렀다. 곽훈郭勳의 죄를 논하다 연좌되어 투옥되었고, 결국 평민으로 강등되었다. 그 뒤 천하를 주유하면서 양명학의 보급에 노력했다.

272 唐一庵 : 명나라 가정 연간의 관리이자 사상가인 당추唐樞, 1497~1574를 말한다. 당추의 자는 유중唯中이고, 호는 자일子一 또는 일암선생一庵先生이며, 절강浙江 귀인歸安 사람이다. 가정 5년1526 진사가 되고, 형부주사에 올랐다. 이복달李福達의 죄를 분명히 할 것을 따지다가 황제의 뜻을 거슬러 파직된 뒤 평민이 되었다. 융경 초에 복관되었다. 젊어서 담약수湛若水에게 수학했고, 경세經世에 관심을 두어 실천을 중시했다.

번역 시를 바치고 아첨해 미움을 받다

고금古今을 통틀어 시문을 바쳐 임금을 칭송한 일들은 역사적으로 셀 수 없이 많지만, 유독 세종 시기에 가장 번다했으며 처지도 달랐다. 예를 들어 가정 4년에 천태지현天台知縣 반연潘淵이 『가정용비송嘉靖龍飛頌』을 바쳤는데, 안팎으로 64면에 500단락 12,000장章 분량을 소혜蘇蕙의 직금회문체織錦回文體를 모방해 바쳤으니 그 마음 씀씀이가 또한 정성스러웠다. 황상께서는 그 문장의 가로세로를 판별할 수 없자, 정확한 문장으로 펼쳐 써서 다시 올리라고 명하셨다. 하지만 당시에 상을 받았다는 말도 들리지 않고 아직까지 벌을 받았다는 말도 들리지 않는다.

가정 13년, 조천궁朝天宮 도사 장진통張振通이 상소해 "신이 기도드리다가 틈틈이 「중흥송시中興頌詩」 21수를 지었고, 「금대팔경金臺八景」, 「무이구곡武夷九曲」, 「황릉팔영皇陵八詠」, 그리고 상서로운 이슬瑞露, 흰 까치白鵲, 흰 토끼白兔도 모두 시가 있어 바치니, 어필御筆 서문을 내려주시기 바랍니다"라고 했다. 관련 부서에 내려 보내 의론하니, 저열低劣하고 진부하며 참람되고 오만방자한 내용으로 임용되기를 바란 것이라, 법사法司에서 체포 심문하라고 조서를 내리셨다. 아첨으로 은택恩澤을 바랐지만 오히려 질책을 받았는데, 그래도 여전히 도사로 지냈다.

가정 26년 조회가 끝나자, 황상께서 입조해 알현하는 천하의 관원들에게 칙서로써 알렸는데, 이것은 옛 관례에 따른 상투적인 말에 지나지 않았다. 그런데 급사중 진비陳棐가 칙령을 늘려서 잠시箴詩 10장을 지어 바쳤다. 황상께서 크게 노하시어, 진비가 붓을 마음대로 놀려 글을 짓고는 갑자기 이 위의 내용이 짐의 말과 같다고 외부의 군신백관들에게 알리려 했으니 너무나 오만방자하고 참람하다고 말씀하시고는, 스스로 진상을 진술하게 하셨다. 진비는 벌을 받고 지방관으로 좌천되어 갔다. 진비는 제왕묘帝王廟에서 원元 세조世祖를 없애야 한다고 제기했던 사람으로, 평소 황제에게 아첨을 잘했는데, 뜻밖에도 영화를 구하려다 욕을 당했다.

그런데 이보다 앞선 을미년乙未年 봄 정월 초하루에 큰 눈이 내렸는데, 황상께서 "오늘 경들과 한번 보려했는데, 하늘이 은혜롭게 눈을 내리셨을 뿐이다"라고 대신들에게 알리셨다. 예부상서 하언이 바로 「천사시옥부天賜時玉賦」를 올려 바치니, 황상께서 크게 기뻐하시며 충성스럽고 인애仁愛하다 칭찬하셨는데 막 해를 넘기자 하언은 재상이 되었다. 이것은 위로 황제의 말씀과 같은 것이 아닌가. 부귀는 이미 정해진 것이고, 성명한 군주의 기뻐함과 노여움은 우연히 만나는 것이니 기쁜 얼굴로 아첨하는 것이 하등에 도움이 되지 않는다는 것을 이제야 알았다.

원문 進詩獻諛得罪

古今獻詩文頌聖者, 史不勝紀, 然惟世宗朝最爲繁夥, 乃遭際亦自不同. 如嘉靖四年, 天台知縣潘淵, 進『嘉靖龍飛頌』, 內外六十四圖, 凡五百段, 一萬二千章, 效蘇蕙[273]織錦回文體[274]以獻, 其用心亦勤矣. 上以其文字縱橫, 不可辨識, 命開寫正文再上之. 然其時不聞有賞, 尙不聞被罰也.

至嘉靖十三年, 朝天宮道士張振通奏, "臣祝釐[275]之暇, 作「中興頌詩」二十一首, 「金臺八景」, 「武夷九曲」, 「皇陵八詠」, 以及瑞露白鵲白兎, 俱有詩上進, 乞賜宸翰[276]序文." 下部議, 以猥鄙陳瀆, 僭踰狂悖, 希圖進用, 詔下法司逮繫訊問. 則進諛希恩反得譴矣, 然猶黃冠[277]也.

嘉靖二十六年朝覲[278]竣事, 上敕諭天下入覲官員, 此不過舊例套語耳. 而給事中陳棐者, 將敕諭衍作箴[279]詩十章上之. 上大怒, 謂棐舞弄[280]文墨, 輒欲將此上同天語[281], 風示在外臣工, 甚爲狂僭, 令自陳狀. 棐服罪, 乃降調外任. 棐卽議帝王廟[282]斥去元世祖者, 素善逢君, 不謂求榮得辱.

---

273 蘇蕙 : 소혜蘇蕙, 357~?는 위진魏晉 시기 3대 재녀才女 중 하나로, 종횡으로 읽어도 뜻이 통하는 회문시回文詩의 집대성자集大成者다. 그녀는 시평始平 사람으로, 자는 약란若蘭이다. 진류현령陳留縣令 소도질蘇道質의 셋째 딸로 어려서부터 총명해 3세에 글자를 익혔고, 5세에 시를 배웠으며 7세에 그림을 그릴 줄 알았다. 또 9세에 자수를 배웠으며 12세에 베를 짤 줄 알았다. 진주자사秦州刺史 두도竇滔에게 시집갔다. 대표작품으로 자수로 만든 「선기도璿璣圖」가 있다.

274 織錦回文體 : 비단에 회문시를 자수로 놓은 것을 말한다. 회문시는 앞에서 뒤로, 뒤에서 앞으로, 위에서 아래로, 또는 밖에서 안으로 어느 쪽으로 읽어도 뜻이 통하는 시체를 말한다.

275 祝釐 : 신에게 제사를 지내 복이 내리기를 기원함.

276 宸翰 : 임금이 직접 쓴 문서나 편지.

277 黃冠 : 누런빛을 띠는 도사의 관을 말하는데, 도사 자체를 가리키기도 한다.

278 朝覲 : 신하가 조정에 나아가 임금을 알현하는 것.

279 箴 : 권고하고 타이르는 내용을 담은 운문韻文.

280 舞弄 : 붓을 함부로 놀려서 왜곡된 글을 씀.

281 天語 : 임금이 하는 말을 높여 부르는 말.

282 帝王廟 : 제왕묘帝王廟는 복희伏羲와 헌원軒轅을 비롯한 선조부터 명·청대에 이르는 역대 제왕 및 명신들을 모시고 제사 지내는 곳이다. 제왕묘는 명 가정 10년1531 보안사保安寺 옛터에 처음 세웠는데, 오늘날의 북경 서성구西城區 부성문阜成門 내대가內大街 북쪽에 위치한다.

然前此乙未[283]年春正月朔大雪, 上諭大臣曰, “今日欲與卿等一見, 但蒙天賜時玉耳.”. 禮卿夏言, 卽進「天賜時玉賦」以獻, 上大悅, 以忠愛褒之, 甫踰年而入相矣. 此非上同聖語乎. 乃知富貴前定[284], 聖主喜怒偶然值之, 容悅[285]無益也.

283 乙未 : 가정 14년1535을 말한다.
284 前定 : 전생에서 이미 정해진 것.
285 容悅 : 남의 비위를 맞추며 기쁜 모양을 하거나 아첨함.

번역 새와 짐승을 위로하는 글

세종 때에, 흰 거북이나 흰 사슴처럼 상서로운 것이 나타나면 반드시 당직 서며 현문玄文을 쓰던 신하들과 예부상서에게 하표賀表를 쓰라고 했는데, 종종 이것이 황상의 마음에 들면 특별한 은총을 받거나 경卿이나 상相의 직위를 받았다. 그런데 선대에 정말 또 선례가 있었다. 예를 들면 영락永樂 연간 북경에 흰 까치가 나타났는데 그 당시 인종께서 나라를 돌보실 때라 신하들에게 표表를 지어 축하하라고 명하셨다. 양사기는 제목과 맞지 않으니 흰 거북이나 흰 사슴을 축하하는 것 가능하다고 여겼다. 인종께서 즉시 양사기에게 고쳐 지으라 명하시니, "금문金門을 바라보며 기쁜 소식 보내오고, 붉은 섬돌에 길들여 의식儀式을 하네"라고 했다. 또 "봉황과 같은 부류인데, 제순帝舜의 정원에서 춤추고, 옥과 같은 그 날갯짓, 문왕文王의 동산에서 하얗게 빛나는구나라고 했다. 인종께서 크게 기뻐하시며, 바로 제왕의 흰 까치라고 하셨다. 황후의 식사를 물려 흰 까치에게 주라고 명하셨다. 양사기가 인정받게 된 것에는 이것 또한 원인이다. 그 뒤 세종묘世宗廟의 경우 호종헌胡宗憲이 흰 사슴을 바치자, 제생諸生 서위徐渭가 표를 지었는데, 당시에 입에서 입으로 전해져 외울 정도였지만 황상께서는 알지 못하셨다. 예부상서 오산吳山이 하표는 사실 사부랑祠部郎 서학모徐學謨가 지은 것인데, 황상께 특별한 상을 받았고, 얼마 안 되어 오산은 축하할 일 없이 날마다 한가롭게 지냈으니 표문表文을 올릴 힘을 얻지 못해서다. 마지막으로 서원西苑 영수궁永壽宮에 있던 사자고양이가 죽자 황상께서 몹시 가슴 아파 하시면서, 금관金棺을 만들어 만수산萬壽山 기슭에 장례지내시고 또 시중드는 노신들에게 문장을 지어서 천도해 승천하게 하라 명하셨다. 모두 제목 때문에 곤란해 발휘하지 못했는데, 예시학사禮侍學士 원위袁煒 문장 중에 '사자로 변하고 용이 되었네[化獅成龍]' 같은 말이 황상의 뜻에 흡족했다. 얼마 안 되어 소재少宰로 바뀌었고 종백宗伯으로 승진했으며 1품品을 더해 내각에 들어간 것이 겨우 반년 내의 일이다. 똑같이 금수禽獸고 똑같이 아첨하는 말인데도 뜻에 들어맞고 맞지 않는 것이 이와 같다.

○ 흰 까치가 상서롭다는 것은 조자건曹子建의 『위덕론魏德論』에만 보인다. 가정 10년 정왕鄭王 주후완朱厚烷이 흰 까치 2마리를 공물로 바치자, 황상께서 크게 기뻐하며 종묘宗廟와 양궁兩宮에 바치고 백관에게 알리라 명하셨다. 조정 대신들 중 「작송鵲頌」, 「작부鵲賦」, 「작론鵲論」을 쓴 자들이 조정에 가득했으며, 마침내 상서로운 것을 바치기 위해 인형을 만들었다. 계해년癸亥年 8월 호광순무湖廣巡撫 서남금徐南金이 흰 까치를 바치면서 경릉景陵에서 나왔다고 말하자 신하들이 경하慶賀를 표했다. 옛날에 양초산楊椒山은 까마귀를 좋아하고 까치를 싫어했는데, 까마귀는 충성스럽고 까치는 간사하다고 말했다. 까치는 간사한 것이라 아첨으로 사람을 이끄는데, 양문정은 이미 먼저 까치를 배웠는데도 어째서 가정 시기의 사람들을 논했는가. 주후완이 만년에 또 세종이 도교를 섬기는 것에 대해 강력히 간언하자, 황상께서 크게 노하셔서 작위를

바꾸고 높은 담장에 가두었다. 목종이 즉위하면서 충정忠正으로 칭찬받아 작위를 돌려주고 나라를 회복시켰으니, 또 까치에서 시작해 까마귀로 끝난 것이라 너무나도 배꼽 빠지게 웃을 만하다.

○ 이에 앞서 홍치 17년에 대명부大名府 원성현元城縣의 민가에서 까마귀 둥지에 흰 새끼 새가 한 마리 태어나 그것을 거두어 길렀는데, 다 자라자 눈처럼 투명하고 깨끗했다. 이때 효숙태황태후孝肅太皇太后께서 하늘에 올라 신선이 되신 지 얼마 되지 않았을 때라, 모두가 황상의 효심에 감동해 일어난 것이라 여기고는 마침내 상주해 그것을 조정에 바쳤다. 황상께서 받지 않으시고 오히려 돌려주셨는데, 막 해가 바뀌자 효종 또한 붕어하셨다. 흰 까마귀와 까치를 비교하면 어느 쪽이 좋은지는 모르겠지만, 재앙이 되고 상서로움이 되지 않은 것이 이와 같으니, 가정 연간에 갑자기 현귀顯貴해진 자가 몇인지는 알지 못하겠다.

원문 賀唁鳥獸文字

世宗朝, 凡呈祥瑞者, 必命侍直撰元諸臣及禮卿爲賀表[286], 如白龜白鹿之類, 往往以此稱旨[287], 蒙異眷, 取卿相[288]. 然在先朝固亦有故事. 如永樂間, 北京得白鵲, 時仁宗監國, 命宮臣[289]撰表爲賀. 楊士奇以爲不着

---

286 賀表 : 예전에 나라나 조정에 경사가 있을 때 신하가 임금에게 바치는 축하의 글.
287 稱旨 : 임금의 뜻에 부합된다는 뜻이다.
288 卿相 : 경卿과 상相을 아울러 이르는 말로 정권을 잡은 대신을 말한다.
289 宮臣 : 군왕 주변의 가까운 신하.

題, 卽賀白龜白鹿亦可. 仁宗卽命士奇改作云, "望金門而送喜, 馴丹陛以有儀", 又云, "與鳳同類, 蹌蹌於帝舜[290]之庭, 如玉其翬, 翯翯在文王[291]之囿." 仁宗大喜, 云方是帝王白鵲. 命撤內膳[292]賜之. 士奇之見知, 此亦一也. 其後世宗廟, 胡宗憲[293]進白鹿, 諸生[294]徐渭[295]作表, 一時傳誦, 而

---

290 帝舜 : 순舜, B.C.2128~B.C.2025 임금을 말한다. 순임금의 성은 요姚씨이고 이름은 중화重華이며 자는 도군都君이다. 나라 이름이 우虞라서 우순虞舜이라고도 불린다. 요堯 임금의 선위禪位로 제위帝位에 올라 선정善政을 베풀었다. 우禹에게 양위했다. 요임금과 함께 성군의 대명사인 인물이다.

291 文王 : 주周나라의 초대 임금인 주문왕周文王, B.C. 1152~B.C. 1056을 말한다. 본명은 희창姬昌이고, 계력季历의 아들이다. 상商나라 말기의 제후諸侯이자 주周나라의 터전을 마련한 사람으로, 부친 사후에 서백西伯의 자리를 계승했고, 서백창西伯昌으로 일컬어진다. 50년 동안 재위에 있으면서 우虞나라와 예芮나라를 복속시켰고, 여黎, 한邗, 숭崇나라를 멸망시켰다. 재위기간 동안 덕으로 만민萬民을 다스려 제후와 천하의 백성들이 모두 그를 따랐다고 한다.

292 內膳 : 황후의 식사.

293 胡宗憲 : 호종헌胡宗憲, 1512~1565은 명대의 명장名將이다. 휘주부徽州府 적계績溪 사람으로, 자는 여정汝貞이고, 호는 매림梅林이다. 가정 17년1538에 진사가 되었고, 가정 19년1540에 산동山東 청주부青州府 익도현益都縣 현령이 되었다가, 절강순안감찰어사浙江巡按監察御史가 되었다. 조문화에 아부해 엄숭 부자와 결탁한 뒤 중용되었다. 29년간 관리로 있으면서 특히 왜구倭寇를 물리치는 데 공이 커 벼슬이 병부좌시랑兵部左侍郎 겸 도찰원좌첨도어사都察院左僉都御史에 이르렀다. 가정 41년 내각수보이던 엄숭이 파직당하면서 호종헌도 엄숭 일파로 몰려 파면되고, 가정 45년1566에 투옥되어 옥사했다.

294 諸生 : 국자감國子監에서 공부하는 각종 감생을 말한다.

295 徐渭 : 서위徐渭, 1521~1593는 명나라 중·후기의 문인이다. 그의 자는 원래 문청文清이었는데, 나중에 문장文長으로 고쳤다. 일설에는 자가 천지天池이고, 호는 청등淸藤, 천지생天池生, 전수월田水月 등이라 한다. 절강성浙江省 산음山陰 사람으로, 시문과 서화에 능했고 희곡 저작과 연구로도 유명하다. 총독 호종헌胡宗憲의 막하에 들어가 「백록표白鹿表」를 기초해서 유명해졌고, 병술兵術로도 명성을 떨쳤다. 뒤에 호종헌이 투옥되자, 서위는 발광하며 자살 소동을 일으켰고 또 처를 죽여 투옥되기도 했다. 서위 스스로 서예가 제일, 시가 제이, 문장이 제삼, 그림이 제사라 했다. 서예에서는 초서를 잘 썼으며, 미불米芾을 배웠고, 필세가 자유분방하고 기이해 문징명文

上不及知. 及禮卿吳山賀表, 實祠部郎徐學謨[296]所作, 爲上特賞, 未幾山以不賀日食閑住, 未嘗得表文力也. 最後西苑永壽宮有獅貓死, 上痛惜之, 爲製金棺葬之萬壽山之麓, 又命在直諸老爲文, 薦度超升, 俱以題窘不能發揮, 惟禮侍學士袁煒文中有'化獅成龍'等語, 最愜聖意, 未幾卽改少宰, 陞宗伯, 加一品入內閣, 祇半年內事耳. 同一禽畜, 同一諛詞, 而遇不遇如此.

○ 按白鵲爲瑞, 僅見於曹子建『魏德論』. 嘉靖十年鄭王厚烷貢二白鵲, 上大喜, 命獻宗廟及兩宮, 頒示百官. 廷臣爲「鵲頌」「鵲賦」「鵲論」者盈廷, 遂爲獻瑞作俑. 癸亥[297]年八月, 湖廣巡撫徐南金獻白鵲, 云出自景陵, 羣臣表賀. 昔楊椒山喜鴉惡鵲, 謂鴉忠鵲佞也. 鵲身爲佞, 又導人以佞, 然楊文貞已先學鵲矣, 何論嘉靖諸人. 至若厚烷晩年, 又極諫世宗事玄, 上大怒, 革爵錮之高牆. 至穆宗卽位, 以忠正見褒, 還爵復國, 是又始鵲而終鴉矣, 極堪捧腹[298].

○ 先是弘治十七年, 大名府元城縣民家, 烏巢中生一白雛, 因收豢之, 及長, 瑩潔如雪. 時孝肅太皇太后上仙未久, 咸以爲上孝感所致, 遂表獻之朝. 上不受, 却還, 甫踰年, 而孝宗亦鼎成[299]矣. 白烏較鵲, 不知孰佳,

---

徵明, 왕총王寵보다도 한수 위라고 평가된다.

296 徐學謨 : 서학모徐學謨, 1522~1593는 명나라 후기의 대신이다. 서학모의 자는 숙명叔明 또는 자언子言이고 호는 태실산인太室山人이다. 소주부蘇州府 가정嘉定 사람이다. 가정 29년1550 진사로, 병부주사, 형주지부荊州知府, 우부도어사, 예부상서 등의 벼슬을 역임했다.

297 癸亥 : 가정 42년1563을 말한다.

298 捧腹 : 배를 끌어안고 몹시 웃는다는 뜻이다.

299 鼎成 : 제왕이 죽는 것을 말함.

然爲災不爲祥如此, 使在嘉靖朝, 驟貴者不知幾人矣.

번역 묘墓에 대한 의론에서 아첨하는 자를 기용하지 않다

가정 연간에 태묘太廟가 화재를 당해 곧바로 건축할 때 상보사승尙寶司丞 계여수桂輿首가 의론을 올려 묘제를 순차적으로 증건할 것을 청하고 그림을 그려 바쳤는데, 그의 뜻이 예종睿宗을 존숭하는 데 있었다. 황상께서 기뻐하지 않으시고 법사에게 그를 추국해 납속納贖하게 하고 직위를 돌려주고자 생각하셔서 특별히 명을 내려 관대를 하고 거하도록 하셨다. 계여수가 신하 계악의 아들에게 아첨하며 남몰래 부친의 옛 지혜로 총애를 얻으려고 배척을 당하고자 했다. 수개월이 지나 국자감사업國子監司業 강여벽江汝璧이 친묘親廟를 준비할 것을 청하며 황상께서 종묘와 황궁에 제사 드리고 묘를 살피시는 데 흠이 있어서는 안 되며 의당 돌아가신 선친을 거처로 들이고 묘를 밝히셔야 한다고 했다. 또, 미리 종묘를 세워 선친을 대우할 것을 청했다. 그 말이 흥헌왕을 높이 존숭하지 않음이 없었지만 황상께서는 살피지 않으셨다. 그해 겨울 황상께서 스스로 깨달으시어 다시 옛 제도를 회복하시니, 태조는 정남쪽에 위치해 모시고 성조 이하와 예종은 모두 같은 당堂에 순서대로 모셔서 제사가 끝나면 각기 침전으로 돌려보내, 이미 황상의 칙명대로 받들어 행했다.

이듬해 갑진甲辰년에 또 동당이실同堂異室의 제도에 대해 회의를 했다. 당시 강여벽이 이미 좌서자左庶子로 옮겼는데, 또 상소를 올려 다음과 같이 청했다. "황고께서 입묘하시니 의당 사직묘의 선두에 두어야 하며 성조와 마주하며 우뚝 서게 하시고 삼소三昭와 삼목三穆이 앞쪽에 열

거되고 성종의 묘와 예종의 묘가 좌우에서 보좌해야 합니다." 대개 흥헌왕은 오래도록 원조에 합사하지 않는 군주이다. 또 찬선贊善 곽희안郭希顏이 태조가 사친四親의 묘를 세워 아비가 없는 나라가 있었던 적이 없음을 밝히신 것처럼 오래도록 변하지 않는 것을 깊이 헤아리지 않음이 없으시길 청하니 황상께서 침묵하셨다. 그해를 넘기지 않고 강여벽은 소첨사少詹事로 승진했으나, 과거시험 사건에 연루되어 파직되고 평민이 되었다. 곽희안은 중윤으로 올랐다가 운부運副로 옮긴 뒤 그만두고 고향으로 돌아왔다. 대개 황상께서 그를 불러들인 초기에는 대례가 아직 정해지지 않았고 사람들의 마음이 흔들렸기 때문에 장총과 계악 등의 신하를 귀히 여겨 세상을 구했는데, 지금까지 20년이 흘러 '종宗'으로 칭하고 입묘했는데 예를 더 융숭히 하지는 않았다. 그리고 이런 무리들이 간사하고도 아첨꾼들이라 산지사방에서 직접 땅에 대고 절을 올렸다. 아첨꾼들이 입을 열자 황상께서는 그들의 간사함을 모두 파악하시고 그들을 쫓아내는 것을 그만두지 않으셨다. 그리고 곽희안이 마침내 기이한 것에 조문하며 살신하기에 이르니 어찌 지나친 어리석음이 아닌가. 강여벽과 곽희안 두 사람의 상소를 보면 그것에 대해 매우 소상하게 적혀있는데, 강여벽의 의론이 특히 미치광이 같고 무례하다.

원문 廟議獻諂不用

嘉靖中太廟被災, 尋卽鼎建, 時尙寶司丞桂輿首上議, 請增建廟制倫次, 繪圖上之, 其意在尊睿宗也. 上不悅, 下法司鞫之, 擬以納贖還職, 上特命冠帶閑住. 輿卽諛臣蕚之子, 將竊父故智取寵, 不意其遭斥也. 又數月國子監司業江汝璧[300]請備親廟, 謂上享祀宗宮, 考廟不可獨缺, 宜奉皇考入居昭廟. 又請預立世室, 以待皇考. 其言無非尊興獻以媚上, 而上不省. 其冬, 上自下諭, 仍復舊制, 太祖正南面之位, 成祖以下, 及睿考俱同堂而序, 享畢, 各歸於寢, 已如敕奉行矣.

次年甲辰又會議同堂異室之制. 時江汝璧已遷爲左庶子矣, 又上言"皇考入廟, 宜遷於穆廟之首, 與成祖對峙, 三昭三穆列於前, 成廟睿廟翼於左右." 蓋欲以興獻, 爲百世不祧之主也. 又贊善郭希顔[301], 則請如太祖立四親廟, 以明未有無父之國, 無非爲睿考計久遠, 而上皆報寢. 不逾歲, 汝璧已進少詹事, 坐科場事革職爲民. 希顔升中允, 謫運副罷歸矣. 蓋上入紹之初, 大禮未定, 人心方搖, 故貴張桂諸臣, 以招徠天下, 至是且二十年矣, 稱宗入廟, 禮無可加. 而此輩憸邪, 猶仍佞習, 爲橫飛直拜之地. 甫出口, 而上已洞悉其奸, 斥逐不已. 而郭希顔遂以弔奇至殺身, 豈非下愚之尤哉. 就江郭兩疏細詳之, 則汝璧之議, 尤爲狂恣蔑禮.

---

300 江汝璧 : 강여벽江汝璧, 1486~1558은 명나라 중기의 관리다. 그의 자는 무곡懋穀이고, 호는 진재眞齋이며, 강서 귀계貴溪 사람이다. 정덕 16년1521 진사가 되어, 서길사, 편수, 국자사업國子司業, 첨사부 소첨사 겸 한림원학사 등의 벼슬을 지냈다. 가정 23년1544 회시를 주관할 때 뇌물을 받고 대신에게 아부했다는 모함을 받아 파직되었다.

301 郭希顔 : 곽희안郭希顔, ?~1560은 명나라 중기의 관리다. 진사 출신으로, 관직은 예부참찬禮部參贊에 이르렀다. 가정 39년1560 세종의 뜻에 강하게 반대했다가 참수되었다.

번역 봉록을 바쳐 공사를 돕다

가정 20년 신축辛丑년에 구묘九廟가 훼손되어 다시 공사할 때 경비가 소진되었다고 고했다. 이에 태재太宰 허찬許讚이 백관의 봉록을 빌릴 것을 의론했는데, 황상께서 태평성대에 할 일이 아니라고 하셔서 그만두었으니 진실로 조정을 다스리는 대례大體를 얻은 것이다. 지금 황상께서 갑신甲申년에 대욕大峪의 수릉壽陵을 공사하는데 각신들이 또 백관의 봉록을 줄일 것을 의론하자 불허하셨으니 대개 검소함을 중히 여기시고 또 군신들 하나하나를 제 몸처럼 아끼신 것이다. 근래에 삼전三殿에 화재가 일어나 여러 신료들이 또 봉록을 줄여 건축을 돕고자 중부中府에서 회의를 했다. 한 어사御史가 붓을 떨쳐 글을 올려 "주상께서는 재화를 좋아하십니다. 여러 공들이 봉록을 줄이는 것이 옳습니다. 혹시 주상께서 호색하신다면 여러 공들이 어찌 처신하겠습니까"라고 하자, 모두가 무안해하며 물러나 흩어졌다. 그 후 각 오문衙門에서 공적으로 상소를 올리거나 혹은 각 관청에서 사적으로 상소를 올려 봉록을 줄일 것을 간청하니 주상께서도 흔쾌히 그 의견을 따르셨다. 이 이후로 광물을 채굴하고 세금을 징수하는 땅과 관련되는 모든 일은 큰 공사임을 명분으로 삼아서 다시는 그만둘 수 없었다.

원문 捐俸助工

嘉靖二十年辛丑, 九廟被燬. 更建時, 邊餉亦告匱. 太宰許讚[302], 議借百官之俸, 上以非盛世事已之, 眞得治朝大體. 今上甲申大峪壽陵興工, 閣臣亦議令百官捐俸, 上不許, 蓋養廉爲重, 亦體羣臣之一也. 頃三殿之災, 羣僚又欲捐俸助工, 會議於中府. 一御史奮筆書曰, "主上好貨. 諸公捐俸是矣. 倘主上好色, 諸公何以處之", 皆赧然退散. 其後各衙門公疏, 或各官私疏, 以捐俸爲請, 主上亦欣然俯從. 自此以後, 爲開礦, 爲抽稅, 徧大地皆以大工爲名, 不復能遏止矣.

302 許讚 : 허찬許讚, 1473~1548은 명나라 가정 연간의 대신이다. 그의 자는 정미廷美이고, 호는 송고松皐이며, 시호는 문간文簡이다. 하남 영보靈寶 사람이다. 홍치 9년1496 진사가 되어, 어사, 편수, 절강첨사浙江僉事, 광록시경光祿寺卿, 형부시랑刑部侍郎, 형부상서, 호부상서, 이부상서, 소부 겸 태자태부太子太傅, 문연각대학사 등의 벼슬을 지냈다.

번역 장인을 알아주다

세종께서 대례大禮를 바꾸시고 마음에 흡족하셨으므로, 일을 맡아 도와준 예부를 특별히 중용했다. 하언, 엄숭, 서계와 같은 이들이 종백일 때는 일을 기탁함이 이미 재상과 같았다. 또 크게 송사를 처리하니 형관刑官들이 모두 주요법周撓法과 비슷하다고 의심하고 뜻을 세워 그것에 반대했으며, 현명한 자들도 대부분 좋은 법으로 여기지 않았다. 말년에는 토목 공사가 번창해서, 동경冬卿은 더욱 그 직무를 감당해내기가 어려웠다. 모두가 여유롭게 즐기며 높은 자리에 올랐는데, 어리석고 아둔한 자들은 일을 좇지 않는 자들이라 최근에 이들을 바로잡아 허물이 있는 자를 죽이는 데 경각을 놓치지 않았다. 마지막으로 조문화는 엄분의嚴分宜의 양자이고 구양필진歐陽必進은 엄분의의 처남이었는데, 그저 탐욕과 어리석음으로 인해 연이어 쫓겨났어도 권신들이 조금도 비난할 수가 없었다. 그리고 풍성豐城 사람 뇌례雷禮가 부지런하고 영민해 유독 황상께서 돌보시고 의지하시니, 요堯 황제의 현명함을 지니셨다 해도 어찌 과하다 하겠는가. 황상의 대가 끝나고 풍성 사람 뇌례가 공부工部에 있으니, 의지하며 주관하지 않는 일이 없었다. 바로 영수궁永壽宮을 재건했는데, 뇌례가 그것을 완성하는 것을 총괄했다. 그리고 목공 서고徐杲가 혼자서 경영을 맡아 일하며 도끼를 들고 지시하고 계획할 때 순서대로 사방을 계산해보고 조금이라도 오차가 나면 목재의 길이와 크기를 재단하니 치수가 잘못되는 일이 없었다고 한다.

황상께서 잠시 옥희전玉熙殿에 거처를 두시고 도끼로 공사하는 소리를 듣지 못하셨는데, 삼 개월도 안 되어 새 궁전이 완성되었다고 고하게 되었다. 황상께서 크게 기뻐하시며 상서의 높은 자리에 대대로 금오金吾의 은덕을 더하시면서도 오히려 흡족해하지 않으시고, 서고도 겸손하게 물러나 감히 사대부로 자처하지 않았지만 그 재주는 여러 사람들보다 뛰어났고 조문화와 구양필진만이 다만 타고난 향기로움으로 재주가 더 빼어났다.

○ 생각건대 봉천전奉天殿 등 세 전각이 봉천문과 함께 화재가 났는데, 가정 36년 4월에 일어난 일이다. 당시 황상께서 급히 봉천문 공사를 먼저 완성하고자 하시어 조회를 열었는데, 조문화가 자금을 조달할 수 없자 수차례 상소를 올려 시간을 끌었다. 황상께서 대노하시어 그 관직을 모두 박탈하고 구양필진을 기용하셨는데, 1년 만에 문이 완성되어 구양필진이 일품의 품계를 얻었다. 공사를 감독한 시랑侍郎 뇌례가 공로가 있지만, 직접 일한 것은 서고 한 사람의 힘이었다. 또 3년이 지나도록 봉천전의 공사가 완성되지 못하자, 구양필진은 사공司空을 맡고 있기가 힘들어 좌도어사左都御史로 옮길 궁리를 하니 황상께서 대노하셨다. 한 달이 지나 엄분의가 또 황상께 구양필진을 이부로 옮기라고 권하자 황상의 노기가 결국 풀리지가 않아, 먼저 고경孤卿의 지위와 겸직의 권한을 박탈하고 얼마 지나지 않아 상서의 자리까지 빼앗으니, 그가 공부로 간 지 반년밖에 되지 않았다. 이듬해에 세 전각이 완성되었다. 그런데 일 년 전에 영수궁에 화재가 일어나서 공사가 완료되었

다고 아뢰었을 때는 특별히 예우로 일품을 얻었을 뿐만 아니라, 서고는 정경正卿의 지위를 얻었고, 서화정徐華亭도 소사少師로 승진했으며 아들 상보승尙寶丞 서번徐璠은 태상소경太常少卿의 자리에 높이 올랐었다. 식자들이 부끄럽게 여기지 않는 이가 없었다. 당시 엄분의의 아들 엄세번嚴世蕃은 공부시랑의 관직에 있었는데도 오히려 공사를 할 수가 없었다. 서번과 함께 일을 하고자 했지만 황상께서 엄격히 불허하셨다. 물러나서 부자가 함께 눈물을 흘리고선 두 달 동안 화병으로 일어나지 못했다. 삼전이 완성될 즈음에 서고는 이미 상서로 불렸고 황상께서 태자태보太子太保로 삼으시고 총애하시니 서화정徐華亭이 극구 말리며 무고한 일이므로 중지해야한다고 해 정일품正一品으로 봉해지는 데 그쳤다. 곽리도 겨우 궁보宮保에서 궁부宮傅로 바뀌었고 일을 한 다른 신하들은 상을 올렸지만 실제로 행해지지는 못하고 다만 은전과 비단을 하사받았을 뿐이었다. 영수궁을 건축하는 일에 은덕을 베푸신 것과 비교하면 백에 하나도 미치질 못했다. 당시 황상께서 서고가 그만두지 않음을 미리 배려하시고 다시 영건하는 일이 있으면 서고를 반드시 참가시키시니 서화정도 그만둘 수는 없었다.

원문 工匠見知

世宗既以創改大禮, 得愉快於志, 故委毗春曹[303]特重. 如言, 如嵩, 如

303 春曹 : 예부의 별칭.

階, 爲宗伯時, 其寄托已埒輔相. 又以掀翻大獄, 疑刑官皆比周撓法, 立意摧抑之, 卽賢者多不以善去. 至末年土木繁興, 冬卿[304]尤難稱職. 一切優游養高, 及遲鈍不趨事者, 最所切齒, 誅譴不踰時刻. 最後趙文華爲分宜義子, 歐陽必進爲分宜妻弟, 特以貪戾與闒茸相繼見逐, 權臣毫不能庇. 而雷豐城禮以勤敏, 獨爲上所眷倚, 卽帝堯則哲之明, 何以過之. 終上之世, 雷長冬曹[305], 無事不倚辦. 卽永壽宮再建, 雷總其成. 而木匠徐杲, 以一人拮据經營, 操斤指示, 聞其相度時, 第四顧籌算, 俄頃卽出, 而斲材長短大小, 不爽錙銖.

上暫居玉熙, 幷不聞有斧鑿聲, 不三月而新宮告成. 上大喜, 以故尙書之峻加金吾之世廕, 上猶以爲慊也, 杲亦謙退, 不敢以士大夫自居, 然其才自加人數等, 以視文華必進, 直樸樕下材耳.

○ 按奉天等三殿幷奉天門災, 在嘉靖三十六年四月. 時上迫欲先成門工, 以便朝謁. 而文華不能鳩僝, 屢疏遷延. 上大怒, 盡奪[306]其官, 而用必進, 甫匝歲門成, 必進得一品. 則督工侍郞雷禮有勞, 而躬自操作, 則徐杲一人力也. 又三年而殿工無完期, 必進以司空爲苦海, 營改左都[307], 而上怒矣. 甫一月分宜又勸上改必進吏部, 而聖怒遂不可解, 先革孤卿[308]

304 冬卿 : 공부상서의 별칭. 주나라 때 육경의 하나인 동관冬官에서 유래하며, 모든 공사를 주관했다.

305 冬曹 : 공부工部의 별칭.

306 盡奪 : '진탈盡奪' 두 글자는 원래 빠져 있으나, 사본에 근거해 보충했다盡奪二字原缺, 據寫本補. 【교주】

307 左都 : 좌도어사左都御史의 줄임말.

308 孤卿 : 소사少師, 소부少傅, 소보少保의 삼고관三孤官을 이르는 별칭.

幷兼官, 未幾幷尙書奪之, 其去工部半歲耳. 明年而三殿告成矣. 然先一年永壽宮已災, 旋奏工完, 不特禮得一品, 杲得正卿, 而華亭[309]亦因以進少師, 乃子尙賓丞璠, 躐拜太常少卿. 識者不無代爲恧焉. 時分宜以子世蕃官工部侍郎, 反不得監工. 求與璠同事, 而上峻却不許. 退而父子相泣, 不兩月禍起矣. 比三殿落成時, 徐杲已稱尙書, 上欲以太子太保寵之, 而徐華亭力沮, 謂無故事, 得中止, 僅支正一品俸. 雷亦僅以宮保[310]轉宮傅. 其他在事諸臣, 陞賞亦止不行, 僅拜銀幣之賜. 以較永壽宮加恩, 百不及一矣. 時上愛念杲不已, 倘再有營建, 杲必峻加, 卽華亭亦不能尼也.

309 華亭 : 명대 가정 연간에 내각수보를 지낸 서계를 말한다.
310 宮保 : 동궁東宮의 관직으로 황태자를 교육 지도하는 일을 맡았으며 정이품正二品이다. 황태자는 주로 동궁에 거주해 동궁이 황태자의 별칭이 되었다. 또 황태자의 교육을 담당했던 태자소보太子少保를 '궁보宮保'라는 별칭으로 부르기도 했다.

번역 금기를 어기다

예부터 군주들은 피휘에 대해 많이 얽매여 왔는데, 우리 조대에서는 세종께서 더욱 심했다. 신사辛巳년에 등극하실 때, 어포御袍가 뜻밖에 길자 황상께서 여러 차례 고개 숙여 보시면서 유달리 마음에 흡족해하지 않으셨다. 수규首揆 양신도楊新都가 "이것은 폐하께서 의상을 길게 늘어뜨리고 계셔도 천하가 다스려진다는 것입니다"라고 진언했다. 황상의 용안이 잠깐 기뻐하셨다. 만년에는 서원西苑에 계셨는데, 태의원사太醫院使 서위徐偉를 불러 진맥하게 했다. 황상께서 작은 걸상에 앉으시니 곤룡포가 땅에 끌렸으므로 서위가 피해 앞으로 가지 못했다. 황상께서 그 까닭을 물으니 서위가 "황상의 용포가 땅위에 있어 신이 감히 앞으로 나가지 못하겠습니다"라고 답했다. 황상께서 이 말을 듣고 비로소 옷을 끌어당겨 손목을 드러내셨다. 진맥이 다 끝나고 당직 내각대신에게 친필 조서를 내려 "서위가 방금 땅위라고 한 것은 구체적으로 충정과 애국심을 보인 것이다. 지상에는 사람이 있고 지하에는 귀신이 있다"고 하셨다. 서위가 이에 비로소 깨닫고는 다시 살아난 듯 기뻐했다. 또, 을축乙丑년 회시會試의 처음 문제가 '수지사래綏之斯來' 두 구로, 다음 구문은 '기사야애其死也哀'였는데, 황상께서 그것을 싫어하셨다. 세 번째 문제는 『맹자孟子』 문제로 또 두 개의 '이夷'자가 있었는데, 그때 황상께서 여러 차례 고초를 겪으셔서 가장 마주하기 싫어하는 글자가 '이夷'자와 '적狄'자라서 이에 대노하시고 법전을 규정을 바꾸시려 했다. 당시 문장을 주관한 이는 고신정高新鄭이었는데, 서화정徐華亭이 말을 바꿔서 해결해 멈추게 되었다. 그러나 초년에 문장을 강독할 때 『증자曾子·유질有疾』 장에서 '인지장사人之將死' 한 구절을 없애니 황상께서 "생과 사는 항상된 이치인데, 어찌 싫어하고 의심하겠느냐"라고 하시며 재촉하여 보충해 넣게 하셨으니, 또 마음이 확 트여 거스르는 바가 없으신 것 같다. 대개 강독할 때 강관講官이 학사 서진徐瑨이어서 황상께서 역사에 대해 풍부한 지식을 바야흐로 얻으셨고, 황상의 지위를 계승한 지 얼마 되지 않아 풍요롭다 즐겨 들으시니 신하들이 피하고 숨길까 걱정하신 까닭에 너그러이 포용하셨다. 을축乙丑년 봄 황상의 나이 이미 육순이라 몸이 불편하신 지 오래이므로 쉬이 피로해하고 의심이 많아지는 것은 당연하다.

○ 세종께서는 만년에 매번 '이夷'자와 '적狄'자를 쓰실 때마다 반드시 아주 작게 쓰셨는데, 조서와 장소章疏에도 모두 작게 쓰셨다. 대개 중국을 존숭하고 오랑캐를 낮추고자 한 것이다. 그리고 고신추가 문제를 낼 때 그것을 어겼다. 그리고 이전의 문제가 있어서 날이 갈수록 점점 원래대로 대강하게 되었다. 사본寫本에 근거해서 고치니 원망 받을까 의심했다. 고신추가 이를 면하고 서화정이 해서는 안될 일을 한 것은 아니라고 했다. 고신정이 만년에 서화정과 강독을 하고 글을 쓰니 또한 선제의 의심을 살 만해 공에게 부탁해 해결했으니 이는 하늘의 이치로도 없애기 어려운 일이었다.

○ 송나라가 남쪽으로 천도한 후, 황제들이 '금金'자를 모두 '금今'으

로 썼다. 대개 완안씨完顔氏와 대대로 원수라서 나라의 국호로 칭하지 않고자 한 것이다. 고종의 유귀인劉貴人과 영종寧宗의 양황후楊皇后가 쓴 '금金'자도 그러하니, 왕후 역시 고쳐 쓴 것이다. 그런 즉 세종께서 '이夷'자와 '적狄'자를 작게 쓰신 것 역시 과하지 않다.

원문 **觸忌**

古來人主多拘避忌, 而我朝世宗更甚. 當辛巳登極, 御袍偶長, 上屢俛而視之, 意殊不愜. 首揆楊新都進曰, "此陛下垂衣裳而天下治." 天顏頓怡. 晚年在西苑召太醫院使徐偉察脈. 上坐小榻, 袞衣曳地, 偉避不前. 上問故, 偉答曰, "皇上龍袍在地上, 臣不敢進." 上始引衣出腕. 診畢, 手詔在直閣臣曰, "偉頃呼地上, 具見忠愛. 地上人也, 地下鬼也." 偉至是始悟, 喜懼若再生. 又乙丑會試第一題爲'綏之斯來'二句, 下文則'其死也哀'. 上已惡之矣. 第三題『孟子』, 又有兩'夷'字, 時上苦虜之擾, 最厭見'夷''狄'字面, 至是大怒, 欲置重典. 時主文爲高新鄭, 賴徐華亭詭辭解之而止. 然初年講章, 有進『曾子 · 有疾』章, 去却'人之將死'一節, 上謂"死生常理, 有何嫌疑", 促令補進, 又似豁然無所諱者. 蓋進講時, 講官爲學士徐瑨, 上方富於春秋, 嗣位未久, 樂聞啓沃, 恐臣下有所避匿, 故亦優容. 至乙丑之春, 上年已六旬, 不豫且久, 宜其倦勤多疑也.

○ 按世廟晚年, 每寫'夷''狄'字必極小, 凡詔旨及章疏皆然. 蓋欲尊中國卑外夷也. 而新鄭出題犯之. 又有前一題, 益[311]疑其詛咒矣. 高之得免,謂非全出華亭不可. 新鄭晚途與徐講和書, 亦引先帝見疑, 賴公調解爲言, 亦是天理難泯處.

○ 宋南渡後, 人主書'金'字俱作'今', 蓋與完顔世仇, 不欲稱其國號也. 至高宗之劉貴人寧宗之楊后, 所寫金字亦然, 則宮闈亦改用矣. 然則世宗之細書, 亦不爲過.

---

311 盒 : '익盒'자는 원래 '개蓋'로 되어 있었으나, 사본에 근거해 고쳤다盒原作蓋, 據寫本改. 【교주】

번역 정덕 · 가정 연간 어보御寶의 소실燒失

어보는 모두 열일곱 개였는데, 정덕 9년 갑술甲戌년 황궁에 화재가 나서 옥새玉璽가 산실되었다. 가정 45년 겨울 세종께서 이미 병 져 누우신 지 오래되었기에, 이에 조서를 내려 "선대의 갑술년에 화재를 만나 어보 총 여섯 개 중 다섯 개가 이미 소실되었으니 해당 부서에게 명해 좋은 옥을 찾아 보충하라"고 했다. 생각해보면 열일곱 개의 어보는 대부분 도금鍍金해 만들었는데 이 여섯 옥새는 옥으로 만든 것이리라. 그런데 가정 18년 황상께서 또 일곱 개를 더 만드셨으니, 그것을 합하면 대대로 지켜온 것이 스물네 개가 된다. 신유辛酉년 서원西苑의 화재로 인해 대대로 전해져 온 것이 모두 잿더미가 되었으니 사라진 것이 어찌 다섯 개의 어보에 그쳤겠는가. 아마도 황상께서 말씀하기 꺼리시어 갑술년에 핑계를 댄 것이리라.

원문 正嘉御寶之燬

御寶[312]凡十七, 正德九年甲戌, 大內遭火, 寶璽[313]散佚. 至嘉靖四十五

312 御寶 : 제왕의 도장.

313 寶璽 : 제왕의 인장印章 중 가장 중요한 옥새玉璽를 말한다. 황권과 제위의 전승을 상징하는 보물이다. 진시황秦始皇이 6국을 통일하고 황제의 자리에 오르면서 황제의 인장을 '새璽'라고 불렀는데, 이때부터 '새'는 황제의 인장에만 사용되는 단어가 되었다. 황제는 공적인 용도와 사적인 용도에 따라 인장을 따로 사용했는데, 인장 중에서 조서나 기타 공문서를 공포할 때 사용하는 인장을 '어보御寶', '어새御

年之冬, 則世宗已不豫久矣, 乃下詔曰, "先朝甲戌遇災, 御寶凡六, 其五已遭燬, 命所司覓美玉補造." 想十七寶者, 大半範金爲之, 而此六璽乃玉製耶. 然嘉靖十八年, 上又添製七顆, 合之世守者爲廿四矣. 辛酉西苑之災,[314] 則歷代所傳, 盡付煨燼, 所少奚止五寶. 意者聖主諱言, 而託之甲戌耶.

璽', '국보國寶'라 했다.

314 辛酉西苑之災 : 가정 40년1561 서원西苑 만수궁萬壽宮에서 발생한 화재를 말하는 것으로 보인다.

번역 관인官印의 규격

진秦의 천자는 옥새가 여섯이었고, 당대에 비로소 여덟 개가 있었으며, 송대에는 여전히 그 제도를 따르다가 휘종 때에 이르러 9개로 늘었고 남도南渡하면서 11개에 이르렀는데 모두 제도에 맞지 않다. 현 왕조 초에는 17개의 어보가 있었고 세종 때에 7개를 더 제작해 지금 부대符臺에서 관장하고 있는 것은 모두 24개인데 금으로 된 것도 있고 옥으로 된 것도 있다. 황후의 인장은 소속 궁녀가 거두어 관장하는데, 또 태조께서 만드신 백옥인白玉印인 '후재지기厚載之紀'는 자효황후孝慈皇后께 하사하신 것으로 지금까지 전해져 잘 보관되고 있다. 역대 태후들은 매번 휘호徽號를 한 번 바칠 때마다 새 칭호를 별도로 한차례 도금하는데 모두 순금을 사용했는데, 이 이야기들이 다 그러하다.

신하의 관인으로 문무文武 1품과 2품의 관아에서는 은을 사용해 만들고 3품 이하는 모두 동銅을 사용했는데 규격의 크고 작음으로 지위의 높고 낮음을 구분했다. 북경과 남경의 경조윤京兆尹은 비록 3품이지만 관인은 은으로 주조했으니 조정의 창고를 중시했기 때문이다. 이상은 모두 구첩전九疊篆 서체를 사용했는데 취한 뜻이 무엇인지는 모르겠다. 당·송 이래로 이렇게 전자체篆字體를 인장에 새기는 방법이 전혀 없다가 대체로 현 왕조에서 시작되었는데 혹시 '건원용구乾元用九'의 의미인 것인가? 순안어사巡按御史는 네모난 인장을 사용하고 그 크기가 가장 작은데, 근래의 종구품從九品 순검巡檢과 승강사僧綱司 및 도기사道紀司

는 또 사분의 일을 줄였다. 또 관리들의 인장은 한 개뿐이지만, 오직 순안어사만은 인장 두 개를 돌아가며 쓰므로 명을 받으면 인끈을 차는데, 관인의 문자는 팔첩전八疊篆으로 되어 있어 크고 작은 문무 대신과 특별히 다르니, 어찌 수부어사繡斧御史라는 막중한 일이 제도를 바꾼 것인가. 그 외에 각 진鎭의 괘인총병관掛印總兵官, 예를 들어 정남장군征南將軍, 정서장군征西將軍, 진서장군鎭西將軍, 평강장군平羌將軍, 진삭장군鎭朔將軍, 정만장군征蠻將軍, 평만장군平蠻將軍, 정로전장군征虜前將軍 등은 모두 은으로 된 인장을 썼는데, 살펴보면 일품은 점차 줄고 이품은 점차 늘었으며 유독 호랑이를 인장의 손잡이 꼭지로 삼고 인장의 글씨는 유엽체柳葉體로 하니 문무백관 중에는 보이지 않는 것이다. 그 외에 추가로 설치한 총사령관은 일이 특별하지는 않지만 따로 인신印信을 주었는데, 총독總督이나 순무巡撫를 맡은 문신文臣과 다르지 않다. 명나라가 일어났을 때는 정식 대장군이 없었고, 국초에 무녕공武寧公 서달이 대장군의 인신을 한번 받은 적이 있긴 하지만, 그 외에는 반드시 군내의 직함을 달아야 했다. 예를 들어 서달, 남옥藍玉, 풍승馮勝, 구복邱福, 성용盛庸 등은 정로대장군의 장군인將軍印을, 양홍楊洪과 주영朱永은 진삭대장군의 장군인을, 구란仇鸞은 평로대장군의 장군인을 받아서 모두 대장군이라 불러야 하는데, 장군인의 양식은 고증할 수 없다. 내각대학사內閣大學士는 지위가 정오품正五品에 불과하지만 사용하는 문연각인文淵閣印은 겨우 1촌 7부로 대략 어사御史의 순시 탐방용 인장과 비슷하고 역시 은을 사용해 일품이나 이품으로 보이니 중시함을 알 수 있으며 또 옥저전玉筯篆 글씨체는 주상의 어보御寶의 서체와 같으니 응당 그 권력이 백관百官을 넘어선다. 구복이 북쪽으로 정벌 갔다가 패배하면서 장군인도 함께 사라졌는데 여러 번 사려해도 구할 수 없다가 훗날 사막에서 밤에 기이한 빛을 토해내어 비로소 종적을 찾게 되었다. 구란은 병이 위중해지자 인장을 침실에 숨겨두었는데 갑자기 땅에서 튀어나오는 소리가 나더니 얼마 안 있어 인장을 빼앗기고 급사했으며 육시戮屍를 당했다. 문연각인은 금상께서 병술년丙戌年에 잃어버리신 후에 다시 주조하면서부터 문연각의 권력이 점차 약해졌으며 차츰 쇠약해져 오늘에 이르렀다. 대체로 장군과 재상이라는 2대 권력의 인장에 관한 이야기는 이와 같다.

원문 符印[315]之式

秦天子六璽, 唐始有八寶, 宋世尙循其制, 至徽宗而加九, 南渡至十一, 皆非制也. 本朝初有十七寶, 至世宗加製其七, 今掌在符臺[316]者共二十四寶, 蓋金玉兼有之. 若中宮之璽, 自屬女官[317]收掌, 更有太祖所作白玉印, 曰'厚載之紀', 以賜孝慈后[318]者, 至今相傳寶藏[319]. 若歷朝太后, 則每進徽號[320]一次, 輒另鑄新稱一次, 皆用純金, 此故事皆然.

315 符印 : 부절符節이나 관인官印 등을 총칭하는 말.
316 符臺 : 상보사尙寶司의 별칭이다. 상보사는 명대에 옥새, 신분을 증명하는 각종 부符와 패牌, 인장 등과 이 물건들의 사용을 관장하던 중앙관서다.
317 女官 : 궁중宮中에서 황제, 황후, 태자 등을 가까이서 모시고 시중들던 여자, 즉 궁녀를 말한다.
318 孝慈后 : 명 태조太祖의 조강지처인 효자황후孝慈皇后 마씨馬氏를 말한다.
319 寶藏 : 소중히 잘 보관해 둠.

其臣下印信[321], 則文武一品二品衙門, 得用銀造, 三品以下俱用銅, 惟以式之大小分高卑. 兩京兆[322]雖三品, 印亦銀鑄, 則以天府[323]重也. 以上俱用九疊篆[324]文, 不知取義謂何. 唐宋以來並無此篆法[325], 蓋創自本朝, 意者乾元用九[326]之意乎? 巡按御史[327]用方印, 其式最小, 比之從九品巡檢[328]僧道衙門[329], 尙殺四之一. 又百官印止一顆, 惟巡按則有循環二印,

---

320 徽號 : 황제와 황후에게 더하는 존호尊號로, 경축 행사 때마다 몇 차례 더할 수 있는데 매번 공덕을 가송歌頌하는 두 글자를 더했다.

321 印信 : 개인이나 단체의 이름, 그와 관련된 기호나 글자 등을 새겨 일정한 표적으로 문건에 찍는 물건, 즉 도장이나 관인의 총칭이다.

322 兩京兆 : 경조京兆는 수도가 있는 지역 또는 수도가 있는 지역을 관할하는 관아를 말하며, 그곳의 최고책임자인 경조윤京兆尹을 가리키기도 한다. 명대 개국 초기의 수도는 남경이었다가 영락 연간에 북경으로 천도했는데, 천도 이후에도 남경을 북경과 같이 중시해 북경의 관제를 남경에도 똑같이 두었다. 여기서 양경조兩京兆는 북경과 남경 지역을 관리하는 최고책임자인 '경조윤' 두 사람을 말한다.

323 天府 : 『주례周禮』에 따르면 천부天府는 조상의 신주를 모시는 사당의 저장과 보관을 관장하는 관직명인데, 나중에는 조정朝廷의 창고를 가리키는 말이 되었다.

324 九疊篆 : 도장 따위를 새길 때에 글자의 획을 여러 번 구부려서 쓴 전서체.

325 篆法 : 전서篆書를 쓰고 인장에 새기는 방법.

326 乾元用九 : '건원乾元'은 『주역周易』의 64괘 중 건괘乾卦가 갖춘 사덕四德 중 첫 번째이다. '건乾'은 하늘 더 나아가 천자天子를 상징하고 '원元'은 시작을 말하므로, '건원'은 '천도天道의 시작' 또는 '하늘의 덕'을 말한다. '용구用九'는 건괘의 효사爻辭 중 하나다. 『주역』의 건괘 문언文言에 "건원이 구九를 쓰면 천하가 다스려진다乾元用九天下治"라는 말이 있다. 중국에서는 천자가 사용하는 '어보'에 9번 구부려 쓴 전서체인 '구첩전九疊篆'으로 글을 새겨, 천자가 9를 사용했으니 천하가 다스려지리라는 의미를 부여했다.

327 巡按御史 : 지방의 풍속과 관원에 대한 조사를 맡은 어사御史로 품계는 정칠품正七品이다. 명대와 청대에는 중앙 정부에 감찰기관인 도찰원을 두었는데, 명대에는 도찰원 아래에 13도 감찰어사監察御史가 있었고, 청대에는 도찰원 아래에 15도 감찰어사가 있었다. 감찰어사는 평소 수도인 북경의 도찰원에서 근무하다가 황명을 받으면 각 지역으로 조사하러 나가는데, 업무에 따라 순염어사巡鹽御史, 순조어사巡漕御史, 순안어사巡按御史라고 불렀다.

以故拜命卽佩印綬[330]，且其文八疊，與大小文武特異，豈以斧繡[331]雄劇[332]，特變其制耶？此外則各鎭[333]掛印總兵官[334]，如征南征西鎭西平羌鎭朔征蠻平蠻征虜[335]，諸將軍俱銀印，視一品稍殺，二品稍豐，獨以虎爲

---

328 巡檢 : 지역 순찰과 도적 체포 등 지금의 경찰 업무를 맡았던 관서인 순검사巡檢司의 약칭이다. 순검사의 관원도 순검巡檢이라고 칭하며, 종구품從九品이다. 순검사는 오대五代 후당後唐 장종莊宗 때 처음 설치되었으며, 송대에는 수도를 비롯해, 국경 지대, 강가, 해안가 등의 요충지에 설치되었다. 명대와 청대에는 부府, 주州, 현縣, 관문과 나루터의 요충지에 설치되었다.

329 僧道衙門 : 승려와 도사에 관한 일을 하는 관아의 종구품從九品에 해당하는 관직인 승강사僧綱司와 도기사道紀司를 말한다. 역대 조정에서는 승려와 도사가 지나치게 많아지지 않도록 그 수를 조절해왔다. 명대에는 홍무 5년에 승려와 도사에게 도첩度牒을 주었고, 홍무 15년에는 승록사僧錄司와 도록사道錄司를 설치해 천하의 승려와 도사를 관리했으며, 부府·주州·현縣에는 승강사와 도기사를 두어 승려와 도사를 관리하게 했다. 홍무 24년에는 불교와 도교를 정리해 승려에게는 3년에 한번 도첩을 주도록 제한했고, 홍무 28년에는 수도에서 시험을 본 뒤 합격한 승려와 도사들에게만 도첩을 주었다.

330 印綬 : 신분이나 벼슬의 등급을 나타내는 관인官印을 몸에 차기 위해 관인의 꼭지에 다는 인끈을 말한다.

331 斧繡 : 도끼를 들고 비단옷을 입는다는 뜻으로, 법을 집행하도록 황제가 특별히 파견한 관리의 모습을 형용한 말이다. 한 무제 말기에 나라에 도적떼가 들끓자 무제가 폭승지暴勝之를 파견해 도적들을 추포하게 했는데, 이때 폭승지가 비단옷을 입고 도끼를 들고 있었다. 그 이후로 부수斧繡 또는 수부繡斧는 황제가 특별히 파견한 관리의 모습을 형용하거나, 해당 관리인 수부어사繡斧御史 또는 수부사자繡斧使者를 가리키는 말로 사용되었다.

332 雄劇 : 중요한 지위에 있어, 업무가 많고도 힘든 상황을 말한다.

333 鎭 : 군대를 주둔시켜 수비하던 군사상의 요충지.

334 掛印總兵官 : 명대에 장군인將軍印을 걸고 주요 변방을 지키거나 군대를 이끌고 출정하는 총사령관 즉 총병관總兵官)을 괘인총병관掛印總兵官이라고 한다. 괘인총병관은 주로 공작, 후작, 백작, 도독 등이 맡았으며, 총독의 통제를 받지 않고 직접 황상께 상소를 올릴 수 있었다. 명 전기에는 정벌 전쟁이 있을 경우 공작, 후작, 백작, 도독 등이 해당 전쟁에 한해서 총병관을 맡아 전쟁을 치르는 임시직이었다. 그러나 정통 연간 이후 변경에서 전쟁이 자주 발생하면서 총병관은 점차 상설 무관직이 되었다.

鼻鈕, 且篆文爲柳葉, 則百僚中所未覩. 其他添設大帥, 雖事體不殊, 而另給關防[336], 與督撫[337]文臣無異矣. 明興, 無正任大將軍, 國初徐武寧達[338]曾一領之, 其他則必帶軍號, 如徐達藍玉[339]馮勝[340]邱福[341]盛庸[342], 領征

335 征南征西鎭西平羌鎭朔征蠻平蠻征虜 : 명대 변방을 지키던 괘인총병관으로 장군이라는 호칭을 받은 총사령관들이다. 정남장군征南將軍은 운남총병관雲南總兵官이고, 정서장군征西將軍은 영하총병관寧夏總兵官, 진서장군鎭西將軍은 연수총병관延綏總兵官, 평강장군平羌將軍은 감숙총병관甘肅總兵官, 진삭장군鎭朔將軍은 선부총병관宣府總兵官, 정만장군征蠻將軍은 양광총병관兩廣總兵官, 평만장군平蠻將軍은 호광총병관湖廣總兵官, 정로전장군征虜前將軍은 요동총병관遼東總兵官을 말한다.

336 關防 : 관청 또는 군대에서 공문서 위조를 방지하기 위해 사용된 장방형의 인신印信.

337 督撫 : 총독總督과 순무巡撫를 합쳐서 부르는 말이다. 총독과 순무는 명·청대의 가장 높은 지방 행정관이다.

338 徐武寧達 : 명나라의 개국공신인 서달을 말한다. 무녕武寧은 그의 시호다.

339 藍玉 : 남옥藍玉, ?~1393은 명나라의 개국공신이다. 봉양부鳳陽府 정원定遠 사람으로, 처남 상우춘常遇春과 함께 공을 세워 대도독부첨사大都督府僉事가 되었다. 촉蜀나라를 토벌하고 서번西蕃을 정벌한 공으로 홍무 12년1379 영창후永昌侯에 봉해졌고, 홍무 20년1387에는 풍승馮勝을 따라 원나라의 나하추[納哈出]를 정벌해 정로대장군征虜大將軍에 봉해졌다. 홍무 21년1388에는 몽골 원정에서 대승리를 거두어 양국공涼國公에 책봉되었다. 그 뒤 호광湖廣 만족蠻族의 반란을 평정하고, 다음 해 서번의 한동罕東 땅을 경략해 태자태부太子太傅가 되었다. 그러나 자신의 무공을 내세워 거만하고 방자하게 행동하고, 주민들의 전토를 약탈하거나 노비를 빼앗는 등 원망을 사더니, 홍무 26년1393 결국 모반죄로 체포되어 처형되었다. 이 사건에 연좌되어 죽은 자가 1만 5천여 명에 이르렀다.

340 馮勝 : 풍승馮勝, ?~1395은 명나라의 개국공신이다. 안휘성 봉양부鳳陽府 정원 사람이다. 본명은 국승國勝이고, 종이宗異라는 이름도 사용했다. 용맹하고 지혜도 풍부했으며, 책 읽기를 좋아했고, 병법에도 정통했다. 원나라 말 주원장에게 귀순한 뒤 공을 세워 홍무 20년 정로대장군征虜大將軍이 되었고, 그 뒤 서북과 요양遼陽에서 원나라의 잔존 세력을 격파하는 공을 세워 송국공宋國公에 봉해졌다. 나중에 공이 너무 높아 태조의 시기를 사서 사사賜死당했다. 숭정崇禎 17년1644 영릉왕寧陵王으로 추증되었고, 무장武壯이라는 시호를 받았다.

341 邱福 : 구복邱福, 1343~1409은 명나라 초기 '정난의 변'의 대표적인 공신으로, 안휘성 봉양鳳陽 사람이다. 원래 연산燕山 중호위中護衛의 천호千戶였는데, 성조가 건문제에게서 황위를 탈취한 '정난의 변' 때 여러 차례 공을 세워 중군도독부中軍都督府 좌도

虜, 楊洪[343]朱永[344], 領鎭朔, 仇鸞領平虜, 俱得稱大將軍, 而印之制無可考據矣. 內閣大學士[345]位不過五品, 而所用文淵閣印, 僅一寸七分, 略似

독左都督에 오르고 기국공淇國公에 봉해졌다. 영락 7년1409 정로대장군征虜大將軍의 군인軍印을 가지고 총병관이 되어 군대를 이끌고 타타르를 정벌하러 갔다가 적의 매복에 걸려 전사했다.

342 盛庸 : 성용盛庸, ?~1403은 명나라 초기 '정난의 변' 때 중앙군의 대표적인 장수다. 그의 출생시기와 출생지는 알려져 있지 않다. 홍무 연간에 도지휘都指揮에 이르렀고, 건문建文 연간 '정난의 변' 기간 동안에 중앙군의 장수로서 여러 차례 연왕燕王 주체朱棣의 군대에 대패를 안겨 건문 2년1400 9월 역성후歷城侯에 봉해졌다. 얼마 뒤 평연장군平燕將軍이 되어 총병관을 맡았다. 그러나 연왕 주체가 '정난의 변'을 끝내며 수도인 남경성에 입성하자 나머지 무리를 이끌고 투항했다. 영락 원년1403 사직한 뒤에도 성용에 대한 탄핵이 이어지자, 영락 원년 결국 자살을 선택했다.

343 楊洪 : 양홍楊洪, 1381~1451은 명대 중기의 명장이다. 그의 자는 종도宗道이고, 여주廬州 합비合肥 사람이다. 성조를 따라 북벌 전쟁을 치르고 오랜 기간 변방을 지켰다. 정통 연간과 경태 연간에 유격장군遊擊將軍, 도지휘첨사都指揮僉事, 도독첨사都督僉事, 후군도독부後軍都督府 좌도독左都督, 총병總兵 등을 역임했다. '토목보土木堡의 변'으로 인해 대종代宗이 즉위한 뒤 창평백昌平伯에 봉해졌고, 경태 2년1451 진삭대장군鎭朔大將軍이 되어 선부宣府를 지켰다. 사후에 영국공穎國公으로 추증되었고, 시호는 무양武襄이다.

344 朱永 : 주영朱永, 1429~1496은 명대 중기의 명장이다. 그의 자는 경창景昌이고, 시호는 무의武毅다. 호광湖廣 하읍夏邑 사람이다. 무녕백撫寧伯 주겸朱謙의 아들로 경태 2년1451 부친의 작위를 세습받았다. 영종이 복벽復辟에 성공한 '탈문奪門의 변' 이후 선위영금군宣威營禁軍을 이끌었고, 헌종이 즉위한 뒤 단영團營을 감독하게 되었다. 성화 원년1465 형양荊襄 유민流民들의 반란을 진압한 공으로 무녕후撫寧侯에 봉해졌고, 정로장군靖虜將軍, 평로장군平虜將軍, 진삭대장군鎭朔大將軍 등 여덟 차례나 장군인을 받은 총사령관이 되어 전공을 세웠다. 홍치 9년1496 68세의 나이로 세상을 떠났으며, 선평왕宣平王으로 추증되었다.

345 內閣大學士 : 황제께 올리는 상소문에 의견을 적거나 황제와 신하 간에 소통이 되게 하는 역할을 주로 하던 명·청 시대의 관직으로, 품계가 명대에는 정오품正五品이었고 청대에는 정이품正二品 이상이었다. 명 태조 주원장은 송나라의 제도를 모방해서 화개전華蓋殿, 근신전謹身殿, 영무전英武殿, 문연각, 동각東閣 등에 대학사를 두어 황제의 고문顧問으로 활용했고, 문화전대학사文華殿大學士는 태자太子를 보필하게 했다. 명대의 내각대학사는 후세로 갈수록 지위가 높아져서 실질적으로 재상宰相

御史巡方印, 乃亦用銀, 視一二品, 其重可知, 且玉筯篆[346]文, 與主上御寶書法相埒, 宜其權超百辟也. 邱福北征失律, 幷印亦亡, 屢購不得, 後於沙漠夜吐光怪, 始蹤跡得之. 仇鸞病篤, 藏印內寢[347], 忽躍出於地有聲, 尋奪印暴死戮屍[348]. 而文淵閣印, 自今上丙戌失後再鑄,[349] 則閣權漸削, 陵夷[350]以至今日. 蓋將相二大柄, 關於印章如此.

의 권력을 쥐게 되었다. 초기에 내각대학사는 상서尙書의 지위를 겸하고 있었고 거기에 태보太保, 태부太傅, 소보少保, 소부 등의 직함을 더했는데, 나중에는 점차 재상과 마찬가지로 변하면서 대학사 사이에도 지위의 차등이 생겨서 수보首輔, 차보次輔, 군보群輔로 구별되었다. 그러나 청대에는 정치적 실권을 만주족이 장악하면서 내각의 지위도 상대적으로 낮아졌고, 특히 군기처軍機處가 설립되면서 내각은 관례적인 행정 업무를 처리하는 허울뿐인 기관으로 변했다.

346 玉筯 : 진秦나라 때 이사李斯가 창안한 소전체小篆體의 일종이다. 글자의 형체가 좁으면서 길고 필획의 굵기가 일정하고 끝이 둥글다.

347 內寢 : 늘 거처하는 방, 침실.

348 戮屍 : 이미 죽은 사람의 시체에 다시 목을 베는 형벌을 가하는 것을 말한다.

349 自今上丙戌失後再鑄 : 중화서국본『만력야획편』에는 구두점이 '자금상병술실후自今上丙戌失後, 재주再鑄'로 되어 있는데, 중간에 구두점을 넣지 않아도 문맥이 자연스럽게 연결되므로 상해고적본을 따라 '자금병술실후재주自今上丙戌失後再鑄' 뒤에 구두점을 두는 것으로 수정했다. 〖역자 교주〗

350 陵夷 : 차츰 쇠약해지다. 쇠퇴하다.

번역 가정 연간의 청사青詞

세종께서 서내西內에 머물며 재齋를 모시자 한동안 사신詞臣 중에 청사青詞를 써서 황상의 총애를 얻은 이들이 매우 많았는데, 그 중 가장 정교하고 가장 황상의 마음에 든 글은 문영文榮 원위袁煒와 상서尙書 동빈董份의 것으로, 모두가 아첨하고 망령되어 법도에 맞지 않는 말이다. 세간에 전해진 대련을 예로 들면 다음과 같다. "낙수洛水의 검은 거북이 처음 상서로움을 바칠 때, 음수가 아홉이고 양수가 아홉이라 아홉이 아홉이나 있어 여든 하나의 수가 된다. 이 수가 도에 통했고 도가 원시천존元始天尊에 부합하니 한결같은 정성에 감동했네. 기산岐山과 단봉丹鳳 두 곳에서 상서로움을 나타내자, 수컷이 여섯 번 울고 암컷이 여섯 번 울어 여섯이 여섯 번 소리를 내 그 소리가 하늘에 들려 하늘이 가정 황제를 낳으셨으니 만수무강하시리라." 이것은 원위가 지은 것으로 가장 당시에 회자되던 것이니 다른 문장도 알만하다.

당시에 매번 재를 거행할 때마다 다른 비용은 말할 것도 없고 순금 역시 수천 냥이 들었는데, 문과 단壇의 편액 대련을 모두 금으로 썼기 때문에 금을 가루 내어 진창으로 만든 것이 거의 수십 그릇이었다. 붓을 잡아 글을 쓸 중서관中書官은 큰 붓을 준비해 붓을 충분히 적셔놓는데, 획을 그을 수 없는 상태가 되면 그 붓을 소매 속에 넣고 또 붓 하나를 꺼냈다. 대강 한 대련을 끝내는 데 어떤 이는 붓을 수십 개나 바꾸어 소매 속의 금 또한 수십 수銖 이상이 되었다. 우리 고을에서 말하는 재상들은 이것으로 시랑侍郞의 자리도 얻고 부자도 되었다고 한다.

원문 嘉靖青詞

世廟居西內[351]事齋醮[352], 一時詞臣, 以青詞得寵眷者甚衆, 而最工巧最稱上意者, 無如袁文榮煒[353], 董尚書份[354], 然皆諛妄不典之言. 如世所傳對聯云, "洛水[355]玄龜[356]初獻瑞, 陰數九, 陽數九, 九九八十一數. 數通

351 西內 : 명대의 서내西內는 서원西苑이라고도 하며, 지금의 베이징 중난하이[中南海] 일대에 있었다.

352 齋醮 : 단壇을 설치하고 제물을 신에게 바쳐 복을 구하고 재앙을 면하도록 기원하는 도교 의식을 말한다. 기원하는 내용의 길흉에 따라 흉사를 위한 것은 재齋로, 길사를 위한 것은 초醮로 구별되기도 하나 엄격한 구분을 짓기 어려운 경우도 있다. 이때 드리는 기원문을 장章이라 하고, 재의 기원문은 재사齋詞, 초의 기원문은 청사青詞라고 한다.

353 袁文榮煒 : 명대 가정 연간의 대신 원위袁煒, 1507~1565를 말한다. 원위의 자는 무중懋中이고, 호는 원봉元峰이며, 시호는 문영文榮이다. 절강浙江 자계慈溪 사람이다. 가정 17년1538 진사가 되어, 한림원편수翰林院編修, 시독학사, 예부우시랑禮部右侍郞, 예부상서, 소부 겸 태자태부太子太傅, 건극전대학사 등의 벼슬을 역임했다. 청사青詞를 잘 지어서 세종의 총애를 받아 승진이 빨랐다. 가정 44년1565 병으로 사직하고 고향으로 돌아가던 중에 향년 58세로 세상을 떠났다. 사후에 소사少師로 추증되었다.

354 董尙書份 : 명대 가정 연간의 대신 동빈董份, 1510~1595을 말한다. 동빈의 자는 용균用均이고, 호는 심양산인潯陽山人 또는 필원泌園이며, 절강浙江 오정현烏程縣 사람이다. 가정 20년1541 진사가 되어, 서길사, 한림원편수, 우춘방우중윤右春坊右中允, 한림학사 등을 거쳐 예부상서에까지 이르렀다. 한림원편수 시절 『명회전明會典』 편찬에 참여했다. 세종이 서궁에 머물면서 지낸 재초齋醮 의식에서 사용된 '천신天神'께 올리는 표문表文 중 많은 수가 그의 손에서 나왔다.

355 洛水 : 중국 섬서陝西와 하남河南의 두 성省을 흐르는 강으로, 섬서성 동남부의 진령秦嶺에서 시작되어 하남성 낙양洛陽의 남쪽을 흘러 황하黃河로 들어간다.

356 玄龜 : 현구玄龜는 『산해경山海經』에 나오는 기이한 짐승으로 선구旋龜 또는 원구元龜라고도 하는데, 거북의 등껍질은 점을 치는데 사용되었다. 검붉은 색에 모양은 거

乎道, 道合元始天尊[357], 一誠有感. 岐山[358]丹鳳[359]兩呈祥, 雄鳴六, 雌鳴六, 六六三十六聲, 聲聞于天, 天生嘉靖皇帝, 萬壽無疆." 此袁所撰, 最爲時所膾炙, 他文可知矣.

時每一舉醮, 無論他費, 卽赤金[360]亦至數千兩, 蓋門壇扁對皆以金書, 屑金爲泥, 凡數十盌. 其操筆中書官, 預備大管, 泚筆令滿, 故爲不堪波畫[361]狀, 則袖之, 又出一管. 凡訖一對, 或易數十管, 則袖中金, 亦不下數十銖[362]矣. 吾邑談相輩, 旣以此得貳卿[363], 且致富云.

북이와 비슷하지만 새의 머리에 독사의 꼬리를 하고 나무를 쪼개는 듯한 소리를 낸다. 이것을 몸에 지니면 귀가 먹지 않는다고 한다.

357 元始天尊 : 도교의 최고신인 삼청三淸 중의 하나다. 『도덕경道德經』에 따르면 원시천존은 '도道'가 신격화된 존재로, 천지만물 생성의 시원始原이며 인과因果의 법칙을 초월해 영원히 존재하는 절대자이다. 그가 살고 있는 곳은 삼십육천三十六天 가운데 최고의 천인 대라천大羅天의 옥경산玉京山 꼭대기에 있는 현도玄都인데, 이곳에서 여러 신을 거느리고 있다고 전해진다. 또 도교의 비조鼻祖로서 도교의 가르침은 원시천존의 가르침이라는 설도 있다. 원시천존 신앙은 남북조시대南北朝時代 초기에 발생해 당대唐代에 완성되었다.

358 岐山 : 기산岐山은 섬서성陝西省 위하渭河 북쪽의 기산현岐山縣과 부풍현扶風縣 북부와 인유현麟游縣의 경계에 있는데, 염제炎帝가 살았던 곳이자 주周 왕실의 건국 터전이 된 곳이다.

359 丹鳳 : 섬서성 동남쪽에 있는데, 단강丹江이 이곳을 둘러싼 채 흐르고 봉관산鳳冠山을 병풍처럼 두르고 있어서 단봉丹鳳이라고 불리게 되었다.

360 赤金 : 순금 또는 구리.

361 波畫 : 한자의 획, 필획을 말한다.

362 銖 : 무게의 단위로 1냥兩의 24분의 1이다.

363 貳卿 : 시랑侍郎을 말한다. 상서尙書를 경卿이라고 하는데, 시랑은 상서 다음의 벼슬이므로 이경貳卿이라고 불렀다.

번역 가정 연간에 끝까지 건청궁乾淸宮에 납시지 않다

궁내 건청궁乾淸宮이 정덕 9년에 화재를 만나자 곧 장인匠人들을 모아 짓기 시작해 공사가 아직 다 끝나지 않았는데, 숙황제肅皇帝께서 정덕 16년 4월 영중郢中에서 들어가 대통을 받들게 되셨다. 잠시 문화전文華殿에서 지내시며 즉시 동관冬官에게 밤낮으로 보수하고 정리하라 재촉하시어 10월에 완성되자 황상께서 비로소 처소를 옮기셨다. 통치하신 지 20년 가까이 된 을해乙亥년 남방을 순시하실 때 영수궁永壽宮이 이미 완성되었다. 임인壬寅년에 궁녀들이 세종을 죽이려 한 사건이 벌어지자 황상께서 건청궁이 좋은 곳이 아니라고 말씀하셨다. 이에 선조의 중요한 보물이나 법물法物을 다 그 안으로 옮기고 후궁의 비빈妃嬪들도 모두 따르니 건청궁이 마침내 텅 비었다. 병인丙寅년 황상께서 붕어하실 때가 되어서야 비로소 돌아와 황궁에서 선화仙化하셨다. 황위를 계승하신 초기부터 임종 즈음에 이르기까지 모두 별궁에서 길례吉禮와 흉례凶禮를 행하셨다. 어떤 이는 세종께서 황궁을 역대 황제가 승하하는 곳이라 여겨 마음속으로 몹시 의심하고 두려하셨지만, 영수궁은 문황제의 옛 궁궐이라 용이 일어난 길한 땅이므로 황상의 뜻이 그곳에 있었다고 한다. 옛말에 '하늘에 앞서 해도 하늘이 어기지 않는다'고 했는데 세종께 그런 점이 있었다.

원문 嘉靖始終不御正宮[364]

大內乾淸宮[365], 以正德九年遇災, 旋鳩工創建, 役尙未竣, 比肅皇[366]以正德十六年四月, 自郢中[367]入奉大統. 暫居於文華殿, 亟促冬官[368]晝夜繕治, 至十月而落成, 上始移蹕. 臨御垂二十年, 至己亥[369]南巡, 則永壽宮已成. 至壬寅宮婢之變, 上因謂乾淸非善地. 凡先朝重寶法物[370], 盡徙實其中, 後宮妃嬪俱從行, 乾淸遂虛. 直至丙寅[371]上賓, 始返龍蛻[372]於大內. 蓋自踐阼[373]之初, 及彌留[374]之際, 皆於別宮行吉凶禮[375]. 說者謂世宗以禁中[376]爲列聖升遐之所, 意頗疑懼, 而永壽則文皇舊宮, 龍興吉壤, 故聖意屬之. 古云, 先天而天弗違, 世宗有焉.

---

364 正宮 : 황제가 거처하며 정무를 처리하고 축전祝典을 거행하며 대신이나 외국 사신들을 접견하는 곳을 말한다. 여기서는 건청궁乾淸宮을 가리킨다.

365 乾淸宮 : 건청궁乾淸宮은 황궁 내에서 황제가 조회를 하고 정사를 처리하는 장소다. 명대의 황제 14명과 청대의 순치順治, 강희康熙 두 황제가 건청궁을 침궁寢宮으로 사용해 이곳에 거주하면서 정무를 처리했다.

366 肅皇 : 명대 제11대 황제인 세종 주후총朱厚熜을 말한다.

367 郢中 : 명 세종 주후총朱厚熜이 나고 자란 곳으로, 명대의 호광승선포정사사湖廣承宣布政使司 안륙주에 있었으며, 지금의 후베이성[湖北省] 중샹[鍾祥]시에 있다. 세종의 부친인 흥헌왕興獻王의 봉지封地로, 정덕 2년1507 세종이 태어나 정덕 16년1521 황위를 잇기 위해 북경으로 떠날 때까지 지냈던 곳이다.

368 冬官 : 공부工部의 통칭이다. 주대周代에는 사계절로 관직 명칭을 불렀는데, 동관冬官은 주대에 둔 육관六官의 하나로 토목土木 또는 공작工作의 일을 맡아 했다. 후대에는 토목 등의 일을 관장하는 공부를 가리키는 말로 사용되었다.

369 己亥 : 가정 18년1539을 말한다.

370 法物 : 제왕의 의장儀仗 및 종묘宗廟의 악기 등을 말한다.

371 丙寅 : 가정 45년1566 세종이 붕어한 해를 말한다.

372 龍蛻 : 용태龍蛻는 용이 벗어 놓은 허물인데, 신룡神龍이 신선이 된 뒤에 남긴 몸을 말한다.

373 踐阼 : 임금의 자리를 계승하는 것.

374 彌留 : 병이 위중해 임종에 가까움.

375 吉凶禮 : 관례冠禮와 혼례婚禮 등 경사스러운 예식과 상례喪禮를 말한다.

376 禁中 : 궁중. 궐내.

번역 대행황제大行皇帝와 대행황후大行皇后의 상례喪禮

본 왕조의 대행황제大行皇帝와 대행황후大行皇后의 초상初喪을 치를 때는 절마다 종소리를 삼만 번 울린다. 지옥에서 각종 고통을 받는 자들이 종소리를 들으면 소생한다고 불가佛家에서 말하므로, 이 일을 행하며 돌아가신 부모님을 대신해 저승에서 복을 만드는 것이지, 죽은 사람이 죄가 있어 그를 위해 재앙을 없애는 것이라고 하지는 않는다. 종을 울리는 일은 역대로 조서詔書에 보이는데, 대개 당唐나라와 송宋나라 이래로 계승되어 온 지 이미 오래되었다. 다만 지전紙錢은 가장 의미 없는 것에 속하나 지금은 부귀한 자와 빈천한 자들이 그것을 통용한다. 예를 들어 주周 세종이 발인할 때 종이로 금덩이와 은덩이를 만들고 누런 것은 '천대상보泉臺上寶'라 하고 흰 것은 '명유아보冥游亞寶'라 했는데 이미 웃음거리가 되었다. 송 고종 때에 이르러 고종의 관이 길을 떠날 때 신하들이 제사에 사용한 지전이 좀 작아서 효종께서 언짢아하셨다. 간관諫官은 지전이란 석가모니가 사람들이 가까운 사람들을 제도濟度할 수 있게 한 것이니 본래 성군께서 마땅히 해야 하는 일은 아니라고 말했다. 효종께서는 "소요부邵堯夫가 어떤 사람인데 제사에 먼저 지전을 꼭 썼겠는가. 어찌 산 사람이 세상을 살아가는데 그대들이라면 하루 동안 돈을 쓰지 않을 수 있겠는가"라고 하셨다. 이것 또한 전해오는 이야기이며, 현 왕조에서는 비록 지전을 사용하지만 이것을 높이치지는 않으니 전대前代보다 훨씬 현명하다.

원문 大行[377]喪禮

本朝大行皇帝皇后初喪[378], 每寺各聲鐘三萬杵. 蓋佛家謂地獄受諸苦者, 聞鐘聲卽甦, 故設此代亡親造福於冥中, 非云化者[379]有罪, 爲之解禳也. 聲鐘一事, 累朝皆見之詔旨, 蓋自唐宋以來, 相沿已久. 惟冥鏹[380]最屬無謂, 今貴賤通用之. 如周世宗[381]發引, 以楮爲金銀錁, 黃者名'泉臺上寶', 白者名'冥游亞寶', 已爲可笑. 至宋高宗梓宮[382]就道, 百官奠用紙錢差小, 孝宗不悅. 諫官云, 紙錢乃釋氏使人以過度[383]其親者, 本非聖主所宜. 孝宗曰, "邵堯夫何如人, 祭先必用紙錢, 豈生人處世, 如汝輩能一日不用錢乎." 則此亦相傳故事, 本朝雖用而不以此相高, 賢於前代多矣.

---

377 大行 : 임금이나 왕비가 죽은 뒤 시호諡號를 아직 올리기 전의 칭호.

378 初喪 : 사람이 죽어서 장사葬事 지낼 때까지의 일.

379 化者 : 죽은 사람.

380 冥鏹 : 죽은 사람을 위해 태우는 지전紙錢.

381 周世宗 : 오대五代 시기 후주後周의 두 번째 황제로, 이름은 시영柴榮, 921~959이다. 성이 시씨이기 때문에 시세종으로도 불린다.

382 梓宮 : 황제의 관.

383 過度 : '상해고적본'에는 '초도超度'라고 되어 있는데, 이것은 고해에서 모든 중생을 구제해 열반의 언덕으로 건너게 한다는 뜻이다. 제도濟度를 의미한다.

번역 『실록』에서 일을 기록하다

세종과 목종 두 황조의 실록은 모두 재상 장강릉이 쓴 것으로 여러 사서 중에서 가장 엄격하게 핵심을 짚은 것이다. 그가 신정新鄭에서 떠난 것은 남북의 과도관科道官과 대소 신료들의 탄핵에 의한 것으로, 모두가 당시의 정치에 영합한 것으로 여겨지는데, 장강릉이 정치에 참여시킨 고공과 보호했던 서개가 특히 아첨하는 무리에 들었다. 하물며 황상께서 아직 서개를 버릴 뜻이 없으셔서 갈피를 잡지 못하고 그를 보호하시니 어찌 그러하셨는가. 그 언사는 지극히 공평하다 할 만하다. 장강릉이 탈정奪情하며 자리에 연연해 모든 것을 보류하고 크고 작은 남북의 무리에 편승해 서개를 모함할 때, 허물을 쥐고 뜻을 거스르는 자들이 노려보는 눈치에 재빨리 움직였는데, 이때 또 서화정徐華亭이 하지 않는 일들도 있었다. 신정 막부의 객으로 있던 이과도급사중吏科都給事中 한즙[韓楫, 호는 원천元川] 등 역시 문장으로 그 추악하고 비열함을 써내니 거리낌 없이 소인들을 떨게 한 것으로 여겨진다. 어찌 진정한 『실록』이 아니겠는가! 이과도급사중 진삼모[陳三謨, 호는 금강錦江] 등이 막부에 들어온 후 유화책을 올렸고, 한포주韓蒲州 등 여러 공이 여기에 달리 이견이 없었는데, 생각해보니 하나하나가 모두 복심이 있는 일이었지만 사안이 서로 달라 태연하게 다르지 않다고 여긴 것이다. 이는 곧 남을 비웃는 자들이 스스로 비웃음을 당한 격이 된 것이다. 근래 도위진屠緯眞의 『담화기曇花記』를 보니 문장이 모두 취할 만한 게 없다. 다만 내용 중 노기盧杞의 대사에서 "내가 수재였을 때도 일찍이 이임보李林甫를 꾸짖은 적이 있다"라는 이 말은 역시 후대에 관리들을 경계하게 한다.

원문 實錄紀事

世穆兩朝實錄, 皆江陵故相筆也, 於諸史中最稱嚴核. 其紀新鄭將去, 爲南北科道及大小臣工所聚劾, 以爲皆迎合時情, 而參高保徐, 尤屬諂媚. 況上未嘗有意棄徐, 紛紛保之何爲. 其言可謂至公. 及至奪情戀位, 一切保留, 徧大小南北倍於諂徐之時, 而杖譴忤意者以快睚眦, 又有華亭所不爲者. 其於新鄭幕客吏科都給事韓原川楫[384]等, 亦極筆醜詆, 目爲無忌憚小人. 豈非眞正『實錄』. 及吏科都陳錦江三謨[385]等入幕後, 獻謀畫策, 與韓蒲州[386]諸公無異, 顧一一任爲腹心, 資其角距, 恬不爲異. 則

---

384 韓元川楫 : 중화서국본『만력야획편』에는 '한원천즙韓原川楫'으로 되어있으나,『고금도서집성古今圖書集成』에 근거해 작성한『중국역대인명대사전中國歷代人名大辭典』과 상해고적본『만력야획편』에서는 한즙의 호를 '원천元川'으로 적고 있다. 이에 근거해 '원천元川'으로 수정했다.【역자 교주】◉ 한즙韓楫, 1528~1605은 명대 후기의 관리다. 그의 자는 백통伯通이고, 호는 원천元川이며 남산일문생南山逸雯生이라고 자호하기도 했다. 산서 포주蒲州 사람이다. 가정 44년1565 진사가 되어, 형과급사중, 이과급사중, 태상시소경, 제독등황통정사사提督謄黃通政使司 우통정右通政, 섬서포정사사陝西布政使司 좌참의左參議 등의 벼슬을 지냈다.

385 陳錦江三謨 : 명대 후기의 관리 진삼모陳三謨, 생졸년 미상를 말한다. 그의 자는 여명汝明이고, 호는 금강錦江이다. 항주부杭州府 인화현仁和縣 사람이다. 가정 44년1565 진사가 되어, 이과급사중, 형부주사刑部主事 등의 벼슬을 지냈다. 본래 고공의 문하생인데 장거정의 탈정 사건 때 만류하는 상소를 올려 다른 이들과 뜻이 맞지 않아 사직하고 귀향했다.

386 韓蒲州 : 명대 후기의 관리인 한즙韓楫을 말한다.

笑人適以自笑也. 頃見屠緯眞[387]『曇花記』, 其塡詞皆無足取, 惟內盧杞說白云, "我做秀才時, 也曾罵過李林甫來", 此一語也, 亦後來黃扉[388]藥石矣.

387 屠緯眞 : 명나라 후기의 관리이자 희극가인 도륭屠隆, 1542~1605을 말한다. 그의 자는 장경長卿 또는 위진緯眞이고, 호는 적수赤水 또는 홍포거사鴻苞居士다. 절강 은현鄞縣 사람이다. 만력 5년1577 진사가 되어, 영상지현潁上知縣, 예부낭중禮部郎中 등의 벼슬을 지냈다. 예부낭중으로 있을 때, 유현경兪顯卿의 모함에 빠져 관직에서 쫓겨났다. 희곡을 잘 짓고 시문에 능했으며, 글을 팔아서 생활했다. 저서에 『백유집白楡集』 20권, 『홍포집鴻苞集』, 『고반여사考槃餘事』, 『채호기彩毫記』, 『담화기曇花記』등이 있다.

388 黃扉 : 높은 관리, 특히 재상의 관서를 말하며, 재상을 가리키기도 한다. 관서의 문을 노란색으로 칠했기 때문에 황비黃扉라고 했다.

번역 『실록』은 근거로 삼기 어렵다

본 왕조는 국사 없이 역대 제왕의 『실록』을 국사로 삼아서 이미 과오와 누락이 이어졌다. 이에 『태조실록太祖實錄』은 세 차례 수정되었는데, 당시 개국공신들의 장한 계략과 훌륭한 다스림 중에서 정난의 변 때 투항한 여러 공신들의 마음에 그다지 들지 않은 부분은 모두 삭제되었다. 건문제建文帝 시기 4년은 남김없이 모두 없앴다. 후인들이 이리저리 찾아낸 것은 수천 중에 한둘뿐이었다. 경제 때의 일은 『영종실록英宗實錄』에 덧붙여져 정치상의 법령은 오히려 참고할 만은 하지만 왜곡된 기록이 많다. 흥헌제興獻帝가 황제로 추존될 때도 『실록』을 편수했는데 어떻게 한 것인가. 그때 총재總裁 비문헌費文憲 등은 손을 댈 수 없어서 고심하다가 흥헌왕부의 승봉承奉과 장사長史 등이 편찬한 『실록』을 차용해 근거로 삼았고 나중에 책이 완성되자 모두 상을 받았다. 태감 장좌張佐의 무리가 분에 넘치게 대대로 금의위를 세습 받은 것은 비웃을 만도 하고 한탄할 만도 하다. 지금의 학사와 대부들 중에 비각秘閣에서 그 책을 빌려 기록하고 그 책을 한 번이라도 펼쳐 보려는 자가 있는가. 이것은 한 글자도 없는 것과 마찬가지다. 『승천대지承天大志』를 편수한 것 또한 그러하다. 다만 너무 늦게 편찬하기 시작했고 사림의 여러 공들은 각자 황상의 총애만을 바랐기 때문에, 의견이 분분해 결정하지 못했다. 그리고 책이 완성된 지 얼마 되지 않아서 세종께서는 승하하셨다. 결론적으로 보면 이 모두가 비정상적인 행동이었다.

원문 **實錄難據**

本朝無國史, 以列帝『實錄』爲史, 已屬紕漏. 乃『太祖錄』凡經三修, 當時開國功臣, 壯猷偉略, 稍不爲靖難歸伏諸公所喜者, 俱被刬削. 建文帝一朝四年, 蕩滅無遺. 後人搜括捃拾, 百千之一二耳. 景帝事雖附『英宗錄』中, 其政令尙可考見, 但曲筆爲多. 至於興獻帝以藩邸追崇, 亦修『實錄』, 何爲者哉. 其時總裁費文憲[389]等, 苦無措手, 至假借承奉[390]長史等所撰『實錄』爲張本, 後書成, 俱被醲賞. 至太監張佐輩, 濫受世錦衣, 可哂亦可歎矣. 今學士大夫有肯於祕閣中借錄其冊一展其書者乎. 止與無隻字同. 其修『承天大志』[391]亦然. 但開局太遲, 詞林諸公, 各具事希寵, 紛紛不定. 比成未幾, 則世宗已升遐矣. 總之, 皆不經之擧也.

---

389 費文憲 : 명나라 가정 연간에 내각수보를 지낸 비굉費宏을 말한다.

390 承奉 : 왕부승봉王府承奉의 줄임말로, 명나라 때 친왕부親王府에 설치했던 환관 기구 승봉사承奉司의 관리다. 승봉사에는 정6품의 승봉정承奉正과 종6품의 승봉부承奉副가 있었다. 왕부승봉은 주로 왕부의 인사행정과 처벌을 담당했다.

391 『承天大志』 : 명나라 가정 45년1566에 총 40권으로 완성된 지리서다. 세종이 제위에 오르기 전에 살았던 안륙安陸 지역의 사회·문화·생활을 기록한 책이다. 서계徐階, 원위袁煒, 엄눌嚴訥, 이춘방李春芳이 총재관을 맡고, 장거정이 부총재관을 맡았다. 세종의 뜻에 부합하도록 책을 만들었으므로, 책이 완성된 뒤 크게 상을 받았다.

번역 두 황조의 어질고 너그러움

세종 말년 엄격하고 깨끗한 정치로 일시에 바뀌니 미치광이고 어리석은 해충개海忠介 같은 자도 오히려 그것을 받아들일 수 있었다. 지략을 내어주고 사당을 공경해 지금의 황상에게까지 이르니 사대부들을 예우하고 과거의 일에 대해 응보해 법으로 다스리는 일이 결코 없다. 다만 처음의 정치의 영향이 여러 군자들에게 연장되어 미치니 모두가 권력을 내놓고 뜻에 따랐고 이후에도 모두 등용되지 않았다.

임강지부臨江知府 전약갱錢若賡만이 신문을 당해 법을 어긴 것으로 지나친 형벌을 받았는데, 이 역시 미미한 혹리酷吏의 죄를 중하게 다루고자 하는 데 뜻을 두었기 때문이다. 결국 그는 돈으로 속죄를 청해 지금까지 오래도록 버티고 있다. 중승中丞 이견라李見羅는 정사에 심하게 관여하다 7년간 하옥되었고 나중에 오랑캐를 따라갔다. 근래에 세금을 내지 않고 뜻을 거역하는 자이거나 혹은 죄수로 보내지는 자들은 오래 지나지 않아 모두 석방되었다. 시어侍御 조심락曺心洛은 동봉東封을 다투어서 옥살이를 한지 조금 오래된 차에 근래 국경을 수비하는 일로 황상의 뜻을 얻었는데, 출옥하는 날 수만의 북경사람들이 조심락을 얼싸안고 환호했고, 훌륭한 군주의 하늘 같은 넓은 도량을 칭송했다고 한다.

원문 兩朝仁厚

世宗末年, 一更嚴明之政, 如海忠介[392]狂戇尙能容之. 貽謀穆廟, 以迨今上, 禮遇士大夫, 絕無往年論報見法之事. 惟初政逮訊廷杖數君子, 皆出權相意, 後皆不次登用.

僅臨江錢知府若賡[393], 以濫刑被劾坐辟, 亦意在重懲酷吏. 終以輔臣請貸, 至今長繫. 李見羅[394]中丞, 以滇事下獄七年而從戍. 近年礦稅忤旨者, 或致逮繫, 非久卽釋. 惟曹心洛侍御學程, 以爭東封, 在獄稍久, 頃得旨編戍, 出獄之日, 京師擁曹歡呼者數萬人, 且頌聖主如天之量云.

---

392 海忠介 : 명나라의 관리이자 역사학자인 해서海瑞, 1514~1587를 말한다. 해서는 광동 경산瓊山 사람으로, 자는 여현汝賢이고, 호는 강봉剛峰이다. 가정 28년1549 거인擧人 출신으로, 복건남평교유福建南平教諭, 절강순안지현浙江淳安知縣, 강서흥국지현江西興國知縣, 임주판관任州判官, 호부주사, 병부주사, 상보승尙寶丞, 양경좌우통정兩京左右通政, 우첨도어사右僉都御史 등의 벼슬을 역임했다. 청렴결백하고 탐관오리를 매우 싫어해 해청천海青天으로 일컬어진다. 사후에 태자대보太子太保로 추증되었고, 시호는 충개忠介다.

393 錢知府若賡 : 만력 연간의 관리 전약갱錢若賡, 생졸년 미상을 말한다. 그의 자는 덕성德成이고, 절강 영파부寧波府 은현鄞縣 사람이다. 융경 5년1571 진사가 되어, 관직은 임강지부臨江知府에 이르렀다. 만력 연간 권세가에게 죄를 지어 37년간 하옥되었다. 그의 아들 전경충錢敬忠이 진사에 급제해서 상소를 올려 부친의 억울함을 호소하고서야 희종喜宗 때 석방되었다.

394 李見羅 : 이견라李見羅, 1529~1607는 명나라 중·후기의 관리다. 강서江西 풍성豊城 사람으로, 자는 맹성孟誠이고, 호는 견라見羅다. 가정 41년1562 진사가 되어, 형부주사刑部主事, 광동첨사廣東僉事, 운남안찰사雲南按察使, 우첨도어사右僉都御史 등의 벼슬을 지냈다. 운남안찰사로 있을 때 맹양孟養과 만막蠻莫 두 토사土司를 거두어 미얀마를 견제했다. 본래 추수익鄒守益에게서 치양지설致良知說을 배웠고, 이를 발전시켜 지수설止修說을 주장했다. 저서에 『대학약언大學約言』, 『이견라서李見羅書』, 『장취기將就紀』, 『관아당적고觀我堂摘稿』 등이 있다.

번역 주상께서 신하의 이름을 바꾸시다

세종 때 신하의 성명을 바꾸는 걸 좋아해서 상국相國 장총을 장부경으로 바꾸고, 중승中丞 원정길袁貞吉의 성씨를 충衷으로 바꾸었으며, 또 지휘첨사指揮僉事 금대명琴大鳴은 금대성琴大聲으로 바꾼 것이 이러하다. 목종 때에는 액현掖縣의 조환趙宦이 어사御史가 되어 지방을 도는데 내세운 이름이 별로 좋지 않아 황상께서 이름이 고상하지 못하다 여기시고 조환趙煥으로 바꾸셨다. 지금은 대사공大司空을 거쳐 부모님을 모시고자 고향으로 돌아갔다. 그의 아우인 조요趙耀도 어사를 배수 받고 나중에 중승中丞으로써 요동순무遼東巡撫가 되었는데, 역시 고향으로 돌아가 부모님을 모시고자 사직을 청했다. 그 부친의 이름은 조맹趙孟으로 명경관교수明經官教授이며 이부좌시랑吏部左侍郎에 봉해졌다. 두 아들 모두 대구경大九卿이 되어서 슬하에서 즐겁게 모시니 더 이상 이름을 바꾸지 않아도 된다고 했다.

○ 조장공趙長公이 지방을 돌다가 섬서순다陝西巡茶로 임기가 다 차서 아우가 그것을 이어 형제가 서로 계승했으니 또한 당시의 훌륭한 미담이 되었다. 지금 황상의 원년부터 일을 맡고 있다.

원문 主上改臣下名

世宗時, 喜改臣下姓名, 如改張相國璁爲孚敬, 改袁中丞貞吉姓爲衷,又改指揮僉事琴大鳴爲大聲是也. 穆宗朝, 掖縣趙宧[395]爲御史, 因巡方題差, 上見名不雅, 改爲煥, 今歷大司空以侍養歸. 弟名耀[396], 亦拜御史, 後以中丞撫遼左[397], 亦請告歸養. 其父名孟, 以明經官教授, 得封吏部左侍郎. 二子俱爲大九卿, 在膝下娛侍, 尤不易得云.

○ 趙長公巡方, 爲陝西巡茶任滿, 而乃弟代之, 兄弟交承, 亦一時佳話. 事在今上初元..

---

395 趙宧 : 명나라 만력 연간의 관리 조환趙煥, 1542~1619을 말한다. 그의 자는 문광文光이고, 호는 길정吉亭이며, 산동 액현掖縣 사람이다. 가정 44년1565 진사가 되어, 오정지현烏程知縣, 공부주사工部主事, 어사, 형부상서, 이부상서 등의 벼슬을 지냈다. 형인 조요趙耀와 함께 연로하신 부모님을 봉양하기 위해 사직하고 고향으로 돌아갔다. 다시 기용되었으나 신종의 뜻을 거슬러 병을 핑계로 사직하고 귀향했다. 파벌을 이루지는 않았지만 평소 동림당東林黨을 좋아하지 않았다.

396 耀 : 명나라 만력 연간의 관리 조요趙耀, 1539~1609를 말한다. 그의 자는 문명文明이고, 호는 견전見田이며, 액현 사람이다. 융경 5년1571 진사가 되어, 병부랑중兵部郎中, 산서안찰사山西按察使, 도찰원순무보정우첨도어사都察院巡撫保定右僉都御史, 도찰원좌부도어사都察院左副都御史, 병부상서 등의 벼슬을 지냈다.

397 遼左 : 요동遼東의 별칭.

번역 훌륭한 군주의 명명命名

지금 황상께서 계해癸亥년 8월 유왕부에서 태어났는데, 당시 세종께서 '두 마리의 용이 서로 보면 안 된다'는 설에 의혹을 품으셔서 유왕부에 경사스런 일이 있어도 일체 황상께는 아뢰지 않았다. 이 해 4월 서원西苑의 옥토끼가 자식을 낳았는데 7월에 흰 거북이 그를 기르는 길조가 있어 조정의 신하들이 모두 표를 올려 경하했다. 지금 황상까지도 그 달빛이 두루 미치니 감히 머리를 자르는 예를 행하길 청하지 못했다. 목종께서 즉위하시자 대신들이 태자를 세울 것을 청하니 황상께서 명을 내려 먼저 이름을 짓고 천천히 황태자 책봉을 의론하게 하셨고, 비로소 융경 원년 정월에 지금 황상의 이름을 하사하셨다. 관례에 따르면 이름을 짓는 것은 백일에 행해지는데, 이때 태자의 나이는 이미 5세였다. 지금까지 주씨朱氏 집안의 황손 가운데 이렇게 기한을 어긴 경우는 없었다. 그러나 이듬 해 바로 동궁의 주인이 되시고, 4년 뒤에 황위에 오르시어 억만 년 이어질 훌륭한 치세를 여셨으니 천고에 이런 적은 없었다.

원문 聖主命名

今上以癸亥八月生於裕邸. 時世宗惑於'二龍不相見'之說, 凡裕邸喜慶, 一切不得上聞. 是年四月西苑玉兎生子, 七月又有白龜卵育之瑞, 廷臣俱上表賀. 而今上彌月, 不敢請行翦髮禮. 至穆宗卽位, 大臣以立太子請, 上命先命名, 徐議冊立[398], 始以元年正月賜今御名. 故事命名在百日, 至是睿齡[399]已五歲矣. 從來朱邸皇孫, 未有愆期至此者. 然而次年卽主震方[400], 又四年龍飛[401], 開萬億年盛治, 千古未有也.

398 冊立 : 황태자나 황후를 조칙詔勅으로 봉하여 세움.
399 睿齡 : 황제나 태자의 나이.
400 震方 : 동쪽을 말한다. 여기서는 동궁, 즉 태자궁을 뜻하는 것으로 보인다.
401 龍飛 : 임금의 즉위.

번역 조정에서 관리를 만나 예물을 바치다

근래에 나라의 경비가 극도로 부족해서 전세田稅와 부세賦稅를 올리고 관세關稅까지 더 올렸으며, 재물로 죄를 대속할 자를 찾는 지경에 이르렀고 '돈을 주고 벼슬을 얻는 데 거리낌이 없다'는 설까지 있다. 무릇 벼슬을 돈으로 산다고 말해도 거리낌이 없는 이치로 여기니 진실로 귀를 막고 방울을 훔치는 격이다. 목종 무진戊辰년 지방관 감찰 때 섬서부사陝西副使 강자고姜子羔란 자가 다음과 같이 말씀을 올렸다. "입조하는 관리들은 각기 노잣돈과 선물로 주는 내탕금이 있으니, 마땅히 명을 내리시어 초과 징수된 세금을 바쳐 나라의 운영을 돕도록 하십시오. 또한 규정을 두어 제도로 정해서 포정사布政司는 삼백 냥, 안찰사按察司는 이백 냥, 원마시苑馬寺와 행태복시行太僕寺는 일백 냥, 운사부정運司府正은 이백 오십 냥, 운사부좌運司府佐는 일백 냥, 주현정관州縣正官은 이백 냥, 주현좌州縣佐는 오십 냥으로 해야 합니다." 이에 황상께서 "예물을 바치는 것은 정사의 격식이 아니고 나라의 운용 또한 이것을 기록해서는 안 되니 허락하지 말라" 하시고 입조하는 관원들이 입조의 명목으로 금전을 부담하지 않도록 금하셨다. 왕의 말씀은 참으로 지대해 해년마다 달마다 진헌하는 자들이 천지에 가득했다. 강자고가 얼마 지나지 않아 태복시太僕寺로 옮겨 미미하게 제지하는 것이 보이긴 하나 오히려 크게 화평한 기상이 있었다고 한다.

원문 朝覲官進獻

近以國用匱乏, 議加田賦, 加關稅, 以至搜索贖鍰, 且有'無礙官銀'之說. 夫旣曰官銀, 那有無礙之理, 眞掩耳盜鈴也. 當穆宗戊辰外計時, 陜西副使姜子羔[402]者上言, "朝覲官各有路費及饋遺私帑, 宜令進獻羨餘以佐國計. 且限爲定制, 布政司三百兩, 按察司二百兩, 苑馬[403]行太僕[404]一百兩, 運司府正二百五十兩, 府佐一百兩, 州縣正官二百兩, 州縣佐五十兩." 上曰, "進獻非事體, 且國用亦不藉此. 其勿許." 且幷禁入朝官員不得借覲名科派. 大哉王言, 與歲進月進者天壤矣. 姜未幾卽轉行太僕, 稍示裁抑, 猶有太平氣象云.

---

402 姜子羔 : 강자고姜子羔, 생졸년 미상는 명나라의 관리다. 그의 원래 이름은 강운홍姜雲鴻이고, 자는 대양對陽이며, 절강 여요餘姚 사람이다. 가정 32년1553 과거에서 전시를 보고 난 뒤 이름을 강운홍에서 강자고로 바꾸겠다고 요청해 「등과록登科錄」에 강자고로 기재되었다. 그 뒤 성도부추관成都府推官, 태양첨사兌陽僉事, 사천안찰사첨사四川按察司僉事, 섬서안찰사부사陜西按察司副使, 예부주사, 태복경太僕卿 등의 벼슬을 지냈다.

403 苑馬 : 명나라 때 군마의 사육을 담당한 기구인 병부 소속의 원마시苑馬寺를 말한다. 담당 직무는 행태복시行太僕寺와 동일하다. 영락 4년1406 북직례, 요동, 평량平涼, 감숙의 4곳에 원마시를 두었다. 영락 18년1420 북경의 원마시를 없애고 태복시로 편입시켰다. 원마시의 관리에는 종3품 원마시경苑馬寺卿 1명, 정4품 원마시소경苑馬寺少卿 1명, 정6품 원마시승苑馬寺丞, 종7품 원마시주부苑馬寺主簿 1명 등이 있었다. 원마시는 6감監 24원苑을 관할하며 각 원의 군마 사육을 감독했다.

404 行太僕 : 명나라 때의 관서인 행태복시行太僕寺를 말한다. 변방 요새의 군마 사육, 훈련, 사용, 구매 등에 대한 관리 업무를 담당하는 관서다. 홍무 30년1397 산서, 북평北平, 섬서, 감숙甘肅, 요동遼東 지역에 나누어 설치했으며, 영락 18년1420 북경으로 천도하면서 북평의 행태복시를 태복시로 삼았다. 행태복시에는 행태복시경行太僕寺卿, 행태복시소경行太僕寺少卿, 행태복시승行太僕寺丞 등의 관리가 있으며, 품계는 태복시와 동일했다.

번역 금상의 지극한 효성

금상께서 처음 등극하실 때 두 황태후궁에 존경의 예를 표하셨다. 적모嫡母 진황후陳皇后를 황상께서 인성황태후仁聖皇太后라 부르셨다. 생모인 황귀비皇貴妃 이씨李氏는 황상께서 자성황태후慈聖皇太后라 부르셨다. 매번 큰 경축일이 되면 번번이 두 글자를 더하셨다. 병인丙申년 인성황태후께서 돌아가시고 자성황태후께서 홀로 천하의 양생을 향유하시니 법전에 빈번하게 거론되셨다. 병오丙午년 봄 황태자 원손이 태어나시자 휘호를 더하시어 자성선문명숙정수단헌공희황태후慈聖宣文明肅貞壽端獻恭喜皇太后라 하셨는데, 겨우 62세의 수명을 누리셨다.

○ 본 왕조의 모후 중 친히 증손자를 볼 수 있었던 이는 효숙황후孝肅皇后 주씨周氏 한 분뿐인데, 지금 자성황태후의 복록이 이와 똑같다. 다만 효장황후孝莊皇后께서 먼저 돌아가시자, 당시 효숙황후께서 간특한 말에 미혹되어 훗날 영종과 함께 묻히지 못할까 봐 효장황후를 다른 곳으로 바꿔 안장하려했으나, 대신들이 강력히 간한 덕분에 그만두었다. 지금 자성황태후께서는 황태후의 자리에 있으면서도 인성황태후를 모시는데 가장 공손하시며, 세시에는 더욱이 정실正室과 부실副室의 예를 지키신다. 인성황태후께서 돌아가시니 슬피 그리워하며 예를 더욱 공경히 하시며 꼭 영예와 슬픔을 갖추어 누리시게 하셨다. 지금 황상의 효성 또한 천고에 없는 바, 백옥 같은 난간에서 모란꽃을 보며 바로 선제와 함께 꽃놀이 하시니 자연히 사람들이 그에 대한 믿음이 있게 되었다.

원문 **今上聖孝**

今上初登極, 尊禮兩宮. 嫡母[405]陳皇后, 上號仁聖皇太后[406]. 生母李皇貴妃, 上號慈聖皇太后[407]. 每遇大慶輒增二字. 至丙申年則仁聖上仙, 慈聖獨享天下之養, 慶典頻擧. 丙午之春, 以皇太子元孫誕生, 加上徽號. 曰慈聖宣文明肅貞壽端獻恭熹皇太后, 則聖壽僅六十有二.

○ 按本朝母后得親見曾孫者, 惟孝肅周后一人, 今慈聖福履正同. 但孝莊后[408]先崩, 時孝肅爲邪說所惑, 慮他日不得與英宗同穴, 欲改葬孝

405 嫡母 : 서자가 아버지의 정실부인에 대한 호칭.

406 仁聖皇太后 : 명 목종의 두 번째 황후인 효안황후孝安皇后, ?~1596 진씨陳氏를 말한다. 북직례 순천부 통주通州 사람으로, 금의위 부천호副千戶로 고강백固康伯에 봉해진 진경행陳景行의 딸이다. 가정 37년1558 유왕비 이씨가 세상을 떠나자 진씨가 유왕의 계비繼妃가 되었고, 유왕이 황위에 오르자 황후로 책봉되었다. 하지만 병이 많고 아들을 못 낳자 별궁으로 옮겨 거하게 되었다. 명 신종의 생모 이귀비가 원래 진황후의 궁녀였기 때문인지, 신종은 태자 시절부터 생모와 진황후에게 효도를 다했다. 신종이 황위에 오른 뒤 적모인 진황후를 인성황태후仁聖皇太后로 높여 부르고 자경궁慈慶宮에 거하게 했다. 만력 6년1578에는 인성의안황태후仁聖懿安皇太后, 만력 10년1582에는 인성의안강정황태후仁聖懿安康靜皇太后로 높였으며, 만력 24년1596 진황후가 세상을 떠나자 효안정의공순온혜좌천홍성황후孝安貞懿恭純溫惠佐天弘聖皇后라는 시호를 내리고 봉선전奉先殿 별실에 모셨다.

407 慈聖皇太后 : 명 신종의 생모인 효정황후孝定皇后, 1546~1614 이씨李氏를 말한다. 본명은 이채봉李彩鳳이고, 북직례北直隸 곽현漷縣 사람이다. 15세 때 유왕부裕王府에 궁녀로 들어가 유왕 주재후朱載垕의 눈에 들어 아들 주익균朱翊鈞을 낳은 뒤 측비側妃가 되었고, 유왕이 황위에 오른 뒤 귀비貴妃에 봉해졌다. 만력 원년1573 주익균이 황위에 오르면서 자성황태후라는 존호를 바쳤다. 만력 6년 존호를 자성선문황태후慈聖宣文皇太后로 바꿨고, 만력 10년에는 자성선문명숙황태후慈聖宣文明肅皇太后로 바꿨다. 그 뒤 만력 29년과 34년 또 존호를 바꿨고 만력 42년 세상을 떠난 뒤에 '효정정순흠인단숙필천조성황태후孝定貞純欽仁端肅弼天祚聖皇太后'라는 시호를 바쳤다. 숭선전崇先殿에서 따로 제사를 모셨다.

408 孝莊后 : 명나라 영종의 황후인 효장예황후孝莊睿皇后, 1426~1468 전씨錢氏를 말한다. 전황후錢皇后는 남직례南直隸 해주海州 사람으로 중부도독동지中府都督同知 전귀錢貴의 딸

莊於他所, 賴大臣力諍而止. 今慈聖在位, 事仁聖最恭, 歲時尙執嫡庶之禮. 仁聖上仙, 悲慕逾禮, 宜其備享榮哀. 今上聖孝又千古所無, 白玉欄觀牡丹, 正偕先帝游賞, 無意人間信有之矣.

이다. 정통 7년1442 태황태후太皇太后 장씨張氏의 눈에 들어 황후에 책봉되었으나 자녀를 낳지 못했다. 정통 14년1449 '토목보土木堡의 변'으로 영종이 북방으로 끌려간 뒤 대종代宗이 즉위하면서 태상황후太上皇后가 되었다. 영종이 북경으로 돌아와 남궁南宮에 유폐되자 서로를 돌보며 생활했다. 경태景泰 8년1457 영종이 복위에 성공하면서 다시 황후에 책봉되었다. 헌종이 즉위하면서 자의태후慈懿太后로 높혀졌다. 성화 4년1468 붕어했으며 시호는 '효장헌목홍혜현인공천흠성예황후孝莊獻穆弘惠顯仁恭天欽聖睿皇后'이고 영종의 유릉裕陵에 합장되었다.

번역 금상의 어서御書

금상께서는 유년시절부터 팔법八法에 공을 들이셨는데, 장강릉張江陵이나 신시행申時行 같은 여러 대신들에게 하사하신 저택의 편액을 보면 이미 지극히 크고 아름다웠고 그 후로 점차 신의 경지에 이르렀다. 어린 시절 일찍이 환관들이 손에 받든 책과 금부채를 보면 용과 봉황이 날아오르는 듯하여, 사람들이 놀라고 부러워했다. 뒤를 이어 또 상공 왕태창王太倉의 집에서 황제께서 비답批答을 내리신 여러 조서들을 모두 얻을 수 있었는데, 그 중에는 간혹 고친 것도 있으나 붓놀림의 오묘함은 안진경顏眞卿이나 유공권柳公權도 미칠 수 없는 부분이 있으니, 진실로 천부적인 재능이 많으시다 할 수 있다.

원문 今上御筆

今上自髫年卽工八法, 如賜江陵吳門諸公堂扁, 已極偉麗, 其後漸入神化. 幼時曾見中貴手中所捧御書金扇, 龍翔鳳翥, 令人驚羡. 嗣後又從太倉相公家, 盡得拜觀批答[409]諸詔旨, 其中亦間有改竄, 運筆之妙, 有顏[410]

409 批答 : 상소에 대한 임금의 대답.

410 顏 : 당나라의 대신이자 서예가인 안진경顏眞卿, 709~784을 말한다. 그의 자는 청신淸臣이고, 별호는 응방應方이다. 경조京兆 만년萬年 사람이다. 당 현종 개원 22년734 진사가 되어, 감찰어사, 전중시어사殿中侍御史, 헌부상서憲部尙書, 이부상서, 태자태사 등의 벼슬을 지냈다. 권신 양국충楊國忠의 미움을 사 평원태수平原太守로 좌천되었었기에 안평원顏平原이라고도 부른다. 나중에 노군공魯郡公에 봉해졌다. 시호는 문충文忠

柳[411]所不逮者, 眞可謂天縱多能矣.

이다. 서예에 뛰어났으며 특히 행서行書와 해서楷書를 잘 썼다. 유공권柳公權과 함께 '안유顔柳'로 병칭된다.

411 柳 : 당나라 중기의 관리이자 서예가인 유공권柳公權, 778~865을 말한다. 그의 자는 성현誠懸이고, 경조京兆 화원華原 사람이다. 원화元和 3년808 진사가 되어, 비서성교서랑秘書省校書郎, 사봉낭중司封郎中, 병부낭중兵部郎中, 홍문관학사弘文館學士, 간의대부諫議大夫, 중서사인中書舍人, 태자소사太子少師 등의 벼슬을 역임했다. 사후에 태자태사太子太師로 추증되었다. 그는 서예에 능했는데, 특히 해서에 조예가 깊었다. 안진경과 명성을 나란히 하여 '안유顔柳'로 병칭된다.

금상의 학문이 높고도 깊어 신하들이 결코 이를 수 없는 정도다. 예를 들면 무자戊子년 2월 화창한 봄날 비로소 강연講筵을 시작하자 황상께서 문화전文華殿에 납시셨고 강연이 끝나고 난 뒤 다시 내각 대신 신시행申時行 등에게 "당대唐代의 위징魏徵이 어떤 사람인가" 하고 전하여 일깨우셨다. 신하들이 위징은 강력하게 간언諫言할 수 있으니 역시 어진 신하라고 대답했다. 황상께서 반박하시며 "위징은 먼저 이밀李密을 섬기고, 다시 이건성李建成을 섬겼으며 나중에는 태종을 섬겼으니, 주군主君을 잊고 원수를 섬긴 것이라 절대 어진 자가 아니니다"라고 하셨다. 그 당시 내각 대신은 이윤伊尹이 탕왕과 걸왕에게 한 것을 예로 삼았는데 이것은 이미 그와 같은 부류가 아니고 또 태조 때 개국공신인 유기 등이 모두 원나라의 옛 신하였음을 인용했지만 그 사람을 기용할 수 있는 지 여부를 돌아보았을 뿐이다. 이 말은 특히 적합하지 않으니, 유기 무리는 중화의 문화로 이민족을 변화시킨 것이니 어찌 위징이 구석에서 시세時勢를 좇았던 것에 견줄 수 있겠는가. 황상께서 마침내 그 문제는 버려둔 채 묻지 않으시고, 또 성지를 전하여 "당 태종은 아버지를 위협하고 형을 죽였으니 가법家法이 바르지 않다"고 말씀하셨다. 내각 대신은 "윤리가 확실히 부족하고 집안에도 부끄러운 점이 많지만 간언諫言을 잘 받아들인 일만은 취할 만하다"고 답했다. 이 말은 다소 적합하다 여겨졌다. 황상의 뜻이 끝내 풀리지 않자, 『정관정요貞觀政要』를 그만두고 『예기禮記』를 강연하라 명하셨다. 내각 대신이 또 송대宋代의 유학자를 언급하며 "경서를 읽으면 그 뜻을 본받고 사서를 읽으면 그 자취를 본받으니 마땅히 『자치통감資治通鑑』과 『예경禮經』을 섞어 강연하게 해야 한다"고 말하니, 황상께서 이를 윤허하셨다. 이에 『상서尚書』를 먼저 강연하고 서서히 『자치통감』을 강연하기에 이르렀고, 『대학연의大學衍義』까지 강연하도록 명하셨다. 황상께서 경서經書와 사서史書의 선후를 정하는 권한은 마땅히 살펴야 하고 위징과 태종을 평론한 것에 있어서는 정말 천고의 위엄을 보여주었지만 대답해 내놓은 말들이 점점 심오함을 더할 수 없게 됨이 애석할 뿐이다.

『자치통감』은, 금상 원년元年 늦겨울 장거정이 집권하던 그해에 강론할 장章을 바칠 때 첫머리에 이 책만을 두니, 황상께서 목판에 새겨 인쇄해 펴내라고 명하셨다. 지금 내각 대신이 어찌 또 『자치통감』을 청한 것인가. 아마도 어람御覽을 거치지 않은 것 같다. 아마도 어쩌면 서적의 종류가 많고 방대해 충언이 끝나지 않은 것인가. 그러나 『정관정요』는, 또 황상께서 처음 강연 장소에 납시었을 때 재상이 황상을 모시고 이것을 강론하니 이에 싫어하셔서 그만두게 된 것인가 아니면 장거정이 바친 것이 결국 황상의 뜻을 살피지 않은 것인가? 그러나 『정관정요』 강연을 그만둔 뒤 다음해 4월부터 마침내 다시는 문화전文華殿에 납시지 않으시니, 섬세한 양탄자 깔린 크고 너른 전각이 먼지구덩이가 되도록 재상이 거듭 청해도 윤허하지 않으셨다. 그해 겨울에 대리시평사大理寺評事 낙우인雒于仁이 「주색재기사잠소酒色財氣四箴疏」를 올렸었다. 경인庚寅년 원단元旦에 소대召對한 뒤로 내각 대신들 또한 다시는 용안龍顔을 바라볼 수 없었다. 당 태종의 정관貞觀 연간의 치세도 말년에는 좀 못해졌으니, 아마 옛 사람도 지금 사람도 하나같이 한탄할 것이다.

원문 『貞觀政要』[412]

今上聖學[413]高邃, 遠非臣下所及. 如戊子二月, 以春和初啓講筵[414], 上御文華[415], 講畢, 復傳諭[416]閣臣申時行等, 曰"唐魏徵[417]爲何如人." 對以徵能强諫, 亦是賢臣. 上駁云, "徵先事李密[418], 再事建成[419], 後事太宗[420],

412 『貞觀政要』: 당 태종이 근신近臣들과 정치적인 문제를 논한 것을 현종玄宗 때 오긍吳兢이 항목을 분류해 엮은 책으로 10권으로 되어 있으며 치도治道의 요체를 말하고 있다.

413 聖學 : 성인이 가르치거나 닦아놓은 학문으로 특히 공자孔子의 학문인 유학儒學을 가리킨다.

414 講筵 : 임금 앞에서 경서를 강론하는 일.

415 文華 : 명 영락 18년1420에 세워진 문화전을 말한다.

416 傳諭 : 임금의 명령을 의정議政이나 유학에 정통한 선비에게 전해 알림.

417 魏徵 : 위징魏徵, 580~643은 당나라 초기의 공신이자 학자다. 위징의 자는 현성玄成이고, 시호는 문정文貞이다. 당대의 위군魏郡 내황內黃 사람으로 본적은 거록군鉅鹿郡 곡성曲城이다. 수隋나라 말 혼란기에 이밀李密의 군대에 참가했었지만 곧 당 고조高祖에게 귀순해 고조의 장자 이건성李建成의 측근이 되었다. 이세민李世民이 황태자였던 형 이건성과의 경쟁에서 이겨 황위에 오르는데 이건성의 측근으로 있던 위징의 인격에 끌려 그를 중용했다. 위징은 당 태종 당시 굽힐 줄 모르는 직간直諫을 하며 간의대부諫議大夫를 거쳐 재상宰相에까지 오른다. 주周·수隋·오대五代 등의 정사正史 편찬사업과 『유례類禮』, 『군서치요群書治要』 등의 편찬에도 큰 공헌을 했다.

418 李密 : 이밀李密, 582~618은 수隋나라 말기의 군웅이다. 그의 자는 현수玄邃이고, 수당隋唐 시기 경조京兆 장안長安 사람이며, 본적은 요동遼東 양평襄平이다. 문무를 겸비했으며 뜻이 웅대해 천하를 구하는 것이 자신의 임무라고 생각했다. 수 양제煬帝의 숙위

忘君事仇, 固非賢者." 其時閣臣以伊尹[421]就湯[422]就桀[423]爲比, 已非其倫,

宿衛로 있다가 병으로 사직하고 독서에 전념해 대학자에게 글을 배우기도 했다. 그 후 양소楊素에게 인정을 받아 양소의 아들 양현감楊玄感의 친구가 되었고, 양현감의 반란이 일어났을 때 주모자로 체포되었지만 탈주해 망명길에 올랐다. 여러 군웅을 찾아다니며 자신의 포부를 설명했지만 인정받지 못하다가 적양翟讓의 군에 투항했는데, 그 후 적양을 살해하고 그 집단을 장악해 이연李淵이 당나라를 세울 때 최대의 반란집단이 되었다. 낙양洛陽의 왕세충王世充을 공격했지만 실패했고, 당 고조 무덕武德 원년618 당나라에 항복해 광록경이 되었다. 그러나 대우에 불만을 품고 모반을 꾀하다가 37세 때 성언사盛言師에게 살해되었다.

419 建成 : 당 고조의 맏아들인 이건성李建成을 말한다.

420 太宗 : 당나라의 제2대 황제 이세민李世民, 599~649의 묘호다. 이세민의 부친은 이연李淵이고 모친은 두竇씨인데, 북방 민족의 피가 섞인 무인 집안 출신이다. 수 양제의 폭정으로 내란의 양상이 짙어지자 수나라 타도를 외치며 태원太原 방면의 군사령관이었던 부친을 설득해 거병한 뒤 장안長安을 점령하고 당나라를 건국했다. 형제들과의 왕위 쟁탈전을 치른 뒤 무덕武德 9년626 부친 이연의 양위를 받아 즉위했다. 재위기간은 626년부터 649년까지다. 수양제의 실패를 거울삼아 명신 위징魏徵 등의 의견을 받아들여 지극히 공정한 정치를 하려고 힘썼다. 그래서 그의 치세는 '정관貞觀의 치治'라고 칭송되며 후세 제왕들의 모범이 되었다.

421 伊尹 : 이윤伊尹, ?~B.C.1550 추정은 상商나라 초기의 정치가로, 이름이 이伊이고 윤尹은 우상右相에 해당하는 관직명이다. 유신씨有莘氏의 딸이 상의 탕湯에게 시집갈 때 노복으로 따라갔다가 탕왕의 인정을 받아 등용되었으며, B.C.1600년 경 탕왕을 도와 하夏나라의 걸왕桀王을 멸망시키고 상나라를 건국하는 데 큰 공을 세워 재상이 되었다. 탕왕이 죽은 뒤 외병外丙과 중임仲壬 두 왕을 보좌했다. 중임이 죽은 뒤 탕왕의 적장손인 태갑太甲이 왕위에 올랐지만 탕왕의 법을 따르지 않고 정사를 돌보지 않자, 이윤은 태갑을 동桐으로 쫓아냈다가 3년 뒤 그가 잘못을 뉘우치자 복위시켰다. 이윤은 태갑의 아들인 옥정沃丁의 재위기간에 세상을 떠나, 상나라의 초기 다섯 왕을 보좌했다.

422 湯 : 상商나라의 탕왕湯王을 가리킨다.

423 桀 : 걸桀, ?~약 B.C.1600은 하夏 왕조의 마지막 왕이다. 걸왕의 성은 하후씨夏后氏이며, 이름은 계癸 또는 이계履癸이고, 시호는 걸桀이다. 역사상 유명한 폭군으로 B.C.1652년부터 B.C.1600년까지 52년간 재위에 있었다. 문무를 겸비했지만 황음무도荒淫無道해 제후들과 백성들의 원성을 샀다. 상나라의 탕왕이 재상 이윤伊尹의 계획에 따라 군대를 일으켜 걸왕을 공격했다. 하나라 군대는 탕왕의 군대에 대패했고, 걸왕은 탕왕의 공격을 피해 도망가다가 죽었다.

又引太祖時佐命[424]劉基等皆元舊臣, 顧其人可用否耳. 此語尤爲失當, 劉基輩用夏變夷[425], 豈魏徵處角逐時可擬. 上遂置不問, 又傳聖諭云, "唐太宗脅父弑兄, 家法不正." 閣臣對曰, "倫理果虧, 閨門亦多慙德, 但納諫[426]一事可取耳." 此語稍爲得之. 上意終不釋, 命罷『貞觀政要』, 而講『禮記』[427]. 閣臣又言宋儒云, 讀經則師其意, 讀史則師其蹟, 宜令『通鑑』[428]與『禮經』[429]參講, 上允之. 乃命先講『尙書』[430], 徐及『通鑑』, 以至『大學衍義』[431]. 上之於經史, 後先權宜審矣, 至評論魏徵太宗, 眞千古

---

424 佐命 : 천명을 받고 임금이 될 사람을 도와 정권을 세우는 것 또는 그 일을 하는 사람을 말한다. 여기서는 개국공신을 의미하는 것으로 보인다.

425 用夏變夷 : 중국의 풍속과 문화로 이민족의 풍속을 변화시킨다는 뜻으로, 『맹자孟子 · 등문공상편滕文公上篇』에 나오는 말이다.

426 納諫 : 웃어른이나 임금이 아랫사람의 간언을 잘 받아들임.

427 『禮記』 : 유가儒家의 경전인 오경五經 중의 하나로 예법禮法에 대한 내용을 담고 있다. 예경禮經이라 하지 않고 『예기禮記』라고 하는 것은 예禮에 관한 경전을 보완하고 주석註釋했다는 뜻을 나타내고 있다. 『예기』의 성립에 관해서는 분명치 않지만, 전한前漢의 대성戴聖이 공자孔子와 그의 제자를 비롯해 한나라에 이르기까지 많은 사람들의 손을 거쳐 이루어진 『예기』 200편 중에서 내용을 골라내어 편찬한 것으로 알려졌다. 『예기』에 포함된 내용 중 「대학大學」과 「중용中庸」은 남송南宋의 주희朱熹가 사서四書에 포함시켰다.

428 『通鑑』 : 북송의 사마광이 저술한 총 294권의 편년체 역사서인 『자치통감資治通鑑』을 말한다. 주周 나라의 위열왕威烈王부터 후주後周의 세종에 이르기까지 113명의 왕과 1362년간의 역사적 사실을 기술했다. 이 책의 기술방식은 후세의 역사기록형태 가운데 편년체 서술의 전형이 되었다.

429 『禮經』 : 『예기禮記』를 말한다.

430 『尙書』 : 주요 유가儒家 경전의 하나로 중국 최초의 역사문헌 서적이다. 우虞, 하夏, 상商, 주周 시대의 역사적 내용들이 기록되어 있다. 이 책은 처음에는 '서書'라고 불렸는데, 유가사상의 지위가 높아지면서 한대漢代에는 소중한 경전이라는 뜻을 포함해 『상서尙書』라 했고, 송대宋代에는 『서경書經』이라 부르게 되었다. 지금은 『상서』와 『서경』 두 명칭이 혼용되고 있다.

431 『大學衍義』 : 사서四書의 하나인 『대학大學』의 깊은 뜻과 그 이치를 해설한 책으로,

斧鉞, 惜乎對颺諸語, 稍未能助高深耳.

○『通鑑』一書, 今上元年冬杪, 張居正當國, 將本年講章[432]進呈, 已首列此書, 上命鏤版[433]印行矣. 今閣臣何又以『通鑑』爲請. 似乎未經御覽[434]者. 意或卷帙浩汗[435], 啓沃[436]未竟耶. 然『貞觀政要』, 亦上初御講幄[437], 輔臣卽以勸講[438], 至是乃厭薄中輟, 或以張居正所進, 終未審[439]當聖意耶? 然自『政要』罷後, 次年四月遂不復御文華, 廣廈細旃[440], 迄成塵坌, 輔臣屢請不允. 其年冬, 卽有評事[441]雒于仁[442]「酒色財氣四箴之疏」.

남송南宋의 진덕수眞德秀가 소정紹定 2년1229 완성했으며 43권 12책으로 되어 있다. 이 책은 제왕위치지서帝王爲治之序, 제왕위학지본帝王爲學之本, 격물치지지요格物致知之要, 성의정심지요誠意正心之要, 수신지요修身之要, 제가지요齊家之要의 6편으로 나누어 각 편마다 옛 성현의 언행을 고증해 서술했다.

432 講章 : 임금 앞에서 강연講筵이나 강경시講經試를 행할 때 임금이나 시관試官이 지정해 준 경서經書 가운데의 한 장章, 또는 그 장에 있는 글의 전편全篇을 구두句讀하고 그 글의 뜻을 논하는 일.

433 鏤版 : 목판에 그림이나 글자 등을 새김.

434 御覽 : 임금이 보는 것을 높여 이르는 말.

435 浩汗 : 책의 양이나 권수가 한없이 많음을 나타내는 말.

436 啓沃 : 충성스런 말을 임금께 아룀.

437 講幄 : 천자나 태자가 경서 강연을 듣던 곳.

438 勸講 : 임금을 모시고 경전을 강의함.

439 審 : 사본寫本에는 '심審'을 '심深'으로 썼다寫本審作深. 【교주】

440 廣廈細旃 : 주거 조건이 훌륭함을 묘사한 말이다. 광하廣廈는 크고 너른 집을 말하고 세전細旃은 섬세하게 짠 양탄자를 말하는데, 좋은 양탄자를 깐 크고 너른 집은 훌륭한 주거 요건이다. 여기서는 황제에게 경전을 강론하던 궁중의 장소를 가리키는 것으로 보인다.

441 評事 : 대리시大理寺의 관원으로 감찰과 판결이 어려운 범죄사건에 관한 일을 담당했다. 평시評事는 수 양제 때 설치한 대리시 소속의 관리로 수나라 때는 정원 48명의 정구품正九品 관원이었다. 당나라와 송나라 때는 정원을 12명으로 줄였으며, 당나라 때는 품계가 종팔품하從八品下였고, 송나라 때는 정팔품正八品이 되었다. 금나라 때는 여진인女眞人 평사, 한인漢人 평사, 거란인契丹人 평사를 각각 두었다가 나중

庚寅[443]元旦召對以後，閣臣亦不得復望天顏矣．唐太宗貞觀[444]之治，季年亦少遜焉，蓋古今同一慨矣．

에 거란인 평사를 없앴다. 명대 초기에는 정원을 8명으로 두었다가 나중에 4명으로 줄였으며, 품계는 정칠품正七品이었다.

442 雒于仁 : 낙우인雒于仁, 생졸년 미상은 명나라 만력 연간의 관리다. 그의 자는 소경少涇이고, 섬서陝西 서안부西安府 경양현涇陽縣 사람이다. 만력 11년1583 진사가 되어, 비향지현肥鄕知縣, 청풍지현淸豊知縣을 거쳐 대리시평사大理寺評事를 지냈다. 만력 17년1589 12월 신종神宗의 몸이 좋지 않은 것은 주색재기酒色財氣에 빠져있기 때문이라 이를 삼가야 한다고 주장한 「주색재기사잠소酒色財氣四箴疏」를 올렸다가 신종의 노여움을 사 파면되었다. 몇 년 뒤 세상을 떠났고, 천계天啓 연간에 광록소경光錄少卿으로 추증되었다.

443 庚寅 : 만력 18년1590을 말한다.

444 貞觀 : 당唐나라의 제2대 황제인 태종 이세민 때의 연호로, 627년부터 649년까지 23년 동안 사용되었다.

번역 어린 황제의 일강日講

역대 제왕의 경연經筵은 매월 2일, 12일, 22일 모두 세 번 있는데, 일강日講은 기일에 구애되지 않는다. 모든 예절과 의식이 경연經筵에 대해서는 모두 간략해져 입직入直하는 내각內閣 대신과 한림원翰林院 강관講官 및 시서侍書 등의 관리만이 일을 맡았다. 그런데, 황상의 몸이 차츰 피로해져 경연에 납시지 않는 날이 많으면 당직 사신詞臣이 관례에 따라 강연할 문장을 올려 황상께서 보시게 할 뿐이다. 금상께서 제위에 갓 오르셨을 때 재상 장강릉張江陵 공의 건의로, 황상께서 매일 해가 처음 나올 때 문화전文華殿에 행차해 유학에 조예가 깊은 대신의 경서經書 강독을 듣고 잠시 쉬었다가 다시 강연에 납시어 사서史書를 읽으셨으며 점심을 드신 후에 궐로 돌아오셨다. 다만 매월 3일, 6일, 9일의 일상적인 조회朝會 날에는 잠시 일강을 행하지 않고 그 외에는 엄동설한이나 삼복더위에도 쉬지 않으셨다. 지난 십 년 동안 황상의 학문이 날로 새로워져 태평성대의 다스림을 쉽게 이루셨다. 옛날 영종께서 보위에 오르신 것도 나이가 어리실 때지만, 초기에 세 양공楊公들이 이처럼 아침저녁으로 가르침을 올렸다는 말이 들리지 않아, 마침내 왕진王振이 나라의 권력을 훔쳐서 종묘사직을 거의 위험에 빠뜨리게 되었다. 그러니 주상께서 어렸을 때 마음을 가다듬고 학문에 힘쓰시는 것은 정말 천고千古의 가치가 있다.

원문 沖聖日講

列聖經筵, 每月用初二十二廿二, 凡三日, 而日講則不拘期. 一切禮儀視經筵俱減殺[445], 僅侍班[446]閣部[447]大臣, 與詞林[448]講官, 及侍書[449]等官供事. 然聖體稍勞, 則不御之日居多, 値日詞臣依例進講章, 以備乙覽[450]而已. 今上初登大寶[451], 江陵相建議, 上每日於日初出時駕幸文華, 聽儒臣講讀經書, 少憩片時, 復御講筵, 再讀史書, 至午膳而後還大內. 惟每月三六九常朝[452]之日始暫免, 此外卽隆冬盛暑無間焉. 以故十年之中, 聖學日新, 坐致太平之治. 昔英宗御極[453]亦在幼沖, 初不聞三楊[454]諸公有此朝夕納誨[455]. 遂使王振[456]得盜國柄, 幾危宗社. 則主上早歲勵精, 眞

---

445 減殺 : 경감하다. 줄이다.

446 侍班 : 입직入直하다, 즉 당직 근무하다. 구체적으로 신하들이 교대로 궁 안이나 행재소行在所에 머물면서 제왕을 시중들고 제왕의 일상생활을 기록하거나 다른 사무를 처리하는 것을 말한다.

447 閣部 : 명대와 청대 내각內閣과 내각대신內閣大臣의 별칭.

448 詞林 : 한림翰林 또는 한림원翰林院의 별칭. 명나라 홍무 연간에 한림원을 세우고 현판에 '사림詞林'이라 쓴 데서 유래한다.

449 侍書 : 제왕을 섬기고 문서를 관리하는 관원으로, 한림원 소속이다.

450 乙覽 : 임금이 문서를 읽는 것.

451 大寶 : 제위. 임금의 자리.

452 常朝 : 상례常例로 되어 있는 일상적인 조회朝會.

453 御極 : 임금의 자리에 오름.

454 三楊 : 명초의 대신인 양영楊榮, 양사기楊士奇, 양부楊溥의 세 양씨楊氏를 말한다.

455 納誨 : 간언諫言을 아뢺.

456 王振 : 왕진王振, ?~1449은 명나라 초기의 환관으로, 울주蔚州 사람이다. 거인擧人 출신으로 경서에 능통했지만 진사에 합격하기는 어렵다고 판단해 스스로 거세하고 환관이 되었다. 사람의 뜻을 잘 헤아려, 입궁 후 선종의 총애를 받아서 동궁국낭東宮局郎이 되어 훗날 영종이 되는 태자 주기진朱祁鎭 모셨다. 선덕 10년1435 영종이 즉위한 뒤 왕진은 사례감 장인태감으로 승진했고, 영종의 총애를 믿고 관료들과 결탁해 전횡을 일삼았다. 정통 14년1449 몽고의 오이라트 부족이 침입했을 때 영종은 왕진

可雋千古矣.

의 권유로 친정親征에 나섰다가 결국 토목보土木堡에서 패해 포로가 되었고, 왕진도 전란 중에 죽었다.

번역 금상의 풍보馮保에 대한 태도

황상께서 처음에 자녕궁慈寧宮의 자성황태후慈聖皇太后와 재상 장강릉張江陵 때문에 환관 풍보馮保를 후대했지만 엄한 단속을 견디지 못해 여러 차례 그를 힐난했다. 하루는 황상께서 일강에 납시었다가 일강을 마친 후 큰 글씨를 써서 보필하는 신하들에게 하사하셨다. 환관 풍보가 곁에서 시중을 드는데 약간 비스듬히 서 있자, 황상께서 얼른 큰 붓에 먹물을 듬뿍 묻혀 그가 입은 붉은 옷에 던지니 거의 흥건하게 젖었다. 풍보는 깜짝 놀라 뒤로 물러나 피했고 장강릉 또한 대경실색하며 어쩔 줄 몰라 했다. 황상께서는 천천히 쓰기를 끝내시고 일어나 궁으로 돌아가셨는데, 이때는 무인戊寅년과 기묘己卯년 사이의 일이다. 옛 재상 신오문申吳門이 이미 강연을 끝내고 내각에 들어갔는데 이날 마침 황상께서 하사하신 큰 글씨를 받았다고, 그의 맏아들 직방職方 신용무申用懋가 나에게 말했다. 이때 황상은 마음속으로 이미 이보국李輔國과 어조은魚朝恩처럼 제거하려는 생각을 하고 있었는데, 풍보는 여전히 황상을 어린 황제로 여기며 전혀 깨닫지 못했다. 그 뒤 계사癸巳 년에 왕태창王太倉이 수규首揆가 되고 난계蘭谿와 신건新建이 차규次揆가 되어 황상께서 쓰신 큰 글씨를 얻기를 청했는데, 이후로는 다시 하사하지 않으셨다.

원문 今上待馮保

上初以慈寧[457]及江陵故, 待馮璫[458]厚, 而不堪其鈐束, 屢有以折之. 一日上御日講畢, 書大字賜輔臣等, 馮璫侍側, 立稍傾欹, 上遽以巨筆濡墨瀋過飽, 擲其所衣大紅衫上, 淋漓幾滿. 馮璫震懼辟易, 江陵亦變色失措. 上徐書畢, 起還內, 時戊寅己卯[459]間事. 故相申吳門[460]已從講筵入閣, 是日正得上所賜大字, 其長公職方[461]爲予言. 此時上意已作李輔國[462]魚朝

457 慈寧 : 명 신종의 생모 자성황태후慈聖皇太后 이씨李氏를 말한다. 자녕慈寧은 북경 고궁 안의 자녕궁慈寧宮을 말하며, 전대의 황귀비皇貴妃가 거처하던 곳이다. 자녕궁은 명 가정 15년1536에 처음 지어졌으며, 만력 연간에는 목종의 황귀비였던 자성황태후가 기거했다.

458 馮璫 : 명 목종과 신종 때의 유명한 태감 풍보馮保, 생졸년 미상를 말한다. 풍보의 자는 영형永亨이고, 호는 쌍림雙林이며, 진정부眞定府 심주深州 사람이다. 풍보는 가정 연간에 입궁해, 융경 원년1567 동창東廠을 주관하고 어마감御馬監을 관장했다. 목종이 죽고 신종이 즉위하자 풍보는 장거정과 결탁해 평소 사이가 좋지 않던 당시의 내각수보 고공을 몰아내고 권력을 손에 잡았다. 신종은 풍보가 자성황태후 이씨를 도와 어린 나이에 황제가 된 자신을 엄하게 교육하고 구속했기 때문에 풍보를 좋아하지 않았다. 만력 10년1582 장거정이 죽은 뒤 얼마 뒤 풍보는 탄핵을 받아 남경으로 쫓겨나고 가산이 몰수되었다. ◉ 당璫은 환관을 말한다. '당'은 원래 옥으로 된 장식물인데, 한漢나라 때 환관의 모자 위에 주로 사용되어 후대에 환관을 가리키는 말로 사용되었다.

459 戊寅己卯 : 만력 연간의 무인戊寅년은 만력 6년1578이고 기묘己卯년은 만력 7년1579다.

460 申吳門 : 명대 만력 연간 내각수보를 지낸 신시행申時行을 말한다.

461 長公職方 : 신시행의 장자長子 신용무申用懋, 1560~1638를 말한다. 장공長公은 맏아들을 높여 부르는 말이고, 직방職方은 병부직방랑중兵部職方郎中의 약칭이다. 신용무의 자는 경중敬中이고, 호는 원저元渚이며, 남직례南直隸 장주長洲 사람이다. 만력 11년1583 진사가 되어, 형부주사, 병부직방랑중兵部職方郎中, 태복소경太僕少卿, 우첨도어사右僉都御史, 병부상서 등의 벼슬을 지냈다. 사후에 태자태보太子太保로 추증되었다.

462 李輔國 : 이보국李輔國, 705~763은 당나라 중기의 환관이자 권신權臣이다. 그의 본명은 정충靜忠이고, 박륙군博陸郡 사람으로 용모가 아주 추했다. 당 현종 때 입궁해 처음에는 고력사高力士를 섬기다가 나중에 태자 이형李亨을 모셨다. '안사安史의 난'을 겪

恩[463]之想, 而馮璫尙以少主視之, 了不悟也. 後惟癸巳[464]年王太倉爲首揆[465], 蘭谿[466]新建[467]爲次, 因自請得御筆大字, 是後遂不復賜.

은 뒤 태자 이형이 숙종肅宗으로 황위에 오르면서, 이보국은 '호국護國'이라는 이름을 하사받았다가 다시 '보국輔國'이라는 이름을 하사받았다. 또한 원수부元帥府 행군사마行軍司馬로 발탁되어 병권을 장악하기 시작했고, 지덕至德 2년757에는 성국공郕國公에 봉해졌다. 숙종 재위 당시 이보국은 황제의 무한한 총애를 입어 권력을 장악하며 환관 출신 재상까지 되려는 야망을 품었다. 대종代宗을 옹립해 황위에 올린 공으로 상부尙父라는 칭호를 얻고 사공司空 겸 중서령中書令에 제수되었으며 박륙군왕博陸郡王에 봉해졌다. 하지만 이보국의 전횡이 날로 심해지자, 대종은 자객을 보내 이보국을 살해했다. 사후에 태부太傅로 추증되었고, 시호는 추醜다.

463 魚朝恩 : 어조은魚朝恩, 722~770은 당나라 중기의 환관이다. 그는 노주瀘州 노천瀘川 사람이다. 당 현종 천보天寶 말년에 환관으로 입궁했다. '안사의 난'이 발생했을 때 당 현종을 모시고 도망했고, 당 숙종의 총애와 신임을 받아 삼궁검책사三宮檢責使, 좌감문위장군左監門衛將軍, 관군용선위처치사觀軍容宣慰處置使 등을 지냈고, 내시성內侍省을 주관했으며 신책군神策軍을 통솔했다. 대종代宗 영태永泰 연간에 정국공鄭國公에 봉해졌다. 어조은이 정사에 심하게 관여하고 뇌물을 탐하며 남의 재물을 강탈하는 등 전횡을 일삼자, 대력大力 5년770 대종이 재상 원재元載와 모의해 한식절寒食節 연회에 그를 부른 뒤 죽였다.

464 癸巳 : 만력 21년1593을 말한다.

465 首揆 : 명대에는 내각에 많게는 6, 7명, 적게는 3, 4명의 내각대학사를 두었다. 그중에서 내각의 수반首班을 수보首輔 또는 수규首揆라 하고, 나머지 내각대학사들을 차규次揆라 했다.

466 蘭谿 : 명 만력 연간 내각수보를 지낸 조지고趙志皐, 1524~1601를 말한다. 조지고의 자는 여매汝邁이고 호는 곡양瀔陽이며 절강浙江 금화부金華府 난계蘭谿 사람이다. 융경 2년1568 진사가 되어 편수編修, 시독侍讀, 남경태복승南京太僕丞, 국자감좨주國子監祭酒, 이부좌시랑吏部左侍郎, 예부상서 겸 동각대학사, 내각수보 등을 역임했다. 만력 19년1591 내각수보였던 신시행이 물러나며 천거해 장위張位와 함께 내각에 들어가게 되었고, 다음해 수보 왕가병이 파면되면서 조지고가 잠시 수보의 자리를 맡았다. 그러나 만력 21년1593 왕석작이 조정으로 돌아와 내각수보를 맡으면서, 조지고는 차규次揆가 되었다. 다음해 왕석작이 사직하면서 다시 내각수보가 되었다. 만력 25년1597 병으로 사직하고 귀향했다. 사후에 태부太傅로 추증되었고, 시호는 문의文懿다.

467 新建 : 만력 연간의 내각 대신 장위張位, 1538~1605를 말한다. 장위의 자는 명성明成이

번역 임인壬寅 년의 불행

세종께서는 중기에 재계齋戒하는 거처에서 정양靜養하시며 조회에 납시지 않은 지 이미 오래되셨다. 임인년壬寅年 겨울 10월 달에 궁녀들의 변란이 발생해 황상께서 이미 위험한 지경에 이르셨다가 한밤중이 되어서야 비로소 말씀을 하실 수 있었다. 의관醫官이 어혈을 제거하는 약을 써서야 차츰 소생하셨고, 며칠이 지나서야 비로소 예전처럼 회복할 수 있었다. 이때부터 옥체가 날로 강건해지시어 그 뒤 25년째 되는 병인년丙寅年에야 황상께서 비로소 승하하셨으니, 정말 유사이래의 기이한 일인데도 서책에는 보이지 않는다. 금상께서 황위에 오르신 지 30년이 되는 임인년壬寅年 2월에 황상께서 며칠 몸이 불편하셨는데, 16일 기묘일己卯日에 이르러 마침내 위독해지셨다. 황상께서 급히 재상과 고위 대신들을 부르셨는데, 계상궁啓祥宮에 들이신 것은 이때 내각에서는 심일관沈一貫 한 사람뿐이었다. 그가 도착하니 황후와 정귀비鄭貴妃는 모두 피해 시중들고 있지 않았는데, 황상께서 태자와 여러 왕들에게 꿇어 앉아 들으라 명하시고는 심일관을 가까이 불러 유지諭旨를 맡기며

고 호는 홍양洪陽이며 강서江西 남창南昌 신건新建 사람이다. 융경 2년1568 진사가 되어 서길사, 한림원편수, 남경상보승南京尙寶丞, 국자감좨주國子監祭酒, 이부좌시랑 겸 동각대학사, 예부상서, 문연각대학사, 이부상서 등을 지냈다. 만력 19년1591 내각수보였던 신시행의 천거로 조지고趙志皐와 함께 내각에 들어가게 되었다. 만력 26년1598 탄핵을 당해 정직 처분을 받았고, 그 후 요서妖書『우위횡의憂危竑議』사건의 주모자라고 고발당해 삭탈관직을 당하고 평민이 되었다. 사후에 희종喜宗 천계天啓 원년1621 복관復官되고 태보太保로 추증되었으며, 문장文莊이라는 시호를 받았다.

"짐은 재위한 지 이미 오래되어 여한이 없소. 훌륭한 아들과 훌륭한 며느리를 지금 선생께 부탁하니, 좋은 황제가 되도록 그를 보좌하고 학문을 닦고 정무에 힘쓰도록 격려해 주시오. 또 명을 내려 지금까지의 광세鑛稅를 모두 중지하고 터무니없는 정벌을 그만두며 금의위와 형부의 죄수를 풀어주고 간언諫言으로 죄를 얻은 신하들의 벼슬을 회복시키고 기용하시오. 이후의 일은 신하들에게 맡기고 가야겠소"라고 말씀하셨다. 아마도 이것이 바로 옥궤玉几에서 남기신 황상의 유명遺命이었던 것 같다. 이경二更에 이르면서 황상께서 차츰 소생하시어 다음 날인 경진庚辰일에는 성채가 갑자기 편안해지셨고 침수와 수라도 예전 상태를 회복하셨다. 위태로웠던 기간은 겨우 하루가 안 될 뿐이다. 이때 동궁께서는 혼인한 지 갓 3일이 되었을 때였는데, 훌륭한 아들과 훌륭한 며느리라고 말씀하셨었고, 이것은 당 태종이 유명을 남길 때의 이야기와 유사하다. 이때 내정內廷을 내버려두고 정사를 돌보지 않은 것이 또한 10년이 되었다. 금상의 신명한 결단이 황조皇朝에게 법도를 움직여 재앙을 당한 해 또한 임인년으로 꼭 60년이다. 어찌 하늘의 자애로움이 동일하게 경고를 나타내신 것이 아니겠는가! 황상께서 반포하신 유지는 곧바로 회수되었고, 비록 온 세상에 어명이 취소되었다는 의심은 있지만 또 3년이 지난 을사년乙巳年 겨울에 세무稅務를 병합하고 담당 관원이 광갱鑛坑을 봉쇄하고 파견했던 환관들을 철수하며 남은 것을 수재水災와 화재火災에 내놓아 성덕聖德이 멀리까지 퍼지니 다 같이 황상의 장수를 축원했다. 이를 세종께서 25년을 더 다스리신 것과 비교하면

행하신 것이 열배 백배는 된다.

원문 壬寅[468]歲厄

世宗中年, 靜攝齋居, 不御朝已久. 至壬寅冬十月, 而有宮婢之變, 主上已瀕危, 至丙夜[469]始能言. 醫官用去血[470]劑稍甦, 猶數日始能復故. 從此聖體[471]愈康, 又二十五年丙寅[472], 而龍馭[473]始上升[474]. 眞古來奇事, 載籍所未覩. 今上御極之三十年, 壬寅[475]二月, 上不豫數日, 至十六日己卯, 遂大漸[476]. 上急召輔臣及部院大臣[477], 入至啓祥宮, 時內閣止沈一貫[478]一人耳. 至則中宮[479]及鄭貴妃俱避不侍, 上命太子及諸王跪聽, 上呼沈

---

468 壬寅 : 가정 21년1542을 말한다.

469 丙夜 : 하룻밤을 다섯으로 나눈 셋째 부분部分. 대개 밤 11시부터 1시 사이.

470 去血 : 어혈瘀血을 제거하다.

471 聖體 : 성궁聖躬. 임금의 몸을 높여 부르는 말.

472 又二十五年丙寅 : 가정 21년에서 25년째 되는 가정 46년1566 병인년丙寅年을 말한다.

473 龍馭 : 천자, 황제. 원래는 천자가 타는 수레인데, 천자를 가리키는 말로도 사용된다.

474 上升 : '죽다'의 완곡한 다른 표현.

475 壬寅 : 만력 30년1602을 말한다.

476 大漸 : 임금의 병세가 아주 위독함.

477 部院大臣 : 명대 중앙 육부六部와 도찰원의 주요 대신들, 즉 대학사, 상서尙書, 좌도어사左都御史, 내각학사內閣學士, 시랑侍郞, 좌부도어사左副都御史의 통칭이다.

478 沈一貫 : 심일관沈一貫, 1531~1615은 명나라 만력 연간에 내각수보를 지낸 대신이다. 그의 자는 견오肩吾이고, 호는 용강龍江이며, 시호는 문공文恭이다. 절강浙江 은현鄞縣 사람이다. 융경 2년1568 진사가 되어 서길사, 한림원편수, 이부좌시랑, 시독학사, 남경예부상서, 예부상서, 동각대학사, 호부상서, 무영전대학사, 이부상서 등을 거쳐 내각수보에까지 이르렀다. 서길사로 있을 때 『명세종실록』과 『명목종실록明穆宗實錄』 편찬에 참여했고, 황태자 책봉에 관해 장자인 주상락朱常洛을 적극 지지했다. 만력 43년1615 세상을 떠났으며, 태부太傅로 추증되었다.

479 宮 : 중화서국본 『만력야획편』에는 '관官'으로 되어 있는데, 상해고적본 『만력야

近前聽諭云, "朕享國已久, 亦無所憾, 佳兒佳婦, 今以付先生, 輔之爲好皇帝, 勸其講學勤政. 且命向來礦稅[480]悉罷, 幷諸無稽之征停止, 釋詔獄[481]及法司[482]繫囚, 還職起用建言得罪諸臣, 此後遂當舍諸臣而去矣." 按此卽玉几末命[483]. 比及二更, 而上稍甦, 至次日庚辰, 則聖躬[484]頓安, 寢膳復舊. 蓋垂殆者僅一晝半夜耳. 時東宮[485]成婚甫三日, 故有佳兒佳婦之語, 如唐太宗故事[486]. 是時垂拱[487]內廷[488], 不視朝[489]者亦十年矣. 今上神明威斷, 動法皇祖, 而罹災[490]之歲, 亦屬壬寅, 恰恰六十年. 豈非上天

획편』과 『명신종실록明神宗實錄』 권368에 근거해 수정했다. 【역자 교주】

480 礦稅 : 광업세鑛業稅의 일종. 원래는 명대 초기부터 일부 유색有色 금속에 대해 징수하던 특별세다. 하지만 여기서 말하는 광세鑛稅는 명 만력 연간에 행해진 광물 채굴과 징세 두 가지를 합쳐 부르는 말로, 만력 24년1596 궁중의 수입을 늘리기 위해 태감을 파견해 광석을 채굴하고 징세하면서 시작되었다.

481 詔獄 : 황제가 직접 신문하고 죄를 결정할 죄인을 가두는 감옥으로 여기서는 금의위錦衣衛의 옥을 말한다.

482 法司 : 사법司法과 형옥刑獄을 관장하는 관서.

483 玉几末命 : 옥궤玉几는 옥으로 장식한 안석案席이고, 말명末命은 제왕이 임종할 때 남기는 유언을 말한다. 『서경書經 · 고명편顧命篇』에 나오는 주周의 성왕成王이 붕어崩御하기 직전에 신하들을 모아놓고 옥궤玉几에 기대어 유명遺命을 남겼다는 이야기에서 비롯한 말로 보인다.

484 聖躬 : 임금의 몸을 높여 부르는 말.

485 東宮 : 황태자. 여기서는 명 신종의 장자로 만력 29년1601 황태자에 책봉된 주상락朱常洛을 말한다.

486 唐太宗故事 : 『자치통감資治通鑑』 권卷199에 "선제께서 붕어하실 때 폐하의 손을 잡으시고 신에게 '짐의 훌륭한 아들과 훌륭한 며느리를 이제 경卿에게 부탁하오'라고 말씀하셨다先帝臨崩, 執陛下手謂臣曰, 朕佳兒佳婦, 今以付卿"는 기록이 있는데, 신종이 임종시에 태자 부부를 '가아가부佳兒佳婦'라고 한 상황과 비슷하다.

487 垂拱 : 원뜻은 '옷소매를 늘어뜨리고 팔짱을 낀다'는 것으로, 아무 일도 하지 않고 남이 하는 대로 내버려두는 것을 말한다.

488 內廷 : 천자나 제후가 정사를 처리하고 휴식을 취하던 곳.

489 視朝 : 조정에 나아가 정사를 돌봄.

仁愛, 同一示警哉! 上所頒聖諭, 旋卽取回, 雖普天有反汗[491]之疑, 又三年爲乙巳[492]冬, 命稅務[493]歸併, 有司封閉礦洞[494], 撤回內臣, 出孑遺[495]於水火, 聖德遠被, 共祝聖壽[496]. 較之世宗再御二十五年, 行且什佰倍之矣.

490 罹災 : 재해를 입거나 재앙을 당함.

491 反汗 : 흐르는 땀을 몸속으로 되돌린다는 뜻으로, 앞서 내린 명령을 취소하거나 고침을 말한다.

492 乙巳 : 만력 33년1605를 말한다.

493 稅務 : 세금을 매기고 거두어들이는 것에 대한 사무.

494 礦洞 : 광물을 캐기 위해 파 들어간 굴.

495 孑遺 : 약간 남은 것.

496 聖壽 : 황제의 나이 또는 수명을 높여 이르는 말.

번역 임인년에 황상의 장수를 축하하다

임인년에 황상의 춘추는 갓 만 40이 되었고 황위에 오르신 지는 이미 30년이 되었다. 가을 8월 황상의 탄신일誕辰日을 맞이해 궁 안의 근신近臣들이 특별하고 효과적인 장수長壽 축원의 말로 용안이 열리게 할 방법을 생각했는데 이에 황상의 탄생과 재위기간을 합해 70년이 되므로 남산南山의 술잔을 바쳤다. 크고 작은 환관의 기구에서 경쟁하듯 사치하고 낭비하며 그 힘을 다해 황상께 바칠 것을 준비했다. 이때 광세鑛稅가 겨우 폐지되었다가 곧 다시 행해지자 광물 채굴과 세금 징수 관원들은 걱정과 기쁨이 함께하는 가운데 이 소식을 듣고는 남다르고 알려지지 않은 보물을 다투어 거래하면서 '효성스러운 돈과 곡식'이라는 이름으로 금과 비단의 전송을 충당했고 좌장左藏에서 그것을 채웠다. 황상께서 과연 크게 기뻐하셨고, 이후 건덕전乾德殿, 수황전壽皇殿, 소남小南 안의 여러 공장工匠과 용봉선정龍鳳船亭을 주조하는 무리들에게는 모두 청하는 대로 내려주었다. 그리고 징세徵稅가 거침없이 행해져 더욱 그만두기를 간할 수 없게 되었다. 하지만 궁궐 안에 행해지는 것은 오직 엄윤閹尹과 궁녀들이 함께 아첨하는 말을 올릴 뿐이라 조정에 보고되지 않았다. 그러므로 간관諫官들 중에 감히 이 일을 공개적으로 쟁론하는 이가 없었다. 오래 산다는 말은 본래 성군聖君이 듣기 좋아하는 말인데다, 하물며 봄 동안 상서로움을 일깨워서 신하들을 불러 놀란 가슴을 겨우 진정하신 것이었다. 이 거동은 비록 이치에 맞지 않는 듯하나, 또한 옛말에는 이것이 악한 마음은 아니라고 했다.

원문 壬寅上壽

壬寅之歲, 上聖齡甫滿四旬, 而御極已三十年. 至秋八月, 値上萬壽聖節[497], 內廷暬御輩, 思別效嵩祝[498], 以博天顏一啓者, 乃以上誕生及在宥[499], 合之爲七十歲, 上南山之觴. 大小監局, 競奢鬭侈, 罄其力以備進奉. 時礦稅甫罷而旋興, 諸採榷使[500], 方憂喜交倂間, 得此消息, 爭市瑰異未名之寶, 名孝順錢糧, 充金帛之賸, 左藏[501]爲之充牣. 聖情果大怡, 嗣後乾德壽皇[502]小南內諸工, 及造龍鳳船亭之屬, 一切惟羣下所請. 而榷稅縱橫, 愈不可諫止矣. 然但行之禁掖[503], 惟閹尹[504]宮娃輩共獻諛詞而已, 不以聞之大廷[505]. 故諫官無敢以其事顯諍者. 蓋長生久視[506], 固聖

497 萬壽聖節 : 황제의 생일을 높여 부르는 말.

498 嵩祝 : 다른 사람의 수명이 숭산嵩山에 비견될 정도로 길기를 축원하는 축사.

499 在宥 : 제왕의 '인정仁政'이나 '덕화德化'를 찬미하는 말. 『장자莊子 · 재유在宥』의 "천하를 편안하게 두어야 한다는 말은 들었어도, 천하를 다스려야 한다는 말은 듣지 못했다聞在宥天下, 不聞治天下也"는 어구에서 나온 말로, '재유'는 사물을 구속하지 않고 자연에 맡겨두어 인위적인 조작을 하지 않아도 저절로 변해 잘 이루어지는 것을 말한다. 제왕의 정치를 찬미하는 말로 많이 사용된다.

500 採榷使 : 명 만력 연간 광석 채굴과 세금 징수를 맡은 관리로 주로 환관이 맡았다.

501 左藏 : 국고國庫의 하나로 왼쪽에 있는 것이라서 좌장左藏이라고 했다.

502 壽皇 : 수황전壽皇殿을 말한다. 수황전은 지금의 경산공원景山公園에 위치하며, 명 만력 30년1602에 지어졌다. 규모는 크지 않아 전각 세 칸으로 구성되어 있으며 황제가 여행 가던 곳이다.

503 禁掖 : 대궐 안.

504 閹尹 : 환관의 우두머리.

505 大廷 : 조정.

主所樂聞, 況春間啓祥, 召臣下, 驚魂甫定. 此擧雖似不經, 亦古所謂此非惡心也.

506 長生久視 : 오래도록 삶, 즉 장수함을 말한다.

번역 백 년 동안의 4대 황제

송대宋代의 소강절邵康節이 현 왕조의 건륭建隆 연간에 천명을 받은 이후로 백 년 동안 겨우 네 세대에 그쳤다고 말한 것은 근래에 보이지 않는 일이라고 자랑스럽게 여겨 한 말이다. 태평성대가 오래 지속된 것은 이전에는 말할 필요가 없다. 세종께서 신사년辛巳年에 입조入朝해 황위를 계승하시고 46년 동안 재위에 계셨고, 중간에 목종의 융경 연간을 거쳐 금상께서 임신년壬申年에 등극하셨는데 금년은 기미년己未年이니 마침 이미 99년이 되었지만 또 겨우 세 세대일 뿐인데다 황상의 성궁聖躬이 강녕하시어 바야흐로 나날이 왕성해지실 것이다. 세 황제의 통치 기간이 모두 100년 이상인데 여기에 또 장차 네 번째 황제가 이르실테니, 소강절이 지금 다시 태어난다면 얼마나 또 경사스러워 하겠는가.

원문 百年四葉

邵康節[507]謂自本朝建隆[508]受命以後, 百年而僅止四葉, 詫以爲近古所未覩. 昭代[509]歷年之久, 前此不必言. 卽如世宗以辛巳[510]入纘[511], 在位四

507 邵康節 : 북송北宋 철학자 소옹邵雍을 말한다.
508 建隆 : 북송北宋 태조太祖 조광윤趙匡胤이 사용한 연호로 960년부터 963년까지 사용되었으며, 당시 존재했던 오대십국五代十國의 정권들도 이 연호를 따라 사용했다.
509 昭代 : 나라가 잘 다스려져 태평한 세상. 주로 현 왕조나 현 시대를 칭송하는 말로 사용된다.

十六年, 中更穆宗之隆慶, 而爲今上之壬申[512]御極, 今年己未[513], 恰已九十九年, 又祗三葉耳, 而聖躬強豫, 方共日升月恒[514]. 三皇御宇[515]俱百年以外, 玆且將四之. 使康節生今日, 其慶幸又何如也.

---

510 辛巳 : 정덕 16년1521을 말한다. 정덕 16년 4월 무종이 승하하면서 무종의 사촌동생인 세종이 황위에 올랐다.

511 入纘 : 조정에 들어가 황위를 계승하는 것.

512 壬申 : 융경 6년1572 7월 목종이 승하해 신종神宗이 황위에 오른다.

513 己未 : 만력 47년1619를 말한다.

514 日升月恒 : 해돋이와 달의 상현上弦처럼 사물이 한창 왕성하고 번창한 때를 비유하는 말로 축원의 말로 자주 사용된다.

515 御宇 : 황제가 천하를 다스리는 기간.

금상께서는 어질고 검소하신데, 토목 사업에 있어서는 더욱 절약하신다. 다만 신축년辛丑年 궁궐 안 서북쪽에 고대高臺 하나만 축조했는데, 이 고대의 이름은 건덕대乾德臺이고 누각의 이름은 건우각乾祐閣이다. 그 크고 화려함은 말할 필요도 없고 높이는 구름 밖으로 뚫고 들어갈 정도이며 멀리서 바라보면 정말 오성십이루五城十二樓와 같다. 근래에 부마 중회仲晦 만초萬招가 여러 외척들과 함께 서원西苑에 들어가 노닐다가 건덕대에 한번 올라가봤는데 나선형으로 빙글빙글 돌아 전혀 다리의 피로를 느끼지 못했다. 층마다 작은 전각이 있고 탁자와 침상 및 일상용품이 모두 갖추어져 있으며, 몇 번 돌아 아직 꼭대기에 이르지 않았는데도 이미 토아산兎兒山을 정면으로 바라볼 수 있었다. 이때는 날이 밝은 지 얼마 되지 않아서 만개나 되는 지붕의 기와가 햇빛을 받아 궁궐 안의 누대樓臺가 어렴풋이 눈에 들어왔다. 두려운 마음에 가슴이 두근거려 급히 동행한 분들을 재촉해 달려 내려갔다. 듣자하니 낙성落成할 때 주상께서 가마를 타고 오르셨는데 궁성 밖의 골목과 큰길이 영제궁靈濟宮 앞뒤 일대처럼 지척에 있었다고 한다. 황상의 마음으로는 또한 굽어보는 것이 격식에 맞지 않는다 여기시고 이후에는 그저 달밤에만 다시 오르셨다. 지금은 나들이로 이르지 않으신 지가 이미 몇 년 되었다.

원문 北臺

今上仁儉, 至土木事尤爲減省. 惟辛丑年[516]於禁城[517]內乾方[518]築一高臺, 臺名曰乾德臺, 閣名乾祐閣. 其鉅麗不待言, 而高入雲表, 望之眞如五城十二樓[519]. 頃駙馬萬仲晦招同戚里[520]諸公, 入游西苑, 因試登之, 如旋蠡然, 殊不覺足力之疲. 每一層卽有一小殿, 几榻什物[521]畢具, 凡數轉未至其巔, 已平視兔兒山[522]矣. 時天曙未久, 萬瓦映日, 大內樓臺, 約略在目. 悚然心悸, 急促同行諸公趨下. 聞落成時, 主上以軟輿[523]升陟, 則宮城外巷陌街逵, 如靈濟宮前後一帶, 皆近在眉睫. 聖心亦以下瞰爲非體, 嗣後僅以月夜再登. 今宸游[524]不至, 已數年矣.

---

516 辛丑年 : 만력 29년1601을 말한다.

517 禁城 : 궁궐. 임금이 거처하는 궁전.

518 乾方 : 서북쪽. 팔방八方의 하나인 정서正西와 정북正北의 중간.

519 五城十二樓 : 신선이 사는 곳. 곤륜산崑崙山에 있다고도 하고 천상의 백옥경白玉京에 있다고도 하는 신선들이 사는 성루.

520 戚里 : 제왕의 외척. 원래는 제왕의 외척이 모여 살던 곳을 말한다.

521 什物 : 일상생활에 필요한 갖가지 집기와 용품.

522 兔兒山 : 토아산兔兒山은 명·청 시기 황가의 어원御苑으로, 소산자小山子 또는 소봉래小蓬萊라고도 불렀다. 지금의 북경 서성구西城區 동성東城 남쪽에 있는 도양산호동圖樣山胡同 일대에 있었다. 사서史書의 기록에 따르면 토아산의 높이는 50장丈이고 동서로 이어져 솟아 있었으며 산위에는 선마대旋磨臺, 감계정鑒戒亭, 청허전淸虛殿과 비룡분천飛龍噴泉이 있었다. 토아산에 오르면 도성을 굽어볼 수 있어서 황제들이 중양절重陽節에 산에 오를 때 토아산이나 만세산萬歲山에 올랐다.

523 軟輿 : 가마.

524 宸游 : 황제의 바깥나들이 놀이.

번역 개인적으로 올리는 글을 궁궐에 그대로 보관하다

이전 왕조의 글 가운데 잘 알려지지 않은 것이 있는데, 대부분은 임금에게 개인적으로 올리는 글이다. 공용 상주문이라면 인장을 필요로 하므로 관청의 공무와 연관 지어 대부분 궁궐에 그대로 두었다. 이에 황상의 뜻에 맞지 않으면 두 번이고 세 번이고 고치는 것 역시 가능했다. 지금의 황상께서 신하들이 번잡하고 소란 떠는 것을 싫어하셔서 이후로 일체 궁궐 안에 그것을 두게 하시고 누차 재촉해도 승정원으로 내려보내지 않으셨다. 애초에도 이에 대해 고민이 많았는데, 시간이 오래 지나니 점차 익숙해졌고 크고 작은 변화가 일어나면서 주관하는 자가 그 뜻을 직접 행해 차례대로 상주문의 내용을 알리고는 더 이상 황상의 뜻이 어떤지에 대해서는 취합하지 않으니 큰 권력이 번대로 아래로 옮겨갔다. 어사대御史臺에서 의견을 올리면 그중 황상의 뜻을 받들어 행해야 하는 자가 다른 이들의 상소를 올린 후 조정 대신들을 만나길 청해 이 상주문은 마땅히 황상의 뜻에 기초해야 한다는 것 등을 운운한다. 조정에서는 황상의 명을 따라 모든 관속들이 장관을 받들고 '강지講旨'라 이름한다. 이러한 일은 예로부터 지금까지 없었던 일인데 복청福淸 사람 섭향고葉向高가 있을 때만 해도 아직 이런 일은 없었다.

원문 **章奏留中**

先朝章奏亦有不報聞者, 然多是奏本[525]. 若題本[526]用印, 則係衙門公事, 例不留中[527]. 卽不當上意, 再三更改亦可. 自今上厭臣下之屢聒, 一切庋之禁中, 屢催不下. 初亦甚以爲苦, 久而稍習, 遇大小興革, 主者自行其意, 第具本題知, 不復取上意可否. 而大權反下移矣. 臺省[528]建白, 間有當取旨者, 則建言之人上疏以後, 卽請謁政府, 云此本當條旨云云.

政府卽唯唯如命, 一同屬吏之稟承於長官, 其名曰講旨. 此亙古未有之事, 福清[529]在時, 尙未然.

---

525 奏本 : 임금에게 개인적으로 올리는 글. 문책이나 오해에 대한 일을 해명하거나, 국내의 중대 사건을 보고하는 데 사용했다.

526 題本 : 명·청 시대 공용의 상주문.

527 留中 : 상주한 안건이나 상소문의 내용이 마음에 들지 않지만 적절한 이유를 들어 상소문을 올린 자를 처벌할 수도 없을 때, 임금이 답을 주지도 않고 담당 기관에 심의하도록 넘겨주지도 않는 것을 말한다.

528 臺省 : 명대의 도찰원都察院과 육과六科를 합쳐서 부르는 말이다. 도찰원은 서대西臺라고 하고 육과는 성원省垣이라고 부르므로 대성臺省이라 연이어 부르는 것이다.

529 福清 : 명나라 만력 연간과 천계天啓 연간에 내각수보를 지낸 섭향고葉向高, 1559~1627를 말한다. 그의 자는 진경進卿이고, 호는 대산臺山이며, 만년에는 복려산인福廬山人이라 불렀다. 복주부福州府 복청福清 사람이다. 만력 11년1583 진사가 되어 서길사, 한림원 편수, 남경국자사업南京國子司業, 태자좌서자太子左庶子, 남경예부우시랑 등의 벼슬을 거쳐 예부상서 겸 동각대학사에 이르렀다. 천계 7년1627 향년 69세로 세상을 떠났다. 숭정崇禎 연간 초기에 태사太師로 추증되고, 문충文忠이라는 시호를 받았다.

번역 단오절

북경과 변방에서는 단오절을 가장 중시해서 지금까지도 각 변방 지역에서는 이날 버드나무에 걸어둔 조롱박을 쏘아 승부를 정하는 놀이를 했다. 병사들 중에 명중한 자에게는 장수들이 순서대로 상금을 주었다. 북경에서는 천단天壇에 놀러온 사람들이 가장 많은데, 연이은 엽전 문양의 말대래를 하고 나란히 날 듯 빨리 말을 모는 권세가와 큰 상인들 외에 환관들도 앞다투어 말 타고 활쏘기를 즐기니, 대개 모두가 휴가를 받아 나온 자들이다. 조정안에서 용주龍舟 시합 외에 버드나무에 활쏘기 연습을 한다는 이야기가 있으니 달리는 표마驃馬 위에서 기예를 펼친다고 말한다. 이것은 아마도 금나라와 원나라의 풍속을 따른 것으로 어마감御馬監의 용시勇士들이 말을 타고 기예를 펴는데 불과 어전 앞에서 한바탕 빨리 달려 이기는 것일 뿐이다. 다만 각 부의 원로대신들이 경연일經筵日에 신하를 자처하니 절을 받고 시원한 부채와 향기로운 약 등을 하사하시고 다른 절기를 더 중요시했다. 지금 황상께서는 초년에 그렇게 하시고 조정 안에서 행하는 일들이 흥성한 이래 갑신甲申년 오일午日에 미리 건장한 소년 3,000명을 선발해 모두 말 타기와 활쏘기를 연마하게 해 활시위를 당기고 말고삐를 잡고 달리기를 약속하자 구름 비단처럼 모여들어 무리를 이루었는데, 결과에 미치지 못한 자가 있었다. 황상께서는 크게 기뻐하시며 황금 이만 냥을 상으로 내리셨다. 그러나, 이날 심한 폭염이 있었는데 응당 여러 환관들을 부리고 갑옷을 입고 군사들을 지휘해야 하므로 시중드는 사람들을 뜨거운 햇볕 가운데에 두니 목이 타 죽는 자가 여러 명이었다. 생각해보니 황궁은 본래 군사의 위세를 보이는 곳이 아닌데, 이 일이 정덕 원년에 일어나자 아마도 여덟 명의 환관 무리가 각각 사적으로 군사의 교열을 하고 조정 밖으로 과시까지 하니 병부상서 왕공양王恭襄이 정수리에서 늘어뜨린 푸른 갓끈을 자르고 중간계층의 사이에 섞여 처했다. 지금의 황상께서 계미癸未년에 황릉을 찾아뵙고 비로소 내신들을 선발해 시중으로 받아들이시고 행차를 돌린 후 대오를 넓히셨는데, 모두 장강릉이 패한 후의 일이다. 근래에 와서 내교장內敎場이 궁해져 풀이 무성하니 무사武事에 대해서는 언급하지 않는 것 같다.

○ 선배들이 "효종께서 거동하시는 날 단오절 회동에 편전에서 손수 '비단 실로 장수를 의미하는 실을 엮어, 단사丹砂로 황제의 병부兵符를 쓰네'라는 도부桃符를 하나 쓰셨다"고 말하는 것을 들었다. 대개 성군은 글을 좋아해 연회를 즐기며 스스로 즐거워하고 또 후대의 성군과는 함께하지 않음이 이와 같다. 그 후 단오절에 세종 초 원년에만 일찍이 두 궁에 계신 모후를 모시고 놀이를 하며 즐겼고, 마지막 15년에는 또 이시하李時夏가 곽훈이 서원西苑에서 배를 띄우고 논다고 말하며 시를 짓고 노래하며 화답했다.

○ 생각건대 개자추介子推는 5월 5일 날 스스로 분신해서 예부터 동지冬至 이후부터 105일간 불을 금했는데, 태원太原의 땅이 가팔라서 아직 녹지 않아 불을 금하고 찬 음식을 먹는다. 사람들이 많이 죽었는데, 어

찌 바로잡지 않는가. 그러므로 초나라와 진나라의 두 충신이 각각 제사 지내며 정성껏 위로했고, 민간에서 남은 제사 음식을 먹으니 이것이 바로 한식寒食이다. 생명을 해치지 않고 의지하며 환하게 웃는 날이다.

원문 端陽

京師及邊鎭最重午節, 至今各邊, 是日俱射柳[530]較勝. 士卒命中者, 將帥次第賞賚. 京師惟天壇游人最勝, 連錢障泥[531], 聯鑣[532]飛鞚[533], 豪門大估之外, 則中官輩競以騎射爲娛, 蓋皆賜沐請假而出者. 內廷自龍舟[534]之外, 則修射柳故事, 其名曰走驃騎[535]. 蓋沿金元之俗, 命御馬監勇士馳馬走解, 不過御前一逞迅捷而已. 惟閣部大老, 及經筵日講詞臣, 得拜川扇香藥諸賜, 視他令節獨優. 今上初年猶然, 自內操事興, 至甲申歲之午日, 預選少年強壯內侍三千名, 俱先嫻習騎射, 至期彎弧騁轡, 雲錦成羣, 有京營所不逮者. 上大悅, 賞賚二萬餘金. 然是日酷熱, 當值候操諸璫,

530 射柳 : 활 쏘는 기술을 연습하는 놀이로 원래 청명절의 풍습이다. 명대의 기록에 의하면 집비둘기를 넣은 조롱박을 버드나무 위에 건 다음 활을 쏘아 조롱박을 터뜨리면 집비둘기가 날아가도록 했다. 집비둘기가 날아가는 높이에 따라 승부를 정했다.

531 連錢障泥 : 엽전을 연이어 묶어 놓은 무늬가 있는 말다래. 말다래는 말을 탄 사람의 옷에 흙이 튀지 않도록 가죽 같은 것을 말의 안장 양쪽에 늘어뜨려 놓은 기구이다.

532 聯鑣 : 나란히 말을 몰다.

533 飛鞚 : 날듯이 빨리 말을 달리다.

534 龍舟 : 단오절에 용 형태의 배를 타고 경주하는 놀이인데, 용을 그리거나 용 모양의 배들이 질주하면 마치 용이 날아오르는 듯한 모습을 이룬다.

535 走驃騎 : 달리는 표마驃馬 위에서 기예를 펼치는 것을 말함.

擐甲操兵, 伺令於赤日中, 因而暍死者數人. 按禁本非觀兵[536]之所, 其事起於正德初年, 蓋不特八虎[537]輩各有偏裨列校, 仿傚外廷, 而本兵王恭襄[538], 亦頂罘刺飄鞓纓, 雜處於中貴之中矣. 今上因癸未謁陵, 始選內臣具軍容扈從, 旋蹕後, 益廣其伍, 俱江陵敗後事也. 近年來則內敎場[539]已鞠爲茂草, 想武事置不講矣.

○ 聞之先輩云, "孝宗在御日, 遇午節會於便殿手書一桃符[540]云, '綵線結成長命縷, 丹砂書就辟兵符'." 蓋聖主好文, 宴衎自娛又與後聖不同如此. 其後午節, 惟世宗初元, 曾奉兩宮聖母游娛, 最後十五年, 又同李時夏言郭勛泛舟西苑, 賦詩唱和.

○ 按介子推以五月五日自焚, 而古來就以冬至後一百五日禁火, 太原之地峭冷未解, 因禁煙寒食. 人多有死者. 何不考訂改正. 卽令楚晉二忠臣, 各享極𩜁, 民間餕角黍之餘, 卽寒食. 不至傷生也. 附以解頤.

---

536 觀兵 : 군대軍隊의 위세威勢를 보이거나 군사軍士를 벌려 세우고 검열檢閱하는 것을 말한다.

537 八虎 : 명나라 무종 주후조朱厚照, 1491~1521가 황태자이던 시절부터 시작해 황제 재위 기간 동안에도 무종에게 온갖 향락을 제공하며 국정을 좌지우지했던 환관 집단으로, 팔당八黨이라고도 한다. 구체적인 구성원은 유근劉瑾, 마영성馬永成, 고봉高鳳, 나상羅祥, 위빈魏彬, 구취丘聚, 곡대용谷大用, 장영張永의 8명이다.

538 王恭襄 : 명 중기의 대신 왕경王瓊, 1459~1532을 말한다. 그의 자는 덕화德華이고, 호는 진계晉溪이며, 필명은 쌍계노인雙溪老人이다. 산서성 태원太原 사람이다. 성화成化 20년1484 진사에 급제해, 성화, 홍치, 정덕, 가정 연간에 걸쳐 공부주사工部主事에서 호부상서, 병부상서, 이부상서 등의 관직을 역임했다. 시호는 공양恭襄이다.

539 內敎場 : 황궁 서원西苑 북쪽에 있는 황실 병사들이 무예를 닦는 곳.

540 桃符 : 악귀를 쫓는 부적의 일종. 복숭아나무 판자에 신도神荼와 울루鬱壘 두 신상神像을 그려서 대문 곁에 걸어두면 악귀가 도망간다는 고사에서 유래되었다.

번역 칠석날

칠석七夕에는 더위가 물러가고 시원함이 다가오니 이때가 일 년 중 가장 아름다운 절기이다. 옷을 볕에 말리고 오작교의 견우와 직녀를 바느질한 일은 논할 필요도 없다. 송나라 때는 이날 궁궐 안에서 금과 은으로 갓난아이 장난감 인형을 만들어 대신들에게 나누어 하사했다. 지금 궁궐에서는 여지껏 견우와 직녀에게 길쌈과 바느질을 잘하게 해달하고 기원하는 인형을 세워두고 장병들이 바느질을 잘하는 것으로 승진하고 궁 안의 비빈들은 모두 오작교를 수놓은 의복을 입으며 궁 밖의 시종들은 이 옷을 하사받지 못했는데, 환관들에게만 오이와 과일을 보내 먹게 했다. 민간에서는 규방의 아녀자들이 길쌈과 바느질을 잘하도록 수양한다는 이야기가 있는데, 황실에서만 이런 이야기가 들려오지 않는다. 우란회盂蘭會가 가까워지면 도가의 풍속이 함께 따르고, 중원에서 관리를 파견해 무덤에 제사를 올리는데, 더욱이 나라의 중요한 전례이므로 다른 일을 할 겨를이 없을 따름이다. 강남의 이욱李煜이 칠석날 태어났는데, 그 아우 이종익李從益이 윤주潤州로부터 축하하러 오기를 기대하며 하루 먼저 바느질과 길쌈을 잘하도록 기원하는 일을 하니, 강절江浙의 사람들이 모두 그에 동화되어 마침내 풍속을 이루었다. 송대 순화淳化 연간에 비로소 조서로 다시 '칠석'으로 제정하니 또한 기이한 일이다.

원문 七夕

七夕暑退涼至, 自是一年佳候. 至於曝衣穿針, 鵲橋牛女, 所不論也. 宋世, 禁中以金銀摩睺羅[541]爲玩具, 分賜大臣. 今內廷雖尙設乞巧[542]山子, 兵仗局進乞巧針, 至宮嬪輩則皆衣鵲橋補服, 而外廷侍從不及拜賜矣, 惟大璫輩以瓜果相餉遺. 民間則閨閣兒女尙修乞巧故事, 而朝家獨無聞. 意者盂蘭會[543]近, 道俗共趨, 且中原遣祭陵寢, 尤國家重典, 無暇他及耳. 江南李煜以七夕生, 至期其弟從益自潤州赴賀, 乃先一日乞巧, 江浙間俱化之, 遂以成俗, 直至宋淳化間始詔更定仍爲七夕. 亦奇事也.

---

541 摩睺羅 : 흙과 나무로 만든 완구로, 갓난아이 인형.

542 乞巧 : 음력 7월 7일에 부녀자들이 견우성과 직녀성을 향해 길쌈과 바느질을 잘하게 해달라고 비는 세시풍속.

543 盂蘭會 : 하안거夏安居의 끝 날인 음력 칠월 보름날에 행하는 불사佛事. 이날은 여러 가지 음식을 만들어 조상의 영전에 바쳐서 아귀에 시주하고, 조상의 명복을 빌며, 그가 받는 고통을 구제한다고 전해진다.

번역 시종들에게 하사하다

지존께서 처음 등극하시면 제사의 대례를 행하시는데, 4품 이상의 대신들과 궁궐에서 가까이 모시며 제사 지내는 관리들에게 모두 붉은 옷으로 된 황금 도포를 하사한다. 여러 능에 공손히 인사 올리고 대열을 행할 때는 내각의 보좌하는 신하들에게 모두 망의를 하사하거나 관등보다 높은 의복을 하사받고 난새가 새겨진 허리띠와 금은으로 된 그릇, 수놓은 주머니 등의 물건을 하사하시어 시종들을 장려하신다. 그 다음에는 당일 강관講官과 문무를 담당하는 훈척, 관서의 대신들에게 모두 수놓은 비단 띠를 하사하시는데, 모두 주상께서 대례를 처음 행하실 때 하는 것으로, 특별히 한 번 은사를 내리는 것일 뿐이다. 각신들 가운데 아직 하사를 받지 못한 자가 있으면 계속 이어서 하사품을 주시고 다른 관직들에게는 주지 않는다. 또 금의위의 관리들 중 대당에 오른 자는 이날 명을 배수 받아 그날 허리에 차는 요도腰刀와 난새가 새겨진 허리띠, 붉은 비단 망의, 비어복飛魚服을 입고 천자의 가마를 뒤따르며 큰 제사의 예식을 행한다. 평상시의 조회에서도 길복吉服을 입고 어좌의 서쪽에 시중들며 서서 황제의 부름을 대비하니, 그 친근함은 다른 무신들에 비할 수 없는 것이기 때문에, 오른쪽 열에 선 자들은 그들을 부러워하며 '무한림武翰林'이라 이름 붙였다.

원문 扈從頒賜

至尊初登極, 行郊祀大禮, 其四品以上, 及禁近陪祀官, 俱賜大紅織金紵袍. 若恭謁諸陵, 及行大閱, 則內閣輔臣俱賜蟒衣, 或超等賜服, 至鸞帶金銀瓢繡袋等物, 以壯扈從. 其次卽及日講官, 以至文武勳戚, 部府大臣, 俱沾繡帶綵幣之賜, 皆主上肇行大禮, 特恩殊典一次耳. 惟閣臣未及受賜者, 則於嗣擧補給, 他官不爾也. 又錦衣衛官登大堂者, 拜命日卽賜繡春刀[544]鸞帶大紅蟒衣飛魚服, 以便扈大駕行大祀諸禮. 其常朝亦衣吉服, 侍立於御座之西, 以備宣喚, 其親近非他武臣得比, 以故右列豔之, 名爲武翰林.

544 繡春刀 : 명나라 금의위 등이 차는 칼로, 특별히 제작해 허리에 차는 요도腰刀.

번역 육조六曹가 조서에 답하고 경卿이라 추대하다

예부터 여섯 명의 상서와 좌우의 도어사都御史는 모두 황상의 은혜에 감사하며 관직을 그만두길 자청하는 부류로 황상의 교지가 내려와 경卿으로 추대되어 중책임을 보이는데, 남북을 가리지 않았다. 가정 말년부터 지금 황상의 초년까지 무릇 남쪽의 육경六卿은 모두 이름을 욕되이 해 알 만한 식자들은 예가 아니라 여겼다. 만력 기해己亥년에 대계를 세우면서 남쪽의 육경이 스스로 진술해 황상의 교지가 내려졌는데, 경으로 추대될 수 있는 자는 단번에 영화롭게 되었다. 이후로 점차 다시 옛 제도가 회복되어 비루한 법규를 바로잡았다고 할 수 있다. 급사 왕원한王元翰이 갑자기 내전에 상소를 올려 보좌하는 신하들이 황상의 교지를 초안할 때 실수했다고 공격하고 아첨하는 많은 벼슬아치들이 무리지어 당을 만들었다고 아뢰었는데, 대개 전례가 되는 고사를 알 길이 없을 따름이다.

원문 六曹[545]答詔稱卿

從來六尚書與左右都御史, 一切謝恩乞休之類, 旨下皆稱卿, 以示重,

545 六曹 : 기능에 따라 나랏일을 분담하여 집행하던 여섯 개의 중앙 관청, 곧 이조吏曹·호조戶曹·예조禮曹·병조兵曹·형조刑曹·공조工曹를 통틀어 이르는 말. 이조는 인사를 담당했고, 호조는 경제 관련 업무를 맡았으며, 병조는 군사 업무, 형조는 법과 치안 관련 업무, 예조는 외교와 교육 업무, 공조는 건설 토목 관련 업무를 담당했다.

不論南北也. 嘉靖之末, 以至今上初年, 凡南六卿一切叱名, 識者以爲非體. 萬曆己亥大計, 南六卿自陳, 旨下, 有得稱卿者, 一時以爲榮遇. 自後漸復舊制, 可謂釐正陋規矣. 王給事元翰[546]忽於建白疏內, 攻輔臣條旨之失, 謂其獻媚大僚, 爲植黨地, 蓋未諳典故耳.

546 王給事元翰 : 명나라 후기의 관리 왕원한王元翰, 1565~1633을 말한다. 그의 자는 백거伯擧이고, 호는 취주聚洲다. 운남雲南 영주寧州 사람이다. 만력 29년1601에 진사가 되어, 서길사, 이과급사중, 공과급사중 등의 벼슬을 지냈다. 재직 중에 간언하는 것으로 유명했는데, 특히 당시 정치의 폐해를 말하고 간신 위충현魏忠賢이 전권을 휘두르는 것을 비판했다가 파면되었다.

번역 어좌 뒤의 부채

지금 황상께서 문으로 납시어 평소 조회를 하실 때, 어좌 뒤 도끼를 수놓은 병풍 뒤에서 자루가 있는 물건을 하나 잡는데, 마치 부채를 든 것처럼 누런 휘장으로 그것을 감싸 황상께서 자리에 오르시면서부터 뒤에서 가렸다가 자리에서 내려오면 없애버리며, 여태껏 펼친 적이 없었다. 혹은 공작의 꼬리로 의심되기도 하지만 결국 진짜 모습은 알 수가 없다. 나중에 듣기로는 그 이름이 탁영卓影이고, 선대의 오랑캐들이 바친 상서로운 물건으로 불길한 것들을 제거하는 데 가장 뛰어나다고 해서 조회를 할 때 매번 가져다 어좌를 지켰다. 과연 그러한지의 여부는 알 수 없다.

원문 御座後扇

今主上御門常朝, 黼扆[547]之後, 內臣執一有柄之物, 若擎扇然, 用黃帕裹之, 自上陞座擁蔽於後, 降座則撤去, 從來不曾展開. 或疑爲雉尾之屬, 終莫知其眞. 後聞其名曰卓影, 乃先朝外夷所貢瑞物, 最能祓除不祥, 以故臨朝輒擧, 以衞御座. 未知果否.

547 黼扆 : 도끼를 그린 병풍으로 어좌의 뒤에 세워 두었다.

번역 광산

지금 광산을 개척해 천하에 영향력이 두루 미쳐 백성이 그 독성으로 곤란을 겪는데, 말하기 좋아하는 자들이 화근의 시작을 상공 장신건張新建으로 보고 그의 죄로 돌린다. 이 때문에 살펴보면 영락 13년에 태감 왕방王房 등 감독자 6,000명이 요동遼東 흑산黑山에서 사금을 일어 금을 골라내어 90일 만에 금 8냥을 얻었다. 또, 영락 15년에 광서廣西 남단주南丹州의 광산 개척을 말하는 자가 있어 환관들에게 광산을 개척해 광산을 개척해 캐내라고 명하셨는데, 일 년 남짓 동안 96냥의 금을 얻었는데, 가지고 돌아오자 주석으로 변해 그만두었다. 당시 호문목胡文穆이 국정을 맡았는데, 그는 강서江西 길수吉水 사람이다. 성화成化 10년 호광湖廣 보경부寶慶府에 금광을 개척해 매해 부역자가 55만이었는데, 호남湖南의 백성들이 물에 빠져 죽고 호랑이와 표범에게 잡아먹힌 자가 셀 수 없이 많았지만 겨우 35냥의 금밖에 얻지 못하자 비로소 그만둘 것을 보고했다. 당시 팽문헌彭文憲이 정권을 맡았는데, 그 역시 강서 안복安福 사람이었다.

원문 礦場

今開礦徧天下，生民罹其毒，說者以始禍歸罪張新建相公[548]．因考永

548 張新建相公 : 만력 연간의 내각 대신 장위張位를 말한다.

樂十三年, 太監王房等督夫六千人於遼東黑山淘金[549], 凡九十日, 得金八兩. 又永樂十五年, 有言廣西南丹州礦發者, 命內臣開採, 歲餘得九十六金, 旋變爲錫乃止. 時胡文穆[550]當國, 江西之吉水人, 成化十年, 湖廣寶慶府開金礦, 歲役夫五十五萬, 湖南民爲水淹死, 及虎豹所食無算, 僅得金三十五兩, 始報罷. 時彭文憲[551]當國, 彭亦江西之安福人.

549 淘金 : 사금을 일어서 금을 골라냄.
550 胡文穆 : 명대의 대신이자 서예가인 호광胡廣을 말한다. 문목文穆은 호광의 시호다.
551 彭文憲 : 명 헌종 때 내각수보를 지낸 팽시彭時를 말한다.

번역 광산의 해로움

지금 광산을 천하에 두루 개척해 세상이 어지럽게 되었다. 그러나, 권세 있는 내감들은 무뢰배들과 도둑질을 일삼으니 어지러움이 극에 달할 뿐이다. 생각건대 송나라 때 금광이 21곳이고 은광은 23개 주에 등록되어 있었으며 삼군이 함께 감독했던 곳은 모두 84곳이었다. 황후皇祐 연간에 금 15,000여 냥과 은 21만여 냥을 얻었고, 그 후 또 은 90여 만 냥을 더 얻었는데, 대체로 수입이 이 정도에 그칠 뿐이었다. 황실에서 어찌 작은 이득을 보는 일을 하는 것인가. 하지만 모든 정치에 몸담은 수령들이 항간에서 해를 당하고 더욱 천박해지고 있다. 지금은 선량한 이들을 두들겨 패서라도 반드시 그 수량을 채우고, 무덤을 파고 산을 무너뜨는 것을 갈취의 기술로 삼는다.

○ 송 인종 황우 연간에 금맥이 등래주登萊州에서 크게 발견되어 그 백성들이 땅을 파 채취했는데, 한 덩이에 무게가 20근인 것도 있을 정도니 끊임없이 가져갔었다. 이때가 송나라의 번성기였으니 어찌 진실로 이 땅이 애지중지하는 보물이 아니었겠는가.

원문 鑛害

今開礦徧天下, 爲世亂階. 然權屬內璫與無賴奸宄, 故致紛紜耳. 按宋金冶有二十一處, 銀冶則登虢等二十三州, 又三軍一監, 共冶場八十有四. 皇祐中得金萬五千餘兩, 銀二十一萬餘兩, 其後銀又增九十餘萬兩, 蓋所入止此. 堂堂天朝, 安用此刀錐之利[552]. 然皆守令爲政, 閭閈受害猶淺. 今日則敲朴善良, 必足其數, 發塚夷山, 以爲脅取[553]之術矣.

○ 宋仁宗皇祐[554]中, 金脈大發於登萊州, 其民掘地採取, 至有一塊重二十觔者, 取之不竭. 是時爲宋盛世, 豈眞地不愛寶耶.

552 刀錐之利 : 작은 이익을 비유하는 말.

553 脅取 : 갈취하다.

554 皇祐 : 황우皇祐는 송 인종 조정趙禎의 연호로, 1049년부터 1054년까지 총 6년간 사용되었다.